한국 고전문학 작품론

5 한문고전

민족문학사연구소 편

한국 고전문학
작품론

5
한문고전
문사철이 망라된 문예의 향연

Humanist

《한국 고전문학 작품론》 시리즈를 펴내며

'고전문학'은 근대 이전 시기에 생산된 한국문학, 즉 한국문학의 전통을 지칭하는 말입니다. '오래된 전통'이기에 고전문학은 오늘날의 우리에게 매우 낯선 대상이며, 그것을 이해하고 그 문학적 의미를 해석하는 일 역시 쉽지 않습니다.

중등 교육의 현장에서 문학 교육은 여전히 국어 교과(국어, 문학)의 영역에서 큰 비중을 차지하고 있습니다. 문학 교육이 제대로 이루어지기 위해서 갖춰야 할 것은 여럿이지만, 그 가운데 '작품에 대한 신뢰할 수 있는 이해와 해석'은 문학 교육의 기초라고 말할 수 있습니다. '작품에 대한 신뢰할 수 있는 이해와 해석'을 바탕으로 교사는 학생들에게 알아야 할 것, 생각해 보아야 할 것 등을 제시할 수 있으며, 학생들의 주체적·창의적 해석을 촉발시킬 수 있고, 나아가 학생들과 의미 있는 대화적 관계를 형성할 수 있습니다. 문학 수업뿐 아니라 문학 텍스트를 활용한 모든 수업에서도 '문학작품에 대한 신뢰할 수 있는 이해와 해석'을 바탕으로 할 때 그 텍스트를 온당하고 적절하게 활용할 수 있습니다.

그런데 중등 교육 현장에 제공되는 작품에 대한 지식·정보들 가운데는 신뢰할 수 없는 것이 많습니다. 학계에서 인정되고 있는 정설이나 통설이 아닌 견해, 학계에서 이미 폐기된 견해가 제공되는가 하면, 심지어는 잘못된 지식·정보가 제공되기도 합니다. 뿐만 아니라 제공되는 지식·정보는 암기를 전제로 한 단편적 지식의 나열에 그칠 경우가 많아서 흥미로운 수업을 가능케 하는 바탕 자료의 구실을 하기 어렵습니다. 이해와 해석의 차원에서 쟁점은 무엇인지, 정설이나 통설이 어떻게 정설이나 통설이 될 수 있었는지, 여전히 남아 있는 문제는 무엇인지 등을 제대로 알아야 보람 있는 수업, 흥미로운 수업, 창의성을 촉발하는 수업을 할 수 있습니다.

이러한 문제점은 고전문학 교육의 경우에 더욱 심각합니다. 고전문학의 경우는 작품과 독자와의 시간적·장르적 거리가 멀고 낯설어서 교육 현장에 제공되는 지식·정보에 많은 부분 의존합니다. 제공되는 지식·정보가 낡고 불만족스러워 스스로 관련 논문이나 저서를 참고하고자 해도, 읽어내기 쉽지 않을 뿐 아니라 방대한 자료를 섭렵하려면 상당한 노력과 시간을 들여야 합니다. 그렇기에 대부분 최신의 연구 결과를 반영한 교육 자료를 구성하기 어려운 형편입니다.

이러한 문제를 해결하기 위해서는 교사나 교사를 꿈꾸는 학생들에게 작품의 이해와 해석에 길잡이 역할을 해줄 수 있는 제대로 된, 신뢰할 수 있는 교육 자료를 제공하는 것이 무엇보다 필요합니다. 작품의 이해와 해석을 올바르게 안내하는 신뢰할 만한 책, 기존의 정전뿐만 아니라 새롭게 주목되고 있는 작품까지도 그 의미를 알 수 있노록 안내하는 책, 학생들이 작품과의 만남을 통해 새로운 안목과 지혜와 상상력을 기를 수 있도록 돕는 책을 중등 교육 현장에 제공하는 것이 필요합니다. 민족문학사연구소에서《한국 고전문학 작품론》을 기획하게 된 이유가 여기에 있습니다.

《한국 고전문학 작품론》은 고전소설 2권(한문소설, 한글소설), 한문학 2권(한시와 한문산문, 고전산문), 고전시가 1권, 구비문학 1권 등 모두 6권으로 구성되어 있습니다. 한국 고전문학의 주요 작품들은 물론 새로 주목해야 할 작품들까지 포함하여 고전소설 68항목, 한문학 100여 항목, 고전시가 50여 항목, 구비문학 40여 항목 등 전체 260여 항목을 100여 명의 전문 연구자가 집필하여 묶어내었습니다. 집필에 참여한 인원 면에서나 규모 면에서 전례를 찾기 어려울 정도로 방대한 작업이 이루어진 것입니다.

검인정 제도가 시행된 이후 중등 국어 영역의 교과서(국어, 문학)에는 다종다양한 고전문학 작품이 제시·수록되고 있으며, 교육과정이 거듭 바뀌면서 학습해야 할 작품의 수 또한 크게 늘어나고 있습니다.《한국 고전문학 작품론》을 고전문학의 전 영역을 포괄하는 방대한 규모로 간행하는 이유가 여기에 있습니다.

《한국 고전문학 작품론》은 각 작품의 전문 연구자가 집필한 작품론이지만, 그렇다고 해서 전문 연구자들의 '학술 논문 모음집'은 아닙니다. 중등 교육의 현장에서 의미 있는 교육 자료로 활용되도록 학술 논문과 같은 작품 해석의 수준과 엄격함은 유지하면서도 독자들이 이해하기 쉽게 서술 분량을 줄이고 내용을 풀고 가다듬었습니다.

《한국 고전문학 작품론》을 간행하기 위해 민족문학사연구소 연구기획위원회 안에 '고전문학작품론 간행 기획소위원회'를 구성한 것은 2014년 3월이었습니다. 그해 말까지 기획위원들이 여러 차례 회의를 거듭하면서 영역별 집필 항목을 구성하였고 필자를 선정하였습니다. 이후 원고 청탁으로부터 간행에 이르기까지 참으로 오랜 시간이 걸렸습니다. 물론 그 시간은 중등 교육 현장에서 의미 있게 활용될 수 있는 교육 자료를 제공하고자 하는 정성스런 마음을 담아내는 시간이었습니다.

《한국 고전문학 작품론》을 간행하기까지 많은 분들이 도움을 주셨습니다. 무엇보다도 집필을 맡아주신 필자들께 감사드립니다. 고전문학 학계 최고의 연구자들이 필자로 참여하여 협력해 준 덕분에 《한국 고전문학 작품론》이 간행될 수 있었습니다. 영역별 집필 항목, 집필의 수준과 방식을 정하는 과정에 이필규, 전경원 두 분의 현직 교사께서 큰 도움을 주셨습니다. 두 분께 감사드립니다. 《한국 고전문학 작품론》과 같은 방대한 규모의 출판을 기꺼이 맡아준 휴머니스트 출판사와 특히 이 책의 산파 역할을 해준 문성환 문학팀장에게 감사드립니다.

《한국 고전문학 작품론》은 교사나 교사를 꿈꾸는 학생들에게 작품의 이해와 해석에 길잡이 역할을 할 수 있는 책으로 기획되었으나, 고전문학 관련 대학 강의에서도 활용될 수 있을 것입니다. 뿐만 아니라 고전문학에 관심이 있는, 고전문학을 보다 깊이 있게 감상하고자 하는 일반 독자들에게도 의미 있는 책이 될 것입니다. 《한국 고전문학 작품론》이 이분들의 손에 들려 마음에 어떤 소중한 흔적을 남기기를 기대해 봅니다.

2017년 11월
기획위원 모두

머리말

문사철이 망라된 문예의 향연, 한문고전의 세계

이 책은 한문고전 가운데 문집 등을 제외하고 문학사에서 주목할 만한 단행본을 추려 모아 심층 해설을 한 것이다. 그런데 얼핏 보면 '이런 게 문학일까' 하는 의문이 들 법한 서명(書名)이 적지 않다. 사실 이 의문 제기는 정당하다. 하지만 바로 여기서 한문고전의 또 하나의 성격이 드러난다. 한문으로 된 저작은 크게 '문(文), 사(史), 철(哲)'로 구분되는데, 전통시대 글쓴이들은 이런 구분을 그리 중요시하지 않았다. 그러다 보니 하나의 작품 안에도 문·사·철이 종횡하며 뒤섞이는 경우가 많았다. 실제 한문고전을 원문으로 보면 흥미로운 현상이 하나 발견되는데, 그것은 요즘처럼 띄어쓰기나 문단 구분 같은 형식을 전혀 찾아볼 수 없다는 점이다. 하나의 작품은 처음부터 끝까지 한 문장으로 구성되어 있다. 따라서 지금처럼 행간을 구분하면서 독서하는 데 익숙한 우리에게는 여간 불편한 것이 아니다. 한자와 한문에 익숙하지 않은 데다 이렇게 한 작품이 통째로 엮어 있으니 더 어렵게 보인다.

그런데 이것 자체가 옛날 글쓰기 문화의 가장 큰 특징 가운데 하나였다. 요컨대 통합적 사고를 요구하는 글쓰기를 한 셈이다. 이런 사례를 가지고, 과거 사람들의 사유가 통합적이라면 지금 시대 사람들의 사고는 분석적이라고 보는 견해도 있다. 어쨌거나 이런 통합적인 사고를 요구하는 한문 고전은 그것이 비록 문학적인 것이라고 해도 역사와 철학까지 함께 호흡할 수 있게 구성된 경우가 많다. 이런 점과 관련하여 교과서에서 흔히 접할 수 있는 특정 분야를 개척한 서양 학자들을 예로 들어볼 만하다. 그들의 약력을 보면 대개 '수학자이면서 철학자' 등으로 소개되어 있다. 이것이 가능할까. 실제 가능했다는 것이다. 전근대 사람들은 하나의 이치를 가지고 인문과 자연을 함께 탐구했다. 그러니까 수학자도 되고 철학자도 될수 있었다. 통합적 사고의 결실이라면 결실이겠다. 이 점은 동양의 경우도 마찬가지였다.

따라서 우리는 고전 작품의 구성이 이처럼 복합적이었다는 점을 환기할 필요가 있다. 지금 이 책에 수록한 저작들을 봐도 그 면면이 다양하다. 일정한 주제나 소재를 쭉 이어서 엮은 것도 있고, 잡다한 소재들을 모아하나의 주제로 구현시킨 결과물도 있으며, 하나의 주제를 가지고 다양한 소재를 이용하여 이를 관철시키려는 것도 눈에 띤다. 그럼에도 몇 가지 양상으로 정리해 보면 다음과 같다.

먼저 인물들을 집성한 것들이다. 역사에 알려진 인물부터 전혀 생소한 하층의 인물들까지 그 폭이 넓다. 또한 이들이 활약한 분야도 다양하여 가히 인물들의 각축장이라 할 만하다. 다음으로 일기 형식의 저작들이다. 즉 시간의 흐름에 따라 사건의 추이나 개인의 심회가 다각도로 조명된 사례라 하겠다. 그 다음으로 시문학을 분야별로 모으고 이를 비평한 저작들이다. 일종의 문예 비평서라고 할 만 것들인데, 이를 통해 고전 비평의 역사를 재구할 수 있다. 마지막으로 백과전서류 저작들이다. 지식의 축적에 따른 사전의 출현은 학술사와 문예사에서 일반적인 현상이라고 할 수 있다. 이런 학문 분야가 과거에도 있었나 싶은데, 의외로 방대한 양의 백과전서류가 해당 시기의 지식의 보고로 자리하고 있었던 것이다.

이 한문고전 50여 편을 '인물과 이야기, 역사와 지리, 일기와 심회, 지식과 문예, 실학과 학술'로 구분하여 다섯 장에 편재하여 개별 저작에 대한 이해를 돕고자 했다. 사실 이렇게 나누기는 했지만 그 구분이 무색할 정도로 개별 저작들은 그 내용이 복잡다단하다. 이들 한문고전에는 그야말로 문·사·철을 망라한 문예의 향연이 펼쳐져 있다. 이를 통해 한문고전의 외연이 방대하다는 점을 확인함과 동시에, 비슷하면서도 서로 다른 질감을 느낄 수 있을 것이다. 또한 전통시대의 학술·문예 방면에 대한 이해가 한층 깊어질 것으로 기대된다.

2018년 1월
기획위원 정환국

차 례

제1장

인물과 이야기

이 장은 한문고전 가운데 인물을 집중적으로 조명한 저작들을 편재했다. 대개 짤막한 이야기 형태로 다양한 인물들의 특징적인 국면을 드러내는 형태이다. 여기에는 한 인물의 잘 알려지지 않은 언행들을 다룬 일화(逸話)와, 시문에 대한 남다른 면모를 보인 점을 부각한 시화(詩話) 등을 포함해 우스운 소재만을 모은 소화(笑話)도 있다. 이런 유형을 흔히 필기류라고 하는데, 한문 글쓰기에서 꽤 오랜 전통을 자랑한다. 이 사례로 가장 먼저 들 수 있는 것이 고려 시대에 나온 《파한집》, 《보한집》 및 《역옹패설》이다. 이들 저작의 특징은 주로 역사에서 주목받지 못한, 그러나 타의 모범이 될 만한 자격을 갖춘 인물들을 발굴·선양하는 데 있었다. 이런 글쓰기 유형은 조선 시대로 넘어와 대상 인물이 점차 다양해지는데, 특히 상층 인물뿐만 아니라 중하층 인물로 그 외연이 확대된다. 《태평한화골계전》, 《용채총화》, 《패관집기》 등이 조선 전기에 나온 대표적인 필기서이다.

한편 조선 후기로 접어들면 이런 단편의 인물 일화들이 새로운 인물 유형들의 등장 및 사회 생활환경의 변화로 인해 서사적 경향이 활성화되는 이야기로 탈바꿈하게 되는데, 이를 야담문학이라고 부른다. 기존의 필기 전통에서 나온 것이지만 인물 자체의 형상보다는 특정한 사건과 결합하는 이야기 형태를 갖게 되었다. 그 경향은 17세기 《어우야담》에서부터 18세기 《천예록》에 이어 19세기 《청구야담》으로 이어지면서 점점 고양되는 양상이다. 이들 조선 후기 야담은 특히 민중의 이야기 역사라고 할 만큼 조선 후기 사회 변동과 인정세태가 집약되어 있다. 이 외에도 《병세재언록》, 《추재기이》, 《매천야록》 등은 또 다른 인물 서사로 주목할 만하다.

한시 창작에 얽힌 문인들의 이야기

고려 후기 이인로와 최자가 남긴 문학의 새로운 전통

—

이인로(1152~1220)와 최자(1188~1260)는 고려 후기를 대표하는 문인이다. 두 사람에 대한 기록은 《고려사》〈열전〉에서 확인할 수 있다. 이인로의 본 관은 경원, 자는 미수(眉叟), 호는 쌍명재(雙明齋)이다. 어려서부터 총명하여 글을 잘 짓고 글씨를 잘 썼는데, 특히 초서와 예서에 뛰어났다고 한다. 문장에 능통해 오세재, 임춘, 조통, 황보항, 함순, 이담지 등과 막역한 관계를 맺었다. 당시 사람들이 이 7인을 우리나라의 죽림칠현이라는 의미로 '강좌칠현(江左七賢)' 또는 '해좌칠현(海左七賢)'이라 불렀다. 중국의 죽림 칠현이 혼란했던 정치와 사회 현신에 등을 돌렸듯이, 이들 역시 무신 정권의 포악한 정치 때문에 세상과 거리를 두었던 것이다.

이인로보다 한 세대 뒤의 인물인 최자는 본관이 해주, 자는 수덕(樹德),

호는 동산수(東山叟), 시호는 문청(文淸)이다. 최자는 애초에 문학적 재능이나 관료적 능력을 인정받지 못했으나, 이규보가 그의 한시 〈우미인초가(虞美人草歌)〉와 〈수정배시(水精盃詩)〉를 보고 자신의 뒤를 이어 고려 왕조의 문학을 담당할 인물로 지목한 이후 열 번의 시험에서 각각 다섯 차례씩 1등과 2등에 올라 문학적 명성은 물론 관료로서의 재능도 인정받게 되었다고 한다.

이인로가 남긴 문집은 《은대집(銀臺集)》, 《후집(後集)》, 《쌍명재집》, 《파한집(破閑集)》이 있다. 최자의 경우 《가집(家集)》, 《속파한집》이 전한다고 한다. 하지만 온전하게 남지 못한 채 지금은 《파한집》과 《속파한집》인 《보한집(補閑集)》만이 남아 있을 뿐이다. 그나마 다행스러운 것은 조선 전기에 역대 문인들의 시문을 가려 모은 《동문선(東文選)》에 이인로의 91편과 최자의 25편에 달하는 한시와 산문 작품이 전하고 있어 이들의 문학적 면모를 확인할 수 있다.

현재 온전하게 남아 있는 두 문인의 작품은 《파한집》과 《보한집》이다. 특이한 것은 두 작품집이 한시와 산문 등 자신들의 작품만을 모아서 만든 문집과는 성격이 다르다는 점이다. 제목을 붙인 방법부터가 독특하다. 보통 문인들의 문집은 '퇴계집', '율곡집'과 같이 저자 이황과 이이의 호인 '퇴계'와 '율곡'을 붙여서 제목을 삼기 마련인데 이와는 다르기 때문이다. 《파한집》의 '파한(破閑)'은 '한가함을 없앤다'는 의미이다. 얼른 이해가 되지 않는데, 이인로의 아들인 이세황의 기록에 따르면 부친이 《파한집》을 짓고는 동료들에게 자신의 책에 대해 이렇게 말했다고 한다.

마음속에 더 이상 바랄 것이 없거나 산속에 은둔하여 배고프면 먹고 졸리면 자는 사람이라야 한가한 맛을 제대로 누릴 수 있으며, 이 책에 눈길을 두어 한가함의 온전한 맛을 알았다가도 곧 깨어날 수 있다. (중략) 그리고 벼슬을 그만두게 되면 겉으로야 한가롭게 보이지만 마음속은 괴로울 것이니 이는 한가로움이 병이 된 것이기에 이 책을 본다면 한가로움으로 생긴 병을 고칠 수 있을 것이다.

관직을 지냈던 사람이든 그렇지 않은 사람이든 나이가 들어《파한집》을 보면서 한가한 여가를 보내라는 것이다. 노인들이 심심파적으로 삼을 내용으로 채워졌다고는 했지만, 이는 자신의 저술을 겸손하게 표현한 것이다. 마찬가지로 최자는 무신 정권의 실세이자 최충헌의 아들이었던 최우(?~1249)가 이인로의《파한집》이 구현한 독특한 문학적 전통을 이어 내용을 보다 확충해 달라는 주문에 따라《보한집》을 짓게 되었다고 한다. 실제 분량도《파한집》은 83조목이 실렸음에 비해《보한집》은 147조목으로 거의 두 배 가깝게 늘어나 있다.《보한집》의 '보한(補閑)'은 바로 '파한집을 보완한다'는 의미이며 그래서 '속파한집'으로도 불렸다. 이처럼《파한집》과《보한집》은 일반적인 문집과는 다른 전례 없던 새로운 기록 전통의 시작을 알렸다.

—

《파한집》과《보한집》에 담긴 문인들의 한시 짓는 풍경

—

그렇다면 '한가함이 병이 되는 사람들의 고민을 깨뜨릴 수 있다'는《파한집》과 이를 보완한《보한집》은 어떤 내용을 남고 있으며, 어떤 점에서 새로운 문학적 전통을 세운 것일까? 이에 관해 최자는《보한집》 서문에서 64명에 달하는 고려 시대 문인들을 일일이 거론하고는 "고금의 수많은 빼어난 선비들 가운데 문집을 만든 사람은 수십 명에 지나지 않고, 그 밖의 아름다운 문장이나 뛰어난 시는 모두 없어져 전하지 않는다."라며 안타까움을 토로한 바 있다. 이인로의 《파한집》은 바로 동시대를 살았거나 혹은 그 선배 문인들의 사라져가는 한시 작품을 모은 저술이며, 여기에 공감하여 보다 많은 작품을 수집하고자 《보한집》이 뒤를 이어 저술된 것이다. 혹시 잊힐지도 모를 선후배 문인들의 한시 작품을 모아 수록하고 이를 기록으로 남기는 전통이 이로부터 생긴 것이다.

그런데 두 저술은 어떻게 한가함을 없앨 수 있었을까? 단순히 한시 그 자체만 기록한 것이 아니라는 데 이유가 있지 않을까 한다. 이인로와 최자는 선별한 한시 작품이 창작되던 배경이나 정황 또는 주변 문인들의 평가를 한시와 함께 기록함으로써 풍부한 내용을 담아냈다. 《파한집》에 첫 번째로 수록된 이야기를 들어보기로 하자.

진양(晉陽, 지금의 경상남도 진주)은 옛날 수도로서 산수의 경치가 영남 지방에서 으뜸이었다. 누군가 그곳의 경치를 그려 재상 이지저(1092~1145)에게 바치자 그는 그림을 방 안의 벽에 걸어두고 보았다. 어느 날 군부참모(軍府參謀) 영양(滎陽) 정여령이 방문하자 재상은 그림을 가리키며 이렇게 말했다. "이 그림은 그대의 선향(先鄕)을 그린 것이니 시 한 수는 읊어야 하지 않겠소." 이에 정여령은 붓을 들어 곧바로 시를 적어 드렸다.

數點靑山枕碧湖　몇 점의 푸른 산이 호수 베고 누웠거늘
公言此是晉陽圖　재상께서 말하시길 진양의 산수도라
水邊草屋知多少　호숫가엔 초가집이 꽤나 늘어서 있으니
中有吾廬畵也無　그 사이엔 나의 집도 그려져 있을 테지

그 자리에 있던 사람들 모두가 정여령의 정밀하면서도 민첩한 재주에 탄복했다.

이인로는 재상 이지저가 선물로 받은 〈진양도〉를 두고 마침 자신을 찾아온 군부참모 정여령의 고향을 언급하며 한시를 짓게 하던 과정을 기록했다. 그림에 그려진 진양의 산수와 그곳 출신이었던 무인 정여령의 감각 있는 한시 창작 과정은 《파한집》이 아니었다면 남지 않았을 것이다. 《파한집》과 《보한집》의 기록 덕택에 이인로와 최자 당대의 선후배 문인들의 미처 갈무리되지 않았던 수많은 작시 현장이 고스란히 담길 수 있었다. 글을 통한 것이기는 하지만 한시의 창작 현장에 간접적으로나마 참여할 수 있다는 점에서 작품에 대한 독자들의 이해와 감상은 각별한 의미를 더했을 것이다. 한시를 음미할 수 있었던 사람들의 한가함을 사라지게 할 것이라는 이인로의 언급은 바로 이 지점에서 이해될 수 있다.

《보한집》 역시 당시 문인들의 한시 창작과 관계된 이야기들을 작품과 함께 수록했다. 그런데 《보한집》 하권의 마지막 부분에는 조금 색다른 내용들을 소개하고 있다.

학사(學士) 송국첨이 감찰사가 되었을 적에 서북 지역으로 나가 군영에서 보좌하는 일을 담당했는데, 우돌이라는 용성(龍城)의 관기(官妓)가 잔치 자리에서 시와 노래를 잘해 총애를 받았었다. 하지만 송 학사만이 그녀를 가까이하지 않자 관기는 이런 시를 지어 바쳤다.

廣平腸鐵早知堅 넓고도 공평한 무쇠 심장이 군센 줄 일찍 알아
兒本無心共枕眠 나는 본래 잠자리 함께할 마음 없었네

但願一宵詩酒席　다만 소원은 하룻밤 시 짓는 술자리 마련하여
助吟風月結芳緣　풍월 읊고 즐기는 꽃다운 인연 맺었으면

　최자는 중국 당나라의 이조가《국사보(國史補)》를 서술하면서 "귀신이나 음란한 내용은 모두 없애버렸다."라는 저술 원칙을 본받아《보한집》을 완성했다고 한다. 하지만 "책 마지막에 음란하거나 괴이한 일 몇 가지를 적어 신진 학자들이 공부할 적에 오락과 휴식거리로 삼도록 했다."라고도 했다. 그는 실제 승려·귀신·기생이 지었다는 시문에도 관심을 보여 이에 관한 20여 조목의 내용을 수록했다. 하지만 이는 당시의 상층 문인들이 신분 낮은 사람들의 한시를 하찮게 여겼던 풍조 속에서《보한집》이 이런 내용을 수록한 것에 대해 가질 상층 독자들의 불만과 지적을 염두에 둔 표현이다. 최자는《국사보》외에도 중국 송나라의 문인 구양수(1007~1072)의《귀전록(歸田錄)》역시 그러한 전통을 따랐음을 재삼 강조했다. 이는 유가의 경서인《논어》에서 공자가 "괴력난신(怪力亂神)에 대해서는 말하지 않는다."라고 했던, 즉 괴이·무력·난잡·신이에 대해 삼갔던 동아시아의 문화적 전통과 관계된 것이기도 하다. 이러한 이유로 최자는 승려·기생·귀신이 지은 시문을 수록하면서 은근히 조심스러운 태도를 보인 것이다. 하지만 오히려 이런 점이《보한집》을 특색 있게 만들었다.
　이처럼《파한집》과《보한집》이 한시의 탄생 과정을 수록하던 과정은 이인로와 최자 자신이 직접 목격하거나 전해 들은 내용 가운데서 가려 뽑은 '견문의 기록'이었다. 보고 들었던 내용을 잊지 않고 후세에 전한다는 '기록 정신'은 이들 저술의 매우 중요한 특징이다. 더구나 최자와 같은 문인들이 관심의 시선을 하층 신분과 그들의 작품으로 확장시킴으로써 다양한 작가의 존재와 목소리가 기록으로 남아 지금의 우리에게 보다 풍성

한 문학사와 문화사의 면모를 알려주고 있기 때문이다.

—

기록문학으로서의 면모와 양식적 성격

—

이인로와 최자가 《파한집》과 《보한집》을 통해 상층 문인들이 한시를 짓고 향유하는 풍경을 기록함으로써 우리나라의 문학사에 새로운 문학적 전통이 시작되었다. 최자가 《국사보》를 언급하고 있다는 점에서 중국에서는 이미 이러한 사례가 있었음을 알 수 있다. 우리의 경우 《파한집》과 《보한집》에 이르러서야 이런 기록이 시작된 것이다. 이와 같은 한시 창작에 관련된 이야기를 '시화(詩話)'라고 하며, 시화만 기록했기에 《파한집》과 《보한집》을 '시화집'이라 부른다. 시화집의 전통은 꾸준히 이어져 우리나라 한시사(漢詩史)의 시대적 흐름을 이해하는 데 많은 도움을 주고 있다.

그렇다고 하여 새로운 문학 전통을 따른 후대의 저술이 시화에만 한정되거나 건전한 내용만을 다룬 것은 아니었다. 얼마 지나지 않아 보다 다양한 방면에서 견문에 근거한 기록류 저술들이 등장했고, 이러한 문학적 전통은 20세기 초반에 이르기까지 엄청난 문학 유산으로 남을 수 있었다. 지금 우리는 《파한집》, 《보한집》과 같이 문인들이 일상생활에서 견문한 내용을 형식에 구애받지 않고 자유롭게 수필처럼 기록한 저술을 '필기(筆記)', 혹은 다양하면서도 잡박한 기록이라는 의미에서 '잡록(雜錄)'이라고 통칭한다. 그리고 문인들이 한시를 짓는 풍경을 중심으로 새롭게 시작된 기록 전통은 이제현(1287~1367)의 《역옹패설(櫟翁稗說)》에서 보다 새로워진다. 《역옹패설》에서 한시와 관련된 내용뿐만이 아니라 정치·경제·사회·문화 등 다방면의 이면에 감춰졌던 이야기를 기록하면서 이후 조선 전기는 '필기·잡록의 시대'라고 부를 만큼 다양한 저술이 탄생한 것인데, 우리는 문학사에서 이 점을 기억할 필요가 있다.

– 신상필

참고 문헌

고려대학교 한국사연구소 고려시대사연구실 역주, 《파한집 역주》, 경인문화사, 2013.

이강옥, 《조선시대 일화 연구》, 태학사, 1998.

임형택, 〈이조 전기의 사대부문학〉, 《한국문학사의 시각》, 창작과비평사, 1984.

심호택, 〈최자의 의식과 《보한집》의 성격〉, 《대동한문학》 2, 대동한문학회, 1989.

이래종, 〈선초(鮮初) 필기(筆記)의 특성에 대한 고찰〉, 《태동고전연구》 14, 한림대학교 태동고전연구소, 1997.

고려 조정과 공경(公卿)을 기억하다

문인 이제현의 문학사적 지위

—

고려의 익재(益齋) 선생은 이 시기에 태어나 어려서 이미 문장으로 유명했기에 충선왕이 소중히 여겨 원나라로 따라오도록 했고, 원나라 조정의 위대한 학자이자 관리인 목암(牧菴) 요공(姚公)·자정(子靜) 염공(閻公)·자앙(子昂) 조공(趙公)·복초(復初) 원공(元公)과도 교제할 수 있어 견문을 넓히고 기질을 변화시켜 이미 정대하고도 고명한 학문의 경지를 이루었다. 또한 천촉(川蜀)으로 사명(使命)을 받들어 왕을 모시고 오회(吳會)까지 갔었다. 만 리를 오가며 산하의 장관과 특이한 풍속, 옛 성현들의 유적 등 웅장하고 특별한 경관을 님김없이 보았으니 ᅭ 호탕하고 기이함이 사마천에 뒤지지 않았다.

목은 이색(1328~1396)이 《익재난고(益齋亂藁)》의 서문에 적은 익재 이제현(1287~1367)에 대한 함축적인 평가이다. 목은은 익재가 젊은 나이에 왕에게 문장 실력을 인정받아 발탁되었고, 중국 학자들과의 만남을 통해 문학적·학술적 견해를 넓혔으며, 중국의 수많은 역사적 현장들을 직접 체험할 수 있었다는 세 가지 점에 특별히 주목하고 있다.

1260년 원나라가 중국을 통일하여 문화적 성세를 이룬 무렵에 출생한 이제현은 1314년 왕위를 떠나 원나라 연경(燕京, 지금의 북경)에 머물던 충선왕의 부름을 받았다. 그리고 6년 동안 연경에 머물면서 그곳의 학자들, 관리들과의 교유를 통해 선진 문명을 접할 수 있었다. 뿐만 아니라 1316년에는 충선왕을 대신해 서촉(西蜀) 아미산에 제사를 지내고, 1319년에는 절강(浙江) 보타사(寶陀寺)로 왕의 행차에 시종했으며, 1323년 유배된 충선왕을 만나고자 감숙성(甘肅省) 타사마(朶思麻)까지 왕래할 기회를 얻었다. 목은은 중국의 위대한 역사서로 꼽히는 《사기(史記)》의 저자인 사마천이 전국을 유람하며 얻은 견문으로부터 '호탕함'과 '기괴함'을 갖춘 저작을 완성한 사례를 언급하며 일곱 차례에 걸친 익재의 중국 체험에 견주었던 것이다.

우리나라는 비록 바다 밖에 있으나 대대로 중국의 풍속을 사모하여 문학하는 선비가 전후로 끊이지 않았다. 고구려에는 을지문덕, 신라에는 최치원, 고려에서는 시중(侍中) 김부식과 학사(學士) 이규보 같은 이들이 우뚝한 존재였고, 근세에 와서도 대유(大儒)로서 계림의 익재 이공(李公)과 같은 이는 비로소 고문(古文)의 학을 제창했는데, 한산(韓山) 가정(稼亭) 이곡과 경산(京山) 초은(樵隱) 이인복이 그를 따라 화답했다. 그리고 목은 이색 선생은 일찍이 가정의 교훈을 이어받고 북으로 중원에 유학하여 올바른 사우(師友)와 학문의 연원(淵源)을 얻어 성명(性命)·도덕의 학설을 궁구한 뒤에 귀국하여 여러 선비를 맞아 가르쳤다.

도은(陶隱) 이숭인(1347~1392)의 문집에 서문을 써준 정도전은 을지문덕, 최치원, 김부식, 이규보의 문학적 연원을 이은 계보에 익재 이제현을 우뚝 세워놓았다. 이로부터 다시 이곡과 이인복이 익재에게 배웠고, 익재의 문집에 서문을 썼던 이색은 부친 이곡의 가학을 이어 중국에서 유학한 다음 후학을 양성했다는 것이다. 인용문 다음 대목에서는 이곡이 양성한 인물들을 소개하고 있는데, 이숭인·정몽주·박상충·박의중·김구용·권근·윤소종 등이 있고, 정도전 자신도 이들과 함께 배웠다는 자부심을 은연중에 비추고 있다.

주목할 점은 중국이라는 선진 지역의 학술과 제도와 문화를 체험한 이제현의 경험이 이색, 이곡으로 이어져 후배들을 양성하는 과정에서 성명(性命)·도덕의 학설, 즉 성리학이 우리나라에 정착했다는 것이다. 이제현이 '고문(古文)의 학을 제창'했다는 대목도 유의할 필요가 있다. 이는 익재에 이르러 실질적인 내용도 없이 문장의 수식만 일삼던 문학적 풍토를 지양한 '고문학'이 제기되었고, 그의 영향을 받은 이색의 제자들을 통해 성리학적 사고의 기반이 확산되었다고 정리할 수 있다. 다시 말해, 고려 말 형성된 이들 문인 지식인들은 문학적 표현 수단으로 고문을, 사상적 경향에서 성리학을 무기로 삼은 셈이다. 그리고 이색의 제자들인 정몽주로부터 정도전에 이르는 인물들은 바로 조선 왕조의 창건과 관계되는 인물임을 함께 고려해야 한다.

이 점에서 이제현은 고려 말기에서 조선 초기로 이어지는 시기에 정치는 물론 한국문학사의 측면에서도 매우 중요한 문인이다. 《익재난고》를 통해 그의 문학적 역량을 확인할 수 있겠지만, 여기서는 56세(1342)에 저술한 독특한 성격의 글인 《역옹패설》에 주목해 보자.

—

조정 생활과 동료 문인에 대한 만년의 기록

—

《역옹패설(櫟翁稗說)》은 〈전집(前集)〉 1·2와 〈후집(後集)〉 1·2의 체제로 저마다 16화, 46화, 26화, 25화의 총 113화로 구성되었다. 〈전집〉과 〈후집〉 각각에 이제현의 서문이 실려 있어 그의 저술 의도를 알 수 있다. 〈전집〉 서문에는 스스로 지은 '역옹'이라는 호에 대한 설명과 함께 '패설'에 대해서는 "돌피〔稗(패)〕는 곡식〔禾(화)〕 중에 하찮은〔卑(비)〕 것이라는 뜻이다. (중략) 지금은 늙었는데도 잡문 쓰기를 좋아하니 부실하기가 하찮은 돌피와 같다. 그래서 기록한 것들을 패설이라 했다."라고 한다. 《역옹패설》은 벼슬에서 물러나 쓸모없는 내용을 적은 잡문이라는 겸손의 표현인 듯싶다. 그런데 〈후집〉 서문에서 다시 가상의 인물까지 등장시켜 자신의 글을 이렇게 타박한다.

그대가 〈전집〉에 기록한 것은 역대 임금의 멀고 가까운 일과 이름난 공경의 언행도 제법 실었지만 마침내 골계로 끝맺었다. 〈후집〉에 기록한 것은 경전과 역사를 언급한 것이 얼마 안 되고 나머지는 모두 글귀를 다듬고 꾸민 것뿐이다. 특이한 지조가 그렇게 없는가?

가만히 살펴보면 역대 군왕과 공경대신(公卿大臣)들의 언행, 경전과 역사에 대한 내용은 긍정적인 데 반해 우스개 이야기인 골계와 시문 창작에 얽힌 기록은 부정적으로 언급하고 있다. 이제현 스스로가 자신의 글을 진솔하게 평가한 내용이며, 실제 당시 문인들의 《역옹패설》에 대한 인식이기도 했다. 문장, 문학이란 격식과 내용을 갖추어야 한다는 일종의 엄숙주의이다. 그래서 이제현은 문인들의 이러한 평가를 예상하고 "이는 본래 무료하고 답답함을 달래고자 붓 가는 대로 기록"했다는 말로 자신의 글을 변호했다.

여기에서 《역옹패설》의 저술 방식을 엿볼 수 있다. 이제현은 일상의 경험을 특별한 형식에 구애됨 없이 '붓 가는 대로 기록'하는 글쓰기를 시도한 것이다. 〈전집〉에는 역대 군왕과 공경대신들의 언행이 대부분이며, 뒷부분에 우스개 이야기인 소화(笑話) 몇 편이 실려 있다. 〈후집〉은 경전과 역사로 시작하나 문인들의 시문 창작과 관계된 시화(詩話)가 대부분이다. 〈후집〉의 대부분을 차지하는 시화는 《파한집》, 《보한집》의 성격과 같다. 저자는 무료함과 답답함을 해소하기 위한 방편이었다고 하니, 독자들도 무료함을 떨치기 위한 읽을거리로 좋겠다는 의미이다. 하지만 수록된 내용이 그리 가볍지만은 않으며, 당대 최고의 관료이자 문인 지식층들의 면모를 담고 있다. 이 점에서 《역옹패설》의 특색은 〈전집〉에 놓여 있다고 하겠다.

충선왕은 늘 관원들에게 《송사(宋史)》를 읽도록 시키고 단정히 앉아 들었다. 그러다 이원, 왕단, 부필, 한기, 범중엄, 구양수, 사마광 등의 명신전(名臣傳)에 이르면 반드시 손을 모아 이마에 얹으며 경모하는 생각을 가졌고, 정위, 채경, 장돈 등의 간신진(奸臣傳)에 이르면 주먹을 휘두르며 이를 갈지 않은 적이 없었다. 이처럼 현자를 좋아하고 악자를 미워하는 것은 천성이라 하겠다.

문절공(文節公) 주열은 용모가 추하고 코가 무른 귤과 같았다. 안평공주가 처음 도착해 궁전에서 신하들과 연회를 베풀었다. 문절공이 일어나 헌수(獻壽) 드리니 공주가 "어찌하여 갑자기 늙고 추한 귀신 같은 자를 가까이 오게 합니까?"라고 말하자, 왕은 "얼굴은 귀신처럼 추하나 마음은 물처럼 맑답니다."라고 답했다. 이에 공주는 낯빛을 고치고 예를 갖춰 대했다.

역대 군왕과 공경대신의 인품과 행실을 소개한 〈전집〉의 권1과 권2에 나오는 내용이다. 첫 번째 인용문은 백성 위에 군림하면서도 이들을 올바로 이끌려는 군왕의 성품을 역사서를 읽으며 반성하는 면모에서 포착한 것이다. 이를 통해 독자는 충선왕의 인간적 모습을 보게 되며, 신하로서는 귀감을 삼는 기능도 갖게 된다.

두 번째 인용문은 충선왕의 어머니이자 충렬왕의 왕비인 원나라 세조의 딸, 바로 제국대장공주(齊國大長公主)로 유명한 안평공주와 주열이 만나는 장면이다. 공주의 언사로 자칫 어색해질 수 있는 상황을 충렬왕이 재치 있고도 분명한 답변으로 해결한다. 그리고 충렬왕의 그 말 한마디가, 주열에 대한 직접적인 설명이 없음에도 그의 인간적 면모를 고스란히 보여주고 있다.

이처럼 단편적인 에피소드로부터 한 인물의 품성을 드러내는 성격의 글을 '일화(逸話)'라고 한다. 일화는 역사에 실리기는 어렵지만 다양한 인물들의 순간을 포착해 그 내면을 대변하고 실상을 잘 보여준다는 특색이 있다. 이처럼 《역옹패설》의 〈전집〉 권1에는 역대 군왕에 대한 사실 변증과 행적이, 〈전집〉 권2에는 공경대신들의 인품에 대한 소개와 평가가 가득하다. 이제현은 조정의 군왕과 공경대신들에 대해 직접 견문한 사실을 특징적으로 포착하여 이와 같은 독특한 저술로 완성할 수 있었다.

—

조선 전기 기록문학의 성행과 《역옹패설》

—

예로부터 문인들이 저술한 잡기(雜記)가 많은데, 내가 본 것을 들어보면 (중략) 고려 때 이인로의 《파한집》, 이제현의 《역옹패설》과 조선에서는 서거정의 《태평한화골계전(太平閑話滑稽傳)》·《필원잡기(筆苑雜記)》·《동인시화(東人詩話)》, 이륙의 《청파극담(靑坡劇談)》, 성현의 《용재총화(慵齋叢話)》, 조신의 《소문쇄록(謏聞鎖錄)》, 김정국의 《사재척언(思齋摭言)》, 송세림의 《어면순(禦眠楯)》, 어숙권의 《패관잡기(稗官雜記)》, 권응인의 《송계만록(松溪漫錄)》 등이 모두 견문을 기록한 것으로 한가할 때 볼 수 있는 자료이다.

조선 중기의 문인 심수경(1516~1599)이 자신의 저술인 《견한잡록(遣閑雜錄)》에 붙인 발문의 한 대목이다. 여기에는 고려 후기에서 조선 전기에 이르는 주요 필기·잡록류가 정리되어 있다. 그는 이들을 '잡박한 기록'이라는 의미의 '잡기'로 호명하고, '견문을 기록한 것'으로 저술 방식을, '한가할 때 볼 수 있는 자료'로 글의 성격을 설명했다. 앞서 이제현의 《역옹패설》에 대한 설명과 일치한다.

심수경이 지목한 서거정의 경우로 좀 더 이해를 넓혀보자. 서거정의 저술은 《역옹패설》의 뒤를 잇고 있으며, 다른 문인들과 달리 세 편이나 된다. 《태평한화골계전》, 《필원잡기》, 《동인시화》가 그것이다. 이는 '태평한 시절의 한가한 우스개 이야기', '문인 세계의 잡박한 기록', '우리나라 문인들의 한시 짓는 이야기'로 풀이되는 제목들이다. 정리하자면 '소화(笑話)', '일화(逸話)', '시화(詩話)'로 내용을 분류하여 각각 독립된 저술을 기획한 것이다. 앞서 인용한 이제현의 서문에 비교하자면 소화는 골계에, 일화는 역대 군왕의 행적과 이름난 대신들의 언행에, 시화는 시 창작과 감상에 해당한다. 서거정은 《역옹패설》을 보다 전문화시킨 셈이다. 다른 문인들의 저술은 이렇게까지 분화되지는 않았다. 송세림의 경우에만 '잠을 막는 방패'라는 의미의 《어면순(禦眠楯)》을 지어 잠도 쫓을 수 있는 우스운 내용의 소화만 별도로 기록했다.

우리는 이런 기록물을 '필기(筆記)' 혹은 '잡록(雜錄)'이라 부르며, 이제현의 《역옹패설》은 시화에 일화와 소화까지 곁들임으로써 견문을 종합적으로 기록하는 저술 방식의 시작을 알린 작품이다. 이후 필기·잡록류의 저술들은 한우충동(汗牛充棟)을 이루었다. 그리고 결과물이 쌓이면서 보다 특별한 형식도 등장했다. 임진왜란과 병자호란 기간에는 전쟁 체험 기록을 다룬 '실기류(實記類)'로, 중국으로의 사신과 일본의 통신사에 참여했던 기록은 '연행록(燕行錄)' 혹은 '사행록(使行錄)'으로, 그리고 서적에 대한 백과사전식의 독서 기록도 산출되었다. 조선 후기에는 이들을 모아 '총서'로 집대성하기에 이른다. 이런 문헌은 사대부 문인들의 기록 정신에서 비롯된 것으로 지금의 우리에게 고려와 조선의 정치·경제·사회·문화제 방면에 걸쳐 알기 어려웠던 이면 생활의 수많은 정보를 속속들이 제공하는 보석과도 같은 자료들로 남아 있다.

– 신상필

참고 문헌

김성룡 역, 《역옹패설》, 지식을만드는지식, 2009.

임형택, 《한문서사의 영토》 1·2, 태학사, 2012.

곽미라, 〈《역옹패설》의 서술 양상 연구 – 인물 기술의 성격을 중심으로〉, 동국대학교 석
사학위논문, 2010.

신상필, 〈필기의 서사화 양상에 관한 연구〉, 성균관대학교 박사학위논문, 2004.

三

우스갯소리의 향연

편저자 서거정

—

《태평한화골계전(太平閑話滑稽傳)》은 조선 초기 소화집(笑話集)으로, 당
대까지의 우스갯소리를 짧은 이야기 형식으로 모아놓은 책이다. 이 책의
편저자 서거정(1420~1488)은 호가 사가정(四佳亭)이며, 본관은 달성(지금
의 대구)이다. 그는 24세 때 과거에 급제하여 조정에 들어가 평생을 관직에
몸을 담아 형조와 이조 판서를 지내는 등 요직을 두루 거쳤다. 특히 그는
이런 요직에 있으면서 이 시기 학술·문예 방면을 주도했다. 그래서 현재
조선 초기 학술 문화를 언급할 때 그를 빼놓고 논의할 수 없을 정도이다.
그의 주요한 학술 분야의 업적은 대개 다음과 같은 것들이다.

먼저 서거정은 국왕의 명으로 오행의 이치를 궁구한《오행총괄(五行憁
括)》을 저술했다. 유교 제도에서 자연의 음양오행을 인간의 질서와 합치

시키는 일은 매우 중요했다. 또한 이 분야에 대한 정리는 고도의 학문적 능력이 요구된다. 이것을 그가 담당하여 정리한 것이다. 이어서 《삼국사절요(三國史節要)》를 공편했다. 조선 왕조로서는 전대의 역사를 정리할 필요가 있었는데, 고려 시대에 이미 《삼국사기》가 편찬된 바 있었기에 삼국의 역사를 주요한 시기나 사건을 중심으로 다시 정리하고자 했다. 그 결과물이 바로 이 책이었다. 그리고 그 뒤 《동국통감(東國通鑑)》이라는 57권짜리 역사서를 정리하기도 했다.

이런 국가적인 사업으로 더 큰 것은 《동문선(東文選)》이었다. 130권의 거질인 이 책은 삼국 시대부터 조선 초기까지의 시문학을 총집성한 이 시대 문학의 보고였다. 바로 이 책을 편찬하는 책임을 맡은 이가 서거정이었다. 요즘으로 치면 그는 이 거질의 판권자가 되는 셈이다.

다음으로 서거정이 주관하여 펴낸 서적이 《경국대전(經國大典)》과 《동국여지승람(東國輿地勝覽)》이다. 《경국대전》은 나라를 다스릴 큰 법전이다. 요즘으로 치면 '대한민국 헌법'에 해당한다. 조선 왕조가 성립된 뒤 이를 유지할 틀이 무엇보다 중요했을 터인데, 《경국대전》이야말로 그 기틀이었던 것이다. 《동국여지승람》은 조선의 대표적인 지리지이다. 지역과 촌락, 풍속 등을 집약한 이 책은 나중에 《신증(新增)동국여지승람》으로 다시 펴내게 되지만, 이 또한 조선 초기 정치 치세의 방도로 매우 중요한 서적이었다.

서거정은 이처럼 주로 세종 시대에 편찬된 국가적인 프로젝트 사업에 거의 대부분 책임자 또는 설계자로 참여했다. 역사서, 법제서(法制書), 지리서, 문학서의 편찬에 중심적인 역할을 수행했던 것이다. 이런 주요 학술 사업을 주도할 수 있었던 것은 그가 나라의 서적과 문서를 관리하는 홍문관의 관장인 대제학을 오랫동안 지냈기 때문이기도 하다. 대제학은 다른 말로 '문형(文衡)'이라고도 하는데, 이는 문(文)에 대한 지렛대 역할을 한다는 것으로 당대의 문권(文權)을 가진다는 상징적인 의미였다. 그는 이런 문형의 자리에 20년 넘게 있었는데, 결국 이는 그가 당대 최고의 학문적 능력을 가졌다는 반증인 셈이다. 실제 그는 한시문(漢詩文)뿐만 아니라 천문과 지리 등 다양한 방면에 뛰어난 것으로 알려져 있다.

이런 그의 개인 저작으로 문집인《사가집(四佳集)》이 있다. 그 외에 필기집이 있는데《태평한화골계전》은 그 가운데 하나이다. 서거정은 세 편의 필기집을 남겼는데, 나머지 2편이《필원잡기(筆苑雜記)》(1486)와《동인시화(東人詩話)》(1474)이다. 이들 작품집은 각각 소화, 일화, 시화로 분류되며, 이 유형을 총칭하여 '필기(筆記)'라 한다. 한 시대의 문형이었던 그가 이런 작품을 남긴 것 자체가 매우 흥미로운 사안이다.

—

《태평한화골계전》의 세계 - 웃음의 양면성

—

《태평한화골계전》은 서거정이 50대 후반이던 1477년에 정리한 것이다. 책명은 '태평한 시대에 한가롭게 웃을 만한 것을 모음'이라는 뜻이다. '골계(滑稽)'란 '말을 매끄럽고 유창하게 하여 그 안에 해학을 담는다'는 의미로, 예로부터 이런 이야기를 '골계담'이라고 불렀다. 요즘으로 치면 풍자코미디에 해당한다. 이 책은 현재 몇 가지 이본이 전하는데, 이본마다 수록된 이야기 수가 다르다. 중복된 이야기를 피하고 이본 간의 화수를 모아보면 대략 270화 정도가 된다. 즉 270여 가지 웃음 폭탄이라 할 만하다.

과거에는 이런 류를 '한담(閑談)'이라 하여 유가 지식인이 쓰거나 정리하는 것은 상당히 경계하는 분위기였다. 그런데 위에서 살폈듯이 이 책을 정리한 이가 다름 아닌 당대 국정의 핵심이자 문풍을 주도했던 서거정이 었다. 이런 글쓰기를 감시하고 제지해야 할 입장에 있어야 할 것 같은데 오히려 적극적으로 정리한 셈이다. 그래서인지 이 책의 서문에는 그가 주변의 부정적인 시선에 대해 신경을 쓴 정황이 잘 드러나 있다. 즉 그는 이런 이야기가 유학자로서 경계해야 할 것이지만 근심을 잊고자 정리해 본것이며, 아무 일도 안 하는 것보다 낫지 않겠냐는 투로 방어하고 있다. 그런데 실은 이런 글쓰기도 나름 전통이 있었다. 사대부들은 필요할 때마다 자신들 계층의 우월성을 과시하고 그 내부의 부패 또는 해이함을 경계하기 위해 이런 필기류를 꾸준히 정리해 온 것이었다.

아무튼 《태평한화골계전》은 우리 문학사에서 가장 많은 웃긴 이야기가 집약된 작품집이다. 그렇다면 주로 어떤 내용을 담고 있을까? 가장 많은 이야기는 사대부를 소재로 한 것들이다. 조정의 관료나 선비들의 직무와 일상에서 일어난 에피소드를 담고 있다. 대개는 그 대상이 주변머리가 없거나 탐학하거나 우직함 때문에 남에게 망신을 당함으로써 절로 웃음 짓게 하는 내용이다. 필요에 따라 무식함까지 더해짐으로써 여기에 등장하는 관리와 선비들은 그야말로 문제적인 개인이 된다. 이와 같은 관리들의 탐욕·탐학과 유자들의 비행에 대한 풍자와 조롱은 《태평한화골계전》 전편을 관통하는 하나의 주제임이 틀림없다.

그런데 이에 대한 목적성은 일종의 내부 관리 차원이 강하다. 원래 사대부는 선비와 벼슬아치를 함께 부르는 용어이다. 즉 '사(士)'는 벼슬하지 않은 선비의 상태를, '대부(大夫)'는 관직에 진출하여 벼슬하는 유자(儒者)를 뜻한다. 둘 모두는 당연히 그 출신이 유가 지식인이다. 이들은 당대의 기득권층이자 그 사회를 이끌어가야 하는 책임이 있었다. 이들이 비도덕적이거나 탐욕스럽거나 심지어 무지하면 유자로서는 결격인 것이다. 더구나 이런 문제가 밖으로, 즉 일반 서민 사회로 노출되면 저들의 치부가 드러나게 된다. 사실 이 점을 유가 지식인들은 상당히 경계했다. 그런 점에서 이들의 요즘말로 '웃픈' 상황은 경계와 단속의 대상이 되었다. 물론 여기에는 이런 에피소드를 통해 스스로의 문제점을 드러내는 자아비판의 성격 또한 없지 않았다.

그런데 이 책에는 이런 상층 지배 집단의 이야기만 있는 것은 아니다. 승려와 무인을 비롯해 환관, 촌민, 기녀, 장애인 등 이야기 주체가 매우 다양하다. 공간도 조정이나 한양에만 한정되지 않고 과거장(科擧場)을 비롯해 지방의 벽촌까지 확장되어 있다. 그리고 이야기의 소재도 연애담·풍속담 등이 등장하고, 성 소화(性笑話)가 보이기 시작한다는 점에서 이전의 골계담과는 분위기가 다르다. 그렇다면 그에 따른 소화 자체의 성격과 창작 의도에 변화가 있었던가? 일정한 변화가 있었다. 사대부 내의 이야기가 좀 점잖은 편이라면 이쪽은 훨씬 더 노골적이고 공격적이다. 이를테면 승려의 부도덕함과 외도, 무인들의 무식함과 무절제함 같은 매우 비하적인 시선이 투과되어 있다. 여기에 촌민이나 중하층의 무례함과 비천함까지 더해져 쓴웃음을 조장하기까지 한다.

여기서 또 한 가지 특기할 만한 것은 계급을 떠나 장애인이나 정신적 결함이 있는 사람이 예사롭지 않게 등장한다는 점이다. 환관과 애꾸눈, 맹인, 정신질환자 등이 그들이다. 이들은 모두 낮은 계급일 뿐만 아니라 신체적 결함이나 정신적인 공황으로 웃음을 유발하는 주체들이다. 특히 환관의 이미지는 역사적으로 임금의 주변에서 권력을 농단하는 부정적인 대상이다. 그런데 여기서는 그들이 가진 신체적인 결함이 강조된다. 사실 현대에도 장애인에 대한 시선과 대책은 여전히 문젯거리지만 과거 신분제 사회에서는 아예 사회적 대상으로 삼지 않을 만큼 소외된 존재들이 있다. 문제는 이들이 우스운 이야기의 주인공으로 등장했다는 점 자체가 새로운 국면이었다. 조롱과 폄하의 대상이 된 것 자체가 편저자의 시선을 넘어 우리에게 상정되지 않았던 점을 환기시키는 효과가 있는 셈이다.

덧붙일 만한 내용이 또 있다. 우스갯소리에는 성(性)에 대한 것도 빼놓을 수 없다. 이를 '성 소화'라고 하는데, 예나 지금이나 만인들에게 관심을 끄는 이야기 중에 하나는 성적인 농담 또는 성에 관한 이야기일 것이다. 이런 전통도 실은 상당히 오래되었다. '음담패설'이라는 용어는 이런 이야기에서 연원한 것이다.《태평한화골계전》에서 바로 이런 점들이 본격적으로 드러나기 시작한다. 가장 일반적인 것은 사대부 남성과 기녀와의 사이에 벌어지는 경우이다. 하지만 여기에 머무르지 않고 공간과 인물이 도회지나 상층 지배 집단이 아닌 무뢰한, 상것, 승려 등의 하층민으로 설정된 경우도 적지 않다. 음담패설의 주요한 소재처는 양반이 아닌 시골 무지렁이들에게서 나온 것으로 치부된다.

이처럼《태평한화골계전》은 양반 사대부들 주변에서 일어난 웃음 코드의 에피소드를 모은 것이어서 조선 전기 사(士)계층의 자기의식을 대변하고 있으면서도, 하층을 타자화하면서 자기 계층과의 구분을 시도하고 있다. 요컨대 사계층 내부 고발이라는 형식을 취하되, 타자화된 하층을 비교 대상으로 상정하여 함께 이야기 문면에 배치함으로써 그 이면에 보다 강고한 자기 계층의 정당성을 확보했던 것이다. 그렇다면 이 책은 한가함을 물리친다는 '파적(破寂)'이란 외피로 경직된 관료 세계를 조롱하는, 그래서 촌철살인적 효과를 가져왔다는 의미도 있고, 또 한편으로는 하층민의 삶을 이야기의 대상으로 전면화한 역할도 한 것이다.

《태평한화골계전》의 내용이 이런 양면성이 있기는 하지만, 그럼에도 모든 이야기는 웃음을 유발함으로써 신분이나 계층을 넘어 인간이면 누구나 누릴 수 있는 생활 속에서의 이완의 기능을 십분 발휘하고 있다. 또한 거기서 해학과 풍자라는 문학적인 효과도 거두었다. 그 한 예로 〈청기백기 이야기〉를 들 만하다. 한 부대에서 장군이 부하들을 집합시켜서 아내가 무서운 자는 청기 쪽으로, 무섭지 않은 자는 백기 쪽으로 가라고 했다. 그런데 모든 부하들은 다 청기 쪽으로 갔는데 딱 한 부하만이 백기 쪽에 간 것이다. 신통하여 그자에게 물었더니 "아내가 남들이 많이 간 데는 가지 말라"고 해서 청기 쪽에 가지 않았다는 것이다. 이 이야기는 그 소재만 다를 뿐 요즘 시대에도 '무서운 아내'라는 형식으로 많이 알려져 있다. 따지고 보면 이런 이야기는 시대를 불문하고 있어왔다.

—

소화(笑話)의 전통과 《태평한화골계전》

—

서거정의 《태평한화골계전》은 다양한 계층의 인물들이 벌이는 웃음 페스티벌이라고 할 수 있겠다. 그런데 이런 소화의 전통은 상당히 오래되었다. 중국에서는 한나라 때 나온 사마천의 《사기》에 〈골계열전〉이라고 하여 몇몇 인물들의 우스개 이야기를 싣고 있다. 주로 황제 주변에서 비상한 말재주로 정치와 교화에 도움을 주는 인물들이 등장한다. 이것이 당송대에 들어와 사대부 소화로 발전했다. 이런 전통은 고려 시대에도 있어서 이인로의 《파한집》이나 이제현의 《역옹패설》 같은 필기집에 일부분 실리게 된다. 한편 민간 또는 하층의 삶 속에서 일어난 웃긴 이야기는 입에서 입으로 전해오고 있었다. 우리는 이쪽을 '민간 소화'라고 부른다.

그런데 고려 시대에는 독립된 소화집이 따로 없었다. 이런 소화집으로 처음 등장한 것이 《태평한화골계전》이다. 즉 서거정은 고려 시대에 뒤섞여 있었던 필기류를 구체적으로 나누어 사대부들의 일화집인《필원잡기》와 시화집인《동인시화》와 함께 소화집으로 이 책을 정리한 것이다. 따라서 서거정에 와서 필기집은 개별화 되면서 분명한 자기 색채를 가질 수 있었다. 더구나《태평한화골계전》은 사대부들의 소화에만 한정되지 않고 민간의 소화까지 포함하여 그 시대까지의 우스운 이야기 전체를 집대성했다. 이런 류는 그 이후 한동안 보이지 않다가 조선 후기에 와서《고금소총(古今笑叢)》이라는 음담패설집으로 집약되게 된다. 이런 점에서《태평한화골계전》은 자료로써 상당히 귀중한 것이다.

우스운 이야기는 어느 시대에나 있는 법이다. 이런 소화는 시대적·지역적 특성에 따라 그 양상이 조금씩 다르기는 하지만 당대를 살아가는 사람들은 이 우스운 이야기를 통해서 웃고 포복절도하고 심지어 슬퍼하기도 한다. 그 웃음이라는 것도 비웃음과 쓴웃음이 교차할 터다.《태평한화골계전》은 바로 이런 이야기들을 모은 최초의 본격적인 소화집이다.

- 정환국

참고 문헌

이래종 역주,《역주 태평한화골계전》, 태학사, 1998.

이강옥,〈〈태평한화골계전〉 연구〉,《인문연구》16집 27호, 영남대학교 인문과학연구소, 1994

정환국,〈초기 소화(笑話)의 역사성과 그 성격〉,《한국한문학연구》49집 2호, 한국한문학회, 2012.

四
조선 전기 사회상의 모든 기록

조선조 사대부 사회의 성립과 창녕 성씨

—

조선 왕조는 고려의 귀족 사회와 달리 한문이라는 동아시아 중세 보편 문자를 중심으로 형성된 '사(士)'와 '대부(大夫)'를 아우른 이른바 '사대 부' 계층이 주축인 사회이다. 이들은 자신들의 존재 근거로써 '문학(文學)'에 전문적 재능을 연마하여, 특히 세종(재위 1418~1450)에서 성종(재위 1469~1494)에 이르는 15세기의 정치·경제·과학기술·문화 등 다방면에 서 다양한 역량을 꽃피웠다. 성현(1439~1504)은 이러한 조선 전기의 전성 기에 활동하며 자신의 역량을 발휘했다.

그는 본관이 창녕으로 자는 경숙(磬叔), 호는 용재(慵齋)·부휴자(浮休 子)·허백당(虛白堂)·국오(菊塢)이며, 시호는 문대(文戴)이다. 그가 속한 창녕 성씨 집안은 고려조에 창녕의 호장(戶長)을 지낸 성인보를 시조로 삼고 있다. 고려 말부터 관직에 오르기 시작한 혁혁한 문벌 가문이다.

우리 성씨(成氏)는 창녕 부원군 이후로 점점 커졌다. 부원군에게는 세 아
들이 있었는데, 맏아들 석인은 좌정승인 창녕 부원군이었고, 다음 석용
은 유수(留守)였으며, 그다음은 나의 증조인 예조판서이다. 정승의 아들
인 발도는 좌참찬을 지냈고, 유수의 아들인 달생은 판중추였으며, 개(槩)
는 관찰사에 이른 분이다. 그리고 증조께서는 세 아들을 두었으니, 맏아
들은 바로 나의 조부인데 지중추부사였고, 다음인 유(柳)는 우참찬이었
으며, 그다음인 급(扱)은 첨지중추부사를 지내었다. 나의 선친께서도 삼
형제였는데, 아버지는 맏이로서 지중추부사였고, 다음은 우의정으로 창
성 부원군이 되었으며, 그다음은 형조 참판이었다. 나의 형제도 셋인데,
큰형은 좌참찬이요, 다음 형은 정언(正言)이며, 막내는 나다.

이처럼 창녕 성씨 집안은 조선 전기의 주요 관직을 맡으며 대표적 문벌
가문을 이루었다. 성현 자신도 21세에 진사, 24세에 식년(式年) 문과에 급
제한 다음 형조 참판, 대사헌 등을 거쳐 위 인용문을 작성한 시점에는 예
조판서에 올랐다고 한다. 그는 이후 공조판서, 홍문관 대제학, 예문관 대
제학에 올라 과거에서 인재를 뽑는 문형(文衡)을 맡기에 이른다.

여기서는 큰형인 성임(1421~1484), 중형(仲兄)인 성간(1427~1456)과 성
현까지 삼형제에 주목해 보기로 한다. 성현은 12세의 어린 나이에 부친을
여의고 큰형 성임에게 수학해 "내가 성장하여 오늘날에 이른 것은 모두
백형"의 힘이라고 했다. 성임도 "내가 초시(初試), 중시(重試), 발영시(拔英
試)에 급제하고, 둘째 또한 급제하고, 너(성현) 역시 초시, 발영시, 중시에
급제"했다며 형제의 문학적 역량과 자부심을 언급한 적이 있다. 특히 성

임은 중국 북송 초년에 이방 등이 간행한 500권 7000여 화에 달하는 박물지라고 할《태평광기(太平廣記)》를 간추려《태평광기상절(太平廣記詳節)》 50권을 편찬했고, 여기에 우리나라에 전하던 다양한 기록을 더해《태평통재(太平通載)》를 간행한 바 있다. 이는 박학에 근거한 이들 형제의 문학적 역량을 보여주는 대표적 사례이다.

성현은 보다 다방면에서 재능을 발휘했다. 황필은 지금 소개할《용재총화(慵齋叢話)》의 발문에서 성현의 저술을 이렇게 열거했다.

> 《허백당집》 30권,《주의패설(奏議稗說)》 12권,《상유비람(桑楡備覽)》 40권이 있으며,《경륜대궤(經綸大軌)》 50권은 아직 탈고에 이르지 못했고, 또《풍소궤범(風騷軌範)》,《악학궤범(樂學軌範)》,《부휴자담론(浮休子談論)》은 모두 그가 찬술한 바이며,《용재총화》는 그 중 하나이다.

다른 기록에 따르면《금낭행적(錦囊行跡)》 43권도 있었다지만《금낭행적》 및《주의패설》,《상유비람》,《경륜대궤》 등은 아쉽게도 전하지 않는다. 제목으로 유추해 보자면 아마도《금낭행적》은 시화집 혹은 시집,《주의패설》과《상유비람》은《용재총화》와 같은 필기류 저술,《경륜대궤》는 관직 경험을 바탕으로 한 규범서나 지침서로 여겨진다. 현전하는《풍소궤범》과《악학궤범》은 '시학(詩學)'을 뜻하는 '풍소'와 '음악학'의 '악학'에 대한 '모범, 기준'이라는 의미에서 '궤범'으로 명명한 편찬서이다. 두 저술은 성현이 예조판서로 있는 동안 자신의 관심과 역량을 발휘한 국가사업의 하나였다. 그렇다면《용재총화》의 성격과 특징은 과연 어떠한지 살펴보기로 하자.

—

민간의 백성에 대한 관심과 잡박한 견문의 기록

—

성현의 대표적 저술 가운데 하나인《용재총화》는 이인로(1152~1220)의 《파한집》, 최자(1188~1260)의《보한집》, 이제현(1287~1367)의《역옹패설》과 같은 필기(筆記)라는 문학 양식의 전통을 이은 작품이다. 견문을 기록했다는 저술 방식은 공통적이지만 실린 내용에서 저마다 특색을 보여준다.《파한집》과《보한집》이 시인들의 한시 창작과 관련된 이야기를 담은 시화(詩話)에 집중한다면,《역옹패설》은 여기에 더해 역대 군왕의 사적과 공경대부들의 일화(逸話)를 대거 수록하고 소화(笑話)를 곁들였다. 이후 조선 전기에는 서거정이 이를 보다 전문화시킨 일화집《필원잡기》, 시화집《동인시화》, 소화집《태평한화골계전》을 저술한 바 있다.

성현은 '이야기 다발'이라는 의미의 '총화'라는 이름에 걸맞게 다양한 내용을 한데 모아 총 10권, 전체 326화의 분량으로 저술했다. 대체적으로는 권1·2에 야사(野史), 권3·4에 일화, 권5·6에 소화와 시화, 권7~10에는 혼효된 양상으로 일정한 경향성을 갖는다고 할 수 있지만 일률적이지는 않다. 이렇게 본다면 기존 필기의 수록 내용과 차이가 없는 듯도 한데, 황필은 그 내용상의 특징을 이렇게 정리했다.

> 우리나라 문장(文章)·세대(世代)의 오르내림, 도읍·산천·민간 풍속의 미악(美惡)과 성악(聲樂)·복축(卜祝)·서화(書畵) 등의 기예, 조정과 재야의 기쁨·놀라움·즐거움·슬픔 등으로 담소의 재료가 되고 심신을 기쁘게 하며, 국사(國史)에 미비한 내용이 모두 이 저술에 실려 있다.

일반적인 필기들이 주로 문장·세대·조정의 일들에 대해 기록하고 있는데, 성현은 이를 보다 확장하여 도읍·산천을 비롯한 음악·점술·서화의 기예에 이르는 거의 모든 분야에 관심을 보였다는 점에 주목했다. 실제 권1의 경우 국가 제도에 대한 야사를 수록하고 역대 학자와 문장가에 대한 품평으로 시작하여 서화가와 음악가, 한양 도성의 명승지 소개를 거쳐 사회 풍속의 변천상까지 소개한다. 그다음으로 잡희, 나례희, 처용무, 관화(觀火, 불꽃놀이)와 같이 궁궐에서 행해지던 국가 전례에 속하는 행사들을 소개한 대목은 당장이라도 재현할 수 있을 성도로 세부적인 상황까지 기록했다.

이와 같은 기록은 기존의 필기·잡록들이 비교적 관심을 두지 않았던 대목으로 '재야'에 대한 관심이라는 점에서 특징적이다. 《용재총화》는 음악가, 무용수, 서화가에 대한 단순한 관심에 그치지 않고 예술 분야의 주체, 그가 공연한 내용과 형식까지 면밀히 살펴보고 기록했다는 점에 주목해야 한다. 폭이 넓고도 세심한 관심은 보다 나아가 백성들에게로 이어지는데, 이는 기존의 필기에 거의 등장하지 않던 내용이었다.

옛날에 어떤 상좌(上座)가 그의 사승(師僧)에게 말하기를, "까치가 은수저를 입에 물고 문 앞에 있는 가시나무에 올라앉아 있습니다." 하니, 사승이 이를 믿고 나무를 타고 올라가자 상좌가, "우리 스승이 까치 새끼를 잡아 구워 먹으려 한다." 하고 크게 소리 질렀다. 사승이 어쩔 줄을 몰라 내려오다가 가시에 찔려 온몸에 상처를 입고 노하여 상좌의 종아리를 때렸더니, 상좌가 밤중에 사승이 드나드는 문 위에 큰 솥을 매달아놓고는 "불이야." 하고 외쳤다. 중이 놀라서 급히 일어나 뛰어나오다가 솥에 머리를 부딪쳐 기절해 땅에 엎어졌다가 한참 후에 나와 보니 불은 없었다.

사승이 노하여 꾸짖으니 상좌는, "먼 산에 불이 났기에 알린 것뿐입니다." 했다. 사승이 말하기를, "이제부터는 다만 가까운 데 불만 알리고 반드시 먼 데서 난 불은 알리지 말라." 했다.

사승과 상좌 사이에 벌어지는 속이고 속는 유형의 이야기이다. 성현은 숭유억불(崇儒抑佛)을 기본 정책으로 삼던 조선 시대에 팔관회와 같은 불가의 전례를 상세히 기록하는 데 그치지 않고 그들의 직분 관계에서 야기된 민간의 우스개 이야기까지도 소재로 삼았다. 이런 이야기는 유독 권5에 상당수 수록되었다.

종실(宗室) 풍산수(豐山守)는 매우 어리석은 숙맥이었다. 집에서 오리를 길렀는데 계산을 할 줄 몰라 오직 쌍쌍으로만 세었다. 하루는 집의 아이 종이 오리 한 마리를 삶아 먹었더니 그는 쌍으로 세다가 한 마리만 남자 크게 노하여 종을 때리며, "네가 내 오리를 훔쳤으니 반드시 다른 오리로 변상하여라." 했다. 이튿날 종이 또 한 마리를 삶아 먹었더니, 그는 쌍으로 세어보아도 남는 짝이 없으므로 매우 기뻐하며 "형벌이 없지 않을 수 없도다. 어제 저녁에 종을 때렸더니 변상해 바쳤구나."라고 했다.

종실은 왕실의 친척이므로 상층의 일화를 기록한 것 같지만 실제 내용은 민간에서 전해지는 치우담(癡愚談, 바보 이야기)에 가깝다. 오히려 주인공은 꾀 많은 아이 종이니 재담으로 보아야 할 듯도 싶다.《용재총화》에는 이와 유사한 민간의 이야기가 대거 수록되었다. 기존의 필기가 상층 사대부와 문인들의 주변에 관심을 기울였다면,《용재총화》는 야사·일화·시화·소화를 기반으로 삼으면서도 견문의 범위를 민간에까지 대폭 확장한 셈인데, 이는 필기 양식의 전개에서 하나의 획을 그은 과정이다.

기록문학인 필기의 새로운 전통과 야담

고려에서 조선까지 창녕 성씨 집안의 문벌적 기풍 속에서 성장한 성현의 문학 세계의 한 단면을 《용재총화》를 통해 살펴보았다. 특히 《용재총화》는 고려 후기 사대부 사회의 점차적인 성장 과정에서 출현한 필기·잡록의 저술이면서 보다 광범위한 사회상과 하층 민간에까지 관심을 가지고 기록으로 남겼다는 점이 특징적이다. 《용재총화》 이후 야사·일화·시화·소화 혹은 이를 혼합한 필기 작품들이 다양한 문인들의 손에서 지속적으로 저술되면서 새로운 흐름을 형성했다는 점은 더욱 주목할 필요가 있다.

조선 중기 유몽인(1559~1623)의 《어우야담(於于野談)》이 대표적인 경우이다. 이때는 경제가 성장하고 인구가 증가하면서 다양한 유형의 인물들이 생겨나고, 그에 따른 욕망의 분출이 흥미로운 민간의 이야기들을 생성시키며 전파되던 시기였다. 성현의 《용재총화》가 조선 전기의 정치·경제·사회·문화의 제 방면에서 능력을 발휘한 특출한 문인의 관점에서 잡학다식한 인문학적 소양을 발현한 것이라면, 《어우야담》은 이와 같은 필기류의 전통에 힘입어 조선 중기의 변화된 사회적·경제적 상황을 그려내었다. 이 과정에서 다양한 인물들의 욕망과 사건이 포착된 보다 서사적인 민간의 이야기들이 기록되었다. 이처럼 서사적인 이야기가 강화된 문인들의 기록을 '야담'이라 부르는데, 《어우야담》은 '야담'이라는 명칭을 처음 사용한 작품에 해당한다.

조선 후기에는 보다 서사성이 농후한 구전(口傳)에 관심을 보여 이들만을 기록한 야담집이 출현했고, 3대 야담집으로 불리는《청구야담(靑邱野談)》,《계서야담(溪西野談)》,《동야휘집(東野彙集)》이 등장하기에 이른다. 이는 한문소설과 국문소설의 전통과는 달리, 우리나라 서사문학사에 새로운 흐름을 형성한 것이라는 점에서 특기할 수 있다. 이렇게 성현의《용재총화》는 상층의 문학적 재능이 하층의 생기발랄한 구전을 과감하게 기록함으로써 이후 탄생한 작품들의 선도적인 역할을 담당할 수 있었다.

– 신상필

참고 문헌

김남이·전지원 외 옮김,《용재총화》, 휴머니스트, 2015.
김준형,〈조선 전기 필기·패설의 전개 양상〉,《새민족문학사강좌 1》, 창비, 2009.
이강옥,《조선 시대 일화 연구》, 태학사, 1998.
임형택,〈문학의 예술성·다양성을 추구하다 – 허백당집(虛白堂集)〉,〈시의 원류에 이르는 길 – 풍소궤범(風騷軌範)〉,《우리 고전을 찾아서》, 한길사, 2007.
신상필,〈필기의 서사화 양상에 대한 연구〉, 성균관대학교 박사학위논문, 2004.

16세기 서얼의 눈으로 본 잡다한 이야기

어숙권과 《패관잡기》

—

어숙권은 1510년 무렵에 태어났다. 고조부가 집현전 직제학 어변갑, 증조부가 이조판서 어효첨, 조부는 좌의정 어세겸의 동생이며 병조판서를 지낸 어세공, 부친이 양양 부사를 지낸 어맹순이니 명문가 자제라 하겠다. 그러나 정작 어숙권은 서얼 출신으로, 빼어난 능력이 있음에도 높은 관직을 얻지 못했다. 그가 16세 무렵인 1525년에 이문학관(吏文學官)이 된 이후로 내내 중국어 관련 관료로 지냈던 것도 그가 서얼이었기 때문이다.

이문학관은 말 그대로 '이문(吏文)'을 탐구하는 관리로, 조선 시대 외교 문서를 담당하던 승문원에 속해 있었다. 몽골이 중국을 지배한 13세기 이후 중국 한족은 북방 민족과 융합되기 시작했다. 문장도 기존에 쓰던 문언(文言)에 구어가 뒤섞여 사용되었다. 독특한 문체가 만들어진 것이다.

그런데 바뀐 글쓰기 방식은 외교문서에도 그대로 적용되었다. 조선에서는 이런 글을 이문(吏文)이라 불렀다. 당시로서는 이문이 퍽 난삽하고 어려웠기에 이에 대한 일들을 주관할 기구 및 관리가 필요했다. 그래서 만들어진 것이 곧 이문학관이었다. 《패관잡기(稗官雜記)》에 중국 및 이문 관련 내용이 많이 보이는 것도 어숙권이 살아온 이런 배경에 기초해 있다.

어숙권의 스승은 최세진이다. 최세진은 당시 임금의 교지를 받들어 《노걸대(老乞大)》나 《박통사(朴通事)》와 같은 중국어 교과서를 번역하고, 《사성통해(四聲通解)》 및 《훈몽자회(訓蒙字會)》 등 중국어 관련 책을 짓기도 한 인물이다. 어숙권 스스로가 말했듯이, 수십 년 동안 이문의 체제와 격식을 알고 남의 비판을 면할 수 있었던 것은 모두 최세진의 가르침 덕분이라고 할 만큼 어숙권의 삶에 끼친 최세진의 영향은 적지 않았다. 어숙권은 시를 짓고 비평하는 데에도 탁월했다. 그는 여러 차례 하절사(賀節使)로 중국에 다녀오기도 했고, 우리나라에 온 명나라 사신을 맞이하기도 했다. 그때마다 중국 사신들과 시를 주고받아야 할 일이 많았는데, 《패관잡기》에 실린 그들과 주고받은 시와 시 비평이 적지 않다. 또한 소세양과 같은 대문인의 시 논평에 대해서 거침없이 비판하기도 한다. 그만큼 어숙권은 시를 보는 안목에 대한 자긍심이 있었고, 이런 토대가 마침내 자기만의 독자적 문학 세계로 이어질 수 있었다. 심지어 율곡 이이도 어숙권에게 배웠다고 했을 만큼 어숙권의 학문 세계가 만만치 않았음을 짐작할 수 있다. 어숙권이 지은 책으로는 김안국의 요청에 의해 지은 《이문》, 《속이문》 등이 있었지만, 현재까지 남은 것은 《패관잡기》와 《고사촬요(故事撮要)》 두 종뿐이다. 《고사촬요》는 1554년에 지은 것으로 우리나라 행정에 필요한 제반 요인을 제시해 놓은 일종의 실용서라 할 만하다. 사대교린(事大交隣)을 비롯한 우리나라 외교 및 행정 전반을 운영하는 내용이 위주이다.

《패관잡기》는 본래 6권으로 구성되어 있었다. 6권으로 된 책은 조선 후기 김려(1766~1822)가 편찬한 《광사(廣史)》에 온전히 실려 있었다. 그러나 《광사》는 일본 동경제국대학 도서관에 소장되어 있다가 1923년 관동 대지진 때 불타 없어졌다. 반면 장서각에 소장되어 있는 《한고관외사(寒皐館外史)》에는 6권 3책으로 구성된 《패관잡기》가 있는데, 이 책에는 《광사》에 실려 있던 《패관잡기》의 내용이 전부 수록된 것으로 보인다. 실제 《한고관외사》 편찬자 김려가 "지금 이치수에게 그 완질을 빌려서 읽었다."라고 했으니, 《한고관외사》에 실린 《패관잡기》는 원형을 갖춘 텍스트라 할 만하다. 《한고관외사》에 실린 이야기 수는 총 470여 편이다. 그런데 현재 우리가 일반적으로 보는 《패관잡기》는 1754년 무렵에 편찬된 것으로 알려진 《대동야승(大東野乘)》에 수재한 4책본이다. 일찍이 국역까지 된 책이라 접근성이 용이한 까닭이다. 그러나 《대동야승》에 실린 《패관잡기》에는 수록된 이야기가 총 270여 편으로, 3책본에 비해 200여 편이 적다. 《패관잡기》의 온전한 모습은 아니다. 현재 각종 사전이나 인터넷에 소개된 텍스트에 대한 신중하면서도 비판적인 접근이 요구된다.

—

《패관잡기》의 구성 및 내용

—

《패관잡기》는 다양한 이야기를 모아놓은 필기 작품집이다. 1권에는 80편, 2권에는 92편, 3권에는 79편, 4권에는 82편, 5권에는 75편, 6권에는 64편 등 총 472편의 이야기가 실려 있다.

필기는 기본적으로 국가의 전고(典故)와 사대부의 행적을 갖춰 기록하는 데에 초점을 맞춘다. 《패관잡기》 역시 처음에는 명나라 태조 주원장에서부터 어숙권이 살던 당대의 황제인 세종의 휘(諱)·연호(年號)·재위 기간 등을 제시했다. 이어서 조선 왕조의 건국, 명나라와 왕래한 사신, 유구국, 대마도 등 제반 정보를 담아냈다. 국가 전고를 《패관잡기》 서두에 배열하고, 책 뒤로 가면서 중국 사신들과 주고받은 글과 시, 우리나라 시인들의 작품에 대한 소개 및 비평, 각종 현상에 대한 고증, 미신 및 서얼 등과 같은 사회문제에 대한 입장, 인물 일화·소화를 비롯한 설화 등도 실어놓았다.

이처럼 다양한 내용을 제시하는 글쓰기는 동양의 전통적인 글쓰기 방식이다. 작가가 제시한 하나의 줄거리를 따라가면서 답을 찾는 방식이 아니라 여러 가지 단편적인 이야기를 나열해 놓음으로써 독자가 스스로 그중에서 자신에게 적합한 답을 선택케 하는 방식이 그러하다. 그렇기 때문에 《패관잡기》에 실린 472편 각각의 이야기는 독자마다 그 값어치를 달리한다. 독자의 기호에 따라 각 편의 이야기에 대한 호불호도 나뉜다. 그럼에도 《패관잡기》에서 중요하게 다루는 내용은 당시에 향유되었던 문학의 전범에 대한 고증이라 할 만하다. 실제 김려가 책 말미에 붙인 〈제패관잡기권후(題稗官雜記卷後, 패관잡기 책 뒤에)〉라는 글에서 "나중에 사헌부와 같은 데서 글을 써야 할 사람이 표문(表)이나 지문(志)을 지어야 한다면 이 책에서 취해야 할 것이 필시 많을 게다."라고 한 것도 이런 면에 주목했던 까닭이다.

《패관잡기》에는 교술적인 내용이 위주지만 이 밖에 당시 사회의 문제를 지적한 작품도 적잖이 보인다. 그 대표적인 예가 서얼 문제를 다룬 작품이다. 어숙권 자신이 서자로 있으면서 겪은 고충이 컸던 탓인지 이에 대해서는 문제 제기와 함께 일정한 비판도 더해진다.

서얼 자손에게 과거와 벼슬을 못하게 한 것은 우리나라 옛 법이 아니다. 《경제육전(經濟六典)》을 살펴보면, 영락 13년(1415) 우대언(우승지) 서선 등이 "서얼 자손들에게는 높고 귀한 벼슬을 주지 않음으로써 적자와 서자를 분별하자."라고 아뢰었다. 이로써 볼진대 1415년 전까지는 서얼도 높고 귀한 벼슬을 했지만, 그 이후부터 과거 시험이 적자에게만 허용되었음을 알 수 있다. 《경국대전》이 편찬된 이후로 벼슬길에 나아가지 못하도록 한 금고(禁錮)가 더해졌는데, 지금 채 100년도 되지 않았다. (중략) 경대부의 자손이 단지 외가가 못났다는 것 때문에 대대로 벼슬길에 나아갈 수 없으니, 비록 출중한 재주를 지녀 쓸 만한 그릇인데도 끝내 들창에 머리를 조아린 채 죽고 만다. 지방의 아전이나 수군(水軍)만도 못하니, 어찌 가련하지 않은가?

서얼에 대한 금고가 100여 년도 채 되지 않은 문제적인 제도이며, 서얼의 처지에 대한 안타까움을 드러냈다. 서얼에 대한 내용은 《패관잡기》곳곳에서 보인다. 그러나 그 비판이 직접적이거나 노골적이지는 않다. 예컨대 한편에서는 출신을 숨기거나 한 집안의 비호를 얻어서 과거에 급제하는 서얼이 있는데, 그들은 오히려 서얼들 앞에서 더할 수 없이 교만하게 굴지만 사람들이 알지 못한다는 이야기도 그러하다. 이 이야기는 두 가지 문제를 말한다. 하나는 이중적인 인물에 대한 풍자이고, 다른 하나는 다른 사람이 알 수 없을 만큼 서얼은 적자들과 다를 게 없다는 주장이다. 어숙권은 서얼에 대한 불만을 제기하지만 완곡하면서도 우회적으로 접근하고 있음을 알 수 있다. 태생적 굴레와 사회적 현실이 이율배반적으로 존재하던 데서 비롯된 결과이다.

문학에 대한 교술적 논의나 사회적 문제를 지적한 작품 외에도 《패관잡기》에는 다양한 내용이 입체적으로 제시되어 있다. 이질 치료 및 종기 치료 방법이나 죽은 사람을 회생시키는 방법 등과 같은 민간 풍속이라든가, 김시습·신사임당·이산해 등과 같은 특정한 인물의 일화, 먹 만드는 법이나 응급 처방 같은 실용적 내용 등 흥미로운 이야기들이 적지 않다.

—

조선 초기 잡록으로서의 면모와 의의

—

조선 초기에는 다양한 잡록이 산출되었다. 15세기에 이미 서거정의 《필원잡기》, 성현의 《용재총화》 등이 만들어진 바 있다. 어숙권의 《패관잡기》는 이런 잡록 서술 전통 아래 만들어졌다. 실제 《패관잡기》에는 당시까지 향유되던 잡록들을 소개하기도 했다.

> 동국(東國)에는 소설이 적다. 오직 고려 시대 대간을 지낸 이인로의 《파한집》, 졸옹 최자의 《보한집》, 익재 이제현의 《역옹패설》이 있다. 본조(조선)의 것으로는 인재 강희안의 《양화소록》, 사가 서거정의 《태평한화골계전》·《필원잡기》·《동인시화》, 진사 강희맹의 《촌담해이》, 동봉 김시습의 《금오신화》, 이륙의 《청파극담》, 허백당 성현의 《용재총화》, 추강 남효온의 《육신전》·《추강냉화》, 매계 조위의 《매계총화》, 교리 최부의 《표해기》, 해평 정미수의 《한중계치》, 충암 김정의 《제주풍토기》, 적암 조신의 《소문쇄록》이 세상에 전한다.

고려 시대 이인로의 《파한집》부터 조선 시대 조신의 《소문쇄록》까지 총 15인이 편찬한 18종의 잡록을 소개해 놓았다. 당시에는 잡록을 '보잘것없는 자잘한 이야기'란 뜻으로 '소설(小說)'이라 했는데, 오늘날 우리가 쓰는 '소설(novel)'과는 그 의미가 다르다. 《패관잡기》는 이처럼 다양한 이야기를 담은 잡록의 전통을 이은 작품이라는 점에서 그 의의를 지닌다. 그렇지만 이런 잡록들도 세분하면 약간씩 그 층위가 있다. 그 양상은 서거정이 편찬한 세 권의 책에서도 확인할 수 있다. 《필원잡기》처럼 다양한 지식의 전달을 목적으로 한 필기류, 《태평한화골계전》처럼 골계미에 초점을 맞춘 패설류, 그리고 《동인시화》처럼 시와 관련한 다양한 이야기들을 담은 시화류가 그러하다. 어숙권이 소개한 잡록들도 대체로 이 기준에 따라 분류된다. 《패관잡기》는 이 중에서 《필원잡기》와 같은 필기류에 속하는 잡록이라 할 만하다. 이런 잡록류는 이후 야담이라는 장르를 창출하는 원동력으로 작동하는데, 《패관잡기》 역시 《기문총화》 등 후대의 야담집에 일정한 영향력을 주기도 했다.

– 김준형

참고 문헌

민족문화문고간행회 역주, 《대동야승 – 패관잡기 1》, 민족문화추진회, 1973.
한국정신문화연구원, 《한고관외사 1》, 한국정신문화연구원, 2002.
이수인, 〈《패관잡기》 연구 시론〉, 《한문학논집》 18, 근역한문학회, 2000.

六
시정 세태와 인간 군상에 대한
방대한 서사 정신

유몽인의 문학관과 《어우야담》의 저술 배경
—

유몽인(1559~1623)은 조선 왕조를 전기와 후기로 가르는 17세기 전후에 활동한 인물이다. 1592년에 발발한 임진왜란은 동아시아의 기존 질서를 뿌리째 뒤흔든 대전란이었으며, 7년의 전쟁을 겪으면서 그간 잠재해 있던 조선 체제의 모순은 사회 각 방면에서 전면적으로 노출되었다. 유몽인의 《어우야담(於于野譚)》은 이러한 대전환기에 정치·사회가 전변하는 시대상을 충실히 증언한 기록이다. 그 글쓰기 방식은 '필기(筆記)'라는 한문학 특유의 형식에 기초해서 '야담(野談)'이라는 새로운 경지를 개척한 것으로 우리 문학사에서 각별한 의의를 차지하고 있다. 야담이라는 새로운 서사 양식을 창출한 배경을 이해하기 위해서는 먼저 그의 문학관을 살펴볼 필요가 있다.

유몽인은 평생 문장가로 자부한 인물이다. 그가 만년에 금강산에서 은거할 때 그곳의 스님에게 "나 같은 사람은 덕행이 남만 못하고, 지혜도 남만 못하고, 총명도 남만 못하나 오직 문장에 있어서는 고인에 뒤지지 않습니다."(《증금강산승종원서(贈金剛山僧宗遠序)》)라고 한 데서 이 점이 잘 드러난다. 젊은 시절 일정한 스승 없이 독학으로 학업을 닦은 유몽인은 유가 외에 도가와 불가 등의 다양한 서적을 두루 섭렵했다. 이는 그만의 개성적 문체를 형성하는 밑거름이 되었으며, 당시 일반적인 문풍과는 다른 것이었다. 그가 1589년 31세의 나이로 과거 시험에서 삼장(三場)에 모두 장원을 차지했을 때, "백년 이래 처음 보는 기이한 문장"(노수신, 유성룡)이라는 극찬과 함께 "법식을 벗어난 문장"(심수경, 정문부)이라는 혹평이 함께 했던 것은 그 독특한 개성에서 연유하는 것이다.

유학만이 아니라 도가, 불가 등의 다양한 사상을 폭넓게 받아들인 유몽인은 개방적 자세에 입각한 상대주의적 사유를 지닌 인물이기도 하다. "세상 일이 무엇이 옳고 무엇이 그르며, 무엇이 순리에 맞고 무엇이 거슬린 것이며, 무엇이 같고 무엇이 다르며, 무엇이 올바르고 무엇이 사악한 것인가?"(《증이성징영공부경서(贈李聖徵令公赴京序)》)라고 한 바 있는 그는, 유학적 세계관에 안주하지 않고 시대의 고민과 마주하며 이를 문학 속에 담고자 했다. 유몽인의 문장에서 두드러지게 나타나는 풍자 정신과 역설적 어법은 문학을 통해 시대의 모순을 비판하고 그 해결을 추구하고자 한 현실 인식을 반영한 것이다.

유몽인이 상대주의적 사고방식을 지니게 된 데에는 폭넓은 대내외적 체험이 크게 작용한 것으로 보인다. 유몽인은 평생 네 차례 어사 직을 수행하고, 세 차례에 걸쳐 중국 사행을 했던 인물이거니와, 이 중 세 차례의 순무어사 직은 임진왜란 중에 수행되었다. 7년간의 대전란으로 조선 사회의 제반 모순이 낱낱이 드러나고 지배 이념이 심각하게 동요되는 것을 목도하면서 유몽인은 기존의 질서와 가치에 대해 심각하게 고민했다. 그리고 그 해결 방안을 모색하면서 현실의 여러 문제를 탄력성 있게 받아들이고 열린 관점에서 사고하고자 했다.

유몽인이 필기의 전통을 계승하면서 야담이라는 새로운 문학 양식을 창출할 수 있었던 것은, 풍자를 중시하는 문학관과 함께 상대주의적 사유에 입각해 시대의 변모상을 열린 자세로 수용한 데서 그 원인을 찾을 수 있다. 그는《어우야담》을 저술한 소감을 읊은 시〈영회제어우야담(詠懷題於于野譚)〉에서 "벼슬아치 행색 본디 장자의 물색 아니거니,《춘추》로 어찌 공자의 저술을 이으랴?"라고 한 바 있는데, 이는《어우야담》의 저술 동기가 장자의 우언(寓言) 방식으로 현실을 풍자·비판하고자 한 것임을 드러낸다. 유몽인은 시대상을 있는 그대로 서술하기보다는《장자》의 우언적 수법으로 표현함으로써 시대상이 담고 있는 의미를 포착하고자 했다. 곧 이야기의 사실성보다는 문학적 진실성을 추구하고자 한 것이다. 이는 유몽인이 필기에서 야담으로의 전환을 이끌어낸 문학관의 핵심으로 여겨진다.

—

최초의 야담집 《어우야담》의 체재와 내용

—

《어우야담》에는 총 558편의 이야기가 수록되어 있으며, 이야기의 성격이 매우 다양하나. 시화(詩話)와 고증·잡록류의 기록들, 인물의 일화 및 사건담, 또는 귀신담 등 여러 성격의 서사 기록이 뒤섞여 있는 것이다. 이야기 제재의 다채로움과 서사 방식의 다양성은 후대 야담집과 구별되는《어우야담》의 주요한 특징이다. 이는《어우야담》이 필기의 전통을 계승하면서 야담 양식을 개척한 과도기적 저작이기 때문이다.《어우야담》의 저작 성격을 이해하기 위해서는 먼저 필기와 야담의 성격에 대해 살펴볼 필요가 있다.

필기는 저자가 견문한 사실을 기록한 문학으로, 광의의 서사 양식에 속한다. 그 서사 방식은 오늘날의 수필과 유사하지만, 보다 광범위한 제재와 내용을 담고 있다. 즉 학술 고증적 기록, 시에 관한 이야기와 논평, 일상생활에서 일어난 특별한 사건을 다룬 일화, 구전되는 전설이나 민담, 여행의 체험을 기록한 일기, 오늘날 인터넷에서 흔히 접할 수 있는 유머에 해당하는 소화(笑話) 등이다. 이처럼 다양한 제재의 기록들을 포괄하고 있는 필기문학은 곧 사대부의 문학관을 반영한 형식이다. 중세 사대부의 문학관은 문학·사학·철학의 전 영역을 포괄하고 있는 종합적인 것이었으며, 필기는 이러한 문학관에 따라 형성된 서사 양식이다.

한편 야담은 필기의 전통 속에서 조선 후기의 특수한 역사 상황이 반영되어 출현한 양식이다. 사대부의 관심사를 자유로이 담아낸 필기 중에는 민간에 떠도는 이야기를 듣고 기록한 것이 간간이 들어 있다. 이들 이야기는 하층 민중의 생생한 생활 정감이 풍부하게 녹아 있는 것으로, 낭만적·환상적 성격의 전기(傳奇)소설이나 몽유록 계열의 문학과는 성격을 달리하는 서사물이다. 고려 말에서 조선 초기의 필기 속에 간간이 끼어들어 있던 야담은 조선 후기에 널리 출현하게 된다. 이러한 변모는 조선 후기의 격심한 사회 변동과 이를 반영하여 형성된 이야기가 널리 성행한 현실이 중요한 동인이 되었다. 새로운 시대상을 반영하여 형성된 이야기에 주목함으로써 기존 필기의 전통에서 벗어나 새롭게 야담 양식이 탄생했다고 하겠는데, 그 선구자가 바로 최초의 야담집 작가인 유몽인이다.

《어우야담》각 편의 이야기에는 제목이 없고, 이야기의 배열 순서에도 특정한 원칙이 없다. 아울러 주요 필사본만 해도 30종이 넘으며, 각 이본에 수록된 이야기의 수도 천차만별이기에 선본(善本)을 특정하기가 어렵다. 1960년대 들어서 여러 필사본의 이야기를 모으고 이를 인륜·종교·학예·사회·만물의 다섯 주제로 나누어 편집함으로써《어우야담》의 내용이 널리 알려지게 되었다. 최근에는 여러 필사본을 대비하여 정본을 확정하고 기존에 누락된 이야기를 보충하여 번역한 책이 출간되기도 하여《어우야담》의 전모를 이해하는 데 도움을 준다. 이 책에 의거해《어우야담》에 실린 다양한 이야기의 내용을 소개하면 다음과 같다.

'인륜' 편(81편)에는 부모와 자식, 남편과 아내 간의 윤리인 효(孝)와 열(烈)의 문제를 비롯해 임진왜란 때의 의병장 및 상전과 노비, 기생을 둘러싼 이야기 등이 수록되어 있다. 진주성이 함락되자 왜장을 끌어안고 투신 자결한 〈논개의 충절〉, 임진왜란의 대전란 중에 갖은 난관을 뚫고 헤어진 가족과 재결합하는 이야기인 〈홍도 가족의 인생 유전〉·〈강남덕의 어머니〉 등이 주목된다. 조선 시대 최고의 명기로 꼽히는 황진이의 일생을 그린 〈명기 황진이〉와 가장 훌륭한 사윗감을 구하다가 결국 같은 두더지와 혼인하게 되는 이야기인 〈두더지의 혼인〉 같은 민담도 들어 있다. '종교' 편(89편)에는 신선이나 점술, 풍수와 귀신에 관한 이야기들이 수록되어 있다.《토정비결》의 저자로 알려진 이지함의 기행(奇行), 전우치의 환술, 유명한 관상가 남사고에 대한 이야기 등이 들어 있다. 기독교를 숭상하는 서양 풍습과 마테오리치에 관한 이야기는 17세기 초 당시 서양에 대한 최신 정보를 기록한 것이다.

'학예' 편(160편)에는 문학과 예술에 관련된 이야기가 수록되어 있다. 문학은 사대부 문인의 취향을 반영해 한시 창작이나 풍격과 관련된 이야기

가 대다수이다. 음악, 서화, 음식, 바둑 등 예술과 기예에 관한 이야기는 조
선 시대 풍속사 연구의 중요한 자료로 평가받는다. '사회' 편(126편)은 신
분제 사회인 조선 시대의 여러 세태를 담은 이야기들이다. 그중 치부(致
富)에 대한 관심(〈올공금 팔자〉, 〈역관 이화종의 치부 내력〉, 〈천인 신석산의 치부
내력〉, 〈화포장의 횡재〉 등)을 다룬 이야기는 부(富)에 대한 관심이 증대하는
시대상을 반영한 것으로 주목된다. 〈서녀 진복의 일생〉은 재상가의 서녀
(庶女)로 태어난 진복의 비참한 운명을 그린 것으로, 신분 모순을 반영한
이야기이다. 치부나 신분 모순은 이후 야담집에서 주요하게 다루어지는
주제이다.

'만물' 편(64편)은 인간에게 도움을 주거나 해악을 끼치는 동물담이 대
다수를 차지한다. 〈여우고개〉는 〈소가 된 게으름뱅이〉로 알려진 민담 내
용을 과천 남태령고개를 배경으로 그리고 있다. 일본인의 호전적인 풍속
이나 청나라 건국의 기틀을 닦은 누르하치의 대범한 성격을 알려주는 이
야기도 들어 있다. '보유' 편(38편)은《어우야담》의 여러 이본을 검토하여
새로 발굴한 이야기를 수록한 것이다. 조선조 여인의 수절을 강요한 개과
금지법 시행에 따른 폐해를 그린 〈선비 보쌈〉, 임진왜란 당시 기근을 견
디지 못해 식인(食人)한 사실을 기록한 〈전란의 굶주림과 식인〉 등의 이
야기가 주목된다.

—

《어우야담》의 주제 의식과 서사 방식

—

조선 시대 사대부 문인이 필기에 민간의 이야기를 기록한 이유는 대개 흥
미로운 읽을거리를 취하고자 한 것이 주된 동기였다. 다분히 이완된 심리

로 민간의 이야기를 대한 것인데, 그 속에 작가의 진지한 창작 정신이 개입할 경우 주목할 만한 변모가 일어나게 된다. 유몽인은 민간에 전해지는 이야기를 수용하면서 한낱 파적거리 대상에 머물지 않고 현실의 세태를 비판하고 풍자하는 문학적 지향을 담았다. 우리는《어우야담》을 읽으면서 수많은 인간 군상의 희로애락과 시정 세태를 생생하게 접하고 그 시대와 사람살이의 의미에 대해서 새삼 되돌아보게 된다. 아울러 중요한 것은 《어우야담》의 이야기가 대부분 재미있게 읽힌다는 점이다. 이는 이야기 작가로서 유몽인의 탁월한 능력에 기인하는 것이다. 현실 세태에 대한 비판과 풍자가 이야기의 재미와 잘 어우러져 구현되고 있기에 그 문학적 감염력 또한 배가되고 있는 것이다.

여기에서는 〈명기 황진이〉를 예로 들어《어우야담》의 주제 의식과 서사 방식의 탁월성을 음미해 보기로 한다. 〈명기 황진이〉는 다음과 같은 네 개의 일화로 이루어져 있다.

① 황진이는 화담 서경덕이 고상하며 학문이 깊은 선비라는 말을 듣고 그를 시험해 보고자 제자가 되어 유혹한다. 하지만 화담은 끝내 흔들리지 않는다.

② 금강산을 재상가의 아들 이생과 함께 유람한다. 하인을 따르지 못하도록 하고 산행의 옷차림을 하고서 일 년간 유람하는데, 양식이 떨어지자 자신의 몸을 팔아 유람을 계속했다.

③ 선전관 이사종에게 제의해 6년간 계약 결혼을 한다. 3년씩 생활비를 서로 부담했으며, 황진이는 접부(妾婦)의 예를 다했다.

④ 송도 큰길가에 황진이 묘가 있는데, 임제가 평안 도사로 부임하다가 황진이 무덤에 술잔을 올리며 애도하는 시 한 수를 지었다. 이 일이 나중

에 조정에 알려져 파직당했다.

위의 일화들은 하나같이 일상의 규율을 넘어서는 파격적인 내용을 담고 있다. 그런데 이들 일화 사이의 연관 관계를 암시하거나 황진이의 파탈적 행위에 대해 작가가 부연 설명하는 내용은 전혀 찾아볼 수가 없다. 이러한 서술 방식으로 황진이의 인물 형상은 매우 강렬한 개성적 색채를 지니게 되며, 이야기의 흥미 또한 극적으로 고조되고 있다.

흥미로운 점은 이러한 서술 방법은 중세 예교의 속박을 남김없이 벗어던진 듯한 황진이의 파탈적 행동에 대한 평가, 곧 작품의 주제를 고스란히 독자의 몫으로 떠넘기고 있다는 것이다. 작가가 전혀 개입하지 않고 사건만을 제시하고 있기 때문이다. 그러면서 단순히 기생 신분으로서의 갈등과 고뇌를 넘어서서 '여성으로서 가부장적 중세 질서에 저항하는 주체적 형상'을 부각시킨다는 점에서 각각의 일화는 수렴되고 있다. 황진이 일화는 여러 야담집에 보이지만, 대부분 미모와 재주가 뛰어난 '특이한 기녀'의 형상으로 그려지고 있을 뿐이다. 이처럼 '중세 예교의 속박에 저항하는 문제적 인물'로 그려진 것은《어우야담》이 유일하다.

작가의 이러한 서술 시각에는, 기생이면서 여성이라는 신분과 성적으로 이중의 속박에 매어 있던 황진이라는 인물에 대한 깊은 이해와 공감이 전제되어 있는 것이다. 유몽인은 사실을 정확하게 기록하는 것을 넘어서 그 사실이 지닌 내면의 의미를 드러내고자 하는 서사 정신을 지녔으며, 사실에 담긴 진실성을 부각하기 위해서 문학적 허구 또한 과감하게 지향했던 것이다. 아마도 이 점을 필기의 사실성을 넘어 야담의 진실성을 개척할 수 있었던 원동력으로 보아야 하지 않을까 한다. 이러한 서사 정신은 방달(放達)한 기질의 문장가로 중세 예교의 강박에 유연하게 대응하며 사회적 소수자에 대해 애정을 지녔던 유몽인의 세계관과 대응되는 것으로 이해된다.

– 신익철

참고 문헌

신익철·이형대·조융희·노영미 옮김, 《어우야담》, 돌베개, 2006.

유제한 편, 《어우야담》, 고흥 만종재, 1964.

신익철, 《유몽인 문학 연구》, 보고사, 1998.

임형택, 〈이조 전기의 사대부문학〉, 《한국문학사의 시각》, 창작과비평사, 1984.

七
신선, 귀신, 요괴들의 이야기

《천예록》의 편저자 임방

—

《천예록(天倪錄)》의 편저자 수촌(水村) 임방(1640~1724)은 문학사에서 낯선 인물이다. 그의 생애는 17세기 중후반에서 18세기 전반까지 걸쳐 있는데, 잘 알다시피 이 시기는 조선 정치사회에서 당쟁이 가장 치열했던 때이다. 이른바 숙종 대의 '환국(換局)'과 '출척(黜陟)'은 이 시기 정쟁의 상징이라고 할 수 있다. 즉 정치적으로 입지가 상반되었던 서인(주로 충청도를 기반으로 한 세력)의 노론과 동인(주로 영남을 기반으로 한 세력)의 남인 계열이 운명을 건 혈투를 이어갔다. 임방은 노론의 맹주였던 우암 송시열의 문인으로 당연히 그의 당색은 노론이었다. 따라서 정치적 부침을 거듭한 것은 당연했다. 그런데 18세기로 접어들면서 점차 노론 위주로 정치가 재편되어 갔고, 그에 따라 임방은 대사간, 공조판서 등 고위직에까지 올랐다. 하지만 이번에는 같은 서인에서 분기된 소론과의 정쟁이 격해졌고 일시적으로나마 노론은 크게 몰락하게 되는데, 이때 임방은 귀양을 가게 되어 그곳에서 죽음을 맞았다. 이때가 1724년으로 그의 나이 85세였다.

임방은 정치적으로 격변의 시기를 살았지만 당시(唐詩)와《사기》를 애호했던 문인이었다. 한시는 통상 그 풍격에 따라 당시와 송시(宋詩)로 나뉘지는데, 당시는 당나라 때의 시적 경향을 따르는 것으로 주로 주정적인 성향이 짙다. 그리고《사기》는 최고의 역사서이자 문학서로 평가받는 고전 중의 고전이다. 이런 문학적 기호는 당대 새로운 문풍을 추구하는 계열과 상통한다. 말하자면 임방은 당대의 새로운 문학적 트렌드를 추구했던 것으로 보인다. 그런 결과물로 임방은 시문집인《수촌집》과 시화집인《수촌만록》, 그리고 야담집인《천예록》을 남겼다. 문집을 낸 점과 시를 좋아했던 문인으로서 시화집을 엮었다는 점은 예상되는 대목이다. 그런데 비일상적인 소재들로 엮은 이야기집인《천예록》을 남겼다는 사실은 상당히 의아해 보인다. 어떻게 임방은 이런 책을 엮게 되었을까?

원래 소설류를 남긴 문인의 경우, 그의 문집에서 소설과 관련한 내용을 거의 찾아볼 수 없는 법이다. 소설류를 허탄한 것으로 치부했기에 이것이 문집에 포함될 수 없었던 것은 당연했다. 그래서 경우에 따라 한 문인이 소설류에서 보여주는 세계관과 문집에 나타난 면모가 전혀 이질적으로 드러나기도 한다. 그의 문집《수촌집》을 봐도《천예록》과 연관시켜 볼 만한 내용은 거의 없다. 하지만 임방이 소설류를 즐겨 읽었던 정황은 포착된다. 주로《천예록》의 논평 부분에 드러나는데, 중국 작품이긴 하지만 당대 선기류(傳奇類)와 송대 필기집 등이 자주 거론된다. 임방은 이런 단편 전기·지괴류를 많이 본 상태에서 자신의 정치적 부침과 당대 사회의 복잡다단한 현실을 겪어내야 했기 때문에 비일상적인 이야기에 관심을 가지게 된 것이 아닐까 싶다. 한편《천예록》의 이야기들은 임방이 직접 창작했다기보다는 보고 들은 것들을 정리한 결과물이다. 특히 전란이나 재해 등 당대 사람들이 처한 극한의 국면에서 서사화된 이야기가 많은데, 임방은 이런 현실을 비현실적인 소재를 끌어와 재배치했다.

—

《천예록》의 세계 - 신선, 귀신, 요괴들의 향연

—

《천예록》은 조선 시대의 신선, 귀신, 요괴, 이인(異人), 여성 등 다양한 '인(人)'과 '물(物)'의 기이한 이야기 62편을 수록한 작품집이다. '천예(天倪)'란 '하늘가' 또는 '자연의 분기'라고 풀이된다. 이는《장자》에서 유래한 말로, 어떤 천지자연의 상태나 현상을 뜻한다. 인간의 이성으로는 잘 이해할 수 없는 기이한 자연현상이나 인간 세상에서 벌어지는 신기한 사건들을 기록했다는 의미이다. 말하자면 인간과 그 주변에서 일어난 믿기지 않는 이야기를 엮어놓은 셈이다. 이런 비일상적인 소재는 인간에서부터 신선, 귀물, 귀신까지 망라하기 때문에 몇 가지 유형으로 묶어볼 수 있다.

가장 먼저 주목할 대상은 신선과 귀신, 요괴에 관한 것들이다. 인간과 이들과의 만남은《천예록》전체의 분위기를 이끌고 있다고 해도 과언이 아니다. 단순히 귀신이나 신선의 모습을 추적하거나 그리는 데 그치지 않고, 당대 실존 인물들이 주변 생활환경과 얽히고설켜 복잡한 상황들을 만들어냄으로써 이들의 모습은 획일적이지 않고 생동감이 넘쳐난다. 이를테면 어떤 여행자가 우연히 신선과 조우하기도 하고, 실제 인물이 신선화되어 거리에서 활보하기도 한다. 귀신도 두려움의 대상으로만 각인되어 있지 않고, 웃음을 제공하거나 심지어 사람에게 부림을 당하기도 한다. 그런가 하면 사람들에게 해를 끼쳐 등골이 오싹하게 만들기도 한다. 귀신 외에도 이른바 괴물이나 요괴의 출현도 그 성격이 만만치 않다. 정체를 알 수 없는 괴물이 출현하여 사람을 괴롭히는가 하면, 요괴들은 여우나 늙은 할미 등으로 둔갑하여 괴변을 일으키기도 한다. 거기에 멀쩡하던 사람이 요괴나 이물로 변한 이야기까지 첨가되어 있다. 이쯤이면 《천예록》은 이런저런 비일상적인 존재들의 각축장으로 우리에게 다가온다.

다음으로 기인, 이인들의 면모이다. 도사나 무사, 고승, 그리고 익명의 선비들이 지닌 비상한 재주를 소개하고 있다. 토정 이지함 같은 우리가 익히 들어 알고 있는 인물도 있으나, 대개는 세상에 알려지지 않은 이인들이다. 한편 이런 비상한 인물 중에는 요술을 부려 사회를 어지럽히는 전우치처럼 부정적인 인물도 등장하여 갈등을 부추기기도 한다. 이들의 등장은 임병양란 등 전란을 겪고 난세를 살아가는 하나의 방편으로 부각되어 있다. 이들은 난세를 맞이하여 남다른 재주로 신통력을 발휘하거나, 천재지변이나 난리 속에서도 태연한 모습을 잃지 않는다. 못된 무리를 일거에 격퇴시켜 인정(人情)을 통쾌하게 하는가 하면, 귀신을 부리는 존재까지 등장한다. 결과적으로 이들은 당대 민중의 난세를 통과하는 시대 인식이 투영된 결과물이어서 더욱 주목된다.

마지막으로 인정세태와 연애담이다. 비일상적인 요소가 줄어든 대신 아기자기한 생활 속 풍경들이 그려져 있어서 17세기 인정세태를 엿볼 수 있는 좋은 자료가 될 만하다. 특히 흥미로운 사실은, 여기에 해당되는 이야기는 대체로 여성의 역할이 확대된 대신 상대적으로 고지식한 남성들의 모습이 희화화되어 있다는 점이다. 기녀를 업신여겼다가 앙갚음으로 장피를 당하는 관리, 사나운 아내에게 볼기를 맞고 수염이 잘리는 남편, 무당에게 홀린 고을 원님, 그리고 아름다운 여인을 어처구니없이 놓쳐 비웃음을 산 학구(學究) 등 여기에 등장하는 남성들은 그야말로 유교적 이데올로기에 매여 변통을 모르는 존재들이다. 그 맞은편의 여성들은 오히려 법도에 덜 얽매어 있으며, 적극적이고 재기발랄하다. 그런 남녀가 만나 당대의 인정세태를 묘사함과 동시에 파한(破閑)의 거리를 만들어내고 있는 것이다. 그런 한편, 기녀와 서생 사이의 아름다운 사랑 이야기 두 편은《천예록》의 문학성을 한껏 올려준다. 〈옥소선 이야기〉와 〈일타홍 이야기〉는《천예록》 작품 가운데 가장 잘 알려진 편이다. 다른 이야기에 비해 편폭이 길 뿐만 아니라 신분을 극복하고 결연하는 과정이 아름답게 수놓아져 있다. 임방은 이런 소재들을 유교 사회에서 매우 이례적인 상황으로 간주했던 모양이다. 그래서 신선이나 귀신과 같은 범주로 이해하고자 했으니, 지금 우리가 생각하는 기이한 소재의 기준과 비교하면 상당히 다른 지점이다.

이런 소재들을 서사화한《천예록》은 다음 두 가지 점에서 주목된다. 우선 이야기들을 읽어가다 보면 거의 빠지지 않고 등장하는 용어들이 있다. '홀연(忽然)', '대경(大驚)', '의아(疑訝)', '우연(偶然)', '일일(一日, 어느 날)' 등이다. 이는 그야말로 일상의 인간이 비일상의 대상과 조우했을 때의 상황을 설명하는 단어이다. 일상적인 상황이나 논리로 설명하기 어려운 이런 이야기들은 그야말로 우리가 일상에서 마주칠 수밖에 없는 '우연'과 아주 밀접한 관련을 맺고 있다. 이런 우연은 예고 없이 찾아들기 때문에 곤혹스럽기 일쑤이다. 특히 여기에서의 우연은 '낯선 세계'에 대한 머뭇거림의 표현이기도 하다. 그래서 여기 수록된 이야기들에는 당연히 일종의 '거리두기'의 심리가 깔려 있다. 인간 생활과 떼려 해도 뗄 수 없는, 설명하려 해도 명쾌하게 설명이 되지 않은 현상들. 말하자면 꼭 꿈에서나 체험할 성질의 것들에 대한 호기심과 낯섦, 그에 따른 적당한 거리두기를 통해 그 기이성을 확보하고 있다.

한편 이런 기괴한 사건이 소름이 돋거나 걷잡을 수 없는 방향으로만 흐르지 않고, 중간 중간 '어이없이' 처리되는 경우도 적지 않다. 이를 통해 '황당함'과 '웃음'을 유발하기도 한다. 이런 기제들이 요소요소에서 작동됨으로써 비일상성은 일상성과 완전히 분리된 별세계가 아니라 일상에 발을 딛고 있는 인간들이 경험하는 거부할 수 없는 중요한 생활의 한 부분으로 남아 있게 된다.

《천예록》의 이런 흥미성은 이야기 구조 자체의 완결성에서도 거듭 확보된다. 대부분의 이야기는 '누가, 언제, 어디서, 무엇을, 어떻게' 같은 이른바 육하원칙에 준하는 서술 원리를 구현하고 있다. 다만 육하원칙의 마지막 단계인 '왜'는 대개 빠져 있다. 이야기는 해당 사건의 '왜'를 고집할 필요가 없는 법이다. 이런 구성이 어쩌면 진부해 보일 수도 있으나 이는 형식의 완결성을 추구하는 데 크게 기여하게 되었다. 이때까지 필기류나 야담집에서 이런 안정된 이야기 형식을 갖춘 사례가 없었기 때문이다. 따라서 《천예록》의 이야기의 정제성은 주목해 볼 만한 점이다.

—

야담문학과 《천예록》, 그 문학사적 의미

—

조선 시대 한문서사는 크게 문인들의 양식인 '전기(傳奇)소설류'와 '야담문학'으로 대별할 수 있다. 물론 조선 후기로 접어들어 국문소설이 등장하면서 양상은 달라지지만 말이다. 전기소설은 문인들의 의식적인 창작물인 데 반해 야담문학은 구연성이 강하며, 그런 점에서 개인 창작물이 아닌 그때까지 구연되던 단편 이야기들의 모음이라고 할 수 있다. 이런 야담문학은 17세기 초 어우(於于) 유몽인(1559~1623)의《어우야담》에서 출발했다고 본다. 그리고 18세기 중반 이후 전성기를 구가했다. 18세기 초반에 성립된《천예록》은《어우야담》의 전통을 이었으며, 야담문학 전성기 직전의 작품집으로 일종의 교량적인 역할을 한 것으로 보고 있다. 그런데 당대의 사회 현실을 반영한 야담문학의 성격상 신선이나 귀신 등 주로 비현실적인 소재를 중심으로 다루고 있는《천예록》은 왠지 이 흐름에 맞지 않는 대상으로 취급되기도 한다. 그런데 과연 그럴까?

《천예록》은 주로 편자 임방이 당대에 일어난 일들을 엮은 것이지만, 고려 시대와 조선 전기를 시대 배경으로 하고 있는 작품도 적지 않다. 따라서 이 이야기들은 그때까지 알게 모르게 구전되고 있던 비일상적인 시간과 사건들의 축적인 셈이다. 마침 비슷한 시기에 중국에서는 포송령(1640~1715)의《요재지이(聊齋志異)》라는 작품이 나왔다. 이 또한 신선과 귀신, 요물 등을 다루고 있어서《천예록》와 비슷한 성격이다.《요재지이》는 대체로 명나라 때를 배경으로 하고 있지만, 중국에서 구전되던 기괴한 이야기를 총집한 역작이다. 임방과 포송령은 공교롭게도 출생 연도가 같다. 요컨대 거의 비슷한 시기에 한국과 중국에서 비일상적 구전물에 대한 정리 작업이 이루어진 셈이다.

그럼에도《천예록》은 17세기의 시대 인식을 짐작할 수 있는 자료이다. 개별 작품 중에는 '전란'이 소재로 등장하거나 배경이 되는 예가 많다. 당연히 그 전란은 임병양란이다. 전란 시대를 겪으면서 부닥뜨린 현장을 통과한 흔적이 여기저기 배어 있다. 이른바 비일상적인 국면도 이런 전란 같은 일개인으로선 도저히 감내하기 벅찬 도정이, 작품에서 일개인이 부닥뜨린 놀라움과 기괴함, 그리고 낯섦 등의 반응과 절묘하게 결합되어 나타나고 있다. 이와 함께 당대 일상의 생활 주변에서 일어나는 신변잡사가 여기저기 포석처럼 깔려 있는 점도 비상하다. 즉 다양한 인정물태가 재현되어 있다. 특히 여성 인물이 등장하여 비상한 상황을 드러내는 경우라든지, 궁노(宮奴)들이 위세를 믿고 행패를 부리는 장면, 관운장과 무당 등이 등장하는 예는 당시 민심의 향배와도 밀접한 관련을 맺고 있다 하겠다. 그런데 이런 일상의 현상들이 좀 으스스한 분위기로 채색되어 있다. 그러나 지금 우리의 생활 주변에서도 일어날 법한 신이한 체험들이 별 거부감 없이 채록되어 있어서, 조선 시대에 대해 어느 자료보다도 흥미 있게 접근해 볼 수 있게 한다. 따라서 《천예록》에 구현된 비일상적인 소재는 당대의 사실적인 이야기와 동전의 양면처럼 조응하고 있는 셈이다.

한편 《천예록》은 19세기 말 캐나다 선교사 제임스 게일이 영어로 번역해 서구에 소개했다. 《Korean Folk Tales》라는 책인데, 이 책에는 다른 야담집에서 뽑은 것도 있지만 대부분 《천예록》에 실린 이야기들이다. 게일은 《천예록》의 기이한 이야기들이 끌렸던 모양이다. 아무튼 《천예록》은 19세기 말에 이미 서구 세계에 알려진 이야기집이기도 하다.

– 정환국

참고 문헌

정환국 역, 《교감역주 천예록》, 성균관대학교 출판부, 2005.
이강옥, 〈《천예록》의 야담사적 연구 – 서술 방식과 서사 의식을 중심으로〉, 《구비문학연구》 14, 한국구비문학회, 2002.
이상현, 〈《천예록》, 《조선 설화: 마귀, 귀신, 그리고 요정들》(Korean Folk Tales: imps, ghost and fairies) 소재(所載) '옥소선, 일타홍 이야기'의 재현 양상과 그 의미〉, 《한국언어문학》 33, 한국언어문화학회, 2007.

一二三四五六七十八九十

우리 시대의 사람들

이규상과 《병세재언록》

―

이규상(1727~1799)은 자가 상지(像之), 호는 일몽(一夢), 본관은 한산(韓山)이다. 처음에는 당나라 고적(707~765)의 시구 가운데 "일생이 절로 한가로운 이였네(一生自是悠悠者)"에서 뜻을 취해 '유유재(悠悠齋)'라는 호를 썼다가, 50세에 부인을 여의고 '일몽(一夢)'으로 바꾸었다고 한다. 부인의 죽음을 겪고 나서 인생사가 모두 한바탕 꿈이었다고 느끼고 호를 바꾼 것이다.

그의 가문은 대대로 충청도 공주에 세거하며 많은 문장가를 배출했다. 그의 부친은 이사질(1705~1776)이고, 선대는 조부 이수번, 증조 이형직, 고조 이태연(1615~1669)으로 거슬러 올라간다.

조선 시대 문학적 전통을 가진 가문에서는 집안의 문집을 모아 '세고(世

稿)'의 형태로 발간했다. 이규상 가문 역시 일제강점기인 1935년 후손에 의해 '한산세고'라는 명칭으로 집안의 문집을 발간했다. 여기에는 선대 이 태연의 《눌재고(訥齋稿)》, 이형직의 《정랑공고(正郎公稿)》, 이수번의 《청 파헌고(聽波軒稿)》를 비롯해서, 부친 이사질의 《흡재고(翕齋稿)》, 이규상 의 《일몽고(一夢稿)》, 그리고 아들 이장재의 《나석관고(蘿石館稿)》 등이 포함되어 있다. 《병세재언록(幷世才彦錄)》은 바로 《한산세고》 소재 《일몽 고》에 들어 있는 내용이다.

　이규상은 일생 동안 벼슬길에 나가지 않고 재야인사로만 지냈던 인물 이다. 반면 부친 이사질은 음직으로 벼슬에 나가 인천 부사에 이르렀고, 동생 이규위(1731~1788)는 문과를 거쳐 승지와 대사간에 올랐다. 이 같은 주위 인물들의 벼슬살이로 인해 이규상은 어린 시절은 공주에서, 청장년 기에는 충청도 공주를 벗어나 서울에서 생활했다. 그는 비록 관직에 나가 지는 않았지만, 서울에서 생활하는 동안 18세기 당대 서울의 세태 및 조 정과 재야의 이야기를 풍성하게 들을 수 있었다. 출사(出仕)를 못했던 이 규상에게 시문을 짓는 문학 행위는 자신을 위로하는 특별한 의미를 가졌 던 것으로 보인다. 자신이 직접 남긴 《일몽고》 서문에서 다음과 같이 고백 하고 있다.

　나는 평생 기궁(奇窮)하게 지낸 사람 중의 하나이다. 늙어가며 마음을 붙 이는 것이라곤 오직 시와 문이었다. 한철 울어대는 풀벌레 울음에 불과 하니 다른 무엇이 있겠는가?

　어찌 보면 이규상의 《병세재언록》은 18세기 재야 지식인의 고독하면서 도 고뇌에 찬 창작의 결과인 셈이다. 그는 평생 기궁하여 시문에 마음을 붙였다고 고백하고, 아울러 그러한 자신의 행위를 풀벌레 울음에 불과하다고 비견하고 있지만, 아래《병세재언록》서문을 보면 이규상의 시문 창작은 특별한 사명감 아래 이루어졌음을 알 수 있다.

비록 사람이 있다 한들 책이 없다면 무엇으로 전해질 수 있겠는가? 지나간 옛날은 말할 것도 없고, 지금도 어찌 끝이 있겠는가! 하늘이 인재를 냄에 새가 넓은 하늘을 유유히 지나가는 것과 같아 곧장 연기 속으로 사라지고 안개 속에 잠겨버리니, 책으로 전하지 않는다면 하늘이 사람을 내고 책을 낸 뜻이 어디에 있겠는가? 사람 중에 내가 태어나기 전의 사람들은 기록이 많이 있고, 내가 죽은 후의 사람들은 내가 미칠 수가 없다. 오직 내가 함께 살고 있는 자들만이 내가 얻어 기록할 수 있는 것이다. 이에 나열하여 책에 기록했다.

《병세재언록》은 그가 세상을 뜨기 4년 전인 1795년 전후로 창작되었다. 일흔이 가까워오는 즈음에 그는 인간의 존재를 전하는 매개는 책이오, 책이 아니면 전할 수 없다고 밝히고 있다. 이규상 자신 역시 정치나 문학 방면에서 혁혁하게 드러났던 존재가 아니다. 그는 자기 주위에서 이름 없이 사라져가는 숱한 사람들을 보았고, 결국 저술이 아니고서는 그들을 기억할 수 없다고 판단했다. 하지만 후대의 인물은 현재로선 자신이 알 수 없는 존재이며, 전대(前代) 인물은 기록한 사람이 많았다. 그렇다면 누구를 대상으로 할 것인가? 이규상은 자신과 호흡하며 살고 있는 당대 인물을 주목한다고 했다. 결국 그의 관심은 과거도 미래도 아닌 현재 그와 함께 살아가는 사람들의 가치를 중시하며 당대에 관한 기록으로 이어졌다. 곧 18세기 전후의 시간을 호흡했던 인간의 가치에 방점을 찍었던 것이다.

《병세재언록》의 구성과 내용

《병세재언록》은 《일몽고》 말미에 3권으로 구성되어 있는데, 총 18개의 항목에 걸쳐 260명의 특성이 기술되어 있다. 이 가운데 중복해서 등장하는 인물도 있어, 이를 빼면 250명 남짓 된다. 이규상은 인물들에 관한 간단한 인적 소개와 더불어 관련 일화나 저작을 함께 기록하며 동시대 인물들의 전체적인 모습을 담아냈다.

이규상의 가문은 문학적 전통이 강한 노론 집안이었다. 하지만 그는 서문에서 다음과 같이 언급했다.

> 우리나라 땅이 겨우 삼천리라지만 사대부가 당파로 분열되고 나서는 나
> 와 당색(黨色)을 달리해 떨어져 있는 경우는 몇 사람이나 기록해 남겨야
> 할지 알지 못하고 있다.

선조 이후 동서(東西)로 분열되고, 이규상 당대에 와서는 더 분화되어 서인은 노론과 소론으로, 동인은 북인과 남인으로 나누어져 있었다. 북인의 경우 광해군의 몰락과 함께 18세기 당색에서 사라져 남인과 노론, 소론이 솥의 세 발을 이루고 있었다.

노론에 속했던 이규상 역시 이러한 정쟁의 구도를 무시할 수 없었지만, 당파끼리 반목하고 있던 실정에 대해 회의를 지니고 있었던 것으로 보인다. 때문에 이규상은 당파에 치우쳐 지술하는 당대의 편견에서 벗어나 되도록 균형을 유지하고자 했던 것으로 보인다. 아울러 관심을 둔 계층 역시 사대부만이 아니었다. 《병세재언록》에는 문반에 속했던 사대부뿐만

아니라 무반을 비롯하여 중인인 여항인, 여성, 외국인 등 다양한 계층이 등장한다. 이규상은 자신의 견문을 그 자신의 특유의 필치로 항목에 따라 인물의 성격을 부각하고 그 형상성을 살렸다. 또한 그들이 지니고 있던 재능 역시 경학, 문학에만 치중되게 기술하지 않았다. 그가 18개의 항목으로 아래와 같이 구분했듯이, 서화·기술·기질·통역·의술·효우(孝友)· 의협(義俠) 등 인물의 세부 특장도 다양하다.

항목	내용	인물
유림록(儒林錄)	유자들에 대한 기록	46
고사록(高士錄)	고상한 선비에 관한 기록	9
문원록(文苑錄)	유명한 문인에 관한 기록	70
곤재록(梱材錄)	훌륭한 장수나 병사에 관한 기록	5
서가록(書家錄)	서예에 뛰어났던 인물에 관한 기록	23
화주록(畵廚錄)	그림에 뛰어났던 인물에 관한 기록	19
과문록(科文錄)	과거 문장에 뛰어난 인물에 관한 기록	9
방기록(方技錄)	기술이나 솜씨가 뛰어난 인물에 관한 기록	2
기절록(氣節錄)	기질이 남다른 인물에 대한 기록	3
우예록(寓裔錄)	중국과 일본에서 귀화한 인물의 후예에 관한 기록	8
역관록(譯官錄)	역관과 의원들에 관한 기록	13
양수령록(良守令錄)	유능하고 어진 수령에 관한 기록	11
효우록(孝友錄)	효성과 우애가 뛰어난 인물에 관한 기록	3
여력록(膂力錄)	뚝심 있고 배짱 있던 무관에 관한 기록	6
풍천록(風泉錄)	본받을 만한 명나라 인물에 관한 기록	5
영괴록(靈怪錄)	귀신 등 기이한 사적에 관한 기록	14
규열록(閨烈錄)	규방의 덕행과 정절이 뛰어난 인물에 관한 기록	12
규수록(閨秀錄)	학문이나 시에 뛰어났던 여성에 관한 기록	2
합계		260

좀 더 자세히 살펴보면, '유림록·고사록·문원록' 등에는 사대부 문인과 고상한 선비들에 대한 기록이 남겨져 있고, '서가록·화주록·방기록'에는 서화와 기술, 솜씨에 능했던 인물에 관한 평가를 담고 있어 18세기 문예의 실상을 구체적으로 엿볼 수 있다. '역관록'에서는 역관뿐만 아니라 의원에 대한 기록까지 함께 담고 있다. 흔히 역관이나 의원 하면 사대부가 아닌 중인을 떠올리기 쉬운데, '역관록'에는 김석주(1634~1684)처럼 사대부지만 의술에 뛰어났던 인물을 수록하기도 했다. '과문록'에서는 사대부가 입신양명을 위해 평생 과문에 몰두하고 있는 조선 사회의 문제를 칼날처럼 비판하면서도, 그 가운데 훌륭한 글을 뽑아 수록했다. 이 외에 외국인으로 조선에 귀화한 인물들의 후예들을 추적한 '우예록'이 있고, 본받을 만하거나 특이한 행적을 보인 명나라 인물을 기록한 '풍천록'도 주목할 만하여 이규상의 관심이 국내 사람뿐만 아니라 외국인에게까지 확대되고 있음을 알 수 있다.

《병세재언록》에서 거론한 260명의 인물 수를 항목별로 보면, 70명을 기록한 '문원록'이 있는가 하면, 2명만을 다룬 '방기록·규수록' 등도 존재한다. 편폭 역시 매우 긴 글이 있는가 하면 짧은 글도 존재한다.

앞서 보았듯이 이야기 소재 역시 다양하다. 공자는 괴이하거나 귀신의 얘기는 말하지 않는다고 《논어》에 밝힌 바 있지만, 이규상은 귀신의 덕은 거룩하다고 하면서 귀신의 체험담 등 여러 가지 신이한 사적을 '영괴록'에 담았다. 《병세재언록》의 마지막 부분은 여성의 덕행이나 문학에 대한 관심을 반영한 '규열록'과 '규수록'을 두었다. 특히 '규수록'에 기록된 두 편은 경학과 문학을 소개한 임윤지당과 곽씨의 사적을 다룬 것으로, 새능을 갖춘 여성에 대한 따스한 시선이 느껴진다. '영괴록'과 '규수록'의 이야기들은 다른 항목과 달리 친지를 통해 들은 내용이 주를 이루고 있다.

이 책에서 다루고 있는 260명 가운데 강세황(1712~1791)의 경우처럼 '고사록'과 '서가록', '화주록' 항목에 세 번 등장하는 경우도 있고, 김상숙(1717~1792)처럼 '고사록'과 '서가록'에 두 번 등장하는 경우도 있다. 두 번 등장하는 인물은 김상숙 말고도 김석주(역관록·유림록), 송문흠(1705~1768, 유림록·서가록), 이광덕(1690~1783, 문원록·과문록), 이광려(문원록·고사록), 이윤영(1714~1759, 문원록·화주록), 이인상(1710~1760, 서가록·화주록), 이재(1680~1746, 유림록·과문록), 정경순(1721~1795, 문원록·양수령록), 조경(1693~1737, 문원록·양수령록), 홍낙연(양수령록·효우록) 등이 있다. 이러한 글쓰기 전략은 인물을 특정 항목에 규정하지 않고, 인물이 가진 다양성을 부각하고자 한 의도로 파악된다.

이처럼 《병세재언록》에는 18세기 당대 사람들의 역사가 구현되어 있으며, 사대부·중인·여성 등 각계각층과 각양각색의 인물이 망라되어 있다. 이 가운데는 현재까지 알려지지 못한 조개 속의 진주 같은 인물이 많다. 곧 이규상의 기록이 없었더라면 18세기 역사 또는 인물의 한 토막이 사라졌을 수도 있을 것이다.

—

《병세재언록》의 가치

—

전통시대에 인물의 삶을 표출하는 대표적 문학 양식으로 '전장류(傳狀類)'가 있다. 전장류는 '전(傳)'과 '행장(行狀)'을 합친 말이다. '전'이란 한 인물에 대한 전기적 성격의 글로, 한 인물의 사적을 몇 개의 일화로 나열하여 충(忠)이면 충, 의(義)면 의, 효(孝)면 효 등을 부각하는 인물 서사 양식이다. 이에 반해 '행장'은 어떤 인물의 사후에 그 생애를 순차적으로 서술한 글로, '가장(家狀)'이라 일컬어지기도 한다. 행장은 주로 인물 사후에 무덤에 넣는 묘지명을 짓기 위한 자료로 활용되는 경우가 많아, 인물 서사의 양식으로는 전(傳)이 보다 주된 영역을 담당했다.

이렇듯 특정 인물의 삶을 기록하는 주체는 주인공과 친분이 있거나 관련이 있는 사람인 경우가 보통이었다. 물론 경우에 따라 스스로 짓는 경우도 있었지만, 주인공과 직간접적으로 관련 있는 인물이 타인의 삶을 규정하고 평가하는 것이 보편적이었다.

예로부터 지식인들은 '입언(立言)', 곧 글을 남기는 것을 이 세상에 흔적을 남기는 중요한 일로 생각했다. 인간은 자연물과 달리 생명이 유한하기 때문에 기록을 남기지 않으면 살았던 흔적이 사라지고 만다. 때문에 인물을 서사하는 행위는 문학 본연의 중요한 기능이었다.

일례로 중국의 사마천은 《사기》〈열전〉에서 관중·한신 같은 인물의 사적을 생동감 있게 묘사하여 후대까지 인물 전기의 모범이 되었다. 우리나라에서도 고려 시대 김부식은 《삼국사기》〈열전〉에서 김유신, 온달 등을 사마천 못지않은 필력으로 그려내어 《삼국사기》를 역사서를 넘어선 훌륭한 문학서로 자리매김하게 했다. 그러나 《사기》나 《삼국사기》는 전부 공적 역사의 기록으로, 여기에 수록된 〈열전〉은 역사 전기 곧 사전(史傳)의 성격이 강하다. 하지만 이러한 공적 역사는 수록 범위의 제한이 있었던바, 사전(史傳)에 수용되지 못한 인물들은 개인적으로 발굴하여 전으로 남겼다. 공적 기록에 반대가 된다고 하여 '사전(私傳)'이라고 한다. 일반 문인들의 문집에서 만날 수 있는 전이 바로 사전(私傳)인 것이다. 전(傳) 외에 망자의 행적을 기술하고 운문으로 갈무리하여 부넘 속에 넣던 '묘지명'도 전장류와 함께 인물의 삶을 서술하는 문학 행위로 많이 창작되었다.

이규상의 《병세재언록》은 전의 형태도 아니고 묘지명의 형태로 아니다. 한문학에는 사대부들이 자유롭게 쓴 필기라는 문학의 전통이 내려오고 있는데, 이는 전이나 묘지명처럼 정식 문집에 편차되는 글쓰기가 아니다. 그저 작자가 견문한 사실을 기록한 것으로, 말 그대로 붓 가는 대로 잡다하게 기록한 것이다. 때문에 전이나 묘지명 등은 각각의 문학적 양식의 틀이 존재했던 데 반하여, 필기의 경우는 자유롭게 시에 얽힌 이야기, 역사적 사실, 사대부 사이에 오고 갔던 이야기나 특정 인물에 관한 사실이 섞여 전하며 인물의 행적을 전하는 수단으로 자리매김했다.

《병세재언록》은 바로 이러한 필기의 영역 속에서 창작된 인물 서사의 집약체이다. 특히 당대 인간사가 다양하면서도 입체적으로 드러나고 있다. 주지하듯이 조선 시대에는 기록 유산이 자못 풍부하게 발전하고 있었는데, 이 중에서 인물의 삶을 기록하는 인물지적 기술이 문인들 사이에서 매우 유행하고 있었다. 하지만 특정 시대, 동시대의 삶과 사람을 기술한 저작은 많지 않았던바, 이규상의 《병세재언록》은 특별한 의미를 가진다고 하겠다. 곧 이규상이 보여주었던 동시대 인물에 대한 기록은 우리 시대 사람들의 삶을 돌아보고 의미를 부여한다는 것으로, 현재 이 순간과 이 시대 사람의 가치를 소중하게 파악하고 시대를 이끄는 주체로서 당시 내 주위의 인간을 주목한 것이다.

이처럼 이규상이 보여주었던 당대 인간에 대한 관심은 비단 그에게만 그치지 않았다. 윤광심(1751~1817)의 《병세집》, 유득공(1748~1807)의 《병세집》 등 '병세(幷世)'라는 단어를 제목으로 내건 저작이 속출했다. 윤광심의 《병세집》은 국내 인물에 치중하면서도 중국이나 일본의 작가에게 주목했고, 유득공의 《병세집》은 조선이라는 국경을 넘어 당대 중국·일본·베트남 등 동아시아 한자문화권 사람들의 작품을 수록하기도 했다. 동시대 인간에 대한 주목은 사대부 사회뿐만 아니라 여항 계층에게도 전이되어, 이후 조희룡의(1789~1866)의《호산외기(壺山外記)》, 유재건 (1793~1880)의《이향견문록(里鄕見聞錄)》등 조선 시대 비주류였던 여항 계층의 인물만을 다룬 인물지가 출현하기도 했다. 곧 수직적 차원의 획일 적인 인물 탐색이 아닌 수평적 차원에서 인간을 동등하게 바라보고자 한 시각이 이 시대에 발아되고 있음을 시사한다. 이런 측면에서 본다면, 이규 상이 주목한 당대·시대를 구성하는 개별적인 인간의 가치가 얼마나 소중 한 것인지를 새삼 느끼게 된다.

- 정은진

참고 문헌

민족문학사연구소 한문학분과 옮김,《18세기 조선 인물지 - 병세재언록》, 창비, 1997.

임형택, 〈이규상과《병세재언록》〉,《우리 고전을 찾아서》, 한길사, 2007.

이화진, 〈윤광심의《병세집》일고찰 - 수록 한시를 중심으로〉,《한문학보》32, 2015.

전희진, 〈이규상의《병세재언록》에 대한 연구〉, 성균관대학교 박사학위논문, 1999.

정민, 〈18, 19세기 조선 지식인의 병세 의식〉,《한국문화》54, 2011.

九
조선 후기 시정을 떠도는 사람들

저자 조수삼의 문학
—

《추재기이》의 저자 추재 조수삼(1762~1849)은 중인 출신이다. 그는 당시 세도 정권의 주축이었던 풍양 조씨 집안에서 오랫동안 겸인(傔人)을 지냈다. '겸인'은 조선 후기 흥미로운 직업군 가운데 하나인데, 주로 관청이나 대갓집에 소속되어 대소사를 처리하는 일을 맡았다. 이들은 중인 출신으로 대개 학식을 겸비하고 있었다. 따라서 겸인을 포함한 서리직은 역관, 의원 등과 함께 조선 후기 중인 중에서 중요한 위치를 차지하고 있었다. 특히 조수삼은 뛰어난 시인으로 당대 문장가들과 교유하는 한편, 중인들의 시회(詩會)인 송석원시사(松石園詩社)의 핵심 멤버로 당시 주요 여항시인들과 교유했다. 아울러 그는 문학적 재능을 인정받아 파견되는 사절 일행을 수행하여 모두 다섯 차례에 걸쳐 중국에 다녀오기도 했다.

또한 그의 삶에서 빼놓을 수 없는 것은 조선의 방방곡곡을 유람한 사실이다. 아마도 겸인으로서 영호남의 감영이나 서북 지방 등에서 일을 하게된 것이 전국 유람의 직접적인 계기였던 것으로 판단된다. 아무튼 그는 이런 여행을 통해서 자연 풍광에 대해 읊은 수많은 시편을 남겼다. 그의 시편 중에 가장 유명한 〈서구도올(西寇檮杌)〉도 이런 여행의 결과물이었다. '서북 도적의 역사'라는 제목의 이 시는 372구로 된 장편으로, 1811년에 일어났던 '홍경래의 난'을 다루고 있다. 당시 전란의 참상을 사실적으로 묘파하고 있는 이 시는 또 다른 기행시인 〈북행백절(北行百絶)〉 등과 함께 민중의 비참한 생활을 반영한 수작으로 평가받고 있다. 다만 이 시에서 홍경래와 그 무리를 그야말로 반란군이자 폭도로 규정하고 있어 역사적으로 평가되는 홍경래의 난과는 다소 차이가 있는데, 사실 이런 인식은 당시 지식인이면 대부분 그러했다. 어쩌면 왕조 사회의 일원으로서 당연한 것이었는지도 모른다. 왜냐하면 홍경래를 긍정하는 순간 이는 왕조를 부정하게 되는 것이었기 때문이다. 아무튼 조수삼은 양반 사대부가 아닌 중인 계층의 시인으로서 사회문제를 직접적으로 건드리지 않는 선에서 문학 창작에 임했던 것으로 보인다.

그의 문학작품으로 또 하나 흥미로운 것이 〈외이죽지사(外夷竹枝詞)〉이다. 이 작품은 '외이(外夷)', 즉 중국 이외의 외국을 묘사한 것으로, 해당 지역에 대한 풍속 등을 노래한 '죽지사'라는 운문 전통을 이어받은 것이다. 이는 곧 저자가 직접 가보지 못한 외국에 대한 관심에서 일종의 '상상의 여행'을 한 것이다. 요컨대 국내 여행을 통해서 많은 시편을 남겼고 이런 여행의 연장선상에서 외국에 대한 관심으로 이를 확대한 결과라 하겠다. 요즘으로 치면 외국 여행에 대한 기대와 바람이 들어 있는 셈이다.

이처럼 조수삼은 시인으로서 빼어난 능력을 지녔을 뿐만 아니라 인간에 대한 관심, 그리고 이를 이야기로 전하는 것에 남다른 역량을 발휘했다. 그는 젊은 시절에《연상소해(聯床小諧)》라는 이야기집을 저술한 바 있다. 이 책은 다양한 인물들에 대한 짤막한 에피소드를 담고 있다. 이 연장선에 있는 작품이 바로《추재기이》이다.《추재기이》는 저자가 생애의 말년에 정리한 것이다. 주로 이전에 견문했던 인물들에 대한 기억을 되살리는 방식으로 구술한 것을 손자가 정리했다고 한다. 조수삼은 탁월한 이야기꾼으로도 알려져 있는데, 통상 이야기라면 고담(古談), 즉 옛날이야기이다. 하지만 그는 옛날이야기가 아닌 당대 시정 공간에서 떠돌던 인물들에게 특별한 관심을 가지고 이들을 이야기의 주인공으로 내세웠다. 이것이《추재기이》라는 노작으로 결실을 본 것이다.

—

《추재기이》에 수록된 인간 군상

—

《추재기이(秋齋紀異)》의 제목은 '추재, 즉 조수삼이 기이한 것을 기록했다'는 뜻이다. '기이(紀異)'는 '지이(志異)'라고도 하는데, 전통적으로 기이하거나 기괴한 사건이나 인물을 기록한다는 의미이다. 그 대상이 주로 귀신 따위의 비일상적인 것을 염두에 둔 것이었지만, 후대로 올수록 기이하거나 남다른 인물에 초점을 맞추게 되었다.《추재기이》또한 일반적인 인물이 아니라 독특하거나 범상치 않은 인물들을 취재한 것이다. 그런데 그 형식은 일반적인 조선 후기 야담처럼 순전한 이야기 형태로 구성한 것이 아니라, 해당 인물의 정보나 사적을 도입부에 적고 그 인물에 대한 전체적인 상을 칠언절구로 갈무리하는 식이다. 이를 저자는 '소전(小傳)'과 '기이시(紀異詩)'로 구분했다. 이런 형식은 앞서 거론한 〈외이죽지사〉와 같다. 기실 이런 산문과 운문의 결합 형태는 조선 후기 만연했던 역사를 읊은 영사시(詠史詩)나 풍속을 기록한 기속시(紀俗詩) 등에서 흔하게 볼 수 있는 유형이었다. 그럼에도 이를 철저하게 당대 인물을 그려내는 데 활용했다는 점에서 《추재기이》의 구성법은 독특하다.

그렇다면 이 책에는 어떤 인물들이 포착되어 있을까? 한마디로 당대의 최하층에 속한 인물들이다. 심하게 몰락한 양반층에서부터 하급 무사, 도둑, 강도, 조방꾼, 거지, 부랑아, 유랑 예인, 방랑 시인, 차력사, 술장수, 소금장수, 임노동자, 떡장수, 점쟁이 등 총 71명이 등장한다. 이들은 모두 조선 후기 사회에서 소외된 계층이다. 여기서 계층이라고 한 것은 계급적인 질서가 흐트러진 속에서도, 상품화폐의 발달에 따른 새로운 경제 질서에서도 완전히 소외된 새로운 하나의 층위로 구성될 수 있는 부류이기 때문이다. 이들 부류를 다시 몇 가지 유력한 유형으로 묶으면 다음과 같다.

먼저 몰락한 양반붙이들이다. 흔히 조선 후기에 계급 질서가 와해된 사례로 상층이 하층으로 전락하거나 하층이 상층으로 올라오는 역전 현상에 주목하곤 한다. 《추재기이》에도 원래는 양반이었으나 하류를 전전하는 인물들이 심상치 않게 등장한다. 이런 몰락 양반을 소재로 한 작품들이 심상치 않게 포착되는 점이 조선 후기 문학 방면의 특징적인 국면이기도 하다. 그럼에도 웬만해선 양반의 체통을 지키느라 동분서주하는 모습이 일반적이었다. 그러나 이 책에서는 아예 이런 부류가 자신의 거주마저 잃고 거리로 내몰린 상황, 즉 거지나 부랑아 신세로 그려져 있다. 과연 양반의 추락은 어디까지인가를 보여주려는 것이 아닌가 싶을 정도로 이제는 시정사회에서 최하층으로 자리한다.

다음으로 무명 예술인이다. 조수삼은 특히 예인들에 대한 관심이 많았던지 다수의 해당 인물을 실었다. 손톱으로 그림을 그리는 화가에서부터 거리의 악사, 떠돌이 장님 가수, 해금을 켜며 유랑하는 노인, 소설책을 읽어주며 돈을 버는 이야기꾼, 탈춤을 추는 탈춤꾼 등은 오히려 일반적이다. 심지어 온갖 소리를 잘 흉내 내는 모창의 달인이나 원숭이를 데리고 다니며 재주를 파는 거지를 비롯해, 차돌을 깨는 차력사와 음담패설을 잘하는 재담꾼까지 등장한다. 이들은 저마다 인파가 북적이는 저잣거리에서 자신의 기예를 팔아 생계를 이어가는 주체들이다. 따라서 지금처럼 전문 예술가라고 하기에는 좀 이상하다. 그야말로 생계형 유랑 예인들이다. 그러나 이런 비주류 예인들은 조선 후기 시정사회의 중요한 일원이었다는 점에서 주목해야 할 대상이다.

마지막으로 최하층 민인들이다. 당연히 여기에는 노비들이 빠질 수 없거니와, 그것도 일반 노비가 아닌 구걸하여 주인을 먹여 살리는 이가 있는가 하면, 품팔이를 하여 생계를 이어가야 하는 최악의 상황에 직면해 있기도 하다. 이 외에도 시정에서 조방꾼, 즉 기생 등 화류계에서 빌붙어 사는 시정잡배들도 비상하게 등장한다. 또한 물지게꾼이나 등짐장수는 물론 이런저런 거지들도 득실거린다. 무엇보다 눈길이 가는 인물 유형은 최하층이면서 몸이 불편한 장애인이다. 요즘으로 치면 1급 장애인에 해당하는 여성이나 장님·벙어리 등 신체적인 결손이 심한 존재들이 그들이다. 요즘도 그렇지만 조선 시대에 장애인은 지금보다 훨씬 더 소외된 존재였다. 사실 아예 사람으로 치지도 않았다. 더구나 이를 문학의 대상으로 상정하는 것 자체가 불편했다. 그런데 이 책에 그려지는 장애인은 몸은 불편하더라도 마주하기에는 그리 불편하지 않다. 비슷한 처지의 정상적인 신체를 가진 존재들이 워낙 많기 때문이다.

이 외에도 박지원의 〈광문자전(廣文者傳)〉으로 잘 알려진 광대 달문(達文) 같은 협객의 면모도 예사롭지 않은데, 도둑이지만 훔친 물건을 더 어려운 처지의 사람들에게 나눠주는 의도(義盜)가 있는가 하면, 일지매(一枝梅) 같은 흥미로운 스타일의 도적도 등장한다. 1970년대 선풍적인 인기를 끌었던 만화 〈일지매〉가 바로 이 책에서 유래한 것이기도 하다.

이렇듯 그야말로 하층의 총천연색 인물들을 망라한 《추재기이》는 그 어디에도 유가적으로 재단한 흔적을 찾아볼 수 없다. 사실 이 점은 대단히 중요한데, 아무리 조선 후기(주로 18, 19세기)라고 하지만 인물에 대해서 유가적인 색채를 걷어내고 형상화하기는 쉽지 않았다. 이와 관련하여 저자 조수삼은 이 책의 서문에서 흥미로운 단서를 달았다. "인물의 옳고 그름이나 나라의 정사(政事)에 관련된 일은 한 가지도 언급하지 않았다."라고 한 것이다. '인물의 옳고 그름'에 대한 판단은 유가 사회에서 요구하는 선악(善惡)의 문제와 직결되어 있으며, '정사에 관련된 일'은 지식인이라면 으레 정치·사회와 관련하여 담론을 개진하는 것이 하나의 불문율이었다. 이 두 가지 조건은 식자라면 당연히 관심을 가져야 할 부분이었다. 그것이 유가 지식인의 책무라면 책무였고, 대사회적으로 요구되는 것이기도 했다. 저자의 이 발언은 이런 저간의 상황을 고려한 정비 작업이었을 공산이 크다. 어쨌든 결과적으로 이 책에 등장하는 숱한 존재들은 선악이라는 이분법으로 나눠질 수 없는 주체일 뿐만 아니라, 또한 정치적·사회적 문제와 결부되지 않은 순전한 개개인 모습 그대로이다.

인물 기사로서의 《추재기이》의 성과

조선 후기 문학·문화 분야의 신국면 중 하나는 종래에는 접할 수 없었던 흥미로운 인물이 등장한다는 점이다. 이는 신분제가 동요되면서 다양한 인물들이 자기 모습을 드러냈거니와, 사회적·경제적으로도 변화와 맞물려 문화의 패러다임이 바뀐 데서 그 원인을 찾을 수 있겠다. 그런 한편으로 이런 신인간 유형을 통해서 전통적 가치를 회의하면서 새로운 사회를 추구한 작가들의 욕망을 드러내기도 했다. 이리하여 조선 후기에는 인물들에 대한 기사가 넘쳐나게 되었다.《추재기이》도 이런 흐름 속에서 등장한 인물기사집이다. 그러면서도 조선 후기 사회의 가장 하층에 자리한 인물들만을 집중적으로 조명했다는 점에서 예의 인물기사집과는 그 성격을 달리한다. 또한 이런 인물들의 생생한 모습은 김홍도나 신윤복 등이 그림으로 재현한 풍속화가 떠올려지는데, 이 풍속화보다 훨씬 다채로우면서도 밀도가 높다.

한편 같은 중인 출신이며 동시대를 살았던 조희룡(1789~1866)과 유재건(1793~1880)은 각각《호산외기(壺山外記)》와《이향견문록(異鄕見聞錄)》을 남긴 바 있다. 이 두 저작 모두 역사에 묻힌 인물들을 복원하는 성과를 거둔 인물기사집으로 유명하다. 그런데 여기에 들어와 있는 인물들 대부분은 중인 계층이다. 말하자면 자신과 계급적으로 비슷한 처지의 중인들을 모은 것으로, 일종의 자기 계층의 정체성 만들기의 일환이었다. 그런데 같은 중인이었으면서도 조수삼은《추재기이》에 중인들을 전혀 끌어들이지 않았다. 오히려 중인보다 훨씬 열악한 처지의 최하층 민인들만 수록한 것이다.

우선 이 점이 남다른 데, 그러면서도 이들 하층을 마주하는 시선이 굉장히 긍정적이면서도 따뜻하다. 오히려 이런 군상들을 통해서 인간다운 모습에 다가가고자 했다. 물론 여기에는 연민과 동정 같은 시선도 교차하고 있지만, 기본적으로 평등성에 기초하고 있다. 여기서 한 걸음 더 나아가 이런 어려운 처지의 인간들이 오히려 남을 도와주거나 시혜를 베푸는 점에 착목함으로써 이들이야말로 인간 사회의 새로운 대안인 것인 양 바라보고 있다. 단순히 이런 인간형들을 발견하거나 발굴한 데 그치지 않고 거기서 인간의 진정성을 획득하고자 했다는 점이 이 책의 큰 미덕인 셈이다.

결과적으로 《추재기이》는 하층의 다양한 인물들을 유교적 도덕률에 가둬두지 않고 있는 그대로의 모습으로 재현한 것이다. 그럼으로써 당시 시정사회의 민낯이 여과 없이 드러나는 부수적 효과까지 거두었다. 이 점에서 《추재기이》는 조선 후기 민인들의 일상을 구현한 다른 어떤 작품보다도 리얼리티를 획득한 결과물이라 하겠다.

– 정환국

참고 문헌

안대회 옮김, 《추재기이》, 한겨레출판, 2010.

강명관, 《조선의 뒷골목 풍경》, 푸른역사, 2003.

안대회, 〈《추재기이》의 인간 발견과 인생 해석〉, 《동아시아 문화연구》 38, 한양대학교 한국학연구소, 2004.

윤재민, 〈《추재기이》의 인물 형상과 형상화의 시각〉, 《한문학론집》 4, 근역한문학회, 1986.

✛
19세기 야담문학의 집대성

19세기 야담집의 성행과 《청구야담》

—

야담은 임병양란 이후 중세에서 근대로 이행되는 과정에 빚어진 사회구조의 변화와 밀접한 관련을 맺는다. 17세기 이후 조선은 이전과 전혀 다른 형태로 변모한다. 특히 서울이 윤리가 중시되던 행정 중심에서 자본 논리에 따른 상업 도시로 전환되면서 발생한 경제적 모순은 그 이전의 조선에서는 볼 수 없던 전혀 새로운 문제였다. 자본이 문명의 자극제임이 틀림없지만, 그 이면에서는 자본에 따른 모순도 함께 나타났던 것이다. '표준'으로 상징화된 서울과 그 반동으로 자연스레 '비표준'이 되어버린 지방, 경제력에 따른 상징 소비로서의 사치에 대한 동경과 경계, 노동시장에 영합되지 못해 '남아도는' 존재로서의 거지와 같은 마이너리티의 등장 등은 사회구조 변화 이면에 담긴 현상들이 발현된 결과였다. 모순된 인간의 가치와 삶에 대한 물음도 더불어 나타났다. 야담은 바로 이런 현상에 주목하며 등장한 문학 장르였다.

17세기에서 18세기로 이어지면서 산출된 임방의 《천예록(天倪錄)》과 노명흠의 《동패락송(東稗洛誦)》은 초기 야담의 성격을 잘 보여준다. 이들은 당대 일상에 주목하되 비현실성과 현실성 사이를 넘나들었다. 《천예록》이 비현실적인 요소에 경사되었다면, 《동패락송》은 현실적인 면에 초점을 맞추었다. 이후의 야담은 《동패락송》이 지향한 방향성을 좇았다. 현실적인 면에 초점이 맞춰진 것이다. 실제 《기문총화》와 《계서야담》을 비롯한 제목이 다른 50여 종의 야담집을 파생시킨 《계서잡록》도 《동패락송》을 기초로 하여 편찬되었다. 《계서잡록》은 1828년에 이희평이 편찬한 야담집이다. 《동패락송》에서 《계서잡록》으로 이어지며 만들어진 많은 야담집은 당시 야담이 얼마큼 성행했던가를 확인케 한다. 이런 시대적·문화적 분위기에서 당시에 향유되던 야담을 집대성한 야담집도 등장했다. 그것이 바로 《청구야담(靑邱野談)》이다.

《청구야담》의 편자는 아직까지 확인할 수 없다. 일부에서는 김경진으로 추정하기도 하지만 확실치는 않다. 현재로서는 편자 미상으로 처리하는 것이 옳다. 《청구야담》의 편찬 시기도 분명하지 않다. 하지만 이 책이 《계서잡록》이후에 편찬되었고, 《청구야담》을 발췌한 《해동야서》의 필사 시기가 1864년이라는 점을 고려하면, 《청구야담》은 1833년에서 1864년 사이에 편찬되었다고 최종적으로 정리할 수 있다.

《청구야담》은 야담의 정점에 놓여 있다. 《청구야담》이후에도 많은 야담집이 편찬되었다. 1869년에 이원명이 편찬한 《동야휘집》, 1873년에 시유영이 편찬한 《금계필담》을 비롯하여 다양한 야담집이 생성되었다. 이들은 변화하는 당시 문화 상황에 맞춰서 야담을 변형시켰던바, 시대에 따라 야담집이 자기 갱신을 하며 성장하는 면모를 엿볼 수 있다. 이들 중에서 다양하면서도 흥미로운 작품들을 수록해 놓은 세 야담집, 즉《청구야담》,《동야휘집》,《계서야담》을 조선 3대 야담집이라 부르기도 한다.

—

《청구야담》의 구성과 내용

—

《청구야담》은 20여 종의 이본이 있다. 그들을 교열해 보면, 현재까지 확인된《청구야담》에 실린 이야기는 총 293편이다. 그 중에서 미국 버클리대학교에 소장된 10권 10책으로 구성된《청구야담》에는 290편의 이야기가 실려 있으니, 이 책이 가장 선본이라 할 만하다. 또한《청구야담》은 1880년에서 1890년 사이에 국문으로 번역되기도 했다. 그 책은 현재 규장각에 소장되어 있다. 번역된 책은 총 20책이었는데, 그 중 마지막 권을 잃어버려 현재는 19책만 남아 있다. 19책에 번역된 총 이야기 수는 262편이다. 번역된 책에는 조동윤의 인장이 찍혀 있다. 조동윤은 고종을 왕으로 만드는 데 주된 역할을 했던 조대비, 즉 신정왕후의 조카이다. 이로써 보면 국문본《청구야담》은 궁중에서 번역되어 향유되었던 책이라는 것을 짐작할 수 있다.

《청구야담》에는 짧은 일화에서부터 단편소설이라 불러도 무방할 만한 작품까지 다양한 형태의 작품이 실려 있다. 실제 〈완산기독수포의첩(完山妓獨受布衣帖, 완산 기생이 홀로 벼슬 없는 선비가 준 첩을 받다)〉이라는 작품은 고작 210자에 불과하지만, 〈결방연이팔낭자(結芳緣二八娘子, 꽃다운 인연을 맺은 16세 낭자)〉는 4050자에 달한다. 20배 정도의 분량 차이가 있다. 《청구야담》의 성격은 그만큼 일괄적으로 규정하기 어렵다. 그렇다 해도 다른 야담집에 비해 서사성이 강한 작품과 당대 현실을 반영한 작품이 많다는 점은 부정할 수 없다. 또한 형식적인 면에서도《청구야담》은 내용을 7~8자로 요약한 제목을 붙였다. 예컨대 교과서에도 수록된 '과부가 된 딸을 불쌍히 여긴 재상이 가난한 무사에게 딸을 맡기다.'라는 뜻의〈연상녀재상촉궁변(憐孀女宰相囑窮弁)〉이라는 여덟 글자 제목은 이 작품의 내용이 어떠하리라는 것을 압축적으로 담아낸다. 서사성이 강하고, 당대 현실을 반영하며, 7~8자의 제목을 갖추고 있는 야담집. 이런 제반 요인을 통해《청구야담》은 야담의 전형성을 확보했다고 말할 수 있다.

《청구야담》에 수록된 작품들의 내용도 한마디로 단정할 수 없다.《청구야담》에는 당시 사회구조가 내포하고 있는 모순에 비판적인 인물들과 그와 정반대로 중세적 질서를 옹호하는 인물들을 모두 그려내고 있기 때문이다. 중세를 고수하는 사람들과 중세에서 이탈해 근대를 지향하는 사람들.《청구야담》에는 그런 상반된 가치를 지닌 사람들의 삶이 공존한다. 봉건 질서를 충실하게 따르는 열녀가 있는가 하면 감정에 이끌려 행동하는 여인도 있고, 근검을 통해 부를 축적하는 인물이 있는가 하면 매점매석을 통해 부자가 되는 인물도 있고, 주인에게 충성을 다하는 종이 있는가 하면 주인을 죽이는 종도 있다. 이처럼 상반된 인물들이 공존하는《청구야담》을 두고 그 성격이 어떻다고 한마디로 단정하기는 어렵다.

이런 현상은 동양적 사유에 기초하는 것이다. 동양에서는 특정화된 하나의 관점을 통해 세계를 인식하는 것이 아니라 다양한 관점이 뒤섞인 전체 체계 안으로 들어가야만 세계를 인식할 수 있다는 관념이 강하다. 문학도 마찬가지이다. 동양에서는 특화된 영웅 한 사람보다《삼국지》나《수호전》처럼 수많은 주인공을 그려내는 방식이 성행한 것도 이 때문이다. 따라서 동양에서는 한 영웅의 일대기보다 다양한 사람들의 여러 행적을 나열해 놓은 '묶음(集)'이 성행했던 것이다. 《청구야담》도 그렇다. 그 안에 다양한 사람들의 눈물과 웃음, 삶과 죽음, 고통과 즐거움 등을 그린 것은 편자가 자신의 주장을 따라오라고 하는 대신 독자들로 하여금 어떤 삶이 더 타당한 것인가를 스스로 판단하게 한 것이다. 열녀와 탕녀, 충노와 반노, 검소와 사치 등 다양한 소재와 주제를 다룬 작품을 통해 독자 스스로 어떤 삶이 자신에게 더 타당한 것인가를 반추하게 하는 것이다. 한 예로 열녀 문제를 다룬 작품들을 보자.

① 〈이절부종용취의(李節婦從容取義, 이절부가 조용히 의를 취하다)〉는 남편이 죽자 삼년상을 치르고, 시부모가 모두 돌아가실 때까지 효성을 다하며, 양자를 들여 후사를 잇게 한다. 이후 며느리를 맞게 되자 이절부는 유언을 남기고 자결한다는 내용이다. 전형적인 열녀 유형이다.

② 〈권사문피우봉기연(權斯文避雨逢奇緣, 권사문이 비를 피하다가 기이한 인연을 만나다)〉은 소나기를 만나 비를 피해 한 집에 머물던 권사문이 여주인의 초청으로 그 여인과 인연을 맺는 이야기다. 여인은 마치 욕정에 이끌린 것처럼 보인다. 하지만 이야기 마지막에서 상황이 반전된다. 여인은 권사문에게 편지 한 통을 남기고 죽는다. '남편이 죽던 날 자결하려 했지만 시아버지의 요청으로 지금껏 당신과 만났는데, 이제 시아버지가 죽었으니 나도 남편을 따라 죽는다'는 내용이다. 탕녀처럼 보이던 여인이 효를 다하려고 한 열녀로 뒤바뀐다.

③ 〈신복설호유탐향(信卜說湖儒探香, 점괘를 믿은 호남 선비가 꽃향기를 탐하다)〉은 이기경이란 자가 과거를 보러 가다가 소복을 입은 여인과 동침해야 살 수 있다는 점괘를 얻어 마침내 동침한다. 이후 기경이 과거에 합격하자 여인은 시부모를 백 년 동안 모시려 했지만 마음이 변했다며 기경

을 따라 나선다. 열녀처럼 보이던 여인이 정에 이끌려 움직인다.

④ 〈우병사부방득현녀(禹兵使赴防得賢女, 우 병사가 변방에서 어진 아내를 얻다)〉는 북방에 간 우하형이 가난한 탓에 그곳에서 물을 긷고 사는 수급비와 동거한다. 우하형이 떠나던 날, 수급비는 하형에게 재물을 주어 보낸다. 그리고 자신은 그곳에서 한 장교와 부부가 되어 지낸다. 이후 하형이 그곳 수령으로 온다는 소식을 들은 수급비는 장교와 이별하고 하형을 찾아가 부부가 된다. 이후 하형이 죽자 수급비는 며느리에게 살림을 맡기고 자신은 물 한 모금 마시지 않고 자결한다.

오로지 '열(烈) 이데올로기'에만 맞추어 보면 ①은 열녀, ②는 열녀〉탕녀, ③은 열녀〈탕녀, ④는 탕녀에 가깝다. 이 중 어느 쪽이 옳은가? 찬자는 어느 쪽에도 손을 들어주지 않았다. 그저 담담하게 다양한 종류의 이야기를 제시해 놓았을 뿐이다. 그 판단은 오로지 독자의 것이다. 독자는 이네 유형을 접하면서 야담에 그려진 삶과 자신의 삶을 반추함으로써 스스로 가치 판단을 해나갈 수밖에 없다. 특히 ②와 ③은 지금 기준으로 봐도 판단이 쉽지 않다. 스스로 판단하고 스스로 그 해답을 정할 수밖에 없다. 《청구야담》에 실린 다양한 성격의 이야기는 결국 독자의 가치에 따라 판단을 열어둔 장이었다고 할 만하다.

—

《청구야담》을 통한 문학 교육의 가능성

—

어느 시대나 상반된 가치는 존재한다. 중세나 지금이나 지배 사회에서 요구하는 이데올로기가 있고, 그에 반하는 사유도 존재한다. 사람 사는 세상에서 이런 문제는 언제나 존재한다. 문학은 그런 사회를 살다 간 사람들의 흔적이고 고민이라 할 만하다. 야담은 중세 사회를 살았던 사람들의 다층적인 목소리가 담겨진 장르이다. 야담집에는 당시 사회 보편적인 이데올로기에 순응하는 사람들의 움직임도, 그에 반하는 움직임도 모두 문학적으로 형상화하여 실어 넣었다. 따라서 당시 사람들은 야담집을 읽으면서 자신의 생각과 반대되는 사람들을 그린 작품도 만나고, 자신의 생각과 비슷한 작품도 만났다. 야담집을 읽으면서 독자는 뜻하든 뜻하지 않았든 간에 자신의 사유를 정리해 나갔던 것이다.

그런데 우리의 문학 교육은 스스로 가치관을 정립하기보다는 주어진 가치관을 주입하려는 양상까지 보이고 있다. 스스로의 판단보다는 남의 가치관을 자신의 가치관처럼 받아들이고 있는 것이다. 주입되는 가치관은 '교훈적'인 내용의 것들이 대부분이다. 물론 이것이 잘못된 것은 아니다. 하지만 문학은 교훈적인 면과 오락적인 면이 함께 고려될 필요가 있다. 그 두 모습이 대척적인 것이 아니라 조화를 이루어야만 문학은 의미를 가질 수 있는 것이다. 그런 점을 고려할 때 야담은 문학 교육을 새롭게 가져갈 수 있는 좋은 장르라고 할 만하다.

야담은 다른 장르에 비해 그 편폭이 크지 않다. 고전소설 한 편 중 일부를 선취하여 싣는 지금의 고전산문 텍스트 선정보다는 야담 작품 여러 편을 수록하는 것이 훨씬 더 효과적인 교육을 가능케 한다. 완성된 텍스트를 보여줄 수 있다는 점에서 더더욱 의미를 갖는다. 이는 형식적인 점에서 야담 교육의 가능성을 확보케 한다. 그렇지만 야담을 통한 문학 교육은 이런 형식적인 면보다 오히려 학습자 스스로 생각하고 능동적인 사고를 자연스럽게 이끌어낼 수 있다는 점에서 더 큰 의미를 갖는다.

현대 우리 사회는 이분법적인 구도로 논쟁이 이루어지는 경우가 많다.

특정한 사건이 발발하면 오직 시비 판단이 우선하는 경우가 많다. 옳고 그름을 따지는 일은 '인문'의 원리보다 '과학'의 원리를 중시하는 것이다. 인문에서는 옳고 그르다는 판단이 아니라 같고 다르다는 가치의 문제를 중시한다. 따라서 이분법적인 구도에서 시비 판단을 구하는 것은 문학 교육에서 지양해야 할 요소이다. 문학 교육이 지향해야 할 문제는 시비가 아닌 다양한 생각을 접하면서 스스로 자신의 삶의 가치를 정립해 가는 것이다. '어떻게 살아야 할 것인가?'라는 물음에 해답은 없지 않은가? 다양한 사람들의 생각이 담긴 작품을 통해 학습자들은 옳고 그름의 문제에서 벗어나 자신의 삶에 대한 스스로의 물음을 던지고 스스로 그 해답을 찾도록 할 수 있어야 한다. 이 점에서 야담은 그 가능성을 환기시킨다. 예전 사람들이 이러한 다양한 인물 군상을 보면서 자신들의 삶을 정리했던 것처럼, 지금도 다양하게 제시된 인물들을 통해 자기 나름대로 그 해답을 찾을 수 있지 않을까 한다. 이는 문학이 암기나 문학 감상에 그치는 것이 아니라 본래 제기했던 것처럼 문학이 지닌 의미를 통해 자신을 성장시키고 자신의 가치관을 만들어가는 하나의 계기로 작동하리라 본다.

야담은 '생활 경험에서 우러난 것으로서, 현실에 대한 대응 방식이 서사적 언어로 전화(轉化)된 것'이라고 말할 수도 있는데, 이는 조선 후기를 살아갔던 사람들의 삶과 그 대처 방안을 서사적인 언어로 표현했음을 뜻한다. 따라서 야담을 통해 어떤 교훈적인 의미를 찾으려는 것은 접근부터 잘못된 것이다. 교훈성은 문학이 지닌 효용성을 강요하는 것이고, 또한 그것은 공동체를 지향하는 사회에서 강조되는 것이기도 하다. 그렇지만 현대사회는 공동체보다는 개인적인 성향이 강하다. 그런데도 여전히 문학에서 그런 면모를 드러내라고 하는 것도 일종의 모순이다. 문학을 통해 교훈적인 의미를 찾아내려는 노력은 어쩌면 문학에 대해 거리를 두게 하는 것일 수도 있다. 여전히 문학의 최고 가치는 감상에 있고, 그 감상을 통해 자기 자신을 성찰하게 하는 것이 아닌가? 그런 점에서 《청구야담》은 문학 교육의 가능성을 가장 잘 열어둔 야담집이라 할 수 있을 것이다.

– 김준형

참고 문헌

김동욱·정명기 역주, 《청구야담》 상·하, 교문사, 1996.

이강옥, 《한국 야담 연구》, 돌베개, 2008.

김준형, 〈《청구야담》의 상반된 가치와 문학 교육의 가능성〉, 《비평문학》 33, 한국비평문학회, 2009.

一　二 ? 理 巫 ? 忘 ? 死 ?
망국의 서사

매천 황현과 《매천야록》 저술
—

"새와 짐승도 슬피 울고 강산도 찡그리고, 무궁화 이 세계는 망하고 말았
구나."라는 시구는 1910년 일본에 국권을 완전히 빼앗긴 이른바 경술국
치 때 매천(梅泉) 황현(1855~1910)이 읊은 〈절명시(絶命詩)〉의 일부분이
다. 황현은 이 시를 남기고 자결했다. 그는 글 아는 사람, 즉 식자인(識者
人)으로서 자신의 책무가 무엇인가를 고민한 끝에 왕조와 운명을 같이하
는 길을 택했던 것이다.

　그는 1855년 전라도 광양에서 태어나 30대에 지리산 자락의 구례로 이
사하여 그곳에서 생을 마감했다. 원래 조선 초에 정승 중의 정승이었던
황희의 후예였으나, 중간에 몰락했는지 그의 집안은 광양 등지에서 상업
활동으로 생계를 유지하는 처지였다고 한다. 물론 그도 벼슬을 얻기 위해

20대에 서울로 올라와 30대 중반까지 과거 공부를 했다. 그런데 이즈음 서울 생활을 포기하고 고향으로 돌아왔다. 그는 귀향의 이유를 "도깨비 나라에서 미치광이들이 판을 치는" 세상을 인정할 수 없었기 때문이라고 했다. 그는 서울에서 식민지 지배의 암울이 드리워지고 있었던 현실을 목도하게 된 것이다. 이때부터 구례에서 이른바 주경야독의 삶을 살았다. 또한 이 시기에 저작에 몰두하여 시문집인《매천집》·《매천시집》과《매천야록》,《오하기문(梧下紀聞)》등 역사 관계 저술을 남겼다.

이처럼 그는 한말(韓末)의 문학가이자 역사가로서 유명한데, 특히 시인으로 명성이 높았다. 잘 알려진〈절명시〉외에도 천 편이 넘는 시를 남겼는데, 시의 소재와 주제는 주로 자신의 생활공간인 농촌과 우국애민에 관한 것이었다. 이런 그의 문학적 위상은 이건창(1852~1899), 김택영(1850~1927)과 함께 '한말삼재(韓末三才)'로 일컬어지고 있다는 점에서 확인할 수 있다. 또한 그는 고향에서 호양학교(壺陽學校)를 세워 후진 양성에도 심혈을 기울였다. 요컨대 매천 황현은 조선 왕조 마지막 전통 지식인 중 한 사람으로, 과거의 도학만 추종하지 않고 시무(時務)에 통할 수 있는 학문을 추구했던 사가(史家)이자 문장가로 평가받고 있다.

이런 그의 저술 가운데《매천야록(梅泉野錄)》은 그의 시문집과 함께 가장 흥미로운 저작 가운데 하나이다. 이 책은 1864년부터 1910년까지 40여 년에 이르는 기간 동안의 역사적 사실·사건, 공적인 문건, 그리고 단편적 일화와 해외의 지식까지 망라하고 있다. 일관된 체계를 갖추고 있진 않지만, 그럼에도 당대 사회의 각종 사건과 이슈를 주요 테마로 다루고 있다는 점에서 어떤 자료보다도 흥미롭다. 이런 글쓰기 형식은 견문을 잡기(雜記)한 필기(筆記)에 해당한다. 전통적으로 이 유형을 '야승(野乘)', '야사(野史)'라고 하여 잡록류로 분류해 왔다. 그만큼 형식이 자유롭다는 것인데, 그럼에도 나름 체제가 없는 것은 아니다. 전체적으로 연월일에 따라 정리하되 중요한 사안에 대해서는 배경과 경과까지 상세히 기술하고 있기 때문이다. 따라서 편년체 기조에 기사본말체를 혼합한 역사서로서의 면모도 뚜렷하다.

황현은 이 책의 집필을 구례로 낙향한 이후에 시작했던 것으로 보인다. 그래서인지 1880년대 초반까지의 기록은 듬성듬성하다. 아마도 저술을 시작한 시점 이전의 것이어서 그랬던 것으로 판단된다. 비록 지방에 은거하면서도 국가의 장래와 사회 현실에 대해 망각할 수 없었던, 그의 시무에 대한 남다른 관심이 한시문과는 다른 이런 기록류를 남기게 한 동력이었을 터다. 그런데 시골 선비였던 황현은 당대의 관련 기사를 어떻게 수집할 수 있었을까? 왜냐하면 그 기록의 폭이 상당히 넓은 데다 해외의 기사가 적지 않으며, 서울 궁궐의 은밀한 사건까지 거론하고 있기 때문이다. 아마도 서울에서 활동했던 인사들을 통해 전해 들었을 가능성이 크다. 또한 해외 기사가 실렸다는 점은 당시 한성순보 등 초기 신문이나 잡지 등을 참조하지 않고는 불가능한 사례이다. 이런 다양한 취재원을 활용한 속에서 《매천야록》은 이른바 개화기 한국 사회의 민낯을 가장 효과적으로 드러낸 역사서이자 사회 비평서가 될 수 있었다.

—

《매천야록》에 수록된 내용들

—

《매천야록》은 총 6권(권1은 상·하로 나누었음)으로 구성되어 있는바, 권1 상은 1864년부터 1887년까지, 권1 하는 1888년부터 1893년까지, 권2는 1894년부터 1898년까지, 권3은 1899년부터 1903년까지, 권4는 1904년과 1905년, 권5는 1905년부터 1907년까지, 권6은 1907년부터 1910년까지로 편제했다. 제목을 붙여봄 직한 항목만 약 1600여 조에 달하며, 단순한 기삿거리까지 합치면 대략 그 배에 달한다. 우선 이 항목 수로만 봐도 상당한 양임을 확인할 수 있다.

그 시작의 해가 1864년인데, 이는 공교롭게도 망국의 비운을 맞는 고종이 등극한 시점이었다. 그리고 그 첫 대상이 운현궁이다. 서울 한복판에 자리한 이곳은 원래 흥선대원군의 저택으로 아들인 고종이 이곳에서 태어났다. 뒤미처 흥선대원군의 섭정이 시작되는바, 제일 먼저 운현궁을 배치했다는 것은 매우 상징적이다. 그리고 가장 마지막 항목은 1910년 8월 29일에 맺어진 한일합방이다. "한국은 일본에 병합되었다"는 언급과 일본 황제의 조서를 싣고 있다. (이어지는 황현의 죽음과 〈절명시〉는 황현이 직접 쓴 것이 아니라 다른 사람이 추가한 것이다.) 그야말로 고종 시대 전부이자 개화기 전반을 통과하는 서사이다.

여기에는 당연히 우리에게 익히 알려져 있는 정치적·사회적 사건들이 씨줄로 이어져 있으며, 사회 이면의 상황들이 날줄로 얽혀 있다. 즉 셔먼호 사건(1868)에서부터 임오군란, 갑신정변, 을미왜변(1895), 단발령(1895), 청일전쟁, 동학과 의병 운동, 을사조약(1905), 군대 해산(1907) 등이 전면에 배치되었고, 이런 역사 궤적 속에서 관리와 민중의 움직임이 쉼 없는 연결망을 구축하고 있다. 이를테면 을사조약이 맺어지자 많은 순절자가 나왔는데, 홍만식·민영환·이상철·송병선 등의 자결 소식을 하나하나 거론했으며, 심지어 민영환의 자결 소식을 접하고 무명의 인력거꾼이 자결한 소식까지 실었다. 한반도에서 일어난 역사적 사건의 이면을 이런 인물들의 움직임을 통해 부각시키고 있는 것이다.

특히 전국에서 들불처럼 일어났던 동학의 봉기와 한말의 의병 운동에 대한 정보가 대단히 상세하다. 고부(전라북도 정읍)에서의 민중 봉기와 전봉준을 중심으로 한 동학 운동의 추이가 예사롭지 않다. 다만 당대 지식인 일반이 동학 운동에 대해 부정적인 시각을 견지하고 있었듯이 황현 또한 이를 비판적으로 바라보고 있다. 그는 "동학이 난민과 합쳐졌다."라고 하여 의구심 어린 눈초리를 보이고 있었다. 사실 동학 운동은 자치적이고 자기 보호의 성격이 강한 운동이었지만, 중앙 정부 중심으로 변화를 도모하고 있었던 계몽 지식인들에게는 일종의 내부 방해꾼 정도로 인식된 점이 없지 않았다.

하지만 망국의 시점이 가까워 일어난 의병 투쟁에 대해서는 매우 적극적으로 취재하면서 그 역할에 관심을 보였다. 황현은 1908년부터 1909년 11월까지 매달 의보(義報)를 게재했는데, 이는 전국에서 일어난 의병 투쟁을 월별로 정리한 것이다. 즉 'ㅇ월 의보'라고 하고 그 달의 날짜별로 '무슨 지방에서 싸웠다'는 식이다. 동시에 주요 의병장들의 활약과 체포, 죽음 등의 소식까지 그 내용이 빼곡하다. 한일합방이 가까워진 시기에는 유명한 의병장이었던 전해산의 절필시(絶筆詩)를 배치하여 전후의 의병 운동에 대한 시선을 사로잡게 한다. 황현은 나라의 마지막 보루가 의병이라도 되는 듯이 이들의 움직임에 예의주시했다. 그런 만큼 의병 운동의 실패와 함께 조선이 망국의 길로 접어든 광경을 이 책에서 확인할 수 있다.

이런 흐름과 전개 과정이 이 책의 중심축이지만 이런 사건들로만 점철된 것은 아니다. 당시의 제도나 사회 현상 등에 관한 것도 상당히 많은데, 과거제도의 폐지 같은 각종 제도의 변화와 수령 자리 팔기(또는 관직 매매)나 관리들의 탐학 같은 사회악 등을 거론했다.

조정에서 이미 외국인에게 개항을 허락했으므로 잠상(潛商)을 금지하는 것은 저절로 논할 필요가 없게 되었는데도 영호남의 연해처럼 심한 곳은 없었다. 왕의 교화에서 멀리 떨어져 있는 데다가 백성들은 우악하고 어리석으며 관리들은 탐욕스러워서, 무릇 쌀을 싣고 항구로 가는 배를 위로는 감사가 빼앗고 아래로는 수령들이 빼앗았다. 함정을 파놓고 백성들을 걸려들게 하여 두둑한 수입원으로 여겼으니, 이러고도 법이라고 할 수 있겠는가? (권1 하, 1892년 조)

관리들의 탐학에 대해 서릿발 같은 어조로 비판하고 있다. 특히 이런 대목에 오면 개탄조로 시대를 아파하는 저자의 감정이입이 두드러지게 나타나기도 한다.

이 책의 또 하나 흥미로운 지점은 해외 각국의 이런저런 소식과 함께 신문물 수용에 대한 관심을 보인 데 있다. 이를테면 중앙아메리카 지진(1895), 만국박물회(1898), 무술정변과 의화단의 난(1900), 미국인의 장수(1900), 이태리 임금 시해 사건(1900), 아프리카 피그미족(1901), 멕시코의 화산 폭발(1907), 법국(法國, 프랑스)의 홍수(1907) 같은 사례를 요즘으로 치면 해외 토픽처럼 끊임없이 전재하고 있다. 아마도 신문에 게재된 내용을 뽑은 모양인데, 저자의 해외에 대한 관심의 정도를 알 수 있다. 이는 전차 개통이나 석유 생산, 전화 가설, 외국 상품 등의 항목과 함께 저자의 신문물 수용에 대한 적극적인 자세와도 연결되고 있다. 또한 지금은 전 국민의 놀이가 된 화투가 1894년에 일본인을 통해 처음 도입되었다는 사실도 이 책을 통해서 확인되는 내용이다.

문화 방면의 내용들도 풍부한데, 국한문 혼용(1894)이나 국문학교(國文學校)의 설립(1901), 황성신문과 매일신문 창간, 그리고 서우학회 등 학술 모임 등에 대한 정보도 다수 싣고 있다. 20세기 초 이른바 애국 계몽 운동의 일환으로 펼쳐졌던 문화·학술 방면의 움직임은 신문이나 잡지 등 새로운 매체의 등장과 의식 개혁 운동이 맞아떨어져 신문화·신문학으로 귀결되었던바, 이런 맥락을 이 책을 통해서도 간접적으로 접할 수 있다.

　마지막으로 이 책에는 한민족의 노래라고 하는 〈아리랑〉에 대한 구체적인 정보가 들어 있다. 이 점은 진작부터 주목을 받았거니와, 일반적으로 알려진 경복궁 중건 때 불린 노래라는 의미 외에도 그 연원이 불분명한 〈아리랑〉은 이때 확실히 새로운 스타일의 노래로 불리고 있었다. 말하자면 그 전에도 〈아리랑〉이 있었겠으나 이때에 와서 하나의 노랫가락으로 정착된 점은 분명하다. 여기서는 해당 부분만 인용해 둔다.

> 1월, 임금이 낮잠을 자다가 광화문이 무너지는 꿈을 꾸고 깜짝 놀라 잠에서 깨어났다. 임금은 크게 불길하게 여겨 이해 2월 창덕궁으로 거처를 옮기고 즉시 동궐(東闕, 창덕궁)을 보수했다. 이때 남도의 난리가 날로 급박해졌음에도 토목공사는 더욱 공교함을 다투었다. 임금은 매일 밤마다 전등을 켜놓고 광대들을 불러 〈신성(新聲)의 염곡(艶曲)〉을 연주하게 했는데, 이를 '아리랑타령'이라 일컫는다. 타령이란 부르는 노래를 일컫는 우리말이다. 민영주는 원임각신(原任閣臣)으로서 뭇 광대들을 거느리고 〈아리랑타령〉 부르는 것을 전담하여 광대들의 실력을 평가해 상방궁(尙方宮)에서 금은을 내어 상으로 주노복 했다. (권2, 1894년 1월 조)

—

야사로서의 《매천야록》의 성격

—

《매천야록》은 글의 종류로 볼 때 필기류이며, 성격으로는 야사(野史)에 해당한다. 동아시아 전통에서 아주 특별한 부류가 '선비〔士〕'이다. 그들은 식자층으로 유학을 일삼으며 한자 글쓰기로 텍스트를 지배해 왔다. 역사적으로 이런 계층은 서구 사회에서도 없었다. 이들은 아주 오래전부터 동아시아 학술계, 즉 문사철(文史哲)을 담당해 왔다. 이들이 남긴 기록물 중에서 형식에 얽매이지 않은 자유로운 글쓰기 형식이 바로 필기였다. 이 필기류는 이런 사인(士人)의 자기 정체성을 드러내는 글쓰기로, 일정 정도 부정적인 부분이 없지 않았으나 그럼에도 상대적으로 덜 엄격하고 상층 지배 집단의 위화감이 적은 편이다. 보통 자신들의 일상에 대한 기록물이기 때문이다. 이런 가운데 개인적인 관점에서 역사를 기록하기도 했으니, 이것이 '야승(野乘)' 또는 '야사'이다. 역사서는 관점이 들어가기 마련이다. 그 맞은편에 있는 정사(正史)는 국가적인 차원(과거에는 왕조)의 시선이 투영되는 반면, 야사는 이를 기록한 개인의 시선이 반영되어 있다. 전통적으로 동아시아 세계는 어느 곳보다 역사를 중시했다. 현재 남아 있는 역사서의 양으로 봐도 한자문화권에서 남긴 역사물에 필적할 만한 곳은 서방세계에서도 찾아볼 수 없다. 한자문화권의 지식인들은 공적이든 사적이든 당대의 역사를 기록하여 후세에 경계로 삼으려고 한 것이다.

바로 이 필기와 야사의 전통에서 그 끝머리에 자리한 작품이 《매천야록》이다. 작자 황현 역시 마지막 전통시대 지식인이었다. 그의 최후가 장렬한 만큼 이 책의 내용도 비장하다. 우리는 대체로 이 《매천야록》에서 다룬 시기가 개화기에 해당하며 동아시아의 전통이 해체되고 근대적 세계 체제로 대체되는 과정으로 이해하고 있다. 따라서 황현의 인간 자세와 《매천야록》의 집필 의도가 자칫 구태의연하거나 아직도 옛날을 헤매고 있는 초상으로 비춰질 수도 있다. 황현 자신은 확실히 전근대 지식인이었다. 이런 변화에 민감하지 못한 부분이 분명히 있었고, 그것은 한계일 수 있다. 그럼에도 그는 전통적인 방식으로 그 시대를 예리하게 분석하고 통렬하게 비판하는 모습을 견지했다. 그것이 결과적으로 '망국의 역사'를 정리한 것이 되고 말았지만, 그럼으로써 시대의 아픔을 이 정도로 강렬하게 전달해 주는 자료도 없다. 그리고 우리는 이런 실패한 역사를 통해서 지금을 고민하고 앞으로의 방향을 모색할 수 있는 것이다. 그런 본보기로 《매천야록》만큼 좋은 자료도 없지 않나 싶다.

– 정환국

참고 문헌

임형택 외 옮김, 《역주 매천야록》, 문학과지성사, 2005.
이승복, 〈근대전환기 국권 피탈 체험과 글쓰기 –《매천야록》을 중심으로〉, 《작문연구》
　　　12, 한국작문학회, 2011.
한철호, 〈《매천야록》에 나타난 황현의 역사 인식〉, 《한국근현대사연구》 55, 한국근현대
　　　사학회, 2010.

제2장

역사와 지리

이 장에는 역사와 지리에 관한 저작들을 모았다. 한문학의 전통에서 역사서는 그 위상이 높았다. 역사를 통해서 후세에 경계를 삼으려는 전통이 강했기 때문이다. 또한 역사서 중에는 문학적인 수사나 구도를 갖춘 경우가 많았는데, 대표적인 사례가 사마천의 《사기(史記)》이다. 우리의 경우 초기 역사서의 정전이라고 할 수 있는 《삼국사기》와 《삼국유사》가 있다. 《삼국사기》의 경우 삼국 시대 인물을 다룬 열전(列傳)이 주목되며, 《삼국유사》는 명실공히 삼국 시대 불교의 역사이자 불교의 이야기이다.

이 불교의 역사와 관련하여《해동고승전》도 주목할 저작이다. 초기 불교가 전래되던 시기부터 정착하는 과정까지 활약한 고승들을 입전한 것으로, 불교가 전래된 초기부터 불교 사회였던 고려 시대의 분위기까지를 이해하는 데 적잖은 도움을 준다.

불교와 함께 도교 쪽의 저작들도 궁금한데, 우리의 경우 도교의 전통이 없지는 않았지만 불교에 비해 상대적으로 미약했던 터라 그 역사를 재구하기는 쉽지 않다. 주로 신선 관련 저작이나 문학작품이 많은데, 그나마 이런 선도(仙道)의 역사는《해동이적》을 통해 어렴풋이나마 짐작해 볼 수 있다.

한편 역사서와 짝을 이루는 계열이 지리서이다. '조선 팔도'라는 말은 조선 초 지리서를 정리하면서 만들어진 용어이다. 국가적인 지리 사업이 건국 초부터 시작되어 약 100년 동안 진행된 끝에 결실을 본 것이 바로《신증동국여지승람》이다. 조선 팔도 각 지역의 위치와 풍속 등을 정리한 대작으로, 해당 지역에 대한 전설과 시문 등이 총망라되어 있다. 이런 지리서는 조선 후기로 접어들어 인문지리로 그 면모가 일신되는데, 대표적인 저작이《택리지》이다. 또한 명승지를 유람하는 전통이 예로부터 있었는데, 이에 대한 전모는《와유록》에서 확인할 수 있다.

고려 중기 문인 관료의 역사 인식

김부식과《삼국사기》

—

《삼국사기(三國史記)》의 저자 김부식(1075~1151)은 고려 중기의 정치가이 자 문인, 역사가이다. 본관은 경주, 자는 입지(立之), 호는 뇌천(雷川)이다. 신라 왕실의 후예로 신라가 망할 무렵 그의 증조부인 위영이 태조에게 귀 의하여 고려인이 되었다. 13~14세 무렵에 아버지를 여의고 편모슬하에 서 자랐으나, 4형제가 모두 과거에 합격하여 중앙 관료로 진출할 수 있었 다. 형제는 부필, 부일, 부식, 부의 넷으로, 모두 고려 예종을 거쳐 인종을 보필한 학자이자 명신들이다. 김부식의 동생 부의의 초명(初名)이 부철이 었다는 점에서, 송나라의 명문장가 집안인 삼소(三蘇)의 소순이 그의 자 식들에게 붙인 이름인 소식(소동파)과 소철을 떠올리게 한다. 김부식의 아 버지 김근 또한 자신의 아들들이 소식과 소철처럼 최고의 문장가로 입신양명하기를 바랐음을 알 수 있다. 부식의 형제들이 대부분 당시의 관직 중에서 가장 명예스러운 한림직을 맡았으니, 아버지의 소원은 이루어졌다 할 만하다.

김부식은 1096년(숙종 1)에 과거에 급제한 후 1111년(예종 6)에 서장관(書狀官)으로 송나라를 다녀온 뒤 감찰어사에 올랐다. 그때 여진족의 금(金, 훗날의 청나라)나라가 거란족의 요나라를 공격해 이기고 점점 강성해져서 고려에 국교를 청해왔다. 모든 대신이 북방 오랑캐라며 반대했으나 김부식은 임금에게 상소하여 금나라와 국교를 열도록 했다. 또 금나라 사신 한방(韓昉)이 왔을 때 접대사로서 함께 머무르며 수십 편의 시를 지어서로 주고받아 금나라 사신을 크게 감탄하게 했다. 이것으로 보건대, 기왕의 통념과 달리 김부식은 외교 영역에 있어서 정통적 춘추 의리에 따른 화이론(華夷論)을 고수했다기보다 현실주의적·합리주의적 태도를 견지했다고 볼 수 있다.

그럼에도 김부식이 모화(慕華)주의자, 사대(事大)주의자로 종종 비판받는 이유는 우선 서경(西京, 고구려의 옛 수도인 평양) 천도 운동을 전개하고 급기야 '난(亂)'을 일으킨 묘청의 그룹과 정치적으로 대립했기 때문이다. 묘청이 고구려 정통론의 이데올로그라면, 김부식은 신라 정통론의 이데올로그이다. 고려는 후삼국의 분열을 통일했다는 점에서 3국을 통일한 신라와 연속되지만, '고려'라는 나라 이름에서도 알 수 있듯이 고려를 건국한 태조 왕건부터 신라보다는 고구려와의 연속성을 강조했던 것에 이미 그 분란의 조짐이 잠복되어 있었다 할 수 있다. 이는 고려의 건국이념이 기본적으로 고구려의 옛 영토를 다시 찾는 데 있었기 때문이다. 그리하여 태조는 고구려의 옛 수도였던 평양을 개발하여 이를 서경이라 칭하고, 제도적으로도 별도(別都, 또 다른 수도)라고 칭하면서 개경에 버금가도록 정비했다. 그리고 〈훈요십조(訓要十條)〉에서는 후사 왕들에게 서경에 순행(巡行)하면서 머물라 했다. 그러니 김부식 때의 임금인 인종조차 묘청 측에서 주장한 서경 천도와 칭제건원(稱帝建元, 중국처럼 황제라 일컫고 독자적 연호를 사용하는 것) 및 금나라 정벌에 한때 찬성하여 수도를 송도(松都, 개성)에서 서경으로 옮기려 했던 것이다. 그러나 김부식은 서경 대신 개성을, 독자적 연호 대신 중국의 연호를, 금나라 정벌 대신 금나라와의 친선을 주장했다. 이는 독자적 연호를 세워 당시 천자국인 송나라와 갈등을 벌이고 고구려의 옛 영토를 되찾고자 당시 강성국인 금나라와 전쟁을 벌이는 대신, 중세 동아시아 보편문명권의 국제 질서 속에서 국내외적 평화를 추구한 것이라 할 수 있다. 이것을 모화주의 내지 사대주의라 비판할 수 있을까? 결국 김부식은 삼군(三軍)을 지휘하여 묘청이 서경에서 일으킨 반란을 진압했으니, 이는 신라 정통론과 중세 보편주의가 고구려 정통론과 자국 중심주의에 대하여 승리한 것이라 할 수 있다. 근대의 국민국가적 관점에서는 묘청의 주장이 더욱 주체적·민족적이라 평가할 수도 있겠으나, 중세의 보편문명적 관점에서는 김부식의 주장이 더욱 현실적이고 윤리적이라 평가할 수 있다.

　김부식은 '묘청의 난'을 진압한 공적을 바탕으로 승승장구하게 된다. '수충정난정국공신'에 책봉되고, '검교태보 수태위 문하시중 판이부사'로 승진했다. 그뿐만 아니라 '감수국사 상주국 태자태보'의 자리도 겸했다. 모두 왕 아래에서 나라의 일을 결정하는 핵심적인 위치였다. 관직에서 물러나서는 왕의 명령에 따라《삼국사기》 편찬에 착수하여 1145년(인종 23)에《삼국사기》 50권을 지어 올렸다. 김부식은 당시 유행하던 육조풍의 화려한 사륙변려문(四六騈儷文) 대신 당송 시대의 간아한 고문(古文)을 숭상하여 20여 권의 문집을 남겼지만 현전하지는 않는다. 그러나《삼국사기》

를 비롯해 그의 글이 많이 수록된《동문수(東文粹)》와《동문선(東文選)》 등의 선집을 통해 그 문장의 정수를 확인할 수 있다. 송나라 서긍은《고려 도경(高麗圖經)》의〈인물〉조에서 그를 "박학강지(博學強識)하여 글을 잘 짓고 고금을 잘 알아 학사의 신복을 받으니 능히 그보다 위에 설 사람이 없다."라고 고평했다. 만년에는 개성 주위에 관란사(觀瀾寺)를 원찰로 세우고 불교를 수행하기도 했다. 1153년(의종 7)에 중서령에 추증되었으며, 인종 묘정(廟庭)에 배향되었다. 시호는 문열(文烈)이다.

—

《삼국사기》의 구성 및 내용

—

《삼국사기》는 고려 17대 임금인 인종(재위 1122~1146)의 명을 받아 당시 '집현전 태학사 감수국사'였던 김부식이 최산보, 이온문, 허홍재 등의 학자를 비롯한 10명의 편수관들을 거느리고 신라·고구려·백제의 역사를 담은 책이다. 당시에 전하고 있던 고기(古記)와 유적(遺籍), 또는 중국의 여러 역사책에 실려 있는 기록들을 보충하고 간추리고 정리하여 사마천의《사기》체제로 엮은 기전체 역사서이다.

《삼국사기》가 편찬되기 이전에, 지금은 흔히 '구삼국사'라 불리는《삼국사》가 있었다. 김부식은 고려 초기에 편찬된 것으로 추정되는 이 역사서를 기본 자료로 사용했지만,《삼국사》에 수록된 사료 중 신이하고 비합리적인 내용은 채택하지 않은 것으로 보인다. 가령 이규보의〈동명왕편〉에서는 동명왕에 대한 자세한 사적을《삼국사》〈동명왕 본기(本紀)〉에서 인용했다고 했지만, 주몽이 수난을 겪고 나라를 세우는 과정에 벌어진 신이한 이야기는《삼국사기》에서 대부분 생략되었다. 또 김부식은《삼국사기》를 임금에게 바치며 올린 〈진삼국사기표(進三國史記表)〉에서 "고기(古記 -《삼국사》,《삼한고기(三韓古記)》등)는 문자가 거칠고 사적도 빠져 있는 까닭으로 군후(君后)의 선악, 신하의 충사(忠邪), 나라의 안위, 인민의 이란(理亂, 다스려짐과 어지러움)이 모두 드러나지 않아 권계(勸戒)를 할 수 없다."라고 했다. 곧 거친 문자 대신 전아한 고문을 사용하고, 빠진 사적을 합리적이고 사실적인 사료와 해석으로 보완하여 임금과 신하, 나라와 인민의 잘잘못과 치란(治亂)을 경계할 수 있는 유가적 합리주의에 토대한 새로운 역사서의 필요성을 주장하고 있는 것이다.

《삼국사기》의 체제는 사마천의《사기》를 계승하여 본기(本紀) 28권, 지(志) 9권, 표(表) 3권, 열전(列傳) 10권으로 구성되어 있다. 인종의 명에 따라 편찬되었다는 점에서 '관찬 사서(官撰史書)'라 할 수 있으며, 김부식은 책임 편찬자로서 각 부분의 머리말, 논찬(論贊), 사료의 취사선택, 편목의 작성, 인물의 평가 등을 직접 담당했던 것으로 보인다. 기존의 역사서에 이미 수집되고 이용된 사료를 비판적으로 활용하면서 삼국의 역사를 이해하는 데 도움이 되는 자료라면 어떠한 형태의 글이라도 다양하게 수록하여 한문학 작품집의 성격을 지니게 되었다. 또한 신이한 설화는 역사가 아니라고 하면서도 사실에 근거를 두었다고 생각되는 것들은 적극 활용했다.

인물의 전기인 열전(列傳)에서는 특히 설화를 방계(傍系)의 자료로 취급하는 데 그치지 않고 적극적으로 서술의 중심에 활용하기도 했다.《사기》이래 중국의 역대 사서에서 열전을 두어 역사적 중요 인물들의 모습을 생동하게 보여준 것은 애니의 문명권에 따르지 못한 실례이다. 그런 열전을《삼국사》에서는 갖추지 못했고, 월남이나 일본은 끝내 받아들이지 않았다. 역사를 입체적으로 깊이 인식하기 위해서는 열전이 있어야 한다고 판단하고 뛰어난 수준의 열전을 저술한 것이《삼국사기》편찬의 가장 빛나는 성과이다. 열전은 권41에서 권50까지 안배되어 있는데, 전체 분량의 5분의 1을 차지한다. 입전한 인물은 모두 86명이다. 52명은 독립되어 있고, 34명은 다른 사람 뒤에 붙여 간략하게 소개했다. 수록 순서의 원칙은 서두에 명장(名將)을 가장 뛰어난 인물로 소개하고, 이어 명신(名臣), 학자, 충의지사(忠義之士) 등을 배치했으며, 그 다음에는 특별한 위치에 있지는 않았지만 행실이 아름답거나 기억할 만한 일을 한 사람들을 다루었다. 끝으로 반신(叛臣)과 역신(逆臣)을 소개하여 귀감으로 삼았다. 신라인이 가장 많고, 그 다음은 고구려인이며, 백제인이 가장 적다. 서두에서 김유신을 세 권에 걸쳐 다루었으며, 김춘추·을지문덕·박제상 등 군사적·정치적 인물들의 행적을 역사적 사실에 입각해 치밀하게 서술하는 한편, 온달의 경우에는 설화의 유형을 역사적 인물과 결부시켜 전아한 당송 고문을 통해 매우 흥미진진하게 서사화했다. 이 외에도 신라의 설씨녀나 백제의 도미처럼 미천한 하층 여성이라도 고난을 극복하는 굳센 의지와 적극적인 행동을 높이 표창했다.

한편 반역을 저지른 인물들의 행적을 통해 반면교사로 삼고자 한 열전들은 그 구체적인 내용이 의도한 바와 다르게 보일 수 있다는 점에서 흥미롭다. 고구려 봉상왕 때의 정승인 창조리(倉助利)는 왕을 몰아내 죽게한 역적인데, 왕이 백성을 지나치게 억압하고 수탈해서 그렇게 하지 않을수 없었던 사정을 자세하게 서술했다. 연개소문의 경우도 표면상으로는 안으로 임금을 죽이고 밖으로 당 태종을 능욕한 역적으로 묘사되는 듯하지만, 그 이면에서는 신라가 당나라를 끌어들여 고구려를 멸망시키는 과정에서 꿋꿋이 굴하지 않고 대적한 주체적 민족 영웅으로 읽히기도 한다. 이런 면모는《삼국사기》가 단순히 신라 정통론에 입각한 중세 보편주의와 유가적 지배 질서를 표방하는 것에 한정되지 않는 무척 다면적이고 중층적인 역사 텍스트임을 드러낸다.

—

중세 보편주의, 화풍(華風)과 국풍(國風)의 안티노미

—

《삼국사기》는 앞에서 언급했듯이 왕의 명에 따라 편찬된 관찬 사서이면서, 섬세하게 독해하면 겉과 속이 상반된 이면적 주제를 상당수 함축한 다의적 텍스트라 할 수 있다. 열전에는 지배 질서와 어긋나는 내용이 적지 않게 수록되어 있으며, 설화를 소재로 하여 허구적으로 창작된 작품도 상당한 비중으로 편입되어 있다. 인물의 행적을 실제로 다룬 데서도 겉으로 표방한 주장과는 다른 이면적인 주제가 발견되기도 하는 것이다. 문장도 격식과 품위를 유지하기만 한 것은 아니고, 미천한 인물이 나날이 겪은 세상살이를 박진감 있게 묘사하는 데까지 나아갔다. 그렇다면 이렇게 중층적 텍스트가 된 이유는 무엇일까? 선행 연구에서는 이에 대해 두 가지 해석을 제시했다. 첫째로는 김부식이 열전에서 이용한 자료에 이미 사회 저변에서 받아들인 현실 인식을 생동하게 형상화한 성과가 상당한 정도로 축적되어 있기 때문에 이를 자연스럽게 받아들이게 되었다는 점이다. 두 번째로는 많은 문인들이 그러하듯 김부식이라는 문인 지식인 또한 작가로서의 다면적인 성격을 지녀, 정치인이나 이념 담당자와는 다른 문인으로서의 자아가 삶의 실상과 폭넓게 부딪히는 충격을 받으면서 별도의 결과물로 생성되었다는 점이다. 곧 이념과 실제가 백일의 관계에 있지 않고 양자를 합치시키고자 노력함으로써 역사와 삶의 본래면목에 근접하게 되었다고 파악한 것이다.

그러나 전술한 〈진삼국사기표〉에서도 확인되듯, 김부식의 편찬 동기는 어디까지나 임금의 선악과 신하의 충사, 나라의 안위, 인민의 치란을 역사적으로 엄정하게 평가하는 데 있다. 이는 임금이라도 선하지 않으면 비판하고 백성이라도 귀감으로 삼을 만한 행적이 있으면 칭양한다는 사관이다. 이는 단순히 지배 질서에 봉사하는 유가적 이데올로기라기보다, 경세제민(經世濟民)이라는 중세 동아시아 유학의 보편주의적 휴머니즘에 바탕을 둔 합리적·윤리적 이념형이자 역사관이라 할 수 있다. 곧 이와 같은 경세적·위민적 역사 인식에 보탬이 된다면 허구적 설화라도 사료로 적극 활용할 수 있으며, 기층 민중의 삶도 핍진하게 묘사할 수 있는 것이다. 따라서 문체로서의 당송 고문 또한 이러한 경세 의식을 구현하기 위한 문장으로서 이해될 필요가 있다. 사마천의 《사기》가 그러하듯 변려문보다 진한문 내지 당송문으로서의 고문(古文)은, 역사의 큰 줄기를 엄정하게 조망하면서도 그 구체적 면면을 생동감 있게 묘사하기에 최적화된 글쓰기이기도 한 것이다.

이처럼 김부식의 중세 보편주의적 역사 인식과 글쓰기는 단순히 민족적·주체적·설화적·인민적인 것과 대립되는 중화적·사대적·실제적·귀족적인 것이 아니다. 그보다는 원래의 유가적 이념태에 의거한 정치적·현실적·합리적 경세 의식을 보다 선명하게 구현하기 위해 상황에 따라 화풍(華風)적인 것과 국풍(國風)적인 것, 허구적인 것과 실사적인 것, 인민적인 것과 귀족적인 것이 상반적으로 동거하고 내용적·문체적으로 상호 긴밀하게 연계되어 있는 안티노미(antinomie)적 세계 인식에 기초해 있다고 할 수 있다. 따라서 《삼국사기》에 나타나는 김부식의 역사적·정치적 태도는 묘청의 서경파가 선도한 자주적인 고구려 정통론과 민간신앙에 깊은 관련을 지닌 불교와 접합된 국풍의 장점과 한계를 중세 보편주의적 유학에 의거한 화풍을 통해 변증적으로 넘어선 것이라 볼 수 있다. 물론 이러한 정치적·역사적 입장은 서경파의 도전을 물리친 다음 곧바로 무신란(武臣亂)을 만나 큰 위기에 처했으나, 서경파의 주장을 개경파가 한 단계 높은 차원에서 지양하며 계승했듯, 개경파의 주장 역시 다음 시대에 등장한 이규보 등의 신진사대부에 의해 한 단계 높은 차원에서 지양되며 다시 계승되었다 하겠다.

– 김흥백

참고 문헌

신호열 역해,《삼국사기》, 동서문화사, 2007.
임형택, 〈삼국사기 열전의 문학성〉,《한국문학사의 논리와 체계》, 창비, 2002.
조동일, 〈삼국사기〉,《제4판 한국문학통사 1》, 지식산업사, 2005.

二

불교의 전래와 고승들의 역사

편저자 각훈과 《해동고승전》의 편찬

—

각훈은 12세기 후반에서 13세기 전반 시기의 인물로 추정되는 고승이다. 다만 그의 생애는 잘 드러나 있지 않다. 현재 《해동고승전(海東高僧傳)》의 성립 시기를 1215년으로 보고 있는데, 이 시기에 각훈은 개성의 영통사 (靈通寺)라는 사찰의 주지로 있었다. 이 사찰은 당시 화엄교학(華嚴敎學) 의 중심지 가운데 하나였던 곳으로, 각훈은 화엄교학의 고승이었던 셈이 다. 그런 한편으로 그는 당대 유가 지식인들과도 교유가 많았다. 이는 그 가 문학 분야에 조예가 남달랐음을 알게 한다. 무엇보다 당대 문풍을 주 도했던 이인로(1152~1220), 이규보(1168~1241), 최자(1188~1260) 등과 교 유했다. 이들은 각훈을 '화엄월사(華嚴月師)', '각월수좌(覺月首座)', '고양 취곤(高陽醉髡)' 등으로 부르며, 시우(詩友)로서의 남다른 우정을 글에 드

러낸 바 있다. 더구나 이규보는 그가 《시평(詩評)》이라는 책을 지었다고
했는데, 아마도 한시에 대한 평을 정리한 저서일 것이다. 이로 볼 때 각훈
이 한문학에 뛰어났음을 알 수 있다.

이처럼 각훈은 고려 중기 고승이자 유가 지식인들과 활발히 교류했던
문인·학자였다. 그런 그가 해동, 즉 우리나라 고승들의 사적을 정리한 것
이다. 그가 왜 이 책을 정리하게 되었는지는 불분명하다. 관련 자료가 거
의 없기 때문이다. 사실 불교인으로서 불교계의 학덕이 높은 고승들의 사
적을 집성하는 것은 어쩌면 당연해 보인다. 그런데 이 책의 서두에 '봉선
찬(奉宣撰)'이라는 언급이 보인다. 이는 '임금의 명을 받들어 삼가 찬한다'
는 뜻이다. 즉 이 책은 왕명에 따라 간행되었다는 의미이다. 이때의 왕은
고종이다.

고종은 이른바 무신집권기 동안 허수아비 왕으로 재위하면서 뒤미처
거란 및 몽골의 침략으로 그야말로 내우외환에 시달렸다. 이런 몽골 침
략을 극복하고자 한 의도에서 1236년 《고려대장경(팔만대장경)》을 조성
한 사실은 잘 알려져 있다. 고종은 불가에 의지해 환란을 극복하고자 한
의지가 있었던 것이다. 그런 고종은 1213년에 즉위했다. 그리고 2년 뒤
인 1215년에 각훈은 이 고종의 명으로 《해동고승전》을 편찬했다. 그러니
《해동고승전》 편찬은 고종 즉위 뒤 국가적인 불교 편찬 사업의 시작이었
던 셈이다. 불력이 높은 고승들의 사적을 통해 닥쳐 있는 대내외적인 난
관을 돌파하려는 의지의 소산이 바로 이 책이 편찬된 근본적인 이유가 아
니었나 싶다.

한편 불교계 입장에서도 이 시기는 위기였다. 불교의 교파는 크게 교종
(敎宗)과 선종(禪宗)으로 나뉘는데, 불교의 교리를 중시하며 대중 교화를
중심으로 하는 교종은 개인의 심성 도야에 치중하는 선종에 비해 불교 시

대였던 고려 사회에서 주류적인 교파였다. 그 중에서도《화엄경》을 중심 경전으로 하는 화엄교학은 그 위치가 매우 확고했다. 각훈은 바로 이런 교파의 중심적인 인물 가운데 하나였다. 그런데 이 때에 오면 점차 선종 계열이 부상하여 불교계는 수도(修道)와 포교의 차원에서 그 방향이 서로 다른 양대 교파가 경쟁하는 양상으로 분위기가 바뀌고 있었다. 무엇보다 무신들의 집권은 불교계 전체에 큰 위기가 아닐 수 없었다. 무신들은 걸 핏하면 개혁을 이유로 사회에 핍박을 가했고 불교계에도 그 영향이 미쳤 다. 따라서 불교계 내부도 대내외적 상황이 그리 녹록한 것이 아니었다. 교학의 입장에 있었던 각훈으로서는 전대 고승들의 언행과 행적을 통해 서 불교계를 일신할 필요가 있었다.

바로 이런 고종과 각훈의 입장이 맞아떨어져《해동고승전》이 탄생한 것으로 판단된다.

—

《해동고승전》의 체계와 인물

—

현재 남아 있는《해동고승전》은 2권 1책의 사본이다. 즉 정식 활자로 간 행된 본이 아니고 누군가가 직접 붓으로 쓴 필사본인 것이다. 그것도 한 동안 그 존재 여부를 모르다가 1910년대에 비로소 발견되었다. 문제는 이 것이《해동고승전》의 전체가 아니라는 점이다. 지금 남아 있는 본은 '유통 (流通)' 편이 권1과 권2로 나뉘어 있다. 유통은 불교가 중국에 전래된 이래 해동, 즉 한국으로 전파된 과정을 뜻하는 것으로, 삼국에 불교가 전래되던 시기에 활약한 고승들의 사적이다. 그러다 보니 처음 삼국에 불교를 전파 하러 왔던 중국과 서역의 승려들, 즉 해동의 승려가 아닌 고승들까지 입전되어 있다. 오히려 삼국의 불교 전파 이후 불교 시대를 열었던 신라의 여러 고승, 이를테면 원효, 의상 등은 지금 남아 있는 본에는 없다. 따라서 지금의 《해동고승전》은 맨 앞부분에 해당하며 전체적으로 그 일부만 남아 있는 것이 분명하다.

그렇다면 《해동고승전》은 애초에 어느 정도의 분량이었을까? 단언하기는 어려우나 최소한 10권은 되지 않았을까 짐작된다. 그렇게 볼 수 있는 이유를 몇몇 자료를 통해 확인할 수 있다. 13세기 후반에 나온 《삼국유사》에는 여러 고승들이 등장하는데, '승전(僧傳)·해동승전(海東僧傳)·고승전(高僧傳)' 등의 서명으로 여러 군데 인용되고 있다. 이들은 모두 《해동고승전》을 가리킨다. 대부분 현존 《해동고승전》의 고승들이 아닌 역사에 익히 알려진 신라의 고승들이다. 또한 14세기에 나온 불교의 영험담을 모아놓은 《법화영험전(法華靈驗傳)》이라는 책에는 경흥국사(7세기)의 이야기가 실려 있는데, 그 출전을 '해동고승전 권오(海東高僧傳 卷五)'라고 적시하고 있다. 즉 《해동고승전》 권5에 실려 있었던 경흥국사의 사적을 발췌했다는 정보이다. 그러니 이는 최소 5권까지는 있었다는 명확한 증거가 된다.

한편 이런 고승전의 전통은 이미 중국에서 시작된 바 있는데, 그 구성을 보면 대개 고승들의 사적을 그 역할에 따라 몇 가지로 나누어 편재한 것을 알 수 있다. 이를테면 신이한 자취를 보인 고승이면 '신이(神異)' 편, 해박한 식견으로 불가의 이치를 꿰뚫은 고승이면 '의해(義解)' 편 같은 식이다. 따라서 지금 남아 있는 '유통' 편은 처음 불교를 삼국에 전파한 고승만을 모은 것이고 이미 다른 역할은 한 여러 고승을 각각의 편으로 나누어 실었을 것이다. 결국 《해동고승전》은 최소한 10권 분량은 되었을 것이라는 추정이 가능하다.

그렇다면 현재 전해지는《해동고승전》은 일부에 지나지 않는다는 결론이다. 이는 상당히 아쉬운 점이 아닐 수 없다. 여기서는 지금 남아 있는 권1·2, 즉 유통 편 부분만을 알아보기로 한다. 고승들을 소개하기 전에 처음 '論曰(논왈)'로 시작하는 서론 격의 글이 있는데, 이는 각훈의 불교론이라고 할 수 있다. 여기에는 부처님의 탄생과 가르침, 순례와 교화, 그리고 불교의 중국 전래와 정착 과정, 한반도의 불교 전래와 삼국 시대 불교의 전개 등을 소개했다. 이 글만으로도 초기 불교와 동아시아 전래의 과정을 이해하는 데 적잖은 도움을 준다. 이어서 본격적인 유통 편의 고승들이 입전되어 있다.

권1에는 주로 삼국 시대 불교 전래와 수용 과정에서 일익을 담당했던 고승들이 모아져 있다. 순도(順道), 망명(亡名), 의연(義淵), 담시(曇始), 마라난타(摩羅難陀), 아도(阿道), 현창(玄彰), 법공(法空), 법운(法雲) 등이다. 권2에는 주로 중국이나 인도로 불도를 구하러 고행을 떠난 구법승(求法僧)들이 모아져 있다. 각덕(覺德), 지명(智明), 원광(圓光), 안함(安含), 아리야발마(阿離耶跋摩), 혜업(慧業), 혜륜(慧輪), 현각(玄恪), 현유(玄遊), 현태(玄太) 등이다. 이 외에 부가적으로 거론한 인물까지 포함하면 입전 대상은 모두 35명이다.

그런데 이 중에 중국이나 서역 출신 고승들이 적지 않다. 이름만 봐도 생소한 마라난타를 비롯해 아도 등은 인도와 서역의 승려이다. 또 순도와 담시 등은 중국 승려이다. 정작 삼국의 승려는 신라인이 대부분이다. 이를테면 망명(亡名), 즉 이름을 알 수 없는 고승과 의연, 현유 등은 고구려 승려이며, 나머지는 모두 신라 고승이다. 백제의 고승은 여기에 등장하지 않는다. 백제의 고승이 적지 않았고, 특히 일본에 불교를 전파하는 데 견인차 역할을 했지만 이 책에서는 주목하지 않은 듯하다. 물론 현재 전해지지 않는 이 책의 뒷부분에는 백제 고승이 실려 있을 수 있지만, 주로 신라 고승 위주로 편재되었을 가능성이 크다.

아무튼 여기 입전된 고승들의 면면은 한국 불교 초기에 활약한 인물들이라 매우 생소한 편이다. 하지만 이들은 불교가 한반도에 정착하는 데 지대한 공헌을 한 주체들이다. 아리야발마, 혜업, 혜륜, 현각, 현태 등은 중국에서 활동하다가 인도에까지 갔으며, 이 중 일부는 그 과정에서 죽기까지 했다. 구법을 위해 엄청난 고행을 감내한 것이다. 《왕오천축국전》을 남긴 8세기의 혜초는 바로 이들의 후배였다. 그럼에도 여기 법명을 보면 우리에게 익히 알려진 경우가 아니다. 겨우 원광 정도가 알 만한 이름이다. 이 원광의 사적이 다른 고승들에 비해 상당히 자세한 편인데, 그만큼 그의 사적이 다양한 버전으로 알려졌기 때문이다. 원광의 사적을 정리해 보면 이렇다.

원래 원광은 신비한 기량과 탁월한 지혜가 타의 추종을 불허했으며 도교와 유교에 정통한 문인이었으나 시끄럽고 복잡한 세상을 싫어하여 불가에 입문했다고 한다. 그런데 그는 수행하던 중에 환상적인 사건을 경험하게 된다. 원광에게 느닷없이 하늘의 신(神)이 나타나 근처에 머물고 있었던 주술을 부리는 사이비 중을 처단하는가 하면, 원광의 중국 유학을 권유한다. 이 신의 인도로 원광은 중국으로 구법을 떠나 그곳에서 수도하게 된다. 중국에서 기이한 자취를 보이고 아울러 수도에 정진하여 그야말로 고승이 되어 신라로 귀국한다. 신라로 돌아온 원광은 운문사(경상북도 청도 소재)를 창건하는 등 신라 불교를 흥성시키는 데 이바지한다. 이후로도 앞에서 중국 유학을 인도했던 신을 만나고 용녀와 대화하는 등 신이한 기적은 이어진다. 또한 진평왕 대에 고구려가 국경을 침범했을 때 수나라에 구원병을 요청하는 〈걸사표(乞師表)〉를 짓는 등 호국(護國)에 진력하는 모습도 그려진다. 뿐만 아니라 그 유명한 화랑도의 세속오계(世俗五戒)를 남기고 국왕의 병을 치료하는 등 원광의 사적은 도저히 한 사람이 다 감당할 수 있을까 의문스러울 정도이다.

원광의 사적이 이렇게 된 데에는 찬자가 그에 관한 많은 자료를 모아 붙였기 때문이다. 중국의 고승전을 비롯해 신라 시대의 사료와 기록물 등 특히 불가 자료들이 동원되었다. 실제《해동고승전》은 이처럼 기존의 다양한 자료들 중에서 개별 고승에 필요한 부분을 발췌 요약하거나 재배치한 경우가 많았다. 여기에는 중국의 여러 고승전과 사료를 비롯해 삼국 시대에 찬술된《구삼국사기》,《수이전》등과 최치원의〈의상전(義湘傳)〉등 개별 작품까지 망라되어 있다. 결과적으로《해동고승전》전체가 남아 있었다면 이 시기까지의 불가 관련 기록물이 상당 부분 이 책에 보존되었을 가능성이 크다.

그런데 이 책은 이런 식, 즉 기존의 자료를 재배치하는 정도에서 해당 고승들의 사적을 구축한 수준에만 머물러 있지는 않았다. 해당 인물에 대한 사적 기술이 끝나면 마지막에 '찬왈(贊曰)'이라고 하여 찬자의 평을 덧실고 있다. 이 평에는 개별 고승들의 역할과 업적뿐만 아니라 찬자 각훈이 논한 불교에 대한 이치가 담겨 있다. 바로 이 찬(贊)이 붙음으로써 고승들의 열전으로서의 면모가 뚜렷하게 된 것이다. 동아시아에서 역사서, 그 중에서도 인물에 대한 열전(列傳)의 형식은 사마천의《사기》에 기원하고 있는데, 이 열전은 인물평을 실음으로써 전기(傳記) 형식을 갖추게 되었다. 이러한 점에 비추어 볼 때《해동고승전》은 불교의 역사이자 고승들의 열전이었다.

고승전의 전통과《해동고승전》

불교가 동아시아에 전파되기 시작한 시점은 중국 후한(後漢) 시대로 알려져 있다. 대개 서기로 보면 1세기 무렵에 해당한다. 그 이후 불교는 한국과 일본, 베트남 등 동아시아 전역으로 파급되어 천 년이 넘는 긴 시간 동안 사상적·종교적으로 큰 영향력을 행사했다. 이처럼 불교를 동아시아 각지에 전파하고 보급하는 데 공헌한 주체는 고승들이었다. 삼국 시대 고승들은 자국 내에서만 머물러 있지 않고 중국뿐 아니라 불교의 본산지인 인도까지 가서 수도하는 고행을 마다하지 않았다. 이런 고승들의 전기(傳記)는 6세기 중국《고승전》*을 필두로 각 지역과 나라에서 꾸준히 집적되었다. 우리의 경우도 이미 7세기 김대문이《고승전》을 남긴 바 있다. 그러나 이 책은 현재 전해지지 않는다.《해동고승전》이후 조선 시대에도《동사열전(東師列傳)》이라고 하여 조선 시대 승려를 포함한 고승전이 만들어진 바 있다.

한편《해동고승전》이후《해동법화전홍록》(앞의《법화영험전》의 전신)과《삼국유사》가 나와 불교의 영험함을 인물과 사건을 위주로 구축한 불교 서적이 연이어 나오게 된다. 모두 13세기의 결과물이다. 그런데 이 자료들은 기본적으로 고승들의 영험한 사적에 기초하고 있다. 따라서 이들 각각의 텍스트는 상호 연관성이 크다. 아무튼《해동고승전》은 김대문의《고승전》을 이은 고승들의 열전집이자 삼국 시대 불교계의 동향을 이해하는

---

* 《고승전(高僧傳)》은 중국 양(梁)나라(502~557) 때에 혜교(慧皎)가 지은 고승들의 전기이다. 후한 때부터 양나라 때까지 중국을 비롯해 한국, 일본의 불교 고승들 760여 명의 행적을 수록해 놓았다.

데 매우 중요한 자료이다. 아울러 이것이 단지 사료(史料)로서만 기능하지 않고 고승들의 이야기를 흥미롭게 엮었다는 점에서 문학 방면에서 주목할 만한 성과이기도 하다.

– 정환국

참고 문헌

장휘옥, 《해동고승전 연구》, 민족사, 1991.

김상현, 〈각훈〉, 《한국사 시민강좌》 13, 일조각, 1993.

김승호, 〈僧傳(승전)의 서사 체제와 문학성의 검토 –《해동고승전》을 중심으로〉, 《한국문학연구》 10, 동국대학교 한국문학연구소, 1987.

三

신이한 세계관으로 재구한 삼국의 역사

국존 일연과 《삼국유사》의 편찬

스님의 저서로는 《어록》 2권과 《게송잡저》 3권이 있으며, 편수한 책으로는 《중편조동오위》 2권, 《대장수지록》 30권, 《제승법수》 7권, 《조정사원》 30권, 그리고 《선문염송사원》 30권 등 100여 권이 세상에 나와 있다. 문인인 운문사 주지 청분(淸玢)이 스님의 행적을 적어 왕에게 아뢰니 왕이 찬술토록 했는데, 나는 학식이 거칠고 얕아 지극한 덕을 펼치기에 부족한 까닭에 몇 년을 미루고 있다가, 요청은 그만둘 수 없고 명령은 거스를 수 없어 삼가 이 서문을 쓰고 명을 짓노라.

경상북도 군위군 인각사에 세워져 있는 보각국존비문(普覺國尊碑文) 병서(幷序)의 마지막 대목이다. 여기서 '보각국존'이란 일연스님을 가리킨다. 일연은 그 인각사에서 세속 나이 84세, 승려 나이 71세를 일기로 입적했다. 만년에 《삼국유사(三國遺事)》를 그곳에서 마무리했다고 전해진다. 그런 일연의 저작으로 마무리하고 있는 위의 기록을 보고 있노라면, 참으로 대단한 스님이었음을 깨닫게 된다. 평생 100여 권에 달하는 방대한 저작을 남겼을 정도로 학식이 깊었던 것이다. 그런데 이상하다. 저작 목록에 정작 《삼국유사》가 없다. 일연의 저작으로 《삼국유사》를 빠뜨린 게 납득되지 않지만, 실수가 아니라면 당시 제자들은 《삼국유사》를 그다지 중요하게 여기지 않았다는 것일까? 아니면 세속 역사에 대한 저술이 고승으로서의 체모에 손상이 간다고 여겼을지도 모를 일이다.

어쩌면 《삼국유사》의 편찬자가 일연이라는 우리의 상식에 문제가 있는 것일 수도 있다. 물론 《삼국유사》 가운데 권5의 첫머리에 "일연이 찬했다(一然 撰)"라고 분명히 기록되어 있다. 하지만 약간 문제가 있기는 하다. 권5의 기록을 근거로 삼아 《삼국유사》 전체를 일연이 편찬했으리라 추정하고 있는 것이다. 하지만 《삼국유사》 전체를 일연 혼자만의 힘으로 편찬하지 않았다는 것은 분명하다. 불교계를 대표하는 국존의 지위에 있었던 까닭에 수많은 조력자와 제자의 도움을 얻어 방대한 자료를 수집·정리하여 삼국의 역사를 편찬할 수 있었던 것이다. 일연의 제자 무극(無極)이 《삼국유사》〈탑상편(塔像篇)〉 한 조목에 기록자로서 이름을 올리고 있는 것이 그 하나의 증거이다. 《삼국유사》의 편찬은 일연 한 개인의 업적이 아니라 일연을 중심으로 한 고려 후기 불교계의 역량이 집결된 일대 역사(役事)였던 것이다. 그렇다면 무슨 까닭에 김부식의 《삼국사기》가 있음에도 불구하고, 굳이 불교계의 역량을 모아 삼국의 역사를 새롭게 쓰고자 했던 것일까?

〈기이편〉의 설정 의도와 전체 구성

무릇 옛날 성인(聖人)이 바야흐로 예악(禮樂)으로써 나라를 창건하여 인의(仁義)로써 교화를 베풀 때에 괴력난신(怪力亂神)은 말하지 않았다. 그러나 제왕이 일어나려고 할 때는 부명(符命)을 받는다, 도록(圖錄)을 받는다 하여 반드시 보통 사람과 다른 데가 있다. 그런 후에야 능히 큰 사변을 이용하여 정권을 잡고 큰 사업을 성취했던 것이다. (중략)
이렇게 본즉, 삼국의 시조 모두가 신비스러운 기적으로부터 태어났다는 게 뭐 그리 괴이하랴. 이것이 신비로운 이야기를 책의 첫머리에 싣게 된 까닭이며, 그 의도도 바로 여기에 있다.

《삼국유사》는 〈기이편(紀異篇)〉으로 시작하고 있는데, 위의 인용은 그 서문의 처음과 끝이다. '기이'란 '신이한 일〔異〕을 기록〔紀〕한다'는 뜻인데, 그 요점은 삼국을 건국한 영웅의 신이한 탄생이 전혀 괴이할 것 없다는 선언이다. 그리고 실제로 〈기이편〉은 곰이 변한 웅녀가 고조선의 시조 단군을 낳았다는 '단군 신화', 알에서 태어난 주몽이 고구려를 세웠다는 '주몽 신화', 역시 알에서 태어난 박혁거세가 신라를 세웠다는 '박혁거세 신화' 등 신이한 건국 신화로 시작하고 있다. 이와 같은 내용으로 가득 찬 〈기이편〉이 《삼국유사》의 절반 분량을 차지하고 있다는 데서 신이함이 차지하는 비중을 가늠해 볼 수 있다.

그것은 삼국의 건국 신화가 허황된 이야기에 불과하지만 사람들 사이에 오랫동안 전하고 있어 마지못해 실어둔다고 불만스러워하던 김부식의 《삼국사기》와는 판이한 양상이다. 흔히 《삼국유사》는 《삼국사기》가 빠뜨린 역사적 사실을 수습함으로써 정사(正史)인《삼국사기》가 빠뜨린 것을 보완하는 정도의 야사(野史)로 간주하고 있다. 역사적 사건의 이면에 감춰져 있던 신화·전설을 거두고 있으며, 잊힐 뻔했던 승려들의 행적을 기록하고 있다는 점에서 그럴 법하다. 실제로《삼국유사》는《삼국사기》보다 훨씬 다채로운 삼국의 모습을 보여주고 있다. 일연은 중국과 우리의 전적을 두루 포괄하고 있을 뿐만 아니라 고기(古記)·향전(鄕傳)·비문(碑文)·고문서(古文書) 등까지 폭넓게 활용하고 있다.

하지만《삼국유사》를 특징짓는 가장 중요한 면모는《삼국사기》가 빠뜨린 사실의 보완에 그치는 것이 아니라 그것과 구분되는 역사관에 입각한 삼국 역사의 재구성이다. 그런 시각으로《삼국유사》의 구성을 보면, 매우 놀라운 사실을 발견하게 된다. 전체 구성은 다음과 같다.

제1 紀異篇(기이편) (상): 신이한 사적에 관한 이야기

제2 紀異篇(기이편) (하): 신이한 사적에 관한 이야기

제3 興法篇(흥법편): 불교의 흥기에 관한 이야기

제4 塔像篇(탑상편): 불탑과 불상에 관한 이야기

제5 義解篇(의해편): 불교의 교리에 관한 이야기

제6 神呪篇(신주편): 신통한 주술에 관한 이야기

제7 感通篇(감통편): 부처의 감응에 관한 이야기

제8 避隱篇(벽은편): 은거해 숨어든 사람 이야기

제9 孝善篇(효선편): 효도와 선행에 관한 이야기

제1, 2의 〈기이편〉이《삼국유사》의 전반부라면, 제3~9는《삼국유사》의 후반부이다. 전반과 후반의 차이가 뭔지는 분명하다. 전반부는 단군으

로부터 삼국의 멸망까지 일어난 신이한 일화를 기록한 것인데, 흥미롭게도 불교와 관련된 이야기는 하나도 없다. 후반부는 전혀 딴판이다. 삼국의 불교 전래로부터 시작하여 불탑·불상에 얽힌 영험, 불교의 참뜻을 보여준 일화, 기적적인 불교적 영험 등 불교와 관련되지 않은 이야기는 하나도 없다. 사정이 이러하다면, 삼국의 건국 영웅들이 신이하게 탄생했다는 것이 전혀 괴이한 일이 아니라고 서문에서 밝혔던 〈기이편〉은, 신이한 기적으로 가득 찬 불교적 영험을 설득시키기 위한 은밀한 전제로 읽히기에 충분하다. 신이한 현상을 긍정하지 않고는 불교라는 종교 세계 속으로 한 발자국도 진입할 수 없다. 전반부의 〈기이편〉과 후반부의 〈흥법편〉 이후는 이렇게 내적으로 연계되어 있었던 것이다.

사정이 이러하다면 〈기이편〉에 실린 신이한 사건들을 단순하게 읽어 넘길 수 없다. 단군 신화만 해도 그러하다. 곰이 여자가 되고, 여자가 된 웅녀가 단군을 낳았다는 기이한 사연에만 한눈팔 일이 아니다. 일연은 〈기이편〉의 첫 작품, 아니 《삼국유사》의 서막에서 단군의 유래를 어떻게 설명하고 있었던가? 모두 알고 있듯, 환웅의 아들 단군은 환인(桓因)의 손자이다. 그런데 일연은 '환인' 아래에 '제석(釋帝)'이라고 작은 글씨로 주석을 달아두었다. 제석이란 '석제환인다라(釋提桓因陀羅)'의 약칭으로서 수미산(須彌山) 꼭대기의 선견성(善見城)에 살면서 그 아래의 사천왕(四天王)을 거느리고 불법과 불제자를 보호한다는 하늘의 임금이다. 이런 일연의 독법에 의거한다면, 단군은 제석의 손자였으니 단군의 후예라 자처하는 우리야 굳이 말할 필요조차 없다. 사소한 것처럼 보이는 작은 주석 하나와 그것이 놓인 위치가 함의하고 있는 의미는 이토록 예사롭지 않았던 것이다.

이처럼 《삼국유사》는 전반부에 〈기이편〉을 배치함으로써 후반부에 서술될 불교적 경이를 납득하도록 만들고 있고, 〈기이편〉 첫머리에 단군 신화를 배치함으로써 불교의 세계 속에서 삼국의 역사가 전개되도록 만들고 있었던 것이다. 김부식이 《삼국사기》를 편찬하는 과정에서 유가적 합리주의라는 이름으로 배제해 버린 신이의 세계를 되살려내고자 하는 것, 이것이야말로 고려 후기의 불교계를 대표하는 국존으로서 일연이 《삼국유사》를 통해 말하고 싶어 했던 진정이었다.

이런 고도의 서사 전략을 구사하고 있는 《삼국유사》란 저작의 성격을 한마디로 규정하기란 어렵다. 기왕에 존재하던 최치원(또는 박인량)의 《수이전》, 김부식의 《삼국사기》, 각훈의 《해동고승전》의 성취를 이어받되, 이들의 장점을 하나로 아우르려는 듯도 하다. 어찌 보면 《수이전》과 같은 지괴집(志怪集)처럼 보이고, 어찌 보면 《삼국사기》와 같은 역사서처럼 보이고, 어찌 보면 《해동고승전》과 같은 고승전처럼 보이는 것이다. 신이한 설화를 모으되 괴이한 세계 자체에 매몰되지 않고, 역사 서술의 작업을 따라가되 불교적 세계관을 통해 유가적 역사 인식의 한계를 넘어서려 하고, 고승의 전기를 엮어가되 불교가 세속 세계와 깊이 연결되어 있다는 점을 깊이 깨우쳐준다. 설화와 역사의 결합, 유가적 역사관에 대한 이의 제기, 그리고 숭고와 비속의 자유로운 넘나듦 등. 물론 《삼국유사》에 대한 평가가 지금의 우리처럼 긍정적인 것만은 아니었다. 이익이나 안정복 같은 조선 후기 실학자들조차 허황한 이야기라 혹평하기도 했다. 하지만 그런 그들도 막상 읽어가면서는 "곤륜산의 옥돌 조각이 티끌 속에 묻힌 격"이라며 《삼국유사》의 신이하고도 드넓은 세계에 매료되기 일쑤였다. 첨단 과학을 추구하고 있는 21세기인 지금도, '황당한' 이야기로 가득 찬 《삼국유사》가 우리를 빨아들이는 매력을 발휘하고 있는 것처럼.

신이한 세계관이 담고 있는 시대적 의의

국존의 이름은 견명(見明)이고, 자는 회연(晦然)이며, 나중에 일연(一然)으로 고쳤다. 속성은 김씨이며, 경주 장산군 사람이다. 아버지 이름은 김언필인데, 벼슬은 살지 않았지만 스님 때문에 좌복야(左僕射)로 추증되었다. 어머니는 이씨이고, 낙랑군부인으로 봉해졌다. 처음에 어머니가 둥근 해가 집 안으로 들어와 배에 쏘이는 꿈을 꾸고, 무릇 3일 밤이나 계속되다 마침내 태기가 있더니 태화(泰和) 병인년 6월 신유일에 태어났다. 나면서부터 준수하고 의표가 단정했으며, 굳은 입에 소걸음과 호랑이 눈을 가지고 있었다.

비문의 첫머리이다. 속명과 법명, 부계와 모계, 그리고 출생과 유년 시절이 차례대로 기술되어 있다. 어떤 연구자는 '견명(見明)→회연(晦然)→일연(一然)'이란 이름의 변화에서 '밝음[明]과 어둠[晦]의 대조', 그리고 '밝음과 어둠의 아우름[一]'이라는 인식의 성숙 과정을 읽어내기도 한다. 흥미로운 착상이다. 하지만 우리는 그곳에서 아주 엉뚱한 상상을 한다. '밝음을 보았다'로 해석되는 '견명'이란 이름을 지었던 까닭은, 눈부신 햇살이 배에 내리쬐는 꿈을 꾸고 임신했기 때문이다. 햇볕과 잉태! 그런 탄생 설화는 고구려의 건국 영웅 주몽을 낳게 되는 유화의 신이한 사연과 자연스럽게 겹쳐진다. 그녀도 유폐된 골방에서 햇볕을 쬐고 주몽을 잉태했었다.

신화의 시대가 끝나고 역사의 시대로 접어든 지 한참 지난 고려 후기였건만, 신화는 여전히 일연과 그의 시대를 휘감고 있었던 것이다. 주몽의 탄생 과정은 '현실'처럼 이야기되고 일연의 탄생 과정은 '태몽'으로 변모되어 있지만, 이들 두 일화를 떠받치는 인식 지평은 다르지 않다. 실제로 비문에 기록된 일연의 삶을 더듬어보건대, 기이한 일화는 그의 삶에서 빈번히 일어난 현실이기도 했다. 몽골의 침입으로 전국이 전란에 휩싸였을 때, 일연은 문수보살의 주문을 외우며 무사하길 빌었다고 한다. 그러자 정말 기적처럼 문수보살이 벽 사이에서 나타나 피신할 곳을 일러주었다는 것이다. 그뿐만이 아니다. 일연 스스로도 뭇사람의 꿈을 통해 신이한 능력을 여러 차례 보여주곤 했다. 비문의 저본이 된 행장(行狀)은 제자 청분(淸玢 또는 淸珍)이 썼는데, 거기에는 일연이 생전에 보여준 신이한 행적이 매우 많이 기록되어 있었다. 하지만 민지(閔漬)가 그걸 토대로 비문을 쓰면서 "(행장에는) 여러 이적(異蹟)과 기이한 꿈이 자못 많으나 말이 괴이한 곳으로 흐를까 두려워 줄이기로 한다."라고 하며 대거 생략했을 정도이다.

우리가 '역사적 인물' 일연의 탄생으로부터 '신화적 인물' 주몽의 탄생을 연상하는 것은 그런 점에서 자연스럽다. 나아가 일연의 그런 능력을 사실로 받아들이던 제자들의 세계 인식은《삼국유사》를 이해하는 중요한 코드가 된다. 신이한 탄생, 신이한 이적, 신이한 몽조(夢兆)를 사실로 믿었던 그들의 세계관으로는 중국의 역대 제왕과 같이 삼국의 시조가 신이하게 태어났다는 건 전혀 괴이한 일이 아니었기 때문이다. 그렇다. 일연은 눈에 보이고 손으로 만져지는 현실만을 세계의 전부라고 여기지 않았다. 손으로 만져지지 않고 눈에 보이지 않지만, 또 다른 세계가 현실 너머에 존재한다고 믿었던 것이다. 그런 세계관은 김부식이 표방했던 유가적 세계관과 정면으로 맞선다. 그런 점에서 일연은 합리성이란 이름으로 배제해 버린 비현실적 사실에 새로운 가치를 부여하여 '세계의 진실'을 새롭게 되살리고자 했다고 말할 수 있다. 김부식이《삼국사기》를 편찬할 때

'빠뜨린 일을 수습한다〔유사(遺事)〕'는 소극적인 차원을 훌쩍 넘어서서 김부식의 역사 인식에 맞서고자 했던 것이다. 그게,《삼국사기》가 있음에도 불구하고 굳이《삼국유사》를 새롭게 썼던 진정한 이유이다. 거기에 유가적 세계관과 불교적 세계관이 팽팽하게 힘겨루기를 하던 고려 후기의 시대적·사상적 분투가 아로새겨져 있음은 물론이다.

– 정출헌

참고 문헌

이재호 옮김,《삼국유사》1·2, 솔출판사, 2007.

고운기,《일연과 삼국유사의 시대》, 월인, 2001.

이도흠,《신라인의 마음으로 삼국유사를 읽는다》, 푸른역사, 2000.

정출헌,《김부식과 일연은 왜》, 한겨레출판, 2012.

四

조선의 땅과 지역

《신증동국여지승람》의 편찬 과정

—

《신증동국여지승람(新增東國輿地勝覽)》은 최초로 편찬된 조선의 팔도지
리지이다. 조선 초에 국가사업으로 학술 분야를 망라한 편찬물이 나와 왕
조의 기틀을 다졌다. 왕조의 법령을 정리한 《경국대전(經國大典)》(1471),
한시문을 집대성한 《동문선(東文選)》(1477), 동국의 역사를 집약한 《동
국통감(東國通鑑)》(1483), 음악을 정리한 《악학궤범(樂學軌範)》(1491) 등
이 대표적인 사례이다. 《신증동국여지승람》도 팔도의 지리를 밝힌 것으
로 국가사업 가운데 하나였다. 그런데 이 책은 다른 분야보다 훨씬 늦은
1530년에야 완성되었다. 실제 이 지리 사업을 시작하여 책이 나오기까지
약 100년이 걸린 것이다. 그만큼 어려운 사업이었다는 말이다. 또한 원래
이 책은 '동국여지승람'이어야 했다. 여기 '신증', 즉 새로 증보했다는 뜻이

제목에 덧붙여졌으니 분명 다시 증보하여 찍어냈다는 의미이다. 그렇다면 그 과정을 좀 살펴볼 필요가 있다.

세종은 조선의 지역과 인정을 파악하고 효율적인 정치를 위해 팔도지리지를 만들도록 했다. 이 명에 따라 만들어진 지리지가 《팔도지리지》(1432)였다. 이 책은 조선을 팔도(八道)로 나누고 주군(州郡)과 산천, 성곽, 토산물 등의 편목을 나누어 지역별로 정리했다. 이후 세조는 이 책에 지도까지 첨부한 《팔도지지》를 편찬하게 했다. 그러나 이 사업은 시일이 오래 걸려 다음 대인 성종 1477년에야 완성되었다. 하지만 이 책은 지리지로서는 상당히 엉성한 상태였다. 그래서 성종은 당시의 학계를 이끌고 있었던 서거정, 성현, 강희맹 등에게 명하여 《동국여지승람》이라는 조선의 지리서를 만들도록 했다. 이 책의 1차 완성은 1479년으로, 50권의 거질이었다. 그런데 이는 다시 보완이 되어 1484년에 모두 55권으로 나오게 되었다. 이것으로 동국의 지리지 사업은 끝난 듯이 보였다. 그러나 중종 대에 와서 이를 증보한 《신증동국여지승람》을 정리한 것이다. 이 책은 총 55권 25책이었다. 백성과 토지가 국가의 기강인 만큼 이에 대한 더 섬세한 지리를 정리해야 한다는 국왕의 명으로 증보 사업이 이루어졌다고 한다.

《신증동국여지승람》은 기본적으로 중국의 지리서를 참조했는데, 각 지역의 성씨나 봉수(烽燧), 즉 봉화대 같은 항목은 중국 지리서에는 없는 것이었다. 무엇보다 각 지역의 설화나 시문 등이 다채롭게 들어 있는 것이 특징이다. 편찬을 주도했던 이행(1478~1534), 홍언필(1476~1549) 등은 서문에서 그간의 편찬 과정을 밝히면서 이 책의 의미를 이렇게 적고 있다.

머리로는 경도(京都)에서부터 아래로는 각 도에까지 그 연혁의 다름이 있는 것과 풍속의 같지 않음을 구분했고, 높은 것으로는 묘사(廟社)와 능침(陵寢)이며, 엄중한 것으로는 궁궐과 관청이며, 학교는 교양하는 곳이요, 토산(土産)은 의식의 근원으로 했다. 인물을 논함에 있어서는 효자와 열녀를 으뜸으로 하고, 형승(形勝)을 말함에는 성곽과 산천을 요긴한 것으로 삼았다. 또 누정(樓亭)과 사찰·사당, 역원(譯院), 교량이며 명현의 사적과 문인의 제영(題詠)에 이르기까지 섬세하고 은미한 것도 갖추어 기록되지 않은 것이 없다. 그러니 비록 역대가 오래된 것이나 사방의 먼 곳이라도 한번 책을 펼치면 손바닥에 놓고 가리키는 듯 선명하니, 이는 실로 일국의 '아름다운 볼거리〔승람(勝覽)〕'이다.

《신증동국여지승람》에 수록된 내용

우리가 '조선 팔도'라고 부르기 시작한 것은 이 책에서부터 시작되었다고 해도 과언이 아니다. 서거정은 《동국여지승람》을 편찬하면서 그 서문에 "태조가 한양에 도읍을 정하고 나서 개척한 강토를 8도(道)로 나누었으니, 경기도, 충청도, 경상도, 전라도, 강원도, 황해도, 함경도, 평안도가 그것이다."라고 했다. 이것이 조선 팔도였다. 그리고 8도 안에 "경(京), 부(府)와 목(牧), 대도호부(大都護府)와 도호부, 군(郡)과 현(縣)을 각각 두었다."라고 하여 전국의 행정구역 단위를 설명하고 있다.

실제 이 책은 이 팔도의 순서에 따라, 그리고 각 도마다 행정구역의 크기에 따라 해당 지역들을 편재했다. 즉 경은 서울〔경도(京都)〕로 특히 조정과 사대문 안으로 한정했으며, 부(府)는 한성부와 개성부 2개로 편재했는데, 각각 서울 전체의 권역과 개성을 다루고 있다. 이어서 각 도로 넘어가는데, 여기는 목(牧, 요즈음의 도청 소재지), 대도호부와 도호부(요즈음의 지방

자치의 핵심인 대도시와 중소 도시), 그리고 군현으로 나누어 해당 지역에 대해 상술했다.

이를 전체 55권에 편재했으니, 권별로 보면 권1·2는 경도(京都), 권3은 한성부, 권4·5는 개성부, 권6~13은 경기도, 권14~20은 충청도, 권21~32는 경상도, 권33~40은 전라도, 권41~43은 황해도, 권44~47은 강원도, 권48~50은 함경도, 권51~55는 평안도에 해당한다. 그리고 맨 앞에 팔도총도(八道總道)라 하여 요즘의 전국 지도에 해당하는 지도를 첨부했다. 또 각 도가 시작되는 부분에도 도지도(道地圖)를 넣어 군 단위의 지역을 표시함으로써 시각적인 이해를 돕고 있다. 다만 이 지도들은 실측과는 거리가 멀어 동서의 폭이 지나치게 넓은 반면 남북의 길이가 짧기 때문에 다소 기형적이기까지 하다. 그럼에도 산과 하천을 주요 경계로 하여 지리지에 수록된 내용의 공간적 파악에 대한 정확한 인식을 드러내고 있다는 점에서 의미가 있다.

이렇게 편재된 행정구역은 구체적인 항목들이 적시되면서 하나하나 설명되기 시작한다. 먼저 경도는 국도(國都), 성곽, 궁전, 단묘(壇廟, 사직단 등), 원유(苑囿, 후원), 문직공서(文職公署, 조정의 부서) 등의 항목으로 구성되어 있는데, 주로 한양의 역사와 궁궐의 조직과 경관을 소개했다.

이후 한성부는 건치연혁(建置沿革, 부가 설치된 역사), 군명(郡名), 성씨, 형승, 풍속, 산천, 봉수(烽燧), 궁실, 누정, 역원(驛院), 교량, 시가(市街), 불우(佛宇), 사묘(祠廟), 고적, 명환(名宦), 인물, 제영(題詠) 등의 항목을, 개성부는 건치연혁, 군명, 성씨, 풍속, 형승, 산천, 성곽, 봉수, 궁실, 학교, 역원, 교량, 부방(部坊, 요즘의 구(區)에 해당), 공해(公廨, 공공건물 및 부서), 불우, 사묘, 능침(陵寢), 고적, 명환, 인물, 제영 등의 항목을 배열했다. 두 부의 항목은 대동소이한데, 해당 지역의 형편과 상황에 따라 항목의 변화가 없지는 않다. 이를테면 시가 항목은 한성부에만 있고, 학교와 부방 및 능침 등은 개성부에만 있다. 명환과 인물을 분리한 것이 눈에 띄는데, 명환은 해당 지역 출신의 이름을 날린 고위 관료를 뽑은 것이며, 인물은 그 지역에서 난 충신과 효자, 열녀 등을 소개한 것이다.

이런 항목은 각 도에서도 기본적으로 유지되는데, 다만 각 지역의 상황과 특색에 따라 약간의 차이는 있다. 일례로 권6의 경기도 부분의 '광주목'의 항목을 보면 건치연혁, 진관(鎭管, 예하 관할 지역), 관원, 군명, 성씨, 풍속, 형승, 산천, 토산(土産), 봉수, 누정, 학교, 역원, 불우, 사묘, 능묘(陵墓), 고적, 명환, 인물, 제영 등이다. 진관과 토산 등이 새로운 항목으로 보인다. 이 형태는 군현 단위로 내려와도 그대로 적용된다. 건치연혁, 관원, 군명, 성씨, 형승, 산천, 학교, 불우, 사묘, 고적, 제영 정도로 항목이 다소 축소되는데, 이 틀은 거의 고정화된다. 해당 지역의 특성에 따라 관방(關防, 방어진)이나 총묘(塚墓, 주요 인물의 무덤) 같은 항목이 추가되기도 한다. 이들 항목을 크게 대별하면 지역의 역사, 산천과 풍속, 주요 건물과 사적, 그리고 인물로 나눌 수 있다. 이 역사와 풍속, 건물과 인물은 해당 지역의 생활 현장을 대변하거니와 그 지역의 정체성이기도 하다.

한편 각 항목의 뒷부분에는 '신증(新增)'이라 하여 새로 추가한 부분이 있는데, 이는 이 책을 편찬하면서 기존의《동국여지승람》에 없던 부분을 추가했다는 표시이다. 이 흔적은 전체 분량 가운데 적지 않은 부분을 차지하고 있어 이 책의 보완 과정이 어느 정도였는지를 짐작하게 한다.

이런 항목 가운데서 특히 관심이 가는 부분은 해당 지역에 관련한 한시와 산문, 그리고 설화가 대단히 풍부하게 실려 있다는 점이다. 현재까지 확인된 것만 하더라도 한시가 약 1300여 수이며, 기타 산문과 설화를 합치면 대략 3500여 편이 수록되어 있다. 한시문은 제영(題詠) 항목에 집약되어 있고, 설화는 인물이나 고적(古跡), 건물 등 다양한 항목에서 산견된다. 지리서에 굳이 제영 항목이 필요했을까 싶은데, 흥미로운 것은 이 항목을 각 지역의 맨 마지막에 싣고 있다는 점이다. 이는 각 지역에 대한 소개를 한 다음 끝으로 그곳 관련 시문을 실음으로써 해당 지역에 대한 모종의 이미지를 떠올리게 하는 역할을 한다. 설화는 해당 지역에 대한 인물이나 지명, 이물(異物) 등에 관한 이야기들이다. 이들 이야기는 해당 지역에서 구연되던 것들도 있고,《삼국사기》나《삼국유사》및《고려사》같은 역사서에 나오는 것들을 지역별로 재배치한 경우도 있다. 또 각 지역에서 전해오는 용이나 성황신, 귀신 및 불교와 도교와 관련한 신이담 등도 적지 않다.

이 한시문과 설화는 해당 지역의 환경·풍속 등과 매우 유기적으로 구성되어 있다. 결과적으로 이런 문학적인 소재를 통해서 해당 지역의 성격과 특성을 보다 입체적으로 드러내는 데 상당한 효과를 거두고 있다.

—

지리서 및 문학서로서의 의의

—

전통시대에는 지리지 또는 지리서가 치도(治道)의 맥락에서 매우 중요했다. 즉 위정자의 입장에서 전국을 자신들의 통치에 활용하기 위해서는 각 지역에 대한 지리적 조건과 생활 환경 등을 파악하는 것이 급선무였는데, 이에 가장 용이한 저작이 지리지였던 셈이다. 따라서 그 용도는 요즘처럼 여행이나 기타 목적과는 다른 차원이있다. 그렇기에 이전 역사서, 이를테면《삼국사기》나《고려사》에는 빠지지 않고 지리지 부분이 들어갔다. 한편 특정한 지역을 중심으로 한 지리지를 지역 차원에서 펴내기도 했다.

하지만 조선 왕조는 이 지리지 사업을 보다 중시하여 독립된 동국의 지리지를 편찬하게 된 것이다. 따라서 《신증동국여지승람》은 이전 역사서에 들어 있던 지리지와는 차원이 다른 매우 정교하면서도 통합적인 저작으로, 전무후무한 사례이다. 이미 살펴본 대로 이 책에 전국 모든 지역의 지리적 현황과 인문적 생태 등이 빠짐없이 실림으로써 정치, 경제, 역사, 군사, 민속, 인물 등 사회의 모든 방면에 걸친 종합적 성격을 지니게 된 것이다. 조선 시대 지리지로서 18세기 이중환의 《택리지》가 꼽힌다. 그런데 이 책과 《택리지》는 일정한 차이가 있다. 《택리지》의 경우 사람이 살 만한 거주지 문제와 각 지역의 인심 및 산수에 관심을 가지고 정리한 책이다. 어떤 곳이 살기에 좋고 그곳의 인심과 자연은 어떠한가 하는 점에 초점이 맞춰져 있다는 것이다. 지리지의 성격 변화를 확인할 수 있는데, 어쨌든 이런 결과물이 나올 수 있었던 것도 《신증동국여지승람》 같은 책이 있었기 때문에 가능한 것이었다.

한편 《신증동국여지승람》에 편재된 조선의 중앙 및 지방의 행정구역 편재는 조선 시대 내내 거의 대부분 유지되었다. 이런 우리나라의 군현 단위의 변화는 1914년 일제강점기 행정구역 개편 때 대폭 바뀌게 되었으며, 이후 지속적인 변화가 있어왔으나 큰 틀은 이 책의 행정구역에 의거하고 있었다. 조선 팔도 지리의 가장 완정한 형태라는 점이 이 책이 지닌 의의라 할 수 있다.

이 책은 지리지로서 의의만 있는 것이 아니라 문학서로서의 성격도 주목할 만하다. 각 지역과 관련된 한시문과 설화는 그야말로 지역의 문학 보고(寶庫)이다. 물론 해당 작품들이 각 문인들의 문집이나 다른 텍스트에 이미 실린 경우도 있으나 그렇지 않은 경우가 더 많다. 기존 자료에 있는 것이라 하더라도 이를 해당 지역별로 안배하여 배치함으로써 특정 대상에 대한 총체적 이해를 끌어내기에 매우 유효한 결과물이다. 무엇보다 다른 자료에는 없고 이 책에만 있는 작품들은 그 자체로 대단히 중요한 가치를 지닌다. 이야말로 이 책만이 가진 흥미로우면서도 독자적인 지점이다.

- 정환국

참고 문헌

이행 외, 《(국역) 신증동국여지승람》, 민족문화추진회, 1986.

김승필, 《신증동국여지승람에 대한 문헌학적 연구》, 사회과학출판사, 2009.

김현룡, 〈《동국여지승람》의 설화 연구〉, 《통일인문학》 16, 건국대학교 인문학연구원, 1984.

신은경, 〈지리 공간의 담론화 과정에 대한 일고찰 - 《신증동국여지승람과》과 《택리지》를 중심으로〉, 《정신문화연구》 32, 한국학중앙연구원, 2009.

五
신선이라 지목된 인물들

편저자 홍만종
—

《해동이적(海東異蹟)》의 편저자 홍만종(1643~1725)은 자가 우해(于海), 호는 현묵자(玄默子)·몽헌(夢軒)이다. 그는 1675년에 과거에 합격하여 참봉·봉사·부사정 등을 지냈다. 그러나 1680년 남인 세력이 정권에서 대거 축출되었던 이른바 '경신대출척' 때 유배를 간 이후부터는 벼슬에 뜻을 접고 이후 저술을 통해 자신의 정체성을 세웠다. 실제 앞에 언급한 그의 관직은 7품에서 9품직으로, 요즘으로 치면 6급 이하의 공무원 생활만을 한 셈이다. 그것도 10여 년이란 짧은 시간이었으며, 이마저도 계속 관직에 있었던 것도 아니었다.

어쨌든 그는 관직 생활을 통한 입신양명의 길보다는 저술가로서의 일생을 보낸 인물이다. 17세기 후반에서 18세기 초에 걸친 문인 가운데 홍만종만큼 다양한 유형의 글을 남긴 이도 드물다. 여기서 거론할《해동이적》을 비롯해 시화집인《소화시평(小華詩評)》·《시화총림(詩話叢林)》, 이야기집인《명협지해(蓂莢志諧)》·《순오지(旬五志)》, 그리고 역사서인《동국역대총목(東國歷代總目)》과 음악서인《동국악보(東國樂譜)》등이 유명하다. 뿐만 아니라 최근에는 그의 문집까지 새로 발견되었고, 무엇보다《청구영언(靑丘永言)》의 찬자로 주목되기에 이르렀다. 잘 알다시피《청구영언》은 우리나라에서 가장 오래되었을 뿐 아니라 최고(最高)의 가집(歌集)으로, 김천택이 정리한 것으로 지금까지 알려져 있었다. 이렇게 보면 홍만종은 거의 모든 학술 분야에 대한 저작을 남긴 셈이다.

이런 그의 문학과 역사, 문예 등 다방면에 대한 관심과 저작은 "중국에는 학술이 다양한데 조선은 오직 주자 성리학만 칭송하는" 당대의 경색된 학문 풍토에 대한 불만에서 기인했다. 그는 실제로 이런 언급을 했을 뿐만 아니라 그 대안으로 다양한 분야에서 학술적 성과를 내기도 했다. 곧 그는 조선 시대 지배 이념이자 학술의 제도였던 성리학보다는 다른 방면에 관심을 가지고 있었다. 그런 그의 첫 번째 학술적 성과가 바로《해동이적》이다.《해동이적》은 1666년 그의 나이 24세 때의 저작으로, 젊은 시절 선도(仙道)에 심취해 있었다는 반증이기도 하다.

—

《해동이적》의 세계

—

'해동이적'은 '해동(海東, 우리나라)의 기이한 사적'이라는 의미이다. 즉 우리나라 선도(仙道)의 기이한 사적을 인물별·시대별로 엮은 책이다. 해동에서 신선의 자취가 있었거나 그런 삶을 추구했던 인물들을 망라한 것이

다. 홍만종은 자서(自序)에서 "스무 살에 큰 병을 앓아 무료하던 중에 신
선들의 신령한 모습을 보고 마음을 달랬다"며, "동방(東方)의 산수는 천하
의 제일이라 반드시 이런 신선들의 자취가 있을 것으로 믿고 이들의 사적
을 집성했다"고 했다. 그리고 그런 자료는 대개 각종 야사와 지리서에서
뽑은 것들이라고 밝히고 있다. 말하자면 실제 신선은 아니지만 신선 같은
자취를 보여준 역대 인물들의 계보를 만든 셈이다.

　우선 수록된 인물을 순차적으로 살펴보면 다음과 같다. 맨 먼저 나온 인
물은 단군이다. 이어 혁거세, 동명왕, 사선(四仙), 옥보고, 김·소 이선(金·
蘇二仙), 대세구칠(大世仇柒), 참시(몸始), 김가기, 최치원, 강감찬, 권 진인
(權眞人), 김시습, 홍유손, 정붕·정수곤, 정희량, 남주(南趎), 지리 선인(智
異仙人), 서경덕, 정렴, 전우치, 윤군평, 한나 선옹, 남사고, 박지화, 이지함,
한계 노승, 유형진, 장한웅, 남해 선인, 장생, 곽재우까지 걸쳐 있다. 총 32
항에 걸쳐 38명을 싣고 있다. 이 가운데는 최치원, 김시습, 곽재우 등 역사
적으로 익히 알려진 인물도 있으나, '선인(仙人)'이나 '진인(眞人)' 등으로
표기된 인물들은 그 행적이 불분명하거나 역사에 거론된 적이 없다.

　편재 순서는 역사 순으로, 단군에서 동명왕까지는 이른바 건국 신화에
해당하는 인물들이며, 사선부터 강감찬까지는 삼국 시대, 권 진인은 고려
시대, 그리고 김시습부터 곽재우까지는 모두 조선 시대 인물들이다. 이들
에 대한 소개는 기존 자료에서 해당 인물들의 사적(事蹟)을 인용한 방식
이었지만, 여기에만 머무르지 않고 말미에 편자가 개입하여 추가적인 정
보와 개인적인 감상을 보태기도 했다. 인용한 자료의 경우 하나하나 출처
를 밝혔는데,《동국사략(東國史略)》,《동국여지승람》같은 국가 차원에서
발간한 역사지리서를 비롯하여 개인 문집과 인물들의 견문을 모은 잡기
(雜記) 등 다양하다. 심지어 김가기의 경우 중국 자료인《열선전(列仙傳)》

을 이용했다.

다만 권 진인, 장한웅, 장생의 경우 그 출처를 '무명씨집(無名氏集)'이라 하여 누구의 문집에서 가져온 것인지 알 수 없다고 했는데, 실은 모두 허균의 전(傳)에 실려 있다. 즉 권 진인은 허균의 〈남궁선생전〉에서 남궁두의 스승으로 나오는 권 진인이며, 장한웅은 〈장산인전(張山人傳)〉, 장생은 〈장생전〉의 주인공들이다. 그 내용 또한 허균의 전과 일치한다. 다만 허균은 〈남궁선생전〉에서 주인공 남궁두를 중심으로 서술했는데, 이 책에서는 그의 스승인 권 진인이 나오는 대목부터 옮겨왔기에 서두 부분에 약간의 차이가 있다. 왜 이런 상황이 발생했을까? 허균이 처형된 이후 그의 문집이 간행되지 못했기에 홍만종이 실제 그의 존재를 몰랐을 수도 있다. 하지만 그것보다는 허균이 역적으로 몰려 죽음을 당했기 때문에 일부러 그의 문집을 드러내지 않았을 가능성이 높다. 아무튼 허균의 신선전들이 '무명씨집'이라는 출전으로 이 책에 수록된 점이 흥미를 끈다.

그런데 여기 열거된 인물들의 면면을 보면 고개가 갸우뚱해지는 부분이 있다. 도술을 부린 전우치는 우리에게 잘 알려진 인물이다. 이런 유형을 신선이라고 본다면 그래도 수긍이 간다. 그런데 강감찬이나 김시습이 신선이라고? 더구나 서경덕, 곽재우도 여기에 포함되니 더 의아하다. 사실 여기 그 이름이 분명한 경우는 거의 대부분 역사상 실존한 인물들이다. 김가기, 최치원 같은 신라 시대의 인물에서부터 남사고, 박지화, 이지함 등 16세기 인물까지 모두 실존했을 뿐만 아니라 일정한 이력을 남기고 있다. 그렇다면 이들의 어떤 면모, 즉 어떤 이적(異蹟)을 두고 신선 계보에 넣은 것인가 하는 점이 궁금해진다. 그런데 여기에 소개된 이들의 이야기들은 우리가 역사적으로 알고 있던 맥락과는 전혀 딴판이다. 이를테면 이런 것들이다.

우리 역사에서 3대 대첩 가운데 하나인 귀주대첩을 승리로 이끈 고려의 명장 강감찬의 경우, 이 대첩과 관련된 이적을 언급할 것 같지만 실은 그렇지 않다. 즉 한양에 호랑이가 출몰하여 사람을 해치는 이른바 '호환(虎患)'이 있었는데, 이를 강감찬이 부적을 써서 처단했다는 내용이다. 더구나 이들 호랑이는 평소 승려로 변신하고 있었기에 일반인들은 전혀 알 수 없었고, 오직 강감찬만이 이를 알 수 있었다는 것이다. 이를 통해 강감찬은 신인(神人)적 존재라는 점이 드러난다.

이렇게 실제 신령한 모습을 드러내는 인물도 있었지만, 최치원처럼 그 자취가 환상적인 경우도 있었다. 그는 당시 '세계 과거제'라고 할 수 있는 당나라 빈공과에서 당당하게 급제한 국제적인 천재였다. 귀국하여 자신의 뜻을 펼치려 했지만 이미 신라는 쇠망의 길로 접어들고 있었다. 결국 그는 그 자신이 신라의 운명인 양 산속을 떠돌다가 자취를 감춰버렸다. 바로 그의 마지막 모습이 신비화된 것인데, 여기서는 "어느 날 숲 속에 갓과 신발을 남겨둔 채 사라져버렸다."라고 표현했다. 도가에서 '시해(尸解)'라는 말이 있는데, 이는 신선이 되는 방법 가운데 하나로 육신을 버리고 혼백이 빠져나간다는 의미이다. 즉 최치원은 시해하여 신선이 된 것으로 이해하고 있는 것이다.

역사상 잘 알려진 인물의 경우도 이처럼 이들의 역사상의 사적과는 다른 신비한 면모를 보인 사례들을 모아 이를 신선화한 셈이다. 그런데 이들 면면을 보면 역사에서 비주류에 속한 인물들이 대부분이라는 점이 주목을 끈다. 《토정비결》로 잘 알려진 이지함이나 남사고, 정렴 등은 예언이나 도술을 부리는 존재들인데, 유가 사회였던 조선 시대에는 비술을 지닌 인물들을 부정적인 시선으로 보는 경우가 많았다. 또한 김시습 등은 세조의 왕위 찬탈로 당대 정치 현실을 부정하다가 불우하게 생을 마치기도 했다. 여기에 서경덕을 비롯한 전우치, 박지화 등은 조선 왕조에서 이른바 개성(평양을 포함한) 출신이라 하여 천대를 받았다. 이 지역은 과거 고려 왕조의 중심이었기에 조선 왕조는 이 지역 출신 문사들을 의식적으로 배척하는 정치를 폈다. 공교롭게도 이런 양상은 현재 남한과 북한으로 구분되어 있기도 하다.

이처럼 역사에 잘 알려져 있는 인물들이라 하더라도 세상과 불합했거나 불우한 삶을 살았던 예가 많았다. 이런 인물들은 곧잘 그들의 삶이 신비화되는 예가 적지 않았다. 이들이 마치 '지상의 신선'인양 신비화된 이유는, 따지고 보면 이들의 불행한 삶을 위로하고 또 이들을 통해 일반 민인들의 욕망을 대신한 것이 아닌가 싶다. 이 점에서 이 책의 신선들은 이런 다수의 욕망이 상상으로 표출된 경우라 하겠다.

—

선도(仙道)의 계보와 《해동이적》

—

이처럼 《해동이적》은 17세기 이전까지 신선적 면모를 보인 인물들을 시대 순으로 뽑아 정리한 책으로, 한국 선도(仙道)의 계보서라고 할 만하다. 조선 후기에도 이런 맥을 이은 인물들이 거론되기는 하나, 대개 여기까지가 신선류의 집록은 끝나게 된다. 이 이후로는 좀 더 현실적인 맥락에서 인물들이 거론되기 때문에 신선적인 면모를 보이는 인물이나 작품은 잘 등장하지 않는다. 따라서 《해동이적》은 명실공히 한국 선도의 계보를 집약한 저작으로 보아도 좋겠다. 그런데 이 책이 나올 수 있었던 시대적인 분위기를 무시할 수 없다. 물론 홍만종이라는 개인의 관심이 이 저작을 만들어냈지만, 그 이전에 도선(道仙)과 관련된 사회적 분위기가 충만해 있었다는 점을 환기할 필요가 있는 것이다.

사실 유·불·도라 하면 전통시대의 주요한 특징 가운데 하나이다. 다만 이 세 가지 사유 체계는 시대와 상황에 따라 역학적인 관계에 있었다. 고려 시대까지 불교가 상당히 각광을 받았다면, 조선 시대 이후로는 유교가 절대적인 권위를 자랑했다. 그런데 시대마다 주류의 사유에 맞선 대타적인 대상이 설정되기 마련이다. 당연히 유가 사회였던 조선 시대에는 불교와 도교가 이단으로 취급되었다. 그런데 정치적·사회적 혼란이 가중되던 16세기부터 지식인들 사이에 도교적인 사유가 점차 내면으로 자리하게 되었다. 주로 정치권에서 밀려났거나 이를 거부한 지식인들은 도가의 신선류를 하나의 대안으로 간주하면서 문학의 소재로 활용하기에 이르렀다. 그래서 신선적 자취를 추구하는 한시들이 유행하게 되었다. 이를 '유선시(遊仙詩)'라고 한다. 더구나 16세기 말부터는 임진왜란 등 동아시아 전란이 발발하면서 세상은 더욱 어지러워졌다. 이제 정말로 전란 속의 현실을 벗어나 신선 세계를 동경하게 된 것이다. 그리하여 산문 쪽에서는 신선담이 늘어났다. 실제로 이 시기에 신선의 자취를 밟는 인물들이 적지 않았다고 한다. 광해군 대에 한무외 같은 인물이 대표적인데, 그는 실제 연단술(鍊丹術)을 배워 득도한 도사로 알려져 있다. 그는 신선전을 많이 지은 허균과도 친한 사이였으며, 따로 신선류를 정리한《해동전도록(海東傳道錄)》을 남겼다. 여기에는 총 11명의 인물이 등장하는데,《해동이적》의 인물들과도 겹친다.

말하자면《해동이적》은 16세기부터 만연하게 된 신선을 희구하는 사회 풍조를 반영한 결과물이다. 신선을 추구하는 전통은 사회의 혼란과 그에 따른 개인의 심리적 불안 상태, 나아가 이를 거부하는 욕망이 겹쳐져 만들어진다. 이런 점에서 이 책은 단순히 신선이라는 흥미로운 존재의 계보를 알려주는 데 그치지 않고, 조선 중기 사회의 분위기와 인간의 심리를 무겁게 반영하고 있다 하겠다.

- 정환국

참고 문헌

이석호 역, 《해동이적》, 을유문화사, 1982.

신해진·김석태 옮김, 《증보 해동이적》, 경인문화사, 2011.

정재서, 〈《해동이적》의 신화·도교적 상상력〉, 《중국소설논총》 42, 한국중국소설학회, 2014.

진갑곤, 〈현묵자 홍만종의 도가사상〉, 《어문학》 51, 한국어문학회, 1990.

六
조선 후기 인문지리의 고전

이중환과 《택리지》

—

《택리지(擇里志)》를 저술한 이중환(1690~1752)은 조선 후기의 대표적 명문가인 여주 이씨 출신이다. 자는 휘조(輝祖), 호는 청담(淸潭)이다. 그의 집안은 조선 중기의 이상의(1560~1624) 이래 수많은 고위 관료와 학자, 문인을 배출하며 남인 당파를 주도한 집안이었다. 제주도 지리지 《탐라지 (耽羅志)》를 편찬한 태호(太湖) 이원진이 그의 직계 조상이고, 이지정은 그의 고조부이며, 충청도 관찰사를 지낸 이진휴가 그의 부친이다. 당대의 석학 성호 이익은 집안 할아버지로 가깝게 지냈다. 그리고 그의 처가는 남인 명문가인 사천 목씨이다.

이중환은 어린 시절부터 명석함을 드러내어 시문을 잘 지었고 박식했다. 24세 때인 1713년 문과에 급제하여 기대를 받으며 관료 생활을 시작했다. 이후 김천 도찰방, 승정원 주서, 성균관 전적, 병조 좌랑, 부사과, 병조 정랑 등을 역임했다. 그런데 신예 관료로 승승장구할 시기는 숙종 말엽을 거쳐 경종조와 영조 초기로 당쟁의 갈등이 극도에 달하던 때였다. 그는 허목을 정점으로 하여 사림 정치의 원칙을 견지하던 문외파(門外派)에 속해 있었다.

10년 동안 조정에서 탄탄히 위상을 높여가던 그는 관계(官界)에서 완전히 축출당하게 된다. 1722년 노론이 경종을 시해하려 한다는 역모를 목호룡이 고발하여 그 결과 노론 대신들이 죽임을 당했다. 다음 해 이 고변이 무고로 판명되면서 목호룡 편에 섰던 소론과 남인이 대거 몰락했다. 이른바 신임옥사(辛壬獄事)로 불리는 큰 정치적 사건에서 그는 목호룡의 배후 세력으로 몰렸다. 여섯 차례에 걸쳐 모진 고문을 당하고서도 그는 끝까지 혐의를 인정하지 않았다. 극형에 처해질 위기에 몰렸으나 섬으로 유배되었다가 몇 년 뒤에 풀려났다. 그것으로 그의 정치적 생명은 완전히 끝났다. 그는 극심한 당쟁의 피해를 고스란히 입은 인물이었다.

이중환은 몰락하기 이전 남인 신진 관료의 구심점이었다. 그는 문외파에 속하는 남인 청년 관료들인 강박, 강필신, 이인복, 이희 등과 시사(詩社)를 결성하여 활동했다. 이들은 1721년 윤6월 백련봉(현재 서울시 서대문구 남가좌동 스위스그랜드호텔 뒷산) 아래에 있는 정토사에서 시사를 결성했다. 이 시사는 연사(蓮社) 또는 정토시사(淨土詩社), 매사(梅社), 서천시사(西泉梅社)라는 이름으로 불렸다. 그 중심이 바로 이중환이었다. 그의 문집이 전해지지 않아 활동상을 자세하게 파악하기가 어려우나,《택리지》에 실려 있는 몇 편의 시를 가지고도 이중환의 시인으로서의 자질을 짐작할 수 있다.

《택리지》의 저술은 당시의 정치적 갈등과 저자의 삶의 굴곡이 깊은 영향을 끼치고 있다. 극심한 정치적 갈등을 겪으며 관직으로부터 배제된 수많은 사대부들은 경제적 궁핍을 떠안을 수밖에 없었다. 그래서 그들 대부분은 서울을 벗어나 생계를 위해 떠돌았다. 이중환은 그런 사대부의 삶을 전형적으로 체험했다. 그는 유배 이후 만년까지 생계를 잇기 힘들 만큼 궁핍해졌다. 목회경이 발문에서 "떠돌아다니는 신세로 전락하여 집을 지어 살 터전조차 없어졌다. 농부나 나무 심는 자가 되기를 원했어도 끝내 그마저도 될 수 없었다. 그래서 《택리지》를 짓게 되었다."라고 밝힌 것에서 잘 드러난다.

갈등과 투쟁에서 낙오한 사대부들은 더 이상 서울에서 살 수 없었으며 부랑하는 존재가 되어 새로운 거주지를 찾을 수밖에 없었다. 이것이 당시 조선 사회가 처한 현실이었다. 이중환은 그런 운명에 처한 사대부에게 "당신이라면 어디에 살고 싶은가?"라는 질문을 설정하고 그에 대한 해답을 제시했다. 오랜 동안 직접 탐방하고 견문한 정보를 종합하여 팔도의 거주지를 평가하여 제시함으로써 삶의 돌파구를 마련해 주고자 했다. 수많은 사대부들의 실존적 고민을 해결하고자 저자는 현실적 관점에서 주거지를 파악하여 제시한 것이다.

《택리지》는 저자가 60세를 전후한 시기인 1749년부터 저술을 시작하여 대략 1751년쯤에 완성한 것으로 추정한다. 이중환은 1751년 초여름에 발문을 썼는데, 발문을 기점으로 추정한 것이다. 여러 지인이 쓴 발문들이 1752년과 1753년 사이에 지어졌으므로 1751년을 전후한 시기에 완성되었을 것으로 볼 근거가 충분하다. 그가 가장 살기 좋은 곳의 하나로 꼽은 강경의 팔괘정(八卦亭)에서 탈고했다. 아이러니하게도 그곳은 그의 정적 우암 송시열이 강학하던 정자였다.

—

《택리지》의 구성 및 내용

—

《택리지》는 이본에 따라 구성이 크게 다르지만 일반적인 구성은 다음과
같다.

목차 / 세부 목차		주요 내용	성격
서문(序文)		이익, 〈택리지서(擇里誌序)〉 정언유, 〈택리지서〉(1753)	서문
사민총론(四民總論)		사농공상 네 부류의 백성은 근본적으로 차별 없이 평등 하고, 부(富)의 추구는 정당함을 주장함.	서론
팔도총론 (八道總論)	평안도 함경도 황해도 강원도 경상도 전라도 충청도 경기도	팔도를 분리하여 서술하고 도별 위치와 연혁, 풍속과 물산, 교통, 인물 등을 서술하되 별개의 항목들로 나누지 않고 유기적으로 연관 지어 설명함.	본론
복거총론 (卜居總論)	지리(地理) 생리(生利) 인심(人心) 산수(山水)	거주지 선정의 네 가지 조건. 네 가지 주제로 전국의 지리를 설명함.	
총론(總論)		조선 신분 제도의 폐해와 사대부의 몰락상을 재조명하 고 사대부가 새로운 거주지를 선택하는 방향을 설정함.	결론
발문(跋文)		이중환, 〈택리지후발〉(1751) 목성관, 〈택리지발〉(1752) 목회경, 〈택리지발〉(1752) 이봉환, 〈택리지발〉(1753)	발문

이와 같은 구성과 목차는 이본에 따라 매우 변화가 커서 '생리(生利)'를 생리·무천(貿遷)으로 나누기도 하고, '산수(山水)'를 산수·해산(海山)·영동산수(嶺東山水)·사군산수(四郡山水)·강거(江居)·계거(溪居)로 나누어 제시하기도 한다.

이 구성에 따라 그 내용을 간략하게 설명하면 다음과 같다. '사민총론'과 '총론'은 서론과 결론에 해당하는 성격의 글로서 저술의 동기를 밝히고 있다. 사농공상(士農工商) 사민(四民)의 하나인 사대부의 정체성을 문제 삼아 어떻게 살아야 할지를 묻는 내용으로 이루어져 있다. 사대부의 삶이 뿌리부터 흔들리고 있다는 위기의식을 표현하고 있다. 정체성이 흔들린 사대부의 위상을 튼튼히 세워줄 안정적 토대는 경제적 능력이므로 그 토대를 세울 새로운 땅을 찾자는 취지이다. 그가 밝힌 동기는《택리지》 저술의 근본 취지이다.

이러한 시각에서 '팔도총론'은 팔도를 거주지 관점에서 분석했다. 국토를 팔도로 나누어 그 지리를 산수와 행정구역, 물산 등으로 개별적으로 분산하여 평가하지 않고 다양한 관점에서 유기적으로 비교했다. 행적과 교통, 물산, 풍속, 인심, 역사, 인물, 산수 등 다양한 각도에서 서술하고 있기는 하나 농지의 비옥함, 물자의 유통, 교통의 편리함, 특용작물의 생산, 시장의 활성화 등 경제적 관점에서 보려는 태도가 전편에 흐르고 있다. 그가 주목한 지역은 행정 중심지가 아니라 교통 요지나 산업의 중심지이다. 그리고 전통적 명소보다는 경제적 활력이 넘치는 신흥 지역이다. 예컨대 함경도 원산이나 충청도 강경 등이 새롭게 부각된 대표적 지역이다. 이는 관찬(官撰) 지리지에서 서술해 오던 것과는 크게 다르다.

'팔도총론'이 지역별로 서술한 것이라면, '복거총론'은 전 국토를 주제별로 다시 서술하고 있다. 지리를 파악하는 네 가지 기준을 지리, 생리, 인심, 산수로 제시했다. 그는 이러한 네 가지 기준을 내세운 이유와 그 기준에 어울리는 대표적 지방을 차례로 거론했다. 지리학자로서 이중환의 탁월함과 참신성은 이 주제 분류와 서술에서 부각된다. 전국을 이렇게 지역별, 주제별로 구분하여 이해함으로써 지리를 보는 새로운 관점을 제시한 것이다.

첫 번째로 제시한 조건은 '지리'로서, 거주지 선택에서 지리적 특성을 고려해야 함을 말한 것이나, 여기에는 전통적 풍수지리의 성격이 강하다. 두 번째로 제시한 조건은 '생리'인데, 실질적 측면에서 최우선에 두어 서술하고 있다. 일종의 경제지리로서 경제 활동이 왕성하고 원활한 지역을 제시하고 있다.

세 번째 조건은 '인심'이다. 팔도의 인심을 구별하여 총평하고 있으나 서술의 중심은 조선 중기 이래 정계의 당론(黨論)이다. 사색당파가 벌어지면서 전국이 화합되지 않는 현상을 부각시켰다. 그는 사대부가 사는 곳은 인심이 고약하지 않은 곳이 없다고 하여, 거주지는 사대부가 없는 곳으로 가야 한다고 결론적으로 말했다. 그가 '인심' 조에서 제시한 당론은 조선 후기 당론의 대강을 잘 정리한 것으로도 의미가 있다. 다음으로 제시한 조건은 '산수'인데, 가장 많은 분량과 비중을 차지하고 있다. 전국 명승지의 실태와 명승을 보는 시각이 잘 설명되어 있는데, 팔도의 명승을 핵심적으로 드러낸 서술로도 큰 의미가 있다.

이 책은 당시 조선 전체의 지리와 경제와 문화를 실상에 다가가 흥미롭게 서술함으로써 기왕의 지리서와는 차원을 달리했다. 생리를 중심으로 지리를 파악했어도 지리와 인심, 산수의 관점을 병행하여 균형 잡힌 시각을 보여주었다.

《택리지》의 성격과 의의

《택리지》는 구한말에 간행되기 이전에는 150여 년 동안 필사본으로 필사되어 읽혔다. 현재 적어도 100여 종 이상의 이본이 필사본으로 전해진다. 무엇보다 특별한 것은, 이 책은 서로 다른 명칭으로 불려서 대략 50여 개에 이르는 책명이 있다는 점이다. 책의 본명은 '사대부가거처(士大夫可居處)'라고 판단하며, 현재 널리 불리는 '택리지'도 이칭의 하나일 뿐이다. 그 중에서 '팔역지(八域誌)', '복거설(卜居說)', '팔역가거지(八域可居誌)' 등이 많이 쓰이고, '진유승람(震維勝覽)', '동국산수록(東國山水錄)', '총화(總貨)', '박종지(博綜誌)', '구우지(邱隅誌)' 등이 쓰인다.

이렇게 많은 사본이 전하고 명칭이 다양한 것은, 독자들 사이에서 매우 인기가 있었고 다양한 관점에서 읽혔다는 사실을 말해준다. 심지어는 내용 전체를 우리말로 번역한 《동국지리해》도 출현했다. 다양한 명칭은 이 책을 보는 시각을 선명하게 표현한다. 복거(卜居)나 가거(可居)라는 표현이 들어간 책명은 거주지 선택의 매뉴얼로 간주한 것이고, 팔역(八域) 등이 들어간 책명은 팔도지리지로, 산수나 승람(勝覽) 등이 들어간 책명은 명승지 안내서로, 총화(總貨) 등이 들어간 책명은 경제가 활성화된 지역 안내서로 간주한 것이다. 그러므로 명칭은 이 책의 성격까지를 표현한다.

《택리지》는 당시 지리 현실의 구체적 실상을 유기적으로 파악하여 서술했다. 18세기에 목도한 국토의 지리적 실상을 현실에 부합하게 설명했는데, 이는 당시 사람들의 국토지리에 관한 갈증을 시원하게 해소한 점을 넘어 지리에 관한 욕구를 창출하기도 했다. 가장 눈에 뜨이는 것은 행정 중심지보다 경제적으로 새롭게 부상하는 지역과 현장을 적극적으로 발굴하여 소개한 것이다. 교통과 물류 거점 지역을 부각시켰고, 한양과의 거리를 중시하여 지방을 평가했으며, 산과 들의 접경지, 육지와 바다가 서로 통하는 경계 지역을 중시했다.

《택리지》의 참신성은 저자의 주관적이며 독특한 관점으로 국토지리를 제시했다는 점에 있다. 관찬 지리서가 제공해 온 정보나 지식의 한계를 넘고 유가적 합리성의 제약에서 벗어나 지리와 문화를 보는 새로운 시각을 보여주었다. 다른 지리지가 과거의 문헌에 의존하거나 공공성이나 객관성 확보에 집착해 왔다면, 이중환은 개인의 지적 관심과 현지 문화와 지리의 특색을 존중했다.

이상이 아닌 현실의 지리와 문화를 《택리지》에 구현한 것은 전국에 분포하는 구비전설을 적극적으로 채록하여 제시한 것에서도 잘 드러난다. 현지 체험과 견문을 통해 채록한 수십여 종의 전설은 해당 지역의 문화적·지리적 색채를 선명하게 보여준다. 저자에게 구비전설은 현지인의 삶과 의식을 파악하고 지역적 색채를 결정하는 중요한 요건이며 지리적 관심의 주요한 사항이었다. 이중환은 일반적인 유학자와는 달리 신이성과 허구성을 띤 전설이라 해도 거침없이 채록하는 개방성을 보였다. 저술 시점에 그렇게 많은 지역 전설을 채록한 유례가 없고, 그에 의해 처음으로 문헌에 정착된 전설이 많으므로 이 저술은 구비문학의 보고로 평가할 수 있다.

새로운 주거지로 높이 평가한 지방은 대체로 과거의 지리서에서는 주목하지 않았다.

《택리지》가 내세운 생리의 가치관이나 신이한 구비전설은 도덕적 가치관과 유가적 합리성을 중시하는 사대부 학자가 전면에 부각시키기 힘든 것이었으나 이중환은 적극적으로 부각시킴으로써 다른 어떤 지리지보다 혁신적인 내용과 시각을 보여주었다. 조선 후기 국토지리의 실상을 가장 잘 보여주는 지리지로서 그 활용 가치는 매우 크다.

– 안대회

참고 문헌

안대회·이승용 외 역주,《택리지》, 휴머니스트, 2018(예정).
배우성,《독서와 지식의 풍경》, 돌베개, 2015.
이문종,《이중환과 택리지》, 아라, 2014.
안대회,〈《택리지》와 조선 후기 지방 이해의 혁신 – 부랑하는 존재의 이주와 정주〉,《한국한문학연구》53, 한국한문학회, 2014.

七
누워서 노니는 산수 자연

와유와 와유 문화

—

요즘 사람들은 복잡한 도시 생활에서 벗어나 멀리 한적한 곳을 여행하고
픈 꿈을 꾸곤 한다. 휴가철을 맞아 모처럼 여행을 즐기기도 하지만, 여러
사정상 여행을 떠나지 못하는 경우가 더 많다. 여행을 떠나지 못할 때에
는 평소 꿈꾸었던 여행지를 소개한 책자나 영상을 통해 간접적이나마 상
상의 나래를 펼쳐보기도 한다. 이러한 점은 옛날 사람도 마찬가지였다. 오
히려 옛날 사람들의 경우, 교통이나 숙박 시설 등이 현대사회만큼 발달하
지 않았기 때문에 여행을 가지 못하는 경우가 더 많았다. 그렇기 때문에
집 안에 앉아서 상상 속의 여행을 떠나는 때가 많았다. 다른 사람이 쓴 여
행기를 읽어보거나 명승지를 그림으로 그려놓은 것을 감상한 것이다. 때
로는 집 안에 정원도 꾸미고 폭포도 만들어서 마치 자연 속에 있는 듯한

기분을 느끼기도 했다. 이를 옛날 사람들은 '와유(臥遊)'라고 했다. 누워서 유람한다는 뜻을 가진 말이다. 멀리 집 바깥으로 나가지 않고서 집 안에 누워 글이나 그림을 통해 유람을 한다는 뜻이다. 몸은 누웠으되 정신은 노니는 것이다. 이 '와유'라는 말은 중국 남북조 시대 때의 산수화가였던 종병(宗炳)의 일화에서 유래했다. 종병은 나이가 들어 거동이 불편해지자 젊은 시절에 여행 다녔던 명산대천의 풍경을 그림으로 그려놓고서 누워서 그림을 보면서 유람을 했다고 한다.

　조선 시대 사람들은 산수를 유람한 여행기를 읽거나 산수화를 완상하거나 때로는 인공으로 산을 만들어놓고서 '와유'를 즐겼다. 때로는 자신이 거처하는 곳의 이름을 '와유당(臥遊堂)', '와유암(臥遊菴)', '와유재(臥遊齋)', '와유헌(臥遊軒)'으로 짓기도 했다.

　조선 후기의 실학자 성호 이익은 다음과 같이 '와유'에 대해 말했다.

와유(臥遊)란 몸은 누워 있지만 정신은 노닌다는 의미이다. 정신은 마음의 신령함이요, 그 신령함은 어디든 도달하지 않는 곳이 없다. 그러므로 온 세상 곳곳을 훤히 비춰 보고 만 리 먼 곳을 순식간에 내달리면서도 마치 어떤 교통수단도 필요가 없는 듯하다. 하지만 태어나면서부터 눈이 먼 사람은 꿈을 꾸지 않는다. 사물의 형태를 인지하는 것은 시각기관에서 담당한다. 처음부터 시각이 없으면 생각 또한 일어나지 않는다. 그러므로 꿈속에 어슴푸레하게 나타나는 것들도 어느 것 하나 눈으로 직접 보았던 것 아닌 것이 없다.

　조선의 문인들은 풍류를 즐기는 데 녹록치 못한 현실에서 와유로써 사랑하는 산과 물을 그린 그림을 벽에 붙이고 두고 온 전원에 대한 그리움을 달랬다. 한 예로 조선 중기의 문인 이정귀는 자신이 살고 싶어 했던 섬강(蟾江)의 풍경을 그린 그림을 두고 "어느 것이 진짜고 어느 것이 가짜랴. 나로 하여금 매일 이를 마주하게 하니 종병의 와유에 해당할 만하다. 어찌 반드시 초가를 짓고 은거해 내가 있는 자리에서만 차지할 수 있는 물건이라야 되겠는가?"라 하고, 그 화첩에다 "비 내리는 대숲 안개 속의 배가 눈앞에 가득한데, 종일 누워서 노니노라니 그 또한 나의 집이로다(雨竹煙帆森在眼 臥遊終日亦吾盧)"라는 시를 붙였다.

앞의 인용문에서 이익은 와유를 위해서는 매개물이 있어야 한다고 보았다. 이 매개물을 이용해 작은 것으로 큰 것을 대신하거나 가짜로 진짜를 대신해 풍류를 즐길 수 있게 된다. 그러면 이 매개물이 되는 것에는 어떤 것들이 있을까? 먼저 여행지의 풍광을 멋진 글로써 재현해 놓은 기행문을 들 수 있다.

—

《와유록》 - 기행문으로 읽는 와유

—

와유를 하는 여러 방식 가운데 가장 널리 행해졌던 것이 기행문을 감상하는 것이다. 자신이 예전에 썼던 기행문을 읽어보면서 그곳의 자연 풍광과 추억들을 떠올려보기도 하고, 때로는 다른 사람들이 쓴 기행문을 통해서 간접적으로 여행의 즐거움을 느끼는 방식이야말로 조선 시대에 가장 일반적인 와유의 방식이었다.

우리나라의 산수 유람 기록은 임춘과 이인로, 이규보에 이르리 본격적으로 전개되기 시작했으며, 조선 전기를 거쳐 후기에 이르면 산수 유람의 풍조가 더욱 성행하고 기행문이 활발하게 창작되었으며 기행문의 글쓰기 방식 또한 다양해졌다. 조선 전기에는 기행문이 독립된 책의 형태로 유통되어 널리 읽히고 있었다. 김종직이 쓴《유두류록(遊頭流錄)》, 홍인우가 쓴《관동일록(關東日錄)》등이 책으로 출판되었다. 조선 후기에 이르면 여러 사람의 기행 시문을 선집한 책을 편찬하기 시작한다. 기행 시문만을 선별하여 묶어놓은 책, 그것을 '와유록(臥遊錄)'이라고 한다. '와유록'이라는 이름을 가진 책은 여러 사람에 의해 편찬되었다.

한편 와유록이 성행하면서 다른 사람의 기행 시문을 선집한 것이 아니라 자신이 직접 쓴 기행문을 모아놓은 책도 성행했다. 이러한 종류 중에는 송남수(1537~1627)가 편찬한《해동산천록(海東山川錄)》이 이른 시기의 것이다. 송남수는《해동산천록》을 지어 와유의 도구로 삼았는데, 조선 팔도를 나누고 그곳을 여행한 기행문을 수록했다. 19세기 전반기의 문인이었던 홍경모(1774~1851)는 자신이 쓴 기행문만을 모아서 10책에 달하는 방대한 분량의《관암존고(冠巖存藁)》를 편찬했다. 국내뿐만 아니라 중국 여행을 소재로 한 작품들에 이르기까지 작가가 유람하고 여행을 다녔던 곳들에 관한 글들을 모두 모아놓은 책이다.

현재 전하는 와유록 가운데 가장 이른 시기에 편찬된 것은 김수증이 엮은《와유록》이다. 김수증(1624~1701)은 17세기 후반의 성리학자였으며, 산수 유람을 매우 좋아했던 인물이었다. 김수증의《와유록》은 팔도로 나누어 작품을 배열했는데, 특정 산의 지리적 정보를 제시하고 그 산과 관련된 시와 산문을 나열하는 방식을 택했다. 고려와 조선의 문인들이 쓴 시와 산문을 수록했는데, 주자(朱子)의 시문을 별도로 모아 별집으로 편찬한 점 또한 특징적이다. 김수증의《와유록》은 현존 와유록 가운데 편찬 시기가 가장 빠르며, 김수증 자신의 친필로 쓰여 있다. 또한 현재 그 실물이 전해지고 있다는 점에서 중요한 의미를 지닌다. 이후 와유록은 여러 사람에 의해 편찬되었다.

현재 장서각에 소장되어 있는《와유록》은 모두 12권으로 분량이 방대하다. 고려 시대부터 조선 중기까지의 산수 유람에 대한 시문을 모아놓았다. 한시와 산문을 함께 수록해 놓은 점은 김수증의《와유록》과 같은 방식이다. 이와 달리 조선 후기에 편찬된 와유록 가운데에는 한시를 빼고 산문만을 수록한 것들도 있었다. 규장각, 연세대, 버클리대 등에 소장된《와유록》은 산문만을 수록해 놓았다.

장서각본《와유록》의 편찬 시기와 편찬자는 정확하게 알 수 없다. 17세기 중반까지의 작품만 수록되어 있으며, 17세기 문인이었던 남학명이 편찬한《명산기영(名山記詠)》을 확대 정리한 것으로 추정된다. 다른 와유록들처럼 수록 작품은 지역에 따라 배열되어 있다. 그리고 장서각본《와유록》은 한시, 산문 이외에 여러 장르의 작품들이 폭넓게 수록되어 있는 점이 특징적이다. 편지, 서문, 누군가를 전송할 때에 쓴 것 등이 포함되어 있다. 기행 산문만을 수록한 규장각본, 버클리대본《와유록》과는 구별된다. 또한 국내 기행문뿐만 아니라 해외 기행문까지 수록되어 있는데, 최부의《표해록(漂海錄)》이 그 예이다.《표해록》은 최부가 1487년에 제주도에 부임했다가 이듬해에 고향으로 오는 도중 제주도 앞바다에서 표류하여 중국 각 지역을 거쳐 압록강을 건너 고국으로 돌아오기까지의 여정을 서술한 작품이다. 특히 중국 강남 지방을 여행하면서 견문했던 내용을 매우 풍부하게 담고 있다. 장서각본《와유록》은 특정한 당파에 속한 작가에만 한정하지 않았으며, 승려의 작품도 수록하는 등 작품 선정에 있어 폭넓은 경향을 보였다.

와유첩 – 그림을 통한 와유

와유의 방식 중에는 그림을 통한 와유도 있다. 글로 읽는 것과 달리 그림으로 상상 속 여행을 떠나는 방식이다. 18세기의 유명한 화가였던 강세황은 다음과 같이 말한 바 있다.

산을 유람하는 사람들은 으레 시를 짓는데, 혹 하나의 봉우리나 하나의 골짜기, 각 절이나 암자마다 제목을 붙여 각각 한 편씩을 지으니, 마치 일정을 기록한 일기와 같다. 만 이천 봉우리가 옥색 눈 같다거나 비단결 같다는 표현은 사람마다 다 똑같으므로 읽고 싶지가 않다. 이런 시들을 읽어서 이 산을 못 가본 사람들이 마치 이 산속에 있는 것처럼 만들 수 있겠는가? 만약 모습을 비슷하게 표현한 것으로 말한다면 오직 기행문이 가장 좋다. 그러나 때때로 늘려서 지나치게 설명을 하여 두꺼운 분량으로 만들다 보니 항간에 떠도는 이야기들이 반복해서 나타나 보는 사람을 더 싫증나도록 만들기도 한다. 오직 그림만은 모습에 약간의 차이가 있지만, 나중에라도 누워서 보며 즐길 수 있다.

강세황은 기행시, 기행문, 기행산수화를 서로 비교하면서 설명을 했다. 그에 따르면 기행시는 천편일률적이며, 산문으로 쓴 기행문이 그래도 낫지만 지루하고 장황한 경우가 많다고 했다. 기행시나 기행문에 비해 산수자연을 그림으로 그린 것은 실제 모습과 흡사하여 누워서 즐기기에 가장 좋다고 했다. 집 안에 누워 상상 속 여행을 떠나기 위해 제작된 그림을 '와유도(臥遊圖)' 또는 '와유첩(臥遊帖)'이라고 한다. 여행이 성행하고 실경산수화가 발달했던 조선 후기에 이르면 와유도의 제작이 매우 활발하게 이루어진다. 그 가운데 화가가 직접 그림을 그리고 그림 속에 자신의 기행문을 적어놓은 두 사례를 살펴본다.

국립중앙박물관에 소장된 정수영의 《해산첩(海山帖)》과 강세황의 《풍악장유첩(楓嶽壯遊帖)》은 작가가 직접 창작한 그림과 산수유기를 함께 모아놓은 것이라는 점에서 의미가 있다. 《해산첩》은 1797년 가을에 친구와 함께 금강산을 여행한 뒤 1799년 봄에 제작했다고 되어 있다. 이 화첩은 그림과 글을 분리했던 종래의 형식에서 벗어나 기행문과 그림을 같은 화면에 배치시키는 새로운 표현을 시도했다. 금강산 여행의 여정과 경관에 대해 쓴 글이 그림과 함께 수록되어 있다는 점이 다른 금강산 화첩과는 구별된다. 그림은 여행 일정에 따라 연속적으로 구성되어 있다.

벼랑에 오르니 헐성루라는 누각이 있었다. 마침내 누각에 올라 바라보기도 전에 눈이 아찔하고 정신이 어질어질하였다. 잠시 후 난간에 의지하여 둘러보니 가섭봉으로부터 남쪽으로 내수점에 이르기까지가 중향성이었다. 옥을 깎아놓은 듯 하늘로 솟아 있는 봉우리들이 희미하게 뾰족 솟아 있었고 성곽의 성가퀴 모양 같았다. 그 안에는 뾰족하게 솟은 수많은 봉우리들이 있었는데, 그것이 만 이천 봉이었다. 모두 흰 색이며, 사방은 푸르고 검은 빛이었다.

정수영이 금강산 화첩 《해산첩》에 자신이 직접 쓴 글이다. 표훈사로부터 정양사에 이르러 중향성을 바라보는 여정을 서술했다. 특히 정양사의 헐성루에서 바라보는 금상산의 모습을 집중적으로 부각시켰다. 조선 후기에 들어와 금강산을 직접 유람하고 그린 실경산수화가 다수 제작되었는데, 겸재 정선의 〈금강전도〉를 비롯해 조선 시대 금강산 그림의 명작 중에는 정양사 헐성루에서 본 경치를 그린 것이 많다. 헐성루에서는 내금강의 47개에 달하는 크고 작은 봉우리들을 한눈에 살펴볼 수 있다. 정수영이 헐성루에서 바라본 경험을 화폭에 담은 그림은《해산첩》에 네 번째로 수록된 그림이다. 지리학자 집안 후손인 정수영은 남다른 관찰력, 독자적인 시각과 경물 배치 방식, 특유의 필법이 특징인 자신만의 금강산 그림을 남겼던 것으로 평가된다.

정수영은 헐성루와 천일대를 여러 차례 오르내리면서 내금강산의 장관을 조망했다. 키 큰 침엽수림이 심어져 있는 천일대에는 연록색 담채가 칠해져 있는데, 산줄기에 가해진 붉은 담채와 대조를 이루면서 시선을 집중시키는 효과가 있다. 정선이 그린 금강산 그림에서는 위에서 내려다보는 시선으로 정양사 헐성루, 천일대, 금강대와 산봉우리들을 그렸고, 이 경물들을 대각선 구도로 배치하여 공간의 깊이를 연출했다. 짜임새 있는 공간 구성이기는 하지만 정선이 실제 본 풍경이라기보다는 선택과 생략을 통해 회화적 변형을 거친 공간을 연출해 낸 것이다. 이에 반해 정수영은 자신이 조망한 모든 것을 화폭에 담으려고 했던 것으로 보인다. 미적 변형과 재구성보다는 개인의 시각 경험을 기록하려는 의도인 셈이다. 그가 직접 그린 그림을 보고 있으면 "눈이 아찔하고 정신이 어질어질하였다"는 산수유기의 표현을 실감할 수 있을 정도이다.

한편 강세황의《풍악장유첩》은 1788년 가을 회양 부사로 부임한 아들을 찾아가 머무를 때에 금강산을 유람하고 그린 그림들과 기행시, 기행문을 함께 수록한 시화첩(詩畵帖)이다. 앞쪽에는 4편의 기행시와 기행문 등이 적혀 있고, 뒤에는 먹으로 담백하게 표현한 금강산 그림 7첩이 수록되어 있다. 모두 14첩으로 구성되어 있는데, 기행문을 따라 그림을 그리는 방식으로 조선 후기인 18세기의 전형적인 기행사경도(紀行寫景圖)의 양식을 잘 보여준다.

- 정우봉

참고 문헌

이종묵, 편역,《누워서 노니는 산수》, 태학사, 2002.

고연희,《조선 후기 산수기행예술 연구》, 일지사, 2001.

김영진,〈조선 후기《와유록》이본 연구〉,《고전문학연구》48, 한국고전문학회, 2015.

이종묵,〈조선 시대 와유 문화 연구〉,《진단학보》98, 진단학회, 2004.

정우봉,〈조선 후기 유기의 글쓰기 및 향유 방식의 변화〉,《한국한문학연구》49, 한국한문학회, 2012.

八
민족적 역사의식의 문학적 변주

유득공과《이십일도회고시》

—

유득공(1748~1807)의 자는 혜보(惠甫) · 혜풍(惠風)이고, 호는 영재(泠齋) · 고운당(古芸堂)이며, 본관은 문화(文化)이다. 1774년(영조 50) 사마시에 합격해 생원이 된 후 뛰어난 자질이 인정되어 1779년(정조 3) 규장각 초대 검서관이 되었다. 그 뒤 포천, 제천, 양근 지역의 군수를 거쳐 만년에 풍천 부사를 지냈다. 그의 집안은 증조부 대부터 서얼이 된 것으로 보이며, 이 때문에 그 역시 청요직(淸要職)에 진출할 수 없었다. 그러나 정조의 문치(文治) 정책에 힘입어 초대 검서관으로 임용된 후 규장각에 소장된 귀중본을 두루 열람하고 당대를 대표하는 학자들과 교유하면서 학적 역량을 높이고 뛰어난 저술을 남기게 된다.

유득공은 31세가 되던 1778년 무렵 오늘날 명동성당 부근인 종현(鐘峴)

에 거처할 때 한백겸의《동국지리지》를 읽고 틈틈이 시를 지었는데, 이를 모아 책으로 엮은 것이《십육국회고시(十六國懷古詩)》로, 초편본《이십일도회고시(二十一都懷古詩)》이다. 이로부터 15년 후인 1792년(정조 16)에 다시 주석을 붙인 재편본《이십일도회고시》가 간행되었다.

《이십일도회고시》는 고조선부터 고려에 이르는 우리나라 역대 왕조의 21개 도읍지를 회고하며 읊은 시 43수와 이에 덧붙인 각 도읍의 연혁과 고사 등을 수록한 책이다.《발해고(渤海攷)》,《사군지(四郡志)》와 함께 역사지리 분야에서 유득공의 대표작으로 꼽힌다. 1790년(정조 14) 유득공이 북경에 갔을 때 예부상서 기윤(紀昀)에게《이십일도회고시》를 선물한 뒤 더 이상 남은 것이 없자, 나빙(羅聘)은 이 책을 기윤에게 빌려 직접 베껴서 간직할 만큼 큰 반향을 일으켰다. 또 1792년 3월 북경에 간 이덕무와 박제가를 통해 청나라 문인 학자들에게 소개되었는데, 당시 명성이 높던 어사 반정균은 "죽지(竹枝)와 궁사(宮詞), 영사(詠史) 등 여러 시체(詩體)의 장점을 겸했기 때문에 반드시 전수해야 할 작품이다."라고 극찬하였다.

유득공은 중화적 질서 속에서 묵수되어 온 역사 관념에서 벗어나 우리 민족 중심의 새로운 역사의식을 견지하고 이를 민족의식으로 정립하였다. 그가 활동하던 당시에는 그저 잠재의식만으로 남게 된 북방 영토 문제를 다시 각성하고 인식시키기 위해서《이십일도회고시》를 읊은 것이다. 여기에는 역사적 사실뿐만 아니라 사화(史話)까지 소재로 하여, 고도(古都)라는 한정된 공간 사적은 물론 왕조에 대한 제반 사실을 다루었다. 유득공 자신이 시인이었기 때문에 역사서와 지리지를 근거로 소새를 선택하고 그에 대한 감회를 시로 읊은 것이 바로《이십일도회고시》이다.

—

《이십일도회고시》의 구성과 내용

—

현재 전하고 있는 《이십일도회고시》는 여러 종류의 판본과 필사본이 존재하지만, 체제와 내용에 따라 크게 두 가지로 구분된다. 유득공은 1778년 《십육국회고시》를 저술한 후 15년이 지나 역사서를 참조하여 다시 주석을 붙여 《이십일도회고시》를 간행했다. 그러니 처음에 저술된 초편본과 후에 주석을 개정하여 최종적으로 완성한 재편본이 있는 것이다. 초편본은 시와 주석으로 구성되어 있는 반면, 재편본은 각 나라마다 개괄적 설명을 붙인 서문이 따로 기재되어 있다. 후대에 널리 보급된 대부분의 간행본과 필사본은 모두 재편본 계열에 속한다.

따라서 재편본을 중심으로 《이십일도회고시》의 구성과 내용을 살펴볼 필요가 있다. 각 편은 나라마다 도읍의 고사와 유래 등 개괄적 설명을 붙인 서문과 본장으로서 시 작품, 그리고 그 시구에 대한 주석으로 구성되어 있다. 단군조선 1수, 기자조선 2수, 위만조선 2수, 한(韓)·예(濊)·맥(貊) 각 1수, 고구려 5수, 보덕(報德) 1수, 비류(沸流) 1수, 백제 4수, 미추홀 1수, 신라 6수, 명주·금관·대가야·감문·우산·탐라·후백제·태봉 각 1수, 고려 9수의 순으로 수록되어 있다. 작품 수는 왕조의 크기와 문화의 흥성함에 비례한다.

항목별로 주요 내용을 살펴보면 다음과 같다.

① 단군조선
서문에서 《동국통감》과 《삼국유사》 등 우리나라의 역사서를 인용하여
단군조선과 도읍지 평양에 관해 소개하고 시 1수를 수록한 후 각 시구

에 대한 주석을 붙였다. 주석 역시《동국여지승람》,《삼국사기》,《동사(東史)》,《동국문헌비고》등 다양한 역사서와 지리지를 참조하여 시구에 대한 내용을 고증하고 객관적 서술을 지향하였다. 시는 단군의 아들 해부루가 중국의 도산(塗山)에 가서 하나라 시조인 우임금에게 조회했다는 고사를 중심으로 그려내었다.

② 기자조선

서문에서《사기》,《한서》,《동국통감》등 중국과 조선의 역사서를 인용하여 시와 관련된 역사적 사실을 기록했다. 이어 관련 시를 수록하고《동국여지승람》과 동월의《조선부(朝鮮賦)》,《동국문헌비고》등을 인용하여 주석을 붙었다. 다시 시 한 수가 수록되어 있고,《평양부지(平壤府志)》의 한 구절을 인용하여 시구에 대한 주석을 부기하였다.

③ 고구려

서문에서《위서(魏書)》와《삼국사기》,《통전(通典)》을 인용하여 고구려 건국 설화에 대해 자세하게 소개했다. 이어 관련된 시 5수가 같은 구성으로 수록되어 있다. 동명왕, 유리왕, 온달, 을지문덕 등 고구려를 건립하고 수성하는 데 공을 세운 위인과 명장 4명에 대한 시를 순차적으로 수록한 뒤 마지막에는 당나라 태종이 고구려를 정벌하러 왔다가 대패한 사실을 기록하였다.

④ 신라

서문에서《북사(北史)》와《삼국사기》,《동국문헌비고》,《동경잡기(東京雜記)》를 인용하여 신라의 성립과 유래, 부족, 국호의 어원, 도읍 등에 대해 소개하였다. 이어 시 한 수를 수록한 뒤 진한 여섯 촌락, 서라벌, 만파식적, 박·석·김 등 세 성씨, 안압지, 송화방(松花房), 금오산, 계림, 김생 등 신라를 대표하는 인물과 사건 및 지명에 대해서 다양한 역사서와 지리지, 개인 문집 등을 참조하여 상세하게 주석을 달았다.

이처럼 서문에서는 각 나라마다 시조의 신화나 건국의 유래 및 연혁 등을 설명한 뒤 도읍의 지리적 설명을 덧붙이고 있다. 《사기》, 《한서》, 《삼국지》, 《당서》, 《위서》 등 중국의 역사서를 먼저 인용하고 이어 《삼국사기》, 《고려사》, 《동국통감》, 《동국문헌비고》, 《동국여지승람》 등 우리나라의 국고(國故) 문헌을 인용하는 일정한 틀을 유지했다. 다음으로 시는 서사시적인 성격을 띠고 있으나, 시인의 정회와 서정성을 강조했다. 그리고 주석은 시에 나오는 인명과 지명 및 사건 등 시어를 뽑아 표제어로 제시한 뒤 역시 역사서와 지리지를 인용하여 자세하게 서술하였다. 서문과 시, 그리고 주석에서 인용된 서적만 42종이며, 특히 역사서와 지리지 등 사실 전달을 위주로 하는 서적을 대거 인용함으로써 서술의 객관성을 담보하고 지향한 사실을 확인할 수 있다.

이상 43수의 시를 유형별로 분류하면 유득공이 《이십일도회고시》를 서술한 의도를 파악할 수 있다. 즉 역사적 사실의 오류에 대한 비판 18수(군주 12수, 신하 2수, 국가 4수), 역사를 읊은 영사(詠史) 10수(상탄(傷嘆) 6수, 설화구성 4수), 역사 의지에 대한 찬양 5수(군주 2수, 명장·영웅 3수), 문화적 자긍 4수, 죽지(竹枝) 3수, 궁사(宮詞) 2수, 기사 오류 수정 1수 등이다.

먼저 역사적 사실의 오류를 비판한 시는 유득공의 선비정신과 역사의식의 소산으로 《이십일도회고시》에서 가장 많은 비중을 차지한다. 군신이 도의에 어긋나거나 분수를 망각하고 절개를 잃는 것을 강한 어조로 비판하였다. 다음으로 역사적 인물과 지명, 사건을 읊은 영사시를 통해 역사의식이 투철한 유득공의 시인적 면모가 선명하게 드러난다. 역사 의지를 찬양한 시는 모두 고구려를 대상으로 한 것이다. 고구려를 가장 진취적인 기상을 지닌 왕조로 파악하고 고구려의 기상을 대표적으로 표상하는 영웅과 명장의 사적을 선택하여 높이 평가하였다. 문화적 자존과 긍지를 읊은 시는 우리 문화를 중국과 견주어 대등한 관계로 수용하여 민족문화에 대한 자긍심을 고취시켰다. 민간의 풍물과 토속을 읊은 '죽지사'와 궁녀들의 노래인 '궁사'는 사실 중심의 서술에 시적 흥미를 배가시킨다. 기사 오류를 수정한 시는 역사가로서의 엄정성을 강조하여 객관적 사실과 고증을 중시하는 실학자로서의 면모가 돋보인다.

민족적 역사의식의 문학적 변주

유득공은 《발해고》와 《사군지》 등 우리나라 역사지리 분야에 매우 중요한 성과를 남겼다. 특히 《이십일도회고시》는 42종에 달하는 국내외의 다양한 역사서와 지리지를 참조하여 서문과 시를 통해 21개국을 상세하게 서술하고 주석을 보충한 것이다. 그의 박학하고 고증적인 학문 성향을 여실히 보여주는 저술이기도 하다.

조선 후기 실학의 집대성자인 정약용은 "우리나라 사람들은 걸핏하면 중국의 일을 인용하는데, 이 또한 비루한 품격이다. 모름지기 《삼국사기》,《고려사》,《국조보감》,《동국여지승람》,《징비록》,《연려실기술》과 기타 우리나라의 문헌들을 취하여 그 사실을 채집하고 그 지방을 고찰해서 시에 넣어 사용한 뒤에라야 세상에 명성을 얻을 수 있고 후세에 남길 만한 작품이 될 것이다. 유득공의 《십육도회고시》《이십일도회고시》의 초편본)는 중국 사람이 판각하여 책으로 발행했으니, 이것을 보면 증험할 수 있다." 라고 하여 《이십일도회고시》를 높이 평가했다. '조선의 시'를 쓰겠다고 선언한 정약용은 《이십일도회고시》를 민족의 주체 의식을 보여준 저술로 인식한 것이다. 우리의 역사를 다루고 우리나라 문헌에 주로 의거하여 각종 고사를 인용했기 때문에 당시 문명의 중심지였던 중국에서도 인정받게 된 것으로 보았다.

弧矢橫行十九年 활로 횡행하던 십구 년 만에
麒麟寶馬去朝天 기린 보마 타고 하늘에 조회했다네
千秋覇氣涼于水 천년의 패기 물처럼 차가워지고
墓裏消沈白玉鞭 무덤 속엔 흰 옥채찍만이 묻혀 있구나

〈고구려〉 조에 수록된 첫 번째 시로, 유득공의 역사 인식의 자세와 역사 의식을 가장 잘 보여주는 작품이다. 3구에서 '천년의 패기'란 주몽 개인의 늠름한 기개에만 그치는 것이 아니라, 이런 기개를 지닌 영웅을 지도자로 삼은 고구려 백성과 왕조의 진취적 의지를 표상한다. 만주 대륙을 점거하여 국토를 확장한 고구려 백성의 저력이요, 끊임없는 외침을 용감하게 물리치고 700년 역사를 누려온 고구려 민족의 정기이다. 유득공은 이런 저력과 의지를 바로 고구려의 역사에서 확인한 것이다. 그리고 국내외 역사서와 지리지를 두루 인용하여 《이십일도회고시》〈고구려〉 조에 서술함으로써 사실의 객관성과 엄정성을 추구하였다.

요컨대 《이십일도회고시》는 유득공의 민족적 역사의식이 죽지와 영사, 궁사 등 여러 시체의 장점을 모두 갖춘 강렬한 시인 의식으로 변주되면서

역사와 문학이 이상적으로 조화를 이룬 만큼 그 가치가 적극적으로 평가
되어야 한다.

– 손혜리

참고 문헌

실시학사 고전문학연구회 역주, 《이십일도회고시》, 푸른역사, 2009.

송준호, 《유득공의 시문학 연구》, 태학사, 1985.

김윤조, 〈회고시의 전통과 《이십일도회고시》〉, 《민족문화》 39, 한국고전번역원, 2012.

이철희, 〈18세기 한중 문학 교류와 유득공의 《이십일도회고시》〉, 《동방한문학》 38, 동방
　　　한문학회, 2009.

제3장

일기와 심회

일기 형식의 글쓰기는 고전문학의 일부분으로 중요한 위치에 있다. 현재 세계기록문화유산이자 왕조 시대 기록물 가운데 가장 장편인 《조선왕조실록》도 따지고 보면 국가 일기에 해당한다. 다만 고전 일기는 지금과 같은 일상의 자기 기록인 일기와는 일정한 차이가 있었다. 이 장 첫머리에 소개된 《왕오천축국전》은 기본적으로 불교 성지를 순례한 순례기이자 여행기이다. 하지만 여정에 따른 날짜별 기록이라는 점에서 일기문학에 해당한다. 이런 글쓰기는 후대에 산수를 유람한 기록물인 유기(遊記)

나 중국 및 일본에 사행한 기록인 사행일기 등과 하나의 궤를 이루게 되었다. 다른 방면으로 전란과 관련한 일기류가 이른바 임병양란 시기에 속출했다. 우리에게 너무나 익숙한 《난중일기》는 이순신의 종군일기에 해당한다. 이에 비해 《간양록》은 전란 통에 일본에 포로로 잡혀갔다가 돌아온 이의 역정을 기록한 저작으로, 일종의 포로일기라고 할 수 있겠다. 또한 《산성일기》는 병자호란의 과정을 고스란히 기록한 호란일기이다.

한편 《한중록》과 《계축일기》는 궁중에서 일어난 정치적 부침을 여성의 눈으로 기록한 궁중일기이다. 무엇보다 여성이 자기의 시선과 목소리로 기록했다는 점이 주목을 끈다. 또한 《양아록》은 고전 일기 중에서는 아주 희귀한 경우인데, 요즈음으로 치면 바로 육아일기에 해당한다. 그것도 조선 전기에 나온 것이니만큼 흥미로운 대상이 아닐 수 없다.

조선 후기 일기문학으로 가장 뚜렷한 결과물은 《흠영》이다. 13년 동안 거의 하루도 빠뜨리지 않고 일상을 기록한 이 저작은 저자의 개인적인 삶과 심회, 주변 인물들의 동향, 당대 사회와 시정, 그리고 경제적인 상황까지 꼼꼼하게 기록했다. 말하자면 요즘의 생활일기와 가장 가까우면서도 문학일기로서의 성격도 갖추고 있다.

다만 《징비록》과 《사변록》은 일기는 아니지만 함께 생각해 볼 수 있을 것 같아 편재했으며, 《산성일기》·《한중록》·《계축일기》는 국문으로 쓰였다는 점에서 이채롭다.

8세기 고승의 서역 순례기

혜초와 《왕오천축국전》

—

《왕오천축국전(往五天竺國傳)》의 저자 혜초는 8세기 신라의 고승이다. 그는 십대 때 중국으로 건너가 불교에 귀의한 이후 평생을 외국에서 보내다 열반에 들었다. 신라가 527년 불교를 공인한 이래 7세기로 접어들면서 여러 고승이 중국행을 감행했다. 이는 당시 중국이 인도와 서역으로부터 전래된 불교가 새롭게 꽃피던 곳이었기 때문이다. 이런 중국 유학을 '서학(西學)'이라고 하는데, 육두품 출신 지식인들의 유학열까지 겹쳐 8세기 신라 사회는 바야흐로 중국으로의 유학 열풍에 휩싸여 있었다. 특히 고승들은 중국행에만 머물지 않고 불교의 성지인 인도와 서역까지 순례함으로써 국제적 교류의 주체가 되었다. 그 전에는 고구려와 백제의 고승들이 중국과 일본 등에서 활약했는데, 특히 일본의 불교 전파에 결정적인 공헌을 한 바 있다. 이처럼 이 시기 고승과 유학생은 당대 대표적인 지식인으로서 아시아 전역에서 활약한 '동아시아인'이었다. 혜초도 이런 분위기 속에서 중국을 거쳐 인도와 서역 지방을 순례하고 돌아와서 다녀온 견문록을 남겼다. 바로 《왕오천축국전》이다.

혜초의 신라에서의 행적은 드러나 있지 않다. 자료에 의하면 719년 무렵 16세의 나이로 당나라에 들어간 것으로 나오는데, 이를 근거로 하면 그는 704년에 태어났음을 알 수 있다. 그가 당나라로 간 동기 역시 불분명하나, 당시의 분위기로 짐작해 보건대 불교의 구법(求法)을 위한 서학이었음이 분명해 보인다. 바닷길로 광동성 광주(광저우)에 도착한 혜초는 그곳에서 인도의 고승 금강지(671~741)를 만나 밀교(密敎)를 접했다. 밀교는 인도 불교의 후대 종파 가운데 하나로, 민간의 미신이나 주술 따위가 일정하게 결합된 약간의 신비주의적 색채를 띠고 있었다. 이런 밀교는 민간 생활과 더 밀접한 유대를 맺고 있어서 7세기 이후 당나라는 물론 신라에까지 그 영향이 적지 않았다. 일종의 민간적 불교라고 보면 된다. 여기에 매료된 혜초는 금강지의 권유로 723년 광주를 떠나 스승이 건너온 바닷길을 거꾸로 잡고 인도로 향했다. 지금의 남지나해를 경유하여 인도에 도착, 약 4년 동안 인도와 서역의 여러 나라를 순례하고 727년에 당나라 수도인 장안에 도착했다. 이후 장안에서 금강지의 제자였던 불공 선사를 모시고 평생 수도하다가 입적했다. 이처럼 혜초는 10대에 신라를 떠나 30세 무렵에 인도로의 구법 순례를 했고, 이후 80여 세에 입적할 때까지 약 50년 동안 당나라에서 밀교 연구와 전승에 전념했다. 중국 불교사에서조차 혜초는 중국 밀교 전통의 유력한 인물로 적시하고 있는 만큼, 그의 삶은 국내보다는 해외에서 빛을 발했다.

그간 남긴 《왕오천축국전》은 한참 동안 국내에서는 그 존재 자체가 알려지지 않은 상태였다. 그러다가 1908년 중국의 돈황(敦煌) 천불동(千佛洞), 즉 돈황석굴에서 프랑스 학자인 폴 펠리오(Paul Pelliot, 1878~1945)에 의해 발견되어 처음 그 존재가 알려지게 되었다. 이곳 돈황은 실크로드의 관문으로 잘 알려져 있다. 그리고 그곳 석굴은 엄청난 양의 불교 관련 자료가 소장되어 있어서 불교학의 보고였다. 《왕오천축국전》은 발견 당시 두루마리 필사본으로 앞부분과 뒷부분, 그리고 위쪽과 아래쪽 일부분이 떨어져 나간 상태였다. 따라서 지금 전해지는 본은 총 227행 5893자 정도 (결락자를 합치면 6300여 자가 될 것으로 판단됨)가 판독이 가능한 불완전한 형태이다. 실제 8세기 후반 기록에 "《왕오천축국전》은 3권이다."라는 언급이 있는 것으로 보아, 현존본은 원본이 아니라 원본의 내용을 요약한 요약본일 가능성이 높다. 그러니 원본이 남아 있었다면 훨씬 다채로운 내용을 확인할 수 있었을 것이란 점에서 아쉬움이 있다.

'다섯 천축국을 다녀옴'이란 뜻의 《왕오천축국전》에서 천축(天竺)은 중국인들이 고대 인도를 범칭하는 한자어이다. 어원은 인도의 인더스강에서 나왔다고 한다. 당시 인도가 다섯 나라, 즉 중인도와 동서남북 다섯 나라로 나뉘어져 있어서 '오천축'이라 한 것이다. 그런데 실제 혜초는 이 순례에서 오천축뿐만 아니라 서북쪽으로 페르시아까지 갔다가 다시 중앙아시아의 몇몇 나라를 거쳐 파미르고원을 넘어, 돈황을 거쳐 장안으로 돌아왔다. 그 순례 코스 자체가 우선 경이롭다.

—

《왕오천축국전》의 구성 및 내용

—

혜초가 처음 인도에 도착한 곳은 현존본의 첫 부분 결락으로 확정하기는 어렵지만, 대개 인도의 동편 해안이었을 것으로 추정된다. 현존본의 가장 앞부분에 나온 지명은 '바이샬리(Vaisali)'로, 이곳은 동천축에 해당하며 불교 성지 가운데 하나였다. 혜초는 이후 동천축의 몇 나라를 더 경유하여 중천축에 도착, 그곳 사찰과 불탑을 참배하고 나서 풍속 등을 기술했다. 그리고 행로를 남쪽으로 돌려 남천축으로 내려왔다가 다시 서천축을 지나 북천축으로 북진했다. 순례는 여기서 끝나지 않고 서북쪽으로 페르시아 일부 지역까지 들어갔다가 다시 티베트로 돌아온다. 여기까지의 여정이 이 책의 내용이다. 다시 말해 '동천축 → 중천축 → 남천축 → 서천축 → 북천축 → 서역 → 티베트'가 혜초의 여정이자 기록의 대상이었다.

대체적인 기록의 내용은 여정을 따라 출발지에서 목적지로 가는 방향과 소요 시간, 그리고 그곳 왕성(王城)의 위치와 규모, 기후와 지형, 특산물과 음식, 풍습, 그리고 불교의 성행 정도 등으로 이루어져 있다. 그리고 기록의 정도는 비교적 간명한 편인데, 3권짜리 원본이었다면 좀 더 입체적인 기술이지 않았을까 싶다. 한편 전체 내용 가운데 가장 무게를 둔 부분은 불교와 풍속에 관련한 것들이다. 승려였던 혜초로서는 무엇보다 각 지역의 불교에 대한 상황을 파악하는 것이 중요했을 법하다. 그래서 부처가 열반한 곳을 찾아 보리심을 느끼고, 사찰과 절탑 등을 참배하고는 감회에 젖기도 한다. 또한 특정 지역의 불교 고사 등을 소개하면서 불교 성지로서의 오천축의 이미지를 구현하는 데 공을 들이고 있다.

그렇지만 혜초가 순례하던 이 시기 인도는 더 이상 불교 국가라고 할 수 없을 만큼 다양한 종교가 발생하거나 유입되어, 일종의 종교 각축장 같은 상황이었다. 전통적인 힌두교는 물론 서역으로부터 이슬람교가 들어와 그 영역을 넓히고 있었다. 실제로 남천축이나 서천축 등은 힌두교와 이슬람교의 영향으로 불교의 자취는 흔적으로만 남아 있는 현실을 혜초는 직접 목도한다. 서천축에서는 "땅이 매우 넓어서 서쪽으로는 서해에 이른다. 이 나라 사람들은 노래를 대단히 잘 부르는데, 여타 사천축국은 이 나라만큼 못한다."라고 하면서, 이 지역이 노래를 잘하는 것으로 특화한 가운데 "지금은 대식(大寔, 아랍)의 침입으로 나라의 절반이 파괴되었다."라며 당시의 상황을 보도하듯 전해준다. 이 책의 곳곳에서 "이제 이 절은 황폐해지고 승려는 없다."라며 아쉬워하는 언급이 적지 않은데, 이 또한 당시 인도 불교의 현실이었다. 그럼에도 부처가 처음 설법을 했다고 하는 중천축의 녹야원 영탑(靈塔)을 보고는, "여덟 탑을 친견하기란 실로 어려운데 / 오랜 세월을 겪어 어지럽게 타버렸으니 / 어찌 뵈려는 소원 이루어지겠는가마는 / 바로 이 아침 내 눈으로 직접 보았노라."라며 직접 본 감격을 시로 남기고 있다. 성지순례의 오롯한 흔적이자 감흥이다.

다음으로 주목되는 점이 이곳 풍속을 소개한 부분이다. 각 지역마다 그곳의 기후와 인정, 생활문화 등을 소개하고 있다. 그리고 작품 중간 부분에서는 '오천축의 풍속'을 집약하여 소개했다. 여기에는 국법, 기후, 음식, 세금, 소송, 가옥, 토산물, 시장 등 매우 다양한 인도의 사회와 생활 및 제도 등이 총망라되어 있다. 우선 의복, 언어, 법률 등은 오천축국이 서로 비슷하다고 전제한 다음, 법은 너그러워 목에 칼을 씌우거나 매질하거나 투옥하는 일이 없으며 더더욱 사형을 내리는 경우는 없다고 한다. 날씨는 매우 따뜻해서 사시사철 풀이 푸르고 서리나 눈은 내리지 않으며, 쌀과 미숫가루, 빵과 치즈 등이 주식이며, 우리처럼 간장 따위는 없고 소금은 있다고 알려준다. 또한 백성들에게 특별한 부역이나 세금은 없으며, 왕은 수령과 백성들이 모인 곳에서 일종의 난상토론을 통해 정책을 펼치고 있는 부분도 주목한다. 가옥은 3층 구조이며, 토산물은 모직물과 코끼리, 말 따위이며, 금과 은은 나지 않아 외국에서 들여오는 것으로 보았다. 무엇보다 이곳 사람들은 살생을 좋아하지 않는다는 점을 특기하고 있다. 인도 사회가 선량한 공동체적 삶의 공간으로 받아들여졌던 것이다. 결국 이런 오천축의 생활과 풍속은 기본적으로 자비와 불살생이라는 불가의 교리가 행해지는 불국토의 공간으로 이해하게 해준다. 이는 앞의 불교 관련 기록과 결합하면서 혜초의 순례 목적에 적절하게 부합하는 지점이기도 하다.

이처럼 혜초는 근 4년 동안의 인도 여행에서 불교의 구도자이자 지역의 여행자로서의 면모를 유감없이 보여준다. 그런 가운데 고달픈 여정에 따른 향수는 어쩔 수 없었던 모양이다. 남천축국의 여행길에서 향수병에 걸린 시인인 양 오언시를 읊는다.

月夜瞻鄕路　달 밝은 밤에 고향 길 바라보니
浮雲颯颯歸　뜬구름은 너울너울 돌아가네
緘書參去便　그 편에 감히 편지 한 장 부쳐보지만
風急不聽廻　바람이 거세어 화답이 안 들리는구나
我國天岸北　내 나라는 하늘가 북쪽에 있고
他邦地角西　남의 나라는 땅끝 서쪽에 있네
日南無有雁　일남(日南)에는 기러기마저 없으니
誰爲向林飛　누가 소식 전하러 계림(鷄林)으로 날아가리

사실 이 시편 때문에 이 저작의 주체가 혜초라는 사실이 확정되기도 했다. 마지막 구의 '계림'이 이를 증명하기 때문이다. 혜초는 인도의 남쪽을 다니던 중 문득 고국과 고향을 그리워하는 마음을 드러낸 것이다. 달 밝은 밤에 고향 길을 바라보며 아득한 상념에 잠기는데, '뜬구름', '편지', '하늘가', '땅끝', '기러기', '계림'으로 이어지는 향수 소재들이 어느덧 구도자가 아닌 고향 떠나온 시인으로 만들어버렸다. 이처럼 혜초는 이 책에서 시인으로서의 면모도 유감없이 발휘하고 있다. 이런 면모는 《왕오천축국전》이 단순한 순례기가 아니라 여행기로서의 면모도 뚜렷하다는 점을 보여준다.

여행기로서의 면모와 의의

《왕오천축국전》은 앞에서 언급했듯이 불교의 성지순례 차원에서 이루어진 결과물이다. 신라 고승들 가운데 서역으로 구법 순례를 떠난 사람은 사실 혜초 이전에도 있었다. 《삼국유사》에는 이미 7세기부터 중국을 거쳐 천축국으로 구법을 떠난 고승들(아리나·발마·혜업·현태 등)이 소개되어 있다. 하지만 이들의 구법 순례의 구체적인 면모는 현재로서는 확인할 수 없다. 혜초가 기록을 남김으로써 비로소 그 현장이 드러나게 된 것이다. 물론 이에 앞서 중국 고승의 서역 순례에 관한 자료는 있었다. 《서유기》에 나오는 삼장법사의 실제 인물인 현장(玄奬)이 인도와 중앙아시아를 다녀와 남긴 《대당서역기(大唐西域記)》(646)가 그것이다. 중국 소설의 명편인 《서유기》가 바로 현장의 서역 순례를 배경으로 하고 있다는 점은 잘 알려진 사실이다. 또 7세기 말에는 구법을 위해 서역을 다녀온 고승들을 입전한 《대당서역구법고승전(大唐西域求法高僧傳)》(691)이라는 책도 나왔다. 8세기 혜초의 《왕오천축국전》은 이런 구법의 전통에 기인한 것이지만, 단순한 구법기가 아닌 여행기로서의 면모도 강하다는 점에서 중국쪽 자료들과는 구별된다. 그러므로 이 저작은 이 시기 문명 교류의 훌륭한 사례로 우선 주목할 만하다. 더구나 우리의 경우 이때까지 이러한 개인 저작집이 나온 사례가 없었다는 점에서 가장 초창기 개인 저작집이라 할 수 있다.

한편 9세기 일본의 고승 엔닌(794~864)은 중국을 순례하고《입당구법순례행기(入唐求法巡禮行記)》라는 저작을 남겼다. 이로써 중국과 한국, 일본의 고승들은 저마다의 구법을 위해 순례와 고행을 마다하지 않았고, 이를 자료로 남겼음을 알 수 있다. 7~9세기 이런 동아시아의 구법열(求法熱)과 한중일 삼국 고승들의 활동 반경을 짐작하면서《왕오천축국전》을 보면 그 의미는 더 각별하다. 그 중에서도 여행기로서의 면모를 더 주목할 필요가 있다. 가는 지역마다 그 지역의 풍속을 놓치지 않고 기록했을 뿐만 아니라, 해당 지역에서의 주요 답사 대상이 명시되면서 그에 따른 감상까지 오롯이 묻어난다. 또한 비록 현존본이 원본의 축약본이라는 점, 그런 이유로 문체가 평면적이라는 논란과 함께 부분적인 오류가 발견되지만, 다른 견문록에서 볼 수 없는 한시를 결합한 새로운 형식을 창출했다는 점은 초기 문학사의 한 획을 긋기에 충분하다.

《왕오천축국전》의 이런 서정적인 면모는 후대의 산수유기(山水遊記)와 흡사한 형태를 보여준다. 고려 시대부터 본격적으로 등장한 산수유기는 주로 산을 유람하면서 느끼는 흥취를 중간중간 한시를 접목시켜 여행자의 감상을 풀어내는 장르이다.《왕오천축국전》의 형태와 비슷하다. 따라서 이 책은 후대 여행기의 모태가 될 만하다. 특히 앞에서 거론한 시편 외에 인도에서 수행하다 열반에 든 중국 승려를 애도하는 시의 경우 〈찬기파랑가〉나 〈모죽지랑가〉처럼 7~8세기 승려의 향가 작품과 그 분위기와 애상이 같은 울림이다.

결과적으로《왕오천축국전》은 우리나라에 현존하는 가장 오래된 개인

저작물이며, 동아시아 문명 교류사에서 선구자적인 작품이면서 동시에
역사서이자 진귀한 문학서로 손색이 없다.

– 정환국

참고 문헌

정수일 역주, 《혜초의 왕오천축국전》, 학고재, 2008.
고병익, 〈혜초의 왕오천축국전〉, 《한국의 명저》, 현암사, 1969.
신은경, 〈《왕오천축국전》에 대한 비교문학적 연구〉, 《한국언어문학》 66, 한국언어문학
　　회, 2008.

二

할아버지의 육아 일기

《양아록》, 할아버지의 육아 시편

—

《양아록(養兒錄)》은 묵재(默齋) 이문건(1494~1567)이 그의 손자 이수봉 (1551~1594)을 기른 경험을 기록해 엮은 단행본 시문집이다. 공간(公刊)되지 않은 채 후손가에 전해오던 이 필사본 문집은 한문학자 이상주 박사의 노력으로 1996년에 학계에 소개되었고, 이후 역주·영인본까지 출간되어 독자 일반에 알려졌다. 육아라는 보편적 문제에 대한 관심과 은퇴한 조부모가 손자 양육을 전담하는 일이 일반화된 근래의 사회적 분위기가 맞물리면서 이 책은 '할아버지의 육아 일기'라는 각도에서 대중적 조명을 받기도 했다.

엄밀히 말해 이 책은 일기라기보다는 시집에 가깝다. 수록된 글 41편 가운데 37편이 시로서, 손자의 성장 과정 및 그와 관련한 저자의 소회를 명확히 드러내는 제목이 저마다 붙어 있다. 나머지 4편의 글은 가문의 존속과 자손의 건강 등을 축원하는 실용적 산문으로서 뚜렷한 목적의식을 지닌다.

저자는 손자가 태어나기 훨씬 전인 1535년부터 몰년까지 꾸준히 쓴 생활 일기인《묵재일기(默齋日記)》를 남겼거니와, 오히려 이 가운데 육아 일기에 해당되는 내용이 지속적으로 나타나고 있다. 이에 비하면《양아록》은 일기보다는 정제된 형태로 육아와 관련된 경험을 기록해 엮은 단일 주제의 저술이라 하겠다. 실의와 울분에 찬 김시습(1435~1493)의 청년 시절이 고스란히 담긴 기행시집《사유록(四遊錄)》이라든가, 유난히 매화를 사랑했던 이황의 매화시 모음인《매화시첩(梅花詩帖)》등 단일 주제로 엮은 다른 시집의 예를 참조한다면, 유독 손자의 양육을 소재로 시문집을 엮은 저자의 생애에서《양아록》이 갖는 고유한 의미라든가 작가 이문건의 특별한 개성을 가늠할 수 있을 것이다.

이 책의 첫머리에 수록된 서문만 보아도 손자의 탄생이 이문건의 삶에서 얼마나 기쁘고 중요한 사건이었는지 쉽게 짐작할 수 있다. 기실 이 서문은 손자가 태어난 지 여덟 달째 되던 1551년 8월 하순에 쓴 것으로, 수록된 작품 가운데는 손자가 태어난 날부터 기어 다니게 된 날까지 쓴 6편의 자작시 및 지인이 써 준 축시 2편 등에만 해당되며, 책 전체에 대한 것은 아니다. 그렇지만 이문건은 이 글에서 아내도 벗도 없이 귀양살이를 하는 하릴없는 노인에게 손자의 탄생이 얼마나 큰 기쁨이 되었는지 고백하며 훗날 손자가 여기 수록된 시편(詩篇)으로부터 할아버지의 간절한 사랑을 읽을 수 있기를 희망했는데, 그의 이런 미음은《양아록》전편에 변함없이 흐르는 것이기도 하다.

―

《양아록》에 그려진 손자와 할아버지의 삶

―

이문건의 유일한 손자 이수봉은 1551년 음력 1월 5일 이온(1518~1557)과 김종금(1526~1591)의 장남으로 태어났다. 어렸을 때는 누나 숙희(1547년생), 여동생 숙녀(1555년생)와 같은 돌림자를 써서 숙길(淑吉)이라 불리었다.

숙길의 할아버지 이문건은 본디 서울에서 태어나 자라고 벼슬살이를 하던 중앙의 관료였다. 그런데 뜻하지 않게 중년에 기묘사화와 을사사화에 연루되어 부침을 겪고, 노년에 이르러서는 경상도 성주 땅에서 귀양살이를 하던 터였다. 그는 쓸쓸한 적거(謫居)에서 귀한 아기의 탄생을 보고 "오늘 저 갓난아기를 기쁘게 보나니 / 늘그막엔 다 자란 소년의 모습 보게 되리라"라며 늠름하게 잘 자란 손자의 모습을 상상하고 기대했다.

이후 할아버지는 손자가 열일곱 살의 씩씩한 소년이 될 때까지 곁에서 보살펴주며 그의 인생에 누구보다 깊은 영향을 미쳤다. 처음 손자의 아명을 지어준 이도, 열네 살이 된 숙길을 어른스러운 이름인 수봉(守封)이라 고쳐 부르기 시작한 이도 다름 아닌 할아버지였다.

손자가 첫돌을 맞을 때까지 쓴 시편 중에는 오늘날 부모 된 이들의 공감을 살 만한 보편적인 육아 경험이 많이 보인다. 부모가 되고 나면 이제껏 안전하다고 여기던 세계를 불안과 근심의 눈으로 다시 보게 되는데, 이는 연약하고 무력한 아기의 몸과 마음이 되어 세계에 반응하기 때문일 것이다. 이문건은 비록 부모는 아니었지만, 가장 가까운 거리에서 손자를 기르면서 아기를 공격하는 사소한 위험에도 아주 민감한 반응을 보이고 그것을 시로 표현했다. 이를테면 유독 보드라운 아기의 살이 물 것에 물려 빨갛게 부어오르는 것을 보고 몹시 답답해하며 '차라리 내가 물렸으면' 하고 바라는 그의 모습은, 아기를 물어대는 모기를 보고 맹렬한 살의(殺意)를 느낀 경험이 있을 요즈음의 평범한 부모와 크게 다르지 않다.

숙길은 4개월째에 고개를 가누며 제법 잘 안겨 있게 되었고, 6개월째에 스스로 앉을 수 있게 되었으며, 7개월째에 귀여운 아랫니가 두 개 남과 동시에 차츰 기어 다닐 수 있게 되었고, 9개월째에 윗니가 나서 밥을 씹을 수 있게 되었으며, 11개월째에는 스스로 오금을 펴고 일어설 수 있게 되었다. 아기는 12개월이 되어 드디어 걸음마를 시작하게 되었는데, 넘어질까 겁내면서도 조그만 두 팔을 반짝 쳐들고 할아버지를 향해 웃으며 아장아장 걸어오는 손자를 답삭 안았던 순간의 감동을 이문건은 "등을 쓸어주고 또 볼도 부비고 / 꼭 껴안고 어르면서 '우리 숙길이!' 외쳐 불렀네"라며 평범하고도 절실하게 그려냈다. 누구든 거쳐가는 당연하고 심상한 성장의 과정이 그 곁에 있는 양육자에게는 무엇보다 기쁘고 특별한 선물이 되어준다는 점을 이문건의 소박한 시편들은 잘 말해주고 있다.

데리고 잘 때면 가슴으로 파고들며 잠들어서도 살갗을 꼭 붙이고 있으려 하고, 잠 깨어선 "할아버지!" 하고 언제나 부르며 아무런 두려움도 의심도 없이 자신에게 다가오는 여섯 살 손자의 순수한 애정을 이문건은 뭉클하게 느꼈다. 손자 역시 자신을 가장 사랑하는 이가 누구인지 잘 알아, 저물도록 할아버지가 귀가하지 않으면 시무룩하여 잠도 자지 않고 기다리다 뛸 듯이 기뻐하며 맞이하곤 했고, 아플 때 유독 할아버지를 찾아 죽을 먹여 달라 하고 똥을 뉘어 달라 하며 어리광을 부렸다. 이처럼 이 조손 간은 서로 사랑하고 의지하는 관계였던 것이다.

하지만 "커가는 손자를 보는 게 기뻐 / 내 자신 노쇠함을 잊게 되네"라며 손자를 흐뭇이 지켜보던 이문건의 시선에는 시간이 갈수록 근심이 깃

들게 된다. 아이는 스스로 걸을 수 있게 되면서 자연스레 좁은 방을 벗어나 툭 트인 세상으로 향한다. 질병과 사고로 점철된 험악한 이 세상은 아이가 자라기에 충분히 안전한 곳이 못 되므로, 아이를 키우는 사람은 언제나 그 문제에 대해 마음을 놓을 수가 없다. 또한 건강하게 잘 있다는 것만으로 기쁨이었던 젖먹이 단계가 재빨리 지나고 나면 부모는 어떤 식으로든 자신의 기대를 아이에게 투영하게 마련이고, 그것이 간혹 아이와 부모 모두에게 무거운 짐으로 작용하기도 한다.

이문건의 경우 손자를 사랑한 만큼이나 그에 대해 근심하고 기대하는 마음이 컸기에, 손자가 돌이 지난 후부터 열여섯 소년이 될 때까지 쓴 글 중에는 아이 때문에 행복했던 것보다는 걱정하고 괴로워했던 흔적이 압도적으로 많다. 게다가 어릴 때 앓은 열병의 후유증으로 숙길의 아버지가 양육자로서 제구실을 못하고 있었으므로 직접적인 양육의 책임은 처음부터 할아버지에게 돌아왔으며, 이 가엾은 아들이 고작 일곱 살 된 핏줄을 남겨두고 세상을 떠난 이래 손자의 양육은 온전히 할아버지의 책임이 되었던 것이다.

이에 이문건의 시편들 중에는 유독 아이가 병들거나 다쳐서 아파했던 것을 근심하고 함께 아파한 경험이 두드러진다. 숙길은 세 돌을 지나고 얼마 있지 않아 학질을 앓았는데, 싸늘하게 추웠다 열이 올랐다 하는 증세 때문에 엄마 무릎을 떠나지 못하고 아파하면서 자꾸만 물과 먹을 것을 찾았다. 고기나 과일처럼 원래 좋아하던 음식을 누가 먹고 있는 것을 보면 먹지도 못하면서 자꾸만 달라고 보채고 성을 내며 울어댔다. 이런 애처로운 정상(情狀)을 보고 이문건은 어찌지 못하고 목이 메어 울음을 삼키며 "아기야, 나중에 네 아기를 키우고 나면 / 이런 내 마음 모두 알겠지" 하고 중얼거렸다. 다섯 살 때엔 더위를 먹어 열이 펄펄 끓고 아무것도 먹지 못해 토실하던 궁둥이가 홀쭉해진 적도 있거니와, 혼자 나가 놀다가 자귀에 엄지손톱이 찢겨 고생했고, 또 얼마 있지 않아 뛰어다니다 넘어져 이마에 큰 상처를 입고 눈두덩과 광대뼈에까지 검붉은 피멍이 들기도 했다. 이 외에도 숙길은 여섯 살 되던 해에 마마(천연두)를 앓았는데, 이문건은 아픈 조짐이 나타나고 열꽃이 피고 딱지가 앉아 무사히 병을 치르기까지의 과정을 장편의 시를 통해 구체적으로 기록했으며, 그 후 아홉 살 때 노루고기를 먹고 탈이 난 것, 개고기를 먹고 열이 난 것, 귓병이 나 진물이 흐르고 종기로 악화된 것, 열 살 때 홍역을 앓은 것, 열세 살 때 술을 마시고 술병이 난 것까지 꼼꼼하게 시로 남겼다. 이러한 시편들을 보면, 아픈 손가락을 감추려는 손자를 간신히 구슬려 상처를 점검하면서 "몸이 떨려서 자세히 보기 어렵다"라고 소스라치고 "위험이 없는 날이 없으니 / 무슨 수로 안전하게 지켜주나"라고 탄식하는 할아버지의 근심스러운 마음이 손에 잡힐 듯하다. 그뿐 아니라 일반적으로 그러하듯 아프고 난 뒤 버릇이 나빠진 아이가 밥 먹기 싫어서 꾀를 부리는 모습까지도 "밥을 보면 꾸벅꾸벅 졸면서 / 하품하고 기지개 켜며 끝내 먹기 싫다 하고 / 때론 오락가락 뛰어다니고 / 때론 자꾸만 변소에 간다 핑계를 대며 / 여종이 따라다니며 떠 먹여도 / 씹지는 않고 물고만 있네"라고 걱정스레 그려내고 있는데, 요즘 부모들의 공감을 사기에 충분한 이런 묘사를 통해 이문건이 대단히 밀착하여 손자를 양육하고 있었음을 알 수 있기도 하다.

한편 말도 잘 하지 못하면서 책을 들어 읽는 시늉을 하고 돌잡이 때 붓과 먹을 처음으로 잡았던 숙길을 두고 이문건은 훗날 문장을 업으로 삼으려는가 하는 기대를 은근히 품고 흐뭇해한다. 그런데 막상 때가 되어 글을 가르쳐보았더니 손자는 그런 기대에 미치지 못했다. 아직 여섯 살인

손자는 혀가 짧아 소리 내어 읽는 것도 잘 되지 않고, 주의가 산만한 편이라 집중을 잘 못하고 배운 걸 잘 까먹는 편이었다. 그 전까지만 해도 손자의 평범함이 더할 나위 없는 기쁨이었는데 이제는 손자가 영특한 아이가 못 된다는 생각이 자꾸만 이문건을 괴롭혔다.

그는 품성이나 재능에서 자신의 기대에 미치지 못하는 손자를 비교적 엄하게 다룬 편이었다. 일곱 살 된 숙길이 어디서 나쁜 말을 배워 와 실없이 지껄이자 할머니가 하지 말라고 꾸짖었는데 아이는 반성하지 않고 버릇없게 굴며 되레 부아를 냈다. 이문건은 이에 손자의 종아리를 때렸다. 생전 처음으로 할아버지에게 매를 맞고 놀라서 발걸음도 옮기지 못하는 아이를 보고 이문건 역시 충격을 받아, 고작 한 대 때리고는 눈물 흘리며 회초리를 놓치고 말았다. 그는 손자를 그저 중간 정도의 천품을 타고난 아이라고 판단했고, 그런 아이를 두고 너무 성급한 기대를 하는 스스로를 반성하며 "자상하게 천천히 타일러야 마땅하지 / 조급하게 다그쳐 무슨 소용이리"라며 뉘우치기도 했다.

그럼에도 손자를 체벌한 기록이 거듭 나타나는 것을 보면 그는 이 다짐을 지키기 어려웠던 것 같다. 아홉 살 난 손자가 나가 노는 데 정신이 팔려 몇 번을 불러도 들어오지 않자, 그는 아이를 억지로 데리고 들어와 뒤통수와 궁둥이를 손으로 몇 차례 때렸다. 열 살 때는 단오를 즈음하여 공부는 않고 계속 그네만 탄다고 하여 그넷줄을 끊어버리고 회초리로 십여 대를 때리기도 했지만, 매를 맞고 엎드려 우는 아이를 보고는 할아버지 역시 울고 싶은 심정이었다. 열세 살 된 손자가 술에 취했을 때는 손녀와 아내를 시켜 각각 열 대씩 때리게 하고 자신은 스무 대를 때려 "울화를 풀고자" 했다.

유감스럽게도 《양아록》의 마지막 기록 역시 감정적으로 손자를 체벌한 내용이다. 1566년 4월 4일 저녁, 이미 열여섯 살의 소년이 된 숙길*은 할아버지께 글을 배우다 통상적인 견해와는 다른 자기류(自己流)의 해석을 내세웠다. 가르침을 받아들이지 않고 문법에 맞지 않는 뜻풀이를 고집하는 손자의 태도에 화가 치민 이문건은 책을 덮어버렸고, 이튿날인 5일 아침에 말을 때릴 때 쓰는 회초리로 궁둥이를 30대 때렸다. 사춘기 청소년과 그 주된 양육자인 할아버지 사이에 벌어진 이 대립의 상황은 며칠간 지속되어 10일 밤에는 공부를 하지 않아 꾸짖는데 아무 반응이 없자 극도로 화가 나서 대나무 회초리로 등과 궁둥이를 때렸고, 19일에도 공부를 하라고 독려하는데 말을 듣지 않자 또 화가 나서 지팡이로 궁둥이를 무수히 때렸다. 이때 숙길이 차고 있던 패도(佩刀)가 지팡이에 맞아 부러지기까지 한 것을 보면 이 일련의 매질은 훈육을 목적으로 한 것이라기보다는 자신에게 복종하지 않는 손자에 대한 분노의 구타로 볼 여지가 없지 않다.

이문건은 손자의 성격이 유순하고 온화하지 못하다는 점에 대해 여러 차례 언급했다. 손자는 일마다 성급하게 화를 내고, 무언가 자신의 요구가 충족되지 않거나 누군가 조롱하고 모욕하는 듯한 말을 하면 눈을 부릅뜨고 욕설을 해대고 주먹이 먼저 나가는 편이었다. 그는 손자의 이러한 성격적 결함이 작게는 스스로를 욕되게 하고 크게는 가문을 기울게 할 것이라며 언제나 두려워하는 마음을 품고 있었기에, 손자가 유순히 굴지 않고 반항하며 어른의 말을 듣지 않으려는 징후를 보일 때에 유독 흥분하여 체벌을 가했던 것으로 보인다.

이 조손간이 신뢰와 사랑으로 끈끈하게 이어져 있고 손자를 보는 이문

• 이문건은 손자가 열네 살 되던 1564년 10월 11일에 그의 이름을 '수봉'이라고 바꾸어주었다. 그러나 그 이후에도 습관적으로 그를 '숙길'이라 불렀던 듯하다.

건의 시선에 넘치는 애정이 서려 있다는 점은 누구도 부인할 수 없는 바이지만, 어떤 경우 이문건은 냉정을 잃고 손자를 때렸고 그 스스로도 그것이 사랑의 매로 정당화될 수 없다는 점을 뼈아프게 인식하곤 했다. 그는 자신만의 견해를 고집하는 손자를 여러 차례 매질하고 난 후 "어릴 적에는 한결같이 아끼고 어여삐 여겨 손가락 하나도 대지 못했는데, 이제 글을 가르치게 되어서는 어째서 하나같이 성급히 화를 내며 이토록 자애롭지 못하게 군단 말인가? 이 할애비의 난폭함은 참으로 조심해야 한다." 라며 일찍이 손자의 단점으로 언급했던 난폭함이라든가 성급하게 화를 내는 성향을 자신에게도 해당되는 결함으로 돌리고 있다. "할애비와 손자가 똑같이 잘못을 저지르는 일이 그칠 때가 없으니 필시 할애비가 죽고 나서야 그치게 되리라."라며 눈물을 흘리는 이문건의 모습에서, 나쁜 점까지 자신을 닮은 손자를 기르는 간난신고와 그런 단점을 고쳐줄 시간이 얼마 남지 않은 노년의 자신을 돌아보는 회한이 절절히 배어난다.

翁老眞心冀一孫　늙은 할애비가 진심으로 손자에게 바라는 건
學成終始立家門　시종일관 공부 이루어 가문을 세우는 일
(중략)
奈復或時辭至慢　어째서 오만한 말을 자꾸 하느냐
誰將逐日習能溫　이제 누가 날마다 익히도록 거듭 가르쳐주랴
兒如悔得前非改　아이야, 과거의 잘못을 뉘우쳐 고친다면
無慊人倫報我恩　내 은혜 갚고 인륜에 유감없이 되리라

열여섯 살의 손자에게 바라는 바를 마지막 시로 남긴 이문건은 이듬해인 1567년 2월 16일 74세를 일기로 생을 마쳤다. 그 후 이문건의 가족은

그의 처가가 있는 충청도 괴산으로 이주했다. 할아버지 생전에 '수봉'으로 이름을 바꾼 숙길은 이후 '원배(元培)'로 다시 개명했으며, 괴산군 문광면 전법리에 살다 1594년에 세상을 떠났다. 14세 때 쓴 시에서 "자식의 맘 어찌 감히 어버이에 미칠 쏜가 / 어버이 생각하며 효도하려는 그 마음 다함 없거늘"이라며 할아버지의 마음을 이해하고자 했던 소년 숙길은, 평범하지만 책임감 있는 어른으로 자라나 임진왜란 때에는 괴산에 쳐들어온 왜구를 막기 위해 의병 활동을 도모했으며, 이후 그 공로를 치하하려는 논의가 진행되자 당연한 일을 한 것이라며 굳이 사양했다.

- 김하라

참고 문헌

이상주 역주, 《양아록 - 16세기 한 사대부의 체험적 육아일기》, 태학사, 1997.
김용철, 《《묵재일기》 속의 여비(女婢)》, 《한국고전여성문학연구》 20, 2010.
이상주, 〈이문건의 《양아록》〉, 《한국한문학연구》 19, 1996.
정시열, 〈묵재 이문건의 《양아록》에 나타난 조손 갈등에 대한 일고(一考)〉, 《동양고전연구》 50, 2013.

三
진중 체험 기록과 신변 고백의 일기

이순신과《난중일기》의 형성
—

이순신과 같은 마을에 살았던 유성룡은《징비록(懲毖錄)》에서 "순신은 어린 시절 얼굴 모양이 뛰어나고 기풍이 있었으며 남에게 구속을 받으려 하지 않았다. 다른 아이들과 모여 놀라치면 나무를 깎아 화살을 만들고 그것을 가지고 동리에서 전쟁놀이를 했으며, 자기 뜻에 맞지 않는 자가 있으면 그 눈을 쏘려고 하여 어른들도 그를 꺼려 감히 그의 문 앞을 지나려 하지 않았다. 또 자라면서 활을 잘 쏘았으며 무과에 급제하여 발신(發身)하려 했다. 또 자라면서 말 타고 활쏘기를 좋아했으며 더욱이 글씨를 잘 썼다."라고 평가했다. 그런 만큼 이순신은 무예에 뛰어난 인물이었다.

이순신은 늦은 나이인 32세에 식년 무과 병과로 급제하여 훈련원 봉사로 처음 관직에 나갔다. 무관 초기에는 북방 지역에서 국경을 방어하는 임무를 맡았으나 진로는 순탄하지 않은 것으로 알려졌다. 1589년 정읍 현감으로 있을 때 유성룡에게 추천되어 고사리 첨사로 승진, 이어 절충장군이 되었고, 임진왜란이 일어나기 1년 전인 1591년, 47세가 되던 해에 전라좌도 수군절도사가 되었다.

임진왜란이 발발하자 왜적의 공격에 대비하다가 원균의 구원 요청을 받고 5월 4일부터 8일까지의 1차 출동에서 옥포·적진포 해전을, 5월 29일부터 6월 10일까지의 2차 출동에서 사천·당포·당항포·율포 해전을, 7월 6일부터 13일까지의 3차 출동에서 한산도·안골포 해전을, 8월 24일부터 9월 2일까지의 4차 출동에서 부산포 해전을 모조리 승리로 이끌었다. 한산대첩의 공으로 정헌대부에 올랐으며, 1593년에는 삼도수군통제사가 되었다. 1597년 원균의 모함과 왜군의 모략으로 모든 관직을 박탈당했고, 서울로 옮겨져 하옥되었다. 고문 끝에 사형을 받게 되었으나, 판중추부사 정탁 등의 간곡한 반대로 사형을 면하여 권율의 막하로 들어가 백의종군하게 되었다. 이해 7월 삼도수군통제사 원균이 적의 유인 전술에 빠져 거제 칠천양에서 전멸됨으로써 당시 병조판서였던 이항복의 주장으로 통제사에 재임용되자 명량에서 왜선과 대결하여 승리하는 전과를 올렸다. 1598년 11월 노량에서 퇴각하기 위해 집결한 500척의 적선을 발견하고 명나라 장수 진린을 설득하여 결전을 하다가 적의 유탄에 맞아 전사했다. 1604년 선무공신 1등에 녹훈되었다.

《난중일기(亂中日記)》는 이순신(1545~1598) 장군이 임진왜란이 일어난 해인 1592년부터 1598년 전사하기 직전까지의 군중 생활을 기록한 일기이다. 이순신이 임진왜란 기간 중에 쓴 이 일기에는 이름이 붙어 있지 않았으나, 1795년(정조 19)에 《이충무공전서》를 편찬하면서 편찬자가 편의상 '亂中日記(난중일기)'라는 이름을 붙여 《이충무공전서》 권5부터 권8에 걸쳐서 이 일기를 수록한 뒤로《난중일기》로 부르게 되었다.

원래는 연도별로 '임진일기, 계사일기, 갑오일기, 을미일기, 병신일기, 정유일기, 무술일기'라는 이름으로 각각 나뉘어 있었다. 이들 일기는 이순신이 초서체로 쓴 글로 초고본이라 한다. 이 초고본을 해독하여《이충무공전서》에 수록한 것이다.

초고본은 전체가 초서로 쓰여 있어 알아보기가 쉽지 않다. 초서는 이순신이 평소에 주로 사용한 글씨체로, 이 일기에는 긴박한 상황에서 심하게 흘려 쓴 글씨들과 삭제와 수정을 반복한 흔적이 자주 보인다. 이 때문에《이충무공전서》에 수록되면서 이 부분에 해당하는 글자들이 잘못 쓰이거나 모르는 글자로 남게 된 경우도 있다. 이순신의 친필 초고본《난중일기》는 현재 충남 아산 현충사에 보관되어 있는데, 1959년에 국보 제76호로 지정되었다.

《난중일기》는 조선 시대부터 지금까지 여러 차례 책으로 만들어졌다. 우선 이순신의 친필 초고본을 옮겨 적은 전사본《충무공유사》의《일기초》가 있다. 이 책은 1693년 이후에 베껴 쓴 것으로 추정하는데, 누구에 의해서 만들어진 것인지는 알 수가 없다. 현재 현충사 유물 전시관에 소장되어 있다.

1795년에 간행한《이충무공전서》수록본이 있다.《이충무공전서》는 정조가 명하여 간행된 책으로,《난중일기》를 비롯하여 이순신과 관련된 기록들을 모두 모아 엮은 책이다. 이 책에 수록된《난중일기》는 초고본 내용을 취한 것이다.《이충무공전서》는 1795년에 간행한 초간본을 비롯하여 후대에 총 여섯 차례 간행되었다.

1935년에 조선총독부 산하 조선사편수회에서 간행한《난중일기초·임진장초》가 있다. 이 책은 기존에 따로 되어 있던《난중일기》와《임진장

초》를 한 책으로 묶어《조선사료총간》제6집으로 간행한 것이다.《난중일기초》는 초고본의 형태와 체재를 그대로 살려 편집되었다.

1960년에 이은상이 초고본에 대한 원문 교열을 마치고 문교부에서 '문화재 자료《이충무공 난중일기》'라는 제목으로 간행했다. 그리고 1968년에는 초고본에 없는 내용을《이충무공전서》수록본《난중일기》의 내용으로 보충하여 하나로 합본한《난중일기》를 현암사에서 간행했다. 이 책에는 원문과 번역문을 함께 수록했다. 이 이후로 여러 학자들에 의해서 번역된 책이 출간되었다.

2005년에는 노승석이 초고본 해독 과정에서 오류 100여 곳을 발견하여《이충무공전서》,《난중일기초》와 비교하고, 기존 해독의 문제된 곳을 교감하여 완역본을 간행했다. 이어서《충무공유사》를 해독하여《난중일기》 초록 내용이 들어 있는《일기초》에서 새로운 일기 32일치를 찾아내었고, 이 내용으로 초고본 및《이충무공전서》수록본과《난중일기초》의 문제점을 바로잡아서 2010년에 교감 완역한《난중일기》를 간행했다.

이 밖에도 1916년에 일본인 청류남명(靑柳南冥)이《이충무공전서》수록본을 활자화하고 일어로 번역하여《원문화역대조 이순신전집》에 실어 간행했다. 그리고 북도만차(北島萬次)가 원문에 일본어 번역문을 함께 실어 2001년에 간행한《난중일기》(Ⅰ·Ⅱ·Ⅲ)가 있다.

—

《난중일기》의 내용 – 진중 일기와 신변 일기

—

《난중일기》에는 엄격한 진중 생활과 국정에 관한 감회, 전투 상황의 묘사, 전투 후의 비망록과 수군 통제에 관한 비책, 둔전 개간 및 각종 무기의 개발과 전함의 건조, 가족·친지·부하·장졸·내외 요인들의 내왕, 의병과의 협조, 명군에 대한 비판, 부하들에 대한 상벌, 충성과 강개의 기사, 전황의 보고, 장계 및 서간문의 초록 등 진중에서의 기사를 비롯하여 어머니 및 가족에 대한 사랑, 원균과의 갈등 등 이순신의 주변을 둘러싼 모든 신변의 일들도 기록되어 있다.

그런데《난중일기》는 제목에서 드러나듯 전란 중(임진왜란)에 쓴 일기이다. 따라서 평상시에 쓴 일기와는 달리 전쟁의 추이와 전투, 그리고 전쟁의 참화를 중심으로 하면서 개인적 심회의 표출이 두드러진다. 전쟁에 참전한 장수의 면모와 자연인으로서의 개인적 고뇌가 일기의 내용에 섞여 있을 수밖에 없는 것이다.

이에 따라 일기의 성격도 진중 일기와 신변 일기의 두 가지 양상을 보인다. 진중 일기의 면모는 다음 글을 통해서 볼 수 있다.

전라 우수사 이억기가 오지 않으므로 홀로 여러 장수를 거느리고 새벽에 출항하여 곧장 노량에 이르니, 경상 우수사 원균은 미리 만나기로 약속한 곳에 와 있어서 함께 의논을 했다. 왜적이 머물러 있는 곳을 물으니, "지금 사천 선창에 있다"고 했다. 곧 쫓아가니 왜놈들은 벌써 육지로 올라가서 산봉우리 위에 진을 치고 배는 그 산 아래에 줄지어 매어놓았는데, 항전하는 태세가 매우 빠르고 견고했다. 여러 장수를 독려하여 일제히 달려들면서 화살을 비 퍼붓듯이 쏘고, 각종 총포를 바람과 우레같이 어지러이 쏘아대니, 적들이 무서워서 물러났다. 화살을 맞은 자가 몇백 명인지 헤아릴 수 없을 정도이고, 왜적의 머리도 많이 베었다. 군관 나대용이 탄환에 맞았고, 나도 왼쪽 어깨 위에 탄환을 맞아 등을 관통했으나 중상은 아니었다. 활군과 격군 중에서도 탄환을 맞은 사람이 많았다. 적

선 13척을 불태우고 물러 나왔다. (1592년 5월 29일)

이순신은 1592년 5월 4일 여수에서 함대를 이끌고 1차 출동을 해 5월 7일 경상도 옥포해전과 합포해전을 승리로 이끌고, 다음 날인 5월 8일에도 적진포해전에서 적함 전부를 불살라버렸다. 이어진 2차 출동은 5월 29일에 있었다. 사천해전으로 알려진 이 전투에서 이순신은 함선 23척을 거느리고 출동하여 경상 우수사 원균과 협력하여 적선 13척을 불태웠다. 위의 일기는 이날의 일기이다. 전투에 임하기 전에 왜적을 칠 대책을 세우고, 전투 장면을 묘사했으며, 전투 결과를 기록했다. 실제 참전했던 전투 상황을 잘 보여주고 있어 진중 일기의 면모를 그대로 드러내고 있다.

《난중일기》는 이에 그치지 않고 진중에서 겪는 개인적 고뇌도 표현하고 있다. 아래의 일기는 아들 면의 사망 소식을 들은 날의 기록이다.

밤 2시쯤 꿈에, 내가 말을 타고 언덕 위로 가는데 말이 발을 헛디뎌 냇물 가운데로 떨어졌다. 그런데 쓰러지지는 않고 막내아들 면이 끌어안는 듯한 형상이 보이더니 깨었다. 이것이 무슨 징조인지 모르겠다. 저녁에 어떤 사람이 천안에서 와서 집안 편지를 전했다. 봉한 것을 뜯기도 전에 뼈와 살이 먼저 떨리고 정신이 아찔하고 어지러웠다. 대충 겉봉을 뜯고 둘째 아들 열의 편지를 보니, 겉에 '통곡'이라는 두 글자가 씌어 있어 면이 전사했음을 알았다. 나도 모르게 간담이 떨어져 목 놓아 통곡, 통곡했다. 하늘이 어찌 이다지도 인자하지 못하신고. 내가 죽고 네가 사는 것이 떳떳한 이치이거늘, 네가 죽고 내가 살았으니 이런 어그러진 이치가 어디 있는가. 천지가 캄캄하고 해조차 빛이 변했구나. 슬프다. 내 아들아! 나를 버리고 어디로 갔느냐? 남달리 영특하여 하늘이 이 세상에 머물러 두지 않은 것이냐? 내가 지은 죄 때문에 화가 네 몸에 미친 것이냐? 내 이제 세상에 살아 있은들 앞으로 누구에게 의지할 것인가. 너를 따라 죽어 지하에서 같이 지내고 같이 울고 싶건만 네 형, 네 누이, 네 어미가 의지할 곳 없으니, 아직은 참고 연명이야 한다마는 내 마음은 죽고 형상만 남은 채 울부짖을 따름이다. 하룻밤 지내기가 일 년 같구나. (1597년 10월 14일)

1597년 10월 14일의 일기는 아들을 잃은 아버지의 애통한 마음으로 채워져 있다. 무슨 징조인지 모를 아들의 꿈과 저녁에 도착한 부고, 그리고 아들의 전사 소식을 들은 아버지의 통곡하는 모습 등을 담고 있다.

위의 두 장면은 《난중일기》의 성격을 단적으로 보여주는 예이다. 임진왜란이 일어나기 직전에 전쟁에 대비하는 모습과 함께 기록된 진중 생활 장면, 그리고 전투에 임하는 자세와 전투 장면이 일기에 자세하게 기록되어 있어 진중 일기의 면모를 보여주고 있다. 이와 함께 어머니와 아들에 대한 그리움에 괴로워하는 모습이나 어머니의 사망 소식과 아들의 전사 소식에 통곡하는 모습, 그리고 주변 인물과의 갈등에 대한 기록은 신변 일기의 면모를 잘 드러내고 있다.

이 가운데 우리가 주목할 부분은 전투를 승리로 이끈 영웅의 모습보다는 일상인으로서의 모습이다. 역사의 장에서 찬란하게 존재하는 영웅이 평범한 한 어머니의 아들이었으며, 한 여자의 남편이었으며, 아이들의 아버지였던 사실이 일기를 통해 새삼스럽게 상기되고 있다.

어머니에 대한 그리움은 일기 곳곳에 기록되어 있다. 전쟁터여서 어머니를 볼 수 없으므로 아들이나 조카, 종 등을 통해 어머니의 소식을 전달받고 안심하는가 하면, 어머니의 생일을 맞아 직접 찾아뵙지 못하는 처지를 생각하고 한스러워하는 장면에는 어머니에 대한 그리움과 안타까움이 절절이 배어 있다. 어머니의 병이 위중하다는 소식을 듣고 배를 타고 가 어머니를 직접 뵙는 장면에서는 어머니에 대한 애틋한 마음도 드러나고 있다. 전쟁터에서는 강인한 장수로서의 모습을 보여주고 있지만, 어머니 앞에서는 평범한 인간의 모습으로 돌아가 있음을 볼 수 있다. 어머니에 대한 애절한 사랑의 표현은 사망 소식을 들은 날인 1597년 4월 13일의 일기에 잘 드러난다. 이날의 일기는 슬픔을 이기지 못해 당장 기록하지는 못하고 훗날에 기록한 듯하다. 어머니의 부고를 듣고 감당하기 힘든 슬픔에 빠진 자신을 묘사하고 있는데, "하늘의 해도 캄캄했다."라는 짧은 문장을 통해서 그 슬픔을 간결하게 표현했다.

어머니 외에도 가족에 대한 그리움과 애정이 일기에 잘 기록되어 있다. 아들들이 집과 전쟁터를 오가며 어머니의 소식을 전해주었는데, 그들이 집에 잘 돌아갔는지 걱정하는 것에서부터, 병이 났는데 다 나았는지 걱정하는 것에 이르기까지 세세히 기록한 것은 자식을 사랑하는 아버지로서의 면모를 드러낸 것이다. 아내가 병이 났을 때 심하게 걱정하는 모습을 보여주는 것도 같은 맥락이다.

한편 원균과의 갈등 내용도 기록되어 있다. 《난중일기》에는 원균에 대한 부정적 서술이 많다. 원균을 흉악한 자, 음험한 자, 음흉한 자라고 하다가 나중에는 원흉이라는 표현도 등장한다. 원균에 대한 미운 감정이 여과 없이 표출된 것이다. 원균과의 악연은 원균이 이순신을 모함하여 옥에 갇히게 하고 삼도수군통제사의 지위를 자신이 대신하는 데까지 거슬러 올라간다. 그 결과 이순신은 백의종군을 하게 되고, 원균이 대패한 후에 이순신이 다시 삼도수군통제사의 지위를 찾게 됨으로써 이들의 악연은 끝난다. 일기에 서술된 원균의 부정적 이미지는 이순신의 시각이다. 이순신은 《난중일기》를 통해 자신의 감정을 진솔하게 표현했다.

병약한 자신의 모습을 일기 곳곳에 기록하기도 했다. 특히 일기의 후반부에서는 눈물이 많은 이순신의 모습을 쉽게 볼 수 있다. 아들의 편지를 보고 울고, 부모님 생각에 밤을 새워 울기도 한다. 그런가 하면 병으로 고통 받는 처지를 그대로 기록했다. 체한 것 같은 증상으로 밤새도록 신음하기도 하고, 복통으로 고생도 하며, 독감이나 몸살 증상으로 여러 날을 앓기도 하고, 땀을 심하게 흘리기도 하며, 곽란이 일어나기도 하며, 심지어 병이 날까 미리 걱정하기도 했다는 기록이 그것이다. 우리가 알고 있는 강인한 무장 이순신의 이미지와는 다른 면이다. 자신이 병으로 고통 받는 모습을 거침없이 일기에 기록함으로써 진솔한 면모를 드러냈다. 일기를 통해서 우리는 영웅 이순신의 모습보다는 그의 인간적인 모습을 접할 수 있는 것이다.

—

문학작품으로서의 면모와 의의

—

《난중일기》는 세상에 알려지면서부터 문학작품으로서의 가치보다는 임진왜란사 특히 해전사의 중요 사료로서 더 큰 가치를 인정받았다. 이와 함께 장군으로서의 이순신의 면모를 거론하면서 영웅 이순신상을 드러내는 데 초점을 두었다. 그러나 일기에는 이순신의 승리와 환희, 수모와 모멸, 효성과 충절, 원균에 대한 인간적인 경멸감과 비애감 등 인간적 면모가 잘 드러나 있다. 인간으로 고뇌하는 모습 등을 통해서 이 일기는 단순히 어떤 사실을 기록하는 기록물 이상의 감동을 느끼기에 충분한 가치가 있다.

일기는 개인의 내밀한 일과 생각을 적은 기록물이다. 그런데 조선 시대에 나온 일기는 '개인적' 성격보다는 '기록물'로서의 의미가 더 크다. 예를 들면, 조응록의《죽계일기》는 관직의 이동 등을 기록하는 데 관심이 있었고, 유희춘의《미암일기》는 관직에서 물러난 이의 일기로 관가보다는 자기 집안의 일을 기록하는 데 관심이 있었다. 김창업의《노가재연행일기》나 박지원의《열하일기》처럼 유람한 뒤에 적은 일기 역시 개인의 내밀한 감정보다는 유람한 곳을 기록하는 데 중점을 두었다고 할 수 있다.

그런데《난중일기》는 기록도 중시했지만, 그보다는 인간적인 감정을 표출하는 데 더 관심을 보였다. 기록을 중시하는 일기의 전통에서 벗어나 개인을 발견한 것이다. 개인이 지닐 수 있는 압박감, 좌절, 기쁨 등 다양한 심리적 반응을 솔직하게 써내려간 것이《난중일기》이다.《난중일기》는 역사 사료로서의 가치는 물론 한 개인의 심리 고백이라는 일기 본연의 가치도 지니고 있다는 점에서 주목받는 작품이다.

– 장경남

참고 문헌

노승석 옮김,《증보 교감완역 난중일기》, 여해, 2014.
장경남,《가려뽑은 난중일기》, 현암사, 2012.
박을수, 〈이순신의《난중일기》연구〉,《순천향어문논집》7, 순천향어문학연구회, 2001.
장시광,〈《난중일기》에 나타난 이순신의 일상인으로서의 면모〉,《온지논총》20, 온지학회, 2008.

四
입체적·자성적 전쟁 회고록

유학가이자 병학가로서의 유성룡
—

두보인가, 동탁인가? 충신인가, 간신인가? 유성룡에 대한 전대의 평가는
엇갈린다. 전자가 19세기 초《정한위략(征韓偉略)》이라는 임진전쟁 통사
를 쓴 일본의 역사가 가와구치 조주에 의한 평이라면, 후자는 유성룡의
정적인 북인(北人)이 편찬한《선조실록》에서의 평이다. 한편 명나라의 제
갈원성이 정리한 임진전쟁 통사인《양조평양록(兩朝平攘錄)》에서도 유
성룡을 조선을 대표하는 간신이라고 평하는 반면,《일본방서지(日本訪書
志)》를 쓴 청나라 학자 양수경은《양조평양록》의 유성룡 평가를 편협하다
고 비판했다. 이와 같은 인물평의 다면성은 무엇 때문인가? 조선의 내부
에서는 붕당 간 정쟁으로 서로 죽고 죽이고, 조선의 외부에서는 명말청초
의 격변 속에서 동아시아 국제전인 임란을 초래한다. 이른바 내우외환이

다. 비상시국에는 항시 수많은 이해관계가 엇갈리고 충돌한다. 사건을, 역사를, 그 중심적 인물을 어떻게 평가할 것인가? 당파에 따라, 국적에 따라, 시대에 따라 상이한 역사 인식이 격돌한다. 이것은 '역사 전쟁'이기도 한 것이다.

서애(西厓) 유성룡(1542~1607)은 1542년(중종 37) 10월에 외가인 경상북도 의성현 사촌리에서 황해도 감찰사를 지낸 부친 유중영(1515~1573)과 모친 안동 김씨 사이의 둘째 아들로 태어났다. 원래의 고향은 당시의 풍산현(지금의 안동시 풍산면) 서쪽의 하회라는 마을이었다. 낙동강이 굽이굽이 감싸 흐르는 마을이라 '하회(河回)'이고, 강 건너 서쪽 절벽의 경치가 아름다워 자호를 '서애(西厓)'라 했다. 유성룡은 어린 시절 조부와 부친으로부터 가학(家學)을 전수받았으며, 4세 때 이미 글을 깨우쳤다 한다. 1562년 가을, 21세의 유성룡은 형 유운룡(1539~1601)과 함께 퇴계 이황의 문하로 들어가 《근사록(近思錄)》을 배웠다. 《근사록》은 주요 성리학자들의 사상과 학문을 간추린 것으로, 송나라 때에 주자와 여조겸이 편집한 것이다. 《근사록》은 향후 그의 정치적·학문적 경세 의식을 이념적으로 지탱하는 중심축이 된다. 퇴계는 유성룡의 뛰어난 자질에 대해 찬탄했다 한다. "마치 빠른 수레가 길에 나선 듯하니 매우 가상하다."라고. 하늘이 내린 인재이며 장차 큰 학자가 될 것이라고. 퇴계의 또 다른 제자로 유성룡과 동문수학한 학봉(鶴峰) 김성일(1538~1593)도 이에 놀라워했다 한다. "내가 퇴계 선생 밑에 오래 있었으나 한 번도 제자들을 칭찬하시는 것을 본 적이 없는데, 그대만이 이런 칭송을 받았다."라고.

유성룡은 1564년 23세에 소과 시험인 생원과 진사시에, 1566년 25세에는 문과 시험에 급제했다. 순탄한 벼슬길의 시작이다. 28세에는 성균관 전적(典籍)에서 행정의 중심인 공조 좌랑으로 파격적인 승진을 했다. 30

세 때는 병조 좌랑에, 그리고 이조 좌랑을 거쳤고, 부친상으로 삼년상을 마친 후인 1576년에는 사간원 헌납으로 다시 벼슬길에 올랐다. 이 외에도 30여 년에 걸친 관직 생활에서 1580년에 부제학에 올랐으며, 1593년에는 영의정에 올랐다. 그야말로 내외의 요직을 두루 거친 것이다.

당시의 조정은 동인과 서인 간의 정치적 갈등이 매우 심각했다. 1589년(선조 22) 정여립이 반란을 꾀하고 있다는 고변(告變)에서 시작해 그 뒤 1591년까지 그와 연루된 수많은 동인의 인사들이 학살된 '기축옥사'를 계기로 조정은 서인의 천하가 되었다. 이에 선조는 서인을 견제할 목적으로 동인에 속하는 유성룡을 우의정으로 임명했다. 그러다 서인의 좌장 격인 정철이 귀양을 가면서 동인들은 다시 세력을 회복하게 되었다. 이 시기에 정철의 처벌 문제를 둘러싸고 동인 사이에 다시 내분이 일어나 강경파와 온건파로 나뉘게 된다. 유성룡은 당시 온건파의 우두머리였다. 그는 동인과 서인이 첨예하게 대립하는 상황에서 중간 조정자 역할을 하고자 했지만, 이는 뒷날 북인의 공격을 받아 실각하는 빌미가 되었다.

임진전쟁 발발 1년 전인 1591년, 도요토미 히데요시가 조선을 침략할 배를 건조하고 전진기지인 나고야 성을 짓는 사이에, 유성룡은 제승방략(制勝方略)을 폐기하고 진관법(鎭管法)을 부활시키고자 한다. 제승방략은 1555년(명종 10) 을묘왜변을 계기로 고안된 제도이다. 유사시에 각 고을의 수령이 그 지방에 소속된 군사를 이끌고 본진을 떠나 배정된 방어 지역으로 가는 분군법(分軍法)을 이른다. 전란 시에 장수가 와서 통솔해야 하고, 장수가 미쳐 못 오면 적과 싸워보지도 못하고 속절없이 무너지는 폐단이 있었다. 반면에 진관법은 국초부터 시행되었던 제도로, 각 도의 군병을 모두 각 진관에 분속시켜 일이 생기면 진관이 속읍(屬邑)의 군사를 통솔하고, 한 진관이 무너지면 다음 진관은 굳게 지켜 한꺼번에 무너지지 않게 하는 진법이다. 유성룡이《징비록》에서 이일과 신립 등의 패전을 강조한 것은, 이들의 패전이 제승방략 체제 때문임을 부각시키고자 해서였다. 또한 그는 권율과 이순신 등을 천거했고, 전라좌도 수군절도사로 임명받아 내려간 이순신에게 전쟁 한 달 전에 자신이 직접 저술한《증손전수방략(增損戰守放略)》이라는 병서를 보내기도 했다. 이순신은 이 책에 대해 "수전, 육전과 화공법 등에 관한 전술을 일일이 설명했는데, 참으로 만고에 뛰어난 이론이다."라고 찬탄했다.

유성룡의 나이 51세인 1592년(선조 25), 드디어 임진전쟁이 발발했다. 그는 왕의 특명으로 병조판서를 겸임하면서 군기를 관장하게 되었고, 영의정에 올랐다. 그러나 패전에 대한 책임으로 파직되었다가 다시 벼슬에 올라 풍원부원군이 되었다. 이듬해 호서, 호남, 영남을 관장하는 '삼도(三道) 도체찰사(都體察使)'라는 직책을 맡아 전시 상황의 군사 업무를 총괄 관장했다. 유성룡은 전국 각처에 격문을 보내 의병을 모집하고 훈련도감을 설치하여 실전에서 싸울 수 있는 군대를 편성했다. 다시 신임을 얻은 유성룡은 영의정 자리를 되찾아 1598년까지 정부를 이끌었다. 이 시기에 유성룡은 명군의 전법을 적극적으로 받아들여 훈련도감의 설치를 주장했고, 명나라 장군 척계광의 병서《기효신서(紀效新書)》를 입수하여 조선의 군사 제도를 개혁하는 등 유학에 의거한 정치가로서뿐만 아니라 병학가(兵學家)로서도 큰 업적을 남겼다. 유성룡은《징비록》에서만이 아니라《서애집(西厓集)》에서도〈전수기의십조병서(戰守機宜十條并序)〉와〈산성설(山城說)〉같은 글에서 선유(先儒)의 말과 손자(孫子)의 말을 대등하게 인용하여 활용하거나,《기효신서》와 같은 전문적 병서를 비롯하여《사기》의〈역이기열전(酈食其列傳)〉및《주역》의〈감괘(坎卦)〉,《맹자》의〈양혜왕 하(梁惠王下)〉등의 사서와 정통 유가서를 다양하게 인용하여 산성

(山城) 수비의 구체적 방편을 논했다. 유가적인 것과 병가적인 것이 전란이라는 위기 상황 속에서 통일적·상보적으로 사고되고, 나아가 실질적인 방어 전술의 구현에 활용되고 있는 것이다.

그러나 정유재란 직후인 1598년에 유성룡은 영의정에서 삭탈관직 된다. 일본과의 화친을 주도했다는 누명을 씌운 북인 세력의 거센 탄핵과 그에 대한 선조의 암묵적 동의에 의해서이다. 당시 선조는 실력 있는 대신들을 다양하게 견제했는데, 그 대표적 사례라 할 수 있다. 선조에게는 세자 광해군과 관료, 명나라가 모두 자신의 왕위를 위협하는 존재였다. 그래서 선조는 자신의 임금 자리가 위험할 때마다 왕위를 양위하겠다는 협박을 하기도 하고, 당시 형성되기 시작한 여러 당파를 이용하여 신하들의 권력을 분산시키기도 한 것이다. 이러한 정국에서, 총사령탑으로 전국(戰局)을 이끌며 권력이 집중되었던 유성룡에 대한 정적(政敵)들의 공격을 묵인한 것이다. 유성룡은 고향인 하회마을로 낙향하여 이후 7년간 왕의 부름에도 거절하며, 1604년에야 비로소 임진전쟁 회고록인 《징비록》을 탈고한다.

—

입체적 전쟁 회고록
- 조선 중심 사관과 자기반성적 사관의 역사 인식

—

《징비록》은 임진전쟁 전란사로서, 1592년(선조 25)부터 1598년까지 7년에 걸친 전란의 원인과 전황 등을 반성적으로 기록한 책이다. 여기에는 조선의 고위 관료가 바라본 임진전쟁(7년 전쟁)이라는 동아시아 국제 전쟁의 거시적 전체상과 그에 대한 총체적 조망은 물론, "솔잎을 가루로 만들어 솔잎가루 10분(分)에 쌀가루 1홉(合)을 섞어 물에 타서" 백성을 구휼했다는 사례처럼 전란의 현장에 대한 미시적 구체상까지 생생하게 기록되어 있다. 아울러 당시 조선과 일본, 명나라 사이의 비밀스러운 외교적 동향까지 상세하게 서술한 일종의 대외비(對外祕) 외교서의 성격을 지니면서, 전란으로 인해 극도로 피폐해진 일반 백성들의 생활상을 비롯하여 전란 당시에 활약한 주요 인물들에 대한 묘사와 인물평까지 포괄하고 있다. 뿐만 아니라 유성룡 자신의 행적을 미화하며 자신의 훈공을 강조하는 등 전쟁 중 자신의 정치적·외교적·군사적 결정과 행동에 대한 정당화까지 적지 않게 포함되어 있다. 곧 《징비록》은 임진전쟁에 대한 개괄적 개론서라기보다는, 율리우스 카이사르(Julius Caesar)가 갈리아 정복의 전체상과 미시적 전황을 치밀하게 기록하는 한편 당대와 후세의 비판을 염두에 두며 자신의 군사적·정치적 결단과 행동을 미화하고 정당화한 《갈리아 전기(Commentarii de Bello Gallico)》와 같은 방식의 입체적 전쟁 회고록이라 할 수 있다.

> 《징비록》이란 무엇인가? 난리가 일어난 뒤의 일을 기록한 것이다. 그 중
> 에는 난리 전의 일도 가끔 기록하여 난리가 시작된 근본을 밝히려 했다.
> (중략)《시경》에 "내가 앞의 잘못을 징계하여 후의 환란을 조심한다."라고
> 했으니, 이것이《징비록》을 지은 이유이다. (《징비록》서문)

《징비록》의 제목은《시경》〈소비편(小毖篇)〉의 "내가 앞의 잘못을 징계하여 후의 환란을 조심한다."라는 구절에서 인용한 것이다. 곧 참혹했던 전란을 회고하면서 다시는 이와 같은 참상을 겪지 않고자 지난날 있었던 조정의 여러 실책을 반성하여 앞날의 환란을 대비하기 위한 목적으로 저

술된 것이다.

이와 관련하여 《징비록》은 조선 중심 사관과 자기반성적 사관이라는 일견 모순적 역사 인식에 기초해 있다 할 수 있다. 전자가 동아시아 한중일의 국제전인 임진전쟁을 중국이나 일본의 관점이 아닌 '조선'의 관점에서 서술했다는 것이라면, 후자는 조선을 단지 피해자로 상정하지 않고 당시의 동아시아 국제 정세를 정확히 파악하지 못한 채 무방비한 상태에서 침략의 빌미를 제공한 조선의 실정(失政)을 스스로 비판했다는 점이다. 이는 공히 조선을 전란의 수동적 객체가 아닌 능동적 '주체'로 사고하려는 태도라 할 수 있다. 《징비록》의 첫머리에서 유성룡은 전란의 원인으로, 단지 일본 측의 잘못만을 지적하는 데 그치지 않고 조선 초 신숙주가 이미 성종에게 일본과의 화의(和議)를 잃지 말 것을 유언으로 남겼음에도 조선이 그 유지를 따르지 못한 점을 지적했다. 실제 유성룡은 《징비록》에서 일본을 지칭할 때도, 다른 조선 측의 많은 문헌에서 일본을 '왜(倭)'라고 폄하하며 불렀던 것과 달리, 일본(日本)이라는 정식 국호로 상대를 지칭했다. 이 역시 임란을 단순히 왜구가 일으킨 난리로 격하시키지 않고, 조선과 일본이라는 국가 간의 침략-방어 전쟁으로 간주한 것이라 할 수 있다. 반면에 우리는 21세기 한국에서도 여전히 '임진왜란(임진년에 왜구가 일으킨 난리)'이라는 용어를 고수하고 있다.

조선 중심 사관의 또 다른 일면은 바로 전쟁의 종식을 이룬 주체로 조선의 이순신을 강조하고 있다는 점이다. 《징비록》 전반부에서 '하늘의 뜻'으로 조선이 살아났다고 유성룡이 대서특필하는 사건은, 명군의 원조와 이순신의 승리이다. 그러나 명군이 1592년 7월 17일의 2차 평양성전투에서 패하여 전세가 불리해졌다는 사건 바로 뒤에 그 앞 시간대의 사건인 이순신 군의 한산도해전(7월 8일)을 비롯한 여러 해전에서의 승리 기사를 배치한 것에서나, 1597년 명과 일본 사이의 화의가 깨졌다는 기사 뒤에 이순신의 체포와 백의종군(白衣從軍) 및 원균이 이끄는 조선 수군의 패배, 명군이 주도한 남원전투의 패배 등을 배치한 이후에 이순신의 재등장과 조선 수군의 최후 승리를 기록한 데에서, 조선이 망하지 않은 두 가지 요인인 명군의 존재와 이순신의 존재 가운데 더욱 중요한 것은 이순신이었음을 강조하고 있다. 명나라 군대의 참전은 임진전쟁의 종결에 결정적 요인이었지만, 그 이상으로 중요한 점이 이순신으로 상징되는 조선의 역량이었다는 것이다.

게다가 《징비록》에서는 명군의 원조와 이순신의 승리를 가능하게 한 핵심 요인으로 유성룡 자신의 역할을 부각하고 있다. 먼저 전자의 경우에는 유성룡이 임진전쟁이 일어나기 직전 일본 측의 불온한 정세를 명에 보고해야 한다고 강력히 주장했고, 조선이 일본과 연합한 것이 아닌지 의심하는 명 조정의 사신을 설득했으며, 명군의 군량을 마련하느라 사력을 다했음을 강조한 것이다. 후자의 경우에는 저의를 의심받으면서도 이순신을 책임 있는 자리에 천거한 것이 유성룡 자신임을 강조한 것이다. 아울러 유성룡 본인이 간첩 김순량을 잡아 일본군의 스파이가 더는 조선에서 활동하지 못하게 함으로써 명나라 대군이 조선으로 들어오는 것을 일본군이 간파하지 못하게 했다며 이를 자신의 공으로 기록했다.

물론 《징비록》에는 명군이나 이순신, 유성룡 자신의 공적뿐만이 아니라 권율, 김시민, 곽재우, 곽준 등의 조선 관군과 의병이 거둔 승리와 그들이 보인 장렬한 모습 또한 특필되고 있다. 이는 16권본 《징비록》의 권1 말미와 권2 서두에서 명군의 참전이 전쟁의 전환기임을 강조한 것과 달리, 재편본인 2권본 《징비록》의 같은 대목에서는 권1 말미에서 경주성 탈환 기사를 비롯한 조선 측의 승전 기사를 거론하고, 이어 권2를 "이때 각 도에서 의병을 일으켜 적을 토벌한 사람들이 매우 많았다."라는 말로 시작한 것에서도 확인할 수 있다.《징비록》을 16권본에서 2권본으로 재편하는 과정에서 명군의 역할보다는 조선 민관(民官)의 역할이 상대적으로 강조된 것이다.

그럼에도《징비록》에서 서술되는 임진전쟁 7년은 유성룡의 이순신 천거, 이순신 군의 승전, 이순신의 장렬한 전사라는 세 부분이 핵심 축으로 구성되어 있다. 특히 명군의 2차 평양성전투 패배 기사 다음에 이순신의 승전 기사가 제시되고, 그 이후 조·명 연합군과 일본군의 일진일퇴가 그려지다가, 책 말미에서 일본군이 퇴각하고 이를 막으려는 이순신이 전사했다는 기사를 배치하고 있다. 이어서 위인전에 자주 등장하는 이순신의 여러 일화를 소개하면서 "여러 장수가 이순신을 신으로 여겼다."라는 문장으로《징비록》의 본문이 종결되고 있는 것이다.

—

《징비록》, 중세 동아시아의 베스트셀러

—

《징비록》은 중세 동아시아에서 가장 널리 읽힌 조선의 책이다. 임진전쟁 이후 한중일 각국에서는 동아시아 삼국의 국제전을 제각각 자국의 입장에서 정리한 저술이 나왔다. 1604년에 집필된《징비록》은 물론, 같은 해에 일본에서 저술된 오타 규이치(太田牛一)의《도요토미 대명신 임시어제례기록》및 2년 뒤인 1606년에 명나라의 관점에서 정리된 제갈원성의《양조평양록》등이 그것이다. 그 중에서도 특히《징비록》이 일본과 중국에서 널리 읽혔다.

먼저《징비록》이 일본에 유입된 경위는 다음의 자료들을 통해 확인할 수 있다. 쓰시마 번주(藩主)의 문고에 소장된 서적을 1683년경에 재물조사해서 작성한《덴나삼년목록〔天和三年目錄〕》에《징비록》이 등장한다. 또 17세기 후반 일본의 저명한 유학자 가이바라 엣켄(1630~1714)이 후쿠오카 번을 지배한 구로다 집안의 전적을 정리해《구로다가보〔黑田家譜〕》(1687년 완성)를 편집하는 과정에서 구로다 요시타카(1546~1604)와 구로다 나가마사(1568~1623) 부자의 임진전쟁 당시 행적을 기록하면서《징비록》을 이용한 것이 확인된다. 그 후 1693년에 의사 마쓰시카 겐린이 중국과 조선의 문헌에 보이는 일본 관련 기술을 널리 모아 간행한《이칭일본전(異稱日本傳)》의 하권에 다른 한국 문헌 14종과 함께《징비록》의 초록을 수록했다. 1695년에는 2권본을 4권본으로 바꾸고, 앞서 소개한 가이바라 엣켄의 서문과 조선국의 행정구역표, 조선 지도를 붙인 일본판《조선징비록》을 교토의 출판업자 야마토야 이베에가 간행했다. 이 일본판《조선징비록》은 19세기 말 일본에 체류한 중국 학자 양수경(1839~1915)을 통해 청나라에 소개되어 오늘날에 이르기까지 임진전쟁과 유성룡에 대한 중국인의 관점에 영향을 미치게 된다. 가이바라 엣켄은 임란에 관해서 "일본과 명나라, 조선의 많은 책들이 있었지만《징비록》이야말로 간결하고 진실된 문장으로 서술된 기록이어서 거의 유일하게 '실록(實錄)'이라 칭할 만하다."라고 칭송했다.

1719년 통신사로 일본에 다녀온 신유한은《해유록(海游錄)》에서 조선의 역관들이 국가의 기밀을 담은《징비록》을 일본에 넘겨서 그곳에서 출판까지 되었다고 한탄했다.

가장 통탄스러운 것은 김성일의《해사록(海槎錄)》, 유성룡의《징비록》, 강항의《간양록(看羊錄)》 등의 책에는 두 나라(조선과 일본) 사이의 비밀을 기록한 것이 많은데, 지금 모두 오사카에서 출판되었으니, 이것은 적을 정탐한 것을 적에게 고한 것과 무엇이 다르겠는가. 국가의 기강이 엄하지 못하여 역관들의 밀무역이 이와 같았으니 한심한 일이다.

일본에 유출된 조선 서적은 앞에 열거된 책들 외에도 안방준의 《은봉야사별록(隱鋒野史別錄)》 등 다수였지만, 그 중에서 중국으로까지 다시 건너가 읽힌 책은 《징비록》뿐이었다. 실제 《징비록》은 17세기 후반 일본에서 《조선징비록》으로 간행되어 일본과 중국에서 널리 읽혔다. 또 《징비록》이 사회 일반에까지 널리 읽힌 방증으로는, '징비록'이라는 제목을 딴 전혀 다른 장르의 문헌들이 조선과 일본 양국에서 등장한 점을 들 수 있다. 조선에서는 《징비록》이라는 예언서가 나왔고, 일본에서는 에도 지역의 유곽에서 발생한 화재를 다룬 풍속소설 《북리징비록》(1768)과 1657년의 메이레키 대화재(明曆の大火)를 다룬 가메오카 소잔의 《메이레키 징비록》(1787)이 나왔다. 이는 유성룡의 《징비록》과는 무관하게 유성룡이 따온 《시경》의 해당 구절만을 빌려온 것이다.

1695년에 교토에서 《조선징비록》이 간행되고 나서 10년 뒤인 1705년 8월에 동시 출간된 《조선태평기(朝鮮太平記)》와 《조선군기대전(朝鮮軍記大全)》에서는 이순신을 '영웅'이라 칭하고 그의 활약이 일본인 장군들과 동등하거나 더욱 컸던 것으로 그려진다. 이는 러일전쟁 당시 일본 해군의 영웅인 도고 헤이하치로가 이순신을 칭송했다는 미확인 정보가 오늘날 인구에 회자되지만, 일본인이 이순신을 영웅으로 부른 것은 그보다 200년 정도 앞선다는 것을 보여준다.

이처럼 《징비록》은 중세 동아시아 한중일 삼국에서 저술된 여러 문헌 가운데 임진전쟁이라는 7년 전쟁의 전체상을 당시 조선과 명 조정의 기밀 정보까지 포함해서 가장 포괄적으로 그렸으며, 치밀한 구조와 생생한 문장으로 전했기 때문에 삼국에서 널리 읽혔다.

– 김홍백

참고 문헌

김시덕 역해, 《교감·해설 징비록 – 한국의 고전에서 동아시아의 고전으로》, 아카넷, 2013.
김석근, 〈눈물과 회한으로 쓴 7년 전란의 기록 – 유성룡의 《징비록》》, 《한국의 고전을 읽는다 5》, 휴머니스트, 2006.
박창기, 〈《조선군기대전》의 임진왜란 다시 쓰기와 《징비록》》, 《일본학보》 47, 한국일본학회, 2001.

五
임진왜란 실기문학의 보고

강항과 《간양록》

—

강항(1567~1618)의 자는 태초(太初)이고, 호는 수은(睡隱)이며, 본관은 진주이다. 그는 어려서부터 문장에 뛰어나 7세에《맹자》를, 8세에《통감강목》을 통달했다고 한다. 22세에 진사시에 합격한 뒤 5년 후인 27세(1594, 선조 27)가 되던 해 문과에 급제하였다. 이듬해 교서관 박사와 성균관 전적을 거쳐 1596년에는 공조와 형조 정랑 등을 역임하였다. 그의 5대조는 세종 때 이조와 병조 판서 등을 역임한 명신이자 뛰어난 문장가인 강희맹이다. 이처럼 강항의 가문은 조선 초기 명문거족이었지만, 고조부 강학손이 무오사화에 연루되어 전라도 영광 지역에 유배된 이래 대대로 그곳에서 거주하게 된다.

강항은 1592년에 임진왜란이 일어나자 군량미와 무기 등을 모아 당시

의병장이던 고경명에게 보내었고, 1597년 9월에 왜적이 영광에 쳐들어 오자 가족과 함께 배를 타고 피란하다가 붙잡혀 일본으로 끌려갔다. 이후 여러 차례 탈출을 시도했지만 실패하고, 임진왜란이 끝난 1600년 5월이 되어서야 조선으로 돌아오게 되었다. 강항이 2년 8개월 동안 일본에 포로로 잡혀 있으면서 체험하고 수집한 지식 정보를 기록한 것이 바로《간양록(看羊錄)》이다. 강항은 귀국 후 조정에서 내린 벼슬을 사직하고 고향에 은거하여 후학을 양성하는 데 몰두했다. 그가 죽자 후학들이 유고를 모아 《수은집(睡隱集)》을 간행했으며, 1882년(고종 19) 이조판서와 양관(兩館) 대제학에 추증되었다.

—

《간양록》의 구성과 내용

—

애초《간양록》의 이름은 '건거록(巾車錄)'이었다. '건거'는 '죄인이 타는 수레'라는 뜻으로, 일본에 포로로 잡혀갔는데 구차하게 목숨을 보전한 것에 대한 죄스러움과 수치심을 나타낸 것이다. 그러나 강항의 사후, 문인 윤순거가 스승의 원고를 정리하여 책으로 간행하면서 '간양록'으로 제목을 바꾸었다. 스승이 자신을 죄인처럼 낮추어 '건거록'이라 명명했지만 제자들은 그 이름을 그대로 따를 수 없어서였다.

'간양(看羊)'은 중국 한나라 때 흉노에 사신으로 갔다가 억류된 소무(蘇武)가 18년간 양을 치며 절개를 지켰다는 고사에서 유래한 말이다. 흉노는 소무를 구금하여 북해 가에서 숫양을 치게 하고는 숫양이 새끼를 낳으면 본국으로 돌려보내 주겠다고 했으니, 이는 결국 돌려보내지 않겠다는 의미인 셈이다. 그러나 소무는 이에 굴복하지 않고 자신이 한나라의 사신임을 증명하는 깃발을 늘 손에 잡고 있었는데 끝내 그 깃발이 모두 닳아버렸다고 한다. 강항은 "덧없는 인생 저 요동의 천년 학 아닐진대, 죽을 바엔 해상의 양을 보자꾸나", "한 병 술 보내어 양 치는 것을 위로하네"와 같은 시를 지어 자신의 심경을 외로운 양치기에 비유했다. 석주 권필이 강항을 위해 지은 시에서도 "부절(符節)은 양을 치다가 닳아졌고 서찰은 기러기 때문에 전했지"라고 하여 강항의 절개를 소무에 비교하여 칭송한 바 있다.

《간양록》은 '적중봉소(賊中封疏, 적국에서 임금께 올리는 글), 적중문견록(賊中聞見錄, 적국의 이모저모를 기록한 글), 고부인격(告俘人檄, 포로들에게 알리는 격문), 예승정원계사(詣承政院啓辭, 승정원에 나아가 여쭌 글), 섭난사적(涉亂事迹, 난리를 겪은 사적)' 등 다섯 부분으로 구성되어 있다. 이들을 차례대로 살펴보기로 한다.

먼저 일본에서 선조에게 올린 〈적중봉소〉는 1599년(선조 32) 4월 10일에 쓴 것으로, 일본에 포로로 잡혀가게 된 경위와 일본의 지리 및 인물 등에 대한 정보를 기록한 것이다. 특히 '왜국팔도육십육주도(倭國八道六十六州圖)'에서는 임진왜란에 참여한 일본 장수 40명과 정유재란 때 참전한 왜장 27명의 신상을 일일이 기록하고 사적에 대해 간략히 덧붙여 두었다. 강항은 〈적중봉소〉를 세 차례나 조선에 보냈다. 1598년 이요주(伊豫州, 이예주)에 있을 때 권율의 종으로 역시 이요주에 붙잡혀 왔던 김석복 편에, 1599년에는 명나라 사신 왕건공 편에, 그리고 왕건공 편에 보낼 편지를 베껴 신정남 편에 다시 보냈다. 이 가운데 왕건공 편에 보낸 것이 선조에게 전달되었으며, 선조가 이를 읽고 감탄하여 신하들에게 돌려 읽게 하였다.

적국 일본의 이모저모를 기록한 〈적중문견록〉은 '왜국백관도(倭國百官圖)'에서 왜국의 관제(官制)를, '왜국팔도육십육주도'에서 지리 및 풍물을,

'임진정유입구제장왜수(壬辰丁酉入寇諸將倭數)'에서 임진년과 정유년에 침략해 왔던 모든 왜장의 수효 등을 자세하게 기록했다. 일본의 지리와 풍물에 대해 기록한 '왜국팔도육십육주도'는 기내(畿內) 5국, 동해도(東海道) 15국, 동산도(東山道) 8국, 북륙도(北陸道) 7국, 산음도(山陰道) 8국, 산양도(山陽道) 8도, 남해도(南海道) 6국, 서해도(西海道) 9국 등 일본의 지형과 지리를 분류하여 기록한 뒤 각 지역의 관할과 지형적 특징, 물산 등에 대해서 서술하였다. '왜국팔도육십육주도'와 '임진정유입구제장왜수'는 〈적중봉소〉에서 이미 나온 내용이기 때문에 〈적중문견록〉에서는 중복되지 않게 정리하여 기록해 두었다. 예를 들면 '임진정유입구제장왜수'의 경우, 〈적중봉소〉에서 67명의 왜장 이름을 간략히 기록했다면, 〈적중문견록〉에서는 이들의 행적에 대해 구체적으로 서술하였다.

〈고부인격〉은 귀국하는 길에 만난 조선 포로들에게 써준 것으로, 희망을 잃지 말고 절개와 의리를 지키라는 내용의 격문이다. 〈예승정원계사〉는 귀국 후 알현한 선조가 적의 사정을 묻자 이에 회답한 것으로, 일본의 재침략과 대마도의 형세에 대해서 상세히 보고한 내용이다. 〈섭란사적〉은 1597년 2월 고향인 영광에 내려오면서부터 일본에 포로로 잡혀가고 그 과정에서 겪은 체험 및 1600년 5월 귀국하기까지의 행적을 일기체로 서술한 것이다. 29수의 시가 수록되어 고향에 대한 그리움, 포로 생활의 감회, 일본에서 교유한 문사들과의 우정 등이 잘 드러나 있다.

이 가운데 〈적중봉소〉, 〈적중문견록〉, 〈고부인격〉, 〈예승정원계사〉는 일본의 정세와 정보 등을 탐색하여 조정(임금)에 보고하기 위해 기록한 것으로 공적인 성격을 지닌 글이다. 따라서 사실에 근거한 객관적 기록을 지향하여 사료적 가치가 높다. 반면 〈섭란사적〉은 임진왜란이라는 국가적 전란을 온몸으로 겪은 한 개인의 전쟁 체험담과 소회를 기록한 것으로 사적인 측면이 부각되어 있다. 다음은 〈섭란사적〉 가운데 일부이다.

　만 생각 천 시름이 벌집과 같은지라

　나이 겨우 서른 살에 귀밑머리 하얗다니

　이 어찌 계륵이 혼 골을 녹여서랴

　진실로 용안을 못 뵙는 때문이야

　평일에 글을 읽어 명분 의리 중하지만

　후일에 역사 보면 시비가 길 거로세

　덧없는 인생 저 요동의 천년 학 아닐진대

　죽을 바엔 해상의 양을 보자꾸나

오사카 성으로 옮겨가게 되면서 배 위에서 읊은 시이다. 포로로 잡혀와 임금에 대한 충절을 지키지 못하게 된 괴로움과 소무처럼 후일을 도모하기 위해 목숨을 부지하려는 각오를 표출하고 있다.

한편 임진왜란을 일으킨 도요토미 히데요시(풍신수길)가 죽자, 오사카 북쪽 교외에 묻고 황금전을 지었다. 일본 승려인 난카 겐코가 "크게 밝은 일본이여, 한 세상 호기 떨쳐라. 태평의 길 열어놓아, 바다 넓고 산 높도다."라는 글씨를 크게 써서 그 문에 새겨놓았다. 강항이 그곳을 지나가다가 "반 세상의 경영이 남은 것은 한 줌 흙만, 십층의 황금전은 부질없이 높다랗군. 조그마한 땅이 또한 다른 손에 떨어졌는데, 무슨 일로 청구(靑丘)에 권토하여 온단 말인가."라는 시를 그 옆에 써두었다. 친분이 있던 왜인에게 목숨을 아끼지 않는다는 충고를 받기도 했으나, 자신의 의지를 꺾지 않았다. 그의 강개한 성품과 절의가 선명하게 드러난 시이다. 이처럼 〈섭란사적〉에 수록된 시에는 강항의 시인적 면모와 문학적 성취가 돋보인다.

임진왜란 실기문학의 보고, 《간양록》

《간양록》은 임진왜란 때 일본에 잡혀갔다가 2년 6개월 만에 돌아온 강항이 포로 생활을 하는 동안 견문하고 체험한 바를 기록한 저술이다. 다섯 부분으로 구성되어 있는데, 〈적중봉소〉, 〈적중문견록〉, 〈고부인격〉, 〈예승정원계사〉는 일본의 정세와 지형, 지리, 인물 등에 관한 정보를 탐색하여 혹시라도 있을 일본의 재침을 대비할 목적으로 조정에 보고하기 위해 기록한 것이다. 따라서 견문한 사실을 위주로 객관적 기록을 지향하여 사료적 가치가 크다. 한편 〈섭란사적〉은 포로 생활 동안의 행적을 일기체로 서술한 것인데, 중간중간 강항 자신의 정회를 읊은 시가 수록되어 있다. 이를 통해 사실 위주의 객관적 기록에 시적 형상을 고취시킴으로써 문학 작품으로서의 완성도를 높였다.

임진왜란 때 일본에 붙잡혀 간 포로는 적게는 2만 명에서 많게는 10만 명에 이른다고 한다. 이 가운데 조선으로 돌아온 이는 7천 명에 불과하다. 대부분 전라도와 경상도 지역에서 남녀노소를 불문하고 잡혀갔으며, 일부 양반들도 포함되어 있었다. 그 중 한 명이 강항이다. 당시 일본에 잡혀갔다 돌아온 양반 출신의 문인들은 포로 생활의 체험담을 저술로 남겼다. 강항의 《간양록》을 비롯하여 정희득의 《월봉해상록》, 정경득의 《만사록》, 노인의 《금계일기》, 정호인의 《정유피란기》가 그것이다. 이 중 가장 대표적인 작품이 강항의 《간양록》이다. 이는 한 개인의 전쟁 포로 체험담일 뿐만 아니라, 함께 포로 생활을 했기만 글로 표현해 낸 수 없는 수많은 일반 백성들의 체험과 감회를 대신하고 있다.

또 하나 주목할 것은 오사카의 고승 순수좌(舜首座)에 대한 기록이 《간양록》에 세 건 나오는데, 그가 바로 일본 근세 유학의 창시자인 후리와라 세이카이다. 그는 "두어 폭 국화색이 어울려 진기한데, 먼 손님 새 시제도 역시 서로 알맞구려. 높은 가을 서리 이슬 아래에도 변함없는 절의거니, 이 꽃을 대하면 내 스승이라 부르네."라는 시를 지어 강항의 절개를 존모하고 스승으로 깍듯이 대접했다. 후지와라 세이카가 조선 성리학을 전수받아 근세 일본을 주도하는 사상 체계를 확립할 수 있었던 배후에 강항이 있었던 것이다. 그런 만큼 강항의 일본 포로 생활은 그 의미가 작지 않다.

《간양록》은 견문한 바의 사실에 근거한 지식 정보의 전달을 위주로 하되 포로 생활의 구차함과 부끄러움, 고향에 대한 그리움, 임금에 대한 충절, 일본에서 만난 문사들과의 우정 등을 시로 잘 형상화하였다. 따라서 객관적 사실을 지향한 실기(實記)와 그 속에서 느낀 바의 정회를 생동하고 현장감 있게 표출하여 문학성을 고취시킴으로써 역사와 문학이 조화롭게 어우러져 있다. 사료적 가치와 문학작품으로서의 완성도를 두루 갖춘 임진왜란 실기문학의 걸작이라고 평가할 수 있다.

- 손혜리

참고 문헌

신호열 역, 《간양록》, 《해행총재》, 민족문화추진회, 1974.
이을호 역, 《수은 간양록》, 영양각, 1984.
하우봉, 〈강항, 《간양록》〉, 《한국사 시민강좌》, 일조각, 2008.

六
남한산성에서 겪은 병자호란의 참화

《산성일기》의 작자와 형성 시기
—

《산성일기(山城日記)》는 병자호란의 전모를 한글로 기록한 일기이다. 이 작품은 한글로 표기되었다는 점과 완결된 구성 형식을 갖추고 있다는 점에서 병자호란 관련 실기(實記) 가운데 가장 주목을 받아온 작품이다.《산성일기》에 대한 지금까지의 주된 연구는 작자와 저작 연대, 그리고 이본에 대한 고찰이었다. 현재 전하는 이본은 세 종류로 알려져 있는데, 국립도서관 소장본, 장서각 소장본 2종이 그것이다. 세 이본은 내용이 대동소이하고, 모두 필사본으로서 원본은 아닌 것으로 보는 것이 일반적이다.

작자 문제와 저작 연대 문제에 대해서는 여러 의견이 제시되었다.《산성일기》가 소개된 이후의 연구 초기에는 이 작품을 창작물로 인식했고, 이에 따라 작자를 궁녀로, 인조와 함께 남한산성에 피란했던 궁인이나 벼슬아치로, 남한산성에 인조를 호종했던 신하 가운데 척화론자이기는 하나 대세인 강화론(講和論)을 돌릴 수 없었던 미관의 젊은이 등으로 추정했다. 그러나 이 작품은 창작물이 아닌 번역물이라는 주장이 대두하면서 그 작자를 김상헌의 아들 김광찬이나 조카인 김광현으로, 또는 나만갑·김상헌·정온 및 3학사와 관련이 있는 그들의 후예 중 한 명으로, 더 구체적으로는 나만갑과 같은 척화신 가운데 한 사람인 정온의 후손으로 주장하기에 이르렀다. 그런데 또 다른 연구 결과에 의하면, 작자로 거론된 인물과 《병자록(丙子錄)》의 작자인 나만갑의 관계는 모두 인척 관계인 점을 중시하면서 나만갑의 부인 문중에서 번역했을 가능성을 제기하기도 했다. 즉 나만갑의 부인인 초계 정씨는 정온의 증손자뻘인 정엽의 둘째 딸이고, 나만갑의 장녀 안정 나씨도 김상헌의 손자 김수항에게 출가했으므로 나만갑과 김상헌도 사돈 사이이다. 이러한 관계로 미루어 나만갑의 부인 문중을 지목한 것이다.

다음으로 저작 연대에 대해서는 적어도 인조 말년(1649) 이전으로, 병자호란이 끝난 이후 10여 년 사이에 지어졌다고 보는가 하면, 작품 내에 〈삼학사전〉에 대한 언급이 있는 것으로 보아 적어도 〈삼학사전〉이 지어진 1671년 이후의 현종 대로 추정하기도 한다.

한편 《병자록》과의 관련성을 중점적으로 연구하기도 했다. 그 결과 《산성일기》는 《병자록》을 번역한 것인데, 직역한 것이 아니라 3인칭 서법으로 객관화하여 이야기 형식으로 의역한 것이라는 연구 결과가 나오기도 했다. 이러한 주장을 발전시켜 《산성일기》는 순수한 창작물도 아니고 단순한 직역도 아닌 어느 정도 번역자의 사상, 주관, 창작성이 가미되어 발췌 요약된 의역본이라는 결론을 얻기도 했다. 이러한 의견에 대해서는 연구자들이 대체적으로 동의하는 양상을 보이고 있다.

지금까지의 연구 결과로 미루어 볼 때《산성일기》는 나만갑의《병자록》을 발췌 번역한 작품으로, 작자는 여성으로 볼 수 있으나 아직 미상으로 처리할 수밖에 없으며, 저작 연대는 1671년 이후의 효종 대로 보는 것이 옳을 것 같다.

—

삼단 구성의 형식

—

《산성일기》는 1589년 9월 청 태조 누르하치가 명나라로부터 용호장군이라는 벼슬을 얻는 것에서 시작해서 1639년 12월 삼전도에 승전비를 세우는 일까지 기록하고 있으나, 중심 내용을 이루고 있는 것은 1636년 12월 12일부터 1637년 1월 30일까지의 병자호란의 과정이다. 따라서 일기는 병자호란 이전, 병자호란, 그리고 병자호란 이후의 기록으로 나뉜다. 날짜별로 쓴 일기의 형식을 취하고 있지만 내용 구성은 도입부·중심부·결말부로 한 셈이다.

　도입부는 후금의 건국 과정과 정묘호란, 청나라의 건국과 병자호란의 원인을 기록한 부분이다. 1589년 9월에 여진주의 오랑캐 누르하치가 명으로부터 용호장군의 벼슬을 얻은 이후로 세력이 강성해져서 1619년 5월에 금나라를 세웠으나 명나라 장수 원숭환에게 패해 화병이 나 죽은 일, 아들 홍타시가 뒤를 이은 후에 정묘호란을 일으켜 조선과 형제의 맹약을 맺고 1636년에 청나라를 세운 일, 조선에서 화친을 파하려는 움직임이 일어나 화친을 주장하는 주화파와 적극 싸워야 한다는 척화파 간에 대립한 일, 홍타시가 병자호란을 일으켰으나 모르고 있다가 12월 9일에 비로소 알게 되어 조정에 장계를 올린 일 등을 기록하고 있다.

중심부는 병자호란의 전 과정을 기록한 것이다. 1636년 12월 12일 오후에 적세가 급함을 알고 13일에 강화도로 들어가기로 의논하고, 14일 오후에 강화도로 향하다가 홍제원에 이미 적진이 막고 있어서 남한산성으로 들어가는 것부터 시작하여, 남한산성에서의 척화파와 주화파의 갈등 전개와 전황, 사건 뒤의 비화 등을 기록하고, 1637년 1월 30일 임금이 세자와 함께 청의를 입고 서문으로 나가 삼전도에서 청 황제에게 세 번 절하고 아홉 번 머리를 조아리는 소위 삼배구고두례의 굴욕적인 항복의 예를 행하고 저녁에 도성으로 환궁하기까지의 일을 기록했다. 1월 22일, 26일, 29일의 일기가 빠져 있어 총 48일의 일이 기록되어 있다.

종결부는 항복 이후의 상황, 그리고 삼전도비를 세우게 된 경위와 비문 내용의 소개로 끝을 맺는 부분이다. 1637년 2월 2일, 3일, 8일, 4월 19일 및 11월의 하루를 기록했다. 도성에 남은 적병들의 행패, 소현세자와 봉림대군 일행의 심양 출발, 조선 사신이 청 황제에게 사은하고 방물을 바친 일, 그리고 11월에 삼전도에다 청 황제의 송덕비를 건립하기까지의 경과와 국왕이 잘못을 뉘우치고 화친함으로써 모든 것이 평화를 되찾았다는 비문의 내용 등을 기록했다.

이렇게 《산성일기》는 후금의 건국 과정, 정묘호란·병자호란과 관련된 일련의 사건들을 그것들이 발생한 시간 순서에 따라 배치함으로써 조직화했다. 그리고 그 사건들을 도입부·중심부·종결부로 다시 배열함으로써 이야기로 만들었다. 도입부는 사건의 발단을 청나라의 건국 과정에서 찾고 있으며, 이로 인해 청의 건국 과정과 병자호란의 발발을 연계하여 작품의 서두로 삼았다. 종결부는 갈등 해소의 역할을 하고 있다. 1월 30일 인조는 굴욕적인 항복을 했고, 이로써 모든 갈등은 끝이 났다. 이러한 과정을 압축적으로 보여주는 것이 삼전도비이다. 작자는 삼전도비 건립에 대한 과정과 삼전도비의 내용을 마지막에 수록함으로써 모든 사건의 종결로 삼고 있다. 서두와 결말을 갖추고, 중간의 과정은 일기 형식에 따라 날짜별로 배열하는 3단 구성을 취함으로써 서사적 긴장감을 갖도록 한 것이다.

이중의 대립 구조로 내용 구성

《산성일기》의 주요 내용 전개는 척화파와 주화파의 대립을 축으로 삼고 있다. 그러면서 양국의 대치 상황에서 오고 간 국서(國書)를 적절하게 배치함으로써 또 다른 흥미를 자아내게 한다. 즉 척화파와 주화파의 갈등이 중심을 이루고 있으면서, 그 사이사이에 양국 간에 오고 간 국서를 통해 대치 상황을 보여줌으로써 이중의 갈등 구조로 내용을 전개하고 있다.

척화론자와 주화론자, 두 세력 간의 갈등에서 중심이 되는 인물로는 주화파의 최명길·김류·심기원·홍서봉·김신국 등과 척화파의 김상헌·오달제·윤집·홍익한·정온 등이다. 이들의 본격적인 갈등은 최명길을 비롯한 김신국, 이성구 등이 화친을 위해서 동궁을 적진에 보내기를 청하자 김상헌이 이 소식을 듣고 분개하는 데서 시작된다. 김상헌은 최명길 등의 말을 듣고 큰 소리로 화친을 의논하는 놈을 당당히 베어버리고 한 하늘 아래 살지 않겠다고 했다. 이들 사이의 갈등 양상은 다음의 예문을 보면 극명하게 드러난다.

이는 이판 최명길이 지은 바라. 예조판서 김청음이 비국에 들어가 이 편지를 보고 손으로 찢고 실성통곡하니 곡성이 대내에 사무치더라. 김 공이 인하여 명길에게 이르되, "대감이 차마 어찌 이런 일을 하느뇨?" 명길이 가만히 웃으며 말하기를, "대감은 찢으니 우리는 당당히 주우리라." 하고 종이를 낱낱이 주워 이어 붙이더라.

척화파와 주화파의 극단적 대치 상황을 보여주는 부분이다. 김상헌이 굴욕적인 국서를 찢고 통곡하는 장면과 그 찢겨진 국서 조각을 낱낱이 다시 주워 잇는 최명길의 행위가 대조되고 있다. 두 세력의 갈등은 국서에 '稱臣(칭신)'이라는 표현을 함으로써 심화된다. '칭신'의 표현이 나온 것은 최명길의 말이라 하면서 최명길을 쫓아내 매국의 죄를 밝히라는 정온의 상서가 장황하게 인용되고 있는 것은 이를 방증해 주는 것이다.

척화파와 주화파의 대립과 갈등 양상은 인조가 항복할 것을 결정하는 장면에서 최고조에 이른다. 김상헌은 이 소리를 듣고 목매어 자결을 시도했으나 주위 사람들이 풀어놓았다. 그런데도 몇 번을 더 목매려 했으나 자제들이 붙들고 지키어 실패하고 말았다고 했다. 정온 또한 마찬가지로 할복을 시도했으나 죽지는 않았다. 척화파의 목숨을 내어놓는 항거 서술에서 두 세력의 갈등은 첨예화된다. 결국 주화파의 주장대로 김상헌·정온·오달제·윤집 등을 적진에 보내게 하는 데서 이들의 대결 양상은 일단락된다.

아울러 양측의 팽팽한 긴장은 강도가 함락되었다는 대군의 편지와 윤방의 장계를 접한 인조의 출성 결심으로 해소된다. 이후 양측의 대결 양상은 주화파의 우위로 옮겨간다. 홍서봉·최명길·김신국 등은 적진에 나아가 출성한 절목을 마련하고 주상과 세자가 입을 청의를 짓도록 하는 데 이르고, 30일 항복의 예를 치름으로써 병자호란은 막을 내리게 되고 이야기의 전개도 결말을 향하게 된다.

두 세력 간의 갈등 양상을 서술하는 작자의 입장은 척화파에 있는 것이 분명하다. 산성 안에서의 갈등을 추적하면서 척화파를 옹호하고 주화파를 비난하는 논조를 택하고, 그렇게 하는 데 알맞은 사건을 배열하고 있다. 따라서 김상헌이 국서를 찢고서 자결을 하려 한 부분을 취택함으로써 독자들로 하여금 비장한 느낌이 들게 하고, 주화파는 속임수나 잔재주를 일삼는다는 인상이 들도록 서술했다.

국서의 왕래를 통한 갈등의 전개 양상 서술도 주요 내용 가운데 하나이다. 《산성일기》에 수록된 양국 간의 서신 왕래는 병자년 1월 2일부터 시작된다. 이날 홍서봉·김신국·이경직이 적진에 가서 네 번 절한 후에 받아온 편지는, 청나라가 군사를 일으킨 까닭을 말하면서 항복하기를 권하는 내용으로 되어 있다. 이에 대한 1월 12일의 조선의 답서는 형이 아우의 잘못을 책하는 것은 당연하나 너무 엄하게 하여 의를 상하게 하면 되겠느냐고 하면서 명과의 관계는 임진왜란의 도움에 대한 은혜의 보답이라고 변명한다. 그리고 황제는 제국을 어루만지고 큰 이름을 세워 도를 본받고 패왕의 업을 넓혔다고 상대를 칭송하면서 우리의 허물을 고칠 것이니 관대히 대해 달라고 정중하게 답하고 있다. 그러나 이 국서에 대한 청의 답서에서부터는 강경한 어조로 바뀐다.

이 답서에는 조선이 말과 행동이 심히 다르고, 그간 왕래했던 문서를 얻어서 보니 청을 도적이라고 일컫고 있는데, 우리가 도적이라면 왜 잡지 못하냐고 분노에 찬 어조로 말하고 있다. 그리고 조선과 같이 교활하고 간사하고 허탄하고 부끄러운 줄 모르고 망령되이 말하고 두려운 것이 없는 자가 있겠느냐고 비난했다. 이어 네가 실러면 출성하여 항복을 하고, 싸우고자 한다면 한번 싸우자고 강한 어조로 공격했다.

이에 대한 18일의 국서에서는 조선의 태도가 많이 누그러졌다. 조선 국왕이 황제께 '上言(상언)'을 한다고 하면서, 엎드려 황제의 명석한 지혜를 받으니 그 책망하기를 엄절히 하며 가르치기를 지극히 함에 황감하여 몸 둘 곳이 없다는 식으로 물러선다. 신하가 국왕을 대하는 태도인 것이다.

20일의 청의 답서는 더욱 강경한 어조로 일관한다. "출성하여 짐을 만나라. 만일 의심하여 출성하지 않으면 지방을 다 짓밟고 생영이 다 진흙이 될 것이니 진실로 잠시도 머물지 못하리라."라고 하면서 척화신 두세 사람을 묶어 보내라고 했다. 이 일로부터 조선은 저자세를 견지한다. 즉 21일에 보낸 국서에는 국왕이 신하를 지칭하는 소위 '稱臣(칭신)'을 하는 사태에 이르고, 23일의 답서에서는 척화신을 내어주기를 허락한다고 했다. 출성을 결심하고 보낸 27일의 국서에서는 마음을 평안케 하고 명대로 돌아갈 길을 열어 달라고 당부하기에 이른다.

신이 성지를 받음으로부터 천지의 용납하는 큰 덕을 감사하여 돌아가 붙좇을 마음이 더욱 간절한데 신의 몸을 돌아 살피니 쌓인 죄 산과 같은지라. 여러 날 머뭇거려 태만한 죄를 더하니 이제 폐하가 돌아갈 날이 있음을 들으니 일찍이 우러러 용광(龍光)을 바라지 못하면 미미한 정성을 펴지 못하고 따라 뉘우친들 어찌 미치리오. 신이 바야흐로 삼백 년 종사와 수천 생령으로써 폐하께 의탁하나니 정이 진실로 자닝한지라. 만일 그릇됨이 있으면 칼을 들어 자결함만 같지 못하니 엎드려 원하건대 밝히 조서를 내리와 마음을 평안하게 하고 명대로 돌아갈 길을 열라.

성지(聖旨, 임금의 뜻)를 받고부터 천지에 용납하는 큰 덕에 감사하여 돌아가서 추종할 마음이 더욱 간절하되 신의 몸을 돌아보아 살피니 쌓인 죄가 산과 같다고 하면서 굴욕적인 항복에 이르게 된다. 그러자 이튿날인 1월 28일의 답서에는, 조선이 명대로 돌아오기를 청했으니 이제 규례를 다시 정하여 명나라와 교통을 끊고, 청 연호를 쓰고, 왕자를 볼모로 삼아 보내라는 등의 요구 사항과 조공 항목을 적어 보냈다. 청의 승리로 양국 간의 국서 왕래는 끝이 났다.

국서 왕래 과정에서 보면 가장 시선을 끄는 것이 강자와 대치하고 있는 약자의 굴욕적 수모 장면들이다. 이 점은 이 작품의 구심점으로, 민족적 수모를 상기시키고자 하는 것이며 작자가 독자에게 전하고자 한 전부라고 해도 과언이 아니다.

결국 《산성일기》는 역사적 사실을 날줄로, 작자가 병자호란을 바라보는 두 세력 간의 대립을 씨줄로 엮어낸 것이라 할 수 있다.

—

《산성일기》의 문학적 가치

—

《산성일기》는 병자호란의 체험을 기록한 한글 일기이다. 이 일기는 남한산성에서의 처절한 항전 및 굴욕적인 외교의 일면과 암울했던 역사의 이면을 생생히 기록하고 있어, 당시의 처절했던 정황과 우리 민족사의 어두운 면을 되새겨 보게 하는 기록이라 할 수 있다. 또한 전쟁의 기록이기에 사료로서의 가치가 두드러진다. 그렇다고 해서 이 작품이 사료로서의 가치만 지니고 있는 것은 아니다. 이 작품에는 병자호란이라는 국란을 맞아 이에 대응하는 다양한 사람의 모습과 거기에서 벌어지는 갈등이 소설과 같은 구성으로 엮이기 있는 점을 주목할 수 있다.

《산성일기》는 하나의 이야기 구조를 갖춤으로써 서사성을 획득하고 있다. 병자호란의 전개라는 시간 순서를 중심으로 인물 간의 갈등 구조를 통해 주요 내용을 구성하여 한 편의 이야기로 만들었다. 《산성일기》는 더이상 역사 기록물이 아닌 이야기 문학작품으로서 중요한 의의를 지니고 있음을 알 수 있다.

《산성일기》는 《병자록》을 발췌 번역하면서 새로운 내용을 첨가하기도 했다. 이는 독자의 흥미를 고려한 것인데, 바로 홍타시의 탄생 설화가 그것이다.

> 누르하치가 일찍이 나가 놀다가 산 옆에서 한 계집이 오줌을 누고 지나가거늘, 보니 오줌 줄기가 산을 뚫어 그 깊이에 말채찍이 들어가니, 누르하치가 괴이히 여겨 그 계집을 데려다가 아들을 낳으니 이가 이른바 홍타시라.

청나라의 건국 과정을 서술하면서 후일 청 태종이 된 홍타시 탄생담을 이렇게 서술하고 있다. 신화에서 흔히 볼 수 있는 일종의 '거인 설화'를 차용한 것으로, 홍타시의 탄생의 기이함을 들어 독자의 흥미를 끌고 있는 것이다.

그리고 이 일기는 한글을 표현 매체로 택함으로써 사대부가 남성이 아닌 여성이나 어린아이도 읽을 수 있도록 한 점도 간과할 수 없다. 역사 기록물의 성격이 우세한 자료를 바탕으로 한 편의 이야기를 엮으려는 저작자의 의도는 이 일기를 문학적 가치가 높은 수필문학으로 만들었다.

《산성일기》와 비교해서 읽을 만한 일기로 《병자일기》가 있다. 이 일기는 인조 때에 좌의정을 지냈던 남이웅의 부인 남평 조씨가 1636년 12월부터 1640년 8월까지 기록한 한글 일기이다. 이 일기의 병자호란 관련 내용은 남한산성으로 들어간 남편으로부터 피란을 떠나라는 전갈을 받고 피란을 떠나는 1636년 12월 15일부터 평택, 당진, 소허섬, 죽도 등지를 전전하다가 서산 당진에서 임시로 거처를 정하고 다시 서산을 떠나 충주로 옮겼다가 서울로 돌아오기 전까지인 1638년 5월 28일까지이다. 이 부분의 주요 내용은 피란하느라고 옮겨 다닌 이야기와 그 고생스러움, 심양으로 간 남편에 대한 걱정과 꿈속에서 남편과 가족을 상봉한 이야기, 일가 친척들과의 교류에 대한 이야기, 충주에 머물면서 농사짓는 이야기와 남편의 귀국 소식에 기뻐하는 모습 등이다. 이 작품은 사대부가의 부녀자가 병자호란이라는 역사적 사건뿐만 아니라 일상생활의 주변에서 일어난 잡다한 일들을 근 4년간이라는 기간에 걸쳐 기록한 것이라는 점에서 의미 있는 작품이라 할 수 있다.

《산성일기》와《병자일기》는 병자호란을 체험한 한글 일기라는 점에서 역사적 배경이 같으나,《병자일기》가 피란 생활의 고초와 개인적 슬픔을 서술한 반면,《산성일기》는 임금을 비롯한 조정의 일을 중심 내용으로 한 점에서 차이를 보인다.

- 장경남

참고 문헌

김광순 옮김, 《산성일기》, 서해문집, 2004.

소재영, 〈《산성일기》의 문학적 가치〉, 《임병양란과 문학의식》, 한국연구원, 1980.

서종남, 〈조선조 국문일기 연구〉, 성신여자대학교 박사학위논문, 1994.

장경남, 〈《산성일기》의 서사적 특성 연구〉, 《고전문학연구》 24, 한국고전문학회, 2003.

七

절대적 사상의 상대화

박세당과《사변록》
—

박세당(1629~1703)은 32세에 과거에 급제하여 여러 관직을 거친 후 40세 부터 수락산 석천동으로 은거해서 죽을 때까지 연구에 몰두했다. 이 연구를 집대성한 결과물이 바로《사변록(思辨錄)》이다.《중용》에서 학문하는 태도를 압축해서 "널리 배우고, 자세히 물으며, 신중하게 생각하고, 분명하게 분석하며, 독실하게 실천하는 것"이라고 말했다. 박세당의 문제작《사변록》은 이 가운데 신중하게 '생각(사(思))'하고 분명하게 '분석(변(辨))'한다는 뜻의 두 글자를 조합한 것이다. 또한 그의 학문적 태도는〈사변록서(思辨錄序)〉에서 밝히고 있듯이, 가깝고 얕고 쉬운 부분에서 멀고 깊고 어려운 곳으로의 순차적 진행이었다.

이렇게 보자면 '사변'이라는 표제와 그의 학문하는 태도는 데카르트

(1596~1650)가 진리를 탐구하기 위한 네 가지 원칙이라고 내세운 것과도 상당히 유사하다. 데카르트의 방법은 바로 '의심할 수 있을 때까지 의심하고, 난제를 해결할 수 있을 정도로 작게 나누며, 가장 단순하고 알기 쉬운 것부터 차근차근 탐구하고, 그 어떤 것도 빠뜨리지 않고 낱낱이 살피면서 전체를 아우르는 것'이기 때문이다. 하지만 데카르트가 근대 철학의 아버지라고 인식된 것과 달리, 박세당은 비슷한 방법론으로 경전을 해석했지만 '유학에 있어서 역적'이라는 사문난적(斯文亂賊)으로 몰려 목숨이 위태로운 지경까지 이르렀다. 왜 그랬을까?

당시 노론 내에서 거대한 영향력을 행사하고 있던 김창흡(1653~1722)은 소론이면서 제자뻘인 이덕수(1673~1744)에게 1703년 음력 3월 30일 한 통의 편지를 보낸다. 김창흡은 이 편지에서 주희의 경전 주석이야말로 세밀하게 분석하고 저울질한 이후 수도 없는 개고를 통해 나온 역작임을 주장하고서 다음과 같이 덧붙인다.

(주희의 주석은) 비록 공자와 증자가 다시 살아나고, 자사와 맹자가 깨어난다고 해도 빙그레 웃으며 수긍하지 않을 수 없을 정도이다. 그러하니 거칠고 얄팍한 식견을 지닌 자가 쉽게 논파할 수는 없다. 그런데 잘 모르겠지만, 서계(西溪, 박세당)의 역량과 공부가 어떠한 경지에 이르렀기에 하루아침에 갑작스럽게 주희를 넘어서려고 하는가?

김창흡의 비판에서 알 수 있듯이, 박세당이 사문난적으로 몰린 이유는 바로 얄팍한 식견으로 유학의 거성인 주희를 비판했기 때문이다.《논어》, 《대학》,《중용》,《맹자》의 저자들이 다시 살아난다고 해도 자신의 뜻을 정확하게 포착하여 주석했다고 할 정도인 주희의 주석을 박세당이 함부로 해석했다는 점이 비판의 주요한 이유이다. 김창흡의 둘째 형인 김창협(1651~1708) 역시 좀 더 학술적인 측면에서《사변록》을 비판했는데, 그 이유 역시 이와 크게 다르지 않다.

그런데 주자의 주석을 의심하고 그 의문을 해결하려고 했던 박세당을 비판한 이들 형제의 기본적인 학문 태도야말로 박세당과 흡사하다. 바로 "어떤 사안을 깊이 생각하고 의심해 보지 않으면 그 결과로 도출된 학문적 확신이 단단하지 못하게 된다."라는 것이 이들 학문 태도의 지향점이었기 때문이다. 아울러 주자의 주석 역시 선배들의 글을 모아 끊임없이 의심하는 과정에서 나온 결과물이라 할 수 있다. 더 나아가 맹자도 "모든 책을 다 믿는다면 차라리 책이 없는 것이 낫다."라고 말하며 학문의 시작은 '의심'이라는 점을 역설했다. 따라서 박세당은 선배들의 학습 방법을 철저히 밟아나간 것인데, 그런 그가 사문난적으로 몰린 사실은 어딘지 석연치 않다.

여기에서 우리는 김창흡의 편지를 다시 한 번 살펴볼 필요가 있다. 그가 박세당을 비판한 이유가 단지 주희를 재해석한 것에만 그치지 않고, 이경석(1595~1671)을 비난한 송시열(1607~1689)에 대한 비판에도 있기 때문이다. 소론이었던 이경석은 조선에 치욕을 안긴 병자호란의 전리품인 〈삼전도비(三田渡碑)〉를 썼고, 이 일을 노론의 수장이었던 송시열이 에둘러 비난한 바 있다. 그러자 소론이었던 박세당은 이경석의 〈신도비명(神道碑銘)〉을 쓰면서 송시열을 다시 비판했다.《사변록》은 1693년에 일단락된 저서인데, 1703년에야 이를 둘러싼 논쟁이 일어났다는 점, 마침 박세당이 이경석의 〈신도비명〉을 지어 송시열을 비판했던 시기가 1702년이라는 사실 등을 고려하면, 결국《사변록》으로 야기된 다양한 논쟁은 단순한 학술적 문제라기보다 정치적 역학 관계와 밀접하게 연관된 사안이었다는 점을 짐작하게 된다. 즉 주희의 주석을 재해석한 점도 문제였지만, 노론과 소론의 갈등 속에서 학문적 시각마저도 정치적 논리로 구획하여 억압하게 된 상황이 박세당을 사문난적으로,《사변록》을 금서(禁書)로 만들었던 것이다.

—

《사변록》의 구성과 내용

—

《사변록》의 구성과 각 경전을 주해한 시기는 다음과 같다.

《대학(大學)》1책 (1680년, 52세)

《중용(中庸)》1책 (1687년, 59세)

《논어(論語)》1책 (1688년, 60세)

《맹자(孟子)》2책 (1689년, 61세에 서문 작성)

《상서(尙書)》4책 (1691년, 63세)

《시경(詩經)》5책 (1693년, 65세)

이렇게《사변록》은 총 14책으로 구성되어 있다. 이 중 가장 늦은 나이에 시작한《시경》에 대한 사변은《시경》〈소아(小雅)·채록(采綠)〉에서 그치고 말았으니,《사변록 – 시경》편은 미완성인 셈이다.

구성은 각 경전에 따라 조금씩 차이가 있기는 하지만, 대체로 경전의 원문이 제시되고 박세당의 해설과 여타 주석가의 견해 및 박세당의 비판이 제시되거나 여타 주석가의 견해가 연이어 제시되는 가운데 박세당의 견해가 제시되는 형식이다.《사변록》에서 주해한 여러 경전의 가장 유력한 주석은 대체로 주희의 그것이다. 《상서》만이 주희의 제자인 채침의 《서집전(書集傳)》이 유력한 주석서이므로, 박세당이 특별한 표시 없이 "주석에서 다음처럼 말했다."라고 말한 부분의 주석자는 대부분 주희이다. 박세당은 주희의 주석을 상당 부분 인정하면서도 견해를 달리하는 부분에서는 주희의 주석을 비판하고 자신의 주장을 내세웠다. 더욱이 《사변록 – 대학》과 《사변록 – 중용》 등은 주석의 내용뿐만 아니라 주희가 배치해 놓은 편장을 재배치하기도 했다. 따라서 《사변록》의 특징적 면모를 살펴보고자 한다면, 주희의 주석을 위시한 여타 주석과의 차이를 살펴보고 정리하는 것이 가장 효과적인 방법일 텐데, 이렇게 해서 발견한 《사변록》의 구성과 내용적 특징은 다음과 같다.

우선 가장 큰 특징으로 들 수 있는 것은 경전에 대해 비교적 자유롭게 자신의 견해를 펼쳐 보이고 있다는 점이다. 그는 〈사변록서〉에서 "경전에 실린 말의 근본은 한 가지이지만 그 실마리는 천 갈래 만 갈래이므로, 여러 주석의 장점을 모으고 조그만 장점도 버리지 말아야 체제가 완전하게 구비된다."라고 말하며 《사변록》을 구성한 취지를 분명히 밝혔다. 즉 박세당은 이 서술로써 자신의 견해 역시 경전의 본래 의미를 해석하는 한 가지 틀로 기능할 수 있으며, 그렇기 때문에 일정한 의의가 있다는 점을 말한 것이다. 이에 반해 송시열은 주희의 주석을 두고 "한 글자 한 구절도 모두 지극한 논의이며 격언"이라고 했으며, "주희 이후로 한 글자 한 구절도 그 뜻이 밝혀지지 않은 경우가 없으니, 주희 이후에 나온 주석들은 모두 군더더기일 뿐"이라고도 했다. 이 둘의 태도를 놓고 본다면, 박세당이 경전에 좀 더 자유롭게 접근할 수 있었던 이유를 확인할 수 있다. 그리고 《대학》과 《중용》의 본문을 자기의 논리대로 재배치하거나 경전의 전통적인 이해를 뒤집는 대담함을 보인 이유도 짐작하게 된다.

다음으로 박세당은 형이상학적이거나 지극히 공허한 이론을 배격했고, 경전의 구성은 가깝고 얕고 쉬운 부분에서 멀고 깊고 어려운 곳으로 순차적으로 진행된다고 믿었다. 그래서 그는 《대학》의 '격물(格物)'과 '치지(致知)'를 각각 "사물의 이치의 지극한 곳에 이른다", "내 마음의 앎이 지극해진다" 등으로 이해한 주희의 주석을 비판한다. 《대학》은 초학자가 덕(德)에 들어서는 문과 같은 저서인데 초반부터 이처럼 심원하고 극진한 경지를 보여준다면 이후의 단계인 정심(正心), 수신(修身), 제가(齊家), 치국(治國) 등의 의미가 축소되거나 희석된다는 것이 그 비판의 이유이다. 아울러 자신의 의도를 관철하기 위하여 그 역시 가장 친근하거나 하위 단위에서부터 차근차근 설명해 나가는 방법을 택하는데, 일상의 가까운 예를 들어 경전의 의미를 설명하거나 개별 글자의 뜻을 상세하게 설명하고 나서 의미를 부연한 이유 역시 이와 같은 의도에서 도출된 것이다.

 다음으로 실용과 실천을 중시하는 태도를 보인다. 박세당은 《사변록》뿐만 아니라 다양한 글을 통해 이와 같은 모습을 보여주었다. 예를 들면 몇 년간 상복(喪服)을 입어야 하는가의 문제로 남인과 서인이 대립했던 예송논쟁(禮訟論爭)에 대하여 "왕위(王位)가 제대로 이어졌다는 점이 중요할 뿐 상복을 입는 햇수를 따지는 일은 소모적인 논쟁"이라는 평가를 내렸다. 그 외에도 그는 북벌론보다 청나라와의 교류를 주장했고, 사라진 명나라의 연호 대신 청나라의 연호를 쓰자고 주장했다. 이것이 조선을 보존하기 위하여 가장 합리적인 방법이라고 여겼기 때문이다. 또한 그는 그저 말이나 주장에서 그치지 않고 실천하고자 노력했다. 《사변록 – 논어》의 다음 해석을 살펴보자.

 학자들의 병폐는 항상 말만 하고 제대로 실천하지 못하는 데 있다. 그들이 성인(聖人)을 배운 것도 행동하고 수양하는 일을 깊이 터득하는 것이 아니라 그저 말단인 말에서만 구한다.

이 해설은 박세당이 공허한 말이 아니라 실천을 중시하고 있으며, 명분만을 내세우는 예송논쟁이라든가 이데올로기로써 사대부와 백성을 호도하는 북벌론을 반대한 이유를 짐작하게 해준다. 그것은 바로 이 주장들이 실천 불가능한 말의 성찬일 뿐이기 때문이다.

—
《사변록》의 의의
—

박세당보다 40여 년 선배였던 장유(1587~1638)는 "조선에는 학자가 없기 때문에 중국에는 유가, 불가, 도가 등이 공존하고 유가 중에서도 정주학(程朱學)과 상산학(象山學) 등을 함께 볼 수 있지만, 조선은 오로지 정주학에만 매달릴 뿐"이라고 당시의 학문 환경을 비판했다. 중국의 경우 각자의 취향에 따라 거리낌 없이 학문에 매진하기 때문에 다양한 학문 가운데에서 일정한 경지에 이른 학자들이 고루 배출되지만, 기량이 협소한 조선의 학자들은 그저 정주학이 세상에 귀한 사상이라는 말만 듣고 그것에만 매달리기 때문에 제대로 된 학자가 나오지 않는다는 비판도 잊지 않았다. 하지만 이렇게 당대를 비판한 장유의 시대만 해도 박세당이 연구하던 환경보다 제약이 심하지는 않았다. 예컨대 장유 스스로도 《계곡만필(谿谷漫筆)》이나 여타 글을 통해 주희의 주석을 비롯한 중국의 경전 이해에 의문을 품었지만 그로 인해 '사문난적'이라는 취급을 받지는 않았다. 그리고 신흠(1566~1628)도 초급 불교 사전 및 도교 사전의 성격을 띤 〈불가경의

설(佛家經義說)〉과 〈도가경의설(道家經義說)〉을 썼지만 그로 인해 비판을 받았다는 말은 듣지 못했다. 아울러 장유와 동시대에 활동하던 학자들도 불가, 도가, 양명학 등에 대해 이후 시기보다 상대적으로 관대한 태도를 취했다.

17세기 중반을 넘어서면서부터 그나마 유지되던 학문적 의심과 비평을 인정하던 분위기가 급속히 경색되어 사상 검증으로까지 악화되었다. 그 이면에는 정치권력이 학문과 사상을 장악하여 시녀로 삼아 좌우하려고 했던 건전하지 못한 의도가 도사리고 있다. 어떤 것이건 절대화된다면 그것은 종교이다. 종교는 의심할 수 없으며 그냥 믿어야 하는 것이기 때문이다. 학문이 종교가 되어버려서 의심을 거세당한 사회는 획일화되기 십상이며, 주도권을 잡은 권력은 이런 사회를 더욱 손쉽게 요리할 수 있다. 동서양을 막론하고 권력이 학문과 사상을 통제함으로써 의심과 비판의 발로를 막았던 이유가 바로 여기에 있다.

박세당은 《사변록》뿐만 아니라 1681년에는 《도덕경》을 주해하여 《신주도덕경(新註道德經)》으로 엮었고, 1682년에는 《장자》를 주해하여 《남화경주해산보(南華經註解删補)》로 정리했다. 이미 말한 대로 그의 학문적 자취를 통해 우리는 유연하면서도 피부에 와 닿는 데서부터 시작하려는 그의 학문적 태도를 볼 수 있었고, 공허한 이데올로기의 주장보다 실용과 실천을 중요시했다는 점을 알게 되었다. 삼백 년도 넘은 박세당의 경전 주해가 당대는 물론 후대에 어떠한 영향을 끼쳤는지 파악하기는 대단히 힘든 일이다. 물론 그의 주해가 학문적으로 완벽하다고 할 수도 없을 것이다. 하지만 당대 그가 불러일으킨 논쟁이 학문과 사상의 경색 속도를 완화시켰다는 점은 분명하며, 이것이 당대 학계와 사상계에 《사변록》이 서 있던 위치이다.

건전한 사회는 다양성이 보장되는 사회이다. 즉 나와 다른 생각을 가진 사람들이 공존하는 사회이다. 이러한 사회를 만들자면 자유롭게 서로의 의견을 공유할 수 있어야 한다. 그런데도 혹시 나와 생각이 다르다는 이유로 '그'의 입을 막고, 그가 좋아하는 책과 노래와 영화를, 읽고 부르고 듣고 보지 못하게 하지는 않았는지, 혹시 내가 좋아하는 것을 종교로 만들고 싶어 하지는 않았는지 다시 돌아보게 되는 일은 박세당이 우리에게 덤으로 준 기회이다.

– 안득용

참고 문헌

장윤수 역, 《사변록》, 지식을만드는지식, 2011.

강지은, 〈서계 박세당의 《대학 사변록》에 대한 재검토 – 《대학장구대전》의 주자주(朱子註)에 대한 비판적 고찰의 의미를 중심으로〉, 《한국실학연구》 13, 한국실학학회, 2007.

김용흠, 〈조선 후기 노소론 분당의 사상 기반 – 박세당의 《사변록》 시비를 중심으로〉, 《학림》 17, 연세대학교 사학연구회, 1996.

김태년, 〈박세당의 《사변록》 저술 동기와 《대학》 본문 재배열 문제에 대한 검토〉, 《한국사상과 문화》 51, 한국사상문화학회, 2010.

이승수, 〈서계의 《사변록》 저술 태도와 시비 논의〉, 《한국한문학연구》 16, 한국한문학회, 1993.

이영호, 〈서계 박세당의 《사변록 – 대학》에 대한 연구〉, 《한문학보》 2, 우리한문학회, 2000.

八
사도세자의 비극과 혜경궁 홍씨의 한

혜경궁 홍씨와《한중록》

《한중록》은 사도세자의 비(妃)인 혜경궁 홍씨가 만년에 자신의 일생을 회고하고, 뒤주에 갇혀 죽은 사도세자 비극의 전모를 기록하고, 친정 식구들의 억울함을 밝힌 글이다. 혜경궁 홍씨는 영조의 아들인 사도세자의 비이며, 영조의 며느리이자 정조의 어머니이다. 1735년(영조 11)에 홍봉한의 4남 3녀 중 둘째로 태어나서 1815년(순조 15) 81세의 나이에 별세했다. 1744년(영조 20) 세자빈에 책봉되고, 1762년 사도세자가 죽은 뒤 혜빈(惠嬪)에 추서되었다. 1776년 아들 정조가 즉위하자 궁호가 혜경(惠慶)으로 올라 혜경궁 홍씨로 잘 알려져 있다. 고종 때 헌경왕후(獻敬王后)로 추존되었으며, 대한제국 때 의황후(懿皇后)로 다시 추존되었다.

《한중록》은 이본에 따라 제명도 다르다. 현재 전하는《한중록》의 이본은 21종인데 '한듕녹, 한즁록, 한듕만록, 혜경궁읍혈록, 읍혈록, 閒中漫錄, 泣血錄, 寶藏(보장)' 등으로 불린다.《한중록》은 많은 사람에게 오랫동안 '恨中錄'으로 불렸다. 남편 사도세자를 잃은 혜경궁의 '한'을 생각하며 한글로만 적힌 작품의 이름을 그렇게 한자로 옮겨 적었던 것이다. 하지만 조선 시대에 책 제목을 짓는 일반적인 방법을 보면, 제목으로는 오히려 '閒中錄'이 적절하다고 할 수 있다.《고종실록》에 보이는《한중록》에 대한 언급에서도 '閒中漫錄' 또는 '泣血錄'으로 적고 있다.《한중록》의 정확한 명칭은 여러 이본을 두루 살펴봐도 '閒中漫錄' 또는 '泣血錄'이 적당하며, '한중만록'을 '한중록'으로 줄여 부른다면 '閒中錄' 또는 '閑中錄'이 정확한 표기가 될 것이다. 결국 지금까지 일반적으로 불렸던 명칭인 '한중록'으로 하되, 한자로 표기할 때는 '閑中錄'으로 쓰는 것이 혼란을 최소화하는 명칭이라고 하겠다.

각기 다른 이름에서 짐작할 수 있듯이 '한중록'은 어떤 단일한 책의 제목이 아니다. 출판된 것도 아니고 필사로 전승되었기에 글의 체제나 내용도 이본에 따라 약간씩 다르다. 혜경궁의 기록을 모두 담은 것도 있지만 일부만 필사한 것도 있다. 표기 문자에 따라서도 한글본은 물론 한문 번역본도 있고, 국한문 혼용본도 있다.

이렇게 다양하게 존재하던《한중록》을 19세기에 누군가가 수합하여 편집했고, 1961년에는 김동욱이 전편을 모아 주석하여 '한중만록'이라는 제명으로 출판했다. 이 책은 이후 수많은 번역본의 저본이 되었으며《한중록》의 표준으로 자리 잡았다. 이《한중만록》의 구성은 총 6권으로 되어 있다. 1권은 혜경궁의 어린 시절(1795년에 서술), 2권과 3권은 사도세자의 죽음(1805년에 서술), 4권은 혜경궁의 노년(1795년에 서술)을 기록한 것으로, 시간별로 배열하고 있다. 그런데 5권(서술 연도 없음)과 6권(1802년에 서술)

은 사건별·인물별로 배열하고 있다.

그동안《한중록》은 혜경궁이 회갑 때인 1795년(정조 19), 67세 때인 1801년(순조 1), 68세 때인 1802년(순조 2), 71세 때인 1805년(순조 5)에 쓴 네 편의 글로 이루어진 것으로 알려져 왔다. 그런데 최근의 연구에 의해 《한중록》이 1795년, 1802년, 1805년, 1806년 네 차례에 걸쳐 작성되었고, 1806년의 글은 1802년 글의 부록에 해당된다는 사실이 확인되었다. 즉 1801년에 쓴 글이 없고, 대신 1806년에 쓴 글이 추가된다. 혜경궁의 글은 1795년, 1802년, 1805년, 1806년의 네 차례에 걸쳐 작성되었는데, 1806 년의 글은 1802년 글의 부록에 해당한다. 또한 각 글을 보면 1795년, 1802 년, 1805년, 1806년에 작성된 글에 서문이 있다. 이로 보아《한중록》은 네 차례에 걸쳐 작성이 되었으며, 책의 편제는 세 부분으로 구성된 것으로 추정할 수 있다.

1795년, 1805년에 작성된 글은 따로 제목이 없으나, 내용으로 보아 각각 독립된 글로 볼 수 있다. 1802년의 서문이 있는 글은 제목을 '읍혈록'이 라 했고, 1806년의 서문으로 추정되는 글이 있는 것은 제목을 '병인추록' 이라고 했다. 병인년에 추가로 기록했다는 뜻이다. 1802년의 글과 1806 년의 글은 한 편의 글로 볼 수 있다. 이로써《한중록》은 네 차례에 걸쳐 기록되었고, 내용상으로 보면 세 편의 글로 이루어졌다고 할 수 있다.

—

자전적 회고, 임오화변의 경과, 친정 해원의 글

—

《한중록》에는 네 개의 서문이 있다. 이 서문을 중심으로 글의 구성과 내용을 한정할 수 있다. 각각의 서문은 다음과 같다.

① 내 열 살 어린 나이에 궁궐에 들어와 아침저녁으로 친정집과 편지를 주고받으니, 집에 편지가 많을 것이라. (중략) 집에서도 또한 아버지께서 대궐에서 온 편지를 돌아다니게 하지 마라 훈계하시어, 편지를 모아 세초(洗草)하기를 일삼으니, 내 필적이 집안에 전함 직한 것이 없는지라. 조카 수영이가 매양 내게 "본집에 고모님 글씨 남은 것이 없어 후손에게 전해줄 것이 없으니, 한번 친히 써 내리시면 가보로 간직하겠습니다." 하니, 그 말이 옳으니 써주고자 하되 베풀어 써주질 못했더라. 그러다 이제 내 나이 환갑을 당하니 남은 날이 적고, 또 올해는 살아 계시면 경모궁(사도세자) 또한 환갑이라, 추모가 더욱 심하니라. 세월이 더 가면 내 정신과 근력이 지금만도 못할 듯하여, 조카의 청을 따라 내 겪은 것을 알게 하니, 감격하여 쓰긴 하지만 내 쇠약한 정신이 지난 일을 다 기록하지 못하고, 그저 생각나는 대목만 쓰노라. (1795년에 쓴 글)

② 내 어린 나이에 입궐하여 이제 거의 육십 년이라. 운명이 험하고 겪은 바가 무궁하여 만고에 없는 고통을 지낸 것 외에도, 억만 가지 큰 변을 다 겪었으니 더 살고 싶지 않되, 정조의 지극한 효성으로 차마 목숨을 끊지 못하여 오늘날까지 이르니라. (중략) 내 이 글에서 한 터럭이라도 꾸미거나 과장한 것이 있으면, 이는 위로는 정조를 무함(誣陷)한 것이고, 가운데로는 내 마음은 물론 새 임금까지 속인 것이고, 아래로는 사사로이 우리 집안만 두둔한 것이니, 내 어찌 하늘의 재앙이 무섭지 않으리오. 내 평생 겪은 바가 무수하고, 선왕(정조)과 나눈 말씀이 몇천만 마디인 줄 모르되, 내 쇠약해진 기억으로 만에 하나를 생각하지 못하니라. 또 나라의 큰일과 관계되지 않은 것은 자잘하고 번거로워 다 올리지 않았느니라. 큰 마디만 기록하다 보니 오히려 자세하지 못하도다. 1802년 7월 아무

날 쓰다.

③ 1762년 경모궁(사도세자)의 죽음은 천고에 없는 변이라. (중략) 대저 이
일에 대해 영조를 원망하며 경모궁이 병환이 없으신데 억울하게 돌아가
셨다고도 하고, 또한 아버지(홍봉한)께서 뒤주를 들이게 했다고도 하니,
이는 실상과 어긋날 뿐만 아니라 영조, 경모궁, 정조 모두에게 망극한 말
이라. '애통은 애통이고 의리는 의리라'는 논리만 잘 붙잡으면 이 사건의
옳고 그름을 분간하기가 무엇이 어려우리오. 내 1802년 봄에 이 글의 초
고를 만들어놓고도 미처 주상(순조)에게 보이지 못했는데, 최근 내 살아
온 이야기를 나누다가 가순궁(순조의 생모)이 '자손이 알게 하는 것이 옳
으니 써내라' 청하여 비로소 가까스로 써 주상께 보이니, 내 심혈이 이 기
록에 다 있는지라. 새로이 심혼이 놀라 뛰고 간장이 무너져 글자마다 눈
물져 글씨를 이루지 못하니, 세상에 나 같은 사람이 다시 어이 있으리오.
원통코 원통토다. 1805년 4월

④ 대저 1760년과 1761년부터 나라에 큰 변괴가 나고 내 집에는 흉한 모
함이 망극망극하였느니라. 그 후 오십 년간 영조, 경모궁(사도세자), 정조
세 분의 욕됨이 여지없고, 하마터면 나라까지 망할 뻔했느니라. 세상이
망극한 지경에 이르고, 내 집 참화도 극진하여 이 모양까지 되니라. (중략)
내 1802년에 기록한 책에서 귀주 한록 무리의 흉악한 뜻을 자세히 썼으
나, 정순왕후가 돌아가고 귀주 무리가 토벌되는 때를 당하여 심사가 한
층 더 끊어오르니, 돌이켜 지난 일을 생각하니 전에 쓴 말 가운데 혹 미
진한 것도 있어서 다시 일의 자초지종을 생각나는 족족 기록해 두노라.
(1806년에 쓴 것으로 추정)

서문의 내용을 보면 ①의 서문으로 시작되는 글이 한 묶음이고, ③의 서문으로 시작되는 글이 또 한 묶음이다. 그리고 ②와 ④는 내용상 이어지는 글로 볼 수 있다. ④는 ②의 글에 덧붙여진 것으로, 한 편의 글로 볼 수 있다. 따라서《한중록》을 세 편의 독립된 글이 하나로 묶인 것으로 추정하는 것이다.

세 편의 글 가운데 첫째는 1795년에 쓴 글로 작자가 자기의 일생을 회고한 것이고, 둘째는 1802년에 초고를 만들고 1805년에 완성한 글로 사도세자의 죽음의 전말을 기록한 것이며, 셋째는 1802년에 쓰고 1806년 다시 부록을 써서 덧붙인 글로 친정이 겪은 고난과 시련을 기록한 것이다. 이에 따라 각각의 글은 자전적 회고의 글, 임오화변의 경과에 대한 글, 친정의 무죄에 대한 항변의 글로 볼 수 있다.

'자전적 회고의 글'은《한중록》가운데 가장 먼저 이루어진 글이다. 서문의 서술 동기에 의하면, 혜경궁이 환갑이 된 1795년에 친정 조카 홍수영의 청을 받아 자신의 수적(手迹)을 친정에 남기기 위해 쓴 글이다. 전반적인 내용은 작자 자신의 일생을 회고한 회고록으로 볼 수 있다. 그 내용은 작자의 탄생에 얽힌 일화로부터 시작하여 자신의 어린 시절 추억, 세자빈 간택에 관한 이야기, 입궐한 후 궁궐 내의 생활, 영조와 선희궁을 비롯한 왕가의 인물들과의 관계 등을 회고한 것으로 시간의 흐름에 따라 서술했다. 그리고 정조의 탄생과 경모궁의 병환, 그로 인한 친정아버지 홍봉한과 혜경궁의 눈물, 선희궁의 별세와 정처(鄭妻)의 득세, 한유의 상소로 인한 선친의 피화, 영조의 별세, 중부(仲父)의 피화, 정조의 등극과 홍국영의 역심 등 친정의 고난과 작자의 풍상을 서술하기도 했다. 고통스런 생활 가운데에도 정조와 원자의 탄생에 대한 기쁨, 정조 등극 후 정조의 효도에 힘입어 동생과 두 삼촌의 벼슬이 높아짐, 수원 능행 잔치 때 친정 식

구들과 재회하는 감격 등을 서술하기도 했다. 한 장면만 예로 들어보기로
한다.

산소에 갔다가 수원 화성으로 돌아와 일가를 안팎으로 모아 주상께서 큰
잔치를 베푸시니, 내 이 잔치가 환갑을 만나 옛일을 추모하는 뜻과 다르
니 진실로 즐겁지 않되 임금께서 효도로 하시는 일이니 즐거운 분위기를
깨지 못하여 좋은 듯 있으나 심사 불안하기 이를 것이 있으리오. 내 남편
을 따라 죽지 못한 과부로 억만 가지 어려움을 무수히 겪으니, 자고로 역
사책에 나온 왕비 가운데서도 나처럼 이상한 신세는 없는데, 더욱이 이
번과 같은 일은 더더욱 없는지라. 이 또한 임금의 효성으로 내 마음을 위
로코자 하신 바이니 눈 닿는 데마다 지성이 아니 미친 데가 없고, 곳곳에
재물을 허비함이 무수한지라. 그러나 극진한 효성으로 호조의 예산을 털
끝만큼도 허비하신 바 없이 이 일을 이루셨다고 하니, 내 심히 불안한 중
에도 재략이 비상하심을 탄복하고 귀히 여기니라. 또한 행사에 사용된
기물과 차림이 모두 정연하여 임금의 교화가 아니 미친 곳이 없으니, 마
음속 깊이 기쁨을 이기지 못하니라.

정조는 아버지 사도세자와 어머니 혜경궁의 회갑을 맞아서 사도세자
산소를 참배하러 가는 길에 어머니를 모시고 갔다. 산소를 참배하고 나서
수원 화성으로 돌아와 회갑 잔치를 베풀어주었는데, 위 장면에서 보는 것
처럼 작자는 그리 즐거워하지 않았다. 남편의 산소를 참배한 날에, 그것도
남편을 따라 죽지 못한 과부로 수많은 고난을 겪은 신세인데 혼자서 회갑
잔칫상을 받기가 내키지 않았던 것이다. 하지만 아들 정조의 지극한 효성
을 생각하면 차마 거절할 수는 없었던 것이다. 그래서 심히 불안한 중에

도 정조의 효성과 교화에 탄복하여 마음속 깊이 기쁨을 느꼈다고 회고하고 있다.

이 글을 쓸 당시는 혜경궁이 지난날의 고난을 참고 인내한 보람을 누리고 있었던 시기였다. 그렇기 때문에 '자전적 회고의 글'은 어떤 뚜렷한 목적성은 드러내지 않고 담담한 필치로 일생을 회고하는 내용으로 채우고 있다.

'임오화변의 경과에 대한 글'은 1802년 봄에 초고를 만들어놓고 1805년 4월에 완성한 글이다. 순조의 생모인 가순궁이 자손들이 사도세자의 죽음에 대해서 알 수 있도록 써 달라고 해서 쓴 글로, 사도세자의 죽음을 둘러싼 임오화변의 경과를 서술한 것이다. 때문에 사도세자가 뒤주에 갇혀 죽게 된 일의 경과가 자세히 서술되었다.

글의 내용은 사도세자의 탄생에서부터 사도세자의 어머니인 선희궁의 별세까지의 일을 다루고 있다. 구체적으로는 영조와 사도세자의 성격 차, 그릇된 영조의 교육관, 화평옹주의 상사, 사도세자 병증의 심각성, 그에 따른 혜경궁과 아버지 홍봉한의 애통, 갑신 처분으로 인한 절망감, 선희궁의 별세 등을 담고 있다.

이 부분은 서문에서도 밝히고 있듯이 사도세자의 죽음을 둘러싼 세간의 이설을 반박하는 데 목적이 있다. 사도세자의 죽음을 둘러싼 세간의 이설은 사도세자가 죄가 있어서 죽었다는 것과 사도세자가 죄가 없는데도 신하들이 부추겨서 억울하게 죽었다는 것이다. 혜경궁은 사도세자가 부왕(영조)에 대해 입에 담을 수 없는 욕을 하고 심지어 부왕을 죽이려고까지 한 것은 사실이지만, 그것은 어디까지나 광증으로 자신을 제어할 수 없는 상황에서 일어난 것이므로, 행위로 보면 죄가 있지만 원인을 따지고 보면 죄가 없다는 입장이다. 혜경궁은 사도세자의 비극은 영조로부터 기인한 사도세자의 병이었기에 부득이한 처사였음을 수차 강조하고 있다.

경모궁(사도세자)께서 어려서부터 아버님의 자애를 받지 못하여 이같이 되시니, 선희궁께서 영조께 유감이 없을 수 없고 당신의 한평생 아픔이 되시니라. 경모궁 병세가 이미 부모를 알지 못할 정도로 심하나, 모자의 사사로운 정으로 차마 마음을 정하지 못하여 계속 늦추고 계셨더라. 그 때 혹 경모궁이 병증이 급하여 주위를 알아보지도 못하고 차마 생각지 못할 일을 저지르시면 사백 년 종사를 어찌하리오. 당신 도리로는 임금을 먼저 보호하시는 것이 대의에 옳고, 경모궁이 그 아드님이나 이미 병으로 어쩔 수 없는 지경이니 차라리 몸을 없게 하는 것이 옳으니라. (중략) 그날 아침에 영조께서 무슨 일로 자리에 좌정하려 하시며 경희궁에 있는 경현당 관광청에 계시니, 선희궁께서 가서 울며 고하시되, "동궁의 병이 점점 깊어 바랄 것이 없으니 소인이 차마 이 말씀을 드리는 것이 정리에 못할 일이나, 옥체를 보호하고 세손을 건져 종사를 평안히 하는 일이 옳사오니, 대처분을 하소서." 하시니라. 또 "설사 그리하신다 해도 부자의 정이 있고 병으로 그리된 것이니 병을 어찌 꾸짖으리이까. 처분은 하시나 은혜를 끼치시고 세손 모자를 평안하게 하소서." 하시니, 내 차마 그 아내로 이 일을 옳다고는 못 하나 어쩔 수 없는 일이라. 그저 나도 경모궁을 따라 죽어 모르는 것이 옳되, 세손 때문에 차마 결단치 못하니라. 내 겪은 일의 기구하고 흉독함을 서러워할 뿐이라.

사도세자가 뒤주에 갇히기 직전의 일을 서술한 것이다. 사도세자의 병증이 부모를 알아보지 못할 정도로 심하게 되자 어머니 선희궁이 먼저 임금(영조)을 보호하려고 결단을 내리고 영조에게 아뢰는 장면이다. 사도세자의 어머니인 선희궁은 종사를 위해서는 아들의 죽임까지도 허용할 수 있다고 여긴 것이다. 혜경궁은 사도세자의 병이 아버지인 영조의 사랑을 받지 못해서 생긴 것으로 판단하고 있다. 혜경궁 자신도 곁에서 듣고 따라 죽고 싶은 심정이었으나 세손(정조) 때문에 결단을 내리지 못했다고 자책하고 있다.

'임오화변의 경과에 대한 글'은 사도세자의 비극인 임오화변의 전모를 밝히는 목적에서 집필했던 만큼 영조와 사도세자와의 관계가 집중적으로 서술되어 있으며, 영조의 편벽한 성품과 사도세자의 병증, 그 사이에서 고통 받는 자신의 처지가 구체적으로 드러나 있다.

'친정의 무죄에 대한 항변의 글'은 두 차례에 걸쳐 기록된 것이다. 1802년에 쓴 글은 정순왕후의 수렴청정 이후 다시 친정에 화란이 닥치고 아우 홍낙임까지 사사되자 친정의 무혐의를 변호하기 위해 쓴 것이다. 그리고 1806년에 쓴 글은 1802년에 쓴 글 가운데 미진한 것도 있어서 다시 일의 자초지종을 생각나는 족족 기록한 것이다.

그 내용은 정조의 죽음으로 인한 절망과 고통, 정순왕후의 횡포로 인한 억울함과 분노, 정처와 후겸·김귀주·관주·김종수와 홍국영 등 친정을 불행의 나락으로 이끈 정적들의 모함, 그로 인한 혜경궁의 피맺힌 한이 구체적이고도 직설적으로 서술되어 있다. 정조가 죽자마자 정적들의 모함과 혜경궁에 대한 무시가 이어지고, 또 끊임없는 친정의 피화는 혜경궁으로 하여금 피눈물을 삼키게 하기에 충분했다. 사정이 이렇기 때문에 친정과 관련된 억울한 사건들에 대한 항변이 주를 이루고 있다.

> 내 집이 근거 없는 모함을 받은 일은 다른 책에서 이미 자세히 썼으나, 그 대략을 다시 기록하노라.

경모궁(사도세자) 돌아가실 때 아버지께서 뒤주를 들이셨다는 말은 1771년 8월 한유 놈의 두 번째 상소에서부터 시작된 것인데, 그것에 대해서는 정조께서 당신이 목도하신 일로 그렇지 않음을 밝히신 것이 다음 달인 9월 내 아버지께 보내신 편지에 나와 있느니라. 그 편지는 지금도 내가 가지고 있도다. 또 1776년 정조께서 정이환의 상소에 답을 하시면서 영조께서 하신 말씀을 들어 뒤주가 아버지에 앞서 들어왔음을 밝히셨느니라.

1800년 5월 21일 내 집 아이들이 문안드리는데, 이 뒤주 문제에 대해 수많은 말씀을 하셨으니, "처음 들어온 밧소주방 뒤주는 물론 나중에 들어온 어영청의 큰 뒤주도 오후 서너 시 전후로 다 들어왔고, 내가 왕자 재실 처마 밑에 앉아 있을 때, 저녁 일곱 시 남짓 외할아버지께서 동대문 밖에서 오셔서 대궐 앞에 이르러 기가 막혀 계시다 하기에, 나 먹으려 하던 청심원을 내보냈으니, 이 시간의 선후는 내 직접 목도한 것이라 분명하니라. 상없는 것들은 그것도 모르고 모함만 하려고 하니, 내가 본 것이 제일이지 그것들과 말 상대할 것이 어이 있으리."

이는 1771년 9월 정조께서 아버지께 보내신 편지 내용과 부합하는지라. 이로 보아도 아버지께서 뒤주 아니 들이심이 분명하니 경모궁 돌아가심에 아버지께 무슨 죄가 있으리오.

위 인용문은 '사도세자를 가둔 뒤주를 혜경궁의 아버지(홍광한)가 들여왔다'는 세간의 주장에 대해 변명한 내용이다. 근거 없는 모함을 다른 데서도 밝혔지만, 다시 정조의 편지와 말을 근거로 들어 아버지의 무죄를 주장한 것이다. 이 외에도 동생 홍낙임이 천주교도와 연루되었다는 혐의 등도 관련 근거를 구체적으로 보여주면서 혐의가 잘못되었음을 주장하기도 했다.

다음 글인 소위 '병인추록'이라 불리는 글은 정치성이 강하다. 1805년 정순왕후가 죽으면서 정순왕후 세력은 힘을 잃었고 혜경궁 측은 반격을 시작하는데, 그 과정인 1806년에 이 글이 쓰였다. 그래서 이 글을 쓸 때는 정순왕후 측을 강력하게 규탄하고, 마지막에 역적 김종수가 아직 종묘에 배향되어 있다고 비판하는 것이다.

'친정의 무죄에 대한 항변의 글'은 각각의 사건 또는 인물을 증거에 입각하여 논리적으로 비판하는 방식으로 기술되어 있다. 따라서 앞의 두 편의 글처럼 시간적 순서에 따라 배열되어 있지도 않다. 이 글은 뚜렷한 정치적 목적을 지니고 있다고 하겠다.

—

장르적 성격과 주제

—

《한중록》의 내용 구성은 앞에서 본 바와 같이 각기 다르다. 이로 인해 이 글의 장르적 성격에 대한 의견도 분분했다. 《한중록》 전체를 (궁중)소설로, 실기문학으로, 소설적 성격과 수필적 성격을 동시에 지닌 혼합 장르로 부른 것이 그 예이다. 그런가 하면 《한중록》은 성격이 다른 글을 모은 것으로 판단해 각 편의 성격을 따로 규정하기도 했다. 즉 네 편의 글은 각각 가훈류(1795년에 쓴 기록), 역사 기록(임오화변의 기록), 전기(정조의 전기), 회고록(병인추록)으로 보기도 하며, 회고록, 전기, (정치)논변문으로 규정하기도 했다.

《한중록》 연구 초기에는 많은 학자들이 (궁중)소설로 보았으나 결코 소설이 아니다. 또 회고록이라고 할 수 있을 듯하지만 《한중록》 전체를 포괄하기는 어려우며, 수필이라 하기에는 담긴 내용이 강한 목적성을 띠고 있어서 적절한 개념으로 보기가 어렵다. 이 세 갈래의 혼란은《한중록》의 서사적 정체성을 불분명하게 하는 주요인으로 작용함으로써 작품 속 개별 텍스트가 지니는 문학적 다양성과 감동, 작품의 내적 가치를 왜곡시키거나 굴절시키는 근본적인 장애 요인이 된다. 때문에 특정 장르론에 작품의 특성을 기계적으로 접목시키기보다는《한중록》이 지니는 문학적 가치를 개별 텍스트의 가치에 실재적으로 접근시킬 수 있는 열린 사고가 필요하다고 본다. 굳이 장르적 성격을 규정하자면, 기존의 연구 성과를 바탕으로 하여《한중록》을 각기 다른 글을 모은 것으로 볼 때는 세 편의 글로 나누어서 각각 '회고록, 임오화변 경과록, 친정 해원록'으로 보는 것이 옳을 듯하고, 이를 한 편으로 보고자 할 때는 '실기문학'으로 규정하는 것이 논란을 줄이는 방안일 듯하다. 작자가 궁중에서 체험한 사실을 기록한 것이기에 궁중실기문학으로 보아도 무방하리라 본다.

《한중록》의 주제에 대해서도 많은 의견이 있다. 친정이 억울한 화를 입은 것에 대한 하소연, 곧 아버지·삼촌·동생의 억울함에 대한 고발과 해명을《한중록》의 주제로 파악하기도 하고, 유사한 관점에서《한중록》을 친정의 억울함을 풀기 위한 보고로서의 색채를 농후하게 띤 한풀이 서사로 이해하기도 했다. 또《한중록》이 심리 분석, 대화체, 정서 표출 등 사적인 글쓰기 전략을 통해 역사를 뒤집는 언술의 정치학을 보여주고 있다는 견해가 제시되기도 했다. 이러한 논의들의 공통점은《한중록》을 친정의 억울함을 풀기 위함이라는 작자의 정치적 의도가 앞선 기록물로 파악하고 있다는 것이다. 이러한 작자의 의도와 관련하여 역사학계에서는《한중록》이 단지 자기합리화를 위한 회상기에 불과하여 그 기록의 신빙성을 인정하기 어렵다고 하기도 하고,《한중록》의 기록이 친정의 입장을 옹호하는 측면이 있지만 기록된 내용들이 《영조실록》이나 기타 기록과 부합하는 등 신빙성을 지니고 있다고 하면서 임오화변의 직접적인 원인을 구명하는 중요한 사료로 다루기도 한다. 한편으로는 혜경궁 홍씨가 사도세자의 죽음을 영조와의 갈등과 세자의 광증으로 그 이유를 제한함으로써 영조와 노론을 정당화하고 정조를 보호하려 했다는 주장이 제기되기도 했다.

이와 같은 주장의 근저에는 《한중록》을 임오화변이라는 정치적인 사건과의 관계에서 해석하고자 하는 사료적 접근 시각의 편중성이 자리하고 있다. 그 결과 "《한중록》은 단순히 혜경궁 홍씨가 자신의 친정을 변론하기 위한 넋두리이다."라는 정형화된 평가로 고착화되었던 것이다. 작품을 지나치게 사료적 가치로 범주화함으로써 그 안에 작동하는 보다 본질적인 작품의 가치를 보지 못하게 만든 것은 물론 그 본질적인 것을 자유로운 상상력으로 감상하게 하는 것조차 어렵게 만든 것이다. 《한중록》을 사료적 가치로만 읽어내려 한다면 혜경궁의 문학적 표현과 감수성 및 작자의식은 그녀의 사상이나 삶의 태도로부터 강제로 유리되어 다만 정치적 목적성을 위한 가식적 혹은 과장적 표현으로 왜곡되거나 폄훼되기 쉽다는 것이다. 이는 우리 문학사에서 귀중한 위치를 차지하는 《한중록》을 다각적으로 감상하고 이해하는 데 커다란 장애 요인이 아닐 수 없다. 특히 교육 현장에서도 《한중록》이 조선 시대 한 여성이었던 혜경궁의 자기 서사라는 사실은 간과되었다. 교육의 초점이 혜경궁이 아닌 역사적 배경인 임오화변이나 궁중 풍습에 더 맞추어져 있었기 때문이다.

따라서 《한중록》을 여성의 글이라는 점에 주목하여 혜경궁 홍씨의 글은 자신에게 불행을 제공했던 가부장제에 적극적으로 도전한 글로, 인생의 노년에 이르러 한 많은 자신의 삶을 자신의 시선으로 응시하면서 뼈아

폰 내면의 상처를 스스로 치유하기 위한 자기 극복의 문학이며 페미니즘 문학의 정채라는 평가는 주목할 만하다.

– 장경남

참고 문헌

정병설 옮김, 《한중록》, 문학동네, 2010.

김용숙, 《한중록 연구》, 정음사, 1987.

정은임, 《한중록 연구》, 국학자료원, 2013.

김현주, 〈《한중록》의 의미 구조와 글쓰기 양상〉, 상지대학교 박사학위논문, 2005.

이승복, 〈《한중록》에 나타난 자전적 회고의 양상과 의미〉, 《고전문학과 교육》 28, 한국고전문학교육학회, 2014.

정병설, 〈《한중록》의 신고찰〉, 《고전문학연구》 34, 한국고전문학회, 2008.

九

서궁에 유폐된 인목대비의 삶의 기록

《계축일기》는 누가 썼나?

—

《계축일기》는 광해군 5년(1613) 계축년에 영창대군 죽음의 동인이 된 계축옥사와 이후 영창대군의 어머니인 인목대비가 서궁에 유폐된 역사적 사건을 서술한 작품이다. 선조는 정비인 의인왕후에게서 왕통을 이을 세자를 얻지 못했다. 그런데 후궁 공빈 김씨는 임해군과 광해군을 낳았다. 광해군은 형 임해군을 제치고 세자가 되었다. 그러던 차에 선조의 후비인 인목왕후가 딸 정명공주와 아들 영창대군을 얻게 되자 후궁 소생인 광해군의 지위는 불안하게 되었다. 인목왕후의 아들인 영창대군이 왕통을 이을 적장자였기 때문이다. 광해군은 왕으로 즉위하는 데 성공했지만 영창대군의 존재로 불안감을 떨치지 못하고 인목왕후와 영창대군의 세력을 제거하기 위해 계축옥사를 일으켰다. 계축옥사로 영창대군은 죽고, 인목왕후는 서궁에 갇히게 되었다. 인조반정으로 광해군이 실각하고 인목왕후는 복위되었다. 이러한 일련의 사건을 생생하게 서술해 낸 것이 《계축일기》이다.

이 작품의 작자에 대해서는 이설(異說)이 존재한다. 인목대비전의 내인들이 지었다는 설, 내인 가운데서도 변 상궁이 지었다는 설, 내인들이 아니라 인목대비가 지었다는 설, 그리고 정명공주가 지었다는 설이다. 작자를 추정할 수 있는 근거는 《계축일기》의 끝에 기록된 다음의 내용을 바탕으로 한다.

> 계축년(1613)부터 서러운 일이며, 날마다 내관을 보내어 위협하고 꾸짖던 일이며, 박대하고 도를 행하지 않고 불효하던 일을 이루 다 기록하지 못하여 만분의 일이나 기록하노라. 다 쓰려고 하면 남산의 대나무를 다 베어 붓을 만들어 쓴들 어찌 다 쓸 수 있으며, 다 이르라고 하면 신천지가 다하고 후천지가 일어난들 다 이야기 삼아보랴. 내인(內人)들이 잠깐 기록하노라.

이병기는 위 인용문의 마지막에 '내인들이 잠깐 기록한다'는 진술을 통해 작자를 서궁에 유폐된 인목대비를 모시던 내인으로 보았다. 이후로 많은 학자들이 '내인설'에 동조했다. 그런데 작품 내용으로 미루어 볼 때 내인이 지었을 리가 없다는 주장이 제기되었다.

대표적으로 궁중 풍속에 정통한 김용숙은 궁인들이 작품을 지을 수는 없었을 것으로 보고, 인목대비를 작자로 주장했다. 김용숙은 '내인'이 아닌 '내인들'처럼 작자를 복수로 밝히는 것이 이상할 뿐만 아니라 인목대비의 내인 가운데 작자가 될 만한 인물이 없었다는 점에 주목하면서, 대화 내용의 실감나는 표현, 광해군에 대한 지나칠 만큼의 적대 의식, 문장 면의 교양과 사상성, 변 상궁을 '변'이라고 부른 점, 내인들을 통틀어 '종'이라고 하대하는 대명사를 쓴 점 등을 근거로 제시하면서 '인목대비설'을 구체화했다.

한편 김일근은 인목대비의 유일한 혈육인 정명공주가 서궁 유폐 시에 생명을 걸고 수집·보유해 두었던 모후의 기록을 풍산 홍씨 집안에 시집올 때 가지고 나왔는데, 그것을 근거 삼아 자신의 회상을 더해 회고록을 구상하여 내인들에게 집필을 위탁했을 것이라고 추정했다. 소위 '정명공주설'인 셈이다.

하지만 이후에 다시 '내인설'이 다수의 학자에 의해 지지되었다. 특히 민영대는 내인들이 중심이 된 작품의 이야기 전개가 실감나고 구체적이며, 작품 내에서 '우리'라는 말은 내인을 가리킨다는 점, 간혹 저속한 표현이 보이고, 내인들이 당했던 억울한 박해에 대해서 자세히 기술했으며, 영창대군에게까지 존칭어를 사용하고, 광해군 내외를 '대전·내전'이라 부르고, 내인들 이름을 세세하게 기술한 점 등을 들어 내인설을 주장했다. 그런데 각 측의 주장은 작품 분석을 토대로 하고 있지만, 각 주장에서 부족한 점이 불식되지 않아 완전한 신뢰를 얻지 못하고 있다. 이에 계축옥사와 관련이 없는 제삼자가 작자일 것이라는 견해가 등장하기도 했다.

작자 문제에 대한 지금까지의 연구로 보아 그 어느 것도 정설이라 할 수 없다. 현재로서는 인목대비 측 어느 '내인'이라는 것이 통설로 받아들여지고 있으나, 작자가 누구인가에 대해서는 아직까지 여러 가능성이 열려 있는 셈이다.

《계축일기》의 이본은 두 종이 전하고 있는데, 둘 다 한글 필사본이다. 우선 한 종은 왕실 도서관인 낙선재에 전해오던 것이다. 이는 '계축일긔 서궁녹 권지일'과 '계축일긔 권지이'로 2권 1책으로 되어 있다. 또 한 종은 1953년에 임창순이 《계축일기》의 이본으로 소개한 《서궁일기》이다. 이 책은 천·지·인 3권 1책으로 구성되어 있는데, 천권과 지권의 앞부분인 '셔궁일긔샹'이 《계축일기》와 같은 내용이다. 이 두 종 이외에 《계축일기》의 이본이라기보다는 후편으로 볼 수 있는 《계해반정록》도 있다.

—

인목대비와 내인들의 고단한 삶과 광해군의 비윤리성

—

《계축일기》는 선조 말년 인목왕후가 정명공주를 출생하는 장면부터 시작하여 서궁에 갇혔다가 광해군 15년 인조반정 때 풀려나는 장면까지를 담고 있다. '일기'라는 표제를 달고 있기는 하지만 일상사를 시간의 순서에 따라 단순 기록한 작품은 아니다. 물론 대체적으로 시간의 흐름에 따라 서술되고 있으나 부분적으로 과거로 소급하여 서술되는 경우도 있다. 2권 1책으로 구성되어 있는 《계축일기》의 전체 내용을 순차 단락으로 요약하여 제시하면 다음과 같다. 내용으로 보아 1권과 2권으로 나눈 것은 특별한 이유가 아니라 분량 때문인 것으로 볼 수 있다.

권1

① 영창대군의 탄생, 유자신(광해군의 장인)이 적자 탄생으로 동궁인 광해의 지위가 위태롭다고 생각하여 음모를 꾸밈

② 선조대왕 서거, 영의정 유영경 등 7명의 신하에게 영창대군을 부탁하는 등의 유교(遺敎)를 내렸는데 광해 측에서 이를 위조라고 허물 삼음

③ 광해의 친형 임해군 살해, 영창대군도 죽이려고 음모를 꾸밈

④ 서자 출신인 박응서의 무리를 도적으로 체포, 영창대군을 임금으로 추대하기 위한 것으로 사건 날조

⑤ 인목대비의 친정아버지 김제남 사사, 인목대비전의 나인들 살해

⑥ 인목대비가 광해를 저주했다고 꾸밈

⑦ 8세의 영창대군을 강화도로 유배 보냄

⑧ 광해가 보낸 내인들이 인목대비 감시

권2

① 내인 중환이는 인목대비가 강화도의 영창대군과 연락을 꾀하려 했다는 무고를 하여 또 인목대비전 내인들 검거 및 살해

② 상궁 가히가 보낸 상궁 난이 인목대비를 저주

③ 인목대비 측 변 상궁을 통해 영창대군의 죽음을 통보

④ 대비 측의 변 상궁 앓아누움

⑤ 변 상궁 병으로 궁 밖으로 나가 대비 주변에 가히가 보낸 상궁들만 남음

⑥ 가히가 내인 천복이를 대비전에 보내 대비를 괴롭힘

⑦ 광해 비와 가히가 변 상궁을 다시 들여보내며 대비를 죽일 것을 교사

⑧ 변 상궁 거절

⑨ 인목대비를 유폐시킨 서궁의 경비를 더욱 강화

⑩ 인조반정으로 서궁의 문이 열림

전체 내용은 광해군 집권기에 해당하는 15년 남짓한 기간의 일, 그것도 계축옥사와 서궁 유폐와 관련된 사건이 중심이다. 따라서 초기 연구는 궁중에서 일어난 역사적 사실의 기록이라는 점에 주안점을 두고 역사적 기록과 허구적 서술이라는 측면에서 작품 내용을 분석했다. 주로 역사적 사

실과의 관련성 여부를 밝히는 데 치중한 것이다. 하지만《계축일기》를 하나의 문학작품이라는 점에 주안점을 둔다면 이와 같은 논의는 피상적일 수밖에 없다. 이 작품은 표면적으로 보면 역사적 사건을 순차적으로 나열한 듯하지만, 세부 내용을 들여다보면 작자에 의해 취사선택된 사건을 삽화로 나열해 작품의 내용을 구성했다. 그것이 사실이든 허구이든 작자는 어떤 의도를 가지고 이 작품을 썼기에 사실 여부의 파악보다는 작품의 서술 내용과 그 의미를 파악하는 것이 더 긴요한 일이다.

따라서《계축일기》를 인목대비의 내인들이 광해군의 부도덕함을 비판하고 대비와 자신들이 겪었던 억울한 사연과 심정을 호소할 목적으로 창작한 작품으로 보려는 시도는 온당한 평가라고 할 수 있다. 즉《계축일기》는 인조반정에 의해 대비가 복권되자 대비를 시위했던 내인들이 모여서 그동안에 겪었던 일들을 회상하고 그에 대해 논의하여 엮어낸 기록물인 것이다. 따라서 그 내용도 '광해군의 비윤리성', '인목대비의 수난', '내인들이 받은 핍박'으로 나눌 수 있다. 이는 작품의 끝에 기록된 다음의 글에 근거를 둔 것이다.

계축년(1613)부터 서러운 일이며, 날마다 내관을 보내어 위협하고 꾸짖던 일이며, 박대하고 도를 행하지 않고 불효하던 일을 이루 다 기록하지 못하여 만분의 일이나 기록하노라.

위의 기록을 보면 작자는 '서러운 일', '내관을 보내어 위협하고 꾸짖던 일', '박대하고 도를 행하지 않고 불효하던 일'을 다 기록하지 못하지만 만분이 일이나 써 기록한다고 밝혔다. 여기서 '서러운 일'이란 주로 인목대비의 수난을 의미하고, '내관을 보내어 위협하고 꾸짖던 일'은 대비 측 내인

들이 받았던 핍박을 가리키며, '박대하고 도를 행하지 않고 불효하던 일'
은 인륜을 저버린 광해군의 부도덕함을 말하는 것으로 볼 수 있다.

이를 바탕으로《계축일기》의 내용은 '광해군의 비윤리성', '인목대비의
수난', '내인들이 받은 핍박'으로 나누어 볼 수 있다.

우선 광해군의 비윤리성이다. 이 작품에서 광해군은 형 임해군과 아우
영창대군을 죽이고 어머니 인목대비를 폐비시킨 몰인정하고 포악하고
부도덕하고 불효하는 형편없는 인물로 묘사되어 있다. 광해군의 부정적
성격을 강조한 이유에 대해 기존 연구에서는 광해군에 대한 작자의 미움
때문이라고 하는가 하면, 원한에 가득 찬 작자가 자신이 당했던 서궁 생
활을 정당화하고 자신들을 이런 지경에 몰아넣었던 광해군을 상대적으
로 질타하기 위한 것이라고도 했다. 또 계축옥사와 영창대군의 죽음과 같
은 비극적 사건이 광해군의 성격적 결함에서 왔음을 보여주기 위한 것이
라고도 했다. 그럼 몇 가지 예화를 통해서 광해군이 어떻게 서술되고 있
는지 들여다보자.

왕은 영창대군이 보위를 노리지 않을까 하는 불안감에 시달리다 못해 갖
가지 의심을 품기에 이르렀다. 그리하여 왕으로서 위엄과 무서움을 과시
하기 위해, 밥은 죽같이 질게 먹는 대신 고기는 불기만 약간 쬐여 날고기
처럼 먹었다. 이처럼 날것을 즐기게 되자 왕의 눈은 충혈된 것처럼 벌겋
게 되었다. 산나물 같은 야채를 더럽게 여기고 육식만 일삼는 한편, 엿처
럼 유난히 단것만을 즐기게 되었다. 왕은 점점 행동이 수상하고 이상스
러워졌다.
주위에서 권하는 일은 들은 체도 하지 않고, 하지 말라는 행동만 골라 하
며 점점 흉폭스러워졌다. 게다가 점점 실없는 말까지 했다. 이 모습이 실

로 걸주(桀紂)의 위엄과 양제(煬帝)의 행실보다 더했으니, 대비마마는 밤낮으로 두려워하시며 장차 조상의 묘를 저버리게 되지는 않을까 걱정하셨다. 그러더니 결국 난이 일어나고 말았다.

광해군은 영창대군에게 왕위를 빼앗길까봐 늘 불안감에 시달리고 있었는데, 그러한 불안감은 날것을 즐기는 등 이상스러운 행동으로 표출되고 있다. 작자는 광해군의 성격이 점점 흉폭스러워져 급기야 계축옥사와 같은 난을 일으키고 말았다고 서술했다. 광해군의 도리에 어긋난 행동을 드러내고자 한 것이다.

왕이 처음으로 선왕의 묘에 참배하러 나섰을 때였다. 옛 재상들은 어귀에서부터 울음이 절로 나왔으나, '아드님이신 상감께서 곡을 하시거든 그때 실컷 울어야겠다.' 생각하고 꾹 참고 있었다. 그러나 이제나저제나 기다려도 왕은 눈물 한 방울 흘리지 않고 결국 묘 있는 곳까지 올라갔다. 그리고 묘에서 그냥 천천히 내려오더니, 그사이 누가 가르쳐주었는지 완전히 내려온 후에야 예조판서에게 의논했다.
"울랴? 말랴?"
"우셔야 옳은 줄로 아옵니다."
왕은 돌아오는 길에 곡을 했다. 그 소리를 듣고 한 선비가 말했다.
"'실성통곡했으니 내가 너무 울었는가?' 하고 잘못 생각하시겠지."
이처럼 천성적으로 효성스럽지 못하고 오히려 매우 포악하니 내비전에게 어찌 공경심이 지극하겠는가.
중전 역시 선왕이 돌아가셨을 때에 문안 한번 제대로 오지 않았다. 상복을 벗은 후에는 올까 싶었더니, 그 뒤로도 문안드릴 생각은 하지 않고 모습도 보이지 않으며 안살림에 분란만 만들고 있었다.

위 인용문은 광해군이 선왕의 묘를 참배한 일을 서술한 것이다. 선왕 묘에서 눈물 한 방울 흘리지 않다가 신하들의 요청으로 억지로 곡을 하는 행위를 서술하고, '효성스럽지 못하고 매우 포악하다'고 평가하고 있다. 더군다나 중전까지도 대비전에 문안하지 않는 행위를 기록해 그 불효를 지적하고 있다. 작자는 광해군의 도리에 어긋난 행동이나 불효를 저지른 일화와 그에 대한 논평을 통해 광해군의 비윤리성을 드러내고 있으며, 이를 통해 계축옥사나 영창대군의 죽음과 같은 비극적 사건이 광해군의 성격적 결함에서 비롯되었음을 보인 것이다.

《계축일기》에서 인목대비의 수난은 이 작품 전편에 걸쳐 서술되고 있지만 영창대군을 빼앗기고 서궁에 유폐당한 이후에 집중적으로 서술되었다.

대비마마는 지극히 슬퍼하며 통곡하셨다. 내관들은 눈물을 씻으며 입을 열어 다른 말은 못하고 다만 이렇게 말할 뿐이었다.

"어서 내보내시옵소서! 우리라고 어찌 모르겠나이까마는 이럴 일이 아니옵니다!"

이때 왕의 내인인 연갑이가 갑자기 대비마마를 업은 내인의 다리를 붙들었다. 한편에서는 은덕이가 공주를 업은 주 상궁의 다리를 붙들었다. 두 상궁은 한 발도 옮기지 못하게 되었다. 그러자 다른 내인들이 대군을 업은 김 상궁을 앞으로 끌어내고 뒤에서 밀쳐내어 문 밖으로 나가게 하고는 차비문(差備門)을 닫아버리니, 그 망극함이 어떠했겠는가? 어린 대군 아기씨만 문 밖으로 업혀 나가며 발을 동동 구르고 업은 사람의 등에 머

리를 부딪치며 서럽게 울부짖었다. (중략)

대비마마는 거처로 돌아오자 하늘을 우러러 크게 울부짖으며 통곡하다 기절하시고 말았다. 이후로는 사람이 없을 때 목매거나 자결하여 목숨을 끊으려 하시며 자꾸 물러가라고만 하셨다. 그러자 변 상궁이 그 뜻을 눈치채고는 밤낮으로 곁을 떠나지 않고 마주 앉아 갖가지로 위로했다.

광해군 측은 영창대군을 인목대비와 분리시키려고 온갖 노력을 다했다. 급기야 힘을 동원해 빼앗아가는 상황에까지 이르렀는데, 위 인용문은 영창대군을 빼앗기는 장면이다. 인목대비의 수난은 아들을 빼앗긴 이후로 점점 악화되었다. 인목대비가 스스로 목숨을 끊으려는 시도까지 했던 사실을 보여줌으로써 수난의 한 단면을 드러낸 것이다.

인목대비의 수난에 못지않게 많은 분량을 차지하는 장면이 내인들이 핍박을 받는 장면이다. 작자가 중점을 둔 사항 중에 하나는 대비가 수난을 당하는 동안 각 내인들이 보여준 태도와 서궁 유폐 당시에 대비 측 내인들이 겪어야만 했던 고생담이라 할 수 있다.

내인들은 신을 것이 없어서 헌 옷을 뜯어 노끈을 꼬아 짚신처럼 만들어 신거나, 헌 신을 뜯어 신을 것에 기워 신기도 했다. 그러나 금방 헤져 견디지 못하자 화살촉을 빼내 송곳을 만들어 짚신을 삼기 시작했다. 또 겨울이면 눈 위에서 신을 것이 없으므로 큰 신을 뜯어 사슴 가죽으로 눈신을 짓기 시작했다. 봄에 손질해 두었다가 겨울을 지냈는데, 사슴 가죽창이라 겨우 한 겨울을 지낼 수 있었다.

그렇게 십 년이나 지나자 모든 몰신이 다 없어졌다. 신 바닥을 기울 노끈이 없어 베옷을 풀어 꼬아 깁고, 지을 실이 없어 모시옷과 무명옷을 풀어

썼다.

내인들은 발이 짓물러 울고 다녔다. 한 내인 아이가 발이 삐어 비명을 지르며 우니, 대비마마께서 들으시고 불쌍히 여기셔서 "아무쪼록 그 아이의 발을 잘 간수하여 주어라." 하셨다. 그래서 처음에는 칼로 평평한 나막신을 만들어 주다가 점점 익숙해지자 굽이 달린 나막신을 만들어 주었다. 나막신에 박을 못은 예전에 진상 들어온 궤짝의 못을 빼어 박았다. 칼할 것이 없어서 옛날에 있던 환도(還刀)를 둘로 끊어 칼을 만들거나 가위를 벼려 갈아서 날을 만들었다.

내인들의 고난 가운데 광해군 측의 내인들에게 핍박을 받는 것은 예사로운 일이었다. 하지만 위 인용문처럼 서궁에 유폐된 지 많은 시간이 흐르자 환경이 열악해져서 내인들은 더욱더 큰 고통에 시달렸던 것이다. 물자가 부족해서 헌 옷가지를 활용해 신을 만들어 신은 사실을 이렇게 서술한 것은 그 한 예이다. 광해군 측이 내인들에게 필요한 생필품도 제공하지 않으면서 핍박한 사실을 서술함으로써 내인들의 수난은 물론 광해군측의 잔혹함을 드러낸 셈이다.

이렇게《계축일기》는 광해군 측의 비윤리적인 면을 드러낼 수 있는 사례를 삽화로 나열하여 비판하는가 하면, 영창대군의 출궁과 같은 사건을 통해 인목대비의 수난을 생생하게 전달하고, 나아가 내인들이 받은 핍박을 서술함으로써 유폐된 삶의 고통을 알리고 있음을 알 수 있다.《계축일기》에는 광해군과 인목대비의 갈등, 그리고 그로 인한 인목대비의 고통스런 삶의 모습이 제시되어 있으며, 아울러 내인들이 겪었던 고통과 아픔이함께 서술되어 있는 것이다.

소설인가 수필인가

《계축일기》의 갈래 문제는 작자 문제만큼 의견이 분분하다. 연구 초기에는 소설로 보려는 의견이 강했는데, 구체적으로는 궁정소설, 사실소설 또는 역사소설로 보기도 했다. 이후로 논의를 거듭하면서 실기문학, 수기, 궁정기사체, 교술, 일기, 수필 등으로 규정했다. 간단히 정리하면, 허구적이고 서사적인 성격이 강하냐 사실 기록적인 성격이 강하냐의 문제로, 즉 '소설(서사)이냐 수필(교술)이냐'로 양분되는 것이다.

《계축일기》는 계축옥사라는 역사적 사실에 바탕을 두고 있으므로 당연히 사실 기록적 성격을 지닌다. 더욱이 교술의 하위 갈래인 '일기'를 표제로 내세우고 있기 때문에 교술 갈래로 볼 여지가 충분하다. 하지만 작품의 내용 구성을 면밀히 살펴보면 사정이 달라진다. 일반적인 일기처럼 날짜별로 기록되어 있지도 않고, 전체의 내용 구성이 단편적인 사건의 단순한 나열이 아닌 일관된 계획에 따라 체계적으로 구성된 모습을 보여주기 때문이다.

기존 연구에서 이 작품을 인물 묘사와 사건 기술의 허구성, '도입 – 전개 – 종결'로 이루어진 소설적 구성, 시간의 역전과 같은 서사 기법 등을 근거로 소설로 파악하기도 하고, 작자 자신이 보고 듣고 느낀 절실한 체험을 구체적이고 사실적으로 표현한 실기문학으로 규정하기도 했다. 교술적 성격이 강한 서사일 수도 있고, 서사적 성격이 강한 교술일 수도 있다. 두 가지 성격을 함께 지니고 있기에 그 갈래적 성격을 명확히 하기가 어려웠던 것이다.

《계축일기》에는 분명 광해군과 인목대비의 갈등, 그로 인한 인목대비와 내인들의 고통과 수난이 잘 드러나 있다. 역사적 사건에 대한 사실의 기록이기도 하지만, 서술된 내용은 작자의 시각과 판단에 따라 선택·재구성된 것이기도 하다. 따라서 이 작품의 성격은 당시 상황을 재구성한 작자의 시각에서 찾아야 할 필요가 있다고 본다. 작품의 창작 동기나 내용을 보면 작자는 자신이 실제로 체험한 사실을 기록했음을 분명히 하고 있다. 작자 자신이 궁중에서 체험했던 사건을 사실적으로 표현했기에 '궁중실기문학'으로 보는 것이 온당할 것 같다.

《계축일기》는 내인들의 궁중 체험 기록이다. 여성 작자가 궁중에서 체험한 사실을 기록했다는 점에서 혜경궁 홍씨의 《한중록》과 함께 우리 문학사에서 독특한 위치를 점하고 있음은 분명한 사실이다.

- 장경남

참고 문헌

강한영 역주, 《계축일기》, 형설출판사, 1981.

조재현 옮김, 《인목대비 서궁에 갇히다, 계축일기》, 서해문집, 2003.

민영대, 《계축일기 연구》, 한남대학교 출판부, 1990.

정은임, 《계축일기 연구》, 국학자료원, 2015.

이승복, 〈《계축일기》에 나타난 갈등의 충위와 제시 방식〉, 《고전문학과 교육》 34, 한국고전문학교육학회, 2017.

이영호, 〈서술자의 측면에서 본 《계축일기》의 표현 전략 연구〉, 《고전문학과 교육》 11, 한국고전문학교육학회, 2006.

정병설, 〈《계축일기》의 작가 문제와 역사소설적 성격〉, 《고전문학연구》 15, 한국고전문학회, 1999.

╋

역사가를 꿈꾸던 청년의 내면 일기

유만주의 생애와 일기 쓰기

―

유만주(1755~1788)는 영·정조 시대의 사대부 문인으로, 길지 않은 생애의 대부분을 숭례문 안 자신의 집에서 글을 읽고 쓰며 보낸 인물이다. 그는 서울에 세거한 명문가인 기계(杞溪, 포항의 옛 지명) 유씨 집안의 구성원으로, 그의 부친은 해주 판관과 부평 부사 등을 역임한 저명한 관료·문인인 유한준(1732~1811)이고, 그의 현손(玄孫, 손자의 손자)은 국내 최초로 일본과 미국에서 유학하고 《서유견문(西遊見聞)》이라는 저술을 남긴 유길준(1856~1914)이다.

유만주는 자신의 아버지나 고손자처럼 사회적으로 두각을 나타낸 인물은 아니어서, 관직에 진출하거나 자신의 명의로 간행된 책을 남기거나 한 적 없이 일개 거자(擧子, 시험 응시생)로 평생을 보냈다. 부친 유한준의 술회에 따르면, 그는 소년 시절부터 역사가가 되고자 하는 희망과 열의를 품고 공부를 해나갔고, 성년이 된 이래 중국과 조선의 역사서를 저술하는 작업에 매진했으나 운명이 허락하지 않아 책을 완결하는 데 이르지는 못했다. 부친이 언급한 그 미완의 역사서는 현재 확인할 길이 없다.

다만 그는 21세가 되던 1775년 1월 1일부터 일기를 썼고, 얼마 있지 않아 그 일기에 '흠영(欽英)'이라는 이름을 붙였다. '책 속에서 만나는 인간의 아름다운 정신을 흠모한다'는 취지의 이 말은 일기의 제목이기에 앞서 열정적인 독서인으로서 유만주의 정체성을 나타내는 그의 자호(自號)이다. 이와 같은 일대일대응은, 일기를 '또 다른 나'로 삼아 스스로와 진지한 대화를 나누는 젊은 저자의 저술 태도를 짐작하게 한다.

한편 일기를 쓴 지 8년째 된 1783년 여름의 《흠영》에는 다음과 같은 그의 고백이 드러난다.

나는 글을 잘 못하지만 나의 글은 《흠영》에 있고, 나는 시를 잘 쓰지 못하지만 나의 시는 《흠영》에 있으며, 나는 말을 잘 못하지만 나의 말은 《흠영》에 있다. 나는 하나의 땅에서 경세제민(經世濟民)하는 일을 할 수 없지만, 내가 어떤 한 땅에서 경세제민하고자 한 시도는 《흠영》에 있다. 《흠영》이 없으면 나도 없다.

이 고백에서, 그가 결국 이 일기를 쓰는 일에 자신의 삶 자체를 걸게 되었고, 시간이 갈수록 일기와 자신을 동일시하는 태도가 강화되었음을 알 수 있다.

그러나 유만주의 일기 쓰기는 불우한 서생(書生)이 항용 보일 법한 밀실에서의 독백과는 거리가 멀었고, 오히려 자폐적 삶을 극복하려는 시도에 가까웠던바, 《흠영》은 독자를 의식하고 소통을 기대하며 쓰인 작가적 저술 활동의 결과물로서의 면모가 크다. 일례로 그가 평생에 걸쳐 저술했다고 한 역사서의 편린들은 물론 역사가를 꿈꾸며 정진해 나갔던 그의 생애까지 오롯이 담고 있는 것이 바로 《흠영》인 것이다.

원래 그는 날마다의 독서를 기록하는 것이 공부에 도움이 되리라는 취지에서 일기를 쓰기 시작했다. 그러나 그의 일기는 점차 자유로운 사유를 펼치고 박학(博學)을 추구하는 장이 되어줌으로써 그의 단조로운 일상에 의미를 부여하고 삶을 견디도록 하는 중요한 방편이 되었다. 거자로서의 삶이 지속되며 모든 것이 유예된 그의 처지는 현실을 낙관하기 어렵게 했지만, 그는 자신과 세계의 현 상태를 있는 그대로 정직하게 응시하며 자신의 경험을 일기에 꼼꼼히 기록하는 일을 그치지 않았다. 이런 노력은 그가 병으로 세상을 떠나기 한 달 전인 1787년 12월 14일까지 13년간 꾸준히 지속되었고, 그 결과 24책의 방대한 필사본 일기 《흠영》이 남게 된 것이다.

—

《흠영》, 일기의 모든 것

—

일기는 개인이 경험을 기록하는 여러 글쓰기 양식 가운데 가장 유연하고 포괄적인 것이라 볼 수 있다. 이러한 특성 때문에 일기는 그 일기를 쓰는 사람의 성향과 의도를 전적으로 반영하는 자유로운 글쓰기의 장이 된다. 그 글쓰기의 결과는 예술의 범주에 들어가는 자기 서사의 문학작품이 될 수도 있고, 의미를 갖기 위해 독자의 선별과 분류 및 재구성을 기다려야 하는 일종의 자료집으로 남을 수도 있으며, 혹 이 두 가지 성향을 모두 지닌 다면적 기록이 되기도 한다.

조선의 경우 16세기 이래 개인이 자신의 경험을 기록하는 현상이 보편화되어 한문을 사용하는 식자층이 일기를 쓰는 일은 비일비재했다. 이른 시기에는 유희춘(1513~1577)이, 좀 더 후대에는 황윤석(1729~1791)과 노상추(1746~1829), 정원용(1783~1873) 등이 길게는 90년간, 짧게는 11년에 걸쳐 자신의 생애를 일기의 형태로 기록했다. 그러나 전근대 시기 조선의 지식인들이 한문으로 쓴 일기 가운데 위에서 언급한 유연함이나 포괄성을 적극적으로 구현한 예는 그리 많지 않아 보인다. 개인의 생애와 결부되어 기록된 조선의 한문 일기들은 대체로 국가와 가정이라는 공(公)과 사(私)의 영역 구분 및 그 안에서의 처지를 뚜렷이 반영한 관인(官人)과 가장(家長)이라는 자아를 주로 보여주고 있어, 그것을 넘어서거나 벗어난 자아의 다양한 형상을 찾아보기란 쉬운 일이 아니다. 이는 아마도 조선 사회에 지배적이었던 유교 특유의 현실주의적 인간관이 작용한 결과로 여겨진다. 그에 따라 조선의 한문 일기들은 가내사를 기록한 상세한 가계부, 혹은 관료로서의 직무에 집중한 근무 일지로서의 기능에 집중되는 경향을 보이며, 대체로 정치사·사회경제사·의료사·생활사 등 역사학의 제 분야에서 대단히 유용한 자료로 간주되고 있다.

《흠영》에 관한 기존 연구에서 주목된 것 역시 18세기 서울의 지식인이 얼마나 다양한 책을 읽었으며 그 책들의 유통 경로와 가격 등은 어떠했는지를 알려주는 자료로서의 면모이다. 이에 유만주의 형상 역시 폭넓은 다독가이자 책의 가격 및 입수 과정까지 상세하게 기록한 꼼꼼한 장서가(藏書家)로서의 그것에 가까워졌으며, 일기에 나타난 그의 생애는 '광적인 독서 체험' 정도로 단순화되었다. 유만주의 생애에서 독서가 차지하는 비중과 의미가 적지 않고 그것을 반영한 그의 일기가 '책'을 중심으로 조선의 사회사를 구성해 나가기에 더없이 적합한 자료임은 재론할 필요가 없는 사실이다. 그러나《흠영》은 일기라는 글쓰기 양식이 지닌 유연함과 포괄성을 매우 높은 수준에서 구현하고 있다는 점에서 앞서 언급한 조선의 일반적인 일기들과는 확연히 구분된다.

《흠영》이 포함한 다양한 내용 중에는 심지어 일기라는 장르에 대한 진지한 검토도 있다. 유만주가 생애를 걸고 쓴 일기가 바로 그 생전의 유일한 저술인《흠영》이 되었다는 사실은, 작가로서 그가 여러 저술의 형식 가운데 유독 '일기'에 의의를 두었을 가능성을 내포한다. 그는 '내가 일기를 쓰고 있다'는 것을 강하게 의식하며 날마다《흠영》을 써나갔고, 종종 일기에 대한 이론화를 시도하기도 하여, '메타 일기'라 할 만한 내용을《흠영》 곳곳에 남겼다. '일기란 무엇이며, 왜 쓰는가? 지금 내가 쓰는 일기라는 형식은 어디에서 왔는가?' 유만주는 일기를 통해 이런 문제에 대해서도 해명하고자 한 것이다.

유만주는 일기를 '나의 역사'로 정의한다. 그는 자신에게 운명으로 주어진 시간을 온전히 사는 길 중 하나가 경험을 기억하는 것이고, 어떤 순간을 망각하는 것은 그만큼의 생애를 폐기하는 일이라 믿었다. 이런 그에게 '나'의 역사를 기록하는 일기 쓰기는 기억을 위한 가장 좋은 방편으로 심중한 의미를 갖는다.

그리고 유만주는 날짜와 날씨를 쓰고 그날의 일들을 기록하는 당대의 일기 형식이 저보(邸報)와 역일기(曆日記)를 연원으로 삼고 있다고 인식했다. 저보란 조정(朝廷)의 일을 기록한 관보(官報)의 일종으로, 거의 날마다 발행된다는 점에서 오늘날의 신문과 유사하다. 역일기란 책력(冊曆)의 날짜 아래 마련된 공란에 그날의 가내사(家內事)를 적는 식의 간략하고 지속적인 메모이다. 이 둘은 모월모일이라는 표제 아래 하루라는 시간의 분절을 단위로 삼아 서술된다는 점에서 공통되지만, 조정과 가정이라는 경험 세계를 각각 전적으로 반영하고 있다는 점에서 서로 뚜렷이 구분된다. 따라서 유만주가《흠영》에 대해 이 둘을 연원으로 삼고 있다 할 때, 일기는 하루를 단위로 한 공사(公私) 영역의 경험을 '나'의 역사로 포괄하여 수렴하는 하나의 형식이 된다.

이와 같은 유만주의 서술 의식은《흠영》의 내용에 오롯이 반영되어, 이 일기는 저자가 지근거리에서 목격한 영·정조 시기의 정치사와 사상사, 사회경제사 등 거시적인 역사에 해당하는 사항은 물론, 그 거시사의 흐름을 추수하거나 혹은 그 흐름에 반하기도 하며 역사를 이루어가는 낱낱의 미시적 요소들까지 섬세하게 포괄하게 된 것이다. 일례로 유만주는 한 사람의 몰락 양반으로서 신분제가 붕괴해 가는 당시의 상황을 구체적으로 언급하며, 국가가 정치적으로 몹시 불안정하다는 것, 관료들의 무능과 부패가 심각하다는 것, 빈부 격차가 극심하고 경제적으로 불안정한 사회에서 양반과 천민 할 것 없이 각자도생을 지상 과제로 삼고 있다는 것, 다들 이익을 위해 치달리고 있어 양반과 하층민 사이에 심각한 계급 갈등이 빈발한다는 것 등 구체적인 사회상은 물론 그 사회 구성원의 행동과 심리에 이르기까지 다각도로 분석했다. 따라서《흠영》은 18세기 조선의 삶 그 자체를 보여주는 하나의 새로운 역사서로 볼 수도 있는 것이다. 유만주는 한 사람의 역사가로서 전문적이고도 객관적인 역사 서술을 추구하는 입장이 확고했지만, 한편으로는 권력을 정당화하는 역사의 대척점에 서서 승자보다는 패자의 기억을 지지하는 데 역사의 존재 의의가 있다는 견해를 지니고 있었다.《흠영》에 기술된 조선사는《조선왕조실록》과 비교했을 때 낯선 느낌을 주는데, 이는 재야 역사가로서 유만주의 사관(史觀)이 뚜렷이 반영된 결과이다.

또한 우리가 누군가의 일기를 읽을 때 기대하는 바는 근본적으로 이 글쓰기가 지닌 자기 서사로서의 문학적 특성, 달리 말하자면 일종의 내밀함이라 할 수 있을 터이다. 그런데《흠영》은 이런 측면에서도 가장 일기답다고 평가할 수 있다. 유만주는 일기를 '나'의 역사라고 했거니와, 그의 일기는 바로 '나'의 문제를 주시하고 있기 때문에 동시대의 여러 일기 가운데서 유독 이채롭다. 그는 개인의 사적 경험을 일기의 주된 화제로 부각시키고, 서술 내용 가운데 가내사에 해당하는 것으로부터 개인의 몸과 마음이라는 영역을 분리해 내어 사적 영역을 한층 정교화하고 있다. 그리고 그 가운데서 '자아'에 대해 기술하고 해명하는 것을 일기의 주요 내용으로 삼게 된다.

유만주는 크게 보아 세 가지 국면의 자아를 구성하고 각각의 자아에 관해 탐구하며 스스로를 해명하려 했다. 그 세 가지 자아는, 그의 현실을 바탕으로 묘사되는 경험적 자아, 역사가이자 독서인으로서의 지향과 연관된 이상적 자아, 그리고 그의 기호와 욕망을 반영한 상상적 자아로 나눌 수 있다.

유만주의 경험적 자아는 직분 없는 사대부로서의 처지와 깊은 관련을 갖는다. 그는 과거에 급제하여 벼슬하는 것 외에 어떠한 가능성도 열려 있지 않다고 여겨지는 사회에서 실패한 사람이라는 자신의 실존적 처지를 바탕으로 과거제의 폐단을 포함한 당대 현실을 비판한다. 불행한 개인적 경험의 자장 안에서, 그는 자신의 고유성과 존재 의의를 발견하여 손상된 자아상을 회복하고 개인으로서의 존엄성을 지키고자 분투하는 한편으로, 세계와의 불화를 극심하게 겪고 있는 자신의 모습을 냉혹하게 응시한다.

이러한 유만주의 세계 인식은 현세를 고해로 여기는 불교의 세계관과 닿아 있으며, 비관적인 면이 적지 않다. 주로 냉혹한 주재자와 고통 받는 개인의 대립 구도로 표현되는 그의 세계 안에서 개인은 뿔뿔이 단절되어 운명에 따라 살아가는 존재로 여겨진다. 그는 "각기 저마다 인생이 있고 각기 저마다 세계가 있어, 분분히 일어났다 분분히 소멸한다."라고 한 적이 있다. 개체로서의 인간이 저마다의 세계에 함몰되어 살아가다 부질없이 스러져간다는 이 말은, 연약한 개별자에게 세계가 횡포를 부린다는 그의 비관적 세계 인식과 연결되는 것이면서도 한편으로는 개인으로서의 인간 저마다가 지닌 고유함과 소중함과 연약함을 발견하는 그의 내밀한 시선과도 이어진다. 그는 존재의 의미를 채 구현하기도 전에 소멸하는 아름다운 날벌레를 보며 광대한 세계 안에서 단절된 채 살아가는 모든 존재가 지닌 연약함에 대해 통찰한 적이 있는데, 그가 자신을 응시하는 시선 역시 여기서 벗어나지 않는다.

그러나 유만주는 세계의 불가항력에 대한 대결 의식을 잃지 않고 있으며, 이는 넓은 세계를 알고 다양한 인간을 알아야 한다는 지적 욕망으로 표현되고 있다. 이러한 그의 자의식이 역사가이자 서적의 편찬자가 되는 꿈과 이어지며 그의 이상적 자아를 구성한다. 그는 비교적 이른 시기부터 스스로의 정체성을 역사가가 되는 데서 찾고 있었으며, 이는 자신의 개성과 기호를 반영한 선택이었다. 유만주는 잉여 사대부이자 지식인으로서 자신의 존재 의의를 입언(立言)과 저술을 통해 구현하고자 했고, 그 구체적인 저술 방식을 창조적 글쓰기로서의 역사에서 찾고자 했다. 그가 역사가로서 이상적 자아를 추구한 결과는 완결된 역사서가 아니라 역사에 대한 사유의 기록, 당대의 역사에 대한 전체사적·미시사적 접근으로 더 의미 있게 남아 있다.

유만주는 책을 읽는 데 몰두했을 뿐 아니라 독서를 통해서 얻은 지식을 체계적으로 수습하고 분류하며 재구성함으로써 그 지식을 자기화하는 데 시종 주력했다. 일기에서 자신이 읽은 책에 대해 면밀히 기록하는 것은 물론, 독서의 결과를 바탕으로 다양한 주제의 선집을 편찬하려는 계획을 거듭 구체적으로 제시하고 있으며, 지식의 수합과 재구성의 한 방식으로 대규모의 총서 편찬을 시도한 것에서 그의 이러한 면모가 확인된다. 이처럼 그는 역사가가 되려는 꿈을 줄기로 삼아 흥미로운 선집과 거대한 총서를 편찬하려는 계획에 이르기까지 지식의 체계를 확장해 나가려는 모습을 보였다. 이와 같은 그의 형상에서 자신이 알고 있는 것과 알고 싶어 하는 것을 포괄하여 박식을 추구하는 이상적 자아의 모습을 발견할 수 있다.

유만주가 지속적으로 시도한 서적 편찬의 계획은 결국 거대한 도서관을 상상하는 것으로 이어진다. 이 세상에 존재하는 모든 책은 물론 이 세상에 존재하지 않는 책까지 모두 보유하고 있다는 점에서 보르헤스가 상상한 도서관을 연상시키는 이 도서관 '계획'은 유만주의 이상이 몽상적 상상으로 이어지는 전절점(轉折點)을 보여준다.

몽상가로서 유만주는 풍부한 상상력을 발휘하며 고독한 꿈속에서 자신의 일생을 보냈다고 할 수 있다. 이런 점이 일기에 반영된 것이, 취향 및 기호의 문제와 관련하여 스스로의 욕망을 극대화한 《임화제도(臨華制度)》의 저술일 터이다. 유만주는 이상향을 향한 자신의 백일몽을 《임화제도》라는 일관된 저술로 구상하고 있었으며, 그 내용을 이룰 법한 구체적인 착상들을 지속적으로 일기에 적어놓았다. 기후가 온화하고 풍광이 아름다우며 경제적으로 풍요롭고 문화적으로 세련된 유만주만의 이상향 '임화동천(臨華洞天)'을 구성하는 중요한 건물 중의 하나인 '삼재만물대일통(三才萬物大一統)'이라는 이름의 거대한 장서각(藏書閣)은 그의 이상적 자아가 상상적 자아와 만나는 지점 중 하나리 하겠다.

그러나 유만주의 현실과 지향을 반영한 자아의 세 국면은, 만년 거자·역사가·서적의 편찬자·몽상적 유토피아를 구상하는 작가 등 각각의 방향으로 나아가며 각자 공존할 뿐이며, 어느 한 가지로 통합되려는 의지를 보이고 있지 않다. 이를테면 역사가를 지향하는 그의 합리주의적 견해는 그가 만들어낸 상상 세계에 함축된 견해와 날카로운 대조를 이룬다. 그리고 한편으로 그의 상상적 자아는 그가 불만스레 묘사하고 있는 초라한 경험적 자아의 형상과 대조한다면 마치 데칼코마니를 찍은 것처럼 정확히 반대로 맞아떨어진다. 이처럼 그의 이상과 상상 속 자아의 형상은 초라한 경험적 자아와 불협화음을 이루며 파편화된 자아분열의 양상을 보여준다. 즉《흠영》에 구현된 세 층위의 자아는 서로 충돌하며 모순되는 면모를 보이고 있다. 그 모순의 가장 중요한 이유는 경험적 자아가 어디에도 뿌리박지 못한 채 부동(浮動)하고 있다는 데 있으며, 그것은 직분 없는 개인으로서만 존재하는 유만주의 처지에 연유한다.

《흠영》에는 죽을 때까지 자기 확신에 이르지 못한 청년의 답답하고 회의적인 마음이 넘치도록 일렁이고 있다. 비범함을 꿈꾸지만 지극히 평범한 자신을 확인할 때 느끼는 자기혐오, 몸이 아파 뭔가 시작할 용기를 내기 어려울 때 느끼는 좌절감, 자신의 삶이 보람을 찾지 못하고 이렇게 끝나버리면 어떡할까 하는 불안감, 어느 누구도 '나'를 제대로 알 수 없다는 데 대한 쓸쓸한 자각 등 유만주가 토로한 내면의 고통은 우리가 살아가며 자주 대면하는 것이기도 하다.

이처럼 자신의 내면을 관조하고 자아의 분열과 모순까지 재현한 결과로서의《흠영》은, 유만주와 유사하게 파편화된 개인으로 살아가는 현대의 독자에게 보편적인 호소력을 갖는다. 이는 이 일기가 현실과 이상과 몽상까지 포함하여 자아의 여러 국면을 정직하고 면밀하게 기록한 내면 일기라는 점과 가장 깊이 관련되어 있을 것이다.

– 김하라

참고 문헌

김하라 편역,《일기를 쓰다》, 돌베개, 2015.

서울역사박물관 전시도록,《1784 유만주의 한양》, 서울역사박물관, 2016.

김하라,《《흠영》, 분열된 자아의 기록》,《민족문화연구》57, 2012.

김하라,〈한 주변부 사대부의 자의식과 자기 규정 – 유만주의《흠영》을 중심으로〉,《규장각》40, 2012.

제4장

지식과 문예

한문학은 조선 왕조가 성립되어 이전의 지적 성과를 정리하면서 본격적인 조선의 문학으로 자리할 수 있었다. 《동문선》은 바로 이런 성과물로, 삼국 시대부터 조선 초까지의 한시문을 집대성한 저작물이다. 이전까지 시문이 개인 문집으로 정리된 경우가 드물어 여기저기 흩어졌거나 망실된 것이 많았다. 《동문선》은 이를 집대성한 것이다. 삼국 시대와 고려 시대 문인들의 문학적 경향은 오롯이 이 책을 통해 확인할 수 있다. 한편 이 시기에는 한글이 창제되어 여러 분야의 언해, 즉 한문으로 된 저작을 한글로 풀어쓰는 사업이 시작되었다. 《분류두공부시언해》는 특히 문학 분야의 성과물이었다. 사회시의 상징인 두보는 조선 사회에서 각광을 받았던 시인으로 그의 시를 번역한 이 저작은 한문 번역시의 시원이 되었다.

이런 한시문학과 관련하여 조선 시대에는 총집화가 꾸준히 이어졌다. 이는 전통시대에는 한시 창작이 문학적 역량의 기준이었기 때문이다. 조선 전기의 《청구풍아》, 조선 중기에서 후기로 넘어가는 즈음의 《해동악부》, 《해동유주》, 《시화총림》 등이 모두 이런 시모음집이자 시화집이다. 이들 저작은 한시에 대한 비평이 다각도로 이루어져 비평문학으로서의 면모가 뚜렷하다.

한편 위와 같은 시 비평서가 문단에서 인기를 끌고 있을 때 당대의 걸출한 문인들은 자신의 지적 편력을 따로 정리했다. 《한정록》과 《서포만필》, 《농암잡지》 등이 이에 해당한다. 당시 신지식은 대개 중국이나 기타 서책을 통해 이루어졌는데, 이들 저작에는 그런 정황과 함께 학술·문예의 국면들이 고스란히 드러나 있다. 또한 산문 분야 비평서로도 손색이 없었다.

마지막으로 조선 후기에는 문예 분야에 새로운 경향이 등장하게 된다. 이런 글쓰기 경향을 흔히 '소품'이라고 한다. 여기서 다룬 〈호동거실〉과 〈이언〉도 이 소품문의 유행과 관련되어 있거니와, 특히 사대부 내부가 아닌 하층이나 여성을 문예의 대상으로 다루었다는 점에서 흥미롭다. ●

─

인문에 조선의 비전을 담다

《동문선》의 편찬 동기와 찬집관

─

《동문선(東文選)》은 삼국 시대부터 이 책이 편찬된 조선 전기까지 작품들을 '양식 – 작가 – 형식'에 따라 본문 130권과 목록 3권으로 구성한, 한국 한문학사에서 가장 방대한 시문 선집이다. 예문관 대제학이었던 서거정 (1420~1488)을 비롯하여 총 23명의 찬집관이 편찬 작업을 해서 1478년(성종 9)에 간행되었다.

대표 찬집관이었던 서거정은 《동문선》에 펼쳐져 있는 역대의 뛰어난 작가와 작품은 조선의 성대한 문운(文運)의 증거이며, 흥성하는 문운이야말로 바로 조선이 역사상 최고의 치세를 구가히고 있음을 보여준다고 힘주어 말했다. 《동문선》이 '선집'이라는 명칭을 썼으면서도 약 500인에 달하는 작가의 작품 4302편을 방대하게 수록했던 것도 그런 이유에서였다.

하늘과 땅이 처음 열리자 문(文)이 이에 생겨났다. 일월성신이 위에서 늘어 있으면서 천문(天文)이 되고, 산해악독이 아래에서 흘러 대치하며 지문(地文)이 되었고, 성인이 괘를 그어 글을 만드니 인문(人文)이 점점 퍼졌다. 정일중극은 문의 체요, 시서예악은 문의 쓰임이다. 이로써 시대마다 각각 문이 있고, 문은 각각 체가 있어서 (중략)

명나라가 천하를 통일하여 삼광오악의 기운이 완전해지고, 우리나라의 열성조가 서로 이어져 백 년을 함양하니 인물이 그 사이에서 탄생하여 정수를 무르녹여 문장을 지어내어 진동하며 발휘한 자가 과거에 비해 모자람이 없다. 이러한즉 바로 우리 동방의 문은 한당의 문이 아니요 또한 송원의 문이 아니요 그리하여 바로 우리나라의 문이다. 마땅히 역대의 문장과 더불어 천지간에 아울러 행해져야 할 것이요 어찌 사라져 전함이 없게 할 수 있겠는가. (서거정, 〈동문선서〉)

'인문(人文)'은 말 그대로 사람이 만들어낸 무늬로서, 언어와 문자로 된 온갖 것들을 모두 이른다. 백 년의 역사를 맞은 조선의 '찬란한' 현재를 인문으로 증명하겠다는 활달한 비전과 욕망이 투영된 결과물이《동문선》이다. 그리고 그 중심에는 백 년의 역사를 맞는 조선의 정치·문화·사회의 각 방면에서 활약하던 뛰어난 관료 문인들과 호문 군주 성종이 있었다.

물론 우리나라의 시문 선집은 고려 이래 편찬되기 시작했다.《동문선》 찬집관 서거정 등이 쓴 〈동문선서〉와 〈진동문선전〉에도 우리나라 최초의 역대 시문 선집이라 알려진 김태현(1261~1330)의《동국문감(東國文鑑)》과 최해(1287~1340)의《동인지문(東人之文)》이 언급되어 있다. 그러나 《동국문감》은 전해지지 않는 자료일뿐더러 오래전 개인의 시각에서 편찬된 그 선집들은 각각 아쉬운 지점이 있었다. 즉 김태현의《동국문감》은 소략하고, 최해의《동인지문》은 누락된 것이 너무 많은 한계가 있다는 것이다. 이어 찬집관들은 중국의 경우도 거론했다. 양나라의 소명태자가《문선(文選)》을 만들었기 때문에 고문(古文)의 존재를 후대에서 알 수 있게 되었고, 송나라의 진덕수가《문장정종(文章正宗)》을 만들었기 때문에 문장의 전범을 후대인들이 볼 수 있다는 것이다. 즉 각 시대마다 문장의 선집이 있어 그 시대의 문학 수준, 더 궁극적으로는 그 시대의 상태, 즉 세도(世道)를 알 수 있다는 것이다.

그런데 '문헌의 나라'라고 불리는 우리나라는 고려 이래로 문치(文治)가 흥성했음에도 전하는 문집이 적고, 그나마 전하는 시 선집들도 이처럼 영성하고 소략하다는 점을 지적했다. 서거정은 이를 "유자가 마음 아파하며, 문교의 흠결(儒者之軫心 文敎之闕事)"이라는 말로 표현했다. 문학이 그 시대의 상태를 드러내는 매개물이라고 할 때, 왕을 비롯하여 조선의 정치·문화·사회·경제의 국가적 면모를 전방위에서 구축하고 있던 관료들에게 이것은 국가의 심히 유감스럽고 안타까운 일로 여겨졌던 것이다. 이것이 조선 당대까지의 역대 시문을 모으고 분류하여《동문선》이라는 책자로 간행하게 된 동기였다.

500명 작가의 4000여 편의 작품을 최종적으로 간행하게 되기까지, 자료의 검토와 수집, 선별과 분류는 몇 년 동안 진행되고 있었다. 일례로 1475년(성종 6) 5월《성종실록》의 기록을 보자. 서거정 등은 역대 시문을 종류별로 모은 자료를 이미 편집하여 가지고 있었다. 마침 주강(晝講)에서 "후대의 문학이 이전 시대의 문학과 비교하여 어떠한가?"라는 성종의 질문을 받고 서거정은, "세도(世道)가 낮아져 기상이 경박해졌기 때문에 후대의 문학이 전대의 문학보다 수준이 낮습니다."라고 대답했다. 그러고는 현전하는 우리나라 역대 시문 선집은 너무 소략하다는 문제점이 있어서 자신들이 별도로 역대 시문들을 종류별로 뽑은 형태〔유선(類選)〕로 가지고 있는데 아직 책으로 만들지 못했다고 말했다. 이 말을 들은 성종은 이를 차제에 찬집해서 간행하라는 명을 내렸다. 이때 서거정 등이 이미 편집해 가지고 있었다고 말한 '유선' 자료는《동문선》의 토대가 되었을 터이다.

《동문선》의 찬집관은 노사신(1427~1498)과 강희맹(1424~1483), 서거정과 양성지(1415~1482)를 대표로 승문원의 문사 등을 합하여 총 23명이다. 찬집관으로 올라 있는 이조참판 이파(1434~1486)는 고려 후기의 이름난 학자이자 시인인 목은 이색의 증손이며 문장으로 이름이 높았다. 춘추관 편수관, 곧 역사 편찬을 담당하던 최숙정과 언론기관인 사헌부의 최숙경은 형제간으로서 찬집관이 되었다. 이길보, 최호원, 박미, 김계창, 배맹후, 황숙, 유자분, 박사동, 김중연, 유계분, 남제, 김학기, 지달가, 김석원, 정석견, 이의무는 모두 승문원에 소속된 문사들이었다. 지금 일일이 이들의 위상을 설명하기는 어렵다. 그러나 승문원이 사대와 교린의 외교문서를 작성하고 교육하는 일을 맡은 기관이었다는 사실을 떠올려보면, 이들이 문학적 역량과 감식안을 가진 문사로서 선발되어 이 작업에 투입되었을 것임은 분명하다.

《동문선》의 전체적인 편찬 방향을 이끈 것은 노사신과 강희맹, 그리고 서거정과 양성지 같은 고위 관료 문인들이다.《동문선》 편찬 당시 이들의 직책과 나이에서 확인되듯, 이들은 정치·학술·문화 등 전 분야에서 풍부한 경험과 우월한 지위를 차지하고 있었다.《동문선》이 상층 지배계급의 가치관을 반영했다는 평가가 일찍부터 제기되었던 것은 바로 이런 이유 때문이다. 이들은《동문선》뿐만 아니라 1476년(성종 7)《팔도지리지》, 1481년(성종 12)《동국여지승람》과《두시언해》, 1485년(성종 16)《경국대전》과 《동국통감》 등 당시 국가가 추진했던 관찬 사업을 대부분 주도했다. '책들의 편찬'은 나라의 역사·지리·문화·정치·법률을 완성해 가는 과정에 대한 상징 그 자체이다. 이들은 자기들이 가진 인문적 역량을 발휘하고, 이 작업을 통해 시대정신을 구현하고자 했다. 다른 입장과 가치관을 가진 사람들에게 이는 반론과 이견을 제기하게 했고, 이것은 또 다른 새로운 시대정신을 이끌어내는 계기가 되었다.

《동문선》의 구성 및 내용

《동문선》은 총 130권의 본문에 신라부터 조선 전기까지 약 500명 작가의 작품 4300여 편을 실었다. 4000편이 넘는 이 작품들은 55종의 양식에 따라 권별로 분류되고, 양식과 작가의 시대 순서에 따라 실려 있다. 목록만 3권이 별도로 필요할 정도였다. 서거정은 〈동문선서〉에서 선발의 기준으로, 말이 순수하고 바르며 정치와 교화에 도움이 되는 것을 선택했다고 했다. 유교의 전형적인 문학관이다. 그러나 실제 선택에서는 불교와 도교의 문학, 그리고 승려와 사찰에 관한 다양한 기록도 모두 실었다. 현실적 필요성과 가치에 따라 선택했던 것이다. 그리고 당시까지 존재했던 다양한 양식과 작가를 최대한 수록하겠다는 의도에 따라 공문서의 하나인 '노포(露布)'는 고려 시대 무명씨의 한 작품만 가지고 선발되기도 했다. 이처럼 《동문선》은 선집을 표방하면서도 정선(精選)보다는 종류별로 모두 뽑는 유신(類選) 또는 유취(類聚)의 방식을 택했다. 편찬자들은 "가 시대는 시대의 문학이 있고, 문학은 여러 다양한 체를 가지며"(〈동문선서〉), "법도에 맞는 것이라면 버리지 않고 수록하"(〈진동문선전〉)는 전집(全集)의 의식

을 가지고 있었다. 이것이 바로 개인이 자기의 관점에서 소수 작가의 정선된 작품만을 선정하는 사찬(私撰) 시문 선집과 국가 편찬의《동문선》이 구별되는 지점이다.

《동문선》의 구성을 조금 더 구체적으로 살펴보자. 사람이 만들어낸 무늬, 즉 인문(人文)인 문장을 통해 시대의 번영함을 드러낸다는 의도와 함께 국가의 여러 방면에서의 현실적 필요를 반영한 실용성이 작품의 선발에 작용했다. 권1에서 권22까지에는 사(辭)·부(賦) 및 고시와 근체시 11종이 실려 있는데, 현실에서 활용도가 높은 근체시가 많다. 권23에서 권130까지에는 산문 44종의 양식이 실려 있는데, 변려문과 고문 양식이 모두 뽑혔다. 변려문으로 쓰는 표·전(表箋)처럼 국내외 정치·외교와 관련된 정교문(政敎文), 종교와 상제례를 비롯한 제반 의례에서 쓰이는 의례문, 기·서(記序)와 같은 고문 중심의 문예문으로 나누어 볼 수 있다. 의례문은 인간의 삶을 기념하고 재앙을 물리치며 장수를 기원하고, 국가와 왕실의 안녕을 빌기 위한 의례에서 반드시 필요한 것이었다. 따라서 의례문의 양식들은 계속 학습되고 작성되었던 것이다. 도교·불교의 의례문이라 해도, 유교를 국시로 표방한 국가로서 사상적 배타성을《동문선》의 선발에 개입하기보다는 현실적 필요 속에서 유연한 태도로 선발해 놓았다.

문학으로 시대의 상태를 드러낸다는《동문선》편찬자들의 발언을 고려할 때, 가장 많이 실려 있는 표전과 기서는 흥미로운 대상들이다. 우선 표전은 관료문인들에게 가장 중요한 양식이었다. 신하가 임금에게 올리는 글로서 사대 외교에 필수적이다. 정치적·외교적 격례와 수사를 변려문의 세련된 형식에 담으면서 할 말을 해야 하는 글이다. 대외적 측면에서는 더욱 중요했다. 명나라는 건국 초기부터 문자를 통해 황제의 통치 권력을 강력하게 행사하는 공포정치를 폈다. 문서의 표현과 격식을 문제 삼아 지식인들을 처벌한 '문자옥(文字獄)'이 대표적인 사례이다. 이런 상황에서 조선은 초기부터 명나라와의 관계에서 '표전'으로 인한 외교적 문제를 수차례 겪었다. 이런 상황이라면 표전을 비롯한 외교·정치 문서는 상당히 중요하게 다루어야 하는 양식이고, 그런 현실적 필요가 표전을 대거 수록하는 방식으로 반영되었던 것이다. 중국과의 외교 관계에서 작성된 표문은 신라 최치원의 글을 시작으로 고려 김구의 글까지 실려 있다. 고려 후기부터 조선 당대까지의 표문은 뽑지 않았다. 한편 전문(箋文)은 조선 당대의 것이 주로 실려 있는데,《경국대전》·《고려사》·《삼강행실도》 등 국가의 통치와 교화에 필요한 책들을 관찬으로 간행한 뒤에 쓴 것이다. 이와 같은 표전문은 역대 이래 중국과의 외교 관계의 역사를 증언하는 한편 굵직한 관찬 서적들을 통해 국가의 예악 문물 수준을 드러내는 역할을 하고 있다. 말 그대로 인문을 통해 조선의 위상을 한껏 드러내는 것이다.

이런 점에서 더욱 흥미로운 것은 기·서 양식들이다. 기문(記文)은 대부분이 성곽·사찰, 향교·관아·누정 등 공사(公私)의 건축과 관련하여 작성된 것이다. 역대 도회와 지역의 번성한 면모와 역사에 관한 기록들이다. 이 외에도 이곡의 〈동유기(東遊記)〉와 같은 유람기도 있다. 이는 우리나라 산천의 형세와 지리에 대한 역사이자 정보이며, 그곳들을 아름답게 표현하는 양식이기도 하다. 한편 서문(序文)은 개인 문집, 공사의 문장 선집,《조선경국전》 등 정치·외교·문화 등의 다양한 방면에서 만들어진 책들과 시집 등에 부쳐진 것이다. 이 기서의 산문들이 담고 있는 산하와 성곽, 궁궐의 장엄함과 예악 문물의 번화함이야말로 문명의 증표였다.

이처럼 《동문선》은 조선의 풍부한 역사적·문화적 역량을 입증하고, 그것을 담은 다양한 문학 양식을 포치(布置)함으로써 당대 조선이 최고의 성세를 구가하는 태평성대임을 증명하려 했다. 여기에 실용적인 목적 또한 작용했다. 다양한 시와 산문의 양식은 당대의 정치·외교와 교육에서 여러 형태로 활용될 수 있는 지식의 정보였다. 자국의 문학에 대한 지식, 여러 문학 양식의 특성을 파악하고 문학적 수련을 할 수 있는 바탕이 되기 때문이다.

—

인문(人文)으로서의 《동문선》의 역사적 의미

—

《동문선》에 대해 당대 관료 문인이었던 성현은 "이것은 정선(精選)한 것이 아니고 유취(類聚)한 것이다."라고 평가했다. 적절한 비평이다. 조선 후기의 이수광도 "《동문선》은 가려 뽑은 범위는 넓으나 선발을 맡은 자들이 좋아하고 싫어함에 따라 취사되었다"며 공평성이 부족함을 비평했다. 실제로 《동문선》 편찬자들이 보여주었던 시각의 편향을 조정하려는 노력이 뒤에 나타났다.

《동문선》이 간행되고 약 40년 뒤인 1518년(중종 13), 신용개가 대표 찬집관이 되어 시문을 추가하고 본문 21권과 목록 2권을 간행했다. 이를 《속동문선》이라 한다. 간행 시기에서 짐작할 수 있듯, 이 시기는 도학 정치를 꿈꾸던 조광조와 사림들의 활약이 빛나던 때였다. 도학파들이 공격했던 사장(詞章)문학을 대표하는 양식인 표문의 비중은 확연히 줄었고, 불교 관련 글도 줄어들었다. 수록 작가로 보면 강희맹·서거정·이승소 등 관료 문인들의 작품도 있지만, 사림의 계보에서 중요한 인물들, 이를테면 사림의 스승 김종직과 김일손, 그리고 남효온·김시습·어무적 같은 방외인들의 작품이 보강되었다.

이처럼 뚜렷하게 구별되는 편찬 경향에서도 확인되듯, 어떤 작품과 작가를 선택하는가 하는 문제는 여러 측면의 작동 기제를 가지고 있다. 특히 개인이 아니라 국가에서 편찬하는 공식적인 결과물일 때는 더욱 그러했다. 어떤 작가의 어떤 작품을 선택할 것인가 하는 문제는, 한편으로는 문학장(文學場)의 일이지만, 정치·문화의 주도권 문제가 걸린 사안이기도 했다. 조선 건국 이래 약 100년 동안 국정을 주도한 관료들은 정치·법률·경제·군사·지리·문화 등 이른바 인간이 만들어낸 모든 영역에서 '조선'이라는 나라의 면모를 갖추기 위해 필요한 지식과 논리들을 인문적 성과로 만들어냈다. 앞에서 들었던 다양한 관찬서들이 바로 그 대표적인 성과이다. 물론 그들의 관점은 대부분 지배계급과 통치자의 입장을 기반으로 했다. 그것이 작품의 선정에도 중요하게 작용했고, 이것은 시간의 흐름과 함께 새로운 현실적 가치관을 가진 세대들에 의해 비판받고 새롭게 만들어졌다. 시대정신의 부딪침과 새로운 시대정신의 부상이다. 이런 부딪침과 변화 속에서 성종 대 관료 문인이 주도하여 편찬한《동문선》은 중종 대 이르러 사림들이 주도한《속동문선》이라는 새로운 선집으로 변모했던 것이다.《동문선》과 함께 성종 대에 편찬되었던《동국여지승람》도 마찬가지의 변모를 거쳐 지금 우리에게 전해진 것이다.《동국여지승람》은 서거정·양성지 등의 훈구 관료들이 작업을 시작해 김종직을 비롯한 다음 세대의 신진 사류들이 편찬 작업을 이어갔고, 중종 대에 '신증(新增)'이라는 이름으로 보완이 이루어졌다. 그것이 지금 전하는《신증동국여지승람》이다. '신증', 곧 새롭게 더한다는 뜻을 표방하며 인물과 지리, 역사에 관한 정보들이 더해졌다. 이것은 그 작업을 추진했던 새로운 주체들의 시각을 반영한 것이며, 거기에는 이전과 다른 새로운 시대정신이 담겨 있었다.

《동문선》의 편찬과 구성에서 끝으로 언급하고자 하는 점이 있다. 이 책은 텍스트 자체에 대한 신중한 접근이 필요한 자료라는 점이다. 즉 원전에 오류가 있어서, 시대를 혼동한다든가 작가를 잘못 기록하거나 작가의 이명·이칭을 확인하지 않아 한 사람을 다른 사람으로 나누어 기록한 경우도 있다. 별개의 작품을 하나의 작품으로 취급한 경우도 있다. 삼국 시대 이래의 작가와 작품을 영성한 자료와 정보들을 가지고 방대하게 구축하는 과정에서 빚어진 문제들이다. (오류와 착오의 상세한 내용에 대해서는 연구 성과가 있으니, 조금 더 자세히 알고 싶다면 이를 참조하면 된다.) 하지만 이런 문제점들이 《동문선》의 시대적 가치를 훼손하는 것은 아니다. 원전의 오류와 착오처를 밝히고, 지금 시대의 언어로 다시 번역하고 이해할 수 있도록 하면 될 것이다. 그렇게 하면서 15세기 조선에서 생동했던 인문의 활달한 비전을 담은《동문선》이 지금 시대에도 인문의 생기와 울림을 전달할 수 있기를 바란다.

- 김남이

참고 문헌

민족문화추진회 역,《동문선》1~12, 솔, 1998.
안장리, 〈《동문선》의 선문의식에 나타난 문학의 개념과 가치〉,《국제어문》29, 국제어문학회, 2004.
여운필, 〈《동문선》시문의 출처에 대한 고찰〉,《진단학보》105, 진단학회, 2009.
이동환, 〈《동문선》의 선문 방향과 그 의미〉,《한국고전심포지움》2, 진단학회, 1983.
정출헌, 〈조선 전기 잡록과《추강냉화》〉,《민족문학사연구》54, 민족문학사학회, 2014.

二

우리 한시의 대표작을 엮다

김종직과《청구풍아》

—

한시(漢詩)는 한자로 지은 시다. 중국에서 유래했지만 신라의 최치원 이래 구한말에 이르기까지 우리나라 사람의 생각과 감정을 표현하는 우리의 문학이었다. 우리 문인들은 우리의 한시가 중국의 그것과 비교해도 손색이 없다고 자부하며 우리 한시의 대표작들을 엮어 선집으로 만들었다. 고려 시대에 편찬된 김태현의《동국문감(東國文鑑)》, 최해의《동인지문오칠(東人之文五七)》, 조운흘의《삼한시귀감(三韓詩龜鑑)》, 조선 시대에 편찬된 김종직의《청구풍아(靑丘風雅)》, 허균의《국조시산(國朝詩刪)》, 남용익의《기아(箕雅)》, 그리고 일제강점기에 편찬된 장지연의《대동시선(大東詩選)》이 대표적이다. 각 시선집은 저마다 장단점이 있는데, 선발 기준이 가장 까다롭기로 유명한 것이 바로《청구풍아》이다.

《청구풍아》의 정식 명칭은 '점필재 정선 청구풍아', 즉 '점필재라는 인물이 정밀하게 가려 뽑아 만든 청구풍아'라는 뜻이다. '청구(靑邱)'는 중국 동쪽 바다 너머에 있다는 상상의 나라 이름인데, 우리나라를 가리키는 말로 자주 쓰였다. '풍아(風雅)'는 원래 중국의 가장 오래된 시선집 《시경》에 수록된 민간 가요 국풍(國風)과 궁중음악 대아(大雅)·소아(小雅)를 통칭하는 말인데, 후대에는 한시 전체를 뜻하게 되었다. 결국 '청구풍아'는 우리나라의 한시라는 뜻이다. '정밀하게 가려 뽑았다'는 점 때문에 선발 기준이 편협하다는 비판을 받기도 했으나, 우리나라 한시의 대표작으로 손색없는 작품을 선발하고자 했던 고심을 엿볼 수 있다.

이 책의 저자 점필재 김종직(1431~1492)은 조선 전기 사림파의 우두머리이자 성리학자로 잘 알려진 인물이다. 이러한 평가는 그가 '정몽주-길재-김종직-김굉필-조광조'로 이어지는 이른바 '조선 성리학의 계보'에서 중앙에 놓여 있기 때문이다. 또한 그가 지은 〈조의제문(弔義帝文)〉이 세조의 왕위 찬탈을 비판했다는 이유로 문제가 되어 무오사화 때 부관참시의 화를 당했다는 점도 크게 작용했다.

그러나 '조선 성리학의 계보'는 성리학적 이념을 추종하는 조선 중기 사림 정치의 산물이며, 〈조의제문〉 역시 세조를 비판하기 위해 지은 것이 아니라 유학자의 절의를 강조하는 보편적인 내용으로 해석해야 한다는 견해가 최근 설득력을 얻고 있다. 이처럼 김종직의 성리학적 위상에 대해서는 재검토가 요구되고 있다.

사실 김종직이 당대에 높은 평가를 받았던 분야는 문학이었다. 비록 "도학이 근본이고 문학은 말단(道本文末(도본문말))"이라는 성리학적 문학관을 천명했으나 이는 어디까지나 원론적인 발언에 불과하다. 그는 "경학과 문장은 두 가지가 아니다."라고 주장하며 문학의 역할과 가치를 인정하고 창작에 적극적으로 나섰다. 이로 인해 김종직의 시와 문장은 동시대의 여러 문인들에게 모범적이라는 칭송을 받았으며, 후대에 이르기까지 뛰어난 작품으로 자주 언급되었다. 특히 시선집《청구풍아》, 산문 선집《동문수(東文粹)》, 조선의 역사와 문화를 소재로 지은《동도악부(東都樂府)》등은 한국문학사의 기념비적 저작으로 평가하기에 손색이 없다.

—

《청구풍아》의 편찬 의도와 비평 양상

—

《청구풍아》의 편찬은 1466년(세조 2) 김종직이 경상도 병마평사로 울산에 있을 때 시작되었다. 그는 먼저《동국문감》,《동인지문오칠》,《삼한시귀감》등 고려 시대의 시선집에 수록된 한시를 다시 선발하고, 이 시선집들이 편찬된 이후의 시, 즉 고려 충선왕 이후의 시는 개인 문집을 일일이 찾아 300여 편을 선발했다. 이 밖에 1470년 춘추관 기사관으로 재직할 때 변계량 등이 편찬한 미완성 시선집을 발견하고, 여기서 추가로 100여 편을 선발하여 1473년 마침내 7권으로 완성했다.

김종직은《청구풍아》의 서문에서 이 책을 편찬한 이유를 이렇게 적고 있다.

오늘날부터 신라 말까지 거슬러 올라가면 거의 천 년이 되니, 그 사이에 지어진 시가 많은 것이 당연하다. 그 사이에 격률(格律)은 세 번이나 변했으나 풍속과 교화를 기록하고 깊이에 풍기를 드러내며, 다양한 표현으로 올바른 성정(性情)을 깊이 터득하여 당나라와 송나라에 필적하고 후세의 모범이 될 만한 것도 적지 않다. (《청구풍아서(靑丘風雅序)》)

천 년에 가까운 유구한 문학사에서 창작된 수많은 우리나라 한시 가운데에는 중국 한시의 전성기였던 당나라와 송나라에 필적하고 후세의 모범으로 길이 전할 작품이 적지 않다는 언급에서 자국 문학의 우수성에 대한 자부심이 뚜렷이 드러난다.

격률이 세 번 변했다는 말은 우리 한시가 지향하는 미감이 시대에 따라 바뀌었다는 뜻이다. 신라 말부터 고려 초까지는 유려하고 애상적인 만당(晚唐)의 시가 유행했고, 고려 중기에는 소식(蘇軾)의 시를 모범으로 삼았으며, 고려 말부터는 점차 전아하고 올바른[雅正(아정)] 시를 추구했다는 것이다.

김종직이 특히 높이 평가한 시는 다음의 세 가지이다. 첫째, 풍속과 교화를 기록한 시. 둘째, 찬미와 풍자를 드러낸 시. 셋째, 올바른 성정을 터득한 시. 이 세 가지는 시의 본질이기도 하다.

원래 시는 노래 가사에서 나온 것이다. 고대 중국의 주나라에서 민간의 풍속과 정치의 잘잘못을 알기 위해 민간의 노래를 수집한 것이 바로《시경》이다.《시경》에 수록된 민간의 노래에는 역사적으로 중요한 사건이 언급되기도 하고, 통치자의 잘잘못을 풍자하거나 찬미한 것도 있었다. 풍자와 찬미가 시의 본질이 되는 이유이다. 그리고 공자가《시경》을 경전의 반열에 올려놓음으로써 시의 창작과 감상은 인간의 성정을 도야하는 수단으로 자리매김했다. 김종직은《청구풍아》의 편찬을 통해 시의 본질을 상기시키고자 했던 것이다. 이 때문에 최숙정은 이 책의 발문에서 "지금 사람들과 후세 사람들이《시경》이후에 또《시경》이 있다는 것을 알고서 감동하여 일어날 것이니, 계온(季溫, 김종직의 자)의 마음 씀은《시경》을 산정한 공자의 노고에 버금간다."라며 극찬했다.

《청구풍아》에 수록된 시는 총 517수이며, 그 작자는 신라의 최치원부터 조선 전기의 성간에 이르기까지 126명(신라 5명, 고려 89명, 조선 32명)이다. 이숭인의 시가 31수로 가장 많이 선발되었으며, 다음은 이제현, 이규보, 정도전, 이색 등의 순서이다.

첫머리에 〈제현성씨사략(諸賢姓氏事略)〉을 두어 시의 작자에 대한 간략한 정보를 제시했다. 선발한 시는 오언고시, 칠언고시, 오언율시, 칠언율시, 칠언배율, 오언절구, 칠언절구 등 7개의 형식으로 나누어 편차했다. 이러한 형식별 구성은 당시 시선집의 일반적인 구성이었다.

《청구풍아》의 가치는 주석에 있다. 김종직은 작품의 올바른 이해를 위해 난해한 시구에 대한 부연 설명을 주석으로 덧붙였다. 주석은 한자의 음과 뜻, 인명 및 지명, 시어의 의미와 출처, 작자가 시를 짓게 된 배경 등에 이르기까지 시를 이해하는 데 필요한 내용이 충실하다. 이 책의 권3에 실려 있는 이색의 〈부벽루〉를 예로 든다.

浮碧樓(부벽루)

지금 평양에 있는 영명사의 남헌(南軒)이다. 영명사는 동명왕의 구제궁(九梯宮)이며, 그 안에 기린굴이 있다. 세상 사람들의 말에 따르면, 동명왕이 기린을 타고 하늘로 올라갔기에 이렇게 이름 지었다고 한다.

昨過永明寺　어제 영명사를 지나다가
暫登浮碧樓　잠시 부벽루에 올랐다네
城空月一片　성은 텅 비고 달 한 조각뿐
石老雲千秋　바위는 늙고 구름은 천년 되었네
麟馬去不返　기린은 한번 가서 돌아오지 않으니
天孫何處遊　천손은 어디서 놀고 있는가

하백의 딸 유화가 햇볕을 쬐다가 임신하여 알을 하나 낳았다. 갈라보
니 사내아이가 나왔는데, 그가 동명왕이다. 그러므로 천손이라고 했다.

長嘯倚風磴 길게 휘파람 불며 바람 부는 길에 멈추니
山靑江自流 산은 푸르고 강은 절로 흐르네

이 시는 정지상(?~1135)의 〈송인〉과 함께 우리나라 한시의 최고봉으로
손꼽히는 작품이다. 김종직은 제목 '부벽루'와 시어 '천손'에 주석을 덧붙
여 부벽루의 현재 위치와 동명왕 신화를 소개했다. 동명왕 신화를 모르면
이 시를 제대로 감상할 수 없다는 점에서, 김종직의 주석은 작품의 이해
에 꼭 필요한 것이라 하겠다. 이처럼 상세한 주석은 당시 중국에서 간행
된 시선집에서도 나타나는 현상이다.

작품의 이해를 돕는 주석 외에도 작품의 수준과 미감에 대한 자신의 견
해를 덧붙이기도 했다. 예컨대 이규보의 〈강상월야망객선(江上月夜望客
船, 강가에서 달밤에 나그네 배를 바라보다)〉에 대해서는 "호방하고 웅장하다
〔豪壯(호장)〕"라고 평가했고, 정지상의 〈취후(醉後, 취한 뒤에)〉에는 "지나칠
정도로 곱다〔艶麗太甚(염려태심)〕"라고 비판했다. 또 이숭인의 〈의장(倚杖,
지팡이에 기대어)〉에는 "두 구절은 성당(盛唐) 시대의 시와 몹시 유사하다
〔二句絶類盛唐(이구절류성당)〕"라고 극찬했다.

김종직의 도학자적 면모로 그간 《청구풍아》는 성리학적 이념에 부합하
는 시를 엮은 시선집이라는 평가를 받았다. 그러나 《청구풍아》에 수록된
김종직의 비평을 보면, 그가 이념적 순수성보다는 문예미적 성취를 높이
평가했다는 사실을 확인할 수 있다. 우리나라 한시의 대표작을 선발하겠
다는 의도가 유감없이 반영된 것이다.

한국 한시 선집의 가교

과거에는 문인이 세상을 떠나면 그의 친지와 제자들이 그가 평생 지은 시문을 수습하여 한 질의 책으로 엮었다. 이것이 문집(文集)이다. 문집을 간행하여 많은 이가 보게끔 하는 것은 모든 문인의 소원이었으나, 과거의 출판 여건상 책을 간행하는 데는 막대한 비용이 들었으며 유통과 판매도 어려웠다. 이 때문에 문집의 간행 부수는 수십 부에서 수백 부를 넘지 않았다. 친지와 제자들이 나누어 가지는 수준에 불과했던 셈이다. 원하는 문집을 구해 볼 수 있는 사람은 극소수였으며, 그나마 시간이 지나서 하나둘 사라지면 더욱 구하기 어려워졌다. 이러한 상황에서 여러 문인들의 문집을 두루 구해 본다는 것은 불가능에 가까웠다.

그래서 여러 문집의 정수를 뽑아 만든 선집이 등장하게 된다. 선집의 편자는 가능한 한 많은 문집을 확보하고 그 속에서 후세에 전할 만한 우수한 작품을 골라 하나의 책으로 만든다. 이렇게 만들어진 선집은 대체로 분량도 많지 않고, 문집과 달리 많은 독자를 확보할 수 있다. 세월이 흐르면서 문집은 사라지고 선집에 실린 작품만 간신히 전하는 문인들도 적지 않다. 이 점에서 문인의 성취를 후대에 전하는 것은 문집이 아니라 선집이라고 해도 과언이 아니다. 그리고 그 선집의 가치는 전적으로 편자의 안목에 좌우된다.

《청구풍아》는 고려 시대에 편찬된 《동국문감》, 《동인지문오칠》, 《삼한시기간》 등의 선례를 계승하고, 이후 편찬된 《국조시산》 《기아》에 지대한 영향을 미쳤다. 결국 김종직은 성리학이 아닌 문학 분야에서 가교 역할을 한 셈이다. 이 책의 다양한 활자본과 목판본이 지금도 전하고 있어,

우리 한시의 대표작을 선발한 선집으로 널리 읽혔다는 사실을 알 수 있다. 뿐만 아니라 이 책은 때로는 시 창작을 위한 교재로 쓰였으며, 고려와 조선 초기의 부족한 문헌을 보충하는 자료 역할도 했다. 심지어 속편에 해당하는 유근(1549~1627)의 《속청구풍아》까지 편찬되었으니, 그 인기를 짐작할 만하다.

- 장유승

참고 문헌

이창희 역, 《역주 청구풍아》, 다운샘, 2002.
김영봉, 〈《청구풍아》 연구〉, 《열상고전연구》 11, 열상고전연구회, 1998.
김영봉, 〈점필재 김종직의 시문학 연구〉, 연세대학교 박사학위논문, 1998.

三

두보 시 번역의 표준을 제시하다

《분류두공부시언해》의 편찬 시기와 편찬자

—

흔히 '두시언해'라고 불리는《분류두공부시언해(分類杜工部詩諺解)》는 중국 시단을 대표하며 시성(詩聖)이라 불리는 당나라 시인 두보(712~770)의 시를 훈민정음(언문)으로 번역하고 주석을 붙인 책이다. 1482년(성종 11) 성종이 두보의 시에 대한 표준화된 번역과 주석을 마련하라는 편찬령(언해령)을 내렸고, 홍문관의 유윤겸이 책임자가 되고 조위·김흔 등 여러 홍문관 문사들이 참여하여 완성한 것이다.

일반적으로 언해는 어떤 책이나 글의 내용을 한자를 모르는 사람들에게 널리 보급하거나 교화하려는 목적으로 한다고 알려져 있다. 언해된 텍스트를 읽는 대상은 주로 백성과 여성일 것이라고 설명되기도 한다. 그런데《두시언해》는 백성과 여성을 대상으로 교화를 하려는 목적을 가진 텍스트는 아니었다. 언해 본문에서 한문이 그대로 노출되는데 한자 음과 뜻을 표기하지 않았고, 제목 원문은 번역을 하지 않았다는 점이 그 증거가 된다. 이는《두시언해》가 한문에 익숙한 사람들을 독서 대상으로 삼은 것임을 의미한다. 실제로 훈민정음과 이를 활용한 언해의 중요한 의의는 한자·한문의 쓰임과 관련이 있다.《두시언해》는 당대의 지식인들에게 문학 전범으로서 두보의 시를 공부하는 데 필요한 번역과 주석의 표준을 제시한 책이었다. 즉 국가가 주도하여 편찬한 두보 시 학습을 위한 교과서였다.

《두시언해》의 편찬자는 유윤겸(1420~?)과 홍문관의 문사(文士)들이다. 《두시언해》의 중간본 서문을 쓴 장유(1587~1638) 또한 '홍문관의 사신(詞臣)'을 언해 작업의 주체로 들었다. 유윤겸은 두보 시에 정통하여 명성이 높았던 유방선(1388~1443)의 아들이다. 아버지로부터 시작된 '학두(學杜)'의 가학을 기반으로 세종 대에 집현전 학사들이 추진했던《찬주분류두시(纂註分類杜詩)》작업에도 참여한 바 있다. 이 같은 가학의 배경과 세종 대부터 두보의 시를 연구한 경력을 기반으로 성종 대에 이르러서는 후배 문사들에게 두보 시를 가르칠 만한 교사로서 권위를 인정받고 있었다. 다만 이때 유윤겸이 실질적으로 어떤 역할을 했을 것인가에 대해서는 신중히 생각해 볼 필요가 있다. 언해령이 내려졌을 당시 유윤겸의 나이는 60대였고, 벼슬은 종삼품의 홍문관 전한(典翰)이었다. 나이와 직위로 짐작해 보았을 때 유윤겸은 실무보다는 편찬 작업을 전체적으로 총괄했을 것으로 보인다.

실질적인 번역과 주석 작업은 홍문관 문사들이 주도했다. 그렇다면《두시언해》의 실질적인 편찬을 담당한 홍문관 문사는 누구였을까? 이를 파악하기 위해서는《두시언해》의 서문을 쓴 홍문관 문사 조위(1454~1503)와 김흔(1448~1492)에 주목할 필요가 있다. 조위와 김흔은 모두 성종 대에 이름 높았던 문인이자 관료이다. 조위는 서문을 쓸 당시 홍문관 수찬이었고, 김흔은 홍문관 교리였다. 언해령이 있었던 1481년을 중심으로 그 앞뒤 몇 년간의《성종실록》의 기사를 참조하면, 조위·유윤겸·김흔·이창신은 당시 홍문관에서 함께 근무하며 정치적인 현안에 대한 의견을 공동으로 제시하기도 했고, 이처럼 홍문관 사신들에게 부과되었던 두보의 시 작업을 비롯한 학술적·문화적 활동을 함께 했다. 두보 시를 국가 차원에서 전면적으로 부각하고 연구하는 이들의 작업은 순탄치 않았다. 군주가 수식과 기교를 일삼는 사장(詞章)을 용인하고, 젊은 문신들이 주동이 되어 이를 일삼는다는 거센 비판이 조정 내부에서 일었기 때문이다. 홍문관의 문사들은 이런 비판에 대응하면서 두보의 시를 문학의 전범으로 만들고, 그에 합당한 전범적인 이해와 교육이 이루어질 수 있는 방도를 언해를 통해 실현하고자 했던 것이다.

―

《분류두공부시언해》의 구성과 내용

―

지금 전하는《두시언해》는 1481년(성종 12) 편찬령으로 간행된 초간본과 1632년(인조 10) 간행된 중간본이 있다. 앞에서 지적했듯이 1481년은 성종의 언해령이 내려진 해이지《두시언해》25권의 완질이 모두 출판된 해는 아니다. 언해령 이후 최소 1년 혹은 그 이상 기간의 작업을 거쳐《두시언해》초간본 완질이 간행되었다. 중간본은 1632년 경상도 감사 오숙이 주도하여 영남의 여러 고을에서 비용과 업무를 나누어 맡아 초간본을 교정하여 간행한 것이다. 이때 장유가 쓴〈중각두시언해서(重刻杜詩諺解

序)〉를 보면 당시에도 이미 초간본《두시언해》가 거의 전하지 않아 책을 보기 힘들었던 사정을 알 수 있다. 현대에도 사정은 비슷해서 초간본 중 일부는 아직 발견되지 않았고, 우리가 지금 영인본으로 보는 초간본은 총 25권 중에서 10개 권이 빠진 불완전한 형태이다. 다행히 초간본을 대본으로 교정한 중간본 25권 완질이 지금까지 전하기 때문에《두시언해》의 전체 내용과 구성을 확인할 수 있다.

《두시언해》는 총 25권이고, 각 권은 1~6개 내외의 항목으로 분류되어 있다.《두시언해》의 저본으로, 세종 대에 편찬된《찬주분류두시》의 체재를 그대로 가져온 것이다. 항목의 수는 대략 65개 정도이다. 권별로 볼 때 비중이 큰 항목은 '기행(紀行), 술회(述懷), 시사(時事), 기간(寄簡), 송별(送別)'이다. 그 중에서도 멀리 있는 여러 사람에게 부친 '기간'은 고시 17수, 율시 65수가 권19부터 권21까지 실려 있어 분포가 가장 크다. 즉 평생 여러 곳을 유랑하며 고된 삶을 살았던 두보의 생애는, 늘 멀리 다른 곳에 있는 누군가에게 안부와 심회를 시로 담아 보내는 시적 여정으로 표출되었던 것이다. 두보와 시를 주고받았던 고적·잠삼·원결·엄무 등 당대(唐代) 사람들의 원시나 수창 시도 실려 있다.

항목은 소재나 창작의 상황에 따라 분류했다. 이는 다수의 중국본 두보 시집들이 창작 시기별로, 즉 연대기별로 작품을 배치했던 관습과는 다르다.《찬주분류두시》와《두시언해》가 소재 중심으로 항목을 분류한 것은 참조와 학습의 편리함을 위해서이다. 60개가 넘는 항목들은 시를 짓거나 공부할 때 만날 수 있는 여러 가지의 소재와 주제를 망라하고 있다. 두보의 시에서 유형화가 가능한 소재들을 최대한 뽑았을 터이다. 이는 어떤 상황에서 어떤 주제와 소재로 시를 짓는가에 따라 적절하게 참조할 수 있도록 의도한 것이다.

《두시언해》의 본문은 '한문 제목 – 한문 본문 – 언문 주석 – 언문 번역'으로 되어 있다. 두보의 〈춘망(春望)〉을 가지고 《두시언해》의 본문으로 좀 더 들어가 보자. 이 시는 제목에 '봄'이 들어가 있어서인지 '사시(四時)' 항목에 분류되어 있다. 비교를 위해 《찬주분류두시》의 구성을 먼저 설명하자면, 〈춘망〉이라는 제목 아래에 주석으로 이 시가 지덕(至德) 2년에 쓴 것이고, 두보가 이때 반란군의 수중에 잡혀 있었기 때문에 시에 '성춘초목심(城春草木深)'이라는 구절을 썼다고 써놓았다. 전체 시의(詩意)를 비롯하여 구절이 쓰인 맥락에 대한 부연 설명을 해둔 것이다. 본문의 구절마다 한문 주석이 상세하게 붙어 있다. 이런 주석이 있어서 〈춘망〉이 757년, 곧 46세의 두보가 반군에게 함락된 장안에 억류되어 있으면서, 산천에 봄이 어김없이 찾아왔지만 가족은 흩어지고 나라는 부서진 시절을 아파하며 쓴 시라는 의미가 분명하게 파악되는 것이다. 이제 《두시언해》에 실린 〈춘망〉의 본문을 보자.

〈춘망(春望)〉 – 《두시언해》 권10 사시(四時)
國破山河在 城春草木深
  나라히 破亡ᄒ니 뫼콰 ᄀᆞᄅᆞᆷ쑨잇고 잣앉보미 플와 나못쑨 기펫도다
感時花濺淚 恨別鳥驚心
  花鳥ᄂᆞᆫ 平時所玩이어ᄂᆞᆯ 今則見而濺淚ᄒ며 聞而驚心ᄒ니 時世를
  可知로다
  ○ 時節을 感歎호니 고지 눖므를 쓰리게코 여희여슈믈 슬ᄒ니 새 ᄆᆞ
  ᅀᆞ믈 놀래ᄂᆞ다
烽火連三月 家書抵萬金
  烽火ㅣ 석ᄃᆞ를 니ᅀᅦ시니 지빗 音書ᄂᆞᆫ 萬金이ᅀᆞ도다

白頭搔更短 渾欲不勝簪

셴머리를 글구니 또 뎌르니다 빈혀를 이긔디 몯홀듯ᄒ도다

　이전의 두시 주석서들과 가장 다른 부분은 역시 언문으로 번역이 되어
있다는 점과 주석이 대폭 줄었다는 점이다. 이 시에서 유일하게 주석이
붙은 부분은 함련, 즉 3구와 4구이다. 주석은 '꽃과 새는 평상시에는 즐기
는 것이다. 그런데 지금은 꽃을 보고 눈물을 뿌리고 새소리를 듣고 마음
을 놀래키니 시대가 어떠한지 알 수 있다'고 되어 있다. 이 부분은《찬주
분류두시》의 같은 구절에 자세하게 붙은 한문 주석 중 한 부분이다. 다른
주석은 모두 삭제하고 이 문장만 가져왔는데, 언문으로 토(吐)를 달아놓
았다. 그리고 ○ 뒤에 한문 원문을 직역한 번역을 붙였다. 이 주석을 통해
〈춘망〉이 평상시에 지은 것이 아니고, 근심과 아픔의 시절에 지어진 작품
이라는 배경을 막연하게나마 확인할 수 있다. 그러나 두보 시의 가장 큰
특징을 이루는 현실적 맥락은《두시언해》의 번역과 설명만으로는 파악하
기가 어렵다. 이런 정황을 파악하려면 위에서 언급했던《찬주분류두시》
를 비롯한 다른 두보 시선을 함께 참조해야 한다.
　언해의 과정은 쉽지 않았을 것이다. 천 수가 넘는 작품에, 주석도 복잡
하고 다양했다. 언문을 사용해 번역하는 것도 한문의 문법과 언어적 관습
에 익숙했던 문사들에게는 결코 쉬운 과정이 아니었을 것이다. 그럼에도
편찬자들은 자신들의 견해를 반영한 주석을 새로 달기도 했고, 기존의 주
석을 활용하기도 했다. 다만 고증이 잘못된 것이나 맥락이 맞지 않는 것
을 선택한다거나 하는 등의 오류와 착오도 있었다. 이 점에 대해서는 꼼
꼼한 문헌 비평과 비교·분석의 과정이 앞으로도 필요할 것이다. 결과적
으로《두시언해》는, 이전의 두시 주석서와 비교하면 번역이 있고 주석이

간결하여 독서와 학습에 효율적인 형태의 책으로 만들어졌다. 글자와 구절의 의미를 서로 다르게 해석하게 만드는 주석이나 그로 인한 해석의 혼란도 표면적으로는 거의 없다. 나중에 중간본《두시언해》서문을 쓴 장유는 "언해가 있는 것이야말로 길을 잃었을 때 나침반이 있는 것과 같다고 해야 하지 않겠는가."라고도 했다. 간결함과 효용성을 토대로 명확한 해석과 이해의 방향을 제시했음을 지적한 말이다. 이처럼《두시언해》는 세종 대 이래 두보 시에 대한 학습과 연구 결과를 토대로 표준 번역과 주석을 제시하고자 편찬된 텍스트였다.

—

문학 전범으로서의 두보 시와 두보 시 교과서

—

1500수에 달하는 두보의 작품은 조선 전기 들어 주제별·시기별 선집이 몇 차례 간행되었다. 특히 호문(好文) 군주로 알려진 세종과 성종의 시대에 두보의 시집은 집중적인 나라의 지원을 받아 당대의 최고 엘리트 문사들이 주석과 번역 작업에 참여했다. 이렇게 두보의 시가 출판의 대상이 되고 국가 차원에서 중시된 것은 이유가 있다. 두보의 시는 과거 시험의 시제로 빈번하게 채택되었기 때문이다. 조선에 앞서 중국에서 두보의 시선이 누차 간행되었던 이유 또한 빈번하게 과거 시험 과목으로 채택됨에도 불구하고 주(註)와 훈석에 오류가 많았기 때문이었다. 두보 시 주석가로 잘 알려진 남송의 채몽필은 이런 점에 대해 문제 제기하면서, 두시의 여러 판본을 대상으로 글자의 이동(異同)과 음을 비교 고증하고, 시를 지은 뜻을 풀이하고 전거를 밝혀《두공부초당시전》을 편찬했다. 이 책은 두시 주석서의 전통에서 중요한 위상을 차지하는 책이 되었고, 조선 전기에도 간행되었다. 과거 시험에서 두보의 시가 중요한 과목으로 채택되었다는 것은 나라가 필요로 하는 인재를 양성하는 데 '두보의 시'가 상징하는 측면이 있었음을 뜻한다. '시학(詩學)의 종사(宗師)'로 불릴 만큼 정련된 문학의 형식과 충군애국으로 집약된 시대정신. 이 두 지점이 유효했을 것으로 보인다.

이런 현실적인 필요성과 의의에도 불구하고 두보의 시는 "가슴속에 국자감이 들어 있어야 읽을 수 있다"고 일컬어진다. 두보 시가 그처럼 소재가 다양하고 의미가 심오하며 구사한 어휘의 편폭이 무척 넓기 때문에, 학교에서 가르치던 문학·정치·역사·철학의 다양한 지식과 안목이 있어야 제대로 읽을 수 있다는 뜻이다. 두보의 시에 대한 주석서가 중국과 조선에서 거듭 편찬되었던 것도 이런 난해함과 다양함 때문이다. 《찬주분류두시》역시 시의 제목과 본문의 각 구절 아래에 시가 쓰인 시기, 역사적인 맥락, 글자의 뜻과 의미 등에 대한 여러 가지 한문 주석이 달려 있다. 시의 배경과 의미에 관한 여러 정보를 얻을 수 있지만, 주석이 너무 많이 달린 경우에는 어떤 주석을 따라야 하는가에 대한 지침을 얻기가 어렵다는 느낌도 준다.

성종이 언해령을 내리면서 "여러 사람의 설이 분분하고 서로 어긋나니 깊이 연구하여 하나로 통일하지 않을 수 없다."(조위, 〈두시서〉)라고 한 것은, 이 작업을 관통하는 문제의식을 보여주는 것이다. 성종은 두보 시의 위상을 최고의 경지에 두고 그에 대한 정론(定論)을 만들어냄으로써 확고한 문학 전범으로 만들고자 했던 것이다. 이런 성종의 의도 하에 《두시언해》의 편찬자들은 《찬부분류두시》를 비롯하여 이전 두보 시선의 여러 주석을 검토하고 정리했다.

배우는 자들이 (두시언해의) 장구(章句)로 강(綱)을 삼고 주해(註解)로 기(紀)를 삼아 그 시를 읊조리며 그 향기를 잡고, 침잠함으로 그 심오한 경지를 더듬어간다면 반드시 직설(稷契)과 같은 충신이 되기를 자신에게 약속하여 잠시라도 임금을 잊지 않는 것으로 자기의 마음을 삼을 것입니다. 그렇다면 두자미의 시는 배워야 할 것입니다. 그러나 시어의 절묘함과 성률의 공교로움은 다만 그 나머지일 뿐입니다. 장차 갱재지가(賡載之歌)와 대아지작(大雅之作)이 왕도를 보좌하고 태평시대를 찬미함을 보게될 것이고, 국가의 성대함을 크게 울리는 자들이 풍성하게 배출될 것이니 그 얼마나 성대한 일입니까. 풍운월로(風雲月露)의 형상에 힘쓰고 한마디 글자들 사이에서 공교로움을 구한다면 두보를 배움이 또한 천근하다 하겠습니다. 어찌 성상께서 후학들에게 두보의 시로 일깨워주려던 뜻이겠습니까. (김흔, 〈번역두시서(飜譯杜詩序)〉, 《안락당집(顔樂堂集)》 권2)

마지막 부분에 나오는 '풍운월로'는 화려하고 들뜬 시풍을 가리키는 말로, 중국 제량(齊梁) 시대에 싹터서 만당 시대에 가장 극성했던 시풍이다. 김흔은 두보의 시와 풍운월로의 화미한 사조(詞藻)를 구별하고 있다. 그 반대편에는 갱재지가와 대아지작이 있다. 그러한 시들은 국가의 성대함을 아름답게 표현하는 것이고, 이것은 곧 그대로 그 나라의 흥성을 반영하는 지표가 된다. 두보의 시는 충군애국의 시정신을 갖고, 대아와 같은 유가 문학의 이상적 전범으로 공인된다. 동시에 정련된 수사를 구사했다는 점에서 문장화국(文章華國)의 전범으로 정위(定位)되기에도 부족함이 없었다. 이처럼 군수가 시원하고 중앙 조정의 문사들이 주도하여 추진한 두보 시에 대한 주석과 번역은 시사(詩史)의 측면에서 '두보의 시를 문학의 모범으로 만들어가는 과정'이었다. 《찬주분류두시》에 집적된 두보 시에 대한 연구 결과를 토대로 두보의 시에 대한 표준 번역과 주석을 담은 《두시언해》가 그렇게 탄생했던 것이다.

– 김남이

참고 문헌

《역주 분류두공부시언해》, 세종대왕기념사업회.

심경호, 〈조선조의 두시집 간행과 두시 수용〉, 《두시와 두시언해 연구》, 태학사, 1998.

안대회, 〈조선 시대의 두시 주석〉, 《두시와 두시언해 연구》, 태학사, 1998.

이종묵, 〈두시의 언해 양상〉, 《두시와 두시언해 연구》, 태학사, 1998.

이의강, 〈조선 《두시언해》 연구〉, 북경사범대학 박사학위논문, 2000.

四
올바른 인간이 되는 공부의 길

이이와《격몽요결》

—

《격몽요결(擊蒙要訣)》은 조선 중기의 문신·학자인 율곡 이이(1536~1584)가 지은 교육서이다. 이이는 1536년(중종 31)에 강원도 강릉의 외가에서 아버지 이원수와 어머니 신사임당 사이에서 4남 3녀 중 셋째 아들로 태어났다. 이이는 8세 때 고향인 경기도 파주 율곡리에 있는 화석정에 올라 시를 지을 정도로 문학적 재능이 남달랐다. 1548년(명종 3) 13세 때 진사 초시에 장원급제 하여 명성이 널리 알려지기 시작했다. 그러나 16세 때 어머니가 별세하자 3년간 시묘(侍墓)했으며, 19세에 어머니를 잃은 슬픔에 금강산에 들어가 불교에 심취했다. 1555년(명종 10) 20세에 하산하여 스스로의 공부를 경계하는 글인 〈자경문(自警文)〉을 짓고 유학에 전심했으며, 1558년(명종 13) 23세 때 경상도 예안으로 퇴계 이황을 방문하여 학문을 토론했다. 이해 별시에서 〈천도책(天道策)〉으로 장원급제 하고, 29세인 1564년(명종 19) 명경과에서 〈역수책(易數策)〉으로 장원급제 했다. 전후 아홉 번이나 과거 시험에 장원으로 급제하여 '구도장원공(九度壯元公)'이라 일컬어졌다.

이후 이이는 호조 좌랑을 시작으로 예조 좌랑·이조 좌랑 등을 역임했으며, 1568년(선조 1)에는 부교리로 춘추관 기사관을 겸임하여 《명종실록》의 편찬에 참여했다. 1572년(선조 5) 37세에 부응교에 임명되었으나 병으로 사퇴하고 파주의 율곡리로 돌아와서 성혼과 이기(理氣)·사단칠정(四端七情)·인심도심(人心道心) 등에 대해 논했다. 1575년(선조 8) 40세에 홍문관 부제학에 임명되어 주자학의 핵심을 간추린 《성학집요(聖學輯要)》를 저술하여 선조에게 올렸다. 1577년(선조 10) 42세 때 관직에서 물러나 황해도 해주의 석담(石潭)에 있을 때 고을의 젊은이들을 가르치면서 《격몽요결》을 지었다.

1580년(선조 13) 45세에 기자(箕子)의 행적을 정리한 《기자실기(箕子實記)》를 편찬했으며, 이후 대사간·대사헌·대제학 등을 거쳐 1582년(선조 15)에 이조판서에 임명되었다. 이해에 선조의 명으로 〈인심도심설(人心道心說)〉을 지어 올렸고, 《학교모범》을 지었다. 죽기 한 해 전인 1583년(선조 16) 48세 때에는 〈시무육조(時務六條)〉를 올려 시국에 대한 개혁 방안을 제시했다. 특히 인재를 확대하기 위해 서자(庶子)를 등용해야 한다는 것과 국방을 든든히 하기 위해 10만의 군사를 기를 것을 주장했다.

이이는 조선 시대 어느 학자보다 교육에 깊은 관심을 가지고 《격몽요결》을 비롯하여 《성학집요》·《학교모범》 등 교육 관련 저술을 많이 남겼다. 《성학집요》는 최고 권력자인 제왕의 수양과 공부를 위해 지은 것이며, 《학교모범》은 청소년 교육을 쇄신하기 위하여 학교의 규범과 준칙을 새롭게 제시한 것이다.

《격몽요결》은 이이가 1577년(선조 10) 42세에 관직에서 물러나 황해도 해주의 석담에서 지낼 때 고을의 젊은이들을 가르치면서 저술한 책이다. 서명의 '격몽(擊蒙)'이란 말은 《주역》몽괘(蒙卦)에서 따온 것인데, '몽(蒙)' 은 '몽매한 것', '아는 것이 없어 모든 일에 어두운 것'을 뜻한다. 몽괘의 첫 머리에 '동몽(童蒙)'이란 말이 보이므로, '몽(蒙)'은 특히 '아무것도 모르는 아이'를 의미한다. '격(擊)'은 '친다'는 뜻인데, 여기서는 '무식한 것을 쳐서 알도록 깨우쳐준다'라는 의미이다. '요결(要訣)'은 '요긴한 비결', '중요한 방법'이라는 뜻이다. 요컨대 《격몽요결》은 '아무것도 모르는 아이를 가르 쳐 깨우쳐주는 중요한 방법'을 제시한 책이다.

—

《격몽요결》의 구성 및 내용

—

《격몽요결》은 현재 세 종류의 판본이 전하고 있다. 《율곡전서(栗谷全書)》 권27에 수록되어 있는 것, 강릉 오죽헌에 보존되어 있다는 이이의 수초본 (手草本), 1952년 세창서관에서 발행한 현토주해본이 그것이다. 판본에 따라 내용에 다소 차이가 있는데, 수초본을 기준으로 하고 《율곡전서》 수 록본을 참고하면 될 것이다. 《격몽요결》은 서문과 본문 총 10장으로 구성 되어 있다. 이이는 《격몽요결》을 짓게 된 이유를 서문에서 다음과 같이 밝 혔다.

사람이 이 세상에 나서 공부하지 않으면 사람 노릇을 할 수 없게 된다. 흔 히 말하는 공부를 한다는 것은 특별한 일이 아니다. 다만 아버지가 된 사람은 자식들을 사랑해야 하고, 자식 된 사람들은 부모에게 효도를 잘 해야 하며 …… 젊은이라면 어른을 공경해야만 하고, 친구 사이에는 신의가 있어야만 하는 것 같은 일이다. 일상적인 행동을 함에 있어서 일에 따라 모두 합당하게 행동하는 것일 따름이다. 아득하고 기묘한 데 마음을 써서 특수한 효과를 보려는 짓이 아니다. …… 지금 사람들은 공부란 일상생활에 관한 것이라는 것을 알지 못하고 높고 먼 곳의 일이어서 실천하기 어려운 것이라 잘못 생각하고 있다. 그래서 그것을 남에게 미루고 스스로 버려둔 채 편히 지내고만 있으니 어찌 애석할 일이 아니겠는가. …… 공부를 시작하는 사람들이 올바른 방법을 알지도 못하고, 또 굳건한 뜻도 없으면서 건성건성 가르침이나 받고자 한다면 곧 서로에게 아무런 도움도 되지 못하고 도리어 사람들의 비난이나 받게 될 것 같아 두려웠다. 그러므로 간단히 책 한 권을 엮어, 뜻을 세우고 몸을 잘 간수하고 부모님을 잘 모시고 일을 올바로 처리하는 방법을 간략히 쓰고, 책 이름을 《격몽요결》이라 했다.

이이는 서문에서 사람이 왜 공부를 해야 하며, 올바른 공부가 어떤 것이며, 그것을 어떻게 공부할 것인가에 대해 말하고 있다. 조선 시대 유학자들에게 공부란 새로운 지식을 채우는 것보다도 올바른 사람이 되는 방법을 배우는 것이다. 사람 노릇을 하기 위한 공부는 '아득하고 기묘한' 그 무엇을 탐구하는 것이 아니라 '뜻을 세우고 몸을 간수하고 부모님을 잘 모시고 일을 올바로 처리하는' 일상생활에 관한 방법을 배우는 것이다. 곧 이이가 《격몽요결》에서 말하는 공부의 방법은 '올바른 인간이 되는 길'을 배우는 것이라 할 수 있다.

《격몽요결》의 본문은 모두 10장으로 구성되어 있는데, 각 장의 내용을 요약하면 다음과 같다.

제1장 입지(立志) - 공부하려는 의지의 확립과 공부의 목표 설정

공부하는 사람은 공부하려는 확고한 의지를 확립하고 스스로 성인(聖人)이 되겠다는 목표를 세워야 한다. 보통 사람이나 성인이나 모두 타고난 본성은 같기 때문에, 공부를 통해 누구나 성인이 될 수 있다. 따라서 결코 자신의 능력을 낮게 보아 성인이 되겠다는 목표를 물리거나 공부를 포기해서는 안 된다.

제2장 혁구습(革舊習) - 공부를 방해하는 낡은 습성의 제거

공부에 확고한 의지를 두었더라도 끝내 성취하지 못하는 것은 공부를 방해하는 낡은 습성을 버리지 못했기 때문이다. '의지가 허술하고 몸가짐을 함부로 하는 것', '퇴폐적인 습속에 빠지는 것', '부유하고 출세하는 것을 좋아하는 것' 따위의 구태를 버려야 한다.

제3장 지신(持身) - 자신의 몸과 마음을 간수하는 방법

몸과 마음을 간수하는 데는 '구용(九容, 아홉 가지 모습)'보다 절실한 것이 없고, 공부와 지혜를 진보시키는 데에는 '구사(九思, 아홉 가지 생각)'보다 절실한 것이 없다. 구용은 손의 모습은 공손하게 하고 눈의 모습은 단정하게 하며 목소리 모습은 고요하게 하는 등이며, 구사는 볼 때는 밝게 볼 것을 생각하고 들을 때에는 분명히 들을 것을 생각하며 말은 충실하게 할 것을 생각하는 등이다.

제4장 독서(讀書) - 책을 읽는 방법과 순서

올바른 인간이 되기 위해서는 성현들의 말과 행실이 담겨 있는 책을 읽어야 한다. 중요한 것은 책의 내용을 아는 것이 아니라 이를 실천할 방법을 찾는 것이다. 따라서 몸가짐과 일상생활에 관한 예절을 담은《소학》으로부터 시작하여《대학》과《대학혹문(大學或問)》을 읽고, 이후《논어》-《맹자》-《중용》-《시경》-《예경》-《서경》-《역경》-《춘추》등의 순서로 유교 경전을 공부하며, 마지막으로《근사록(近思錄)》·《주자가례(朱子家禮)》·《심경(心經)》등의 성리서(性理書)를 읽어야 한다.

제5장 사친(事親) - 어버이를 섬기는 법
자신을 이 세상에 태어나게 해준 어버이의 은혜에 깊이 감사하며, 어버이를 정성껏 모시고 어버이의 뜻을 받들어야 한다.

제6장 상제(喪制) - 상례를 치는 법
상례는 어버이를 섬기는 데 있어서 가장 큰 예절이므로 온 정성을 쏟아야 하며 주희의《주자가례(朱子家禮)》를 따라야 한다.

제7장 제례(祭禮) - 제사를 지내는 법
사당을 세우고 조상의 신주를 모시는 등의 제례는 주희의《주자가례》를 따라야 한다.

제8장 거가(居家) - 집 안에서 생활하는 법
집 안에서 생활할 때에는 마땅히 예법을 지켜야 하며, 아내와 자식 및 집 안의 여러 사람을 예법에 맞게 통솔해야 한다.

제9장 접인(接人) - 사람들과 사귀는 법

사람들과 사귈 때는 부드럽고 공경하는 마음으로 사람을 대해야 하고, 자기 학문만 믿고 남을 업신여기며 교만해지는 것을 경계해야 한다. 만약 나를 헐뜯고 비난하는 사람이 있다면 반드시 스스로의 언행을 반성해 보아야 한다.

제10장 처세(處世) - 사회생활 하는 법

벼슬을 목적으로 공부를 해서는 안 되며, 만약 높은 벼슬에 있으면서 올바른 도를 행할 수 없다면 벼슬에서 물러나야 한다.

이이가 말하는 '공부'란 성인 곧 훌륭한 사람이 되는 것인데, 이는 전형적인 성리학적 인간관과 교육관이다. 성리학에서는 보통 사람들도 타고난 본성은 성인과 같기 때문에, 공부를 통해 누구나 성인이 될 수 있다고 본다. 물론 자라면서 외부적 환경에 따라 기질이 순수하기도 하고 잡되기도 하는 차이는 있을 수 있다. 따라서 훌륭한 사람이 되기 위해서는 사람이 해야 할 도리를 열심히 공부하여 이를 일상생활에서 열심히 실천하는 것이 중요하다.

—

《격몽요결》의 교육적 가치

—

《격몽요결》은 초학자(初學者)를 위한 성리학 입문서이다. 조선 시대 때 《격몽요결》은 《천자문》·《동몽선습》·《훈몽자회》 등과 함께 초학자를 위한 교재로 널리 읽혔으며, 인조 때는 전국 향교에서 교재로 삼게 했다.

이이가《격몽요결》에서 제시한 교육론은 성리학의 나라인 조선에 적합한 것이며, 오늘날에 이를 단선적으로 적용하는 데에는 무리가 많다. 그리고 제4장에서 필수 독서 목록으로 제시한 유교 경전은 민주 시민의 양성을 목표로 하는 오늘날의 교육과정에 적합하지 않다. 상제와 제례에서《주자가례》를 준용해야 한다고 했는데, 대가족이 해체되고 신분제도가 사라진 오늘날의 실정에는 맞지 않는다.

다만 공부의 목표와 방법과 관련하여《격몽요결》은 현대사회에 시사하는 바가 적지 않다. 오늘날 과학기술 문명의 발달에 따라 인간성이 날로 피폐해지고 있다. 입시 위주의 교육 속에서 민주 시민을 양성한다는 교육 목표는 뒤로 밀려나고 있는 현실이다. 지금은 인성 교육이 어느 때보다 절실하다. 이런 점에서 '올바른 인간이 되는 공부의 길'을 제시한《격몽요결》을 다시 음미해 볼 필요가 있는 것이다.

– 안세현

참고 문헌

김학주 옮김,《올바른 공부의 길잡이, 격몽요결》, 연암서가, 2013.
김병희, 〈율곡의 아동교육론 –《격몽요결》을 중심으로〉,《교육철학》40, 한국교육철학학회, 2010.
신창호, 〈율곡의 교육 실천과 현대 교육적 시사점〉,《율곡학연구》30, 율곡연구원, 2015.
윤병호, 〈도덕교육의 입장에서《격몽요결》읽기〉,《윤리철학교육》14, 윤리철학교육학회, 2010.

五
한가로운 마음을 찾아가는 길

《한정록》, 허균의 이루지 못한 꿈
—

《한정록(閒情錄)》은 허균(1569~1618)이 중국 작가들의 다양한 책 가운데 '한정(閒情, 한가로운 마음과 생활)'이라는 주제와 관련된 짤막한 글들을 모아 분류해 엮은 것이다. 허균은 당대를 대표하는 문인의 한 사람으로, 자신의 일상과 내면을 진솔하고도 정감 있게 표현한 글, 현실에 대해 예리하고 통렬하게 분석한 글 등 여러 방면에서 빼어난 작품들을 남겼다. 아울러 그는 성실한 독서가이자 박학가로서 높은 수준의 비평적 안목까지 겸비한 인물이었다. 이런 그가 풍부한 독서의 결과물을 바탕으로 엮은 《한정록》은 비평가이자 편집자로서 그 특유의 안목이 오롯이 반영된 작고 아름다운 책이다.

허균이 처음 《한정록》을 엮은 것은 1610년의 일이었다. 그는 이때 쓴 서문에서 나이 마흔둘이 되도록 딱히 이룬 것도 없이 헛되이 세월을 보낸 슬픈 심경을 토로하며, 사소한 이해관계에 벌벌 떨고 별것 아닌 칭찬과 비난에 마음이 동요되거나 그저 함정에 빠지지나 않을까 두려워 발걸음을 조심하고 숨을 죽이는 등 형편과 세력을 따라 바삐 다니느라 한 해가 다 가도록 한가할 때가 없었던 자신의 삶에 대한 환멸감을 짙게 드러냈다.

> 이 세상에 태어난 선비로서 높은 벼슬을 하찮은 듯 버리고 영영 산림으로 떠나고 싶어 하는 자 그 누가 있겠는가? 그저 그의 도(道)가 세속과 괴리되고 그의 운명이 시대와 어긋나므로 때로 고상한 삶을 살고자 한다는 핑계로 도피해 버리는 이가 있게 되는 것이니 그런 뜻 역시 슬픈 것이다.

허균은 위의 말로 서문의 첫머리를 시작한다. 그는 여기서, 은둔하는 이들이 처음부터 세속의 삶을 하찮게 여겨서 그런 선택을 하게 된 것은 아니며 이념적으로나 현실적으로 자신이 세상에 맞지 않는다는 것을 깨닫고 고통 받다가 그로부터 벗어나기 위해 은둔을 표방하게 된다는 견해를 보였다. 이처럼 은둔이 지닌 현실도피적 면모를 지적하면서도 그런 선택을 하기까지 은둔자들의 뜻이 '슬프다'고 하여 공감을 표했는데, 이런 그의 마음은 "산골로 가는 것은 세상한테 지는 것이 아니다 / 세상 같은 건 더러워 버리는 것이다"라는 백석(1912~1996)의 시구에서 느껴지는 쓸쓸함과 흡사하다.

이어서 허균은 어릴 적부터 구속됨이 없이 제멋대로였던 데다 아버지와 스승의 가르침을 받지 못해 장성해서도 정해진 길을 따라가지 않았고, 젊은 나이에 조정에 올랐으나 방달하고 거침없는 행동으로 권력자들의 눈엣가시가 되었으며, 결국은 스스로 노자(老子)와 불가(佛家)의 부류에 도피하여 그 세계관을 숭상할 만한 것으로 여기면서 부침의 세월을 제정신 아닌 미혹된 사람으로 살았다고, 은둔을 선택할 이유가 충분해 보이는 자신의 생애를 회고했다.

이처럼《한정록》의 서문에는 이 책을 엮을 당시 허균의 생애 인식이 짙게 반영되어 있으며, 그의 자기 서사적 언술을 통해《한정록》의 편찬이 무엇보다 스스로를 위로하기 위한 작업이었음을 짐작할 수 있다. 그는 질병으로 휴직하던 여가에 근세 중국의 청언(淸言)류 선집을 읽다가 그 책에 깃든 정취가 한가하고 자유로워 마음에 큰 위안을 얻었으며, 이 독서의 경험을 기반으로《한정록》을 엮게 되었다고 했다.

42세의 허균은 시대와 운명이 모순되어 괴로워하는 자신의 처지를 돌아보며 훗날 벼슬자리에서 물러나 은둔자로 천수를 마칠 수 있기를 꿈꾸었다. 그리고 자신의 꿈이 이루어지게 되었을 때 비슷한 처지의 선비를 만나 다시《한정록》을 펼쳐 읽으며 함께 이야기 나누고 싶다고 하여, 이 책이 세속에 몸담고 은둔을 꿈꾸는 이들에게 위안과 즐거움을 주기를 희망하는 뜻으로 서문을 맺었다.

그리고 7년이 지난 1617년, 허균은《한정록》을 매만지며 은둔을 꿈꾸고만 있을 뿐 혼란한 정국의 소용돌이를 맴돌며 벼슬길을 떠나지 못하고 있었다. 그사이 두 차례 사신으로 명나라에 다녀오며 4000여 권의 최신 중국 서적을 사 오기도 했지만, 그 책들을 제대로 펼쳐 읽을 여가도 없이 쫓기는 생활이었다. 49세의 허균은 형조판서가 되었다가 파직된 후 비로소 '한정'의 뜻을 다시 떠올리게 되었다. 그는 자신의 수많은 책을 펼쳐 읽으며 기존의《한정록》에 내용을 보태고는 "이제야《한정록》이 완결되었고, 산림(山林)으로 돌아가고픈 내 마음도 이로써 제대로 드러냈다."라며 은거에의 희망을 재확인했다. 그러나 그는 끝내 그런 자신의 꿈을 이루지 못하고, 그 이듬해 역적으로 몰려 "할 말이 있다!"라는 절박한 한마디를 남긴 채 형장의 이슬로 스러졌다.

마음의 자유와 행복을 얻기 위한 16가지 길

허균은 38세 때 명나라에서 온 사신 주지번과 업무상 만났다가 그와 친분을 맺고, 그로부터 비교적 최신의 중국 서적들을 선물로 받았다. 그 중 《세설신어보(世說新語補)》와《옥호빙(玉壺氷)》,《와유록(臥遊錄)》등을 42세 때 휴직하던 여가에 읽고 이 세 책의 내용을 '은일(隱逸, 속세를 떠나 숨어 지냄), 한적(閒適, 한가롭고 자유로운 삶), 퇴휴(退休, 벼슬자리에서 물러나 쉼), 청사(淸事, 맑고 깨끗한 흥취)'의 네 부문으로 나누어 엮어 1차로《한정록》을 펴냈다.

이후 이 책을 벗들과 함께 즐겨 읽으며 내용을 보충하고자 하는 생각을 계속 해오다가, 49세 때 비로소 내용을 대폭 추가하고 체재도 개편하여 16부문으로 나눈, 지금 전하는 모습에 방불한《한정록》을 완성하기에 이르렀다. 그 16부문의 제목은 '은둔, 고일(高逸, 고상하고 빼어난 선비), 한적, 퇴휴, 유흥(遊興, 산천을 노니는 흥취), 아치(雅致, 맑고 우아한 운치), 숭검(崇儉, 검소함을 추구하는 생활), 임탄(任誕, 천성대로 얽매임 없이 사는 것), 광회(曠懷, 툭 트인 마음), 유사(幽事, 고요하고 담박한 생활), 명훈(名訓, 훌륭한 가르침), 정업(靜業, 고요히 글 읽는 일), 현상(玄賞, 오묘하고 운치 있는 것들을 즐거이 감상하는 것), 청공(淸供, 산중 생활에 필요한 조촐한 일상용품), 섭생(攝生, 건강한 생활의 방도), 치농(治農, 농사짓는 방법)'이다. 이 제목들만 곱씹어 보아도, 마음

같지 않은 세상 가운데서 어떻게 나 자신을 지키고 마음의 자유를 누리며 살 수 있는지에 대해 감발되는 바가 적지 않다.

완결된《한정록》은, 은거를 통해 마음의 자유를 얻어 한가로운 생활을 영위하고자 한다는 전체적 주지에서는 처음 네 부문으로 편집했을 때와 크게 다르지 않다. 그렇지만 진정한 나를 돌아보고 존중하는 근원적이고도 본질적인 삶이 얼마나 아름답고 즐거운지가 여러 각도에서 그려지고 있으며, 고아한 정취를 지닌 일상생활을 영위해 나가는 데 요구되는 마음가짐은 무엇이며 또 실제적으로 필요한 물품은 무엇인지 등 구체적 세부 사항에 대한 고려가 대폭 가미되어 있다. 일례로 농사짓는 방법까지 세심하게 기록된 것을 보면 허균은 자신의 은거가 자립적 생활을 기반으로 하기를 희망하고 있었다고 생각된다. 이로써《한정록》은 바쁜 일상에 쫓기는 벼슬아치의 범연한 백일몽이 아니라 전면적이고도 구체적인 귀농 계획으로 설득력을 갖게 된다.

《한정록》에는 아름다운 것, 특히 자연미에 대한 묘사가 탁월한 대목이 많다. 이를테면 홀로 마주한 산의 풍경에 대해 "산에 비 내리다 갓 개고 나면 새소리가 귓전에 부서진다. 바위 골짜기가 비로소 환해지며 산허리 구름이 가슴속을 씻어내 준다. 산마루까지 활짝 개면 보랏빛과 푸른빛의 산들이 어느새 나의 베갯머리에 다가와 있다."라고 그려낸 부분은 자연현상에 대한 섬세한 관찰과 미적인 감수성이 어우러져 읽는 이에게 감각적 즐거움을 준다. 또한 늙고 병들어 좋아하는 산에 오르지 못하게 되자 예전에 가보았던 아름다운 산들을 그려 집에다 두루 걸어두고는 "내가 비파로 곡조를 타서 그림 속의 산들에 모두 메아리치게 하련다."라며 풍경을 상상하고 음악을 연주했던 종병지라는 사람의 일화는 자연미에 대한 감수성이 예술적으로 승화된 경지를 보여준다.

그런데《한정록》에서 은거의 동기 중 하나가 될 법한 산수 자연의 아름다움보다 좀 더 주의 깊게 많은 지면을 할애하고 있는 것은, 산수 자연에 은거하든 속세에 머물든 자기 본연의 청정한 아름다움을 간직하고 있는 사람들에 대한 언급이다. 일례로 양만리라는 송나라의 시인은 조정에서 벼슬하고 있을 때 서울에서 고향으로 돌아가는 데 드는 비용을 계산해 넣어둔 상자를 머리맡에 놓아두고 언제든 떠날 수 있다는 마음가짐으로 살았다. 그는 가족에게도 고향으로 돌아갈 때 부담스러운 짐이 될까 염려스럽다며 한 가지 물건도 사들이지 말라고 당부하며 당장이라도 낙향할 짐을 꾸릴 것처럼 했다. 한편 후한(後漢)의 명사(名士)인 곽태는 길을 가다 여관에 묵게 되면 몸소 청소를 하고 날이 밝으면 떠나곤 했다. 언제든 떠날 준비가 되어 있는 양만리의 단호한 태도는 "날마다 물건을 사서 보탬으로써 재물에 얽매여 벗어나지 못하는" 세속의 사람들에게 "세상살이란 잠시 머무는 여관과 같으며 재물이란 세상길 떠날 때 짐일 뿐"이라는 청정한 깨우침을 주기에 충분하다. 그리고 잠깐 머무는 여관에서도 다음 사람을 위해 깨끗이 청소를 해두는 곽태의 조촐한 마음은, 부질없는 삶이지만 정성스레 살아야 한다는 친절한 가르침으로 이어진다. 이 두 선비의 각자 다른 아름다움은 서로 맞물림으로써 자유롭고 행복한 삶의 의미에 대해 생각할 여지를 준다. 최선을 다한 삶이 꼭 생에 대한 집착을 의미하지 않는 것처럼, 인생을 잠깐 머무는 곳으로 여기는 얽매임 없는 태도가 반드시 세상에 마음을 붙이지 못하는 허무주의나 제멋대로의 삶을 의미하지는 않는 것이다.

그래서《한정록》에서는 꽃핀 걸 보고 뜬금없이 "산다는 것은 괴로움이고 육신은 질곡이며 아내는 짐덩어리"라 탄식하며 홀로 산중으로 들어간 매복(한나라 때의 은자)의 심정을 한편에 받아안으면서도, 가족을 돌보지 않고 무책임하게 구는 사람들에게 경계가 될 만한 인물들을 더 많이 다루고 있는 것이다. 일례로 마음씨가 깨끗하여 검소한 삶을 살았던 범선(진나라의 은자)이라는 이는 어떤 고관이 백 필의 비단을 주는데 결단코 받지 않으려 하다가 나중에 다시 약간의 옷감을 주며 "사람으로서 어찌 자기 부인에게 홑치마 하나 없도록 할 수야 있겠는가?"라 하니 그제야 웃으면서 받았다고 했다. 깨끗하게 살아가려는 꿋꿋한 심지를 지니고 있지만 아내도 돌아보지 않는 냉혈한은 아니라는 데서 이 검소하고 물욕 없는 인물의 인간미가 배어나는 것이다. 반면 송나라의 시인 진사도는 좋은 시구를 얻기 위해 이불을 푹 뒤집어쓰고 침상에 누워 있곤 했는데, 이럴 때면 그의 가족들은 주변을 조용히 만들기 위해 고양이나 개는 멀리 쫓아 보내고 아기는 안고 어린이는 손을 잡고 데려가 이웃집에 맡겼다. 그러면 진사도는 천천히 일어나 시를 완성했는데, 그러고 나서야 다들 도로 집으로 데려올 수 있었다고 했다. 《한정록》에서는 시를 짓는 것 때문에 집 사람들이 고통받는 것은 옳지 않다며 진사도의 이런 행태를 조롱하는 태도로 언급했다. 시를 쓴다는 것은 어떤 면에서 자기애의 발현인데, 주변을 돌아보지 않고 문학에 탐닉하는 시인의 모습은 그저 이기적인 집착으로만 보인다는 것이다.

인간이 만든 예교(禮敎)로 하늘이 사람에게 내려준 정(情)을 구속할 수 없다며 "그대들은 그대들의 법을 따르라 / 나는 내 삶을 살아가리니"라고 개인의 본성을 긍정하고 그에 따라 자유롭게 살아가기를 희구했던 반항아 허균의 이미지와는 조금 다르게, 《한정록》에서 긍정한 개인적 삶은 혼자만이 절대자유를 향해 치달리기보다는 현실적인 균형 감각을 잃지 않고 있는 편이다. 이런 점에서 《한정록》은 비록 비공식적이기는 했지만 단행본으로 유통되며 허균의 후배가 된 사대부 지식인들에게 동의를 얻었고 많이 읽히며 인용되었다고 여겨진다.

《한정록》에 인용된 여러 삽화 가운데 편자 허균이 꿈꾸었던 삶의 모습을 가장 간명하게 보여주는 것 중 하나는 아마도 〈한적〉에 수록된 다음 이야기일 것이다.

몹시 가난한 선비 하나가 있었다. 그는 밤이면 밖에서 향을 피우고 하늘에 기도하는 일을 날이 갈수록 더욱 부지런히 했다. 어느 저녁, 공중에서 갑자기 말하는 소리가 들려왔다.

"옥황상제께서 너의 정성을 들으시고 나를 시켜 너의 소원을 물어보라 하셨다."

선비는 이렇게 대답했다.

"저의 소원은 몹시 조그만 것입니다. 감히 넘치게 큰 것을 바라는 게 아닙니다. 그저 살아가며 의식(衣食)이나 대충 넉넉히 갖추고 산수 간을 노닐며 평생을 마칠 수 있다면 만족합니다."

공중의 목소리는 크게 웃으며 이렇게 말했다.

"그건 저 천상의 신선이나 가질 법한 즐거움이라네. 어찌 쉽게 얻을 수 있는 것이겠는가? 만약 부귀를 원한다면 줄 수 있네."

이는 공연한 말이 아니다. 내가 보니 세상의 빈천한 자들은 그저 춥고 배고파 울부짖고 있고, 부귀한 자들은 또 명리(명예와 이익)를 좇아 치달리느라 죽을 고생을 하고 있다. 그러니 옷과 밥의 문제가 대충 충족되고 산수 간을 노닐 수 있다는 게 참으로 인간 세상의 지극한 즐거움이며 하느님도 그걸 내려주는 데 인색하여 가장 얻기 어렵다는 점을 알 수 있다. 그렇긴 해도 초라한 사립문 집에서 도시락밥에 표주박 물로 끼니를 때우고 방 하나에 고요히 앉아 천고(千古)의 옛사람을 벗으로 삼는다면 그런 즐거움은 또 어떠하겠는가! 어찌 꼭 산수 간에 머물러야 하겠는가?

　위 인용문의 앞부분은 오늘날 우리도 언젠가 들어보았을 법한 이야기로, 몹시 가난하지도 엄청나게 부유하지도 않은 중간치의 삶이 실은 가장 얻기 어렵다는 평범한 진리를 말해주고 있다. 그리고 '먹을 것 입을 것 걱정 없이 시골에서 한가롭게 산다'는 가난한 선비의 '조그만' 소망은 생계를 위해 피곤한 직장 생활을 하는 현대인들도 한 번쯤 꾸어봤을 꿈일 터이다.

　이어지는 논평에서는 자연의 아름다움을 누리며 무난하게 살아간다는 것이 가장 소중하다는 앞부분의 메시지에 동의하면서도 그런 평범한 삶의 행복이 반드시 지극히 얻기 어려운 것은 아니라는 결론으로 다가가고 있다. 이 글의 논평자는 의식주의 삶이 좀 초라할지라도 마음을 가누어 가난을 느긋이 받아들이면 머물고 있는 곳이 혼잡한 속세이고 주변에 아름다운 산과 강물이 없어도 충분히 행복할 수 있으리라고 낙관했다. 그는 그런 행복의 이유가 되는 것 중의 하나가 단칸방에서 책을 읽으며 옛사람과 마음의 벗이 되는 즐거움이라고 여겼다.

　자연 속에 은거하기를 꿈꾸었지만 평생 실행하지 못하고 생의 마지막까지 《한정록》을 어루만지고 있었던 허균에게, 평범해 보이는 삶이 실은 가장 얻기 어려운 것이지만, 속세를 벗어나지 못한 사람에게도 행복해질 수 있는 방법이 있고 그 중 하나가 글을 읽는 것이라는 위의 말은 퍽 위안이 되었을 듯하다.

　후세 명사 석기들의 글을 엮은 《한정록》은 엄밀한 의미에서는 한국문학에 해당되지 않지만, 스스로 한정을 누리고 있지 못하다고 생각하던 조선의 사대부 지식인들이 어떤 글을 읽고 위안을 받았으며 그들이 꿈꾸던 삶은 무엇이었는지 알려준다는 점에서 문학사적으로 흥미로운 자료이며 오늘날의 시각에서도 충분히 공감을 얻을 만한 좋은 독서물이기도 하다.

– 김하라

참고 문헌

김원우 엮음, 《숨어 사는 즐거움》, 솔, 1996.
민족문화추진회 편, 《한정록》, 솔, 1996.
정길수 편역, 《나는 나의 법을 따르겠다》, 돌베개, 2012.

六
노래 형식으로 읽고 반성하는 해동의 역사

심광세와 《해동악부》
—

정몽주의 〈단심가〉와 이방원의 〈하여가〉는 고려가 망하고 조선이 성립되는 시기를 대표하는 우리말 노래이다. 이 두 편의 시조를 모르는 한국 사람은 거의 없을 것이다. 하지만 이 노래를 우리 문학사에서 처음 적어놓은 사람이 누구냐고 물으면 답할 사람이 몇이나 될까? 1617년에 심광세(1577~1624)라는 문인이 우리나라의 역사를 44편의 한시로 노래한《해동악부(海東樂府)》에 이런 내용이 눈에 띤다.

문충공(정몽주)이 마음이 드러나자 태종(이방원)이 일부러 잔치를 열었다
술을 권하며 이렇게 노래 불렀다.
"이런들 어떠하며 저런들 어떠하리, 성황당 뒷담이 무너진들 어떠하리,

우리도 이같이 하여 아니 죽은들 또 어떠리.”

이에 문충공이 술잔을 보내며 노래했다.

“이 몸이 죽고 죽어 일백 번 고쳐 죽어, 백골이 진토(塵土) 되어 넋이라도 있고 없고, 임 향한 일편단심이야 가실 줄이 있으랴.”

오늘날 우리가 아는 〈단심가〉의 내용과는 약간의 차이가 있지만, 이 기사가 바로 정몽주의 시조에 대한 가장 이른 시기의 기록이다. 정몽주가 개성의 선죽교에서 죽임을 당한 때가 1392년 4월이었고, 심광세가 《해동악부》의 서문을 지은 때가 1617년 9월이었으니, 둘 사이에는 약 280년의 적지 않은 시간적 거리가 있다. 따라서 실제로 정몽주가 이 시조를 지었는지, 정몽주와 이방원이 한자리에서 시조 노래를 불러가며 드라마틱한 순간을 함께했는지, 혹은 280년의 전승 기간 동안 어떤 변화를 거쳤는지는 구체적으로 검증하기 어렵다. 하지만 분명한 것은 1617년 당시의 시점에서 〈단심가〉와 〈하여가〉가 짝을 이루며 흥미진진하게 전승되고 있었음을 바로 이 책, 심광세의 《해동악부》가 증명해 주고 있다는 점이다.

《해동악부》에는 그 밖에도 독자들의 관심을 끌 만한 흥미로운 역사적 사건과 주인공들이 자주 등장한다. 바보 온달이나 신라의 충신 박제상 이야기도 이 속에 섞여 있는 제재이다. 선덕여왕이 세 가지 일을 예측했다는 설화, 금강산으로 숨은 마의태자 이야기, 당 태종을 물리친 양만춘의 안시성 전투, 세조의 등극을 도운 한명회의 지략 등 그 소재로 보자면 재미나는 역사적 사건이 수두룩하다. 그래서 작품의 창작 동기에 대해, ‘역사의 명장면을 골라 뽑아 재미있게 감상하자는 것이 아니었을까?’라고 언뜻 생각하기 쉽다. 그러나 저자 심광세의 삶과 《해동악부》 작성의 구체적 정황을 살펴보면 다른 해석이 더 타당해진다.

심광세는 청송 심씨라는 명가의 후손이었다. 할아버지 심의겸은 오늘날의 검찰총장에 해당하는 사헌부 대사헌을 지냈고, 어머니는 오늘날의 차관급인 의정부 좌찬성 구사맹의 딸이었다. 장인 또한 당시의 유명한 문인이자 정치가인 황신이었다. 그야말로 모자랄 것이 없는 가문에서 태어나 문인으로서의 자질을 기르기에 안성맞춤이었던 것이다.

실제로 그는 25세(1601)부터 관직에 진출하여 자신의 가능성을 실현할 기회를 얻었다. 하지만 그가 마주한 시대와 환경이 호락호락하지 않았다. 성장기에 이미 임진왜란(1592), 정유재란(1597)을 겪어야 했을 뿐만 아니라 포악해져 가는 미래의 군주 광해군의 모습을 보지 않을 수 없었다. 벼슬길에 나아가자마자 무당을 믿지 말라며 광해군에게 쓴소리를 올렸고, 광해군이 등극한 이후에는 그 자신이 쓰린 인생을 맛보아야 했다. 그 중 광해군이 인목대비와 아우 영창대군을 살해한 계축옥사(1613)는 그의 삶과 《해동악부》의 창작에 결정적인 영향을 미친 사건이었다. 당시 심광세의 아우 심정세는 인목대비의 아버지이기도 한 김제남의 사위였다. 이에 심광세도 동생의 옥사에 연루되어 서울에서 천 리나 떨어진 경상도 고성 땅에 유배되어야 했다. 그 시절의 천 리 유배는 사형 바로 아래에 해당하는 중형이었다. 그로부터 십 년 뒤에 인조반정(1623)이 일어나 관직에 복귀하게 되지만, 그는 인조 임금에게 올리는 〈시무십이조〉라는 글에서 지난날의 유배 체험을 이렇게 회상했다.

신(臣)은 왕실과의 인척 가문 출생으로 일찍 벼슬길에 올라 나라의 즐거움과 슬픔을 같이하지 않을 수 없었습니다. 그런데 계축년의 화가 먼저 신의 집에 닥쳐 동생(심정세)은 형장에서 죽었고, 신은 옥에 갇혔다가 남쪽으로 쫓겨난 지 십 년이 되었습니다. 하늘이 신의 집에 이같이 혹독한

벌을 주어 늙으신 어머님은 이역만리에서 돌아가시고, 동생과 조카, 처와 동생이 차례로 죽어나가 십 년 동안 여덟 사람의 상을 치러야 했습니다. 가슴을 치고 피눈물을 흘리며 실낱같은 가쁜 숨으로 죽기만을 기다렸습니다.

고성 유배에 대한 심광세의 회고는 매우 고통스럽다. 그러나 역설적이게도 글을 읽고 쓸 줄 아는 지식인에게 절망적인 좌절과 고통, 분노의 감정은 종종 참을 수 없는 글쓰기의 힘을 제공하기도 한다. 그는 붓을 들었고, 사마천이 처절한 고통의 끝에서 떨쳐 일어나《사기》를 쓴 것처럼 우리나라의 역사에서 '감계(鑑戒)'가 될 만한 장면을 뽑아내었다. 그리고 거울을 보는 것처럼 반성하고 다시는 그런 잘못을 저지르지 말자고 경계하는 마음, 곧 감계의 심정을 담아《해동악부》44편을 지어냈다.

—

《해동악부》의 구성과 내용

—

비극 속에서 체념으로 추락하지 않고 오히려 역사를 응시할 기회를 얻었다는 것은 심광세가 겪은 불운의 역설이다. 인간은 종종 위기의 순간에 자신의 비운을 관찰할 수 있는 거리를 얻는다. 심광세는 그 관찰의 대상을 우리나라의 역사에서 찾았고, '영사악부(詠史樂府)'라는 독특한 양식으로 표현해 냈다. '영사악부'란 역사를 노래한 악부라는 뜻이며, 악부는 노래 투로 쓴 한시 장르를 의미한다. 그런데 왜 그는 역사를 기술하는 여러 가지 방식 중에서 하필이면 악부를 선택했던 것일까?

우리나라가 배움을 좋아하기는 하지만 배우는 자들이 오직 중국 책에만 매달려 있을 뿐 우리나라의 책은 그 제목조차 잘 알지 못한다. 때문에 수천 년 동안의 선함과 악함, 흥함과 망함의 일을 흐리멍덩 알지 못하니 이 어찌 옳은 일이겠는가? 이런 까닭에 악을 행하는 자가 거리낌 없이 제멋대로 행동하면서, '누가《동국통감(東國通鑑)》따위의 우리 역사서를 본단 말이냐?'라는 말까지 생겨났다. 그렇지만 나는 이를 매우 애통하게 여겨왔다.

그런데 어쩌다가 은혜를 입어 황량한 변방에 유배를 오게 되었고, 도깨비나 귀신, 물고기나 새우들과 어울려야 하는 차에 마음을 달랠 길이 없어서 그저 책읽기를 즐거움으로 삼았다. 그러다가 우연히 명나라 이동양이 쓴《서애악부(西涯樂府)》를 읽었는데, 그 말뜻이 절실하고(辭旨剴切), 인용한 고사가 적절하며(引事比類), 권하고 경계함이 명백하므로(勸戒明白) 읽는 사람을 감발하여 흥기시키고 갓 배우는 이들에게 도움이 될 것 같아 매우 좋아하게 되었다. 이에 이따금 우리나라의 역사책을 보다가 그 가운데 찬양하거나 감계가 될 만한 조목을 간추려 노래할 만한 시(歌詩(가시))를 짓고 제목을 달기를 '해동악부'라고 했으니 이로써 아이들을 가르치기 위한 것이다.

1617년에 저자 자신이 쓴《해동악부》의 서문이다. 우리나라의 역사에서 선과 악, 흥과 망을 분명하게 알아야 한다는 것이 첫 단락의 요지이다. 그렇기에 우리나라 역사서인《동국통감》을 무시하는 시대의 행태를 반성하면서 역사의 귀감을 중국이 아닌 동국에서 찾아야 마땅하다고 했다. 《해동악부》에서 '해동'은 곧 다른 나라가 아닌 우리나라의 역사가 중요하다는 인식을 반영한 결과이다. 아울러 그는 성종 대에 완성된《동국통감》

에서 다수의 사료(史料)와 사론(史論)을 참조했다. 책 제목의 '통감(通鑑)'은 사론, 즉 역사에 대한 논평을 통해 역사가가 적극적으로 역사의 시비를 평가하는 것으로, 역사적 사건을 있는 사실 그대로 기술하는 중립적 방식과 대비된다.《해동악부》역시 통감의 이런 취지를 따라 역사적 사실 외에 역사에 대한 논평을 강화했다.

두 번째 단락은 황량한 고성 유배지에서 책을 읽다가 이동양의《서애악부》를 보고《해동악부》를 기획하게 되었음을 밝혔다. 명나라의 이동양은 중국의 역사를 되돌아보면서 국가의 흥망, 절의와 절개를 지킨 인물 등을 취재하여《의고악부(擬古樂府)》연작을 지은 사람이다. '서애'는 그의 호이며, '의고'는 옛것을 비슷하게 본떴다는 뜻이다. 유념할 것은 심광세가《서애악부》를 참조하면서 '절실한 내용〔辭旨剴切(사지개절)〕, 적절한 사료〔引事比類(인사비류)〕, 분명한 권계〔勸戒明白(권계명백)〕'를 매우 중요시했다는 점이다. 유추하자면 그는 이 세 가지에 유의하며 우리나라의 역사 속에서 칭찬 또는 감계할 수 있는 조목을 추려내었다고 할 수 있다. 마지막의 '아이들을 가르치기 위해 지었다'고 한 기록은 고성 유배지의 자제들에게 교육용으로 읽히기 위해 지었음을 밝힌 것이다. 그러나《해동악부》가 겨냥한 독자는 '아이들'에 그치지 않고 역사를 통해 배워야 하는 사람들, 이를테면 당대의 군주인 광해군과 동시대의 지식인 모두를 포괄하고자 했다고 보는 편이 온당할 것이다. 표면적으로는 아이들을 교육하기 위해서라고 했지만 이면적으로는 우리나라의 역사에서 교훈을 얻어야 할 사람들을 독자로 가정한 셈이다.

그렇다면 그는 우리나라의 역사에서 특별히 어떤 시기, 어떤 사건, 어떤 인물을 주목했을까? 다음은《해동악부》에 실린 한시 44편을 간단하게 정리한 결과이다.

원제목	제목 풀이	제재	시대 배경
차지한(借地恨)	나라 땅을 빌려준 한	기자조선과 마한의 멸망	고조선, 삼한
금독인(金櫝引)	금빛 궤짝을 노래함	김알지의 탄생 설화	신라
재청처(再請妻)	아내가 되기를 거듭 청하다	도미 아내의 수절	신라
계림신(鷄林臣)	계림의 신하	박제상의 충절	신라
삼사지(三事知)	세 가지 일을 미리 알다	선덕여왕의 지혜	신라
성상배(城上拜)	성 위에서 절하다	양만춘의 안시성 전투	고구려
황창랑(黃昌郞)	검무 추는 황창랑	황창랑의 칼춤과 복수	신라
오함서(烏銜書)	까마귀가 전해준 편지	거문고 갑을 활로 쏜 신라 왕	신라
지기사(知己死)	나를 알아주는 사람을 위해 죽음	전쟁터에서 죽은 비녕자의 부자	신라
금군몽(錦裙夢)	비단 치마로 꿈을 사다	언니의 꿈을 산 동생 문희	신라
낙화암(落花巖)	낙화암	낙화암과 조룡대 전설	백제
용치탕(龍齒湯)	용의 이로 만든 탕	녹진의 충성스런 간언	통일신라
초의인(草衣人)	허름한 옷을 입은 왕자	금강산에 은둔한 마의태자	통일신라
최진사(崔進士)	당나라 진사가 된 최치원	최치원의 인생	통일신라
종제전(種穄田)	임금(이금=기장)을 심은 밭	왕건의 출생 설화	고려
탁타교(橐駞橋)	낙타를 죽인 다리	거란의 낙타를 굶겨 죽인 다리	고려
팔관회(八關會)	팔관회	〈훈요십조〉의 연등회와 팔관회	고려
피성행(避姓行)	동성끼리의 혼인을 읊음	비윤리적인 고려의 근친혼	고려
용남인(用南人)	남쪽 지방 사람의 등용	남인을 등용치 말라는 〈훈요십조〉	고려
치광군(置光軍)	광군의 설치	거란 침입에 대비한 광군(光軍)	고려
쌍학사(雙學士)	학사 쌍기(雙冀)	과거제 폐단을 우려한 쌍기	고려
사택청(捨宅請)	하사한 집을 물려 달라는 요청	중국 귀화인의 등용 문제	고려
고장성(古長城)	옛날의 장성(長城)	북방 이민족을 대비한 옛 장성	고려
청평산(淸平山)	청평산에 은서하나	은둔을 빌민 고려 밀의 이자현	고려
조정침(朝廷沈)	조정 신료가 연못에 빠져 죽다	고려 무신 정중부의 반란	고려

귀인사(貴人死)	귀인이 죽을 것이라는 예언	예언에 따라 죽음을 맞이한 최충헌	고려
철성원(撤城怨)	성곽 철거에 대한 원망의 노래	몽고에의 투항과 성곽의 철거	고려
개체탄(開剃歎)	변발에 대한 탄식의 노래	몽고식 변발의 유행	고려
별초반(別抄叛)	삼별초의 반란	삼별초의 반란	고려
만권당(萬卷堂)	만권당(萬卷堂)	충선왕의 만권당과 불륜	고려
아야마(阿也麻)	〈아야마(阿也麻)〉라는 동요	음탕함이 심했던 충혜왕	고려
삼수원(三帥冤)	세 장수의 억울함	홍건적을 평정한 정세운 등의 죽음	고려
아지문(阿只問)	이 아기는 누구의 아이인가	우왕 출생의 비밀	고려
공요오(攻遼誤)	요동 공격의 잘못	요동 공격을 주장한 최영의 실수	고려
풍색악(風色惡)	오늘 날씨가 좋지 않다	충신 정몽주의 최후	고려
환입조(還入朝)	명 조정으로 다시 돌아가다	혁명 소식에 다시 입조한 김주(金澍)	고려 (조선)
입산곡(入山哭)	산으로 들어가 통곡하다	충절 지킨 두 아들을 위한 이색의 통곡	조선
수진방(壽盡坊)	수진방이라는 저택	경복궁 옆을 고른 정도전의 수진방	조선
체발주(剃髮主)	딸의 머리를 잘라준 임금	딸 경선공주에 대한 태조의 부정(父情)	조선
백의래(白衣來)	백의를 입고 돌아가다	원주로 낙향한 원천석의 절개	조선
한갱랑(寒羹郎)	식은 국을 먹던 손님	세조의 등극을 도운 한명회의 지략	조선
임몰탄(臨歿嘆)	죽음 앞에서의 탄식	죽기 직전 신숙주의 탄식	조선
병자작(丙子作)	병자년에 지은 작품	사육신을 향한 이석형의 한시	조선
상공래(相公來)	재상이 오다	중종반정 때의 재상 김수동	조선

위에서 보듯이《해동악부》는 기자조선부터 조선 중종 때까지를 대상으로 삼았다. 주의해야 할 사실은 그가 한국사 전체에 대한 통사가 아니라 특정한 사건을 취택하여 자신의 감회와 논평을 담았다는 점이다. 그런 각

도에서 채록된 제재를 구별하면, 대부분이 난세의 위기와 그러한 시기에 빛났던 충절을 주된 모티프로 삼고 있음을 발견할 수 있다. 이는 역사의 실패를 통해 감계할 바를 찾아내는 한편으로, 혼란 속에서 고결한 가치를 지켰던 이들을 본보기로 삼고자 했음을 뜻한다. 또한 왕조별 분포로 보면 전체 44편 가운데 삼한 이전이 1건, 삼국에서 통일신라까지가 13건, 고려가 22건, 조선이 8건으로 나타나고 있다. 이는 그가 특히 고려사에서 역사의 귀감이 될 만한 인물과 사건을 주로 뽑았음을 알려준다.

역사는 보는 사람의 시각에 따라 성세(盛世)를 높일 수도 있고 난세(亂世)에 비중을 둘 수도 있다.《해동악부》의 경우, 성세를 예찬하거나 호감을 갖는 사례는 김알지 탄생 설화, 문희의 지혜, 왕건의 건국 등 몇 개에 불과하다. 그것도 국가의 창업 또는 통일을 시대 배경으로 삼았으며, 조선의 세종처럼 훌륭한 문화를 일구어 성군이라 칭송받는 인물은 거의 누락되었다. 따라서《해동악부》는〈용비어천가〉처럼 국가의 정통성을 노래하거나 오늘날의 한국사 교과서처럼 한국사에 대한 자부심을 표현하기 위해 쓴 것이 아니다.

반면에 저자는 국가의 운영과 관련하여 벌어지지 말았어야 할 부정적 상황, 혼란하고 불운한 시대에 놓였던 인물들은 지나치다 싶을 만큼 대폭적으로 확장했다. 첫 번째 작품인〈차지한〉만 하더라도, 위만에게 땅을 빌려주었다가 기자의 조선이 망하고, 온조에게 영토를 나누어주는 호의를 베풀었다가 마한이 망했다고 하여, 한 번의 실수로 인한 망국의 사건을 부각시키고 있다. 고려 쇠망의 원인을 군주의 부도덕성에서 찾은〈피성행〉,〈만권당〉,〈아야마〉,〈아지분〉, 살못된 판단으로 나라가 쇠퇴하게 되었다는〈철성원〉,〈공료오〉의 주제는 국가 운영에서 조심해야 할 바가 무엇인지를 표현한 것이다. 군주의 근심을 풀어주려다 이국에서 운명한 충신 박제상, 전쟁터에서 산화한 비녕자 부자, 홍건적의 난을 평정했으나 죽음을 당한 정세운, 고려를 위해 충절을 지키다 꺾인 정몽주와 이색의 두 아들, 세조의 왕위 찬탈에 대항했던 사육신, 난세에 은둔을 선택한 이자현과 원천석 등은 비극적인 파란의 역사에서 어떻게 살아야 하는가를 예시한 작품들이다.

그런데 《해동악부》가 이렇게 찬란한 역사보다는 어둡고 위태로웠던 역사를 부각했던 이유는 무엇일까? 이와 관련하여 저자가 임진왜란 등의 전란을 겪었을 뿐만 아니라 1617년 시점에서 명나라와 청나라의 교체기를 살고 있었다는 점, 비윤리적인 행위를 저지른 광해군에 대항하여 자신이 심각한 피해를 입었다는 점을 상기할 필요가 있다. 추론하자면 심광세는 자신의 시대를 난세로 인식하고 있었으며, 그에 따라 위기의 순간에 어떻게 살아야 하고 어떻게 국가를 운영해야 하는가를 고심하게 된 것이라 추리해 볼 수 있는 것이다. 그런 맥락에서 《해동악부》는 첫 번째로, 위기의 광해군 대를 우회적으로 풍간한 악부였다고 평가할 수 있다. 나라를 굳건하게 지키려면 군주 자신이 부도덕해서는 안 되고 이를 보좌하는 신하들 역시 충절과 정의를 저버려서는 안 된다는 메시지를 전하고 싶었던 것이다. 더욱이 《해동악부》 연작이 부도덕한 연산군을 축출하고 왕위를 이어받은 중종반정에서 끝나고 있음은 광해군을 몰아내고 인조가 등극한 인조반정을 연상시킨다.

《해동악부》를 감상할 때 빠뜨려서는 안 될 두 번째의 특징은 외교, 분란, 전쟁 관련 제재가 많다는 점이다. 외교 갈등을 다룬 박제상과 낙타교, 외적의 침입에 대비하고자 설치했던 광군(光軍)과 장성(長城), 정권의 내분을 표현한 정중부의 반란과 한명회의 지략, 국가 간 전쟁을 형상화한 안시성 전투, 요동 공격 등이 국가 내외부의 전란 혹은 갈등과 연관되어 있다. 이 모두는 국가의 위기와 관련된다는 면에서 공통되며, 동시에 심광세가 살아야 했던 시대의 상황과 겹쳐진다. 전쟁, 내분, 외교 같은 여러 방면에서 위험과 갈등이 존재하던 시대에서 저자 자신이 이런 부면에 관심을 가졌다는 것은 어쩌면 자연스러운 귀결이다. 《해동악부》는 그런 맥락에서 자신에게 닥친 불운과 시대에 대한 위기의식을 과거의 한국사에서 취재하여 스스로의 견해를 피력한 것이라 할 수 있다. 그렇다면 최종적으로, 시대의 난제에 응한 그의 대안은 무엇이었을까?

《해동악부》에서 직간접적으로 제기한 심광세의 제안은 다음과 같은 취지로 요약될 수 있다. 군주는 그 자신이 부도덕해서는 아니 되며, 잘못된 풍속과 문풍을 바로잡고, 현명한 인재를 가려 뽑아야 한다. 군주의 역량에 따라 목숨까지 바치는 신하가 있는가 하면, 공을 세우고도 억울하게 죽음을 당하는 비극이 발생할 수 있다. 신하는 국가와 군주에 대한 충절을, 아내는 남편에 대한 절개를 결코 저버려서는 안 된다. 어찌할 수 없는 때에는 은거를 선택할 수도 있으나 충언과 용기를 바치는 것이야말로 신하의 자세이다.

어찌 보면 다분히 상식적인 견해들이지만 이러한 제안이 무게를 가질 수 있는 이유는 자신의 시대와 동떨어진 것이 아니었기 때문이다. 그런데 더욱 현실감을 느끼게 하는 소감과 발언이 눈에 띤다. 예컨대 〈치광군〉의 한 대목인 "백성이 모두 군사이니 어찌 사람이 없다 하는가? 지금 나라를 위해 광군을 설치할 사람이 누구인가? 광군을 설치하면 어찌 오랑캐가 두려울까? 그 누가 나의 이런 마음을 임금께 아뢰어 줄까?"라는 부분을 보면, 거란을 방어하기 위해 광군을 두었던 것처럼 지금 시대에 무비(武備)를 강화하면 외적의 침입에 대비할 수 있을 것이라는 논평을 듣게 된다. 이는 분명히 임진년과 정유년의 왜란을 상기한 것이자 여진족의 침입을 경계한 것이라 해석된다. 특히 메시지의 수신자가 임금과 당국자를 향하고 있으므로《해동악부》의 독자가 '아이들'을 넘어 군주까지 포괄하고 있음을 짐작하게 한다.

시대의 현안에 대한 나름의 대안을 제기하고 싶었던 작자의 심정은 종종 현실에 적용될 수 있는 방법들, 즉 시무(時務)를 제안하는 형태로 나타난다. 군사력을 갖추어 환란에 대비해야 한다는 의견은 고려 덕종 때 북방 국경에 쌓은 장성을 노래한 〈고장성〉과 몽고와의 화친 이후 강화도 성곽을 허문 일을 경계한 〈철성원〉과 비슷한 흐름에 놓인다. 인재의 등용과 관련하여 현실적 역량을 지닌 인물을 중용해야 한다는 견해는 〈한갱랑〉에서 한명회의 지략을 높이 평가하는 한편으로 "가장 걱정스러운 일은 영웅이 등용되지 않는 것"이라는 주석에 집약되어 있다. 〈조정침〉과 〈별초반〉 등에서는 무신(武臣)을 경시하면 국가가 혼란스럽게 된다는 내용을 강조하여 문신에 대한 무신의 정당한 대우를 주장하고 있는데, 이 또한 왜란을 겪으며 무신의 중요성을 절감한 데서 비롯된 견해라 해석할 수 있다. 〈쌍학사〉에서 과거제의 시행을 칭송하는 대신에 오히려 "부화(浮華)한 문풍 때문에 결국은 무비(武備)가 약해져 그 폐단이 지금까지 전해져 온다."라고 비판한 대목도 전란의 뼈아픈 체험을 연상시키는 발언이다.

—

《해동악부》의 가치와 현재적 의의

—

심광세의《해동악부》는 역사와 대화하며 자기 시대의 문제를 문학적으로 표현한 악부 연작이라 정의할 수 있다. 사료(史料)에서 제재를 선택했으므로 역사가 작품의 축을 이루고, 감회와 주관적 논평을 융합하여 악부라는 형식으로 형상화했으므로 문학이 외피를 이룬다. 역사를 소재로 한 악부문학을 초기에 정착시켰다는 것이《해동악부》가 지닌 역사적 위상이자 가치라 할 수 있다. 중국사가 아닌 우리나라의 역사를 존중한 점, 현실 감각과 비판력을 보유하며 시대의 문제를 외면하지 않은 점, 〈단심가〉와 〈아야마〉 등에서 전래되는 우리의 노래를 긍정적으로 수렴한 점 등은 44편의 작품 군이 획득한 만만치 않은 성과라 할 수 있다.

더 나아가《해동악부》는 우리나라의 역사를 노래한 악부, 곧 영사악부 (詠史樂府)의 흐름에서 확고한 위상을 지님과 동시에 후대에까지 적지 않은 영향을 미쳤다. 영사악부는 15세기 김종직의 〈동도악부(東都樂府)〉에서 처음 출발했으나 이는 동도(東都), 즉 경주 지역의 역사를 중심으로 삼은 것이었다. 이에 비해 약 1세기의 간극을 메우면서 나타난《해동악부》는 우리나라 전체의 역사로 시야를 확장하여 후대의 영사악부가 나아갈 길을 열어주었다. 임창택의《해동악부》, 오광운의《해동악부》, 이익의《해동악부》, 이광사의《동국악부》, 이학규의《해동악부》, 이복휴의《동국악부》, 박치복의《대동속악부》, 이유원의《동국악부》가 등장하여 우리나라 영사악부의 주맥을 이루게 했던 것이다.

무엇보다《해동악부》가 제기하는 궁극적인 가치는 우리가 언제, 그리고 어떤 눈으로 역사를 돌아보아야 하는가를 환기시켰다는 사실이다. 역사는 때에 따라 객관적인 사실 고증의 대상으로, 또 어떤 때는 민족사의 자부심을 자아내는 국가의 유산으로 다가온다. 그러나 '역사로부터 무엇을 절실하게 배워야 하는가?' 하는 문제에 초점을 맞춘다면 심광세의 사례가 전형적인 모범을 보여주었다고 할 것이다. 그는 개인적으로 가장 불행한 시기에 역사와 마주 섰다. 그리고 자신이 겪은 불행의 근원을 탐색하여 시대와 현실의 불행이 반복되지 않는 지평을 응시했다. 그는 역사

속에서 과거와 현재가 다르지 않을 수 있음을 직감한 지식인이며, 지금 이 자리에서 철저하게 반성하지 않는 한 고금(古今)의 잘못이 반복될 수 있음을 상기시킨 문인이었다. 오늘날《해동악부》를 다시 보아야 하는 근거도 그 자신이 강조했던 '역사로부터의 감계'에서 발견되어야 할 것이다.

- 김동준

참고 문헌

김영숙,《한국 영사악부 연구》, 경산대학교 출판부, 1998.

노요한, 〈심광세《해동악부》의 사료 출처와 형식에 대한 연구〉, 고려대학교 석사학위논문, 2014.

심경호, 〈조선 후기의 자의식적 시경향과 해동악부체〉,《한국문화》2, 서울대학교 한국문화연구소, 1981.

이은주, 〈휴옹(休翁) 심광세의 영사시(詠史詩)와 역사관〉,《한국한시작가연구》9, 한국한시학회, 2005.

七

비판적 지성의 학술 비평서

김만중과 《서포만필》

—

서포(西浦) 김만중(1637~1692)은 조선 후기의 문신이자 소설가, 비평가이다. 한글문학의 가치를 크게 높인 비평가이면서 한글로 〈구운몽〉과 〈사씨남정기〉를 쓴 소설가로서 한국문학사에서 비중이 대단히 큰 작가이다.

그는 조선 후기의 명문가 광산 김씨 후손으로 태어났다. 자는 중숙(重淑)이고, 호는 서포이며, 사후에 문효(文孝)라는 시호를 받았다. 예학(禮學)의 거두인 김장생의 증손이고, 1637년(인조 15) 청나라의 침략 때 강화도에서 순절한 충렬공 김익겸의 아들이다. 그의 친형은 김만기로, 숙종의 첫 왕비인 인경왕후의 아버지인 광성부원군이다. 그의 외가 또한 치가 묻지 않은 명문가이다. 어머니 윤씨는 해남부원군 윤두수의 4대손으로 영의정 윤방의 증손, 이조참판 윤지의 딸이다.

아버지의 순절로 김만중은 유복자로 태어나 편모슬하에서 자랐다. 어머니로부터 엄한 교육을 받으며 자라서 그에게 어머니의 존재는 매우 컸다. 1652년(효종 3)에 진사에 일등으로 합격했고, 1665년(현종 6)에 정시(庭試) 문과에 급제했다. 이후 그는 정예 관료의 길을 걸어 중요한 청요직(淸要職)을 두루 거치며 주견이 뚜렷하고 강직한 관료로 성장했다. 그가 역임한 주요 관직은 공조판서, 대사헌, 대제학 등이다.

그는 친가와 외가의 당론을 그대로 이어받아 서인으로 활동했다. 당파의 의리를 충실하고도 강경하게 지키는 관료였다. 숙종조는 서인과 남인이 극렬하게 대립하며 갈등하던 시기였다. 정치적 갈등이 극심하던 시기에 그는 서인의 당론을 견지하며 강경하게 처신했다. 서인의 입장을 온건하게 따르기보다는 정치적 입장을 상소 등을 통해 빈번하게 드러냈는데, 그 때문에 정치적 부침이 잦아서 부단히 파직과 서용(敍用)을 되풀이했다. 1687년(숙종 13)에는 국왕을 직접 대면하여 조사석이 우의정에 제수된 것이 장희빈 덕이라고 말했다가 숙종으로부터 노여움을 사서 의금부에 하옥되었다. 이어 평안도 선천에 유배되었다가 1년 뒤에 풀려났다.

그러나 3개월 뒤인 1689년(숙종 15) 2월, 기사환국이 일어나 서인이 조정에서 축출될 때 송시열은 섬으로 유배되고 그는 탄핵을 받아 재차 국문을 받았다. 그리고 나서 윤3월에 남해로 유배되어 위리안치 되었다. 그해 12월 어머니 윤씨가 사망했으나 장례에도 참석하지 못했다. 1692년(숙종 18) 유배지에서 56세를 일기로 생애를 마쳤다. 그의 사후 1698년(숙종 24) 서인이 정권을 잡은 갑술환국이 일어나 그의 관작이 회복되었고, 1706년(숙종 32)에 효자라 하여 정표(旌表)가 내려졌다.

그는 친형 김만기의 사후 문집《서석집(瑞石集)》을 편찬했고, 모친의 사후《윤씨행장》을 편찬했다. 그보다 앞서 김만기와 함께《시선(詩選)》을,

이민서와 함께 《고시선(古詩選)》을 편찬했다. 송강 정철의 가사 〈전사미인곡〉과 〈후사미인곡〉을 직접 베껴 쓰고 한문으로 번역한 《언소(諺騷)》도 편찬했다. 만년에 《서포만필》을 저술했고, 유배지에서 두 종의 장편소설을 지었다. 그의 문집 《서포집》은 아들 김진화가 시(詩) 6권과 문(文) 4권을 합쳐 모두 10권으로 편찬하여 간행했다.

—

《서포만필》의 구성 및 내용

—

《서포만필》은 상권과 하권 각 1책으로 전체 2책이다. 조선 시대에는 간행되지 않고 필사본으로 유통되었다. 이본으로는 통문관 구장, 고려대, 규장각, 단국대 도서관 연민문고, 버클리대학 아사미문고(결본 3·4권), 일본 오사카 부립 나카노시마 도서관(2종) 소장본 등이 있다. 그 중에서 아사미문고본은 결본으로 서유구 집안 구장(舊蔣)의 자연경실장본(自然經室藏本)이다. 나카노시마 도서관에 소장된 2종의 사본에는 자연경실장본도 포함되어 있다. 이렇게 현존하는 사본은 7종 남짓인데, 적은 수량은 아니다.

사본에는 대부분 김춘택(1670~1717)의 서문이 실려 있다. 상권과 하권에 실려 있는 항목의 수는 사본이나 내용의 분류에 따라 조금씩 차이가 나지만, 대략 상하 각 100여 칙(則)의 항목으로 구성되어 전체 260항목에 이른다. 각 항목은 조선 시대 저술된 필기(筆記)의 일반적인 문체와 다르지 않게 쓰였다. 필기 내지 차기(箚記)의 형식으로 써서 항목의 길이와 주제가 비교적 자유롭다.

항목들이 뚜렷한 체계를 갖추어 배열되지는 않았으나 그렇다고 무질서하게 나열한 것은 결코 아니다. 대체로 일정한 기준을 가지고 내용의 차이에 따라 분류하여 질서 있게 항목을 배치했다. 배열해 놓은 순서에 따라《서포만필》이 다루고 있는 내용을 거칠게 분류하면 다음과 같다.

중국의 역사와 역사 인물 평가 → 경서의 비판적 해석 → 주자 경전 해석의 비판적 검토 → 송대(宋代)의 학술과 선불교에 대한 견해 → 예(禮)의 적용에 관한 이견 → 천문(天文)과 지리, 자연과학의 제 문제를 보는 시각 → 중국과 조선의 시문(詩文)에 관한 견해 등

이 저술이 다루고 있는 내용은 대체로 가벼운 투의 이야기가 아니라 진지한 학술적 논평이다. 가장 많은 항목은 중국의 역사와 인물을 새로운 시각으로 평가하는 것이다. 이 주제는 당시 지식인이라면 상식으로 알고 있을 내용으로서 관심의 대상이 될 만하다. 역사상 중요한 인물들에 대해 통념을 뒤집어 해석하는 일종의 역사 재검토를 하고 있다. 예컨대 난세의 간웅으로 알려진 조조를 긍정적으로 보거나 성군으로 알려진 당 태종을 야만의 풍속을 미처 버리지 못한 군주로 본다. 이처럼 통념과 선입견을 거부하고 비판적으로 새롭게 보려는 시도가 곳곳에서 전개되고 있다.

인물과 역사를 보는 비판적 시각은 주자(朱子)와 같은 거부할 수 없는 해석의 전범에 대해서도 적용된다는 점에서 의의가 있다. 상권 47칙에서, "주자의 학설을 함부로 비난해서는 안 되지만 그 의견이 편벽되고 막혀 있어 묵수하는 것도 경계해야 한다."라고 했다. 상권 49칙에서는 주자의 《시경》 해석에 대한 의의를 "주자가 선배의 해석에 대해 분개하고 질투가 과도하다."라고 평가했다. 주자가 편벽되게 해석한 의의를 인정하면서도 그와 다른 해석도 가능함을 제기했다.

주자에 대한 비판을 넘어 그는 불교와 도교, 유학의 상대적 가치를 인정

했다. 불교나 도가의 입장에서 유가를 보면 "이름 내기만을 좋아하는(好名)" 폐단이 있다 하여 서로 독립된 가치를 인정하려 했다. 주자나 유가와 같은 절대적 권위를 인정하지 않으려는 점에서 김만중은 상대주의적이고 자유로운 정신의 소유자임을 알 수 있다. 이처럼《서포만필》의 바탕을 이루는 정신은 비판주의와 상대주의이다.

그 정신은 시를 논한 후반부에서도 확인할 수 있다. 그는 "문학을 해석한 선배들의 말을 보면 엉성한 데가 곧잘 발견되어 늘 이상하게 여겼다."라고 했다. 선배들의 해석에 반감을 표시한 것이다. 당시 내용이 풍부한 시화로 널리 읽히던 이수광의《지봉유설》에 대해서 "분량이 많으나 사람의 뜻을 계발하는 것이 거의 없다."라고 혹평했다. 역시 통념을 거부한 것이다. 반면에 비평가로서는 존재감이 없던 유성룡을 매우 높이 평가했다. 여기에서 전복과 번안의 신사고를 드러내고 있다. 이수광과 유성룡은 시론가로서는 거의 비교가 되지 않을 만큼 전문가와 비전문가의 차이를 보여줌에도 그는 유성룡의 시화 한 항목을 가지고 그렇게 판단했다. 여기에서 "저술이란 독창적 견해를 세우고 탁월한 식견을 보여주어야 한다"는 김만중의 주장을 읽을 수 있다.

하지만 정작 시를 품평할 때에는 동시대 비평가의 틀을 벗어나지 못한 부분이 많다. 그보다 선배인 김득신이나 동시대인인 홍만종·남용익과 상당히 비슷하다. 전체적으로 명나라와 조선 중기의 복고적 시풍을 긍정하고, 고시(古詩)를 중시했다.《서포만필》80여 항목의 시화는 대부분 선조 이후의 작가를 논의 대상에 포함시켰다. 조선의 시인으로서 성현과 신흠, 정두경을 치켜세웠는데, 모두 복고주의 시풍, 그의 표현에 따르면 고학(古學)을 추종한 문인들이었다. 창작의 지향 목표를 '고학'에 두고 있음을 비평에서 드러낸 것이다. 고풍스런 문학, 즉 '고학'은 그의 문학적 지향을 함축하는 핵심어이다.

그런데 그의 '고학'은 복고주의 창작에 머물지 않고 다른 차원으로 향상 된다는 점에서 획기적 의의가 있다. 다음 글에서 확인할 수 있다.

송강의 〈관동별곡〉, 〈전후사미인곡〉은 우리 동방의 〈이소(離騷)〉이다. 그 런데 문자로 쓸 수 없기 때문에 오직 음악 하는 무리가 입으로 전수하고 간혹 국문으로 전할 뿐이다. 〈관동별곡〉을 칠언시로 번역한 사람이 있지 만 가작(佳作)이라 할 수 없다. (중략) 지금 우리나라의 시문은 자국의 말을 버리고 다른 나라의 말을 흉내 낸다. 설령 매우 비슷하다 하더라도 앵무새 가 사람 말 흉내 내는 것에 불과하다. 여항의 나무꾼과 물 긷는 아낙네들 이 어이 어이 하며 화답하는 것은 비록 비리(鄙俚)하다 해도 참과 거짓을 논한다면 참으로 학사대부의 시부(詩賦)와 같은 수준에서 말할 수 없다.

정철의 가사를 높이 평가한 위 인용문은 대단히 저명한 글이다. 그는 이미 예전에 〈제언소후(題諺騷後)〉라는 글을 썼었다. '언문(諺文)으로 쓰 인 〈이소〉의 뒤에 쓴다'는 뜻을 가진 이 글을 축약하여 《서포만필》에 수 록했다. 이 글은 세 가지로 논점으로 추려볼 수 있다. 첫째는 한시문학에 대해 국문문학의 가치를 옹호했다. 둘째는 지식인 문학과 비교하여 민간 문학의 가치를 높여서, 민중의 문학이 참된 성정을 표현하므로 문학적 가 치가 더 크다고 평가한 점이다. 셋째는 참과 거짓의 문제를 들고 나와, 참 된 문학은 국문문학이고 민간문학임을 내세운 점이다. 그의 언급은 오랜 역사 속에서 보편문학인 한문학의 틀 안에서 안주해 온 사대부의 문학에 대한 통념을 깬 혁명적 발언이다. 이는 천 년 이래 지속된 문학 창작을 향 한 근본적 반성의 의미가 있다. 진정한 문학은 자국문학으로서, 한문으로 창작한 한문학이 아니라 한국어로 쓴 국문문학이라는 선언이다.

—

《서포만필》의 성격과 의의

—

《서포만필》은 이본이 7종이나 되어 적은 수량이 아니다. 그러나 김만중 사후에 이 책을 접한 사람이 그다지 많지 않았던 듯하다. 이 책의 내용을 인용하거나 활용한 학자도 거의 드물어 실제로는 많이 읽히지 않았다.

서문을 쓴 김춘택은 김만중의 종손으로, 김만중의 저작을 정리하고 평가하는 데 큰 관심을 가지고 있었다. 김만중의 소설을 한문으로 번역하고 이 책을 단행본으로 정리한 것도 그이다. 서문에서 그는《서포만필》이 다루는 범위가 대단히 넓을 뿐만 아니라 선배들이 미처 말하지 않은 사실을 말한 것이 매우 많다고 높이 평가했다. 동시에 주자의 학설을 비판적으로 서술한 점과 선불교에 대한 긍정적 서술이 있는 점을 애써 변호했다. 당시 식자들이 이 저술에서 뚜렷하게 보이는 그 태도를 문제 삼을 것이라는 우려를 해소하려는 의도로 보인다.

김춘택이 우려할 만큼 이 책은 당시 지성계의 성향으로 볼 때 파격적인 측면이 적지 않다. 겉으로 볼 때 그가 다룬 내용은 조선 후기 많은 필기들이 즐겨 다루고 있는 주제에서 크게 벗어나지 않는다. 선배 학자인 이수광의《지봉유설》과 비교했을 때 다루는 내용의 범위가 오히려 축소되었다고까지 말할 수 있다.《서포만필》에서 다루지 않은 내용은 가벼운 투의 사대부 일화와 야담에 가까운 기사이다. 게다가 일반 필기가 즐겨 다루는 조선의 역대 선현이나 동시대 정치인과 당론(黨論)에 관한 항목이 거의 보이지 않는다. 저자 자신이 서인의 당론에 투철한 당인(黨人)이었던 점을 고려하면 특이한 저술 태도이다. 의도적으로 그 내용을 배제한 것으로 해석할 수 있다.

《서포만필》은 학술적 논평의 성격이 매우 강한 필기로서, 한가로운 이야기(한담)나 흥미로운 기삿거리를 나열한 저술과는 색채가 다르다. 각종 학술적 주제에 대한 저자의 강한 주관이 투영된 논평적 성격의 저술이다. 그나마 후반부에 집중된 시화가 조금은 가벼운 성격이지만 그마저도 저자의 주관이 강하다. 그 같은 성격이 이 필기의 강점이자 단점이다.

저자의 강한 주장 가운데 하나로, 문학에서 남녀 간의 애정을 다루는 문제를 긍정적으로 평가한 점을 꼽을 수 있다. 그는 남녀 간의 애정을 인간의 근원적이고 서민적인 감정으로 보고, 그 감정을 있는 그대로 쓰는 민가풍 시를 높이 평가했다. 《서포만필》의 존재감을 상징하는 국문문학에 대한 언급도 그와 같은 주장의 연장선상에 있다. 전체 분량에 비해서는 매우 적은 편이지만 자국의 학술과 문학에 대한 비평을 통해 김만중은 조선의 문학이 나아갈 올바른 방향을 제시했다는 점에서 비평사에서 우뚝한 선각자로서 기억될 인물이다.

– 안대회

참고 문헌

심경호 옮김, 《서포만필》, 문학동네, 2010.

안대회, 《조선 후기 시화사》, 소명출판, 2000.

안대회, 〈17세기 비평사의 시각에서 본 김만중의 복고주의 문학론〉, 《민족문학사연구》 20, 2002.

八

한시를 알려거든 이 숲에서 방향을

홍만종과 《시화총림》

—

'시화총림(詩話叢林)'은 시에 관한 이야기를 모아 울창한 숲을 이루었다
는 뜻이다. 총림이라 이름을 붙였으니 가능한 많은 자료를 망라했다는 의
미이며, 시화를 대상으로 삼았으니 시와 관련해 다양한 내용을 수렴했음
을 알 수 있다. 실제로 홍만종(1643~1725)이 편찬한 시화집 《시화총림》은
고려 시대 이규보의 《백운소설(白雲小說)》부터 임경의 《현호쇄담(玄湖瑣
談)》까지 23명의 저술 총 24종에서 시화와 관련한 내용을 간추려 엮은 것
이다. 필사본 4권 4책의 분량으로서, 시화집이 출현한 고려 말에서 시화
가 무르익은 홍만종 당대까지의 약 400년 동안 이루어진 한국의 시화를
집대성한 결과물이다.

이렇듯 폭넓은 자료를 편집한 홍만종은 그 자신이 시 짓기와 시 평하기

를 매우 좋아한 문인이었다. 어엿한 사대부 집안인 풍산 홍씨 가문에서 태어나 17세기 한국 문단을 대표할 만한 문인인 정두경에게 시를 배웠으나 당시 사대부들이 일반적으로 추구한 관직 진출에는 큰 뜻을 두지 않았다. 상대적으로 늦은 30대에 진사 시험에 합격하여 낮은 관직에 나아갔다가 몇 년 뒤인 1680년에 사간원의 탄핵을 받아 유배형에 처해졌으니 애초부터 벼슬길과는 인연이 멀었던 것이다.

그 대신 그는 1680년부터 격화된 당쟁의 현장과는 거리를 둔 채 잦은 질병과 싸워가며 독서와 저술에 주력했다. 주자학이 정통으로 자리 잡아 가던 시대였지만 도가, 신선, 기인, 설화, 정사, 야사, 지리를 망라하며 다방면의 흥미로운 저술을 남겼다. 그의 주저로 알려진 《해동이적(海東異蹟)》,《소화시평(小華詩評)》,《순오지(旬五志)》,《시평보유(詩評補遺)》,《동국역대총목(東國歷代總目)》,《증보역대총목》,《시화총림》,《동국악보》,《명엽지해(蓂葉志諧)》,《동국지지략(東國地志略)》등은 하나같이 주목할 만한 책이다.

이 중 24세에 지은 《해동이적》은 우리나라의 신선과 도사들의 행적을 적은 것으로서, 젊은 시절 도가(道家)에 대한 관심을 반영하고 있다. 또 불과 15일〔旬五(순오)〕만에 작성했다고 하는 36세작《순오지》는 설화, 속담, 문학 비평 등을 아우르고 있다. 이 책의 부록에 실린 130여 종의 속담과 "정철의 〈속미인곡〉이 제갈공명의 〈출사표〉와 맞먹을 만하다."라고 한 평론이 유명하다. 이 외에《동국역대총목》과《증보역대총목》은 단군으로부터 시작된 우리나라의 역사를,《동국악보》는 우리나라에 전래되던 악보를,《명엽지해》는 시중에 내려오는 우스개 이야기들을, 그리고《동국지지략》은 우리나라의 인문지리를 광범위하게 모아서 정리한 것이다. 이는 역사학, 지리학, 음악, 설화 등에 걸쳐 그의 지적 관심이 넓고 깊었음을 증명해 준다.

무엇보다 홍만종 자신이 평생토록 주력한 분야는 문학, 그 중에서도 시 비평 분야였다.《소화시평》,《순오지》,《시평보유(詩評補遺)》,《시화총림》이 모두 문학 비평서인데, 이 가운데《소화시평》,《시평보유》,《시화총림》은 한시 비평만을 전문으로 삼은 역작들이다. 그는 이미 33세(1675)에 우리나라(小華(소화)) 한시를 몸소 비평한 책《소화시평》을 내놓으면서 어릴 적부터 시를 비평하는 데 뜻을 두어왔다고 밝혔다. 오도손, 왕세정 등의 중국 비평가에게서 자극을 받아 시 비평이 특별한 안목이 필요한 분야임을 자각한 그는, 이후 꾸준히 우리나라의 한시 비평서를 수집하여 수준 높은 비평가의 경지에 이를 수 있었다. 다만《소화시평》에서 미처 다루지 못했던 작가와 작품들이 적지 않았던 까닭에 16년 뒤인 39세(1691)에 이를 보완하여《시평보유》를 저술했다. '보유(補遺)'는 버려지고 남겨진 것들을 모아서 보완한다는 뜻이다. 이 두 종의 책은 홍만종 자신이 생각한 시의 본질, 명작, 명구, 바람직한 작법 등을 포괄하고 있으므로 홍만종의 시학(詩學)을 가늠하는 핵심 저작으로 평가된다.

이에 비하면《시화총림》은 그의 나이 70세에 편찬한 만년의 책이다. 자신의 비평서 외에 당시까지의 한국 문단에서 참조할 수 있는 비평을 광범위하게 수집하고 선발하여 그 이전까지 한국문학사에 존재하지 않았던 시화의 총림을 마련한 것이다. 그는 이 책의 서문에서 "의원이 처방을 버려두고서 질병을 치료할 수 없듯이 시인이 비평을 버리고서는 그 흠을 제거할 수 없다."라고 하여 시 비평이 지닐 수 있는 역할과 위상을 확고하게 만들었다.

—

《시화총림》의 편찬 취지와 내용 구성

—

18세기 전반기까지 한국에서 이루어진 시화를 한꺼번에 참조하려면 무
슨 책을 먼저 보아야 하는가? 이에 대한 답은 물론 홍만종의 《시화총림》
이다. 홍만종 당대까지의 주요 시 비평을 한 자리에 모아두었기 때문이다.
이 책을 펼치면 다음과 같은 역대의 시 비평을 일목요연하게 이용할 수
있다.

> 권1 춘(春)
>
> 이규보(1168~1241)의 《백운소설》, 이제현(1287~1367)의 《역옹패설》, 성
> 현(1439~1504)의 《용재총화》, 남효온(1454~1492)의 《추강냉화》, 김정
> 국(1485~1541)의 《사재척언》, 조신(1450~1543)의 《소문쇄록》, 김안로
> (1481~1537)의 《용천담적기》

> 권2 하(夏)
>
> 심수경(1516~1599)의 《견한잡록》, 어숙권(?~?)의 《패관잡기》, 권응
> 인(1517~?)의 《송계만록》, 이제신(1536~1583)의 《청강시화》, 윤근수
> (1537~1616)의 《월정만록》, 차천로(1556~1615)의 《오산설림》, 신흠
> (1566~1628)의 《청창연담》과 《산중독언》

> 권3 추(秋)
>
> 이수광(1563~1628)의 《지봉유설》, 유몽인(1559~1623)의 《어우야담》, 허균
> (1569~1618)의 《성수시화》, 양경우(?~?)의 《제호시화》, 장유(1587~1638)의

《계곡만필》

권4 동(冬)

김득신(1604~1684)의 《종남총지》, 남용익(1628~1692)의 《호곡시화》, 임방
(1640~1724)의 《수촌만록》, 임경(?~?)의 《현호쇄담》

우리나라의 역대 시화를 한자리에 모았으므로 홍만종 자신도 그 감회
가 남달랐던 듯하다. "수백 년 동안의 시인, 묵객, 산승(山僧), 규수에 이르
기까지 아름답고 뛰어난 구절을 하나도 빠짐없이 기록하니 그 맑고 곱고
호쾌하고 웅장한 작품들이 제각각 그 멋을 다했으며 비평한 것도 적실했
다. 그러므로 우리나라 시학이 번성했음을 여기에서 알 수 있을 것"이라 밝
힌 서문의 한 구절에서 감개무량한 편찬자의 심정을 엿볼 수 있는 것이다.

그러나 보다 촘촘하게 《시화총림》을 살펴보면 몇 가지 의아한 현상이
눈에 띤다. 가령 이 속에는 초기 시화집의 대표 격이라 할 수 있는 이인로
의 《파한집》, 최자의 《보한집》, 서거정의 《동인시화》가 누락되어 있으며,
《종남총지》, 《수촌만록》, 《현호쇄담》처럼 원작이 현전하지 않기도 하고,
《백운소설》과 같이 임의로 제목을 바꾼 듯 보이는 경우도 있기 때문이다.
하지만 이런 의문에 대해 가장 먼저 대비한 사람 역시 편찬자인 홍만종이
었다. 그는 이 책의 서문과 '범례(凡例)', 그리고 부록의 '증정(證正)'을 달
아 편찬의 취지, 기준, 유의 사항과 기대 사항 등을 밝혀두었다.

먼저 서문을 보면, 비평을 버리고서는 그 흠을 없앨 수 없다는 단언에
이어 중국의 《초계어은총화(苕溪漁隱叢話)》와 《시인옥설(詩人玉屑)》을 비
평서의 모범으로 제시했다. 그런 다음 우리나라에는 훌륭한 시인과 작품
이 많았음에도 시를 비평한 사람이 드물고 더군다나 볼만한 비평은 더 드

물다고 진단했으며, 그런 까닭에 그 자신이 우리나라의 시 비평을 최대한으로 모으고 시화와 직결된 내용만을 간추리게 되었다고 했다. 동방 시학의 성대함을 이 책에서 확인할 수 있을 것이므로 독자가 이를 바탕으로 삼아 경계할 것은 경계하고 본받을 것은 본받아 시의 궁극적 경지에 도달하기를 바란다는 부탁도 잊지 않았다.

바로 이어 총 8항으로 이루어진 '범례'는 아래와 같이 편찬의 기준을 분명하게 제시했다.

① 《파한집》, 《보한집》, 《동인시화》처럼 이미 시화 전문 서적으로 유통되고 있는 것은 따로 뽑지 않는다. 여러 가지 내용이 섞여 있는 《역옹패설》, 《어우야담》 등 10여 종은 시화만을 뽑아내어 별도로 한 편씩을 만든다.

② 같은 대상에 대해 비평의 차이가 있다면 한 사람보다는 여럿의 견해를 따르고, 내용에 차이가 없다면 뒷 시대보다는 앞 시대의 것을 따르고, 뒷 시대라 해도 간단한 것보다는 상세한 평을 수록한다.

③ 중복된 비평은 없앤다. 그러나 작품은 같지만 비평이 다른 것, 다른 작품과 모아서 비평한 것은 작품이 중복될지라도 남겨서 참조하게 한다.

④ 남용익의 《호곡시화》처럼 옛것과 새것이 있을 경우 저자가 교정한 새것을 택한다.

⑤ 수집된 시화 중에서 너무 번잡한 것은 가장 요긴한 대목을 뽑아서 편집한다.

⑥ 시에 대한 비평이 아닐지라도 시를 배우는 데 꼭 알아야 할 내용은 아울러 수록한다.

⑦ 김득신, 임방, 임경의 시화 중에는 내 작품도 들어 있으나 부끄러움을 무릅쓰고 그대로 둔다.

⑧ 수록된 시화 중에서 교정이 불가피한 대상은 책 끝에 몇 항목을 달아서 고증한다.

이상의 8항 중에서 ⑧은 부록의 교정 부분, 즉 '증정'을 가리킨다. 기존 시화집에서 잘못을 범한 사례들을 예시하면서 확실한 근거에 의한 작가와 작품의 고증을 주장하고 있다. ⑦은 저자와 교분이 있었던 비평가들의 시화집에 자신의 작품이 들어 있음을 겸연쩍어 한 것이지만,《시화총림》이 아니었다면 아마《종남총지》,《수촌만록》,《현호쇄담》은 현재까지 전해지지 못했을 것이다.

①에서 ⑥은《시화총림》이 용의주도하게 편집되었음을 알게 하는 항목이다. 별도로 유통되는 비평 전문서는 제외하되, 각종 기사가 섞여 있는 경우는 시화만을 추리고, 같은 내용이라면 앞 시대의 비평을, 간단한 비평보다는 상세한 비평을, 오류가 많은 것보다는 비평가 자신이 수정한 결과를 선택한다고 했으며, 시에 대한 비평이 아닐지라도 시의 이해에 도움이 될 만한 내용이면 참조용으로 수록한다고 했다. 역대 시화를 두루 수집한 뒤에 동일한 작가와 작품에 대한 꼼꼼한 대조 작업까지 수행했음을 알 수 있는 항목들이다.

그렇다면《시화총림》에서 거두어놓은 시화들은 어떤 내용들로 채워져 있을까? 선발된 시화마다 각각의 특징이 있겠지만 이들이 시화집이라는 점에서 보면 기본적인 공통점을 지니고 있다. 좋은 시란 어떤 시인가, 어떻게 써야 하는가, 특정한 작품이 지어진 구체적 연유는 무엇인가, 선발된 작품이 지닌 매력은 무엇인가, 특정 구절에서 저지한 글자는 무엇인가, 누가 어떤 작품에 대해 어떤 평가를 했는가, 문단에 전하는 흥미로운 일화는 무엇인가 등을 참고할 수 있도록 되어 있는 것이다.

다만 편집 주체인 홍만종의 개인적 취향이 《시화총림》에 어느 정도나 반영되어 있는가를 궁금해한다면 다소 엇갈린 설명이 가능하다. 예컨대 《시화총림》은 편찬자 자신의 비평을 제시하기 위해 작성된 것이기보다는 역대의 각종 시화를 한 자리에 집합시킨 결과이므로 이 속에서 홍만종 자신의 시론이나 시평을 찾기가 힘들다는 주장을 만날 수 있다. 이는 《시화총림》이 자료집이지 저술이 아니라는 판단에서 유추된 결론이다. 반면에 시화를 모은 결과이기는 하지만 편찬자 자신의 시학에 근거하여 시화집을 선발했을 뿐만 아니라 기획의 의도가 분명한 만큼 홍만종 개인의 비평안이 개입되어 있다는 주장이 나올 수 있다. 시화집을 비롯해 구체적 비평 사례를 추려내는 과정에 이미 홍만종 개인의 시학이 관여되었을 것이라는 추정이다.

두 갈래의 견해가 정반대로 향하는 것처럼 보이지만 사실은 어느 한쪽을 집중해서 본 결론이라고 할 수 있다. 《시화총림》이 18세기 전반기까지의 시화를 집성한 것이자 원작의 내용을 그대로 살리려 했다는 사실은 변하지 않는다. 편집자인 홍만종의 개인적 견해는 원작을 변개시킬 정도로 강하지 않다. 다만 임방, 임경 등 편찬자 자신의 시대에 이루어진 시화집 가운데 유독 몇 가지를 선택적으로 선발한 것이나 특정 시화집의 기사를 간추리면서 부분적으로 홍만종의 안목이 개입되었을 여지가 있다. 이는 학술적으로 면밀한 고증이 이루어진 다음에 판가름될 문제이지만, 현재로서는 《소화시평》 이후부터 지속된 홍만종 개인의 시학, 곧 사변적이고 지적인 송시(宋詩) 경향의 시풍보다 보편적 정감에 호소하며 회화적인 성향이 농후했던 당시풍(唐詩風)의 경향이 선호되었을 것이라 추측해 볼 수 있겠다.

《시화총림》의 가치와 의미

20세기 이후에 언문일치가 점차로 실현되면서 한문으로 읽고 쓰인 한문학은 실질적인 영향력을 잃었다. 따라서 한시 비평을 모은《시화총림》 역시 오늘날 살아 있는 문학으로서의 의의를 갖는 데는 분명한 한계가 있다. 그러나 이 시화의 총림은 당대뿐 아니라 19세기까지 두루 읽히면서 한시를 배우려는 사람들에게 지속적인 인기를 누렸다. 한시를 보는 눈과 짓는 솜씨를 기르려 할 때 비평의 탄탄한 대로(大路)를 제공했기 때문일 것이다.

이 책이 지닌 가치는 홍만종 개인에게나 한문학의 시대, 그리고 곰곰이 생각해 보면 현재까지도 적지 않다고 보인다. 그의 개인사로 보자면 젊은 날부터 정진했던 한시의 시학을 한꺼번에 일람해서 볼 수 있게 만들었으므로 뿌듯한 감회를 주었을 것이다. 또한 시학의 역사로 보자면 이 책에 의해 비로소 비평서의 집대성이 이루어졌으니 한시 비평의 정리와 발전에 기여한 바가 적지 않았으리라 추정할 수 있다. 나아가 홍만종의 정성이 아니었다면《종남총지》,《수촌만록》,《현호쇄담》 등은 영영 우리의 시야에서 사라졌을지도 모른다. 소멸을 현전으로 바꾸어준 공로가 작다고 할 수는 없는 것이다.

이 책은 후대에 여러 이본을 낳았다. 많은 사람들이 돌려가며 이 책을 즐겨 보았다는 증거이다. 반면에 오늘날의 시대는 한시를 쓰고 비평했던 시대와 아득히 멀어졌다. 그러나 시의 시대에 비평을 모으면서 한평생을 바친 사람과 서가에 이 책을 놓아두고 매만졌던 사람들의 문화는 다시금 우리에게 무엇인가를 질문한다. 어찌하면 좋은 시를 감별할 수 있는 눈을 지닐 수 있을 것인가? 시의 눈으로 세상을 보는 것과 그렇지 않는 눈으로 세상을 살아가는 것 중에 어떤 삶이 더 나은가?

— 김동준

참고 문헌

홍만종 저, 《홍만종 전서》, 태학사, 1980.
홍찬유 역주, 《(역주) 시화총림》, 통문관, 1993.
허권수·윤호진 역, 《역주 시화총림》, 까치, 1993.
박수천, 《조선 중·후기 한시와 비평문학의 탐색》, 태학사, 2013.
구중회, 〈《시화총림》의 문헌학적 연구〉, 경희대학교 박사학위논문, 1989.
이현주, 〈《시화총림》 편찬에 반영된 홍만종의 시학 연구〉, 세종대학교 박사학위논문, 2007.

九
18세기를 여는 조선의 문학 비평서

조선의 문인 학자 김창협

—

《농암잡지(農巖雜識)》는 김창협(1651~1708)이 쓴 문학 비평서이다. 김창협은 조선 중기에서 후기로 넘어가는 시기의 걸출한 문인 학자이다. 김창협의 증조부는 병자호란 때 척화파의 상징이었던 김상헌이며, 부친 김수항은 영의정을 지내며 서인 정권을 이끈 인물이다. 명문가의 자제로 성장한 김창협은 32세에 장원급제 한 후 관직에 진출했다. 그러나 서인이 남인과 대립하고 다시 노론과 소론으로 갈라지는 당쟁의 와중에 부친 김수항과 스승 송시열이 사사(賜死)되는 일을 겪으면서 39세에 정계에서 물러났다. 44세 이후 숙종이 대제학, 예조판서 등 주요 부직을 돌아가며 비워두고 끊임없이 불렀지만 모두 사직하고 평생 다시 벼슬에 나가지 않았다.

김창협은 경기도 영평(포천)과 양주에 주로 머물면서, 평생 농사지으며 살겠다는 뜻으로 호를 '농암(農巖)'이라고 지었다. 그가 은거하며 주로 한 일은 학문 활동과 산수 유람이었다. 이이의 학통을 이으면서 이황의 성리설도 수용하여 새로운 단계의 사단칠정설(四端七情說)을 제출했으며, 지각(知覺)이라는 개념을 중심으로 '아직 발현하지 않은 마음의 본체'를 논함으로써 인간과 동물의 본성이 같은가 다른가의 문제에 대한 논변을 이끌어내었다. 송시열을 도와서 주희의 문집 전체에 대한 주석을 다는 작업을 주도하여 조선 주자학을 심화하는 데 독보적인 성취를 이루었다.

김창협은 당대를 대표하는 학자였을 뿐 아니라 문학으로도 이름이 높았다. 한시에도 뛰어났으나 후대에 더욱 영향을 끼친 것은 산문이었다. 그는 당송 고문(唐宋古文)을 추구하는 정통파 문인으로서, 전범을 배우고 격식을 따르면서도 천편일률에 빠지지 않고 자신만의 단아한 아름다움을 이루어내었다. 깊은 사유와 섬세한 정서를 절제된 문체와 치밀한 구성에 담아낸 그의 산문은, 이후 각종 문장 선집에 실리면서 조선 산문의 전범 가운데 하나가 되었다. 지방관으로 부임하는 후배를 전송하며 준 서문, 은거를 다짐하는 기문, 호조 참의를 사직하며 올린 상소문, 아버지 대신 지은 동생의 묘지명, 딸들과 아들을 먼저 보내는 심정을 토로한 제문 등은 널리 읽히며 많은 울림을 주었다.

김창협 문학의 빼어난 성취는 문학의 본질과 가치에 대한 남다른 성찰에서 비롯했다. 그의 문학에 대한 견해와 비평이 담긴 책이 《농암잡지》이다. 이 책은 본디 '잡지'라는 제목으로 김창협의 문집인 《농암집》에 실려 있다. 《잡지》는 총 4권인데, 내편 3권과 외편 1권으로 이루어져 있다. 내편은 주로 경서와 주자학에 대한 학술적 단상들이고, 외편은 문학 및 문물, 고사 등에 대한 비평이다. 내편 역시 학술사적으로 매우 중요한 저작이지만, 여기서는 문학비평이 담긴 외편만을 대상으로 삼고자 한다.

《농암잡지》의 구성과 주요 내용

《농암잡지》 외편은 총 146개의 조목으로 이루어져 있다. 그 가운데 93개 조목이 부친의 삼년상을 치른 뒤 서재인 '농암서실'을 짓고 은거하던 1691~1692년 사이에, 나머지 대부분은 아들의 상을 치르고 더 이상 시를 짓지 않기로 한 1701년 이후 죽기까지의 몇 년 사이에 저술되었다. 인생의 가장 힘든 시기에 김창협은 문학작품을 읽고 그에 대한 비평을 쓰는데에 몰두한 것이다. 이 책은 특정한 체계 없이 조목들을 나열하는 방식으로 구성되어 있는데, 각각의 조목들은 짧으면서도 완결된 구조로 명료하게 서술되었다. 그 내용을 몇 가지로 대별하면 다음과 같다.

첫째, 좋은 시란 무엇인가, 전범을 어떻게 배워야 하는가에 대한 제언이다. 김창협은 "시란 성정(性情)의 발현이고 천기(天機)의 작동이다."라고 정의했다. 작가의 마음이 제대로 드러나고 창작 과정에 인위적인 조작이나 모방이 개입되지 않음을 참된 시의 요건으로 제시한 것이다. 명나라 의고파(擬古派)의 영향을 받아 당시(唐詩)만이 훌륭한 시라고 여기고 그것만 읽고 흉내 내던 시대 풍조를 비판하고, 시를 짓는 태도에 대한 근본적인 반성을 촉구한 것이다. 당시가 훌륭한 것은 사실이지만 모든 시에는 각 시대마다의 특징이 있다. 이러한 시대적 차이를 무시하고 당시에 쓰인 글자와 구절을 모방한다면 가짜가 될 수밖에 없다. 좋은 시의 관건은 당시인가 송시(宋詩)인가, 중국 시인가 조선 시인가의 구분이 아니라 작가의 마음이 진실하게 반영되어 있는가에 달려 있다는 것이다.

둘째, 산문의 문체와 작법에 대한 입론이다. 16세기 말 이래 산문에 대한 문예적 관심이 늘어났고 산문으로 이름난 작가들이 출현했으나, 그 문체와 작법을 구체적으로 논의한 비평은 드물었다. 《농암잡지》에서는 서사체(敍事體)와 의론체(議論體)의 구분과 적절한 운용을 논하고 다시 서사체 가운데 역사전기(歷史傳記)와 비지문(碑誌文)을 구분해야 함을 강조했다. 비지문이란 땅 위에 세우는 비석(碑石)의 비문과 땅에 묻는 지석(誌石)의 지문을 합하여 부르는 말이다. 비지문의 역사는 오래되었지만 17세기부터 그 중요성이 더욱 부각되어 작가의 역량을 가늠하는 문체로 인식되었다. 그런데 대개 고인을 높이려는 후손의 촉탁에 의해 작성되었기 때문에 과도한 미사여구와 상세한 행적 기술로 그 본래의 문체 특성을 잃게 되는 일이 많았다. 김창협은 이러한 문풍에 대한 문제의식 위에서 비지문의 엄정함과 간략함을 요구하는 비평을 제출했다. 나아가 그는 중국과 한국의 여러 작가 및 작품에 대한 비평을 통해서 산문의 작법을 구체적으로 제시했다. 제재의 선택과 강령의 부각, 상세함과 간략함의 조절, 단락의 효과적인 배치와 연결, 서사와 의론의 교대 운용, 억양과 완급의 조종, 논지의 수렴과 확산, 정격과 변격의 다채로운 구사 등을 주된 내용으로 한다.

셋째, 중국의 역대 작가들에 대한 비평이다. 이전부터 높이 평가된 당대(唐代) 이전 시인들보다는 송대(宋代) 이후의 시인들에 대한 논의가 주를 이루는데, 송대 시인으로는 진여의와 육유를, 명대 시인으로는 서정경과 고숙사를 높였다. 이몽양, 하경명, 왕세정 등 전후칠자들에 대해서는 그들의 문학 관점을 비판하면서도 작가로서의 역량은 인정했다. 김창협이 가장 높이 친 산문 작가는 당송(唐宋)의 한유와 구양수였으며, 증공의 문장도 선호했다. 시와 달리 산문에서는 명대 전후칠자의 비평뿐 아니라 작품까지 강하게 비판했다. 당순지와 모곤 등의 당송 고문 학습 주장에 동의하면서도 그들의 작품은 인정하지 않았으며, 명말의 전겸익이 그나마 훌륭하다고 논평했다. 중국 작가들에 대한 이러한 비평은 하나하나가 자신의 비평 준거를 가지고 장단점의 근거를 명확하게 제시하며 서술되었다는 점에서 의미를 지닌다. 중국 문학의 단순한 수용과 영향에 그치는 것이 아니라 조선 문단의 현황과 필요에 의해 주체적으로 평가하고 취사 판단을 가한 것이다.

넷째, 우리나라 한시사에 대한 새로운 관점의 제출이다. 이전까지 우리나라 최고의 한시 작가로 이규보를 꼽는 것은 상식에 속하는 일이었다. 그러나 김창협은 이규보에 대해 시인으로서의 재주는 있었지만 학식과 기상이 보잘것없어서 그저 기발한 시구로 사람들을 놀라게 한 정도일 뿐이라고 비판했다. 삼사백 년 동안의 통념을 깨뜨리고 김창협이 최고의 한시 작가로 꼽은 인물은 박은(1479~1504)이다. 박은은 송시를 배웠지만 뛰어난 재주를 바탕으로 당시의 경지에 이르렀으며, 맑은 운치와 호탕한 풍격, 흥을 주체하지 못하는 천진함과 삶의 깊이에 이른 비장함 등을 겸비한 최고의 시인이라고 했다. 이에 반하여 정두경은 한위(漢魏)의 고시와 성당시(盛唐詩)만을 배워서 세속과 다른 청신함을 이루기는 했으나 깊은 사색에서 나온 것이 아니라 그저 옛사람의 자취를 모방한 것일 뿐이라고 평가했다. 이 역시 성당시만을 배우고 이후의 시는 보지도 말아야 한다는 의론에 대한 비판이었다. 당시를 배운 이들 가운데에는 권필과 이안눌을 높였지만, 그보다 더 높은 성취를 이룬 시인들로 이행과 노수신을 들었다. 이행은 전아하고 노련했으며, 노수신은 삶의 우환을 겪으며 두보를 제대로 배워서 힘이 있고 비장했다고 평했다. 당시와 송시의 경계를 허물고 참되고 깊이 있는 시를 추구한 김창협의 시론이, 우리나라 한시사에 대한 기존의 인식과 다른 새로운 방향을 제시하는 데에 이른 것이다.

다섯째, 우리나라 산문 작가에 대한 비평이다. 한시 작가에 대한 비평은 이전에도 여러 가지 형식으로 존재했으나, 산문만을 대상으로 본격적인 작가 비평을 낸 예는 드물었다. 그런데 김창협은 서인계 선배 문인들인 최립, 이정귀, 신흠, 이식, 장유 등의 산문에 대한 비평을 제출했다. 김창협은 그들의 타고난 기질과 문장 학습의 연원, 창작 태도와 풍격, 특장을 보이는 문체 등을 면밀하게 비교 분석했다. 이들을 대표적인 산문 작가로 꼽는 것은 이미 어느 정도 일반화되어 있었지만, 장점과 단점을 구체적으로 들고 당송 및 명대 문인들과 비교하며 그 위상을 논한 것은 김창협 비평의 독보적인 지점이다.

—

조선의 문학 비평서 《농암잡지》, 그 성취와 영향

—

한문학에서 전적으로 문학 비평만을 다룬 단행본은 많지 않고, 주로 문집의 서문이나 편지글을 통해서 각자의 문학적 견해를 개진하는 예가 많았다. 문학 비평서의 성격을 갖는 대표적인 저술 형식으로는 한시 작품과 작가를 소개하고 비평하는 '시화(詩話)'를 들 수 있는데, 여기에도 본격적인 시론보다 잡다한 일화가 더 많이 수록되어 있는 경우가 대부분이다. 이에 비해서 김창협의 《농암잡지》는 '필기잡록'의 형식을 띠고 있지만 그 순도와 분량으로 볼 때 본격적인 문학 비평서라고 할 만한 저작이다.

16세기 말 이후 임진왜란과 병자호란을 겪으면서 대폭 늘어난 문화 교류의 결과, 조선의 문학은 새로운 국면을 맞이하게 되었다. 전후칠자로 대표되는 명대 문예의 수용으로 한시에서는 한위(漢魏)와 성당(盛唐)의 시만을, 산문에서는 선진(先秦)과 양한(兩漢)의 고문만을 제한적인 전범으로 삼을 것을 주장하는 풍조가 수도권을 중심으로 확산되었다. 이러한 풍조는 한시의 낭만적이고 수려한 아름다움을 추구하고 산문의 고풍스러운 문예미를 재현하고자 하는 순기능으로 나타나 우리 문학의 수준을 한 단계 끌어올렸으나, 한편으로는 그 지향 자체가 배타적인 원칙이 되면서 외형의 모방을 일삼는 폐해를 낳기도 했다. 《농암잡지》는 이러한 당대의 시문에 대한 문제의식에서 출발했고, 명대 문예에 대한 해박한 이해를 바탕으로 한 단계 나아간 대안을 제시했다는 점에서 적지 않은 의의를 지닌다. 한시에 있어서는 당시와 송시의 구분을 상대화하고 성정과 천기를 최우선의 관건으로 삼았으며, 폭넓은 학식과 깊은 사색, 그리고 체험에서 우러나오는 진정성을 기준으로 좋은 시가 무엇인가를 논의했다. 산문에 있어서는 산문의 문예미가 글자나 구절을 전범과 유사하게 하는 데에서 나오는 것이 아니고 주제를 어떻게 효과적으로 배치하고 구성하는가, 다양한 수사법을 얼마나 적절하게 운용하는가 등에 달린 것임을 분석적으로 해명했다. 이러한 김창협의 문학 비평은 이후의 창작과 비평, 시문 선집 등에 지대한 영향을 끼쳤다.

　김창협은 독실한 주자학자였고, 그의 문학 비평 역시 그러한 학문 성향을 벗어나지 않는다. 자신의 마음을 진실하게 드러내야 한다고 했지만 그렇다고 해서 감정의 해방이나 욕망의 긍정을 말하는 흐름과는 맥을 달리한다. 그가 말한 천기(天機)는 주자학의 천리(天理)와 대립되는 것이 아니라 그것이 개개 사물 모두에게 왜곡 없이 드러난 모습을 뜻한다. 이황과 이이 등 전대의 주자학자들이 강조한 것과 마찬가지로, 형식적인 꾸밈을 추구하지 말고 성정이 자연스럽게 드러나는 작품을 창작해야 한다는 주장이었다. 김창협 문학 비평의 의의는 이러한 주자학적 입장을 견지하면서도 문학이 지니는 심미적인 지점들을 예리하게 포착하고 그것을 비평 언어로 드러내있나는 데에 있다. 바로 이 지점이야말로 '주자학 대 실학'의 이분법이 만들어내는 사각지대에서도 매우 다양한 문학적 시도들이 존재했음을 보여준다. 김창협은 주자학이라는 조선의 사상 토대를 벗어나지 않으면서 이전의 시와 산문을 비교 분석하고 새로운 방향을 제시했다. 그가 조선의 18세기를 여는 문학 비평가라는 것 역시 이런 의미이다.

다만 김창협이 동시대의 경직된 주자학자들에 비해서 유연했던 것은 사실이다. 그는 소설 모음집인《패해(稗海)》를 읽고 제한적이기는 하지만 꽤 긍정적으로 평가하기도 했고, 홍세태 등 중인 계층 문인들의 후원자 역할도 했다. 특히 김창협이 강조한 천기라는 개념은 그의 문도들을 중심으로 중인 계층의 문학 활동을 옹호하는 근거로 사용되었다. 중인 계층은 입신양명을 추구할 길이 막혀 있는 신분이므로 오히려 외적 욕망에 초연하여 천기를 보존하고 시에 전념할 수 있다는 맥락이다. 김창협의 의도가 어떠했건 간에, 이는 시에 있어서만큼은 신분 고하가 아니라 천부적 재능과 진솔한 표현이 관건임을 강조하는 논리로 이어졌다. 그리고 인적인 맥락으로 볼 때 김창협의 계통을 이은 김원행은 18세기 후반의 북학파 홍대용, 박지원 등과 사승(師承) 및 인척으로 연결된다. 중국의 학문과 문예를 동시대 누구보다 더 장악하고 있었던 데에서 기인한 자신감과 유연성이 이러한 변화의 자장을 간접적으로 만들어낸 셈이다.

– 송혁기

참고 문헌

송기채·강민정 역,《국역 농암집》1-6, 한국고전번역원, 2002-2008.
송혁기 역,《농암집: 조선의 학술과 문화를 평하다》, 한국고전번역원, 2016.
강명관,《농암잡지 평석》, 소명출판, 2007.
송혁기,《조선 후기 한문산문의 이론과 비평》, 월인, 2006.

+
여항인들의 자기 연민과 자부심

조선 후기 여항시단과 홍세태

—

여항문학(閭巷文學)은 특히 조선 후기에 형성된 개념으로, 상층의 사대부 문학과 백성들의 민중(서민)문학 사이에 중인·서리 등이 중심이 된 문학을 일컫는 용어이다. '위항문학(委巷文學)'이나 '중인문학(中人文學)'이라 일컫기도 한다. 이 시기 한양의 중인과 서리들은 갈수록 상업화가 되어가는 도시적 분위기 속에서 가곡 창사(歌曲唱詞)와 시조 창사에도 관심을 기울여 여러 가집(歌集)을 정리하기도 했고, 자신들만의 시사(詩社)를 만들어 한시 창작 활동을 활발하게 전개했다. 그러다가 차츰 자신과 같은 처지였던 선배 시인들의 한시 작품들을 수습하여 시선집을 간행하게 되었다

홍세태(1653 1725)는 사가 도장(道長), 호가 유하(柳下)·창랑(滄浪)이다. 부계는 중인이었으나 모친의 신분으로 곤란을 겪었다. 다행히 식암 김석

주(1634~1684)와 동평군 이항(1660~1701)의 도움으로 역경을 벗어나 학문에 전념할 수 있었고, 나중에 역과(譯科)에 합격하여 역관이 되었다.

그 이후 홍세태가 시인으로 성장하고 그 성가(聲價)를 떨치는 데 많은 도움을 준 이들 중에서는 특히 김창협(1651~1708)과 김창흡(1653~1722) 형제가 중요하다. 김창협은 조선 후기 문학사에 비평가로서 당대는 물론 그 이후에도 큰 영향력을 발휘했고, 김창흡은 당대 최고의 시인으로 꼽혔다.

홍세태는 오로지 자신의 능력으로 낙송루시사(洛誦樓詩社)에 출입하며 명문가 출신 수재들과 시를 수창했고, 여항인들의 시사(詩社)인 낙사(洛社)에 참여해 임준원, 유찬홍, 최승태, 김충렬, 석희박, 이득원 등의 여항 시인들과 교유했다. 홍세태가 여항의 후배 시인 중에서 가장 아낀 사람은 완암(浣巖) 정래교(1681~1759)였다고 하는데, 홍세태의 묘지명도 정래교가 지었다.

홍세태는 1682년 통신사의 일원으로 일본에 가서 일본인들 사이에서도 시명을 떨쳤다. 또한 1703년에는 청나라 사신이 조선의 시를 보고 싶다고 하자, 사신에게 보여줄 시를 뽑는 일에 참여하기도 했다.

홍세태는 조선 시대부터 이미 여항시단(閭巷詩壇)이 발전하는 데 매우 중요한 역할을 한 인물로 기억되고 있다. 이규상(1727~1799)은 방대한 18세기 조선의 인물지(人物志)인《병세재언록(幷世才彦錄)》의 〈문원록(文苑錄)〉에서 홍세태를 조선 시대 여항시인들 중에 으뜸가는 시인으로 언급했다. 또 남유용(1698~1773)은 〈성재고서(省齋稿序)〉에서 당시 여항의 자제들이 모두 열심히 글공부를 하는 풍조가 생긴 것을 홍세태의 공으로 돌리고 있다. 곧 홍세태가 시로 일가를 이루어 사대부들에게 인정받는 일이 여항인들의 교육열을 자극하는 데 큰 계기가 되었다는 것이다. 자연히 여항문학이 성장해 나가는 데도 큰 영향을 끼쳤다고 할 수 있다. 오늘날 학자들은 홍세태의 시 세계는 여항시의 전통을 계승하면서도 새로운 창작 경향을 예고하는 것으로 평가하고 있다.

한편 홍세태는 시인으로 더 유명하지만 〈김영철전〉과 〈백두산기〉 같은 우리 문학사에서 주목할 만한 산문을 남기기도 했다. 〈김영철전〉은 평안도 출신 군관으로 청나라에 포로로 끌려간 이후 명나라를 거쳐 다시 조선으로 돌아오기까지 기구한 삶을 살았던 김영철의 일대기를 서술한 작품으로, 조선 후기 서사문학사에서 이채를 띤 작품이다. 〈백두산기〉는 김경문에게 들은 이야기를 토대로 쓴 글이다. 김경문은 1712년 조선과 청나라가 백두산정계비를 세울 때 우리 쪽 수석 역관이었던 김지남의 아들로, 아버지를 수행하여 현장에 있었다. 홍세태 자신이 직접 백두산을 올라 보고 쓴 것은 아니지만, 조선 후기 백두산에 대한 글들 중에서 매우 중요한 위치를 차지하고 있다.

—
《해동유주》의 간행 의도와 수록된 시인들
—

《해동유주(海東遺珠)》 이전에도 여항시인들의 한시 선집이 없었던 것은 아니다. 1660년 운각필서체자(芸閣筆書體字)를 사용하여 불분권(不分卷) 1책으로 간행된 《육가잡영(六家雜詠)》은 여항인 여섯 명의 각체 시를 수록했다. 여섯 명은 정남수, 최기남, 남응침, 정예남, 김효일, 최대립이다. 이들은 대체로 의관(醫官)이나 역관(譯官) 출신이다. 다만 이 시집은 동인(同人)들이 스스로 간행한 시선집의 성격이 강하여, 자신들 이전의 선배 여항시인들의 시를 체계적으로 모은 시선집들과는 성격이 다르다.

홍세태는《해동유주》를 불분권 1책으로 1713년 한구자(韓構字)로 간행했다. 현재 서울대학교 규장각, 전남대학교 도서관 등에 소장되어 있다. 홍세태는 간행 경위를 다음과 같이 밝혔다.

> 농암(農巖) 김 상공(相公)께서 이런 말씀을 하셨다.
> "우리나라 시들을 뽑아서 세상에 전하는 것이 많지만, 여항의 시는 유독 빠졌네. 사라져 전하지 못한다면 애석한 일이니, 그대가 채록해 보게."
> 내가 이에 널리 찾아서 여러 사람의 시고(詩稿)를 얻어, 모래를 헤쳐 금을 가리고, 정약(精約)함에 힘을 기울였으며, 사람들이 입에서 외우던 작품들 중에서도 괜찮은 작품들은 수록하지 않은 것이 없다. 십여 년의 세월을 거쳐 완성하여, 수록된 시인은 박계강 이하 모두 마흔여덟 명이고, 시는 겨우 이백삼십여 수였으며,《해동유주》라 이름했다. (중략) 우리나라는 문헌이 풍성한 것이 중화(中華)와 견줄 수 있다. 고귀한 대부(大夫)들부터 위에서 한번 선창(先唱)하니, 초야의 한미한 선비들도 아래에서 고무되어 가시(歌詩)를 지어 스스로 울렸다. 비록 그 학문이 넓지 못하고 제재를 취한 것이 멀지 못하지만, 하늘로부터 얻은 바는 스스로 초절(超絶)하여 그 풍조가 해맑아 당시(唐詩)에 가까웠다.

곧 김창협의 권유가《해동유주》를 엮는 계기가 되었음을 말하고 있고, 폭넓게 찾아 정밀하게 뽑기 위해 십여 년을 노력했다는 것을 알 수 있다.

《해동유주》에서 '해동(海東)'은 우리나라를 가리키고, '유주(遺珠)'는 '빠뜨린 진주(珍珠)'를 말하니,《국조시산(國朝詩刪)》같은 기존 시선집에서 빠뜨린 여항시인들의 빼어난 작품이라는 뜻이다.

《해동유주》에는 박계강, 이정, 정치, 권진, 유희경, 백대붕, 윤계종, 김복

성, 주천록, 박경남, 김충신, 김효일, 최대립, 최기남, 정남수, 정애남, 김충렬, 박군, 남응침, 윤의립, 박상립, 박상직, 고익길, 양시빈, 석희박, 김진명, 최승태, 정희교, 한인위, 유중익, 유찬홍, 박효선, 임준원, 고의후, 임인영, 이여완, 최원상, 고후열, 이득원, 임득충, 최동환, 엄의길, 진흥지, 백신명, 정창해, 강취주, 석만재, 윤흥찬 등 여항시인 48명의 시 225제(題) 235수(首)가 수록되어 있다.

수록된 인물들은 1500년대 초반부터 홍세태가 활동하던 1700년대 초반까지 약 200여 년에 걸쳐 활동한 인물들이다. 대체로 의관, 역관, 서리가 많지만 상인이나 장인은 물론 천민까지 포함되어 있다.

홍세태는 여항시인들이 비록 사대부들보다 학문이 얕아 제재를 취하는 편폭은 넓지 않지만, 하늘로부터 부여받은 성품에는 때가 묻지 않아 시가 해맑아 당풍(唐風)에 가깝다는 점을 말하며 그대로 묻히기에는 아깝다는 점을 강조하고 있다.

—

《해동유주》 이후의 여항시선집

—

《해동유주》 이후에 《해동유주》에 수록된 시인들은 물론 홍세태와 그 이후 활동한 시인들까지 넣어서 보다 포괄적인 여항인들의 시선집으로 1737년에 《소대풍요(昭代風謠)》가 간행되었다. 《소대풍요》를 간행하는 데 중심이 된 인물은 역관 출신의 고시언(1671~1734)으로 알려져 있는데, 그는 《해동유주》에 시가 실린 이득원의 사위이기도 하다. 책은 고시언이 세상을 떠난 뒤에 간행되었지만, 고시언이 주도적인 역할을 한 것만은 분명해 보인다. 《소대풍요》는 모두 9권 2책으로, 수록된 시인이 162명이고 작품도 660여 편으로 확장되었다.

그 뒤로는 한 갑자(甲子, 60년) 주기로 그 이후에 활동한 여항 선배들의 시선집을 간행해 주는 관례가 생겼다. 1797년에는 송석원시사(松石園詩社)의 천수경과 장혼 등이 중심이 되어 《풍요속선(風謠續選)》을, 1857년에는 직하시사(稷下詩社)의 유재건과 최경흠 등이 중심이 되어 《풍요삼선(風謠三選)》을 간행했다. 1917년에는 《풍요사선(風謠四選)》이 간행되어야 하는데, 이때는 이미 신분제가 철폐되고 망국의 치욕을 겪고 있었던 시기였기 때문에 분위기가 많이 달라질 수밖에 없었다. 한 해 넘겨 1918년 장지연(1864~1921)이 중심이 되어 고대부터 구한말까지 시인들을 모두 망라하여 《대동시선(大東詩選)》으로 간행했다. 그러나 이러한 배경이 있기 때문에 조선 후기로 내려갈수록 여항인들의 비중이 실제 활약상보다 높게 반영되었다는 비판을 받기도 한다.

– 이현일

참고 문헌

강명관, 《조선 후기 여항문학 연구》, 창비, 1997.

안대회, 〈여항시인의 대두와 그 방향 – 홍세태, 비장(悲壯)과 천기(天機)〉, 《18세기 한국한시사 연구》, 소명출판, 1999.

임형택, 《우리 고전을 찾아서 – 한국의 사상과 문화의 뿌리》, 한길사, 2007.

허경진, 《조선위항문학사》, 태학사, 1997.

이상진, 〈초기 여항시선집 연구〉, 《한국한문학연구》 14, 한국한문학회, 1991.

한태문, 《《해동유주》 연구〉, 《한국문학논총》 13, 한국문학회, 1992.

─────────────────────────── ＋

18세기 서울의 골목길 사람들, 그리고 나

이언진과 〈호동거실〉

─

'호동(衚衕)'은 분주한 도회지의 골목길을 뜻하는 말이다. 우리말에서 매우 생소한 이 단어가 중국어에서는 '후퉁(hútong)'으로 읽힌다. 원래는 몽골과 돌궐 등의 북방에 유래한 단어로서 '우물을 공유하는 골목길'을 뜻했다. 따라서 이 어휘는 전원 및 자연의 공간과 대비되는 세속적 도시 공간을 상기시킨다. 이곳은 각종 욕망을 가지고 살아가는 인간들의 시끌벅적한 공간이며, 미(美)와 추(醜)가 나누어지지 않는 일상생활의 현장이다.

한국문학사에서 '호동'이라는 제목으로 글을 쓴 사람은 아직까지 이언진 외에 발견되지 않는다. 심지어 150수 이상의 작품을 호동에서 쏟아내며 '호동에 있는 나의 집', 즉 '호동거실(衚衕居室)'의 한시 작품 세계를 마련한 사람은 실로 전무후무하다. 요컨대 〈호동거실〉 작품군은 그 자체로 이미 기묘할 만큼 실험적이며 독창적인 것이다.

작가 이언진(1740~1766)의 삶도 27세에 요절한 천재 시인으로 칭송될 만큼 강렬한 인상을 준다. 그는 역관 가문에서 태어났으며, 자는 우상(虞裳), 호는 송목관(松穆館)·운아(雲我)·해탕(蟹蕩) 등을 사용했다. 당시의 역관은 중인 신분에 속하여 능력과 상관없이 사대부를 보조해야 하는 처지였다. 20세(1759)에 중국어 역과 시험에 합격했고, 1763년에는 일본 통신사의 사절에 참여하여 이듬해에 귀국했다. 일본 통신사 체험 이전에도 중국 연행 사절에 두 번 참여한 것으로 알려져 있으나 정확한 시기는 분명치 않다.

1763~1764년의 통신사행 때 활약에 힘입어 그는 일약 일본과 한국 양쪽에서 명사가 되었다. 일본인들의 요구로 흔들리는 배 안에서 500수의 한시를 거침없이 써주고 한참 뒤에 재차 요구에 응해 이를 다시 써주었다는 일화가 유명하다. 현지에서 일본 문인들과 나눈 필담(筆談)에는 문학에 대한 이언진의 식견이 여실히 담겨 있기도 하다. 귀국 후에는 동행했던 성대중 등의 전언에 의해 이덕무와 박지원 등에게도 명성이 알려지게 되었다. 하지만 중인 역관으로서의 신분적 한계와 강렬한 자의식 때문이었는지, 당시 서울의 명사들과 흉금을 털어놓는 활발한 교유는 이루어지지 않았다.

드물게도 이언진의 특별한 재능을 일찌감치 알아본 인물이 있었다. 그가 존경하는 스승이었던 이용휴는 〈송목관집서(松穆館集序, 송목관 이언진의 문집 서문)〉에서 제자의 작품 세계를 이렇게 평하고 있다.

시문을 지음에 남을 좇아 자기 견해를 일으키는 사람과 자기를 좇아 자기 의견을 일으키는 사람이 있다. 남을 좇아 견해를 일으키는 사람은 비루하여 논할 것도 없지만, 자기를 좇아 견해를 일으키는 일도 고집과 편벽을 버려야 참된 견해[진견(眞見)]가 되며, 이 참된 견해도 참된 재능[진재(眞才)]으로 보완한 뒤에야 비로소 완전한 성취를 이룬다. 내가 이런 작가를 찾은 지가 수년 만에 송목관(松穆館) 이언진을 얻게 되었다. 이 군은 뛰어난 식견과 현묘한 생각을 지녔으며, 먹을 금처럼 아껴 쓰고 한 글자를 단약처럼 귀하게 사용하여 붓을 한번 종이에 대면 세상에 전할 만한 작품이 되었다. 그러나 이 세상에 이름이 알려지기를 구하지 않았으니 이는 세상에 그를 알아줄 사람이 없었기 때문이고, 남보다 뛰어나기를 바라지 않았으니 그 자신보다 뛰어난 사람이 없기 때문이었다.

고독한 천재로서의 이미지는 생의 마지막에 더욱 강렬해졌다. 그는 통신사행 당시부터 건강이 좋지 않았으며 〈호동거실〉을 쓰는 기간에는 팔이 마비되는 등의 심각한 질환을 앓고 있었다. 죽음을 눈앞에 둔 고투 속에서 그는 참선과 종교적 구원을 갈구하는 한편으로, 시끌벅적한 뒷골목의 사람들과 가족, 그리고 자신의 참모습을 관찰하면서 시를 써나갔다. 그래서 이 장편 연작은 이언진의 생애 말년 작품이자 질병과 죽음, 그리고 불화한 세계에 대한 거침없는 발언의 장이 될 수 있었다.

삶이 얼마 남지 않은 시점에서 이언진은 자신의 시문을 불살랐다고 한다. 그의 아내가 불타는 원고의 일부를 거두어 두었다는 이야기가 전한다. 그래서 1860년에 활자본으로 출간된 그의 문집 이름은 《송목관신여고(松穆館燼餘稿)》, 곧 '불타고 남은 송목관의 원고'라는 뜻을 갖게 되었다. 이 속에는 '동호거실'이라는 제목으로 연작 157수가 실려 있다. 그런데 필사본으로 전하는 《송목각유고(松穆閣遺稿)》에는 '호동거실'이라는 제목으로 165수가 수록되어 있으며 전자에 비해 12수가 더 발견된다. 여기에서

는 위 두 자료를 기본으로 삼되, 연작의 명칭은 '호동거실'을 표준으로 삼
는다.

—

〈호동거실〉의 구성과 내용

—

장편 연작 〈호동거실〉을 어떤 동기에서 언제부터 어느 호동에서 지었는
지는 단정하기 어렵다. 작품 속에서 자신을 '호동성이인(衚衕姓李人, 호동
의 이씨)'으로 부르고, 서재를 '호동거실'이라 이름 지으며, 서재의 기문(記
文)을 쓰려 시도하는 등으로 미루어, 북적대는 서울의 어느 골목으로 이
사하여 이곳에서 이 색다른 연작을 기획한 것으로 추정된다.

공전절후의 문제작에 걸맞게 〈호동거실〉이 가진 특징은 한두 가지가
아니다. 150수가 넘는 이 작품군은 정연한 질서보다는 자유로운 연상을
따라 전개된 잡영(雜詠)에 가깝다. 100수를 넘는 잡영의 출현은 18세기
한국 한시의 한 갈래 특징이다. 또한 이 작품군은 1구가 6자로 이루어지
는 육언시(六言詩)를 선택하고 있는데, 이 역시 당시 문단의 관례에서 보
자면 매우 이례적인 시도이다. 육언시의 의도적 실험은 이용휴 그룹에게
서 발견되는 특징인데, 이언진이 이를 더욱 적극적이고 파격적으로 활용
한 셈이다.

무엇보다 주목되는 특징은, 이 〈호동거실〉이 주제도 파격적이고 소재
도 특이하며 더군다나 시어 자체도 기존의 상식을 파괴했다는 사실이다.
〈호동거실〉은 한시에 대한 당시의 표준적인 감각을 거의 모두 깨뜨려버
린 문제작 중의 문제작이다. 한 글자 한 글자를 미적으로 가공하여 사용
한 당시의 관행에 비추어 이 작품군은 중국의 구어체인 백화(白話)를 작

심한 듯이 사용하고 있다. 이 변화는 문어체의 한문에 대항하여 당시의 중국 구어체를 일부러 사용한 것처럼 이해될 수 있다.

작품의 품격과 지향 면에서도 이 연작은 인간과 자연의 조화 혹은 정경교융(情景交融)의 조화미를 추구했던 이전의 전통과 가차 없이 결별하고 있다. 그의 호동에는 아름다움에 대한 지향을 대신하여 옥신각신 전개되는 골목길 사람들의 삶이 직설적이고 노골적으로 열거되어 있다. 골목길에서 바라본 세계, 거리, 가족, 그리고 자신의 자화상에 대해 이렇게 전면적으로 시선을 확장하고 거침없이 비평한 시는 현대시가 등장하기 전까지는 한국문학사에 존재하지 않았다.

그렇다면 〈호동거실〉은 어떻게 구성되었으며, 어떤 내용을 갖추고 있을까? 먼저 이 작품의 처음과 끝 작품을 든다.

五更頭晨鍾動 오경에 새벽종이 울리자
通衢奔走如馳 골목길에 우르르 사람들 분주하네
貧求食賤求官 가난한 자는 밥 구하고 천한 자는 벼슬 구하니
萬人情吾坐知 만인의 심정을 앉아서도 다 아노라

腐爛譬如語錄 진부하기로는 어록(語錄)과 같고
煩瑣譬如註脚 자질구레하기는 주석(註釋)과 같지만
其譬愈下愈奇 비유가 낮을수록 더 기이하여
文如傳奇詞曲 글은 전기(傳奇)나 사곡(詞曲) 같구나

종루에서 새벽종이 울리자 호동 사람들이 일제히 골목길에 쏟아져 나오는 장면이 첫 번째 수이다. 북적대는 도회지의 새벽을 시작 삼아 〈호동

거실〉의 세계가 열린다. 제2수부터 이어지는 호동의 풍경은 호동의 거리와 주민들, 호동의 우리 집, 그리고 나의 방과 내 모습을 소재 삼아 파노라마처럼 펼쳐진다. 호동과 세상, 가족과 자신을 바라보는 그의 시선은 좌절, 슬픔, 분노, 연민, 애정, 불화, 일갈에 이르기까지 복잡한 결로 엮여 있다.

호동의 현장을 소재로 삼아 산문과 백화의 어투로 거침없이 발언한 까닭에, 그는 자신의 연작에 대해 어록이나 주석 혹은 전기와 사곡과 같다고 자평한 듯하다. 전통적으로 한시의 작법은 글자와 심상을 극도로 절약하여 함축미를 추구해 왔다. 이해 반해 이언진은 자신의 이 연작이 산문 같기도 하고 통속적인 소설 같기도 하다고 평가한 것이지만, 그래서 더욱 기이하고 독창적이지 않겠느냐는 반문 안에 작가로서의 자긍심을 담아 두었다.

작품의 세부로 들어가면 18세기 한양의 어느 골목에서 보고 느낀 감회가 쏟아지듯 열거되어 있다. 호동의 풍경과 주민들을 묘사한 작품을 보자.

來者牛去者馬　오는 놈은 소요 가는 놈은 말인데
溺于塗糞于市　길에 오줌 싸고 저자에 똥 눈다
先生鼻觀淸淨　선생(나)은 코로 청정한 기운을 맡으며
床頭焚香一穗　책상 위에 한 가닥 향을 사른다

臭穢時如糞艘　냄새나고 더러울 때는 똥 실은 배 같고
黑暗時爲漆桶　깜깜하고 어두울 때는 칠통 같지만
方寸地亦如是　한 치 내 마음도 또한 이 같으니
吾不嫌門前巷　문 앞 골목길을 나는 미워할 수 없구나

歷穢巷入淨室　더러운 골목 지나 깨끗한 방 들어와

　　燒淸香掛繡佛　맑은 향 피우고 부처 그림 걸어두면

　　疥痔者癰膿者　옴 치질 악창 고름을 앓는 병자들도

　　亦皆作菩薩想　또한 모두가 보살의 마음을 짓는다네

더럽고 지저분하지만 미워할 수 없는 곳이 호동이라고 말하는 시들이다. 호동의 물리적 조건에 대해 그는, 집들이 즐비하여 하늘 보기가 어렵고 좁은 땅에 절구 찧듯 사람들이 오가는지라 풀 한 포기 자라지 않는 곳, 혹은 처마와 처마가 이어져 빗속에도 옷이 젖지 않고 먼지가 수북한 곳 등으로 묘사했다. 이 안에서 수레가 덜컹덜컹 소란스레 오가고, 상인은 쌀속에 모래를 섞어 사람들을 속이며, 출근하는 승지를 가련하게 보는 거지 아이, 욕 잘하고 허풍스럽지만 솔직한 수의사 장씨, 부자가 되기를 꿈꾸는 땔나무꾼, 거만을 떨며 출근하는 관리 등 온갖 사람과 갖가지 사람살이가 관찰되고 묘사된다. 호동을 향한 작가의 시선에는 긍정과 부정이 실타래처럼 얽혀 있지만, 근본적으로는 사람마다 보살의 마음이 있고 사람마다 선한 본성〔양지(良知)〕이 있다고 보았다.

집과 가족에 대한 생각도 다단하다. 어떤 경우는 자신을 칭칭 동여매는 존재요 번뇌의 대상이 가족이라 말하다가도, 아침저녁 밥 짓는 방아 소리와 개 짓는 소리에서 정취를 느낀다. 부엌과 옷장을 더럽히는 쥐, 밥 짓다가 졸고 있는 한심한 계집종에도 시선이 미치지만, 수수께끼 놀이를 하며 노는 천진한 아이들, 누구와도 바꿀 수 없는 아내와 어머니가 우리 집의 풍경을 구성한다. 그는 아내와 어머니에게서 관음보살의 화신을 보고, 수심 없이 노는 아이들을 통해 천진(天眞)의 참됨을 생각한다.

그런데 〈호동거실〉의 음성이 가장 격렬해질 때는 주로 세상의 위선과 허위를 공격하는 경우에 나타난다. 그러면서 그가 궁극적으로 추구하는 것은 참된 나와 거짓 없는 세상, 그리고 깨달음에 이른 세계이다.

安所得文墨匠　어디서 문신 새기는 사람을 구해
記罪過人面上　그 얼굴에 죄명을 써넣을 수 있을까
以爲假文僞學　'가짜 글과 거짓 학문으로
欺世盜名榜樣　세상을 속이고 이름을 도적질한 자'의 본보기라고

猛可裡想起來　맹렬하게 이런 생각이 솟구치네
我有眼寄在人　내 눈을 남에게 줘버렸다는
眼有神必叫寃　내 눈에 정신이 있다면 이렇게 절규하리
尋我眼還我身　"내 눈을 찾아서 내 몸에 돌려줘!"

위선적인 학자와 문인에 대한 분노, 그리고 자신의 눈과 귀를 빼앗겨 참된 나를 잃어버린 상황에 대한 반성이 드러난 예다. 그는 협객소설인《수호전》을 읽은 다음, '이 세계를 한번 부셔버렸으면' 하는 혁명적 단상을 시로 남기기도 했다.《수호전》이 사서삼경 못지않은 글이라고도 시를 썼고, 18세기 조선에서 이단아로 생각했던 이지(李贄)를 훌륭한 문장가라 하기도 했다. 이런 사고는 주자학 중심의 사회에서는 결코 용납되기 어려운 불온하기 짝이 없는 것이었다.

사회와 세상뿐 아니라 참된 자아를 잃어버린 자신 혹은 타인에 대해서도 그는 곳곳에서 일갈과 탄식을 뱉어냈다. 사람이 사람을 속이는 것이 아니라 자신의 입이 자신의 마음을 속인다고도 했고, 누구나 자신의 고향이 어디인지 알지만 자신의 마음이 있는 곳을 알지 못한다고 하면서, 깨

달음에 이르고 참된 나를 찾기를 갈구했다. 병인의 고통을 겪어가며 그는 불가에서 구원을 구하기기도 하고, 양명학에서 해답을 얻으려 하기도 했다. 그러나 궁극적으로 그가 회복하고자 했던 것은 참된 자아〔진아(眞我)〕였으리라 판단된다.

〈호동거실〉의 현재적 가치

이언진은 절망과 연민이 뒤섞인 눈으로 자신이 사는 골목길을 전면적으로 관찰한 사람이다. 그에게 호동은 인간의 결함과 가능성이 뒤죽박죽 혼재한 세계로 보였다. 그는 감옥처럼 느껴진다는 그 세계에서 거침없이 〈호동거실〉을 써나가며 세상과 사회, 그리고 자신에 대한 응시를 솔직하고 과감하게 표출했다. 그래서 〈호동거실〉은 검열되지 않고 터져 나오는 육성의 세계이자, 허위적 세계와 위선적 인간에 대한 저항을 담은 보고가 될 수 있었다.

〈호동거실〉에는 우아한 수창(酬唱)이나 벗들과의 평화로운 교유가 들어 있지 않다. 오히려 반대로, 자신을 둘러싼 세계와 정신적으로 불화하며 거칠고 강렬한 자의식을 쏟아내듯 표출하고 있다. 이 때문에 "시인의 모난 성격이 지나치게 노출되었고 슬픈 마음이 너무 급하게 흘러나왔다"는 옛 사람(유최진)의 평가가 주어지기도 했다. 하지만 바로 이런 이질적이고 파격적인 면모야말로 이 작품이 고유하게 지닌 진면목이자 본질이라고 보아야 마땅하다.

어떤 연구자는 〈호동거실〉이 한국문학사에서 '새로운 정신, 새로운 의식'의 탄생을 알린 것이라 평가했다. 18세기 조선의 체제에 대한 강렬한 저항이 존재한다고 보았기 때문이다. 실제로 이 작품에는 18세기 조선의 유교적 배타성에 대한 부정이 존재하고, 자신의 시대에 대한 절망과 분노를 곳곳에서 토로하고 있다. 그는 불완전한 세계에 대한 솔직한 비판을 거침없는 언어로 강렬하게 표현했다. 실험적인 언어로써 낯설기 그지없는 새로운 시 세계를 만들어낸 것, 이는 〈호동거실〉이 변함없이 한국문학사에서 누릴 수 있는 가치이다. 바야흐로 〈호동거실〉에 이르러 한국 한문학이 세속적 도시 공간의 저항적 미학을 보유하게 되었다.

- 김동준

참고 문헌

박희병 편역, 《골목길 나의 집》, 돌베개, 2009.

강명관, 《조선 후기 여항문학 연구》, 창작과비평사, 1997.

강순애·심경호·허경진·구지현, 《우상잉복(虞裳剩馥) 천재 시인 이언진의 글 향기》, 아세아문화사, 2008.

박희병, 《저항과 아만》, 돌베개, 2009.

김동준, 〈이언진 한시의 실험성과 〈동호거실(衕衚居室)〉〉, 《한국한문학연구》 39, 한국한문학회, 2007.

이동순, 〈이언진 문학 연구〉, 고려대학교 박사학위논문, 2010.

정민, 〈동사여담(東槎餘談)에 실린 이언진의 필담 자료와 그 의미〉, 《한국한문학연구》 32, 한국한문학회, 2003.

二 十
패사소품의 정신

문체반정과 이옥

—

이옥(1760~1815)은 문체반정의 전개 과정에서 유일하게 실형을 받은 인물이다. 정조는 1792년을 전후하여 문체를 바로잡겠다는 의지를 천명하고 다양한 정책을 시행했다. 당시 조선에서는 패사소품(稗史小品)의 문체가 하나의 유행으로 등장하고 있었는데, 정조는 이 유행이 순정고문(醇正古文)의 문체를 위협하는 정도에서 그치는 것이 아니라 지배 이념인 성리학적 질서를 파탄시킬 것이라고 보았다. 정조는 패사소품의 독서를 금지하고, 청나라로 파견하는 사신단에게 패사소품은 물론 청나라 서적 일체를 금지한 적도 있으며, 패사소품의 문체를 구사한 관료들에게 순정고문의 문체로 반성문을 작성하도록 명했다. 이 시기 정조가 총애하던 남인 관료 일부가 서학(西學, 천주교)에 경도된 혐의가 있어서 정적 관계에 있던 노론 관료들의 공격에 노출되었던바, 서학이라는 종교사상적 이단의 문제에서 패사소품체라는 문학적 이단의 문제로 시선을 분산시켜 남인 관료를 보호하려 했던 정조의 정치적 전략으로 문체반정을 해석할 수도 있다. 사상적 이단은 적발되면 사형 등의 극단적 처벌이 불가피하지만 문학적 이단은 논란만 요란할 뿐 반성문 정도의 온건한 견책으로 귀결시킬 수도 있는 것이었다. 정조는《열하일기》를 패사소품 유행의 장본으로 지목하면서 노론 가문이었던 연암 박지원에게 반성문을 작성해 올리면 관직에 임용시켜 주겠다고 제안하기도 했다.

1792년(정조 16) 성균관 유생으로 있던 이옥은 국왕이 출제한 문제의 답안지인 응제문(應製文)에 패사소품의 문체를 사용했다가 발각되었다. 처음에는 과거 시험의 문장 형식인 사륙문(四六文)을 매일 한 편씩 50일 동안 작성하는 벌칙을 받았는데, 이옥의 문체가 개선되지 않는다고 여긴 정조는 과거 시험의 응시 자격을 일정 기간 제한하는 정거(停擧)의 처벌을 내렸다가, 1795년 지방에 충군(充軍)시켜 버렸다. 조선 왕조 시절 양반 귀족은 병역을 부담하지 않았는데, 군적에 이름을 올리고 병역을 수행하게 하는 조치인 충군의 처벌을 내린 데에는 더 이상 양반으로 대접하지 않겠다는 상징적 의미가 있었을 것이다.

처음에는 충청도 정산현에 충군되었다가 지방을 옮겨 경상도 삼가현으로 충군되었는데, 이때 이옥이 기록한 〈남정십편(南程十篇)〉과 〈봉성문여(鳳城文餘)〉 등을 보면, 하인을 대동하여 주막에 머무르거나 집으로 돌아와 부친의 삼년상을 치르는 등 통상적인 유배 생활보다는 관대한 처우를 받았던 것으로 보인다. 충군 지역이 더 먼 곳으로 옮겨진 것도 충군 기간 동안 상경하여 과거 시험에 응시했다가 답안지의 문체가 더 심각하게 순정고문을 위반하고 있다는 정조의 판정 때문이었다. 또 한 번의 과거 시험에서는 수석을 차지했다가 역시 격식에 어긋났다는 정조의 판단으로 말석으로 강등되기도 했다. 국왕의 엄중한 주목과 견책 아래에서도 자신의 문체를 고집했던 이옥은, 1800년 충군에서 해제되어 이후 경기도 남양에서 여생을 보냈는데, 여전히 패사소품의 문체로 왕성한 창작을 하며 지냈다.

이옥의 자는 기상(其相)이고, 경금자(絅錦子)·문무자(文無子)·문양산인(汶陽散人) 등 십여 개의 호를 사용한 것이 확인된다. 성균관 유생 시절 김려(1766~1821), 강이천(1769~1801) 등과 교유를 맺었는데, 이들 모두 패사소품의 문체를 구사하는 것으로 지목받은 바 있었다. 강이천은 서학의 혐의로 1797년 제주도로 유배되었다가 신유사옥에서 옥사했고, 김려는 강이천의 혐의에 연관되어 함경도와 제주도에서 유배 생활을 겪었다. 강이천은 이옥의 문체에 대해 높은 평가를 남겼으며, 김려는 동료들의 원고를 수습한《담정총서(潭庭叢書)》를 편찬하여 산실될 뻔한 이옥의 저술을 함께 보존하면서 매 저작마다 독후감을 기록해 두었다. 이옥을 북학파로 널리 알려진 유득공(1748~1807)과 이종사촌 사이로 친밀한 교유가 있었고, 대문호 박지원(1737~1805)이 안의 현감으로 있을 때 방문한 기록도 확인된다.

아직까지 이옥의 생애에서 명확히 밝혀지지 않은 점이 많다. 그의 본관이나 몰년이 최근에야 바로잡혔으며, 그의 가문에 대해서도 최근에야 밝혀졌다. 그의 본관은 전주 이씨로, 족보에 의하면 1815년에 사망한 것으로 되어 있다. 그는 태종의 둘째 아들인 효령대군의 후손인데, 그의 고조부 이기축(1589~1645)은 서얼이었다가 인조반정에 가담하여 완계군(完溪君)에 봉해졌던 바 있다.《인조실록》에 이기축의 사촌형 이서가 "신(臣)의 얼속(孽屬)"이라 칭한 기록이 있는 것으로 보아 서자도 아닌 얼자였던 것으로 보인다. 양반 집안에서 평민 첩의 자식으로 태어나면 서자로서 상속과 관직 진출에 제한을 받고, 서자의 자손은 서족(庶族)이라 하여 청요직(淸要職)에 등용되지 못하며 혼반(婚班)도 서족 이하로 제한되는 관행이 있었는데, 천민 첩의 자식은 얼자(孼子)로서 더욱 심각한 차별을 받게 되었다.

고조부 덕분에 증조부와 조부는 무과로 진출했지만, 이옥의 집안은 무과계 서족의 지위에 고착되었던 것으로 보인다. 게다가 이옥의 가계는 당시 노론은 물론 남인이나 소론에게도 비교할 수 없을 정도로 위축된 당파였던 북인의 계보를 수록한 《북보(北譜)》에 기록되어 있다. 그 기록에 의하면 이옥은 정자가 딸린 서울 저택에 살기도 했고, 여러 명의 하인을 거느렸으며, 배로 곡식을 운반해 올 전장을 소유하고 있었을 정도로 풍족한 재산을 보유했던 것으로 보인다. 여유로운 생활과 정치적 소외가 복합적으로 작용하여 충군의 처벌까지 감내하며 자신의 문체를 포기하지 않도록 만든 것으로 볼 수 있다.

—

《예림잡패》 속의 〈이언〉

—

현재 남아 있는 이옥의 저술은 대부분 김려가 편찬한 《담정총서》에 수록되어 있다. 〈이언(俚諺)〉은 이 총서에서는 누락되어 있는 대신 《예림잡패(藝林雜佩)》에 수록되어 전한다. 《예림잡패》는 필사본으로 국립중앙도서관에 소장되어 있다. '예림(藝林)'은 문예계를 칭하는 말이고, '잡패(雜佩)'는 본디 '다양한 구슬을 꿴 패옥'이라는 뜻으로 여기서는 '다양한 문장'이라는 의미로 사용되었다. 잡다한 문예문을 모아놓았다는 의미로 표제를 정한 것이다. 이 책의 첫 부분에 〈이언〉을 실어놓고 첫 줄에 "연안 이옥(延安李鈺)"이라고 표기했는데, 이옥의 본관은 연안이 아니라 전주이므로 이옥 자신이나 주변 인물이 이 책을 필사한 것은 아닌 듯하다. 이 책은 〈이언〉과 〈백가시화초(百家詩話抄)〉의 두 부분으로 나누어 볼 수 있다. 〈백가시화초〉는 주로 중국 당송의 시론과 시를 초록한 것이다. 독서의 중요성과 시 창작 요령 등이 잡다하게 채록되어 있어서 시를 학습하는 데에 참고가 될 만한 자료이다. 〈이언〉의 첫 줄에는 저자로 이옥을 표기했지만 〈백가시화초〉의 첫 줄에는 저자 표기가 없다. 그래서 이옥이 초록해 둔 것인지 필사자가 초록한 것인지, 혹은 제3의 인물이 초록한 것이 이옥의 작품과 함께 필사된 것인지 현재로서는 단정할 근거가 없다.

이옥의 작품이라고 명기되어 있는 〈이언〉 부분은 "이언인(俚諺引)"으로 시작한다. '이언인'은 〈이언〉의 서문에 해당하는데, 혹자를 설정하여 그와 가상의 문답을 나누면서 논란을 전개하고 있다. 여기서 이옥은 세 가지로 자신의 창작 의도를 정리했다. 첫째, 시는 대상의 정감이 자연스럽게 혹은 어쩔 수 없이 표현되는 것이지 작가가 인위적으로 창작하는 것이 아니다. 둘째, 여자는 풍부하고 진실한 정감을 갖고 있어서 매일 거리에서 그들과 마주치는 도시의 남성 작가로서 도저히 시적 대상으로 삼지 않을 수가 없었다. 셋째, 조선의 물명을 조선의 발음 그대로 표기하는 것이 옳다. 이 서문을 통해 이옥은 〈이언〉이 도시 부녀자의 진실한 생활 감정을 아무런 가식 없이 향토적 시어로 표현한 것이라고 강조하고 있는 것이다. '이언'은 속담이나 속어를 뜻하는데, 민요풍의 향토적 시어를 가리키기 위해 제목으로 사용한 것으로 보인다. 도시의 거리에서 매일 부녀자들과 마주친다고 한 것을 통해 〈이언〉은 이옥이 서울에서 생활하던 때에 지은 것으로 볼 수 있으며, 대략 그의 나이 30대 때인 성균관 유생 시절이 아니었을까 짐작된다.

시 본문은 '아조(雅調), 염조(艶調), 탕조(宕調), 비조(俳調)'로 구분되어 있다. 각 조마다 오언절구 15수에서 18수씩 배치되어 모두 66수가 된다. '아(雅)'는 항구적이며 정당하다는 말로서 '아조'는 사랑과 공경의 평화로운 생활 정서를 형상화했다. '염(艶)'은 화미(華美)하다는 뜻으로서 '염조'는 질투와 사치 등의 생활 정서를, '탕(宕)'은 규범에서 일탈하여 막을 수 없는 것을 가리키는 말로 '탕조'는 창기의 정서를, '비(俳)'는 원망이 심하다는 뜻으로 '비조'는 남편의 외도와 학대 속에서 생활을 이어가는 부녀자의 정서를 형상화했다.

—

여성 화자를 상상하는 중세 남성 지식인

—

〈이언〉의 성격에 관해서는 여성의 목소리를 민요풍의 한시로 대변하면서 여성적 정감을 곡진히 짚어내고 있다는 평가와, 중세 남성 지식인의 사유에서 벗어나지 못하는 한계가 있다는 평가가 엇갈리고 있다. 물론 〈이언〉에 등장하는 여성 화자는 남성 지식인 이옥이 창조한 것이다. 서문에서 "여자란 편벽된 성질을 가졌다. 그 환희, 그 우수, 그 원망, 그 희롱이 진실로 모두 정(情) 그대로 흘러나와 마치 혀끝에 바늘을 간직하고 눈썹 사이로 도끼를 희롱하는 것과 같음이 있으니, 사람 중에 시(詩)의 경지에 부합하는 것으로 여자보다 묘한 것은 없다."라고 한 것에서, 문학의 재료로서 여성을 바라보는 중세 남성 지식인 이옥의 시선을 엿볼 수 있다. 이것을 염두에 두고 역으로 남성을 구상한다면, 남성은 문학의 재료로는 부족한데 남성이 보편적 성질을 지녔기 때문에 감정을 다듬어 온건하게 표출할 수 있는 존재로 여기고 있음을 추정을 할 수 있다. 남성은 온전한 성질을 지녔고 여성은 편향된 성질을 지녔다는 가부장 질서하의 전형적 중세 남성 지식인의 사유가 아니라 할 수 없다.

早恨無子久　일찍이 자식 없음 한탄한 지 오래나
無子返喜事　무자식 도리어 좋은 일이라
子若渠父肖　자식이 만약 지 애비 닮는다면
殘年又此淚　남은 생 또 이처럼 눈물 흘리리

위의 시는 '비조'의 한 대목이다. '아조'의 여유롭고 평화로운 일상 정서가 '염조'의 사치와 경박의 욕망으로 흐르고, '탕조'에서 창기의 목소리를 빌려 참을 수 없는 일탈의 욕망을 드러냈다가, 마지막 '비조'는 일탈의 욕망에 휩쓸린 난봉꾼을 남편으로 둔 아내가 다시 여유롭고 평화로운 일상을 갈구하는 내용으로 이어진다. '비조'의 아내는 밤새 술 먹고 들어와서 다시 술타령을 하며 밥상을 뒤집고 다리로 뺨을 걷어차는 남편을 고발하고 있다. 이 남편은 심지어 아내의 옥비녀를 훔쳐가고, 시집올 때 입었던 다홍치마를 팔아 투전 빚을 갚게 만들기까지 한다. 아내는 차라리 늘 집을 비우는 군인이나 역관 장사꾼의 아내가 부럽다고 말한다. 이혼까지 생각해 보지만 시부모님이 살아 계시는 것을 먼저 생각한다. 가부장 질서의 한 축을 놓지 못하고 있는 것인데, 그 결과 파탄 대신 미봉된 가정으로 복귀하고 만다. 극단적 상황에서도 여성의 희생을 귀결점으로 두었다는 점에서 남성 중심주의적 사유라고 볼 만한 지점이다.

그럼에도 불구하고 〈이언〉에 등장하는 여성 화자는 남성 중심주의적 이데올로기만으로는 포착되기 어려운 감성을 드러낸다. 위의 시에서 보이듯이, 차라리 자식 없는 것이 상팔자라는 한탄은 남편으로 인한 절망감이 자식 없는 처지에 대한 아쉬움까지 집어삼킨 것이다. 2세 생산을 여성의 의무로 부과하는 가부장제적 사유 구조에서는 수용되기 어려운 발언이다.

여기서, 일정한 기준으로 인위적으로 구성한 것이 아니라 자연스럽게 혹은 어쩔 수 없이 대상의 정감을 그대로 표현했다는 이옥의 말을 되새길 필요가 있다. 자신이 설정한 상황에서 대상의 진실한 정감이 무엇일까를 고민한 결과 이데올로기의 틀을 벗어나는 순간의 진실성이 파편적으로 포착된 것이다. 풍족한 집안에서 시집살이를 하는 새색시가 시부모 아침 문안을 위해 새벽부터 일어나야 하는 일상에서, 친정에 가서 아침도 안 먹고 대낮까지 잠만 자고 싶다는 욕망을 노출하는 '아조'를 비롯해 〈이언〉의 곳곳에서는 순간의 파편적 진정이 드러나고 있다.

순간의 파편적 진실성을 포착하려는 지향은, 이데올로기의 틀로 세계를 전일적으로 파악하고자 하는 순정고문의 지향과는 결을 달리하는 패사소품의 정신이다. 패사소품이 산문의 문체이고 〈이언〉은 한시이므로 비록 그 장르는 다르지만, 〈이언〉에서도 패사소품의 정신만은 여실히 발휘된 것이다. 문체반정의 과정에서 유독 이옥이 실형을 받게 된 까닭이 있었던 것이다.

- 김진균

참고 문헌

실시학사 고전문학연구회 역주, 《완역 이옥전집》, 휴머니스트, 2009.

김영진, 〈이옥 연구 (1) – 가계와 교유, 명청 소품 열독을 중심으로〉, 《한문교육연구》 18, 2002.

박무영, 〈여성 화자 한시를 통해 본 역설적 '남성성' – 〈이언〉의 경우를 중심으로〉, 《이화어문논집》 17, 1999.

이현우, 〈이옥 〈이언〉의 연구〉, 성균관대학교 석사학위 청구논문, 1994.

김민규, 〈이옥에게 있어서 '여성' – 여성 소재 글쓰기의 성격에 대하여〉, 《한국고전여성문학연구》 27, 2013.

제5장

실학과 학술

조선 후기 실학은 고전학술사에서 주목할 만한 성과의 하나로 보고 있다. 실제에 즉해서 이치를 구한다는 실사구시와 쓰임을 이롭게 하여 백성의 삶을 윤택하게 한다는 이용후생, 그리고 정치·사회의 제도 등을 실천적으로 개선한다는 경세치용은 실학의 학문적 요체이다. 이런 제 방면에 관심을 가지고 이를 실현하려 했던 일군의 학자들을 우리는 '실학파'라고 부른다. 특히 A가 아니면(또는 아니라) B라는 흑백의 논리가 아닌 A와 B는 상황에 따라 주객이 바뀔 수 있다는 상대주의적 관점에 입각하여 인간과 사회를 보려고 했던 이들의 노력은 분명 혁신적인 학술 운동이었다. 그리고 그런 결실이 《의산문답》, 《열하일기》, 《북학의》, 《목민심서》 등이다. 《해유록》은 비록 실학파의 저작은 아니지만 일본을 좀 더 객관적인 시각에서 보려 했다는 점에서 같은 계열로 넣을 수 있겠다.

한편 조선 중기부터 학술 분야에 주목할 만한 변화가 일었으니, 다름 아닌 백과전서식 저작물의 등장이다. 그 시작은 《대동운부군옥》으로, 16세기 후반에 나온 백과전서이다. 한 향촌 지식인이 혼자의 힘으로 이 방대한 양을 집적했다는 점은 경이로울 정도이다. 이런 전통은 17세기 《지봉유설》과 18세기 《성호사설》, 그리고 19세기 《오주연문장전산고》와 《임하필기》 등으로 꾸준히 이어졌다. 제반 학술과 문예를 종합적으로, 혹은 집중적으로 분류하여 정리한 것이다. 요즘 용어나 단어 위주의 사전류와는 비슷하면서도 다르다. 비록 항목 수는 지금에 미치지 못하지만 해당 용어에 대한 이해도는 오히려 더 높은 편이다.

이 실학적 학풍과 백과전서류의 성행은 학술계의 저변을 확대하고 심화했다는 점에서 공통성을 갖는다. 이 양자를 아우른 결과물이 《임원경제지》이다. 일명 농업계의 백과전서로 불리는 이 저작은 조선 후기 농정학 분야를 체계적이고 구체적으로 정리한 실학서로 손색이 없다.

조선 시대의 백과사전

권문해와《대동운부군옥》

—

《대동운부군옥(大東韻府群玉)》은 조선 중기의 문신이자 학자인 권문해 (1534~1591)가 편찬한 20권 20책 분량의 방대한 저술이다. 권문해는 본관이 예천이고, 자는 호원(灝元)이며, 호는 초간(草澗)이다. 1552년(명종 7) 19세 때 향시(鄕試)에서 장원했으며, 이후 퇴계 이황(1501~1570)의 문하에서 공부하면서 서애 유성룡(1542~1607), 학봉 김성일(1538~1593) 등과 교유했다. 1560년(명종 15) 별시 문과에 병과로 급제하여 내직(內職)으로 예조 좌랑·사간·좌부승지 등을 역임했고, 외직으로 영천 군수·안동 부사·대구 부사 등을 역임했다.

《대동운부군옥》은 1589년(선조 22) 대구 부사로 재직하고 있던 56세 때 편찬을 완료했다. 권문해는 우리나라의 인물과 고사에 대해 일찍부터 관심을 가지고 있었다.《초간집(草澗集)》의 〈연보(年譜)〉에는 1559년(명종 14) 권문해가 26세 때 동생 권문연과 나눈 대화가 기록되어 있다. 권문해는 우리나라 선비들이 우리나라의 사적에 대해 잘 모르는 것을 안타까워하면서, 역사서와 여러 문헌을 조사하여 우리나라 인물과 사건에 대한 저술을 계획하고 있다고 밝혔다.《대동운부군옥》은 권문해가 30여 년의 공력을 들인 역작인 것이다.

김응조(1587~1667)가 지은《대동운부군옥》의 발문에 따르면,《대동운부군옥》은 처음에 정서된 필사본 상·중·하 세 본이 있었다고 한다. 상본은 김성일이 홍문관 대제학으로 있을 때 가져가 임금께 아뢰고 간행하려고 했으나 얼마 지나지 않아 임진왜란이 일어나 잃어버렸으며, 중본은 정구(1543~1620)가 빌려갔다가 불에 타버렸다. 하본만이 남아 있었는데, 권문해의 아들 권별이 한 본을 더 정서하여 집에 보관해 두었다고 한다.

이후 1836년에 목판본 20권 20책으로 전질이 간행되었으며, 1913년에 조선광문회에서 신연활자(新鉛活字)로 일부가 간행되었다.《대동운부군옥》은 책이 편찬된 이후 간행되기까지 240여 년이란 시간이 걸렸다. 이렇게 된 데에는 책이 워낙 거질(巨帙)이라 간행에 필요한 비용을 조달하는 것이 어려웠을 것이다. 또 책에 인물의 행적이 많이 수록되어 있었기 때문에 인물에 대한 역사적 평가의 시비에 휘말린 것도 중요한 이유 중 하나였을 것이다.《대동운부군옥》은 목판본으로 간행되기 이전에도 필사본 형태로 유통되면서 사람들에게 읽혔다.

《대동운부군옥》은 조선 시대 대표적인 유서(類書) 중의 하나인데, 운서(韻書)의 체재를 따르고 있다. 유서는 다양한 서적에서 기사를 수집해서 주제별로 분류하여 편찬한 책으로, 전근대 한자문화권의 백과사전이라 할 수 있다. 때문에 유서는 다양한 지식을 쌓을 수 있는 참고서로 활용되었으며, 또한 한시와 산문을 지을 때 용례를 볼 수 있는 사전으로 사용되었다. 운서는 한자를 음운에 의거하여 분류한 자서(字書)를 말하는데, 고려 광종 때 시부(詩賦)로 과거 시험이 실시된 이래로 중요한 위치를 차지하게 되었다.

《대동운부군옥》은 운서의 체재에 따라 운목(韻目)별로 표제 어휘를 배열하고 관련 고사를 여러 문헌에서 따와 기록하는 방식이다. 서명에서 '운부군옥(韻府群玉)'은 중국 원나라 음시부가 편찬한《운부군옥》을 가리킨다. 곧《대동운부군옥》은 음시부의《운부군옥》을 모델로 삼은 것이다. 그러나《대동운부군옥》은 표제어와 고사가 우리나라 것들로 채워져 있다. 서명에서 우리나라를 뜻하는 '대동(大東)'을 붙인 것은 바로 이 때문이다. 요컨대《운부군옥》이 중국의 역사 기록을 수록하여 엮은 것에 대하여, 《대동운부군옥》은 우리나라의 문헌을 바탕으로 하여 우리나라의 여러 분야에 걸친 내용을 엮은 것이다.

—

《대동운부군옥》의 체재 및 내용

—

《대동운부군옥》은 권1의 앞에 정범조(1723~1801)가 1798년(정조 22)에 지은 서문과 김응조가 1655년(효종 6)에 지은 발문이 있으며, 홍여하(1620~1674)가 1670년(현종 11)에 지은《해동잡록》의 발문이 붙어 있다. 《해동잡록》은 권문해의 아들 권별이 가학(家學)을 계승하여 왕조별로 인물에 대한 고사를 모아 편찬한 책인데, 고조선부터 조선 중기까지 1074명이 수록되어 있다.

한편 1798년에 권문해의 7세손 권진낙은《대동운부군옥》을 간행하고

자 정범조에게 서문을 받을 때, 금대(錦帶) 이가환(1742~1801)에게도 서문을 요청했다. 이가환이 지은 서문은 현재《금대시문초(錦帶詩文抄)》에 수록되어 전한다. 그런데 이가환이 1801년(순조 1) 신유사옥에 연루되어 옥사했기 때문에 1836년《대동운부군옥》을 간행할 때에는 수록하지 않은 것으로 보인다.

서문과 발문 다음에는 권문해가 작성한 〈범례〉, 〈찬집서적목록(纂輯書籍目錄)〉, 〈목록〉, 〈유목(類目)〉이 수록되어 있으며, 106운목에 따라 '동(東)'부터 본문이 시작된다.

범례(凡例)

〈범례〉에는 20여 가지의 편집 원칙을 정리해 두었다.《대동운부군옥》은 기본적으로 운목에 따라 표제어를 배열하고 고사의 원문을 인용하는《운부군옥》의 체제를 따랐다. 다만 운목의 순서와 음석(音釋)은《운부군옥》이 아닌 송나라 정도(990~1053)가 편찬한《예부운략(禮部韻略)》의 106운목을 기준으로 했으며,《예부운략》에 빠져 있는 것은《운부군옥》에서 보충했다.《예부운략》은 관찬 운서로서 고려 시대 이래로 시운(詩韻)의 표준으로 활용되었기 때문에 권문해 역시 이를 기준으로 삼았던 것이다.

권문해는 인물의 행적을 따다 기록할 경우 원전 그대로 기록했으며, 문맥을 고려하여 최소한의 수정을 가했다. 이는 혹여 인물에 대한 평가의 시비에 휘말릴 것을 경계했기 때문이다. 특히 신라 시대의 방언(方言, 우리말)을 삭제하지 않고 그대로 기록했는데, 당시 사회상을 여실하게 보여주기 위해서이다. 또 동물·꽃·나무 이름이 중국과 다른 경우에는 우리나라에서 부르는 이름을 그대로 기록했다. 이는 우리나라 사람들이 쉽게 이해할 수 있도록 하기 위해서이다.

찬집서적목록(纂輯書籍目錄)

권문해는 책을 편찬하면서 참고한 서목을 '중국제서(中國諸書)'와 '동국제서(東國諸書)'로 나누어 적어두었다. 중국은《사기》·《한서》등 15종이며, 우리나라는《삼국유사》·《계원필경》등 174종이다. 그러나 송나라 서긍의《고려도경(高麗圖經)》과 명나라 동월의《조선부(朝鮮賦)》를 '동국제서'에 넣어놓은 것은 잘못이다. 그렇다 하더라도 권문해가 인용한 우리나라의 서목은 172종에 달하며, 중요한 것은 현재 전하지 않는 문헌이 많다는 점이다.《신라수이전(新羅殊異傳)》을 비롯하여 김부식의《은대문집(銀臺文集)》, 김극기의《김원외집(金員外集)》, 김태현의《동문감(東文鑑)》, 이제현의《익재편년(益齋編年)》, 김구용의《주관육익(周官六翼)》, 설손의《근사재집(近思齋集)》, 윤소종의《동정집(桐亭集)》, 윤회의《지리지(地理志)》등 약 50종의 문헌은 지금 찾아보기 어려운 대단히 귀중한 자료이다.

특히《신라수이전》일문(佚文)이《대동운부군옥》에 수록되어 있어 주목된다.《신라수이전》은 현재 원전이 전하지 않아 정확한 편찬자와 편찬 연대를 알 수 없다. 다만 이 책에 실렸던 글들 중 몇몇이 후대의 문헌에 실려 전할 뿐이다.《대동운부군옥》에는 6편이 수록되어 있는데, 〈수삽석남(首揷石枏)〉, 〈죽통미녀(竹筒美女)〉, 〈노옹화구(老翁化狗)〉, 〈선녀홍대(仙女紅袋)〉, 〈호원(虎願)〉, 〈심화요탑(心火繞塔)〉이 그것이다. 〈죽통미녀〉와 〈노옹화구〉는 김유신과 관련된 일화이며, 나머지는 일종의 애정담으로 다른 책에도 수록되어 전한다. 〈선녀홍대〉는 조선 전기 성임(1421~1484)이 편찬한《태평통재(太平通載)》권68에 〈최치원〉이란 제목으로 수록되어 있으며, 〈심화요탑〉역시《태평통재》권73에 〈지귀(志鬼)〉라는 제목으로 실려 있다. 〈호원〉은《삼국유사》권5에 〈김현감호(金現感虎)〉라는 제목으로 수록되어 있다.《대동운부군옥》에 수록된 〈선녀홍대〉와 〈호원〉을 보면,《태평통재》에 실린 〈최치원〉이나《삼국유사》에 실린 〈김현감호〉에 비해 이야기의 전개에서 몇몇 중요한 부분이 빠져 있다. 〈선녀홍대〉에는 선녀와 최치원의 성애 부분과 후일담이, 〈호원〉에는 호녀(虎女)의 가족 이야기가 없다. 이러한 축약은 기본적으로《대동운부군옥》이 유서(類書)이기 때문에 발생한 것으로 보이는데, 유교적 교화에 중점을 둔 권문해의 편찬 의식이 반영된 결과일 수도 있다.

목록(目錄) 및 유목(類目)

목록은 평성 30운, 상성 29운, 입성 17운, 거성 17운의 총 106운목이다. 유목은 지리, 국호, 성씨, 인명, 효자, 열녀, 수령(守令), 선명(仙名), 목명(木名), 화명(花名), 금명(禽名) 등의 11개 항목이다. 유목에서《대동운부군옥》이《운부군옥》과 다른 부분은 '효자'와 '열녀'를 별도로 설정했다는 점이다. 이는《신증동국여지승람》에서 인물의 행실 가운데 남다른 경우에는 특별히 '효자', '열녀'라 칭하여 별도로 기록한 예를 따른 것이다. 이 때문에《대동운부군옥》은 조선 시대의 단순한 어휘집이 아니라 '필삭권징(筆削勸懲)'의 뜻이 담긴 감계서(鑑戒書)로 이해되었다. 김응조는 발문에서《대동운부군옥》이 충·효·열 세 가지 선행과 흉악하고 간사한 사적, 신선과 불가의 허탄한 것까지 모두 자세히 수록하여 후인들의 감계로 삼게 한 점을 특기했다.

본문

《대동운부군옥》의 본문은 운서의 체재에 따라 106운목으로 분류하고, 그 하위에 11개의 유목을 두며, 유목에 속하는 표제어를 제시하는 방식으로 구성되어 있다. 권1의 제1운인 동운(東韻)을 예로 들어본다. 먼저 '동

(東)'의 뜻을 주석으로 달고, 이 '동' 자를 끝 자로 하는 '영동(嶺東)', '해동(海東)', '관동(關東)' 등의 표제어를 유목의 순서에 따라 배열한다. 표제어의 주석에 원전의 원문을 따라 기록하고 출전을 적어두었다. '관동'을 예로 들어보면, "철령 이북에 있는 강릉 부근의 여러 고을을 일러 관동이라고 한다."라고 내용을 적고, 출전이 되는 이곡의 〈동유기(東遊記)〉를 밝혀두는 방식이다. 《대동운부군옥》의 표제어는 무려 2만여 개에 달하며, 만약 표제어에 수록할 고사가 없을 때에는 《운부군옥》의 예에 따라 고인의 시구를 뽑아 보충했다.

—

우리의 백과사전

—

정법조는 《대동운부군옥》의 서문에서 이 책이 지닌 가치를 다음과 같이 잘 정리했다.

대개 단군으로부터 국조에 이르기까지 수천 년의 사실을 꿰뚫었고, 곁가지로는 산천과 군국(郡國)의 풍요와 토물(土物) 등을 모두 뽑아서 나열하지 않은 것이 없으니 운서의 하공(夏貢, 역사서)이다. 사람의 도리를 잘 지키나 그렇지 않나 하는 것과 국정의 잘잘못을 기재하지 않은 것이 없으니 운서의 노사(魯史, 《춘추》)이다. 이름난 선비와 훌륭한 사람의 언행과 사업을 핵심만 간추려 소개하지 않은 것이 없으니 운서의 명신록(名臣錄)이다. 공적이거나 사적인 것을 포괄하는 실제의 기록, 대가 혹은 소기(小家)의 문집, 그 나라의 문자 가운데 우리나라 일에 관계되는 것을 고거(考據)하지 않은 것이 없으니 운서의 예문지(藝文志)이다. 그리고 충신·

효자·열부의 세 가지 선행에 대해서 더욱 자세히 모아 사람의 행적을 드러내어 장려하려는 은밀한 뜻을 볼 수 있으니, 세상을 교화하는 데에 보탬이 됨이 실로 크지 않겠는가.

정범조가 말한 것처럼 《대동운부군옥》에는 단군으로부터 조선 중기까지 우리나라의 지리·역사·인물·문학·식물·동물 등이 망라되어 있다. 홍여하는 〈해동잡록발(海東雜錄跋)〉에서 권문해가 우리나라의 역사에 깊은 관심을 가지고 유실된 고사를 최대한 수집한 점을 높이 평가했다. 《대동운부군옥》은 《신라수이전》과 같은 임진왜란 이전의 자료를 방대하게 수록하고 있다는 점에서 귀중한 의미를 지닌다. 《대동운부군옥》은 그야말로 우리나라의 역사와 문화를 담은 '우리의 백과사전'이라 할 수 있다.

- 안세현

참고 문헌

남명학연구소 경상한문학연구회 역주, 《대동운부군옥》 1~10, 소명출판, 2003.
옥영정 외, 《조선의 백과지식 - 《대동운부군옥》으로 보는 조선 시대 책의 문화사》, 한국학중앙연구원, 2009.
김이겸, 〈《대동운부군옥》의 편찬 및 판각 경위에 관한 고찰〉, 《서지학연구》 10, 한국서지학회, 1992.
심경호, 〈대동운부군옥〉, 《문헌과해석》 1998 봄(통권 2호), 태학사, 1998.
임형택, 〈《대동운부군옥》의 역사적 기원과 위상〉, 《한국한문학연구》 32, 한국한문학회, 2003.

二

북학과 서학, 무실(務實)의 대백과사전

이수광, 북학과 서학의 선구

17세기 이래의 동아시아는 '화이변태(華夷變態)'와 '서세동점(西勢東漸)'으로 요약된다. 전자가 중화의 명(明)이 이적(夷狄)의 청(淸)으로 교체된 사건이라면, 후자는 19세기 후반을 전후한 서구적 근대로의 격변을 예고하는 흐름이다. 이른바 중국 중심의 자기 완결적 천하 질서가 안팎에서 뒤흔들린 것이다. 천하의 중심을 '이적'이 차지하고, 천하는 동아시아 너머의 '서구'로 확장되었다. 이러한 시대에, 이적의 문물을 배우자는 것이 '북학(北學)'이고, 서구의 학문을 배우자는 것이 '서학(西學)'이다. 조선 후기의 '실학(實學)'은 이처럼 화이와 동서 간의 정신사저·문명사적 충돌과 영향 속에서 배태되었다.

이수광(1563~1628)은 이상의 구도로 전개된 조선 후기 실학에서 가장 선구적 인물이다. 그는 선조와 광해군 대의 붕당정치와 임진·정유전쟁이라는 국내외의 극한 혼란 속에서 새로운 사상적·학문적 방향을 가장 먼저 적극적으로 모색하고 개척한 학자이자 지식인이다. 그의 학문적 태도를 한마디로 요약하면 '무실(務實)'이요, 그의 학문적 성과물을 하나로 집대성한 것이《지봉유설(芝峯類說)》이다. 이러한 학문적 태도와 저술이 어떠한 개인사적 경로 위에서 배태되고 축조되었는지, 먼저 그의 생애를 간략하게 살펴보자.

이수광의 집안은 본래 왕족의 후예이다. 본관은 전주로, 선조의 계보는 태종과 그 후궁 효빈 김씨 사이에서 태어난 서자인 경녕군 이비(李裶)로부터 시작된다. 이비의 후손들은 왕족의 후예라는 이유로 4대 동안 벼슬길이 막혀 전라도 고창에 낙향하여 살다가, 이희검 대에 이르러 비로소 출사하게 된다. 이희검은 명종 초에 시행된 증광 문과(增廣文科)에 급제하여 사간원, 사헌부, 홍문관 등의 요직을 거쳐 황해도 관찰사 등의 외직에 나갔다가 선조 초에는 더욱 중용되어 호조, 형조, 병조 등의 판서까지 올랐다. 바로 이수광의 부친이다.

이수광은 이희검과 문화 유씨 사이에서 낳은 1남 4녀 중 외아들이다. 문화 유씨는 세종 대에 청백재상으로 이름을 떨친 유관의 5대손이다. 이수광의 출생지는 부친의 임지인 경기도 장단이었으나, 주로 기거한 곳은 유관이 물려준 동대문 밖 창신동 집이었다. 이수광의 호인 지봉(芝峯)은 이 집 인근인 상산(商山, 낙산(駱山)의 동쪽 산)의 한 자락에 있는 작은 봉우리 이름에서 따온 것이다. 그가 평생 동안 이곳에 깊은 애착을 가졌음을 알 수 있다. 또한 집채의 이름을 '비우당(庇雨堂)'이라고 지었는데, 이는 '겨우 비나 피할 수 있는 집'이란 뜻이다. 아버지 이희검과 외가 5대조인 유관의 청빈한 삶을 좇아 자신도 그러한 삶을 견지하려는 의지를 담고 있다. 이수광은 13세에 성균관에 입학하고 16세에 초시에 합격했는데, 일찍부터 그의 문장 실력은 당시 성균관 대사성이었던 율곡 이이가 그의 시문을 보고 '관수(冠首, 으뜸)'라고 칭찬할 정도로 뛰어났다. 이수광은 벼슬길에 있어서도 진사시와 별시 문과를 모두 합격하고 외교문서를 다루던 승문원부터 예문관, 사헌부, 사간원 등 청요직(淸要職)은 물론 28세(선조 23, 1590)에는 호조와 병조의 좌랑 및 임금의 교서를 짓는 지제교 등 엘리트코스를 두루 거쳤다.

한편 이수광은 창덕궁 서쪽 계곡 부근에서 천민 시인 유희경이 주로 활동한 침류대(지금의 원서동)에 모여 차천로, 신흠, 유몽인, 임숙영 등 당대의 명사들과 교류했다. 위로는 공경대부로부터 아래로는 천류(賤流)에 이르기까지 신분을 뛰어넘어 서로 시를 창화하며 교류했다 하여 이른바 '침류대 학사(枕流臺學士)'로 불렸다. 이수광을 비롯한 이들은 모두 '비록 몸은 서울에 있지만 마음은 산림에 있다'는 의미의 '성시산림(城市山林)'을 자처했다 한다.

이수광의 학문적·사상적 입장과 방향을 형성하는 데 가장 중요한 토대가 되었던 것은 임진·정유전쟁과 더불어 당시의 붕당정치와 대명 사행(對明使行) 체험이다. 이는 이수광만이 아니라 동시대에 깊이 교유한 문인 지식인 유몽인(1559~1623) 또한 마찬가지였다. 이수광과 유몽인은 개인적 기질이나 정치적 삶의 궤적, 학문과 사상에 있어서 비슷한 점이 많다. 우선 당시의 정국은 동인과 서인, 그리고 남인과 북인, 다시 대북과 소북으로 끝없이 당파가 분기되는 상황이었다. 이러한 와중에 이수광과 유몽인은 그 중 어느 당파에도 뚜렷하게 속하지 않은 채 당파를 가리지 않고 교유했다. 이수광은 그 자식 대부터 두 아들이 모두 남인에 속하게 되면서 아울러 자신도 근기(近畿, 서울에서 가까운 곳) 남인들에게 전폭적인 추앙을 받게 되었지만, 이수광 당대에는 어느 당파에도 속했다고 보기 어렵다. 유몽인 또한 혹자는 그를 '중북(中北)'으로 지칭하기도 했지만, 중북이라는 용어는 그 연원부터가 대북과 소북 어디에도 속하지 않은 중립성을 지칭하기 위해 만들어진 부득이한 작명이라는 점에서, 대북이나 남인처럼 뚜렷한 당파성을 지니고 있다고는 볼 수 없다.

게다가 두 사람 모두 당시 붕당의 폐해를 비판하고 아름다운 붕우의 사귐이란 무엇인지를 논한 일종의 '붕우론'을 지었다. 이수광의 〈동원사우대(東園師友對)〉와 유몽인의 〈사행 떠나는 이정귀님에게 준 서(序)〉가 그것이다. 두 작품은 비슷한 문제의식을 담고 있다는 점에서 조선 중기 붕우론의 좋은 자료라 할 것이다. 또 두 사람은 임진·정유전쟁으로 혼란한 동아시아 정국을 배경으로 각기 세 차례의 대명 사행을 다녀왔다. 이수광의 사행 연도인 1590년(선조 23), 1597년(선조 30), 1611년(광해군 3)과 유몽인의 사행 연도인 1591년(선조 24), 1596년(선조 29), 1609년(광해군 1)에서도 알 수 있듯, 선조와 광해군 연간 거의 비슷한 시기에 연경을 다녀왔음을 알 수 있다.

이러한 세 차례의 사행 체험을 통해 두 문인은 각기 명조의 선진 문물을 직접 체험하고 그에 근거하여 조선의 낙후한 제도를 비판했다. 이수광과 유몽인은 각기 〈중흥장소(中興章疏)〉와 〈안변삼십이책(安邊三十二策)〉이라는 장편의 상소문과 책문에서 유가적 경세관에 바탕을 둔 정치·경제 개혁안을 제출했다. 그 중 특기할 만한 사안은 두 사람 모두 전폐(錢幣, 돈)의 사용을 강조했다는 점이다. 이는 조선의 낙후한 사회적·경제적 현실을 타파하기 위해 명의 선진 제도를 본받아 조선의 정치·경제·사회 제도를 쇄신하자는 것으로, 이수광의 표현을 빌리자면 이른바 '실용(實用), 실덕(實德), 실득(實得), 실심(實心), 실공(實功)'의 학적 태도가 경세의 영역으로 확장된 것이라 할 수 있다.

또 이수광과 유몽인은 사행 체험을 바탕으로 거의 동시에 마테오리치의 《천주실의(天主實義)》를 조선에 소개하기도 했다. 현재 《어우집(於于集)》에는 유몽인이 46세(1604)에 안변 도호부사로 부임하러 가는 이수광에게 준 서(序)와 49세(1607) 겨울 이후에 홍주 목사로 재임하고 있던 이수광에게 준 서(序)가 수록되어 있다. 앞의 작품에는 삼신산(三神山)이라는 도가적 이상향에 대한 유몽인의 인식이 드러나 있으며, 뒤의 작품에는 이규보의 〈구시마문(驅詩魔文)〉을 계승한 유희적 시마론(詩魔論)이 개진되어 있다. 이를 통해 유몽인과 이수광이 공유한 사상적·문학적 성향을 살필 수 있다.

이처럼 이수광은 당파적·사상적으로는 유연하면서 정치적으로는 유가적 경세 의식에 기초하여 명조의 선진 문물을 북학(北學)하고자 했고, 서양의 학지(學知)에 대해서도 우호적인 태도를 지녔다. 특히 세 차례의 사행을 통해 안남(安南, 베트남), 유구(琉球, 일본 오키나와), 섬라(Siam, 타이)의 사신들과 교유하면서 종래의 중국 중심의 천하 질서 바깥을 열린 태도로 사유할 수 있었다. 선진양한(先秦兩漢)의 고문론(古文論)에 기반을 둔 문장 실력도 뛰어나서 이수광에 대한 실록의 졸기(卒記)에 따르면, "그가 중국에 사신으로 갔을 때 안남, 유구, 섬라의 사신들이 그의 시문을 구해 보고 그 시를 자기 나라에 유포시키려 했다." 한다.

안으로는 선조 대 후반부터 조짐이 보이기 시작한 붕당정치와 이로 인한 정쟁이 대규모 정치 보복으로 확장되었고, 1613년(광해군 5)에는 정국의 중심 세력인 대북 세력이 주도가 되이 '인목대비 폐위 시건'을 일으키면서 정국은 더욱 급랭했다. 이수광은 이 사건의 여파로 관직을 그만두고 동대문 밖 자택에 은거하면서 그간 틈틈이 기록한 내용들을 모아 1614년에《지봉유설》을 완성하게 된다.《지봉유설》에는 이수광이 전환의 시기를 경험하면서 보고 들은 내용과 당대까지의 학문 수준이 무실(務實)의 관점 하에 체계적으로 정리되어 있다. 이는 연암과 다산으로 대표되는 18세기에서 19세기 실학적 학문 방법론의 선구적 저술이라는 점에서, 조선 후기 실학의 출발점이면서 후대 실학을 예고하는 혁신적 저술이라 할 수 있다.

무실(務實)의 학문적·실천적 대백과사전,《지봉유설》

《지봉유설》은 '유설(類說)'이라는 문체 이름에서도 알 수 있듯, 이수광이 살았던 17세기 초반까지의 중세 동아시아의 모든 지식과 정보가 총합된 체계적 '지식 대백과사전'이라 할 수 있다.《지봉유설》20권의 저술은 이수광이 계축옥사(1613년) 이후의 은거지에서 본격적으로 시작하여 1614년(광해군 6) 7월에 완료했다. 은거 생활 1년 만에 이처럼 방대한 저술이 나올 수 있었던 것은 이수광이 평소 틈틈이 메모 형식으로 적어두었던 것을 유서(類書) 형식으로 분류하고 정리했기 때문이다.

《지봉유설》범례에 따르면, 이 책은 중국과 우리나라의 경서(經書)와 소설(小說), 문집 등 348명의 저서를 참고했으며, 2265명의 인물을 소개하고, 3435조의 항목을 25부로 나누어 서술했다. 게다가 참고한 자료는 반드시 출처를 제시했다는 점에서 실증적 학문 방법과 태도를 견지하고 있다. 편찬 목적은 서문에 잘 드러나 있다.

우리나라는 예악(禮樂)의 나라로서 중국에 알려지고, 박학하고 아존(雅

尊)한 선비가 거의 뒤를 이어 나왔건만, 전기(傳記)가 없음이 많고 문헌에 찾을 만한 것이 적으니, 어찌 애석하지 않은가? (중략) 내가 보잘것없는 지식으로 감히 망령되이 책을 저술하는 축에 들기를 흉내 낼 수 있겠는가마는, 오직 한두 가지씩을 대강 기록하여 잊지 않도록 대비하려는 것이 진실로 나의 뜻이다.

편찬 목적이 무엇보다 우리나라의 문화 전통을 체계적으로 정리하고자 한 것임을 확인할 수 있다. 물론《지봉유설》에는 우리나라에 관한 지식·문화 정보만이 아니라 중국은 물론 중국 이외의 50여 개국의 정치·경제·사회·문화·풍속 등을 광범위하게 소개·비평하고 있다. 이는 우리 문화의 위상을 동아시아를 넘어서는 세계적인 시좌(視座)에서 사고하려 한 시도라는 점에서, 중국 중심의 천하 질서를 벗어나기 시작한 당시 동아시아 국제 질서와 세계 인식의 중요한 흐름을 선제적으로 드러내고 있다. 그럼에도《지봉유설》의 가장 중요한 편찬 목적은 우리나라의 전통과 문화, 인물의 정확한 정보에 대한 기록과 논평에 있다 하겠다. 이는 정당한 자국 인식 위에서 정당한 세계 인식이 가능하다는 것을 보여준다. 이를 구체적으로 검토하기 위해 20권 25부 항목의 목차를 제시하면 다음과 같다.

서문 – 서문, 범례
1권 – 천문부(天文部), 시령부(時令部), 재이부(災異部)
2권 – 지리부(地理部), 제국부(諸國部)
3권 – 군도부(君道部), 병정부(兵政部)
4권 – 관직부(官職部)
5권 – 유도부(儒道部), 경서부(經書部) 1

천문부·지리부 등의 '자연지리학'과 제국부의 '세계지리학'에서 출발하여 병정부·관직부 등의 '정치제도학'을 거쳐, 유도부·경서부·문자부·문장부 등의 '학술·문학'을 정점으로 하여 인물부·성행부 등의 '윤리학'과 언어부·인사부 등의 '사회학' 및 기예부·외도부 등의 '예술·종교학' 등을 경유하여, 마지막에 궁실부·복용부·식물부·금충부 등 의식·의약·생물학의 '문화학'으로 마무리하고 있다. 이는 소위 천지인(天地人)으로 압축되는 세계와 인간에 대한 중세 동아시아의 전통적인 인식 분류 체계를 따르고 있다. 천문 자연부터 철학과 문학, 예술 및 사회학과 문화·풍속학 등 당시 지식 체계의 전 분야를 망라하고 있는 것이다.

그 중에서도 제국부의 '본국(本國)조'에서는 각종 자료를 이용하여 우리 역사에서 쟁점이 되는 부분을 서술한 후에《산해경》등의 저술을 인용하여 우리나라의 고유한 문화적 특성을 설명했다. '고려(高麗)'라는 국호에 대해서도 '산고수려(山高水麗)'의 뜻에서 붙여진 이름이라 하고, "중국에는 고려국에 태어나서 금강산 보기를 원한다는 시가 있으며, 금강산의 이름이 천하에 떨친 것이 오래이다."라는 자료를 소개했다. 아울러 명나라에서 사신의 서열은 우리나라가 제일이고 안남과 유구는 미치지 못한다는 점을 지적하고, 이는 조선이 예의지국이며 시서(詩書)가 뛰어나기 때문이라고 자부했다. 중세 동아시아의 천하 질서, 곧 유가적 조공 책봉 시스템의 인정 위에서 조선의 상대적 위상을 주변국과의 비교를 통해 가치 부여하고 있는 것이다.

한편《지봉유설》은 나아가 제국부에서 '외국조'와 '북로(北虜)조'를 별도로 설정하여 중국 이외의 세계로 시야를 넓혀 50여 개 나라의 지리·기후·물산·풍속·역사 등을 가능한 한 객관적으로 자세히 소개하고 비평했다. 안남에서부터 유구, 일본, 대마도 등 전통적인 천하 질서 안에 속한 나라들은 물론, 섬라와 진랍국(캄보디아), 방갈자(榜葛剌, 방글라데시), 석란산(錫蘭山, 스리랑카) 등의 동남아시아 국가 및 회회국(回回國, 아라비아) 및 불랑기국(佛狼機國, 포르투갈), 남번국(南番國, 네덜란드), 영길리국(英吉利國, 영국), 대서국(大西國, 이탈리아) 등 유럽 나라들에 이르기까지 당시에 접속 가능한 거의 전 세계 나라들의 역사·경제·정치·문화·종교 등의 지식 정보를 광범위하게 정리하여 서술하고 있는 것이다. 이는 이수광이 세 차례의 대명 사행을 통해 당시 중국에서 활동하던 서양인 선교사들과 교유하면서 얻은 지식에서 비롯한다 할 수 있다. 이수광은 서양 선교사들을 직접 만나 서양의 군함이나 화포 등의 과학기술은 물론 천주교와 학문 등의 서양의 종교와 학술까지 유연한 태도로 소개하고자 했다. 가령 포르투갈이나 영국에 관한 항목에서는 이들 국가가 보유한 군함이나 화포에 관한 내용을 수록하고 있으며, 이탈리아에 대한 항목에서는 마테오리치가 중국에 들어와《천주실의》를 소개했다는 내용를 자세하게 서술했다. 거의 같은 시기에 유몽인도 마테오리치의 동일 저서를《어우야담》에서 소개하고 비평했다는 점에서 견주어 살펴볼 필요가 있다. 먼저 유몽인의 글이 천주교에 대한 보다 상세한 설명 위에서 유·불·도와의 비교종교학적 시각에서《천주실의》를 비평하고 있다면, 이수광의 글은 유몽인의 글보다는 훨씬 소략하되 "서양의 풍속은 우의(友誼)를 중요하게 여기고 축첩을 하지 않는다. 마테오리치는《중우론(重友論)》《교우론》을 가리킴)을 지었다. 초횡이 말하기를, 서역 사람 이군(利君, 이마두)은 벗이란 '제2의 나'라고 말했다. 이 말이 신기하다."와 같이 우도(友道)의 맥락에서 소개했다. 같은 텍스트에 대해 다른 입각점으로 바라보고 있는 것이다.

그럼에도 이수광과 유몽인이 공히 서양 각국의 물적·정신적 학지 일반에 대해 유연한 태도를 취할 수 있었던 것은, 성리학만을 절대화하지 않고 중세 동아시아 지성사 안에서 양명학과 도가, 불가 등의 이른바 '이단사상'에 대해서도 개방적 태도를 취했기 때문이다.

이단은 진실로 해롭지만 또한 취해서 얻을 만한 것이 있다. 도가의 무위(無爲)는 유위자(有爲者)의 경계가 되고, 그 양생(養生)은 삶을 버리는 자에게 경계가 된다. 석씨(釋氏)의 견심(見心)은 곧 방심(放心)하는 자의 경계가 되고, 그 살생을 경계하는 것은 곧 죽이기를 좋아하는 자에게 경계가 된다.

이수광의 위 발언은 도가와 불가의 사상이든 서양의 기술이든 교우론이든 '취해서 얻을 만한' 것이 있다면 무엇이라도 배울 수 있다는 학문적 태도를 보여준다. 그렇기에 이수광은 《지봉유설》'문장부'에서 시인을 소개하는 항목에서도 사대부 학자뿐만 아니라 방외인·승려·천인·규수·기첩(妓妾) 등 신분이 낮은 사람들의 시까지 적극 소개할 수 있었던 것으로 보인다. 이처럼 조선 중기의 지성사는 성리학 일변도의 경직된 분위기가 아니라 보다 폭넓고 다양한 사상이 서로 경합하면서 공존하는 시기였음을 확인할 수 있다.

—

《지봉유설》, 조선 후기 실학사에서의 위상

—

중국의 선진 문물을 배우자는 '북학'과 서양의 학문과 지식에 대한 개방적 인식과 수용으로서의 '서학'은 이수광을 비롯한 몇몇 조선 중기 지식인에 의해 발원하여 150여 년이 지나 북학파를 비롯한 후대 지식인들을 통해 다시 반복되었다. 이것이 '실학(實學)'이다. 물론 이수광이 실학의 선구자로 학계에서 처음 공식화된 것은 일제강점기인 1930년대의 국학자들에 의해서였다. 그러나 조선 후기의 대표적 실학자인 이익의 《성호사설》과 이규경의 《오주연문장전산고》 등이 바로 《지봉유설》의 체제를 발전시킨 것임을 고려한다면, 조선 후기 실학자들이 이미 이수광을 모범으로 삼아 자신의 학문과 사유를 전개했음을 알 수 있다.

한편 이수광은 〈경어잡편(警語雜編)〉(《지봉집》 권29)에서 "육경(六經)은 성인(聖人)의 마음이다. 학자가 마음으로 경(經)을 구하면 얻을 것이요, 문자로 경을 보면 잃을 것이다."라며 주자학 위주의 경직된 학문 태도를 넘어서 육경으로 상징되는 원래적 유학을 복원하고자 했다. 이는 송문(宋文) 이전의《사기》와《장자》등의 선진양한 고문을 중시한 태도와도 평행적이라 할 수 있다. 또한〈병촉잡기(秉燭雜記)〉에서는 "물(物) 또한 아(我)이고, 아(我) 또한 물(物)이다. 그래서 성인은 아(我)가 없고, 아(我)가 없기 때문에 물(物)이 없다."라며 '물아평등론'을 주장하는 한편, "아(我)가 없으면 공(公)해진다. 아(我)가 있으면 사(私)해진다. 그래서 군자의 학문은 극기(克己)를 앞세운다. 기(己)란 유아(有我)의 사(私)이다."라며 공적(公的) 극기를 강조했다. 이처럼 육경과 고문을 중시하고 물아의 평등과 극기를 중시한 철학적·문학적·학문적 태도에는 공히 '실(實)'과 '공(公)'에 대한 인식론적·정치적 태도가 배면에 놓여 있다는 점에서, 당색을 넘어서 이익과 홍대용, 박지원, 정약용 등 여러 실학자들에 의해 공유된 학적 태도를 선구적으로 드러낸다 하겠다. 낙파(洛派)의 '인물성동론(人物性同論)'에 의거한 화이관의 확장 및 민생을 중시하며 상업과 유통을 강조하고 청나라 오랑캐에게라도 배울 건 배우자는 북학파 지식인의 '이용후생론(利用厚生論)' 등이 그것이다.

아울러《지봉유설》의 백과사전적 체제는 이익의《성호사설》, 이덕무의《청장관전서》, 이규경의《오주연문장전산고》등과 같이 조선 후기 실학자들의 저술 방식에서도 유사한 형식의 백과사전적 학문 방법론으로 계승되었다. 이러한 저술들은 공히 다양한 학문을 두루 탐구하는 박학풍과 함께 성리학 이외의 학문에 대한 포용성이 두드러진다. 또한 서양의 학문과 과학기술에 대해서도 상대적으로 열린 태도를 취하고 있음이 공통된다. 이들 저술은 실천적·실용적 학풍, 즉 실학이 조선 후기의 사상계에 일정하게 자리를 잡는 데 주요한 역할을 하게 되는데, 이러한 점에서 무실(務實)에 기초한 대백과사전인《지봉유설》은 조선 후기 실학풍의 형성에 큰 영향을 끼친 저술이라 할 수 있다.

– 김홍백

참고 문헌

신병주, 《조선 최고의 명저들》, 휴머니스트, 2006.
이경희, 〈《지봉유설》에 나타난 이수광의 세계 인식 – 외국부 외국조 기사를 중심으로〉,
　　　　《문명교류연구》, 한국문명교류연구소, 2011.
한영우, 《실학의 선구자 이수광》, 경세원, 2007.

三
개혁 의식과 박물학적 지식의 보고

이익과 《성호사설》

—

이익(1681~1763)은 조선 후기의 대표적인 실학자 가운데 한 사람이다. 본관은 여주이고, 자는 자신(子新), 호는 성호(星湖)이며, 부친 이하진 (1628~1682)이 유배 가 있던 평안도 운산에서 부친이 죽기 1년 전에 태어났다. 부친 이하진과 모친 안동 권씨 사이에서 2남 1녀 중 막내아들로 태어난 성호는 태어난 이듬해에 아버지를 여의어 아버지에게 직접적인 영향을 받을 수 없었다.

성호는 10여 세가 지날 때까지 글을 익힐 수 없을 정도로 허약했으나, 어머니의 지극한 간호에 힘입어 건강을 되찾은 이후 둘째 형 이잠 (1660~1706)에게 글을 배우기 시작했다. 이잠은 이하진과 그의 첫 번째 부인인 용인 이씨 사이에서 태어난 3남 2녀 중 둘째 아들이었는데, 성호의 학문은 이잠에게서 시작되었다. 성호는 타고난 영민한 자질을 바탕으로 학문을 시작한 10여 년 뒤인 25세에 과거에 나갔으나, 이름을 쓰는 것이 격식에 맞지 않았다는 이유로 회시(會試)에 응시할 수 없었다. 다음 해 성호는 자신이 학문을 시작할 수 있도록 이끌어준 형 이잠이 장희빈을 두둔하고 경종의 세자 책봉을 권하는 상소를 올려 장살(杖殺)되자, 과거에 뜻을 버리고 광주 첨성리에서 숨어 살 수밖에 없었다. 이 사건 이후 성호는 오랜 시간을 두려워하며 방황했는데, 이 시기에 성호를 다잡아 다시 학문의 길로 이끈 사람이 그의 셋째 형 이서(1662~1723)였다. 당시 이서는 포천의 청량산에 은거해 있으면서 주기적으로 첨성리에 찾아와 권씨 부인에게 인사를 드리고 성호를 훈육했다.

이후 성호는 셋째 형 이서와 사촌 형 이진을 따라 노닐며 학문에 전념했지만, 과거를 통한 현실 정치의 진출이라는 꿈을 완전히 접고 평생을 첨성리에서 은거하여 살아갈 수밖에 없었다. 그의 호 '성호'와 전장(田莊)의 이름인 '성호장'도 첨성리 주변에 있던 성호라는 호수에서 따온 것이었다. 이 무렵 성호의 학문적 명성이 높아지자 성호에게 수학하기 위해 찾아오는 사람이 점차 많아졌다.

33세가 되어 겨우 아들 하나를 얻었는데, 당시 《맹자》에 심취해 있었던 성호는 '맹자가 아름다운 재산을 내려주었다(孟錫嘉用(맹석가용))'는 뜻으로 아들의 이름을 '맹휴(孟休)'라고 지었다. 맹휴는 타고난 자질과 학문적 성취로 인해 성호의 기대를 한 몸에 받았다. 35세에 어머니가 돌아가시자 성호는 삼년상을 치른 뒤 집안의 노비와 가산을 모두 종가에 돌려보냈는데, 이후 성호 집안의 가세가 기울기 시작했다. 시간이 지니면서 성호의 명성이 점점 높아지자 47세가 되던 해에 조정에서 성호에게 '선공감 가감역(繕工監假監役)'이라는 벼슬을 내려주었지만 성호는 나가지 않았다. 그러나 이 시기를 지나면서 성호의 삶은 더욱 힘들어졌다. 기울어가던 가세가 회복되지 않았을 뿐만 아니라 그가 기대하고 의지하던 아들 맹휴가 병들어 시름 속에서 지내야 했기 때문이었다. 64세 무렵부터는 성호 역시 지병으로 괴로워했는데, 71세가 되던 해에는 아들 맹휴가 39세의 젊은 나이로 생을 마감하는 불행을 겪었다. 이후 성호의 삶은 더욱 곤궁하여 가난과 질병에 시달리는 고난의 노년을 보내다가 1763년(영조 39) 12월 17일 83세를 일기로 세상을 떠났다.

성호는 정치적으로 사회적으로 또 가정적으로 그리 순탄하지 못한 일생을 살았다. 세상을 바꾸어보고자 하는 큰 뜻을 품었지만, 불우한 운명은 그 뜻을 펴보지 못하게 했다. 그러나 성호장에 은거하여 경전 해석과 불합리한 사회제도의 개혁 방안 탐구에 몰두하고, 평생 독서하는 지성인으로 자처하며 학문에 침잠하여 살아간 성호의 생애와 성호가 남긴 방대한 저술은 성호의 삶이 우리나라 학술사에 미친 다대(多大)한 영향을 단적으로 보여주는데,《성호사설》이 그 대표적인 저작의 하나라고 할 수 있다.

—

《성호사설》의 구성과 내용

—

《성호사설(星湖僿說)》은 글자 그대로 '성호의 자잘한 이야기'라는 뜻으로, 성호 스스로가 겸손하게 붙인 이름이다. 《성호사설》은 성호가 40세 전후부터 책을 읽다가 느낀 점이 있거나 흥미 있는 사실이 있으면 그때그때 기록해 둔 것들을 그의 나이 80세 무렵에 집안의 조카들이 30권 30책으로 정리한 것이다. 《성호사설》에는 제자들의 질문에 답변한 내용을 기록해 둔 것도 포함되어 있는데, 《성호사설》 내용을 성호의 제자 안정복이 다시 정리한 것이 《성호사설유선(類選)》이다. 《성호사설유선》은 안정복이 《성호사설》을 내용에 따라 정리하고 중복된 부분을 삭제하여 《성호사설》의 반 정도 분량인 1332편의 글로 편찬한 것이다. 모두 10권 10책의 《성호사설유선》은 《성호사설》의 편찬 체제에서 문(門)을 편(篇)으로 바꾸고, 다시 각 편을 문(門)으로 세분한 뒤, 거기에 세목(細目)을 붙여 종류에 따라 편집하고 소주(小註)를 달아 찾아보기 쉽게 바꾸었으며, 《성호사설》과 달리 '만물문'을 '경사문' 다음에 두었다.

《성호사설》은 성호가 학문을 하면서 가지게 된 생각이나 의심스러운 것을 기록한 것들과 제자들의 질문에 답한 내용을 기록해 둔 것들을 정리한 것이기 때문에 성호의 다른 저술과 함께 궁경(窮經)·치용(致用)의 학으로서 성호의 학문과 사상을 연구하는 기본적인 자료이면서 그의 학문적 넓이와 견문의 깊이, 그리고 고증의 명확함을 잘 보여주는 책이라고 할 수 있다. 그리고 동시에 고대에서부터 조선 후기까지 중국과 우리나라의 정치·경제·사회·문화·지리·풍속·사상·역사·시문·경사(經史)·역산(曆算)·예수(禮數)·군제·관제, 그리고 시무(時務)는 물론 당시에 전래되었던 서학과 서양의 풍물을 모두 망라하여 정리한 것이어서 광범위한 분야에 대한 성호의 해박한 지식과 비판이 담겨 있는 백과사전적 전서라는 가치를 지닌다.

현재 전하는 《성호사설》은 모두 30권 30책의 필사본이지만 성호의 애초 저술은 이보다 더 많았을 것이라고 추정되며, 이 저술을 원래 성호의 후예들이 논의·검토한 뒤에 정본으로 만들 계획을 가졌으나 그렇게 하지는 못한 듯하다 1776년(영조 52) 성호의 조카 이병휴기 중심이 되어 10신 30책으로 정리했으나 당시에는 간행되지 못한 것으로 보이고, 순조 대에 30책의 재산루(在山樓) 소장본이 등사된 것으로 보아 이때 일차적으로 간행되었다고 추정된다. 이후 1915년 조선고서간행회에서 안정복의《성호사설유선》을 상·하 2책으로 간행했고,《성호사설유선》이 알려지면서《성호사설》에 대한 관심이 높아지자 1929년 문광서림에서 정인보가 교열한 책을 신활자본으로 선장본 5책과 양장본 상·하 2책으로 동시에 출판했는데, 이 책도《성호사설유선》이었다. 이 책에는 성호의 자서, 변영만의 서문과 정인보의 서문이 붙어 있고, 부록으로《곽우록(藿憂錄)》이 추가되었다. 이후 1967년에는 이병휴의 후손인 이돈형이 소장한 30책의《성호사설》을 경희출판사에서 상·하 2책으로 영인 출판했다.

번역본으로는 1977년 동화출판공사에서 이익성이 부분적으로 번역한《성호사설(한국사상대전집 24)》이 있는데, 이 번역본을 1981년 삼성출판사에서《성호사설》로 재출판했다. 그 뒤 1977년부터 1979년까지 민족문화추진회에서 전문을 번역한《국역성호사설》을 간행했고, 이후 다양한 종류의《성호사설》번역본이 출간되었다.

《성호사설》의 필사본으로는 국립중앙도서관본, 재산루 소장본, 서울대학교 규장각본, 일본의 도요문고본, 와세다대학 소장본 등이 있다. 이 중 국립중앙도서관에는 판본이 다른 2책이 전하는데, 그 중 하나의 판본이 다른 본과 조금 다르고 일부만 전하는 낙질(落帙)이다. 이를 성호의 자필 원고로 추정하고 있다. 서울대학교 규장각본과 재산루 소장본은 현재 완질본으로 보고 있는 30권 30책이고, 문광서림본은 10권 5책, 일본 동양문고본은 30권 30책, 일본 와세다대학본은 30권 17책이다. 현재 완질본의 형태는 국립중앙도서관에 전하는 2책 중 하나의 판본이 전형인 것으로 추정되고 있으며, 낙질 형태로 여러 종류의 필사본이 전하고 있다. 근대에 들어와서는 신활자본으로 간행된 낙질본도 권과 책을 달리하여 전하고 있다.

《성호사설》은 〈천지문(天地門)〉, 〈만물문(萬物門)〉, 〈인사문(人事門)〉, 〈경사문(經史門)〉, 〈시문문(詩文門)〉 5개의 문으로 분류되며, 모두 3007항목의 글이 수록되어 있다. 그러나 구분이 세분되지 않아 여러 가지 내용이 한 부문에 섞여 있는 등 분류가 엄정하지 못하다. 《성호사설》전체 30권 30책 중 1권부터 3권까지는 〈천지문〉으로, 〈천지문〉에는 223항목의 글이 실려 있다. 〈천지문〉은 천문과 지리에 관한 서술로, 해와 달·별·바람과 비·이슬과 서리·조수·역법과 산맥 및 옛 국가의 강역에 관한 글들로 되어 있다. 천문에 대해서는《천문지(天文志)》,《율력지(律曆志)》,《칠정서(七政書)》등과 중국의 고전, 그리고 중국을 통해 들어온 서양의 천문 지식을 바탕으로 우주 속의 자연과 자연현상에 대해 논술했다. 지리는 성호가 가장 관심을 두었던 것으로 산맥·강역 등 우리나라 역사지리의 고증을 중심으로 했다. 특히 지리 부분에는 단군조선·기자조선을 비롯하여 삼한·한사군·예맥·옥저·읍루 등 우리나라 강역의 지리 고증에 관한 기술이 많은데, 이를 통해 성호의 강역에 대한 의식을 살펴볼 수 있다.

4권부터 6권까지는 〈만물문〉으로, 〈만물문〉에는 사물에 대한 다양한 관심과 해박한 지식을 가지고, 생활에 직간접적으로 관련되는 여러 가지 사물을 대하면서 성호가 평소 생각했던 것들이 분류되지 않은 채로 기록된 368항목의 글이 수록되어 있다. 이 부분에는 복식·음식·농사·양잠·가축·화초·화폐·악률(樂律)과 도량형·병기는 물론, 서양의 기기 등에 관한 것들까지 수록되어 있다.

7권부터 17권까지는 〈인사문〉으로, 〈인사문〉에는 정치·제도·사회·경제·학문·사상·인물·사건 등에 대해 서술한 990항목의 글이 실려 있다. 성호는 당시 조선의 정치·경제·사회 구조가 전면적으로 개혁되어야 한다고 생각하고 있었으므로 이 부분에서 관련 제도의 개혁을 주장했다. 특히 당시 정무의 중추 기관이었던 비변사를 폐지하고 정무를 의정부로 돌려야 한다는 것이나, 서얼 차별 제도의 폐지, 과거제도의 문제점과 개선안, 지방 통치 제도의 개혁, 토지 소유의 제한, 양전(量田) 및 호구조사의 실시, 화폐제도의 폐지, 환곡제도의 폐지와 상평창 제도의 부활 등을 통해 중농정책을 펼 것을 주장했다. 또 노비제도의 개혁안, 불교·도교 및 민간 신앙·귀신 사상에 대한 견해, 혼인·상제에 대한 풍속의 비판과 개선책, 그리고 인물이나 사건 등에 관계된 고사 등에 대해 논하기도 했다.

18권부터 27권까지는 〈경사문〉으로, 〈경사문〉에는 육경사서(六經四書)와 우리나라 및 중국의 역사서에서 잘못 해석된 부분과 그에 대한 자신의 견해를 밝힌 논설, 역사적 사실 등에 관해 주석하고 논평한 1048항목의 글이 수록되어 있다. 성호는 성현의 글을 읽고 의리를 추구하여 치용(致用)의 실효를 거두기 위해 경서 연구에 몰두했는데, 〈경사문〉에는 성호의 경학 사상이 잘 나타나 있다. 또 〈경사문〉에서 성호는 역사의 해석에 도덕적 평가를 앞세우는 행위를 비판하고 당시의 시세 파악이 중요함을 주장했다. 그리고 역사에 기술된 신화는 믿을 수 없다고 하여 역사에 기술된 신화의 내용을 비판하고 역사 서술에서 신화를 배제해야 한다고 주장하여 자신의 역사학적 방법론과 역사관을 드러냈으며, 자신의 역사관이 지닌 근대적인 측면을 보여주었다.

28권부터 30권까지는 〈시문문〉으로, 〈시문문〉에는 시와 문장에 대해 평가한 378항목의 글이 실려 있다. 이 부분에서 성호는 중국 문인과 우리나라 역대 문인의 시문을 비평했다. 중국의 시문이 전체의 3분의 2 정도를 차지하고 있으며, 시의 역사·형식 등에 대해 논하고 각 시대 인물들의 시를 통해 그 인물의 내면세계를 평가하는가 하면, 시체·문체·운율에 관한 논의와 서체·필법에 관한 견해도 드러내었다. 그러나 시문에 관한 전체적인 견해를 밝힌 글보다 시어나 시구에 대한 단편적인 내용이 중심이 되어 고증 중심으로 흐르고 있음을 알 수 있다.

—
《성호사설》의 가치와 의의
—

일반적으로《성호사설》을 내용에 따라 구분해 기록하는 유서학(類書學) 저술 또는 백과전서적인 저작으로 보는데, 우리나라 유서학 저술의 선구로는 이수광의《지봉유설》을 들 수 있다. 그러나《성호사설》은《지봉유설》보다 현실 개혁 의식이 훨씬 강렬하다는 특징을 보여준다. 그것은 성호의 학문과 사상이 그 자신이 처했던 불우한 환경과 학문의 결과로 이루어진 것이기 때문이다.

《성호사설》을 통해 성호가 서양의 새로운 지식을 적극적으로 수용했으며, 사물과 당시의 세태 및 학문 하는 태도에 대해 개방적인 자세를 지니고 있었음을 알 수 있다. 특히《성호사설》에서 성호가 학문을 현실에 이용하려는 의식을 가지고 있었으며, 기존의 학문에 대해 묵수적인 태도가 아니라 비판적인 태도를 견지했고, 애정을 가지고 우리나라의 국토와 국민을 살피는 뚜렷한 자아의식을 보여주었다는 점 등에서《성호사설》을 실학적인 저술이라고 해도 문제가 없어 보인다. 물론《성호사설》의 모든 항목에 성호의 의식이 분명하게 반영되었다고 보기는 어렵지만, 현실 문제를 다룬 항목에서는 성호의 사상이 분명하게 드러나 있다. 그 중 중요한 몇 가지를 들어보면 다음과 같다

〈천지문〉에는 지구가 둥글다는 것이나 지구의 아래위에도 사람이 살고 있다는 등 서양의 과학 지식을 수용한 내용들이 포함되어 있다. 그리고

태양의 궤도나 춘분, 일식을 비롯해 중국에서 수입된 한역본 서양 서적에 나온 서양의 천문, 역법 및 서양의 과학 지식을 흡수하려 한 성호의 노력을 볼 수 있다. 또 중국 이외의 다른 나라에 대해서는 그다지 적극적으로 언급하지 않았지만, 지구가 둥글고 달보다 크며 해보다 작다는 인식, 서양의 기술이 대단히 정교하다는 인식 등 당시로는 생각하기 어려운 과학적 사고를 부여주었다.

〈인사문〉에서는 서얼에게도 관직을 열어줄 것과 조상의 내력을 따지는 서경제도의 철폐, '천하의 악법'으로 규정한 노비제도의 폐지를 주장했으며, 그는 '노비제, 과거제, 벌열(閥閱), 교묘한 재주와 솜씨, 승려, 게으름뱅이'를 당시 사회의 대표적인 여섯 가지 폐단으로 설정했다. 역사에서도 성호는 역사적 자료에 대한 엄밀한 고증을 강조하는 문헌 고증학적 방법론을 견지하여 역사적 선진성을 보여주었다.

하지만 〈천지문〉 뒤에 있는 〈만물문〉의 경우 대부분이 주로 중국 자료만을 전거로 했고, 서로 다른 소재들이 뒤엉켜 체계적으로 정리되어 있지 못하다는 한계가 있다. 또 불교나 노장, 음양방술 및 도참사상 등과 같이 당시 '이단'으로 치부되던 사상에 대해 부정적인 입장을 보였다. 이와 함께 중농주의 실학자였던 성호는 상공업에 대해서는 그다지 주목하지 않았다. 즉 화폐의 폐지를 주장하기도 했으며, 시장에 대해서도 몹시 부정적인 입장을 취했다. 〈경사문〉에서도 대부분의 항목이 중국의 고사나 이에 대한 고증을 중심으로 하고 우리나라의 역사와 전통, 인물에 대해서는 간략하게 기술하여 중국의 역사를 기준으로 우리나라의 역사를 이해하려 한 한계를 보이기도 했다. 〈시문문〉 역시 중국의 시문이 3분의 2를 차지하며, 미천한 신분의 인물까지 거론하는 신분적 개방성을 찾아보기 어렵다는 문제가 보이기도 한다.

그러나《성호사설》은 평생을 농민과 함께 가난하게 생활했던 성호가 농촌의 현실과 봉건제도의 모순에 대한 깊은 성찰을 바탕으로 일생 동안 고민한 내용을 저술한 책으로, 당대 민중의 폐단을 구제하기 위한 실제적인 의견과 사회구조의 개혁에 대한 자신의 의견을 보여주었다는 점에서 중요한 의미를 지닌다. 또《성호사설》은 성호 이전 시대의 실학적 성과를 집대성하여 후대에 전파하는 중요한 구실을 했는데, 유형원 이후 발전되어 온 실학이《성호사설》에서 통합되었다가 그 뒤 각 분야로 분화되어 깊이 연구되었다. 특히《성호사설》은 기록을 내용별로 구분하여 싣는 유서학·백과전서 방식의 저술로, 서양의 새로운 지식을 적극적으로 수용했으며 사물과 당시의 세태·학문 태도에 대한 개방적 자세를 보여주고 있다. 이규경의《오주연문장전산고》도 천지·인사·경사·만물·시문 편 등 5편으로 구성되어 있는 것으로 보아《성호사설》의 영향을 받은 것으로 보인다.

– 윤재환

참고 문헌

민족문화추진회 편역,《국역 성호사설》1~12, 민족문화추진회, 1985.
윤재환,《매산 이하진의 삶과 문학 그리고 성호학의 형성》, 문예원, 2010.
한우근,《성호 이익 연구》, 서울대학교출판부, 1980.

四
조선 후기 일본 사행록의 백미

신유한과《해유록》

—

신유한(1681~1752)의 자는 주백(周伯)이고, 호는 청천(靑泉)이며, 본관은 영해(寧海)이다. 그는 17세기 말 숙종 대에 태어나 18세기 전반 영조 때 주로 활동한 서얼 출신의 뛰어난 시인이다. 1705년(숙종 31) 진사시에 합격한 뒤 33세가 되던 1713년 증광 문과에 장원으로 급제하였다. 37세에 비서저작랑을 시작으로 관직에 입문했으며, 39세가 되던 1719년에 제술관으로 일본 통신사행에 참여했다. 이후 승문원 부정자, 성균관 전적, 봉상시 판관 등 6품 이하의 낮은 관직을 역임한 뒤 정사품 봉상시 첨정을 정점으로 관직 생활을 마무리했다. 저술로《해유록(海遊錄)》과《청천집(靑泉集)》등이 있는데, 이 중 그가 일본 사행에서 견문하고 체험한 바를 기록한 것이 바로《해유록》이다.

통신사는 조선 왕조의 교린(交隣)정책을 실현하기 위해 1428년(세종 10)에 처음 시행되었다. 임진왜란 후 잠시 중단되었다가 1607년(선조 40) 일본의 적극적인 요청에 의해 전쟁 포로 송환을 이유로 재개된 뒤 1811년(순조 11) 신미 사행을 끝으로, 조선 후기에 총 12차례 파견되었다. 이는 공식적으로 외교 사행이지만, 조선의 우수한 학문과 문화를 일본에 전달한다는 측면에서 양국 간의 학술·문화 교류도 동반되었다.

신유한이 제술관으로 참여한 9차 기해(己亥) 사행은 도쿠가와 이에쓰구(德川家繼(덕천가계))를 이어 일본 막부의 8대 장군이 된 도쿠가와 요시무네(德川吉宗(덕천길종))의 습직(襲職)을 축하하기 위한 것이었다. 여기에는 정사와 부사, 종사관 등 삼사(三使)를 중심으로 제술관과 3서기, 역관, 화원, 의원 등 475명의 방대한 인원이 참여했다. 이 중 제술관 1인과 서기 3인은 사문사(四文士)로 일컬어졌으니, 통신사행에서 말하자면 꽃이었다. 이들은 문화 사절단의 의미가 컸으며, 문학적 재능을 과시하는 것을 '화국(華國)'의 일로 중시했다. 대체로 서얼 출신의 문인 중에서 선발했는데, 특히 1711년(숙종 37) 8차 사행부터 제술관은 문과에 장원을 했던 서얼이 주로 선발되었다. 따라서 제술관이 된 그 자체로 이미 당대에 문학적 역량을 인정받은 것을 의미한다.

기해 통신사행의 여정은 다음과 같다. 1719년 4월 11일 임금에게 하직 인사를 하고 서울을 떠나 5월 1일 부산에 도착하여 머물다가 6월 20일 배를 타고 출발했으며, 9월 27일 에도(江戶(강호))에 도착하여 국서(國書)를 전달했다. 그리고 10월 11일 귀국길에 올라 이듬해 1월 6일 부산으로 돌아왔으며, 1월 24일에 사행에서 돌아온 것을 보고히었다. 통신사행에 참여한 신유한이 9개월여 동안 수로 5210리와 육로 1350리를 왕복하면서 견문하고 체험한 것을 일기체로 기록한 것이 《해유록》이다.

《해유록》의 구성과 내용

《해유록》은 상·중·하 3권으로 구성되어 있다. 상권에는 숙종의 명을 받은 1719년 4월 11일부터 오사카(大板(대판))에 도착하여 머물던 9월 9일까지 일본의 지리·풍속·제도·초목 등에 관해 주로 서술하였다. 중권에는 9월 10일부터 11월 14일까지 일본 관백(關白)에게 국서를 전달하고 왜승들과 필담한 내용 및 그들의 문집에 써준 서문 등에 대한 기록이 담겨 있다. 하권에는 11월 15일부터 다음 해 정월 24일까지 귀국하는 과정과 임금에게 무사 귀환을 보고하는 내용이 들어 있다. 그리고 하권 뒤에 〈문견잡록(聞見雜錄)〉이 붙어 있는데, 이는 일본에서 보고 들은 바를 기록한 〈문견잡록〉과 사행 시 수로와 육로의 이동 거리 등을 기록한 〈사행수륙노정기(使行水陸路程記)〉로 이루어져 있다.

《해유록》은 1719년 4월부터 이듬해 1월까지 일본 통신사행의 여정을 일기체로 서술하되 중요한 사건을 중심으로 서술했다. 노정상의 변화나 별다른 사항이 없을 경우 날짜를 생략하고 요약하는 대신, 새로운 노정은 반드시 기록하고 중요 사항들을 집중적으로 논의하여 자신의 견문과 체험을 부각시켰다. 또 일기체 기록 속에 시를 적절히 배치하여 사행 체험의 생동감을 고취시키고 문학적 형상성을 높였다. 특히 하권에 첨부된 〈문견잡록〉을 주목할 만하다. 여기에는 일본의 지리, 지형, 산수, 역법, 물산, 음식, 의복, 승려, 풍속, 궁실, 가옥, 관제, 인물 등 60여 항목에 걸쳐 객관적이면서도 자세하게 서술하여 기록에 대한 강한 의지를 표출했다. 따라서 《해유록》은 일기체를 중심으로 하여 시와 잡록이 혼합된 양식을 취하고 있다.

신유한은 처음으로 도착한 일본 땅인 쓰시마(대마도)에서 "말 대가리 까마귀 부리 고래 어금니라, 노하면 사람 잡아먹고 좋을 땐 화친도 하네"라고 하여 일본에 대한 노골적인 적개심을 강하게 드러냈다. 임진왜란을 일으켜 조선의 국토를 초토화시킨 것에 대한 분노와 상대적 문화 우월감에서 비롯한 것이다. 그러나 이후 아이노시마(藍島(남도)), 시모노세키(下關(하관)), 우시마도(牛窓(우창)), 후쿠오카(福岡(복강)), 오사카, 에도 등을 지나면서 그의 인식은 점차 바뀌어간다. 지금까지 미개한 오랑캐 땅이라고 여겼던 곳을 직접 목도하게 되면서, 심지어 아이노시마에서는 '신선의 경지'라고 할 만큼 일본의 자연경관을 극찬했다. 뿐만 아니라 일본인들이 집집마다 이황의 《퇴계집》을 소장하고 있으며, 김성일의 《해사록》, 유성룡의 《징비록》, 강항의 《간양록》 등 조선의 중요 서적들이 오사카에서 출판된 사실에 놀라움을 금치 못했다. 아울러 조선 통신사행을 구경 나온 일본인들의 질서 정연함과 번화하고 풍부한 물산에 대해서도 우호적인 시선을 보였다. 그 결과 후쿠오카의 니시도마리우라(西泊浦(서박포))에서는 〈서포회선가(西浦懷仙歌)〉를, 그리고 아이노시마에서는 〈남도망선곡(藍島望仙曲)〉을 지어, 일본의 선경(仙境)을 묘사하였다.

　　일본의 특이한 풍속을 서술한 것은 매우 흥미롭다. 신유한은 〈낭화여아곡소서(浪華女兒曲小序)〉에서, 형이 죽으면 형수를 취하는 형사취수(兄死娶嫂)와 남녀 혼욕 등에 대해 기록하고 큰 관심을 표명했다. 또 일본 민간에 전하는 이야기나 노래를 악부시로 재구성하기도 하였다. 〈새신곡(賽神曲)〉 10수는 쓰시마에 머무는 동안 남녀가 주고받은 말을 전해 듣고 지은 것으로, 쓰시마 여인의 삶과 풍속에 대해서 구체적으로 서술하고 있다. 〈낭화여아곡(浪華女兒曲)〉 30수에서는 기녀들의 풍정을 사실적이고 생동하게 묘사하고, 〈남창사(男娼詞)〉 10수에서는 남창의 행태에 대해 기록하였다. 신유한은 이들의 풍속이 추하여 기록할 만한 것이 없다고 비판하면서도 통역을 빌어서까지 악부시로 지었다. 일본의 특이하고 음란한 풍속을 기록하여 조선 백성과 풍속을 경계하기 위해서였다. 그리고 그 이면에는 희한하고 낯부끄럽지만 흥미로운 이야기에 대한 개인적인 관심과 호기심, 이를 기록으로 남기고자 한 의지가 크게 작용했던 것으로 보인다.

조선 통신사행은 외국인과의 접촉을 엄격히 금하던 쇄국 체제 하에서 일본의 지식인과 백성들에게 공식적으로 큰 영향을 끼쳤다. 먼저 지식인으로는 유학자를 비롯하여 의사, 승려 및 정치권력에서 밀려난 문사들, 벼슬에 나가지 않고 은거한 이들에 이르기까지 두루 교유하였다. 이 중 태학두 하야시 호코〔林鳳岡(임봉강)〕, 신유한을 쓰시마에서부터 사행의 전 과정을 수행한 아메노모리 호슈〔雨森旁洲(우삼방주)〕, 일생 동안 은거한 유학자 도리야마 시켄〔鳥山芝軒(조산지헌)〕, 센난〔泉南(천남)〕의 문사 카라카네 코오료우〔唐金興隆(당금흥륭)〕 등은 현재 일본 한문학사에서 매우 중요한 인물들이다. 이들과 시문을 주고받고 필담을 나누며, 문집에 서문을 써주고, 집이나 누각에 기문(記文)을 지어주기도 하였다. 하야시 호코의 경우 76세의 노령임에도 예닐곱 차례나 신유한을 방문하여 학문적으로 교유하였다. 일본 문사들의 시문에 대해서는 치졸하고 거칠며 시가 말이 되지 않는다는 등 대부분 혹평을 했으나, 아메노모리 호슈와 도리야마 시켄에 대해서는 "일본의 걸출한 인물로 삼국의 음에 통하고 백가의 글을 분별할 줄 안다", "청초하고 운치가 있다"고 하여 긍정적으로 평가하기도 했다.

신유한에게 시를 요청하는 일반 백성들도 이루 헤아릴 수 없을 만큼 많았다. 오사카에서는 새벽에 닭이 울 때까지 그의 글을 받기 위해 기다리는 사람들이 줄을 섰으며, 식사도 제대로 하지 못할 정도로 글을 구하는 문사들로 연일 붐볐다고 한다. 이 중에는 일본 서남단 구마모토에서 자신의 재능을 인정받고자 2천여 리나 떨어진 곳까지 방문한 14세의 미즈타리 하쿠센 같은 인물도 있었다. 이처럼 신유한이 일본 학계와 사회에 끼친 영향은 지대하였다.

조선 후기 일본 사행록의 백미,《해유록》

《해유록》은 18세기 전반에 활동한 서얼 출신의 뛰어난 시인인 신유한이 1719년 일본 통신사행을 다녀온 뒤 견문과 체험한 것을 기록한 저술이다. 상·중·하 3권으로 구성되어 있고, 일기체 방식으로 서술되었다. 간간히 시를 삽입하여 생동감과 현장성을 고취시켰으며, 일기체이긴 하되 새로운 여정이나 중요한 사건 위주로 집약적 서술을 구사함으로써 문학적 완성도를 높였다. 특히 하권에 수록된 〈문견잡록〉은 일본의 정치·경제·사회·문화·제도 등 60조목에 대해서 자세하게 기록한 것으로, 당시 일본의 여러 가지 상황을 이해하는 데 큰 도움을 준다.

신유한은 통신사행을 떠나기 전에는 여느 조선 문인과 마찬가지로 일본에 대해 부정적인 인식을 지니고 있었으나, 여정 중 일본의 뛰어난 자연경관을 목도하고선 '신선의 경지'라고 극찬하였다. 기존의 이무기 소굴에서 선경(仙境)으로 인식의 전환이 이루어진 것이다. 아울러 조선의 문인 학자와 저술에 대한 큰 관심, 출판업의 성황, 풍부한 물산에 대해서도 긍정적으로 평가하였다. 통신사행의 목적이기도 한 문화 전수라는 측면에서 일본의 지식인과 백성들에게 많은 시문과 글씨, 문집의 서문, 정자의 기문 등을 지어줌으로써 제술관으로서 임무를 성공적으로 수행했다고 말할 수 있다.

김태준은 우리나라 최초의 한문학사 책인《조선한문학사》에서 신유한의《해유록》을 중국 사행록의 백미인《열하일기》와 쌍벽을 이룬다고 평가한 바 있다.《해유록》은 조선 후기 통신사행에 참여한 문인들뿐만 아니라 이긍익, 박지원, 이덕무, 정약용, 이규경 등 18~19세기를 대표하는 조선 후기 실학자들에게 일본에 관한 다양한 지식 정보를 전해주었다. 특히 1763년 계미 통신사행에 정사 조엄의 서기로 참여한 성대중은 사행 후《일본록》2책을 저술했는데, 이 중 제2책은 신유한의《해유록》을 초록한〈청천해유록초(靑泉海遊錄鈔)〉가 전체 분량의 절반을 차지한다. 성대중 역시 서얼 출신인데 집안 대대로 일본 통신사행에 제술관이나 서기로 참여한 이력이 있으며, 그 자신 문과 급제자인 데다 조선 후기 서얼 가운데 최고 품계인 종삼품 북청 부사를 지낼 만큼 학문과 문학에 뛰어난 인물이었다. 그가 자신의 일본 사행 기록에 신유한의《해유록》을 대거 초록해 둔 것이다. 신유한의《해유록》이 갖는 문학적 위상과 후대에 끼친 영향을 파악할 수 있는 지점이다.

요컨대 신유한의《해유록》을 통해 1719년 기해 통신사행의 전모와 당시 일본 사회에 대한 지식 정보는 물론 18세기 전반 조선과 일본의 교류 양상을 구체적으로 확인할 수 있다. 그런 만큼《해유록》을 조선 후기 일본 사행록의 백미라고 평가하기에 손색이 없다.

– 손혜리

참고 문헌

성낙훈 역, 《해유록》, 《해행총재》, 민족문화추진회, 1974.

최박광, 〈18세기 조선 지식인의 일본 기행록, 신유한의 《해유록》〉, 《한국의 고전을 읽는다
　　　1》, 휴머니스트, 2006.

이효원, 〈《해유록》의 글쓰기 특징과 일본 인식〉, 서울대학교 박사학위논문, 2015.

한태문, 〈신유한의 《해유록》 연구〉, 《동양한문학연구》 26, 동양한문학회, 2008.

五

18세기 조선의 전복적 사유

홍대용의 배움과 삶

—

담헌(湛軒) 홍대용(1731~1783)은 1731년 오늘날 충청남도 천안시 수신면 장산리 수촌에서 나주 목사를 역임한 홍력(洪櫟)과 청풍 김씨 사이에서 태어났다. 열한 살 때에는 평안도 삼화 부사로 부임하는 조부의 행차를 따라 관서 지방을 여행했다. 열두 살이 되자, 과거 공부나 하는 속된 유학 자는 되지 않겠다고 맹세한다. 그리고 남양주의 석실(石室)서원으로 가서 김원행(1702~1772)에게 10년 넘게 수학했다.

김원행은 경학(經學)의 대가로서, 17세기 말부터 지속된 '인성(人性)과 물성(物性)은 같은가 다른가'를 둘러싼 논쟁에서 '낙론(洛論)'에 선 인물이 다. 당시 인성과 물성이 다르다[인물성이론(人物性異論)]고 주장한 학자들 은 주로 호서 지역에 거주했기에 호론(湖論), 인성과 물성이 같다[인물성동론(人物性同論)]고 본 학자들은 주로 서울과 그 주변에 거주했으므로 낙론이라고 했기에, 둘 사이의 논쟁을 '호락논쟁(湖洛論爭)'이라고 한다. 남양주에 있던 석실서원은 낙론의 중심이었고, 홍대용은 자연스레 낙론을 계승했다. 홍대용이 석실에서 공부할 때 쓴 글을 보면 "호랑이와 이리도 그자식을 사랑하는 마음이 절로 일어나고, 벌과 개미도 그 임금을 경외하는 마음이 자연스럽게 생긴다."라고 했다. 사랑하는 마음은 '인(仁)'이고, 경외하는 마음은 '의(義)'이다. 홍대용은 또한 "인과 의를 말하면, 예(禮)와지(智)는 그 속에 포함된다."라고 했으므로, '물'도 사람처럼 사단(四端)을갖추고 있음이 분명하다. 인의[사단]는 이기(理氣)라고 할 때의 이(理)이고이는 인간의 본성[性]이다. 그러므로 인성(人性)과 물성(物性)은 같게 되는 것이다. 그렇지만 낙론은 인과 물을 평등한 것으로 보지는 않았다. 기(氣)가 다르기 때문이다. 담헌 역시 "맑은 기를 얻어 변한 자가 사람이 되고, 흐린 기를 얻어 화한 자가 물이 된다."라고 하여, 인간이 물보다 우위에 있음을 인정했다.

이십 대에 접어든 담헌은 스승의 곁을 떠나 서울에서 지내면서 천문학을 집중적으로 공부했다. 그리고 스물다섯 살을 전후하여 연암 박지원을사귀었고, 스물여섯 살에는 석실서원을 다니면서 알게 된 호남의 실학자이재 황윤석과 사귀었다. 스물아홉 살 때는 아버지가 근무하는 나주로 내려가 호남의 숨은 과학자인 석당 나경적을 만난다. 일흔 살 노인이었던나경적은 그 인격과 과학기술로 서울에서 내려온 젊은 선비를 감동시켰다. 두 사람은 자명종(自鳴鐘)과 혼천의(渾天儀)를 만들기도 했다. 이후 담헌은 고향집에 사설 천문관측소인 농수각(籠水閣)을 세우고 여러 해 동안만들었던 기계들을 설치하여 천문을 관측했다.

서른다섯 살이 된 담헌은 연행사의 서장관이 된 작은아버지 홍억의 자제군관(子弟軍官)이 되어 북경을 다녀왔다. 그는 중국 여행을 평생소원으로 여겨 일찍부터 선배들의 연행록과 중국의 인문지리서를 섭렵하여 청나라의 지리와 교통을 익혔고, 역관을 만나 중국어를 배워두었던 터였다. 북경 체류 두 달을 포함하여 반년 동안의 긴 여행에서의 견문과 체험은 연행 일정을 날짜별로 자세히 정리한 한글일기《을병연행록(乙丙燕行錄)》, 주제별로 편집한 한문연행록《연기(燕記)》, 유리창에서 만난 강남 선비들과 주고받은 필담과 서신을 수록한《간정동회우록(乾淨衕會友錄)》으로 정리되었다.

《의산문답(醫山問答)》은 담헌이 만년에 집필했을 것으로 추정되는데, 정확한 저작 시기는 알려져 있지 않다. 1773년 담헌이 중국의 손유의에게 준 시 속에《의산문답》에 보이는 '인간과 물은 동등하다〔인물균(人物均)〕'와 '중화와 오랑캐는 하나다〔화이일(華夷一)〕'와 상응하는 생각이 피력되어 있고, 1780년 연암 박지원이 열하에서 왕곡정에게 지전설(地轉說)을 설명하면서 이에 정통한 홍대용이 아직 책으로 쓰지 못했다고 말하는 것을 보면,《의산문답》은 1780년 이후에 집필된 것으로 추정하고 있다. 담헌의 몰년(1783)을 고려하면 그의 마지막 저술로 보인다.

—

《의산문답》의 구성과 내용

—

《의산문답》은 허자(虛子)가 의산에서 실옹(實翁)과 문답을 주고받는 형식으로 되어 있다. 의산은 지금 랴오닝성의 의무려산(醫巫閭山)으로 중국과 조선, 문명과 변방의 경계에 있는 산이다. 1765년 담헌이 귀국길에 이 산에 올라 도화동과 망해사를 유람했다. 가상의 인물인 허자와 실옹을 합하면 담헌이 된다. 과거 공부를 도외시한 채 오랜 동안 온축한 지식 체계를 청나라를 직접 목도하고 여러 선비와 토론하면서 돌아보게 되었고, 귀국 후 장자와 묵자 같은 '이단'의 학문까지 받아들여 크게 각성을 이룬 만년 의 담헌은 스스로 '실옹'이 되어 이전의 자신인 '허자'를 사정없이 논파하고 있다.

30년 동안 천지의 변화와 성명(性命)의 오묘함을 깊이 연구하고 오행(五行, 우주 만물을 이루는 다섯 가지 요소)과 삼교(三敎, 유교·불교·도교)의 깊은 뜻에 통달하여 사람의 도리와 사물의 이치에 회통하여 세상일을 환히 꿰뚫고 있다는 허자의 이력은 담헌의 공부 내력과 겹친다. 허자는 자신의 학술이 사람들에게 비웃음을 당하자 북경으로 갔고, 60여 일 동안이나 유세했지만 아무도 응하지 않았다. 허자는 귀국길의 중간에 있는 의무려산에 올라 세상에 용납되지 않음을 탄식하며 은거하고자 하다가 '세상을 등지고 사는 선비'인 실옹을 만나게 된다. 허자는 실옹과 대면하자마자 '조선의 헛된 사람〔동해허자(東海虛子)〕'임을 들키고 만다. 겸손한 척 공손한 척하면서 거짓으로 사람을 대한다는 실옹의 말에 허자는 따지고 들지만, 이어진 문답에서 허위와 위선만 더 드러났다. 머리를 숙이고 허자를 대하던 실옹이 허자가 말한 '어진 이(현자)'의 정의에 고개를 쳐들고 웃으면서 본격적인 문답이 시작된다.

허자는 유가의 가르침을 따르는 선비의 삶이 실상은 자만심(긍심), 호승심(승심), 권세욕(권심), 이기심(이심)으로 구성되었기에 참된 뜻이 사라지고, 이런 풍조가 사회에 만연했기에 세상이 다 거짓으로 나아가고 있다고 호통쳤다. 이어 거짓된 마음과 거짓된 예절로 자신은 물론 남을 속이고 세상을 속이고 있다는 비판을 받은 허자는 스스로를 바닷가의 비천한 사람으로 진부한 말을 읽고 말하며 속된 학문에 빠져 있음을 고백하며 '큰

도의 요체'를 묻기로 한다. 실옹은 다시 허자의 공부한 이력과 내용을 듣고, 자신에게 진지하게 가르침을 듣는 태도를 확인한 후 인간과 물의 관계부터 논의를 열어나간다. 실옹은 인물론 또는 인물성동이론을 학문에 있어서 근원적인 문제로 본 것이다.

인간과 물이 다르냐는 실옹의 물음에 허자는 인간의 몸은 자연의 축소판이며, 부모의 결합으로 태어나며, 기쁨과 노여움과 욕심과 두려움과 근심[오성(五性)]이 있고, 지혜와 감각과 예와 의를 갖추었기에 초목과 금수보다 귀하다고 답한다. 이에 실옹은 그것은 인간의 관점에 선 네서 온 오류이고, 하늘에서 바라보면 인간과 물은 평등하다고 했다. 오히려 물은 지혜가 없으므로 속임이 없고, 감각이 없기 때문에 하는 일이 없으므로 인간보다 우월하다고 반박한다. 나아가 자만심(긍심)이야말로 학문에 가장 큰 해가 되는데, 인간이 인간만 귀하게 여기고 동식물을 천하게 여기는 데서 기인한다고 했다. 하지만 허자는 바로 수긍하지 않는다. 인간에게는 동식물에게는 없는 문화와 제도가 있다고 맞섰다. 이에 실옹은 그 문화와 제도야말로 성인들이 만물을 본떠 만들었다며 논박한다. 수학기에 접한 낙론의 '인간과 물의 본성은 같다'에서 한 단계 더 발전하여 물과 인간 사이에는 아무런 구분이 없으며[인물균(人物均)], 오히려 인간이 물에게서 배워야 함을 역설했다.

'인물균'을 깨달은 허자는 실옹에게 '사람과 사물의 생명의 근원이 무엇인가'를 묻는다. 같은 주제를 두고 두 번 세 번 논박을 주고받더니, 여기서부터는 허자가 대립각을 세우지 않고 경청하면서 간혹 추가 질문을 하는 등 태도를 전환한다. 이어지는 내용은 천지와 우주, 인간과 문명, 국가의 발생, 오랑캐와 중화, 화이론(역외춘추론)으로 대별된다.

천지와 우주의 원리는 다시 지구설(地球說), 중력, 지전설(地轉說), 지구

중심설과 태양 중심설, 별들의 상태, 달과 지구의 특성으로 세분할 수 있다. 오늘날의 과학적 사실에 어긋나는 몇몇 오류와 부실한 설명이 보이지만, 18세기 당대의 서양 과학까지 두루 수용되어 있다. 특기할 점은 여기서 홍대용의 상대주의적 인식의 근거를 찾을 수 있다는 것이다. 지구가 둥글다는 설명 과정에서 북극 고도 20도에 있는 악라(러시아)와 남극 고도 60도에 있는 진랍(캄보디아)은 각자 자신을 정계(正界)로 놓고 상대를 횡계(橫界)로 삼고, 경도 180도의 차이가 나는 중국과 서양이 스스로를 정계로 상대를 도계(倒界)로 삼는다며, 지구에 있는 모든 나라가 정계라고 하고 있다. 자연스레 중국(中國)이 세계의 중심이라는 관념을 부정하고 있다. 우주에 중심이 없다는 논의 역시 상대주의라는 원칙이 관철되어 있다. 수성, 화성, 목성, 금성, 토성의 중심은 태양이고, 태양과 달의 중심은 지구라는 티코 브라헤의 우주 체계와 맥을 같이하고 있는데, 담헌은 그와 달리 태양도 지구도 중심이 될 수 없다고 주장한다. 온 하늘의 별이 제각기 모든 세계의 중심이라고도 했다.

우주론을 다 들은 허자는 자연계의 현상과 인간 행위 사이에 상관관계가 존재한다는 견해[천인상관설(天人相關說)]에 대해 묻자, 실옹은 지구의 한쪽에 치우친 중국 땅을 가지고 여러 별들과 무리하게 대응시켜 길흉을 엿보는 망령된 것이라며 논할 가치가 없다고 한다. 여러 사람이 말하면 쇠도 녹이고[중구삭금(衆口鑠金)], 사람들이 정하면 하늘도 이긴다[인정승천(人定勝天)]며, 하늘이 아니라 사람의 의지의 문제라고 했다. 다시 주제는 자연현상으로 돌아가 일식과 월식의 원리를 설명한다. 바람과 구름, 비와 눈, 서리와 우박, 천둥과 번개, 무지개와 무리 등 일기 현상을 꼼꼼하게 설명해 준다. 그리고 대기의 존재, 공기의 저항, 지구 축의 기울기, 계절의 변화, 위도에 따른 기온의 차이, 남반부와 북반부의 차이, 태양의 존재 의

의와 지구에서의 역할, 물의 순환, 지진과 지각 변동, 흙으로 이어지면서 지구와 우주에 대한 논의를 마무리 짓는다.

이에 허자는 인간과 물의 근본〔인물지본(人物之本)〕, 역사의 변화〔고금지변(古今之變)〕, 중화와 오랑캐에 대한 논변〔화이지분(華夷之分)〕을 묻는다. 간혹 이견을 제시하거나 관련된 사항의 추가적인 설명을 요청하던 허자는 《의산문답》의 대미를 이루는 '역외춘추론'에서 단 한 번 반문할 뿐 전적으로 실옹의 도도한 연설로 이루어진다.

인간과 물의 근본은 지구의 역사로 볼 수 있다. 실옹은 지구를 하나의 유기체, 즉 몸으로 설명한다. 초목은 지구의 머리카락이고, 사람과 짐승은 몸에 깃들어 사는 벼룩과 이로 본다. 오랜 옛날에는 석굴이나 토굴 같은 곳에 기가 모여 형체를 이루는 기화(氣化)만 있었기에 사람과 생물이 번성하지 않았고, 따라서 모든 존재가 부족한 것 없이 넉넉하게 살았다고 했다. 동식물은 제 마음대로 살고 식물들은 그 형체를 보존하는 자족적이고 평화로운 세상으로 묘사하고 있다. 하지만 중고 시대로 내려와 땅의 기운이 쇠하면서 기화는 사라지고 암수의 교접으로만 생명이 태어나는 형화(形化)가 시작되었다. 남녀가 몸을 섞으면서 정기와 피가 소진되었고, 간악함이 마음을 괴롭히면서 정신에 울화가 생기기 시작한다. 한정된 자연환경에 인간이 늘어나면서 그들의 들끓는 욕망은 존재들 간의 투쟁을 유발시켰다. 인간의 음식과 의복과 주거를 위하여 동물들이 죽임을 당하고, 식물과 광물이 그 형체를 보존할 수 없게 되었다. 인공 환경으로 대체되면서 땅의 힘은 줄고, 인간의 노여움과 원망, 저주, 음란함과 더러움의 기운이 올라가면서 하늘의 재앙이 시작되었다. 자연을 수탈하던 인간은 이제 다른 인간을 지배하기 시작했고, 지배자들의 욕망은 백성들의 재난으로 귀결되었다.

역사의 변화는 중국의 역사를 대상으로 설명하고 있다. 복희, 신농, 황제, 요순과 같은 성인들이 출현하여 검소한 삶을 실천하면서 백성들을 교화하여 이상적으로 세상을 다스렸다. 하지만 때와 풍속에 따르는 것은 임기응변에 불과할 뿐이었기에 인간의 욕망을 근본적으로 제어할 수는 없었다. 윤리와 법이라는 제도를 고안하여 적용시키면서 욕망의 과도한 분출을 막을 뿐이었다. 우임금이 아들에게 왕위를 세습하면서 세상의 혼란은 본격화되었다. 백성들은 사유재산을 만들어갔고, 탕왕과 무왕의 역성혁명이 이루어지면서 상하 질서는 무너졌다. 하나라에서부터 청나라에 이르기까지 중국사를 일별하는데, 여기서 담헌은 꾸밈을 배격하고 검소를 역설했다. 크고 화려한 제도를 가진 주나라보다 하나라와 은나라가 낫다고 하고, 주 무왕의 혁명도 권력 탈취의 욕망을 실현한 것으로 보았다. 한족 왕조가 진솔하면서 실제적인 유목 민족들을 압도하지 못한 것도 실상은 주나라의 문화 제도를 계승했기 때문이라고도 했다. 유가의 이상국가인 주나라에 대한 날 선 비판은 한참 존주론(尊周論)이 횡행하던 조선의 상황을 고려할 때 이채로운 모습이라 할 수 있다. 한나라의 금문(今文)과 고문(古文) 논쟁, 정현(鄭玄)의 경전 주석, 진나라의 청담(淸談, 노장사상을 숭상하여 탈속적인 공리공담을 일삼던 풍조) 등은 국가를 분열시키고 외적의 침입을 초래한다고 했다. 중화의 한족은 문명이란 이름으로 타락을 거듭하는 동안, 유목 민족들의 힘은 후대로 내려올수록 강성해져 이민족 왕조의 세력 판도가 갈수록 더 커진 것은 천명(天命)의 필연이라고 했다.

흔히 역외춘추론(域外春秋論)으로 불리는 중화와 오랑캐의 논변은 역시 당대 조선의 화이론(華夷論)이나 조선중화론(朝鮮中華論)과 정면으로 충돌한다. 공자가 저술한 《춘추》는 춘추 시대를 다룬 역사서로서, 동시에 '안'이며 '문명'인 중국과 '밖'이며 '야만'인 오랑캐를 규정한 책이다. 허자는 《춘추》를 언급하며 만주족 청나라의 중국 지배를 '필연'이었다는 실옹에게 대차게 반박한다. 하지만 실옹은 한 지역을 다스리는 존재는 모두 군왕이고, 은나라나 주나라의 관(예식 모자)이나 오랑캐의 문신은 그 문화권의 하나의 습속에 불과한 것이므로, 하늘에서 보면 내외의 구분이 있을 수 있겠는가 되물었다. 중화와 오랑캐를 가를 수 없다는 근거로 오랑캐의 중국 침략이나 중국의 오랑캐 정벌 모두 '서로 침략하고 해친다'는 측면에서 도적질과 다름없다고 했다. 이 논의를 끝으로 갑자기 작품이 종결되어, 완결성의 한계를 지적받곤 한다.

—

자연과학과 인문학의 대화

—

《의산문답》은 그 장르를 규정할 때 철학소설, 교술산문, 철리산문(哲理散文), 문대(問對), 우화 등 학자마다 견해를 달리한다. 동아시아 한문학의 전통에서 보면, 《의산문답》처럼 철학과 문학이 결합된 작품을 '철리산문'이라고 부른다. 작가가 자신의 철학적 사유를 직접 써내려간 경우도 있지만, 허구의 공간에 가상의 인물을 설정하여 문답을 계속하면서 자신의 견해와 사상을 제시하기도 했다. 〈슬견설(蝨犬說)〉이나 〈문조물(問造物)〉과 같은 이규보의 산문이 그 예가 될 수 있다. 《장자(莊子)》는 이 분야의 전범이다. 《의산문답》은 도입 단계에서는 의무려산이라는 공간을 설정하고 허자와 실옹의 캐릭터를 만들어내는 허구적 구성을 꾀하지만, 중반 이후로 넘어가면 동등한 위치에서의 문답이 사라지고, 막판에 가면 실옹의 연설로 귀결된다. 내용으로는 문답이 더 이상 이어지지 않아도 무방하지만, 구성에서는 문답을 마친 허자의 반응을 볼 수 없어 소설이라고 하기에는 완결성이 부족한 측면이 있다.

서로 상반된 견해를 가진 두 사람이 문답을 주고받는 형식의 글은 기존의 혹은 유력한 관점이나 견해와 대립되는 새로운 관점이나 사상을 대조적으로 드러낼 때 효과적이다. 허자와 실옹이 처음 만나 서로를 소개하고 인간과 물이 같은가 다른가를 따질 때만 해도 찬반양론이 팽팽하게 맞섰는데, 자연과학으로 넘어오면서부터 허자의 역할이 점점 줄어든다. 이는 18세기 조선의 기존 지성이 이 분야에 대한 조예가 깊지 못함을 자연스레 드러내준다.

홍대용은 자연과학적 설명을 하다 제도와 문화에 대한 인문학적 성찰로 이어지는 모습을 보인다. 가장 대표적인 예는 흙의 생명력을 논하면서 '매장(埋葬)'과 풍수지리라는 당대의 관습적 사고를 전복시키는 장면이다. 유가에서는 장례를 효의 연장선상에 두어 유해를 무덤에 모시는 일을 후하게 했다. 좋은 수의를 입혀 드리고, 관곽(속 널과 겉 널)을 갖추어 모셔야 하고, 부장품도 빠짐없이 갖추어야 하며, 명정(銘旌)과 운삽(雲翣) 같은 보이기 위한 물품도 준비해야 했다. 유해를 땅에 묻으면서 최대한 흙과의 접촉을 차단하려고 했다. 하지만 홍대용은 실옹의 말을 빌려 관을 쓰지 않고 시신을 베로 싸서 그대로 묻고, 봉분도 쌓지 않고 주변에 나무도 심지 않아야 한다고 주장한다. 황색 가운데 가장 따뜻하고 부드러운 존재인 흙이 최고의 보고(寶庫)라고 했다. 맹자의 가르침은 배격하고 간소한 장례를 치르는 묵가에 친연성을 보이고 있다.

풍수지리에 대해서는 무거운 죄를 지어 감옥에서 고생하는 죄수의 자식이 몸에 나쁜 병이 생긴 일도 없는데, 하물며 죽은 사람의 몸과 후손이 무슨 관련이 있느냐고 반문한다. 묏자리와 자손의 길흉에 상관관계가 있다는 망령된 술수가 보편적으로 통용되게 만든 원인이 주자(朱子)에게 있다고 강하게 비판하고 있다. 송나라 효종이 죽자 주자는 그 능묘 선정에 관한 의견을 담아 후임 황제인 영종에게 〈산릉의장(山陵議狀)〉을 올리는데, 주자가 유학의 큰 스승이 되면서 무비판적으로 받아들여졌다고 했다. 조선 후기 무시로 벌어지는 산송(山訟, 가문 간에 묘를 쓰는 문제로 벌어진 송사)의 폐해를 예로 들어 주자의 가르침이 때론 이단인 불교와 묵가보다 심하다고 했다.

《의산문답》에는 인류가 동시대에 이룩한 과학적 성취보다 더 신선된 논의가 보이기도 하지만, 여진히 신화적 세계관에서 벗어나지 못한 대목도 눈에 띈다. 단적인 예가 '천둥'이다. 인간의 영묘한 감각은 불의 정기인데, 천둥은 자연의 순수한 불로서 생명을 좋아하고 악한 것을 싫어한다며 인격을 부여하고 있다. 번개에 맞은 사람이 살아나는 기적이 보이고, 삿되고 간악함을 행하기도 하는 것은 천둥의 신(뇌신(雷神))에게 정이 있기 때문이라고 하고 있다.

《의산문답》은 형식적 기교가 뛰어나거나 구성의 완결성이 높은 작품은 아니다. 그러나 몇몇 오류가 있긴 하지만 18세기 조선 지식인들이 구축한 자연과학과 역사철학의 최전선에 놓여 있는 작품이다. 허자는 실옹과의 문답에서 지식을 늘렸을 뿐만 아니라 세계와 자연에 대한 상대주의적 인식, 철저한 평등안(平等眼)을 깨달았다.《의산문답》은 인간의 본질을 진지하게 묻는 책이다.

- 김일환

참고 문헌

김태준·김효민 옮김,《의산문답》, 지식을만드는지식, 2008

기태쥬 《홍대용과 그의 시대》, 인기사, 10문

박희병,《한국의 생태사상》, 돌베개, 1999

박희병,《범애와 평등》, 돌베개, 2013

六

우언의 글쓰기와 주체적 세계 인식

연행의 전통과 《열하일기》 저술의 배경

―

연행(燕行)은 '연경(燕京, 중국의 수도인 북경을 말함)을 다녀오다'는 뜻으로, 조선 시대의 중국 여행을 이르는 말이다. 조선 왕조는 해마다 여러 차례 중국으로 가는 외교사절을 파견했으며, 여기에 참여한 사대부 문인이 그 체험을 기록한 것을 '연행록(燕行錄)'이라 부른다. 연행록에는 조선의 수도인 한양에서 중국의 수도인 북경까지 이르는 여정에서 보고 들은 내용과 북경에서 경험한 다양한 문물과 제도, 교유 관계 등이 담겨 있다. 연행록은 현재까지 알려진 것만 해도 500종이 넘는다. 이처럼 많은 연행록이 남겨진 사실은 조선의 지식인이 당시 유일한 세계 체험이라 할 수 있는 연행을 매우 중시했으며, 이를 기록으로 남기는 데 열성적이었음을 말해 준다. 수많은 연행록 중에서 박지원의 연행록인 《열하일기(熱河日記)》는 단연 최고의 수작으로 꼽힌다.

박지원은 1780년(정조 4) 청나라 건륭황제의 70세 생신을 축하하기 위한 외교사절단의 일원으로 연행에 참여했다. 박지원은 이해 5월 말 한양을 출발해서 압록강을 건넌 뒤 요동 벌판을 지나 8월 초 북경에 도착했다. 그런데 뜻밖에도 건륭황제의 명으로 만리장성 너머 열하까지 갔다가, 다시 북경으로 돌아와 한 달가량 머문 뒤 10월 말에 귀국했다. 열하(熱河)는 '뜨거운 강물'이라는 뜻을 지닌 지명으로, 주변에 온천 지대가 많아 겨울에도 강물이 얼지 않는 데서 유래했다고 한다. 열하에는 피서산장(避暑山莊)이라는 이름의 별궁(別宮)이 있었으며, 청나라 황제가 이곳에 수시로 머물며 장기간 체류하곤 했다. 조선의 연행사(燕行使)가 열하까지 여행한 것은 이때가 처음이었으며, 이를 기념하여 박지원은 자신의 연행록을 '열하일기'라 이름 붙인 것이다.

박지원(1737~1805)은 조선 후기를 대표하는 문장가로 당시 허위의식에 빠진 세태를 비판하면서 청나라의 선진 문물을 배우고 실천하려고 했던 북학파의 일원이었다. 그는 대대로 서울에서 살던 명문가의 후예로 태어났으며, 생원진사시에서 장원을 하며 촉망받던 재원이었다. 그렇지만 박지원은 끝내 과거를 포기하고 이삼십 대에 〈양반전〉이나 〈예덕선생전〉 같은 세태를 비판하는 작품을 집필했다. 이는 그가 젊은 시절부터 당시의 권력 체제에 매우 비판적이었으며, 사회의 부조리를 풍자·비판하는 문학관을 지녔음을 말해준다.

17세기에 정묘호란과 병자호란으로 오랑캐로 멸시되었던 만주족 청나라로부터 치욕스러운 패배를 당한 조선에서는 북벌론이 패배했다. 형식적으로는 사대 외교를 하면서도 한편으로는 군비를 증강함과 동시에 이른바 '소중화론(小中華論)'을 내세우며 문화적 우월성을 강조하면서 청에 대한 북벌을 준비했다. 북벌은 한동안 조선의 정치·사회를 지배하는 이념으로 자리 잡았다. 그러나 18세기 중반을 넘기면서 서서히 북벌의 이념은 퇴색해 가고 그 자리에 북학론(北學論)이 등장하게 되었다. 이는 당장이라도 멸망할 것 같던 청나라가 멸망은커녕 오히려 중국의 주인으로 굳건하게 자리 잡은 뒤 정치적 안정뿐 아니라 문화적 발전을 이룩해 가는 상황과도 관련되었다. 이제 청나라는 정벌해야 할 대상에서 배움의 대상으로 바뀐 것이다.

박지원은 사행 기간 동안 청나라 학자를 비롯해 몽골과 티베트 사람까지 만나면서 그들의 학문과 문화를 접하며 문화적 충격을 받았다. 그리고 돌아와서 몇 년의 작업 끝에 그동안 오랑캐로만 치부했던 청나라의 경제적·문화적 발전상을 소개하며 북학론을 본격적으로 개진한 역작《열하일기》를 발표했다.

《열하일기》의 체제와 우의적 글쓰기 방식

중국 여행기인 연행록에는 대체로 두 가지 유형이 있었다. 첫째는 일기 형식을 취해 여행 체험을 날짜순으로 기술하는 유형으로, 김창업의《연행일기(燕行日記)》를 비롯한 대부분의 연행록이 여기에 속한다. 둘째는 인물·사건·명승고적 등 여행에서 체험한 내용을 주제별로 나누어 기술하는 유형이다. 이 유형은 첫째에 비해 드문 편인데, 홍대용의《연기(燕記)》가 대표적이다. 두 유형은 나름대로 장단점을 지니고 있다. 일기체 기술은 여행의 전 과정을 충실히 기록할 수 있는 반면, 중요한 사항에 대해 집중적으로 서술하기가 어렵다. 반면에 주제별 기술은 관심 사항을 집중적으로 논할 수 있지만, 여행의 전 과정을 제대로 전하기는 어렵다.《열하일기》는 두 유형의 장점을 종합하여 날짜별로 여정을 충실히 기록해 나가면서 해당 일자의 기사에 포함시키기 어려운 중요한 사항은 독립된 한 편의 글로 서술했다. 첫째 유형에 따라 자신의 여행 과정을 충실히 드러내면서, 둘째 유형의 장점을 수용하여 자신의 관심 사항을 반영할 수 있도록 한 것이다.

독특한 구성 방식과 함께 주목되는《열하일기》의 또 다른 특징은 우언(寓言)적 글쓰기 방식이다. 박지원은《열하일기》에서 여행 체험을 그대로 기록하는 데 그치지 않고, 곳곳에 비유적 의미를 담아 서술하여 자신의 여행기가 풍부한 문학성을 지니도록 했다. 예컨대 광활한 요동 벌판을 대하여 "울음을 터뜨리기 좋은 장소〔好哭場(호곡장)〕"라 하고는, 그 이유에 대해 이렇게 덧붙였다.

갓난아이가 어머니 태중에 있을 때 캄캄하고 막히고 좁은 곳에서 웅크리고 부대끼다가 갑자기 넓은 곳으로 빠져나와 손과 발을 펴서 기지개를 펴고 마음과 생각이 확 트이게 되니, 어찌 참소리를 질러 억눌렸던 정을 다 크게 씻어내지 않을 수 있겠는가! (중략) 지금 요동 들판에 임해서 여기부터 산해관(山海關)까지 일천이백 리가 도무지 사방에 한 점 산이라고는 없이, 하늘 끝과 땅 끝이 마치 아교로 붙인 듯 실로 꿰맨 듯하고 고금의 비와 구름만이 창창하니, 여기가 바로 한바탕 울어 볼 장소가 아니겠는가?

박지원은 비좁은 조선 땅을 떠나 세계 체험을 하게 된 희열을 우의적으로 표현하고 있다. 이와 함께 연행에서 접한 여러 사건의 곳곳에 우언적 의미를 담아 낙후한 조선의 현실을 풍자하거나 심오한 철학적 사유를 개진했다. 예컨대 〈허생전〉에서는 허생과 이완의 대화를 통해 북벌론의 허구성을 폭로했으며, 이는 이제묘(夷齊廟, 백이숙제의 사당)의 고사리 고사에서도 마찬가지이다. 〈호질(虎叱)〉에서 범이 북곽 선생을 꾸짖는 것은 곡학아세(曲學阿世)하는 유자들에 대한 신랄한 풍자이다. 이들 작품에서 박지원은 우언의 형식을 빌려 당시 양반 지배층의 위선과 무능을 통렬히 풍자하는 한편 자신의 실학사상을 더욱 설득력 있게 전달하고 있다. 그리고 중국에서 처음 접한 코끼리를 보고 쓴 〈상기(象記)〉에서는 코끼리를 제재로 인간의 한정된 경험 세계로는 쉽게 속단할 수 없는 만물의 이치에 대한 깊은 사유를 개진했으며, 북경 거리에서 벌어지는 마술 공연을 보고 지은 〈환희기(幻戲記)〉에서는 마술 공연을 존재론적 문제로 치환시켜 심오한 논의를 펼치기도 했다. 이러한 우언적 글쓰기 방식으로 박지원은 자신의 여행기 속에 풍부한 문학성과 함께 심오한 주제 의식을 담아낼 수 있었으며, 이는《열하일기》가 많은 연행록 중에서도 으뜸가는 작품으로 평가받는 이유이다.

　중국 문물에 대한 관심과 중국 문사와의 교류에 있어서도 박지원은 비상한 관심을 표했다. 자신의 관심이 거창한 문물 고적에 있지 않고 깨진 기와 조각이나 똥거름에 있다고 말한 그는 중국에서 접한 여러 도구의 이점을 실학적 관점에서 논파했다. 중국 인사와의 교류에 있어서도 문사(文士)뿐 아니라 장사치, 숙소의 주인 노파, 주점 주인, 시골 훈장, 점쟁이, 도사, 승려, 거지, 심지어는 화류계의 기생에 이르기까지 다양한 계층의 사람을 직접 접해보며 중국의 참된 실상을 꿰뚫어 보고자 했다. 북경을 거쳐 열하까지 간 박지원은 청나라 황제와 반선(班禪, 판첸 라마)을 직접 만나 볼 수 있었다. 이러한 다양한 경험을 통해 살핀 청국의 실상을 박지원은 다음과 같이 말하고 있다.

황제는 천하의 선비란 선비는 다 모으고 국내의 도서를 모두 거두어들여 《도서집성(圖書集成)》과 《사고전서(四庫全書)》 같은 방대한 책을 만들고, 온 천하에 외치기를 "이는 자양(紫陽, 주자의 호)이 남긴 말씀이고, 고정(考亭, 주자의 별호)이 남긴 뜻이다."라고 했다. 황제가 걸핏하면 주자를 내세우는 까닭은 다른 뜻이 있는 게 아니다. 천하 사대부들의 목을 걸터타고 앞에서는 목을 억누르며 뒤에서는 등을 쓰다듬으려는 의도이다. 천하의 사대부들은 대부분 그러한 우민화 정책에 동화되고 협박을 당해서 쪼잔하게 스스로 형식적이고 자잘한 학문에 허우적거리면서도 이를 눈치채는 사람이 아무도 없다. (중략) 한편 천하의 우환은 언제나 북쪽 오랑캐에게 있으니, 그들을 복종시키기까지 강희(康熙) 시절부터 열하에 궁궐을 짓고 몽고의 막강한 군사들을 유숙시켰다. 중국의 수고를 덜고 오랑캐로 오랑캐를 막는 법이 이와 같으니, 군사 비용은 줄이고 변방을 튼튼하게 한 셈이다. 지금 황제는 그 자신이 직접 이들을 통솔하여 열하에 살면서 변방을 지키고 있다. 서번(西藩)은 억세고 사나우나 황교(黃敎, 라마교)를 몹시 경외하니, 황제는 그 풍속을 따라서 몸소 자신이 황교를 숭앙하며 받든다. (중략) 이것이 바로 청나라 사람들이 이웃 사방 나라를 제압하는 전술이다.

만주족 출신의 소수민족으로 한족을 지배하면서 서번이나 몽고 같은 외이(外夷) 세력을 방비해야 하는 청국의 고민을 꿰뚫어 본 발언이다. 문치를 내세워 주자를 학문의 종주로 삼고, 고증학에 몰두하게 하여 한족 사대부의 반발을 무마하는 한편, 열하에서 반선을 숭앙함으로써 외이(外

夷)로 인한 우환을 제거함이 청국의 실상이라는 것이다. 이는 여타 연행록에서 볼 수 없는 것으로, 당시 청국의 실상을 가장 예리하게 간파한 말로 여겨진다.

—

세계화 시대에 생각하는 《열하일기》의 교훈

—

《열하일기》는 내용뿐 아니라 문체에서도 당시로서는 매우 파격적이어서 발표되자마자 큰 반향을 일으키며 널리 읽혔다. 사대부 문인뿐 아니라 규방의 여인이나 하층 백성들도 읽을 수 있도록 《열하일기》의 한글본이 등장했고, 후대 연행사에게 《열하일기》는 연행 전에 반드시 읽고 가는 필독서로 인식되었다. 당시 왕이었던 정조가 문체를 타락시키는 주범으로 《열하일기》를 지목하고 박지원에게 이를 반성하는 글을 써서 올리게 했을 정도이니, 《열하일기》가 미친 사회적 파장이 얼마나 대단했던 것인지 짐작할 수 있다.

　박지원은 연행을 통해 접한 청나라의 선진 문물을 조선 땅에 직접 실천하고자 노력했다. 안의 현감으로 재직할 때 각종 수차나 베틀, 물레방아 등을 제작하여 사용하게 했고, 중국식 벽돌 제도를 사용하여 관사를 짓기도 했다. 박지원이 말년을 보낸 계산동(오늘날의 종로구 계동 일대)의 집 역시 벽돌로 지은 것이다. 박지원은 후배 박제가(1750~1805)가 지은 《북학의(北學議)》의 서문에서 허위의식에 물든 조선 사회를 다음과 같이 통렬하게 비판했다.

　우리를 저들과 비교해 본다면 진실로 한 치의 나은 점도 없다. 그럼에도 단지 머리를 깎지 않고 상투를 튼 것만 가지고 스스로 천하에 제일이라고 하면서 "지금의 중국은 옛날의 중국이 아니다."라고 말한다. 그 산천은 비린내 노린내 천지라고 나무라고, 그 인민은 개나 양이라고 욕을 하고, 그 언어는 오랑캐 말이라고 모함하면서 중국 고유의 훌륭한 법과 아름다운 제도마저 배척해 버리고 만다. 그렇다면 장차 어디에서 본받아 행하겠는가. (중략) 남들은 물론 믿지를 않을 것이고 믿지 못하면 당연히 우리에게 화를 낼 것이다. 화를 내는 성품은 편벽된 기운을 타고난 데서 말미암은 것이요, 그 말을 믿지 못하는 원인은 중국의 산천을 비린내 노린내 난다고 나무란 데 있다.

오늘날 우리는 지구촌이라는 말에 걸맞게 전 세계가 급속히 하나로 통합되어 가는 세계화 시대에 살고 있다. 연행의 숙원을 이룬 박지원이 드넓은 요동 벌판을 대하여 '통곡하기 좋은 장소'라고 해방의 기쁨을 절실하게 부르짖은 것에 비하면, 우리는 지구촌 곳곳을 너무나 손쉽고 자유롭게 여행하며 체험할 수 있는 것이다. 그렇지만 이러한 시대에 살고 있으면서도 우리는 여전히 우물 안 개구리 식의 사고방식에 사로잡혀 있지는 않은가? 아니면 세계화의 도도한 물결 속에 휩쓸려 자아를 상실한 채 맹목적으로 표류하고 있는 것은 아닌가? 이러한 질문에 답하고자 할 때 《열하일기》는 우리에게 많은 것을 일깨워줄 수 있을 것이다.

– 신익철

참고 문헌

김혈조 역, 《열하일기》, 돌베개, 2009.

신호열·김명호 역, 《연암집》, 2004.

김명호, 〈열린 마음으로 드넓은 세계를 보라 – 박지원의 《열하일기》〉, 《한국의 고전을 읽는다 1》, 휴머니스트, 2006.

이근호, 〈조선 후기 비판적 신지식인, 북학의 선두 주자 박지원〉, 네이버 인물한국사, 2010.

임준철, 〈연행록에 나타난 환술 인식의 변화와 박지원의 〈환희기〉〉, 《민족문화연구》 53, 고려대학교 민족문화연구원, 2010.

七
열린사회를 꿈꾼 개혁과 개방의 사상

박제가와 《북학의》

―

박제가(1750~1805)는 1750년 11월 5일에 태어나 1805년 4월 25일에 죽었다. 본관이 밀양이고, 초명(初名)은 제운(齊雲)이다. 자는 재선(在先)·차수(次修)·수기(修其)이며, 호는 초정(楚亭)·위항도인(葦杭道人)·정유(貞蕤) 등을 사용했다. 그는 박평(1700~1760)의 하나밖에 없는 친아들이다. 그런데 그는 적자가 아니라 서자였고, 서울에서 태어나 성장하고 생애의 대부분을 보낸 서울내기였다. 그의 집안은 소북(小北)이라는 당파의 핵심 명문가로 증조부와 고조부, 오대조까지 포함하여 5대째 내리 문과에 급제했다.

박제가는 키가 작고 다부진 체격이었으며 수염이 덥수룩했다. 농담을 잘 하고 남에게 지기 싫어하는 직선적 성격의 소유자였다. 그의 도도하고 직선적인 성격과 강한 자부심, 호승심은 곳곳에 적을 많이 만들어놓은 요인이 되었다.

박제가는 참신하고 예리한 감각의 시를 지은 시대를 대표하는 시인이었고, 분세질속(憤世嫉俗, 세상사에 울분을 느끼고 속된 것을 싫어함)의 격정을 담거나 고고한 소품취(小品趣)를 표현한 빼어난 산문가였다. "선입견에 얽매이지 말고 세상의 비난을 두려워 말라. 늘 스스로 깨어 있어 오묘함을 잃지 말자."(〈이사경(李士敬)의 제문〉)라며 일체의 권위와 관습 및 제도에 맞서 도전하고 새로운 경지를 개척하려 노력한 문인이었다. 그런 성향은 사회사상에도 바로 연결되었다.

젊은 시절부터 박제가는 한양의 중심지인 종로의 대사동을 중심으로 지식인·예술가들과 동인(同人) 활동을 전개했다. 동인 구성원 다수는 박제가처럼 서족(庶族) 출신의 지식인들로, 대략 1766년에서 1779년경까지 활발한 동인 활동을 전개했고 그 이후에도 긴밀한 친분 관계를 유지했다. 이덕무, 유득공, 박제가, 이희경, 유금, 서상수 등이 주축이었는데, 홍대용이나 박지원은 그들의 후원자로 교유했다. 이들 동인 그룹을 백탑시파(白塔詩派) 또는 연암학파(燕巖學派)로 부른다. 동인 가운데 이덕무, 유득공, 박제가, 이서구의 젊은 시절 시를 모은 시선집 《한객건연집(韓客巾衍集)》이 중국에 소개되고 다시 조선에서 널리 읽히면서 그들 모두는 시인으로 국내외에 명성을 떨쳤다.

박제가는 모두 네 차례 북경을 여행하여 수많은 명사와 사귀고, 건륭(乾隆) 연간의 전성기 청나라 문명을 직접 확인했다. 젊은 시절부터 그는 조선 사회가 안고 있는 문제점과 부국강병의 현실적 방안을 연구했는데, 평소의 시각을 직접 견문을 통해 확인한 다음 《북학의(北學議)》의 저술로 구체화시켰다.

박제가는 정조에게 크게 신임을 받아 새로 설립된 규장각의 검서관으로 장기간 봉직했고, 그 공로를 인정받아 부여와 영평 등지에서 지방관을 역임하기도 했다. 하지만 서족(庶族)이라는 신분적 한계를 극복하지 못해, 고관이 되어 경세(經世)의 뜻을 실현하지는 못했다. 정조가 급서(急逝)한 이후 함경도 종성에서 4년간 유배를 살고, 유배에서 돌아온 뒤 바로 사망했다. 저서로《정유각시집》,《정유각문집》,《북학의》를 남겼다.

—

《북학의》의 구성 및 내용

—

《북학의》는 내편과 외편으로 구성되어 있다. 내편의 앞부분에는 저자 자신의 자서(自序)와 박지원·서명응의 서문이 차례로 실려 있다. 박제가는 1778년 7월 1일 북경에서 돌아온 뒤 경기도 바닷가 고을인 통진의 전사(田舍)에 우거하면서 평소의 구상과 연행에서 보고 들은 견문을 정리하여《북학의》를 저술했다. 3개월 만인 1778년 9월《북학의》초고를 완성하고 자서를 썼다. 나이 29세 때의 일로, 이때《북학의》내편이 거의 완성되었다. 그로부터 3년 뒤인 1781년 9월 9일 박지원이 〈북학의서〉를 지었고, 1782년 늦가을에 서명응이 또 〈북학의서〉를 지었으므로, 1782년 가을 이전에는《북학의》외편이 일차 완성된 것으로 추정한다. 이렇게《북학의》는 서문 세 편을 포함하여 내편, 외편의 구성을 갖추고 있다.

내편은 수레[車(거)]에서부터 방아공이[杵(저)]에 이르기까지 모두 40개 항목으로 구성되어 있고, 외편은 밭[田]에서부터 존주론(尊周論)까지 15개 항목으로 구성되어 있다. 하지만 사본에 따라 그 구성과 편차 및 실린 순서에 차이가 있다. 외편에는 또 1786년 1월 22일 정조에게 바친 〈병오소회(丙午所懷))가 부록으로 편입되기도 했다.

　하지만《북학의》는 10여 년 뒤 새로운 저작으로 거듭나게 된다. 1798년 연말에 정조가 농업을 권장하여 농서(農書)를 구하는 윤음(綸音)을 반포했을 때 기왕에 저술한《북학의》에서 농업을 다룬 내용을 추리고 일부 내용을 보강하여 상소문과 함께 진상했다. 이른바 '진상본《북학의》'이다. 기왕에 쓴 내용을 보완했으므로 대체로는 중복되지만 적지 않은 변화가 일어났다. 예를 들어 '똥' 조는 진상본이 대폭 확대된 반면, '수레' 조는 대폭 축약되었다. 이렇게 하여《북학의》는 모두 내편, 외편, 진상본의 세 부분이 통합된 하나의 저술로 구성되어 현재에 전한다.

　《북학의》세 부분은 대략 다음과 같은 내용으로 구성되어 있다. 먼저 내편은 저자가 중국을 여행하면서 직접 눈으로 확인했거나 아니면 직접 들은 내용을 구체적으로 묘사 내지 설명하고 있다. 그 사이에 조선의 실제 상황을 구체적으로 묘사한 내용도 들어 있다. 다양한 분야에서 조선이 노출하고 있는 낙후한 실상과 선진적인 중국의 실상을 대비함으로써 자연스럽게 선진적 문명과 시스템을 배워야겠다는 의욕을 일으키도록 내용을 전개하고 있다. 논의된 주요한 내용 가운데 첫 번째는 교통과 운송 수단이다. 이는 수레와 배의 활성화, 도로와 교량과 같은 사회 인프라를 구축하자는 주장으로 이어졌다. 두 번째는 성곽, 주택, 뜰, 창고와 같은 건축 제도이며, 벽돌과 중국식 기와의 도입을 제안했다. 그가 중국으로부터 도입을 주장한 대표적인 두 가지가 바로 운송 수단인 수레와 건축 소재인 벽돌이다. 세 번째는 상업과 공업, 농업, 그리고 목축의 분야에 대한 설명으로, 전체의 절반에 해당한다. 특히 상업과 공업 분야의 발전에 큰 비중을 두어, 조선 사회가 과도한 농업 일변도의 산업구조를 가지고 있음을 비판하고 상업과 공업의 비중을 크게 높여야 한다고 주장했다.

그 밖에도 농기구와 물탱크, 수차, 잠업 기계 등 각종 기술과 기계를 도입하여 자체 제작하는 방안을 강구하는 문제, 노동의 효율성을 제고하는 문제, 도량형과 각종 도구, 물자와 제도를 표준화하는 문제, 광석을 채굴하는 등 자원과 국토를 개발하는 문제, 직업의 분화와 전문화를 촉진시키는 문제, 소비를 진작하여 제품 생산과 기술 발전을 유도하는 문제 등을 주장했다. 당시로서는 대단히 혁신적인 발전 방안으로서 저자의 독창성과 예리한 안목이 돋보인다.

외편은 대부분 '논(論), 변(辨), 의(議)'라는 논변류에 속하는 글로 구성되었다. 문체의 명칭만 봐도 사실의 옳고 그름을 따지고 작가의 생각을 강하게 주장하는 성격의 글임을 알 수 있다. 실제로 한 편 한 편의 글이 특정한 주제에 대해 논리를 선명하게 갖춰 논지를 전개하고 있다. 여러 가지 주제를 놓고 주장을 펼친 짧고 완결된 논문에 해당한다. 북학에 대한 박제가의 학문적 방향과 이론적 깊이가 글에서 드러난다.

진상본은 내편과 외편에서 중요한 내용을 뽑아 재정리하고 있다. 전체적으로 박제가가 가지고 있는 문제의식이 더욱 첨예하게 서술된다. 새로 설정된 항목인 '유생의 도태(汰儒(태유))' 조에서 조선 왕조 신분제도의 근간인 양반의 도태를 유도하자고 주장함으로써 사회제도의 근본까지 개혁의 대상으로 삼았다. 청년기에 갖고 있던 사고가 나이가 들어서도 퇴색하지 않고 유지되거나 강화되었다고 볼 수 있다.

—

《북학의》의 성격과 의의

박제가는 소비가 재물을 순환시키고 시장을 활성화시키며 기술의 발전을 촉진하는 순기능이 있음을 밝혀서 소비와 시장의 확대를 통해 개인의 복리와 국가의 부강을 도모하려 했다. "재물은 비유하자면 우물이다. 우물에서 물을 퍼내면 물이 가득 차지만 길어내지 않으면 물이 말라버린다."라는 말에 그 주장의 핵심이 녹아 있다.

《북학의》는 책명에서 북학(北學)을 표방하고 있는데, 북학은 박제가 실학사상의 핵심 키워드이다. 북학은 직접적으로는 북방의 나라, 즉 청나라의 선진 문물을 배우자는 말이다. 그가 언급한 북방은 본래의 의미도 그렇거니와 단순한 국가 개념이 아니라 국력이 강하고 문화가 발달한 문명 세계를 가리킨다.

박제가가 제기한 이른바 '북학론(北學論)'은 부강한 나라를 지향하는 논리이기는 하지만, 일차적으로는 일반 사람의 행복하고 윤택한 삶의 완성을 지향하고 있다. 박제가는 그것을 '이용후생(利用厚生)'이라는 말로 표현했다. 여기서 '이용(利用)'은 일상생활을 편리하게 영위하는 것을 가리키고, '후생(厚生)'은 삶을 풍요롭게 누리는 것을 가리킨다. 입고 먹고 거주하는 기초 생활을 윤택하고 편리하게 영위하는 민생(民生)을 의미한다. 의식주를 해결하지 않고서 윤리도덕을 말하는 것은 허울 좋은 이상에 불과하다고 보고, 풍요로운 생활을 추구할 권리와 방법을 제시했다. 물질적 풍요를 적극적 추구의 대상으로 전환한 것은 도덕 우위의 학문이 권위를 행사하던 학문 토양에 반기를 든 것이다. 그렇기 때문에 조선조 학문의 전통에서 《북학의》는 이단적이다.

박제가는 북학과 이용후생이라는 두 개의 키워드로 조선의 혁신을 부르짖었다. 그 일차적 목표는 낙후한 경제의 부흥을 추진하여 개개인은 풍요로운 생활을 구가하고 국가는 부국강병을 실현하는 것이다. 최종의 목표는 다수 국민이 고도의 문명을 향유하고, 국가는 외국의 침략을 받지 않는 강한 나라가 되는 것이다. 구체적으로는 서민들은 "꽃과 나무를 심고 새와 짐승을 기르며, 음악을 연주하고 골동품을 소유하는" 문화를 향유하고, 국가는 일본과 청나라에 침략당한 치욕을 복수할 수 있는 국력을 소유하는 것이다. 그가 내세운 개혁의 목표는 일차적으로 효율성의 제고, 기술 발달, 물질의 향유에 있었으나, 최종의 목표는 예술 활동이나 교양 있는 품위를 통해 인간다운 삶을 향유하는 문명 생활에 놓여 있었다.

그 목표를 실현하기 위해 그가 제시한 북학의 논리와 방법은 대략 다섯 가지로 정리할 수 있다.

첫째는 청나라를 만주족이 지배하는 야만의 나라로 보는 미망에서 깨어나 그들의 발달한 문화와 기술을 배워 부국강병을 이루자는 논리이다. 조선은 만주족에게 패전한 병자호란의 치욕을 겪은 뒤 청나라를 오랑캐라고 비하하며 조선이야말로 유일한 문명국인 소중화(小中華)라고 으스대는 태도가 있었다. 그 태도는 실체가 없는 허구이자 소아병적 자세로서 일종의 정신적 승리에 불과하다고 비판했다. 치욕의 진정한 극복은 국력과 문명의 실상을 냉철하게 인식하여 외국이 보유한 선진 기술과 문명을 배워서 부국강병을 이룬 다음에야 실현할 수 있다고 보았다.

둘째는 문제가 경제와 통상에 있다는 논리이다. 부국강병을 이루고 백성들이 윤택하게 살기 위해서는 경제를 살리고 외국과의 통상이 촉진되어야 한다고 보았다. 국가정책에서 경제 우선주의를 내세워 외국과 활발하게 통상하고 적극적으로 선진 기술을 배워 옴으로써 문명개화하는 방안을 최우선에 놓았다.

셋째는 불합리한 제도와 풍속의 개혁을 촉구하고 있다. 군사와 관료, 교육, 행정 등 다양한 분야에서 불합리한 제도와 사고방식을 혁신하자고 주장했다. 개혁에도 그는 경제 중심적 방향과 합리주의적 논리를 앞세웠다.

넷째는 세 편의 과거론(科擧論)을 통해 과거제도의 부패상과 문제점을 분석하여 교육제도와 인재 선발 제도의 개혁안을 제시했다. 그는 과거제도를 가장 시급히 개혁할 대상으로 보았다. 아무짝에도 쓸모없는 학문 내용, 부패한 선발 과정, 선발된 인재의 심각한 무능 등을 교육과 과거제도의 문제점으로 파악하고, 개혁 없이는 사회 발전을 담당할 인재를 배양하고 선발할 수 없다고 진단했다.

다섯째는 외국의 선진 문물을 빠르게 받아들이기 위해, 중국어를 비롯한 외국어 교육의 필요성을 제기했다. 외국어를 습득하지 않아 고립과 고루함을 자초한다고 보고 더 빠른 문물의 수입을 위해 중국어를 공용어로 사용하자는 급진적 주장까지 내놓았다.

박제가의 북학론은 다양한 주제를 포함하고 있으나 서민이 잘사는 부강한 나라를 만들기 위해 낡고 부패한 국가를 개조하는 방법과 방향을 제시하는 데 목표를 두었다. 박제가가 열정적으로 주장한 것들은 동시대와 후대의 정약용, 이강회, 서유구, 이규경 등에게 영향을 크게 미쳤다. 그의 주장이 이후의 역사에서 실현된 것도 적지 않고, 미완의 과제로 남은 것도 많다.《북학의》는 250년 전 한국 사회의 현실과 그 현실을 극복하려는 지식인의 고뇌를 명쾌하게 드러낸 저술이다. 그의 방향 설정은 역사적 의의가 있는 것이며, 그의 고뇌는 현재와 미래의 우리 사회가 곰곰이 되새겨볼 가치가 있다.

– 안대회

참고 문헌

안대회 교감 역주, 《완역정본 북학의》, 돌베개, 2013.
안대회 엮고 옮김, 《쉽게 읽는 북학의》, 돌베개, 2014.
안대회·이헌창 한영규·김현영·미야지마 히로시, 《초정 박제가 연구》, 사람의무늬, 2013.
이헌창, 《박제가》, 민속원, 2011.

八九十

백성을 생각하는 유배객의 마음

18년의 유배객, 정약용

정약용(1762~1836)은 18년 동안 기나긴 유배 생활을 했다. 귀양을 가서 '이제야 겨를을 얻었구나.'라는 생각이 들어 기뻐했다고 〈자찬묘지명(自撰墓誌銘)〉에 적고 있으며,《목민심서》를 비롯한 정약용의 거대한 저작이 주로 이 유배 기간에 저술된 것은 사실이지만, 정약용의 유배는 정약용 자신과 그의 가문은 물론 한 시대의 몰락을 드러내는 상징이었다. 그가 사용한 '사암(俟菴)'이라는 호에는 '후세의 성인을 기다려 미혹함이 없다'는 의미가 있고, 만년에 사용한 '여유당(與猶堂)'이라는 당호는《노자》에 나오는 조심스럽고 겁 많은 동물의 이름에서 따온 것이다. 각기 도덕적 확신과 몰락에 대한 두려움이 표출된 것으로 짐작할 수 있다. 이 밖에 그는 다산(茶山)·탁옹(籜翁)·열수(洌水) 등을 호로 사용했다. 정약용의 본관은 나주이고, 자는 미용(美庸) 혹은 송보(頌甫)이며, 경기도 마현(지금의 남양주)에서 태어났다.

1776년 15세에 부친이 호조 좌랑으로 부임하자 서울로 따라가 이가환(1742~1801)과 이승훈(1756~1801)을 통해 《성호유고(星湖遺稿)》를 접하고 이익(1681~1763)의 개혁적 학풍을 추숭했다. 성호 좌파로 지칭되는 권철신(1736~1801)에게 특히 영향을 많이 받았고, 유형원(1622~1673)에 대한 흠모도 남달랐다고 한다. 요컨대 정약용은 개혁적 남인의 학풍을 자신의 학문적 기반으로 삼았던 것이다. 정인보(1893~1950)는 "조선 후기 학술사를 종합하면 유형원이 일조(一祖)요, 이익이 이조(二祖)요, 정약용이 삼조(三祖)인데, 정약용이 집대성의 공을 이룩했다."라고 했다.

개혁적 남인으로서 정약용은 1789년 대과에 급제한 뒤 정조의 개혁 정책에 적극적으로 헌신했다. 화성 신도시 건설은 서울을 중심으로 한 노론의 경제적 기반을 와해시키려는 정조의 정치적 승부수로 해석할 수 있는데, 정약용은 화성을 설계하고 거중기 등의 기술 혁신을 통해 화성 신도시 건설을 앞당겼다. 정조의 왕권 강화 정책의 강고한 반대 세력은 노론 벽파였던바, 노론 벽파에 적대적이었던 남인으로서 정약용의 천재적 재능과 개혁의 열정은 정조 역시 기대를 품을 만했다.

1797년 좌부승지로 승진했다가 반대파의 공세가 비등해지자 외직인 곡산 부사로 옮기게 되었다. 부임하던 날 과도한 군포 징수에 대해 전직 곡산 부사에게 항거하다 수배되었던 이계심이 10여 조의 폐단을 적은 문서를 들고 자수했는데, 정약용은 처벌을 주장하는 사람들을 물리치고 그를 칭찬해 주었을뿐더러 군포를 징수할 때 사용하는 자의 길이를 원래대로 비르잡고 징수 과정 일체를 직접 감독하여 이계심의 민원을 수용했다. 이듬해 풍년이 들어 쌀의 시장가격이 낮았는데, 선혜청에서 환곡을 시장

가격의 두 배가 넘는 가격으로 방출하도록 요구했다. 쌀 때 수납하고 비쌀 때 방출하여 곡가를 안정시키는 환곡의 취지에 정면으로 위배된 요구였다. 정약용은 이에 따르지 않았다. 정약용의 징계를 요청하는 보고서를 받은 정조는 오히려 정약용의 손을 들어주었다. 이처럼 목민관으로서 정약용의 행정은 선정(善政)과 같은 추상적 표현에 그치는 것이 아니라, 백성의 삶을 최종 판단의 준칙으로 삼아 원칙과 변칙 사이를 적극적으로 넘나들었던 것이다.

정약용은 한때 서학(천주교)에 심취했던바, 그의 형 정약전·정약종과 함께 이벽(1754~1801)을 통해 서학의 교리를 익혔다. 신주를 불태웠던 윤지충은 정약용의 사촌이고, 조선 최초의 영세자 이승훈은 정약용의 매형이다. 그리고 백서 사건의 황사영은 정약용의 조카사위이며, 이벽의 누이가 정약용의 형수가 된다. 게다가 서학에 우호적이었던 성호 이익의 학문을 추숭하던 정약용으로서는 서학에 심취할 만한 충분한 조건을 갖추고 있었다. 정약용은 윤지충이 참수당하는 소위 '진산 사건'을 전후하여 서학과 단절했다고 하는데, 그의 형 정약종은 정약용이 서학을 공부하지 않고 있어 책임감을 느낀다는 기록을 남겼고, 황사영도 그를 일컬어 배교자(背教者)라고 했다.

그러나 정약용을 비롯하여 정조 재위 기간 쟁쟁하게 두각을 드러낸 남인계 인사들이 서학과 관련되어 있었으니, 정적들은 서학 문제를 지속적으로 제기하며 정조와 그 주변을 압박했다. 정조는 최대한 이 공격의 예봉으로부터 정약용 등을 보호했으나, 정조가 1800년 서거하자 1801년 소위 신유사옥이 일어났다. 위에서 언급한 사람들 중에 정약전과 정약용만 유배를 갈 수 있었을 뿐, 다른 사람들은 모두 형장에서 죽었다. 이로부터 18년의 유배 생활이 시작되고, '이제야 겨를을 얻은' 정약용은 유배지에서 경전을 탐구하고 천하 국가의 제도에 대한 방대한 저술을 남기게 되는 것이다.

—

현행 제도 안에서 백성을 보호하려는 마음, 《목민심서》

—

정약용은 유배지에서 만난 황상과 이청 등 제자들의 조력 속에 경학(經學) 관련 방대한 저술과 더불어 일표이서(一表二書), 즉 《경세유표(經世遺表)》, 《목민심서(牧民心書)》, 《흠흠신서(欽欽新書)》의 대저작을 완성했다. 정약용 자신은 이 저술들을 두고 〈자찬묘지명(自撰墓誌銘)〉에서 "육경사서에 대한 연구로는 수기(修己)를 삼고, 일표이서로 천하 국가를 위하려 했으니 본과 말이 구비되었다."라고 했다. 일표이서가 지엽 말단이라는 의미가 아니라, 육경과 사서에 대한 경학적 연구로부터 주체적 중심을 확보해서 국가 체제에 대한 고민으로 발전해 간 것이라는 의미로 읽어야 할 것이다.

《경세유표》는 "실행 여부에 구애되지 않고 신아구방(新我舊邦, 낡은 나라를 새롭게 개혁함)의 생각에서 저술"했다고 말했으니, 근본적 국가 개혁책을 제시한 것이다. 《경세유표》의 서문에서 정약용은 "지금 개혁하지 않으면 망하고 말리라."라고 했다. 그만큼 조선 왕조는 모든 것이 병들어 있는 상태라는 진단이었다. 그러나 "실행 여부에 구애되지 않았다"는 언급에서 정약용은 《경세유표》의 근본적 개혁안이 당시에 실행될 수 없는 형편이라는 것도 감지하고 있었음을 알 수 있다. 지식인의 본분을 자각하고 있던 정약용은, 국가 제도를 근본적으로 개혁할 수 없는 조건이라고 해서 당장의 현실을 방치하고 망각할 수는 없었다. 《목민심서》를 저술하고 "지금의 법을 따르면서 우리 백성을 보호하려는 것"이라고 그 의미를 부연했는데, 개혁이 요원한 지금 우선 현행 제도와 타협하면서 관료의 자각을 유도하여 개혁의 정신을 실현시키자는 취지이다. 《흠흠신서》는 "인명을 다루는 옥사에서 …… 억울한 백성이 없도록" 저술했다고 했다. 《목민심서》에서 다루는 형전(刑典)에서 인명에 관계된 내용을 더욱 엄밀하고 상세하게 특화시킨 것이다. 요컨대 《경세유표》의 근본적 개혁안이 병의 근원 처방으로서 자리하고, 《목민심서》와 《흠흠신서》는 근원 처방을 바로 시행할 수 없을 때 대증요법으로서 놓이는 것이다.

황현(1855~1910)은 《매천야록(梅泉野錄)》에서, "이 이서(二書)는 지방행정과 형사소송에 절실한 내용을 담고 있어서 당론이 다른 집안의 사람이라도 보배로 간직하지 않는 이가 없으며, 수백 본이 나돌고 있는데 글자가 빠지고 틀린 곳이 많아 차마 읽을 수 없는 지경"이라는 흥미로운 진술을 했다. 노론들도 정약용의 《목민심서》 등을 필사해서 돌려보았다는 말인바, 《목민심서》 등이 갖고 있던 실용성이 널리 인정을 받은 사실을 확인할 수 있다. 근본적인 개혁을 고민하면서도 당장 대증요법으로서 부득이하게 함유하게 된 실용성이, 다만 행정과 소송의 실용성만으로 부각되어 필사·유통되던 정황을 알 수 있는 것이다. 오직 실무에 활용할 실용적 목적만으로 필사를 하면서, 저술 의도를 염두에 두지 않고 부분 부분 발췌하여 형성된 필사본이기에 차마 읽을 수 없는 지경에 이른 것이 아닌가 한다.

이서(二書)는 조선 왕조가 그나마 유지되던 1901년과 1902년에 나란히 근대식 활자로 출간되었고, 일표(一表)는 조선 왕조가 붕괴된 이후인 1914년에야 근대식 활자로 출간되었다. 경술국치 며칠 전인 1910년 8월 정약용에게 문도(文度)라는 시호가 추증되었던 사실이 있는데, 정약용의 개혁 열정에 대한 왕조 국가의 지연 반응을 보는 듯하다. 1934년에서 1938년에 걸쳐《목민심서》가 포함된 정약용의 전집인《여유당전서(與猶堂全書)》가 출간되어 소위 '조선학 운동'이 촉발되었다.

—

실용적 의미와 역사적 가치

—

'목민(牧民)'은 백성을 기른다는 말로 유교 문화권에서 주로 지방관의 통치 행위를 가리키며, 지방관을 목민관이라 하기도 했다.《목민심서》는 백성을 기르는 마음 자세에 대한 책으로 이해하기 쉬운데, 정약용은 목민할 마음은 있으나 몸소 실행할 수 없기에 '심서(心書)'라고 이름을 붙였다고 했다. 그러므로《목민심서》는 '목민에 대한 (실천이 차단된 정약용의) 마음을 담은 책'으로 이해하는 것이 옳겠다. 조선에서 목민서들은 조선 초기 중국에서《목민심감(牧民心鑑)》을 들여와 발간한 이래, 관료로서의 마음 자세를 강조하는 관잠류(官箴類)와 실무를 모아놓은 실용류(實用類)가 다수 출현했는데, 개혁을 당장 실현할 수 없는 현실에서 대증요법으로나마 백성을 보호하려는 마음을 담은《목민심서》와 규모와 체계에서 짝할 만한 저술은 없었다.

다음의 표에서 그 규모와 체계를 짐작할 수 있는데, '부임'에서 시작하여 임무를 마치고 돌아오는 '해관'으로 끝난다. '율기'와 '봉공'과 '애민'은 목민관의 도덕을 지시하는 삼기(三紀)이고, '이전'부터 '공전'까지는 수령의 제반 업무를 나누어 서술한 육전(六典)이며, 구휼을 다룬 '진황'은 별도의 편으로 독립시켰다. 각 편마다 6개 조를 나누어 전체 12편 72조가 되며, 분량은 48권이다.

편명	조목	분량
부임(赴任)	제배(除拜) 치장(治裝) 사조(辭朝) 계행(啓行) 상관(上官) 이사(莅事)	2권
율기(律己)	칙궁(飭躬) 청심(淸心) 제가(齊家) 병객(屛客) 절용(節用) 낙시(樂施)	4권
봉공(奉公)	선화(宣化) 수법(守法) 예제(禮際) 문보(文報) 공납(貢納) 왕역(往役)	2권
애민(愛民)	양로(養老) 자유(慈幼) 진궁(振窮) 애상(哀傷) 관질(寬疾) 구재(救災)	2권
이전(吏典)	속리(束吏) 어중(馭衆) 용인(用人) 거현(擧賢) 찰물(察物) 고공(考功)	3권
호전(戶典)	전정(田政) 세법(稅法) 곡부(穀簿) 호적(戶籍) 평부(平賦) 권농(勸農)	9권
예전(禮典)	제사(祭祀) 빈객(賓客) 교민(敎民) 흥학(興學) 변등(辨等) 과예(課藝)	5권
병전(兵典)	첨정(簽丁) 연졸(練卒) 수병(修兵) 권무(勸武) 응변(應變) 어구(禦寇)	4권
형전(刑典)	청송(聽訟) 단옥(斷獄) 신형(愼刑) 휼수(恤囚) 금포(禁暴) 제해(除害)	6권
공전(工典)	산림(山林) 천택(天澤) 선해(繕廨) 수성(修城) 도로(道路) 장작(匠作)	4권
진황(賑荒)	비자(備資) 권분(勸分) 규모(規模) 설시(設施) 보력(補力) 준사(竣事)	5권
해관(解官)	체대(遞代) 귀장(歸裝) 원류(願留) 걸유(乞宥) 은졸(隱卒) 유애(遺愛)	2권

　매 편마다 6개 조의 짜임새로 항목을 구성하고, 각 조마다 목민관이 해야 할 일을 상세히 제시하고 있다.《목민심서》서문에서 "앞뒤의 두 편을 제외한 나머지 10편에 들어 있는 것만 해도 60조나 되니, 진실로 수령이 자기 직분을 다할 것을 생각한다면 아마 헤매지 않을 것이다."라고 항목을 다양하게 개설한 의도를 설명했다. 목민관에게 부여된 제반 업무를 정치하게 분석하고 닥칠 사태들을 풍부하게 설정하여 목민관이 적절하게 항목을 찾아 읽고 구체적인 지침으로 삼아 문제를 해결할 수 있도록 했다는 뜻이다.

여기에 특기할 지점은 법 준수와 백성의 이익이 배치될 때의 처리 자세인데, "그 범한 것이 반드시 백성을 이롭고 편하게 한 일이니, 이 같은 경우는 다소 넘나듦이 있을 수 있는 것"(수법 조)이라든가, "상사가 아무리 높아도 수령이 백성을 머리에 이고 싸우면 대부분 굴복할 것"(문보 조)이라고 하여, 곡산 부사 시절 정약용의 행동은 마치 이 구절들을 미리 실천한 듯한 느낌을 준다.

《목민심서》는 기존의 목민서류와 《대명률》, 《경국대전》, 《속대전》 등의 법전, 문집과 각종 역사서 및 야담집의 기록을 종횡으로 인용했고, 부친 정재원의 목민관 경험과 더불어 자신의 경험도 곳곳에서 활용하고 있다. 유배객의 처지에서 경험한 내용을 활용한 부분에 대해 "나의 처지가 이미 낮았기 때문에 듣는 바가 자못 상세했다."라고 했다. 실제로 유배객이기 전에는 못 듣던 일에 대해 듣게 되는 일도 있었을 것이다. 1803년 강진에 사는 백성이 아이를 낳은 지 사흘이 되자 군포를 추징하며 이정(里正)이 소를 뺏어갔다. 그러자 '이 물건 때문에 곤액을 받는다'며 백성은 자신의 성기를 절단하는 충격적 사건이 있었다. 아내가 피가 뚝뚝 떨어지는 그 물건을 가지고 관가에 가서 호소했으나 문지기가 막아버렸다. 이 이야기를 정약용이 듣고 지은 시가 〈애절양(哀絶陽)〉인바, '첨정' 조에서 자신의 시를 인용하면서 "때때로 악에 바친 백성이 이러한 변고를 일으키는 일이 있으니 지독히 불행한 일이다. 두려워할 만한 일이 아닌가?" 하고 의견을 제시했다. '첨정'의 첫 대문에서 정약용은 "이 법이 고쳐지지 않으면 백성들은 모두 죽어갈 것"이라 했는데, 현행 제도 안에서 백성을 보호하려는 의도를 도저히 이룰 수 없는 사태에 직면하여 저술의 의도를 넘어서는 절규를 참을 수 없었던 것이리라. 백성을 살리려는 정약용의 마음이 다양한 인용 전적과 경험담 속에 녹아 있기에, 지금 우리는 《목민심서》의 이러한 대목들을 주목하게 된다. 이미 실용적 의미를 상실한 대신 풍부한 인문적 가치를 획득한 것이다.

– 김진균

참고 문헌

다산연구회 역주, 《역주 목민심서》, 창비, 1978~1985.
강만길 외, 《다산학의 탐구》, 민음사, 1990.
정인보, 〈다산 선생의 생애와 업적〉, 《정인보전집 2》, 연세대학교 출판부, 1983.
임형택, 〈《목민심서》의 이해 – 다산 정치학과 관련하여〉, 《한국실학연구》 13, 2007.

九
자립적 삶의 모색

성립 배경

—

《임원경제지》는 서유구(1764~1845)가 편찬한 생활 백과사전이다. 사대부가 벼슬에 의지하지 않고 시골에서 자기 힘으로 먹고살기 위해 필요한 지식 전반을 집대성한 책이다. 모두 16개의 지(志)로 이루어져 있기 때문에, '임원십육지(林園十六志)'라고도 한다. 서유구는 조선 후기 실학자로 정약용과 동시대 인물이다. 그는 농학자로 잘 알려져 있지만, 고증학자·산문작가·지방행정가로서도 주목할 만한 업적들을 남겼다. 그 중에서도《임원경제지》는 서유구 필생의 업적으로, 그 성립 배경은 다음과 같다.

유식층의 증가

조선 후기에는 유식층(遊食層)의 증가가 심각한 사회문제로 대두되었다.

'유식층'은 '놀고먹는 계층'이란 뜻으로, 생산적인 일에 종사하지 않고 놀고먹는 사대부들을 일컫는 말이다. 기본적으로 사대부는 조선의 정치적 기저 집단이지만, 그 전부가 관직에 진출할 수 있었던 것은 아니다. 특히 조선 후기로 접어들면서 벼슬길이 더욱 좁아짐에 따라 상황은 악화되었다. 서울과 지방 간 격차가 커진 것, 붕당정치가 고착화된 것, 과거제도가 번잡해진 것, 소수 명문가에 권력이 집중된 것 등을 그 요인으로 꼽을 수 있다.

그런데 그 당시에 선비가 생계를 해결할 수 있는 길은 관직에 진출하거나 농지를 경영하는 것 정도였다. 먹고살기 위해 손수 농사를 짓거나 장사를 하는 것은 사대부의 본분에 어긋나는 것으로 받아들여졌다. 심지어 사대부가 농사를 짓다가 그 사실이 알려지기라도 하면 선비로 인정받지 못하여 혼삿길이 아예 막혔다고 한다. 그리하여 관직 진출에 실패한 사대부 중에 생계 활동을 뒤로한 채 벼슬에 대한 부질없는 희망을 갖고 서울에 붙어 있으려 기를 쓰는 이들, 유식층이 늘어났다. 이러한 '유식층의 증가'가 《임원경제지》 성립의 사회사적 배경이 된다.

방폐기 체험

서유구는 달성 서씨 가문 출신이다. 그의 집안은 정조(재위 1776~1800)의 국정 운영에 적극 협조하면서 번영을 누렸다. 서유구의 조부 서명응(1716~1787)과 숙조부 서명선(1728~1791)은 정조의 두터운 신임을 받은 고위 관료였는데, 특히 서명선은 정조가 왕위에 오르는 데 결정적인 역할을 한 인물이다. 그리고 서명응의 아들 서호수(1736~1799)·서형수(1749~1824) 형제는 정조가 의욕적으로 추진한 문화 정책의 주요 실무를 맡은 바 있다.

요컨대 서유구는 전도유망한 명문가 자제였다. 그는 1790년에 최고 등급으로 과거 시험에 합격하여 엘리트 코스를 밟아갔다. 그러나 정조가 급작스럽게 서거한 뒤로 정국이 급변하면서 서형수는 이른바 '김달순 옥사'에 연루되어 유배형에 처해졌고, 서유구도 근 20년간 정계에서 방축되었다. 이 기간을 '방폐기(放廢期)'라 한다.

이때 서유구에게 무엇보다 절박했던 것은 '먹고사는 문제'였다. 벼슬에 의지하지 않고 자기 힘으로 자기 자신과 가족을 돌보는 것이 절실해진 것이다. 명문가 출신으로 안락한 삶을 보장받았던 그는 이제 처음으로 '가난'을 직면하기에 이른다. 가난의 체험은 서유구의 존재를 원점으로 되돌려놓았다. 그 원점에서부터 서유구는 자신의 존재 방식을 통절하게 반성했다. 먹고 입는 것을 자기 힘으로 마련한 적이 없었던 자신을 하늘에 빚진 '좀벌레'라 규정하고, 가난한 삶을 정직하게 살아가는 것이 그 빚을 갚는 길이라고 생각했다. 그래서 서유구는 임진강과 남한강 인근을 전전하면서 손수 농사짓고 물고기를 잡아 생계를 해결하는 한편, 향촌 생활에 필요한 각종 지식을 연구하여 정리하기 시작했다. 주경야독을 한 셈이다. 《임원경제지》는 이러한 생활 실천과 학문 탐구의 소산이다.

실학적 학풍의 발전적 계승

《임원경제지》는 총 113권 54책의 방대한 분량이다. 거기에 인용된 서적만 해도 약 853종에 달하는데, 서유구는 거기에서 긴요한 내용을 뽑아 16지(志) 2만 8000여 항목으로 체계화했다.

《임원경제지》에 앞서 향촌 생활에 필요한 지식을 집대성한 책이 드문게나마 편찬된 바 있다 《산림경세》,《증보산림경제》 같은 산림경제서가 그것이다.《임원경제지》는 이러한 산림경제서의 전통을 계승했다. 다만 전대의 산림경제서는 내용이 다소 소략하고 체계성이 부족한 흠이 없지 않았는데,《임원경제지》에 와서 대폭 개선·보완되었다고 할 수 있다.

아울러 서유구는 이용후생론을 개진한 선배 실학자들의 저술 또한 자각적으로 계승하고자 했다. 박지원(1737~1805)의《과농소초(課農小抄)》와《열하일기》및 박제가(1750~1805)의《북학의》등이《임원경제지》에 다수 인용된 것이 그 좋은 예이다. 박지원과 박제가 모두 서유구가 젊은 시절에 교유한 인물이다. 서유구와 동시대를 호흡한 선배 실학자인 셈이다.

끝으로 서유구 집안의 가학(家學)에도 주목할 필요가 있다. 서유구는 젊은 시절에 조부 서명응과 숙부 서형수의 훈도를 입었다. 서유구 집안은 독특한 학풍을 갖고 있었던 것으로 알려져 있다. 조선 시대의 주류 학문은 역시 성리학이었다. 그런데 달성 서씨 집안은 농학, 수학, 천문학 등 자연과학 및 실용 학문에 조예가 있었다. 서유구도 이러한 가학을 계승하여 젊은 시절부터 농학에 관심을 가졌으며, 서명응을 도와《본사(本史)》라는 농학 관련 저서의 일부를 집필하기도 했다.

이상과 같은 학술사적 흐름 속에서《임원경제지》가 등장했다.

—

《임원경제지》의 주요 내용

—

《임원경제지(林園經濟志)》는 총 16지로 구성된다. 그 각각의 내용을 순서대로 개관하면 다음과 같다.

① 본리지(本利志): 농사짓기와 관련된 내용 전반을 다룬다. 농지의 종류, 농업용수 확보하는 법, 토질 분별하는 법, 농사철 살피는 법, 작물별 경작

법, 농기구의 생김새와 용도 등이 소개되어 있다.

② 관휴지(灌畦志): 각종 채소, 나물, 약초 등을 다룬다.

③ 예원지(藝畹志): 각종 화훼의 명칭, 재배법 등을 다룬다.

④ 만학지(晚學志): 유실수를 비롯하여 재목(材木)으로 쓰이는 나무와 그 밖의 각종 나무들의 품종, 재배법, 벌목법, 보관법 등을 다룬다.

⑤ 전공지(展功志): 뽕나무 재배하는 법, 옷감 만드는 법, 염색하는 법 등 의(衣)생활과 관련된 것을 다룬다.

⑥ 위선지(魏鮮志): 기후를 예측하는 방법을 다룬다.

⑦ 전어지(佃漁志): 가축과 물고기를 기르는 법, 양봉하는 법, 사냥하는 법, 낚시하는 법, 각종 물고기 이름 등을 다룬다.

⑧ 정조지(鼎俎志): 음식 전반을 다룬다. 각종 식재료의 특징과 밥, 떡, 죽, 조청, 엿, 국수, 만두, 탕, 장, 음료, 과자, 채소 절임, 고기 음식, 해산물 음식, 조미료, 술, 절기 음식 등에 대해 두루 소개한다.

⑨ 섬용지(瞻用志): 집 짓는 법, 일상생활에 필요한 각종 도구, 도량형 등을 다룬다.

⑩ 보양지(葆養志): 양생법(養生法) 및 노인 봉양법, 출산과 육아 등을 다룬다.

⑪ 인제지(仁濟志): 의학 백과사전에 해당한다.

⑫ 향례지(鄕禮志): 관혼상제의 각종 의례 및 향약(鄕約) 등을 다룬다.

⑬ 유예지(遊藝志): 일종의 교양 백과사전이다. 독서, 활쏘기, 수학, 서화(書畵), 악기 연주 등을 다룬다.

⑭ 이운지(怡雲志): 한적하고 고상하며 운치 있는 삶을 향유하기 위해 알아둘 내용을 건네한 것이나.

⑮ 상택지(相宅志): 집터를 잡기 위해 알아두어야 할 풍수지리 지식을 소

개한다.

⑯ 예규지(倪圭志): 가정경제 지침서에 해당한다. 장사하는 법, 가정경제를 관리하는 법, 재산 증식하는 법 등을 다룬다.

이상과 같이 《임원경제지》는 생업 활동에 필요한 실용적 지식, 건강 상식 및 의학 지식, 삶을 풍요롭게 하는 문화·예술에 대한 교양 등을 두루 다룬다. 인간의 삶을 구성하는 실용적 측면과 심미적 측면을 두루 포괄한 것이다.

—
의의와 한계
—

《임원경제지》는 백과전서이므로 그 방대한 분량에 시선을 빼앗기기 쉽다. 그러나 방대한 분량보다 더 주목되는 것은 책 전체를 관통하는 서유구의 투철한 문제의식이다. 《임원경제지》는 사대부가 벼슬에 의지하지 않고 향촌에서 자립적으로 살아가기 위해 필요한 지식 전반을 집대성한 것이다. 여기에 집약된 서유구의 학문과 사상은 그 책 제목에 따라 '임원경제학'으로 개념화될 수 있을 법하다.

'임원경제학'을 정립함으로써 서유구는 '일상생활' 내지 '물질적 세계'를 중요한 학적 과제로 등극시켰다. 조선 시대의 주류 학문은 단연 성리학이다. 성리학은 심오한 도덕 형이상학을 포함하는 학문으로, 물론 그 나름의 가치를 갖는다. 그러나 성리학이 주류 학문의 지위를 독점한 것에 반비례하여, 일반적으로 조선 사대부들은 일상적인 삶을 돌보기 위해 필요한 각종 지식의 학문적·실천적 가치를 부여하는 데 소극적이었던 것으로 생각된다. 사대부는 모름지기 유교 경전을 공부하고 국가 경영에 큰 뜻을 품어야 한다는 것, 자질구레한 실용 지식은 기술직 중인이나 기타 피지배 계급에게 맡기면 된다는 것이 그 당시의 통념이었다. 이러한 통념과 달리 '임원경제학'은 '생활'을 진지한 학적 과제로 삼아 그 당시 주류 학문에 의해 소외되었던 다양한 실용 지식을 체계화했다. 그 결과 학문의 다양성을 높인 것은 물론 학문 세계를 생활 세계에 밀착시킴으로써 학문의 실천성을 제고했다.

'임원경제학'은 사대부의 존재 방식에 대한 근원적인 반성을 촉구한다. 사대부들이 관료 진출에만 관심을 가질 뿐 벼슬에 의지하지 않고 자립적으로 생계를 해결하려고 하지 않는 태도, 무위도식을 당연시하는 태도를 서유구는 심각한 문제로 인식했다. 사대부의 기생적(寄生的) 존재 방식에 대한 통렬한 반성 속에서 서유구는 '임원경제학'을 통해 사대부 계급의 반성적 자기 정립을 모색한 것이다.

이러한 '반성적 자기 정립'과 관련하여 또 한 가지 주목할 것은 '향촌'이라는 거주 공간이다. '임원경제학'의 '임원'은 서울과 같은 도시와 대비되는 시골이다. 서유구는 도시가 아닌 시골을 자립적 삶의 공간으로 상정한 것이다. 도시는 사대부가 관직만 바라보느라 기생적 존재 방식을 청산하지 못하고 무위도식을 일삼는 공간이다. 반면 시골은 관직에 대한 의존심 없이 자기 힘으로 삶을 일구면서 자기 삶의 가치를 실현하는 공간이다. 물론 도시와 시골을 단선적으로 대비하는 것은 경계해야겠지만, 이런 구도 속에 놓고 보면 서유구의 '임원경제학'은 시대적 거리를 뛰어넘어 귀농 운동같이 도시화에 대한 반성 속에 대안적 삶을 모색하는 일련의 흐름과 일정하게 연결될 수 있을 법히다.

그러나 '임원경제학'의 토대를 이루는 반성적 사유, 사대부의 기생적 존재 방식에 대한 자기반성은 다소 불철저한 점이 없지 않다.《임원경제지》에서 서유구가 상정하고 있는 '임원경제학의 주체'는 여러 층차를 갖는데, 소작농을 관리 감독하는 지주의 모습을 할 때가 적지 않다. 즉 조선조 지주전호제의 지배 관계를 승인하고, 그 전제 위에서 향촌 생활을 사고한 면이 있는 것이다. 이는 서유구에게 인간 간의 지배 관계, 즉 정치적·사회적 관계에 대한 감수성이 부족한 점과 무관하지 않은 듯하다. 서유구는 형이상학적 학문의 추상성을 탈피하여 일상생활을 구성하는 물질적 세계에 대한 구체적이고 실용적인 지식을 추구했지만, 또 다른 한편으로 정치·사회에 대한 사고가 불충분해지고 만 것이 아닌가 한다.

– 김대중

참고 문헌

정명현 외,《임원경제지 – 조선 최대의 실용백과사전》, 씨앗을뿌리는사람, 2012.

김용섭,《조선 후기 농학사 연구》, 지식산업사, 신정증보판: 2009.

김대중,〈〈예규지〉의 가정경제학〉,《한국한문학연구》51, 한국한문학회, 2013.

조창록,〈풍석 서유구에 대한 한 연구〉, 성균관대학교 박사학위논문, 2003.

十
지식 정보에 대한 검증

검서관 집안 출신, 이규경
—

'오주(五洲)'는 저자 이규경(1788~1856)의 호이다. '연문(衍文)'은 책을 베끼거나 판각을 하면서 잘못 들어간 군더더기 글자를 뜻하는데, 여기서는 꼭 필요한 글이 아니라는 정도의 겸양으로 사용한 것이다. '장전(長箋)'은 본래 편지를 쓰거나 메모를 하기 위해 폭이 좁고 길게 재단한 종이를 뜻하는 말인데, 여러 학설을 수집하고 종합하여 자신의 주장을 담은 고증학적 저작을 뜻하게 되었다. '산고(散稿)'는 정리되지 않은 잡다한 원고를 뜻하는 말로, 역시 겸양의 의미로 사용한 것이다. 《오주연문장전산고(五洲衍文長箋散稿)》라는 책 제목은 '이규경이 잡다한 지식에 대해 이리저리 고증하면서 작성한 메모시 뭉치' 정도의 의미를 갖는다. 저자는 서문에서, 본디 몇 조목으로 이루어진 《장전산고》가 있었고 거기에서 읽을 만한 것들을 몇 조목만 뽑아서 '산고'를 만들었다고 했다. 지금 남아 있는《오주연문장전산고》는 1416개 항목에 150만 자에 달하는 거대한 분량이다. 원래의《장전산고》가 얼마나 방대했을지, 그 방대함을 '몇 조목'이라고 표현한 저자의 감각이 놀랍다.

이규경의 본관은 전주, 자는 백규(伯揆), 호는 오주 외에 소운(嘯雲)·국원(菊園) 등을 사용했다. 정조 재위 시절 검서관으로 널리 알려진 이덕무(1741~1793)의 손자이며, 부친 이광규(1765~1817) 역시 검서관을 지냈다. '검서관(檢書官)'이란 정조가 국가의 학술 및 정책 연구를 위해 복원한 규장각에서 도서의 편찬과 관리를 맡는 직책으로, 주로 명문가 서족(庶族) 출신으로 문명(文名)이 높은 사람들을 채용했다. 검서관은 최고 수준의 문장 지식을 지니고 일반인의 접근이 어려운 규장각의 도서를 담당하게 되었으므로, 자연히 더 높은 수준의 지식 체계를 갖출 수 있게 되었다. 이덕무는 유득공, 박제가, 서이수와 함께 정조가 직접 발탁한 소위 4검서의 한 사람으로서, 그가 남긴《청장관전서(靑莊館全書)》는 다채로운 학문 분야를 담은 지식의 보고이다. 이 책은 정조가 이덕무의 아들인 이광규에게 하사금을 내려 간행하게 한 것이다. 이규경의 학문에는 이러한 조부와 부친의 영향이 다분했다.《오주연문장전산고》의 인용 서목으로《청장관전서》가 자주 등장한다.

이규경은《오주연문장전산고》서문에서 자신을 잠깐 묵어가는 노인이라는 뜻으로 '우옹(寓翁)'이라고 표기하고 있는데, 평생 여러 지방을 옮겨 살았던 자신의 삶을 표현한 것으로 보인다. 조부와 부친이 구축한 집안의 장서가 자신이 지방을 전전하면서 점점 사라졌다는 한탄도 한 바 있다. 명확한 이유가 밝혀져 있지는 않지만, 서울과 강원도와 충청도 일대에서 거처를 여러 번 옮기고 말년에 충주 지역에 머물렀던 것으로 보인다.

이규경은 21세인 1808년 검서관 취재 시험에 응시했다가 낙방했고, 이후 두 차례 더 취재 시험에 낙방했다. 그가 정착하지 못한 것이 이와 관련될 지도 모르겠다.

그와 교유한 것이 확인되는 동시대 지식인들로 서유구, 최한기, 최성환, 김정호 등이 주목된다. 서유구(1764~1845)는 선비의 전원생활에 필요한 지식을 정리한《임원경제지(林園經濟志)》를 남겼는데, 113권 52책에 달하는 엄청난 분량의 백과전서적 저술이다. 최한기(1803~1877)는 19세기 과학 사상으로서의 기학(氣學)을 펼친 독보적 지식인으로《명남루총서(明南樓叢書)》에서 그가 조선에서 주체적으로 탐구한 서양 지식을 확인할 수 있다. 최성환(1813~1892)은 중인 학자로서 국왕 헌종의 명으로 국가 개혁안을 정리하여《고문비략(顧問備略)》을 저술한 바가 있고, 김정호(1804~1866 추정)는《대동여지도》로 유명한 재야 지리학자이다. 이규경이 다방면의 학문 지식을 수용하고 정리하는 데에는 검서관 집안의 가학과 더불어 이러한 동시대 인물들과의 활발한 교유가 큰 도움이 되었을 것이다.

—

변증(辨證)의 방법

—

《오주연문장전산고》는 백과전서 형태의 차기체 저술이다. 차기(箚記)라는 것은 제목에 들어 있는 '장전'과 상통하는 말인데, 독서 과정에서 중요한 구절이나 잊지 말아야 할 구절을 메모해 둔 것으로, 일종의 독서 비망록이다. 대략 여러 이설들을 정리하거나 방대한 지식 정보를 다루어야 할 때 전통적으로 활용하던 필기 방식이다. 19세기는 전통 지식·문화 유산의 집적이 최고도로 달한 시기인 한편, 서세동점으로 인한 국제 정세의 변화와 청나라로부터 발원하는 새로운 학술의 유입 및 민란과 정치 변동 등으로 지식 정보의 폭발적 증가가 발생한 시기이다. 지식 정보 증가에 상응하여 조선의 지식인들은 다양한 형태의 기록물을 통해 지식 정보를 체계화했으며, 그 지식 정보는 부단한 확장과 확산의 과정을 거쳤다. 그 결과물 가운데 대표적 사례가 바로《오주연문장전산고》이다.

이규경은 우리나라와 중국, 기타 외국의 고금 사물에 대하여 의문이 있는 것이나 고증할 필요가 있는 것이면 보이는 대로 적다시피 했다.《오주연문장전산고》는 한평생 벼슬하지 않고 저술에만 온 힘을 기울여 완성한 문헌으로, 경학(經學)·사학(史學)·문학(文學)은 물론 자연과학에 관계되는 지식까지도 담고 있어, 19세기 지식인이 접할 수 있는 거의 모든 범주를 다루고 있다. 그리하여《오주연문장전산고》는 19세기의 대표적 차기체 백과전서로도 일컬어지는 것이다.

이 책은 권1의 〈십이중천변증설(十二重天辨證說)〉에서 권60의 〈황정편정변증설(黃精偏精辨證說)〉에 이르기까지 1416편 모두 제목을 '○○○변증설'로 삼았다.

무릇 사물을 변증하는 것에 정확히 파악한 견해가 아니라면 그 변증이란 가담항설에 지나지 않으므로 군자는 취하지 않는다. 내가 사물에 대하여 옛일을 끌어와 지금을 증명함에 있어서 매양 그 시말을 밝히고자 했다. 그러나 들은 것이 적고 본 것이 좁으므로 비록 속담이나 야담이라도 수집하여 나열하지 않음이 없었다. 간혹 한 조각이라도 엿보면 홀로 기뻐하면서 기록하여 모아두기를 그치지 않았다. 전혀 체재를 갖추지 못하여 매양 대방가(大方家)들의 기롱을 받으면서도 스스로 걱정하지 않았다. 심하다, 변증을 좋아하는 나의 성벽이여. (《연함석변증설(燕含石辨證說)》에서)

죽은 자도 살려낸다는 연함석(燕銜石)에 대해 다양한 책에서 채록한 바를 정리한 조목인 〈연함석변증설〉의 앞머리에서 변증에 대한 자신의 태도를 언급한 대목이다. 변증(辨證)이란 분석하고 고증한다는 말이다. 변증 자체가 고증과 상통하는 말로서, 이 말만으로도 청대 고증학의 영향을 짐작해 볼 수 있다. 이규경이 말한바, 정확히 파악한 견해가 바로 제대로 된 변증의 핵심인데, 제대로 된 변증에 도달하기 위해서는 한 조각의 단편이라도 모든 정보를 모아 시말을 밝혀야 하는 것이다. 직관과 경험에 의하지 않고 증거와 비교·분석을 통해 과학적 결론을 추구하는 것으로 풀어볼 수 있다. '연함석'처럼 황당무계한 개념에 대해서도 시말을 밝혀 정확히 파악하려고 힘썼다. 제비가 물어 온다는 자료까지 인용하고는 적어도 그 말이 완전히 거짓말은 아닐 듯하다고 결론을 맺었다.

이러한 괴설(怪說)까지 탐구하는 것을 이규경은 '명물도수지학(名物度數之學)'이라고 표현했다. '명물도수지학'이란 명목(名目)·사물(事物)·법식·수량을 아울러 이르는 개념인데, '성명의리지학(性命義理之學)'과 대비되는 말이다. 주자학처럼 본질과 의리를 추구하는 형이상학에 대비되어 형이하학을 지칭하는 것으로, 근대 학술 개념으로는 박물학과 자연과학을 포괄하는 개념이다. 이규경은 거대 담론을 탈피하여 작고 다양한 모든 것으로 눈을 돌려 거기서 박물학과 자연과학을 재발견한 것이다.《오주연문장전산고》에서는 성리학조차도 여러 박물학적 지식 체계 가운데 하나로 다루어지고 있다. 그는 이러한 박물학과 자연과학에서 형이상학이 실현하지 못하는 실용성을 확인했으니, 실학 정신의 한 흐름으로도 이해할 수 있을 것이다.

《오주연문장전산고》는 한때 잊힌 서적이었는데, 1910년대 최남선이 입수하여 조선광문회에 보관했다가 행방이 묘연해졌다. 다행히 1920~1930

년대 경성제국대학에서 최남선이 입수한 책을 필사한 것이 남아 있어, 이 필사본을 대본으로 1959년 고전간행회 주관으로 동국문화사에서 영인 출간되었다. 현재 각 도서관에 몇 종의 이본이 있는데 모두 경성제국대학의 필사본과 같은 대본을 필사한 것으로 보인다. 《오주연문장전산고》의 체제는 각각의 '○○○변증설'이 단편적으로 나열되어 있는 상태라서 일정한 분류 체계를 파악할 수 없고, 각 조목마다 사실관계 확인은 물론 문맥 파악에도 장애가 될 정도로 오탈자가 많아 연구자들이 쉽게 접근하기 어려웠다. 민족문화추진회(현 한국고전번역원)에서 1977~1981년에 1차, 2001~2005년에 2차 교감 및 정본 확정을 하여 제법 접근이 가능해졌다. 현재 연구자들은 대개 한국고전번역원의 것을 대본으로 삼고 있는데, '천지편(天地篇), 만물편(萬物篇), 인사편(人事篇), 경사편(經史篇), 시문편(詩文篇)'의 5편 체재 아래 23류 176항으로 세분화하여 체계화되어 있는 것은 전적으로 한국고전번역원에서 재편집한 덕분이다. 참고로 이 5편 체재는 《성호사설유선》의 체재를 그대로 적용한 것이니, 《오주연문장전산고》가 이익의 《성호사설》의 학문적 계보를 잇고 있는 것으로 파악한 것이다.

—

박물학적 관심

—

《오주연문장전산고》를 통해 살펴볼 수 있는 이규경의 관심사는 대단히 폭넓고 다양했다. 그 관심 범주를 어느 한 곳으로 요약할 수 없을 정도이기에 흔히 박물학적 관심이라 표현한다. 그럼에도 국부(國富)와 민생에 관한 관심은 특히 주목을 요하는데, 조선 후기의 사회 변동과 깊이 관련되어 있기 때문이다. 국내 문제에 대해 당시 사리사욕에 찬 탐관과 부상

(富商)들이 매점매석으로 폭리를 자행하자 이러한 도고 행위(都賈行爲)를 비판하면서 매점매석을 적극 금지시켜야 한다고 주장했다. 또 화폐의 유통이 농민에게는 유해함을 들어 이익의 폐전책(廢錢策)을 지지했다. 대외적인 상행위에 있어서도 개시(開市)와 교역의 필요성을 강조, 1832년 영국 상선이 우리나라에 교역을 요구해 왔을 때 개시를 특허하고 조약도 엄중히 할 것을 주장했다. 이규경의 이러한 적극적인 상업관과 개국 통상론은 개화사상가들의 견해를 선도한 감이 있다. 상공업 육성에 의한 부국(富國)과 서양의 과학기술 수용을 적극 주장했다는 점에서 북학파의 학문적 전통을 계승한 것으로 평가되기도 하지만, 농업의 안정과 생산력 증대를 중시한 중농주의적 전통도 합리적으로 수용하고 있음에 주목해야 한다. 여기에 국부와 민생을 동시에 중시하는 이규경의 입장이 담긴 것이다.

19세기의 새로운 지식 정보와 관련하여 서양과 서학(西學)에 관한 내용이 주목된다. 이규경은 〈용기변증설(用氣辨證說)〉, 〈백인변증설〉, 〈지구변증설〉, 〈척사교변증설(斥邪敎辨證說)〉 등 80여 항목에서 서양과 서학에 대해 변증했다. 여기에서 천주교뿐만 아니라 천문·역산·수학·수리·의약·종교 등 다방면에 걸쳐서 언급했으며, 《천주실의(天主實義)》와 《직방외기(職方外紀)》를 비롯한 20여 종의 한역 천주교 서적을 참고했다. 그는 서양과 중국 문명을 비교해 "중국의 학문은 형이상학의 학문이며, 서양의 학문은 형이하학의 학문"이라고 언급한 뒤 우수한 서양의 기술을 습득할 것을 강조했다. 이 밖에 유구국·일본·안남(베트남)·회부(回部, 터키계 이슬람교도) 등 외국 역사에 관한 내용을 담은 항목도 주목된다.

이규경의 관심은 주로 의문 나는 문제에 대한 변증에 있지만, 그 과정에서 그가 600여 종이라는 방대한 문헌을 인용하고 있고, 또 변증 과정에서 그의 전방위적 지식이 동원되고 있어서 그가 접한 지식 정보의 총체를 확인할 수 있다. 상업과 개국 통상 이외에도 역사, 경학, 천문, 지리, 불교, 도교, 서학, 풍수, 예제, 재이(災異), 문학, 음악, 병법, 풍습, 서화, 광물, 초목, 어충(魚蟲), 의학, 농업, 화폐 등에 관한 내용을 망라했다. 그리고 당시까지의 각종 사항을 자세히 기록해서 전통문화의 이해에 큰 도움을 주며, 역사학·국문학·자연과학·예술·의학 등 현재의 다양한 분야의 학문 연구에도 많은 기여를 할 수 있다. 또한 지나치게 폄하되어 온 19세기 학자들의 학문적 능력을 새롭게 조명할 수 있다는 점에서도 자료적 가치가 매우 크다고 볼 수 있다.

- 김진균

참고 문헌

박찬수·성백효·신승운 외 역, 《오주연문장전산고》 5, 16~20, 민족문화추진회, 1977~1982.
주영하·김호·김소현·정창권, 《19세기 조선, 생활과 사유의 변화를 엿보다》, 돌베개, 2005.
김채식, 〈이규경의 《오주연문장전산고》 연구〉, 성균관대학교 박사학위논문, 2008.
노대환, 〈오주 이규경의 학문과 지성사적 위치〉, 《진단학보》 121, 2014.
한국고전번역원 한국고전종합 DB, http://db.itkc.or.kr (검색어: 오주연문장전산고)

十

19세기 말 지식 전통의 보고

이유원의 삶

―

《임하필기(林下筆記)》에 붙은 저자 이유원(1814~1888)의 서문은 1871년에 작성되었고, 윤성진(1826~?)의 후발문은 1884년에 작성되었다. 1871년에 1차 완성을 했다가 원고를 추가하여 1884년에 최종 완성을 한 것으로 보인다. 1871년엔 미국 함대가 통상을 요구하며 강화도를 침공한 신미양요가 있었고, 1884년엔 급진 개화파가 쿠데타를 일으켰다가 실패한 갑신정변이 있었다. 《임하필기》가 정리되는 10여 년의 기간 동안 대외적으로 강대국의 이권 침탈이 가시화되고 있었으며, 대내적으로 수구파와 개화파의 격렬한 투쟁이 있었다. 이 시기로부터 외세에 의한 강제 근대화와 망국이 따라오게 된다.

이유원은 조선 왕조의 고위 관료로서 이 비상한 시국의 한복판에 있었다. 황현(1855~1910)은 《매천야록(梅泉野錄)》에서 이유원에 대해 탐욕스럽고 교활하며 사치스럽고 음탕하게 묘사하는 소문들을 기록했다. 국정의 책임이 있는 대신이 위기를 눈앞에 보면서도 재산을 불리면서 잘 지내다 편히 죽는 일에 대해 재야 지식인 황현의 분노가 보통이 아니었음을 짐작할 수 있다. 이유원은 막강한 정치력을 발휘하며 영의정까지 지냈으니 어쨌든 황현의 추궁에 답을 해야 할 위치에 있었던 것이다.

이유원은 경주 이씨로 자가 경춘(景春), 호는 귤산(橘山)·묵농(墨農)이고, 사후 충문(忠文)이라는 시호를 받았다. 그의 집안은 대대로 높은 벼슬을 역임했다. 부친 이계조(1793~1856)는 공조판서와 이조판서를 역임한 문신이었다. 이유원은 1841년 28세 때 문과에 급제했다. 1845년 동지사의 서장관(書狀官) 자격으로 청나라에 다녀왔는데, 이때 섭지선 등 청나라 문사들과 교유를 맺었다. 이후 의주 부윤, 전라도 관찰사, 병조판서 등을 거쳐 고종 즉위 후 좌의정에 올랐다가, 실세로 등장한 흥선대원군과 갈등을 빚어 1865년 수원 유수로 좌천되었다. 곧 영중추부사로 전임되어 조선 왕조의 법전인 《대전회통(大典會通)》을 편찬하는 총재관(總裁官)을 맡게 되었다. 1873년 흥선대원군이 실각하자 영의정에 임명되었다. 1875년 세자 책봉에 대한 주청사(奏請使)의 자격으로 청나라에 다녀왔는데, 이때 이홍장(1823~1901)과 회견했다. 조선에서는 고종의 후사가 관심사였겠지만, 이홍장은 동아시아 질서 재편 과정에서 청의 영향력 확대가 관심사였다.

1880년 벼슬에서 물러나 은퇴했는데, 이홍장의 편지와 관련되어 1881년 거제부로 유배되었다가 몇 달 만에 석방되었다. 이홍장은 1879년 이유원에게 편지를 보내 러시아와 일본을 막기 위해 영국·프랑스·독일·미국에게 문호를 개방하라고 권유했다. 러시아와 일본을 견제하는 청의 입장이 반영된 의견이었다. 그러나 이유원은 이홍장의 의견에 동의하지 않고 서양과의 통상에 전면적으로 부정적 입장을 견지했다. 개국 통상에 대한 부정적 입장에도 불구하고 1882년 임오군란 직후 전권대신(全權大臣)의 자격으로 일본과 제물포조약을 체결하여, 피해 배상과 주둔군 승인 및 문호 개방의 주역을 맡게 되었다. 물론 제물포조약은 1876년 운양호 사건으로 촉발된 강화도조약의 연장선상에 있는 일본의 강압을 수용한 것이며, 일본 군함에 승선하여 위압적 분위기에서 협상을 진행했기에 이유원으로서는 다른 선택을 할 도리가 없었을 것이다. 다시 은퇴하여 경기도 양주의 가오곡에 살면서 서울을 왕래하며 지냈다.

아들 이수영이 일찍 죽고 후손이 없자 이유원은 일가인 판서 이유승의 아들 이석영(1858~1934)을 후사(後嗣)로 삼았다. 이석영은 이회영(1867~1932) 등 형제들과 함께 신흥무관학교를 설립하는 등 독립운동에 이유원의 가산을 모두 쏟아부었다. 황현의 추궁에 대한 답을 양자인 이석영이 대신 한 셈이다. 이유원의 집안은 조부인 이석규(1758~1839) 대로부터 장서가 많기로도 유명했다. 이유원의 학문과 저술도 이 집안의 장서로부터 출발했을 것이다. 이석영이 가산을 정리하고 독립운동에 나섰을 때, 이 집안의 장서를 모두 최남선에게 넘겼다고 한다.

—

차기체 필기와 《임하필기》

—

《임하필기》는 분량이 39권 33책으로, 오랜 기간 적어둔 원고를 정리해 무 은 것이다. 이유원은 《가오고략(嘉梧藁略)》, 《귤산문고(橘山文藁)》라는 문집도 남겼는데, 이들 문집과는 성격이 다른 저술로서 《임하필기》를 구상했던 것이다.

> 책상 위에 둔 두어 폭의 종이를 끌어다가 평소에 글을 읽고 차록(箚錄)해
> 놓았던 것 및 문헌의 자질구레한 것들을 붓 가는 대로 기록하여, 그것을
> 구실로 삼아 이름을 《임하필기》라고 지었다. 대체로 경전(經傳)에서 부
> 연해서 설명해 놓은 것과 조정의 일사(逸史)와 사대부들이 담소하며 나
> 눈 여담을 뽑아서 기록해 놓은 것도 있다. (《임하필기인(林下筆記引)》)

저자가 기록한 서문인데, 여기서 '평소 독서하고 견문한 바를 모아놓은
수록(隨錄)'이라는 《임하필기》의 특징을 요약하고 있다. '차록'이란 '차기
(箚記)'와 같은 말로, 간단한 메모지에 단편적 사실들을 적어놓는 독서 비
망기 같은 것을 말한다. 조선 후기에 폭발적으로 증가하는 지식 정보량에
대한 지식인들의 대응이 백과전서적 차기체 필기류 저작을 산출하게 된
것이니, 이수광의 《지봉유설》에서 그 초기 모습을 볼 수 있고, 이익의 《성
호사설》을 거쳐 이규경의 《오주연문장전산고》 등으로 발전해 갔다. 조선
왕조의 말기로 갈수록 전통문화의 집적은 더욱 고도화되었고, 청나라에
서 유래하는 학술에 대한 정보도 거의 동시성을 확보하며 파악할 수 있었
고, 서양 각국에 대한 정보도 소문을 넘어 구체적으로 접근할 수 있었다.
조선 차원의 전통 지식과 동아시아 차원의 학술 지식과 세계적 차원의 근
대 지식이 혼재되어 엄청난 정보량으로 지식인들을 압도하는 시대였던
것이다. 《임하필기》는 그 편폭에 있어서 19세기 말의 필기를 대표하는 저
술이다. 《임하필기》는 차기체 필기류의 전통을 이으면서 자기 시대의 새
로운 지식 정보까지 포괄하고 있었으니, 위의 '차록'이라는 단어에서도 그
면모를 짐작할 수 있다.

그런데《임하필기》는 하나의 저술이라기보다는 여러 편의 수록류를 모아놓은 총서의 성격을 지녔다.《임하필기》를 구성하고 있는 16편의 구성과 내용, 서술 태도 등이 각각의 특성을 유지한 채로 독립되어 있다. 1884년 최종 완성된《임하필기》의 후발문을 쓴 윤성진은 이렇게 언급했다.

각 조항에는 반드시 제목을 두어 강령을 제시했고, 일에는 반드시 근거가 있어 그 자취를 믿게 했다. 널리 대응하고 곡진하게 해당시켜 날마다 쓰고 늘 행하는 사이를 벗어나지 않으니, 한마디로 포괄한다면 '공(公)'이라 하겠다. 공적인 안목으로 바라보고, 공적인 마음으로 생각하고, 공적인 논리로 말을 한 뒤에야 비로소 이《임하필기》의 요령을 얻게 될 것이다. (〈발임하필기후(跋林下筆記後)〉)

각 조항마다 모두 제목을 두고 강령을 제시했다는 것은, 매 편마다 일정한 독립성을 염두에 두고 구성했다는 것을 말한다. 근거가 있어 자취를 믿게 한다는 것은, 신뢰할 수 있는 근거가 제시되는 고증학적 태도를 모든 조항의 종합적 서술 태도로 볼 수 있다는 것을 말한다. 이를 통해 본다면《임하필기》는 고증학적 태도로 매 편마다 독립된 주제의 차기를 모아놓은 수록류라고 규정할 수 있다.《임하필기》의 내용은 경·사·자·집·전(典)·모(謀)·소학(小學)·금석(金石)을 비롯하여 전고·습속·역사·지리·물산·기용(器用)·서화·전적·시문·일화·유문(遺聞) 등 광범한 분야에 걸쳐 있다. 이 범위에 대해 윤성진은 날마다 쓰고 늘상 행하는 사이에 있으며 그것이 바로 공공성이라고 했다. 19세기 말 사대부 그의 과로기 인지하는 공공성은 전체의 내용을 통해 파악할 수 있을 것이다.

《임하필기》의 내용

그런데 《임하필기》의 매 편은 저술 시기가 각기 다르다. 현재 전하는 필사
본 39권 가운데 30권까지는 1871년까지 저술된 것이고, 1872년까지 34
권을 채웠고, 1884년까지 최종 39권을 완성한 것이다. 이 전체는 각 편의
내용을 별도로 살펴보아야 파악할 수 있다.

① 사시향관 편(四時香館編), 권1
13경과 《논어》, 《맹자》를 다루었다. 이어 소학(小學), 천도(天道), 역수(曆
數), 지리, 제자(諸子), 고사(考史), 평시(評詩), 평문(評文), 잡지(雜識)를 다
루었다. 송나라 왕응린(1223~1296)의 《곤학기문(困學紀聞)》에서 발췌한
것으로 보인다. 일반적 상식을 다루기보다는 한두 구절에 대해 의심나는
점을 중심으로 다루었으므로, 유교 경전에 대한 저자의 관심처를 엿볼
수 있다.

② 경전화시 편(瓊田花市編), 권2
고(古)가요사로부터 각종 시(詩)의 종류를 다루고, 유고(諭告)로부터 각
종 문(文)의 종류를 다루어, 시문에 속하는 하위 장르 114개 항을 간명한
언어로 설명했다. 이 편은 실제로는 명나라 서사증이 편찬한 《문체명변
(文體明辨)》을 요약한 것이다.

③ 금해석묵 편(金薤石墨編), 권3~4
고금의 금석문에 관한 저술이다. 《서청고감(西淸古鑑)》이나 《적고재종정
이기관지(積古齋鍾鼎彝器款識)》와 같은 중국의 저술을 취사하여 재편집
한 것이다.

④ 괘검여화(掛劍餘話), 권5~6

병법을 다루었는데,《손자병법》의 내용을 간추리고 사례를 뽑아 방증했다. 이를 통해 적용 사례 중심으로 병법을 이해하도록 만들었다. 그는 이 편이 왕명에 의해 편찬된 것임을 소서(小序)에서 밝혔다.

⑤ 근열 편(近悅編), 권7

명나라 학자들의 전기적 사실과 학문적 특징을 간략하게 소개했다. 이유원은 발미(跋尾)에서 북경에 갔을 때 만난 왕초재로부터 황종희의《명유학안(明儒學案)》을 받아 요약한 것이라 했다.

⑥ 인일 편(人日編), 권8

사대부의 일상생활에서의 도덕을 담았다. 독서, 작문, 경신(敬身), 근언(謹言), 음식, 부부, 치산, 처세 등 42개 조목으로 나누어 기록했다.

⑦ 전모 편(典謨編), 권9~10

제왕학을 다루었다. 송나라 진덕수의《대학연의(大學衍義)》를 저본으로 삼되 우리나라의 실정을 덧붙였다. 치도(治道), 저사(儲嗣), 군신, 관제(官制), 용인(用人), 과제(科制), 학교, 법령 등 20개 조목으로 나누어 조선조의 정치 이념을 파악하는 데 도움이 되도록 꾸몄다.

⑧ 문헌지장 편(文獻指掌編), 권11~24

전체 14권의 분량에 표제어만 1649개 조목으로 가장 많은 분량을 차지하는데, 한국의 문물제도 전반에 대하여 문헌 자료를 통해서 입증하고 있다.《동국문헌비고》를 근간으로 하고 기타《동국통감》,《동사회강(東史會綱)》,《여사제강(麗史提綱)》,《해동역사》및 중국 역대의 사서와 선유(先儒)의 저작을 참조했다고 밝혔다. 전체적으로는 조선 시대 중기 이래 18세기까지의 자료가 비중이 가장 크다. 이 편에는 조선 시대 제도사와 생활사 전반에 대해 광범한 범주와 풍부한 자료를 제공하고 있으므로,《임하필기》중에서 자료적 가치가 가장 높다고 할 수 있다.

⑨ 춘명일사(春明逸史), 권25~30

《임하필기》의 권24까지 다룬 내용에서 누락된 것들을 모아 저술한 것이다. 다른 편저에서 발췌한 것이 아니라 이유원이 스스로 견문하고 체험한 사실을 자유롭게 기록했다. 조선 왕조 말기의 고위 관료의 견문으로서, 역시 자료적 가치가 높은 부분이다.

⑩ 순일 편(旬一編), 권31~32

'춘명일사'와 같은 성격을 가졌다. '춘명일사'를 완성한 다음 정인용의 칭찬에 고무되어 열하루 동안 같은 종류의 내용을 추가로 쓴 것이다.

⑪ 화동옥삼 편(華東玉糝編), 권33~34

우리나라 고금의 시화(詩話)와 서화(書畫)에 관련된 글을 모은 것이다. 19세기 예술사를 이해할 때 참고할 만한 기사가 많다.

⑫ 벽려신지(薜荔新志), 권35

재상을 지내다 은퇴한 저자가 산수 전원의 멋을 즐길 운치를 찾아 선현의 일화나 짤막한 글을 추려서 엮은 청언집이다. 신위, 김정희 등 19세기 작가의 시구를 뽑고 품평한 시화를 수록하기도 했다.

⑬ 부상개황고(扶桑開荒攷), 권36

단군조선 이하 고려까지 우리나라의 역사를 고찰한 편서이다.

⑭ 봉래비서(蓬萊秘書), 권37

을축년(1865)에 금강산을 두루 유람하고 금강산의 주요한 승경지의 연기(緣起)를 기록하고 선현들의 문집에서 금강산과 관련된 빼어난 시와 문을 각 승경지에 부록한, 금강산 유람 사전이라 할 수 있다. 근대 이전 금강산에 관한 가장 방대하고 체계적인 저술의 하나라고 할 만하다.

⑮ 해동악부(海東樂府), 권38

기자악에서부터 훈민정음에 이르기까지 우리나라의 음악에 관련된 내용을 121편의 시로 읊었다. 같은 내용이《가오고략》에 실려 있다.

⑯ 이역죽지사(異域竹枝詞), 권39

중국과 교역이 있던 동남아와 서양 각국을 30편의 시로 읊었다. 같은 내용이《가오고략》에 실려 있다.

《임하필기》를 통해 19세기 말 사대부 고위 관료의 지식 정보를 가장 전형적으로 파악할 수 있다. 그가 자기 시대의 현실에 대한 책임감 있는 정치적 자세를 보여준 것은 아니지만, 대신 그의 박물학적 기록을 통해 우리는 19세기 말 보수적 정치인의 지식 전통으로서 경세(經世)와 역사는 물론 생활사의 기록까지 확인할 수 있는 것이다.

- 김진균

참고 문헌

안대회, 〈해제〉,《국역 임하필기 1》, 한국고전번역원, 1999.

조동영·조순희 외 역,《국역 임하필기》1-9, 한국고전번역원, 1999~2003.

권진옥,《금산 이유인의 학문 성향과 유서·필기 편찬에 관한 연구》, 고려대학교 박사학위논문, 2015.

함영대,《《임하필기》연구》, 성균관대학교 석사학위논문, 2001.

찾아보기

문헌

작품/글 ————————

인물

용어 ─────────

기획위원 및 집필진

● 기획위원

김영희(연세대학교)

김현양(명지대학교)

서철원(서울대대학교)

이민희(강원대학교)

정환국(동국대학교)

조현설(서울대학교)

● 집필진

김남이(부산대학교)

김대중(서강대학교)

김동준(이화여자대학교)

김일환(동국대학교)

김준형(부산교육대학교)

김진균(성균관대학교)

김하라(서울대학교)

김홍백(서울대학교)

손혜리(성균관대학교)

송혁기(고려대학교)

신상필(부산대학교)

신익철(한국학중앙연구원)

안대회(성균관대학교)

안득용(고려대학교)

안세현(강원대학교)

윤재환(단국대학교)

이현일(성균관대학교)

장경남(숭실대학교)

장유승(단국대학교)

정우봉(고려대학교)

정은진(동양대학교)

정출헌(부산대학교)

정환국(동국대학교)

한국 고전문학 작품론 5 한문고전

민족문학사연구소 편

1판 1쇄 발행일 2018년 1월 2일

발행인 | 김학원
편집주간 | 김민기 황서현
기획 | 문성환 박상경 임은선 최윤영 김보희 전두현 최인영 이보람 김진주 정민애 임재희 이효온
디자인 | 김태형 유주현 구현석 박인규 한예슬
마케팅 | 이한주 김창규 김한밀 윤민영 김규빈 송희진
저자·독자서비스 | 조다영 윤경희 이현주(humanist@humanistbooks.com)
스캔·출력 | 이희수 com.
용지 | 화인페이퍼
인쇄 | 청아문화사
제본 | 정민문화사

발행처 | (주)휴머니스트 출판그룹
출판등록 | 제313-2007-000007호(2007년 1월 5일)
주소 | (03991) 서울시 마포구 동교로23길 76(연남동)
전화 | 02-335-4422 팩스 | 02-334-3427
홈페이지 | www.humanistbooks.com

ⓒ 민족문학사연구소, 2017
ISBN 979-11-6080-105-7 04800

• 이 도서의 국립중앙도서관 출판예정도서목록(CIP)은 서지정보유통지원시스템 홈페이지(http://
  seoji.nl.go.kr)와 국가자료공동목록시스템(http://www.nl.go.kr/kolisnet)에서 이용하실 수 있습
  니다.(CIP제어번호 CIP2017034109)

만든 사람들

편집주간 | 황서현
기획 | 문성환(msh2001@humanistbooks.com)
디자인 | 박인규